FOLIO POLICIER

Jo Nesbø

Fantôme

Une enquête
de l'inspecteur Harry Hole

Traduit du norvégien
par Paul Dott

Gallimard

Titre original :

GJENFERD

Né en 1960, d'abord journaliste économique, musicien, auteur interprète et leader de l'un des groupes pop les plus célèbres de Norvège, Jo Nesbø a été propulsé sur la scène littéraire en 1997 avec *L'homme chauve-souris*, récompensé en 1998 par le Glass Key Prize attribué au meilleur roman policier nordique de l'année. Il a depuis confirmé son talent en poursuivant les enquêtes de Harry Hole, personnage sensible, parfois cynique, profondément blessé, toujours entier et incapable de plier. On lui doit notamment *Rouge-Gorge*, *Rue Sans-Souci* ou *Les cafards* initialement publiés par Gaïa Éditions, mais aussi *Le sauveur*, *Le bonhomme de neige*, *Chasseurs de têtes* et *Le léopard*, tous parus en Folio Policier.

PREMIÈRE PARTIE

Chapitre 1

Les cris l'appelaient. Telles des lances sonores, ils transperçaient tous les autres bruits du soir dans le centre d'Oslo, le ronronnement régulier de la circulation sous les fenêtres, la sirène lointaine qui montait et descendait, les cloches de l'église qui venaient de se mettre à sonner. C'était maintenant, à la tombée de la nuit, et éventuellement juste avant le lever du soleil, qu'elle partait en quête de nourriture. Elle promena son nez sur le linoléum crasseux de la cuisine. Enregistra et classa à toute vitesse les odeurs en trois catégories : comestibles, menaçantes ou sans intérêt pour la survie. Le parfum âcre de la cendre de tabac. Le goût doucereux et sucré du sang sur un coton. L'exhalaison amère de la bière dans une capsule de Ringnes. Des molécules de soufre, de salpêtre et de dioxyde de carbone s'élevaient d'une douille métallique vide adaptée à une balle de 9 x 18 mm, appelée aussi Makarov, d'après le pistolet pour lequel le calibre avait été conçu. La fumée d'un mégot encore chaud à filtre jaune et papier noir frappé de l'aigle impérial russe. Le tabac était comestible. Et là : des effluves d'alcool, de cuir, de graisse et d'asphalte. Une chaussure. Elle la flaira et constata qu'elle se laissait moins facilement manger que le blouson dans le placard, celui qui sentait l'essence et l'animal en décomposition dont il était fait. Son cerveau de rongeur se concentra donc sur la façon de franchir l'obstacle devant elle. Elle avait essayé par les deux côtés, tenté de glisser son corps de vingt-cinq centimètres et de moins de cinq cents grammes. En vain. L'obstacle gisait sur le flanc, dos au mur, et l'empêchait d'accéder au trou menant à son nid et à ses huit nouveau-nés aveugles et nus qui réclamaient de plus en plus bruyamment ses mamelles. La montagne de viande sentait le sel, la sueur et le sang. C'était un être humain. Un être humain vivant ; ses oreilles sensibles lui permettaient de distinguer les faibles battements de cœur sous les hurlements affamés de ses petits.

Elle avait peur, mais elle n'avait pas le choix. Nourrir sa progéniture passait avant tous les dangers, tous les autres instincts, au prix de tous les efforts. Elle s'immobilisa donc le nez en l'air, dans l'attente de la solution.

Les cloches sonnaient en rythme avec le cœur humain. Un coup. Deux. Trois, quatre…

Elle découvrit ses dents de rongeur.

Juillet. Merde. On ne meurt pas en juillet. J'entends vraiment les cloches d'une église ou y avait un hallucinogène dans ces saletés de balles ? OK, c'est la fin. Et qu'est-ce que ça peut foutre ? Ici ou ailleurs. Maintenant ou plus tard. Mais méritais-je vraiment de mourir en juillet ? Sur fond de chants d'oiseaux, de tintements de bouteilles, de rires au bord de l'Akerselva et de foutu bonheur estival juste sous mes fenêtres ? Méritais-je de me retrouver par terre dans une piaule de junkie infecte, avec un trou de trop dans le corps, par lequel tout s'écoule : la vie, les secondes et les flash-back de tout ce qui m'a conduit ici ? Les grandes et les petites choses, la masse de hasards et de choix qui n'en étaient pas tous. Est-ce moi, est-ce tout, est-ce ça, ma vie ? J'avais des projets, non ? Maintenant, il reste un sac de poussière, une blague sans chute, si courte que j'aurais eu le temps de la raconter avant que cette foutue cloche arrête de sonner. Ah, saloperie de lance-flammes ! Personne ne m'avait dit que ça ferait si mal de mourir. T'es là, papa ? Te barre pas, pas maintenant. Écoute la blague : Je m'appelle Gusto. J'ai vécu jusqu'à l'âge de dix-neuf ans. T'étais un sale type, qui s'est tapé une sale bonne femme. Neuf mois plus tard, j'ai débarqué et j'avais pas eu le temps de dire « papa ! » qu'on me confiait à une famille adoptive. Là-bas, j'ai fait toutes les conneries que j'ai pu, et eux, ils ne faisaient que m'envelopper un peu plus dans leur étouffante couverture de sollicitude, et me demander ce que je voulais pour me tenir tranquille. Une foutue glace ? Ils n'étaient pas fichus de comprendre que les gens comme toi et moi devraient être exécutés à la naissance, exterminés comme la vermine, que nous transmettons mort et maladies, et nous reproduisons comme des rats dès que l'occasion se présente. Ils ne peuvent s'en prendre qu'à eux-mêmes. Mais ils veulent aussi quelque chose. Comme tout le monde. J'avais treize ans la première fois que je l'ai vu dans les yeux de ma mère adoptive : ce qu'elle voulait.

« Comme tu es beau, Gusto », elle a dit. Elle était entrée dans la salle de bains — j'avais laissé la porte ouverte, sans faire couler la douche, pour éviter que le bruit la mette en garde. Elle est restée une seconde de trop avant de ressortir. Et j'ai ri, car à ce moment-là je

savais. Voilà mon talent, papa : je sais ce que veulent les gens. Est-ce que je le tiens de toi ? Étais-tu comme ça, toi aussi ? Une fois qu'elle est sortie, je me suis regardé dans le miroir de la salle de bains. Elle n'était pas la première à le dire. Que j'étais beau. J'étais plus précoce que les autres garçons. Grand, mince, déjà large d'épaules et musclé. Des cheveux noirs et luisants, comme si la lumière ricochait dessus. Pommettes hautes. Menton carré. Une grande bouche avide, mais des lèvres pulpeuses comme celles d'une fille. Peau hâlée et lisse. Yeux marron, presque noirs. « Rat brun », m'avait surnommé un garçon de la classe. Didrik, c'était ça, son nom ? Il voulait devenir pianiste professionnel, en tout cas. Je venais d'avoir quinze ans et il l'avait dit tout haut dans la classe. « Ma parole, le rat brun ne sait même pas lire correctement. »

Je me suis contenté de rire, je savais pourquoi il le disait, bien sûr. Ce qu'il voulait. Kamilla, dont il était secrètement amoureux, était un peu moins secrètement amoureuse de moi. À la fête de classe, j'avais pu tâter ce qu'elle avait sous le pull. Pas grand-chose. J'en avais parlé à deux ou trois gars, Didrik l'avait su, et il avait décidé de me mettre sur la touche. Je ne tenais certes pas forcément à faire partie d'un groupe, mais l'éviction, c'est l'éviction. Alors je suis allé voir Tutu au club de motards. J'avais déjà dealé du shit pour eux à l'école, et je leur ai expliqué que si je voulais faire mon boulot correctement, il fallait qu'on me respecte. Tutu m'a dit qu'il allait s'occuper de Didrik. Lequel n'a par la suite jamais voulu expliquer à qui que ce soit comment il avait réussi à se coincer deux doigts juste au-dessous de la charnière supérieure de la porte des chiottes des garçons. Mais il ne m'a plus jamais appelé rat brun. Et — d'ailleurs — il n'est jamais devenu pianiste profes-

sionnel. Putain, ce que ça fait mal ! Non, c'est pas du réconfort qu'il me faut, papa, c'est un shoot. Juste un dernier shoot, et puis je quitterai ce monde bien tranquillement, promis. La cloche sonne de nouveau. Papa ?

Chapitre 2

Il était près de minuit à l'aéroport d'Oslo Gardermoen, quand le vol SK-459 en provenance de Bangkok vira sur sa place attribuée à la porte 46. Le commandant de bord, Tord Schultz, immobilisa l'Airbus A340 et coupa sans tarder l'arrivée de carburant. Le hurlement métallique des moteurs baissa, jusqu'à ronronner gentiment puis s'éteindre. Tord Schultz regarda machinalement l'heure, les roues avaient touché le sol depuis trois minutes quarante secondes, douze minutes d'avance sur l'horaire. Le commandant et son copilote entamèrent la procédure d'arrêt et de parking, puisque l'avion devait rester au hangar cette nuit. Avec la marchandise. Il feuilleta le journal de bord. Septembre 2011. À Bangkok, la saison des pluies n'était pas terminée, la chaleur était étouffante, comme d'habitude, et Schultz avait attendu avec impatience de pouvoir rentrer profiter des premières soirées de fraîcheur de l'automne. Oslo en septembre. Pas de meilleur endroit sur terre. Il remplit la rubrique « Carburant restant ». La comptabilité du carburant. Il avait déjà été obligé de fournir des explications à ce sujet. De retour d'Amsterdam ou de Madrid, quand il avait volé plus vite que ne le préconisait le bon sens économique et flambé des dizaines de milliers de couronnes en kérosène pour arriver à l'heure prévue. Le chef pilote avait fini par le convoquer.

« Arriver à l'heure pour quoi ? avait-il rugi. Aucun de tes passagers n'avait de correspondance !

— La compagnie aérienne la plus ponctuelle du monde, avait grommelé Tord Schultz, citant leur publicité.

— La compagnie aérienne aux finances les plus merdiques du monde ! C'est tout ce que t'as trouvé comme explication ? »

Tord Schultz avait haussé les épaules. Il ne pouvait bien sûr pas dire les choses comme elles étaient, qu'il avait ouvert en grand les vannes de kérosène parce qu'il avait lui-même un impératif horaire. Le vol qu'il devait assurer, à destination de Bergen, Trondheim ou Stavanger. Qu'il était crucial que ce soit *lui* et pas un autre qui fasse le voyage.

Il était trop âgé pour risquer autre chose qu'une bonne engueulade. Il avait évité les fautes graves, le syndicat prenait soin de lui, et il ne lui restait que quelques petites années avant d'atteindre les deux cinq, cinquante-cinq ans, et son départ en retraite. Tord Schultz soupira. Encore quelques petites années pour rectifier le tir et ne pas finir avec le titre de pilote aux finances les plus merdiques du monde.

Il signa le journal de bord, se leva et sortit du cockpit pour montrer aux passagers sa rangée de dents blanc perle de pilote, dans son visage au bronzage de pilote. Ce sourire qui était censé leur faire comprendre qu'il était monsieur Sécurité en personne. Pilote. Le titre qui autrefois avait fait de lui quelqu'un aux yeux des autres. Il l'avait vu, comment, automatiquement, dès lors qu'était prononcé le mot magique de « pilote », les gens, hommes ou femmes, jeunes et vieux, le regardaient autrement, découvrant le charisme, le charme nonchalant, juvénile, mais aussi la froide précision et l'énergie du commandant de bord, l'intellect supérieur et le courage de celui qui défiait les lois de la physique et les peurs innées des gens ordinaires. Mais cela remontait à loin. Aujourd'hui, on le voyait comme le chauffeur de bus qu'il était, on lui demandait combien coûtaient les billets les moins chers pour Las Palmas, et pourquoi on avait plus de place pour les jambes sur Lufthansa.

Qu'ils aillent se faire foutre. Qu'ils aillent tous se faire foutre.

Tord Schultz se positionna à la sortie, à côté des hôtesses de l'air, se redressa et sourit, débita son « *Welcome back, Miss* » dans l'épais parler texan qu'on leur avait inculqué à l'école spéciale de Sheppard. Il fut gratifié d'un sourire appréciateur en retour. À une époque, un tel sourire lui aurait permis de décrocher un rendez-vous dans le hall des arrivées. Il ne s'en était d'ailleurs pas privé. Entre Le Cap et Alta. Des femmes. C'est ce qui avait été le problème. Et la solution. Les femmes. D'autres femmes. De nouvelles femmes. Et maintenant ? La lisière de ses cheveux reculait sous sa casquette, mais son uniforme sur mesure mettait en valeur sa haute silhouette carrée. C'était à cette silhouette qu'il avait imputé de ne pas avoir été admis dans la filière des pilotes de chasse à l'école, et d'avoir fini pilote de cargo, aux commandes d'un Hercules, le cheval de trait du ciel. À la maison, il avait raconté que son dos était trop long de quelques centimètres, que les cockpits des Starfighter, F-5 et F-16 disqualifiaient quiconque n'était pas un nabot. En vérité, il n'avait pas le niveau. Son corps, lui, était à la hauteur. Avait toujours été à la hauteur. C'était d'ailleurs tout ce qu'il avait réussi à préserver de cette époque, la seule chose qui ne s'était pas désintégrée, effritée. Contrairement à ses mariages. Sa famille. Ses amis. Comment cela s'était-il produit ? Où était-il quand cela s'était produit ? Vraisemblablement dans une chambre d'hôtel du Cap ou d'Alta, avec de la cocaïne dans les narines pour compenser les effets toxiques des boissons du bar, et la bite dans une *not-welcome-back-Miss* pour compenser tout ce qu'il n'était pas, et ne serait jamais.

Le regard de Tord Schultz tomba sur un homme qui avançait vers lui entre les rangées de sièges. Il avait beau marcher tête baissée, il dominait les autres passagers. Aussi mince et baraqué que lui. Ses cheveux blonds taillés très court se dressaient sur sa tête comme le chiendent d'une brosse. Il était plus jeune que Schultz, avait l'air norvégien, mais ne ressemblait guère à un touriste de retour au pays, c'était plus vraisemblablement un expat, dont le bronzage diffus, presque gris, était typique des Blancs qui avaient passé un long moment en Asie du Sud-Est. Son costume en lin marron, sur mesure, indubitablement, donnait une impression de qualité, de sérieux. Un homme d'affaires, peut-être. À l'activité pas trop florissante, car il voyageait en classe économique. Mais ce n'était ni le costume ni la stature qui avaient arrêté le regard de Tord Schultz sur cette personne. C'était sa balafre. Elle partait du coin gauche de la bouche pour remonter presque à l'oreille, comme une faucille en forme de sourire. Grotesque, et merveilleusement théâtrale.

« *See you.* »

Tord Schultz sursauta, mais n'eut pas le temps de répondre avant que l'homme fût passé et sorti. Sa voix était rauque et ses yeux injectés de sang laissaient penser qu'il venait de se réveiller.

L'avion était vide. Quand l'équipage sortit en groupe, le minibus du personnel chargé de nettoyer l'appareil était garé sur la piste. Tord Schultz remarqua que le petit Russe trapu descendait le premier du véhicule. Il le vit grimper prestement la passerelle, avec son gilet jaune fluorescent frappé du logo de leur société, Solox.

See you.

Le cerveau de Tord Schultz répétait ces mots alors qu'il marchait dans le couloir vers la salle du personnel navigant.

« Tu n'avais pas un bagage de cabine par-dessus ? » demanda une hôtesse de l'air, l'index pointé vers la Samsonite à roulettes de Tord. Il ne se rappelait pas son nom. Mia ? Maja ? En tout cas, il l'avait sautée lors d'une escale, au siècle dernier. Encore que… ?

« Non », répondit Tord Schultz.

See you. Comme dans « On se reverra » ? Ou comme dans « Je vois que tu me regardes » ?

Ils passèrent devant la cloison de la salle du personnel, à l'endroit où, en théorie, un douanier pouvait surgir, tel le diable de sa boîte. Quatre-vingt-dix-neuf fois sur cent, le siège derrière cette cloison était vide, et il n'avait jamais — pas une seule fois au cours de ses trente années dans cette compagnie — été intercepté ni fouillé.

See you.

Comme dans « Je t'ai vu ». Et dans « Je vois qui tu es ».

Tord Schultz se hâta de franchir la porte.

Comme à son habitude, Sergeï Ivanov veilla à sortir le premier du minibus quand celui-ci s'arrêta sur le tarmac à côté de l'Airbus, et grimpa quatre à quatre la passerelle vers l'avion vide. Il emporta son aspirateur dans le cockpit et verrouilla derrière lui. Il enfila les gants en latex jusqu'à la naissance de ses tatouages, ouvrit le capot avant de l'aspirateur, puis le casier du pilote. Il en sortit le bagage Samsonite, tira la fermeture, ôta le fond métallique et vérifia que les quatre briques d'un kilo chacune s'y trouvaient bien. Il le fourra alors dans l'aspirateur, appuya pour le faire tenir entre le flexible et le grand sac à poussière qu'il avait pris soin de vider un instant plus tôt. Il referma le capot, ouvrit la porte du cockpit et alluma l'aspirateur. L'ensemble ne lui prit qu'une poignée de secondes.

Après avoir rangé et nettoyé la cabine, l'équipe d'entretien sortit sans se presser de l'avion. Ils chargèrent les sacs-poubelles bleu pâle à l'arrière du Daihatsu et regagnèrent la salle d'attente. Seuls quelques avions devaient encore atterrir ou décoller avant que l'aéroport ne ferme pour la nuit. Ivanov jeta un coup d'œil par-dessus l'épaule de Jenny, la chef d'équipe. Il parcourut l'écran du PC qui indiquait les horaires de départ et d'arrivée. Aucun retard.

« Je prends Bergen à la 28 », déclara Sergeï avec son dur accent russe. Au moins parlait-il le norvégien, certains de ses compatriotes devant encore recourir à l'anglais après dix ans passés en Norvège. Lorsqu'il l'avait fait venir, deux ans plus tôt, l'oncle lui avait clairement fait comprendre qu'il devait apprendre le norvégien, il l'avait même motivé en lui laissant entendre qu'il possédait peut-être un peu de son talent pour les langues étrangères.

« J'ai du monde sur la 28, répondit Jenny. Tu peux attendre Trondheim à la 22.

— Je prends Bergen, insista Sergeï. Nick prendra Trondheim. »

Jenny le regarda.

« Comme tu voudras. Ne te tue pas à la tâche, Sergeï. »

Sergeï alla s'asseoir sur une chaise le long du mur. Il s'appuya délicatement contre le dossier. La peau entre ses omoplates était encore irritée, là où avait officié le tatoueur norvégien. Il travaillait d'après les dessins que Sergeï s'était fait envoyer par Imre, le tatoueur emprisonné à Nijni Taguil, et il avait encore beaucoup à faire pour achever l'œuvre. Sergeï pensa aux dessins sur les membres d'Andreï et Peter, les lieutenants de l'oncle. Les traits bleu pâle dans la peau des deux cosaques de l'Altaï racontaient des vies mouvementées, pleines de prouesses. Sergeï aussi avait un exploit à son actif : un meurtre. Un petit meurtre, mais il était déjà gravé à l'encre et à l'aiguille, sous la forme d'un ange. Un second allait peut-être suivre. Un gros. Si *le nécessaire* devient nécessaire, avait précisé l'oncle avant de lui demander de se tenir prêt, de se préparer mentalement, de s'exercer au couteau. Un homme devait arriver, avait-il expliqué. Ce n'était pas certain, mais vraisemblable.

Vraisemblable.

Sergeï Ivanov regarda ses mains. Il n'avait pas quitté ses gants en latex. C'était une heureuse coïncidence que leur tenue de travail habituelle leur évite de laisser des empreintes digitales sur les colis, dans l'éventualité où quelque chose tournerait mal un jour.

Ces mains ne tremblaient pas le moins du monde. Elles faisaient cela depuis si longtemps que, pour garder toute sa vigilance, il devait parfois se rappeler le risque encouru. Il espérait qu'elles seraient aussi calmes au moment d'accomplir *le nécessaire — to tchto noujno*. Quand il se rendrait digne du tatouage dont il avait déjà commandé les motifs. Il évoqua encore cette image : il déboutonnerait sa chemise, dans le salon, chez eux à Nijni Taguil, devant tous les frères Urkas, et il leur montrerait ses nouveaux tatouages. Qui n'appelleraient aucune explication, aucune parole. Alors il ne dirait rien. Il verrait simplement dans leurs yeux qu'il n'était plus le petit Sergeï. Il priait chaque soir, depuis plusieurs semaines, pour que cet homme vienne bientôt. Et que le nécessaire devienne nécessaire.

Le talkie-walkie crachota un message : l'avion de Bergen était prêt pour le nettoyage.

Sergeï se leva. Bâilla.

La procédure dans le cockpit était encore plus simple.

Ouvrir l'aspirateur et ranger le bagage dans le casier du copilote.

En sortant de l'avion, l'équipe de nettoyage croisa l'équipage. Sergeï Ivanov s'abstint de chercher le regard du copilote. Il baissa les yeux et remarqua qu'il avait le même type de valise à roulettes que Schultz. Samsonite Aspire GRT. Le même coloris rouge. Sans le bagage que l'on pouvait fixer dessus. Ils ne savaient rien l'un de l'autre, rien des raisons de leur implication, rien de leur passé ou de leur situation familiale. Sergeï, Schultz et ce jeune copilote n'étaient reliés que par des numéros de mobiles non enregistrés, achetés en Thaïlande, qui servaient à envoyer des SMS en cas de changement de planning. Sergeï doutait que Schultz et le copilote fussent au courant de leur existence réciproque. Andreï limitait les informations au strict nécessaire. C'est pourquoi Sergeï ignorait ce que devenaient les colis. Mais il le subodorait. Car pour le copilote, sur un vol intérieur entre Oslo et Bergen, il n'y avait pas de douane ni de contrôle de sécurité. Il emportait le bagage de cabine à l'hôtel de Bergen où l'équipage passait la nuit. Quelques coups discrets frappés à la porte de la chambre en pleine nuit, et quatre kilos d'héroïne changeaient de mains. Même si la nouvelle drogue, la fioline[1], avait légèrement fait baisser les cours de l'héroïne, le prix dans la rue pour un quart était d'au moins deux cent cinquante couronnes. Un billet de mille le gramme. En partant du principe que la drogue — qui avait déjà été coupée — le serait encore une fois, on arrivait à un total de huit millions. Il savait compter. Suffisamment bien pour savoir qu'il était sous-payé. Mais il savait aussi qu'il serait digne d'une plus grosse part quand il aurait fait *le nécessaire*. Et avec ses gages, il pourrait en quelques années se payer une maison à Nijni Taguil, se trouver une jolie Sibérienne, permettre peut-être à son père et à sa mère d'emménager chez eux quand ils seraient vieux.

Sergeï Ivanov sentit son tatouage le démanger entre les omoplates.

La peau elle-même paraissait attendre la suite avec impatience.

1. *Fiolin* signifie « violon » en norvégien. *(Toutes les notes sont du traducteur.)*

Chapitre 3

L'homme en costume de lin quitta la navette ferroviaire de l'aéroport à la gare centrale d'Oslo. La journée avait dû être chaude et ensoleillée dans son ancienne ville, car l'air y était encore doux et caressant. Portant une valise en toile si petite qu'elle en était presque comique, il gagna d'un pas rapide et énergique la sortie sud de la gare. À l'extérieur, le cœur de la ville — dont certains prétendaient qu'elle en était dépourvue — battait au ralenti. Rythme nocturne. Les rares voitures qui tournoyaient autour du rond-point de l'échangeur étaient projetées, l'une après l'autre, vers l'est en direction de Stockholm et de Trondheim, vers le nord en direction d'autres quartiers ou encore vers l'ouest en direction de Drammen et de Kristiansand. La taille et la forme de l'échangeur évoquaient un brontosaure, un géant à l'agonie qui disparaîtrait bientôt au profit de logements et d'immeubles de bureaux dans le nouveau *beau* quartier de la capitale, agrémenté du nouveau *bel* édifice d'Oslo, l'Opéra. L'homme s'arrêta pour contempler cet iceberg blanc entre l'échangeur et le fjord. Il avait déjà remporté des prix d'architecture dans le monde entier, on venait de loin pour marcher sur le toit de marbre italien qui descendait droit dans la mer. De l'autre côté des grandes baies, la lumière était aussi forte que le clair de lune tombant sur l'édifice.

Un peu que c'est un embellissement, songea l'homme.

Plus que les promesses à venir d'un nouveau quartier, c'était le passé qu'il voyait. Car cet endroit avait été la *shooting gallery* d'Oslo, le territoire des camés, où ils se piquaient et où ils chevauchaient leurs chimères, derrière la paroi d'une baraque de chantier qui les dissimulait à peine. Une cloison entre eux et leurs parents qui ne se doutaient de rien, pétris de bons sentiments socio-démocrates. Embellissement, songea-t-il. Ils se foutent en l'air dans un cadre plus beau.

Depuis la dernière fois qu'il s'était tenu ici, trois années s'étaient écoulées. Tout était nouveau. Rien n'avait changé.

Ils étaient installés sur une bande de gazon entre la gare et l'autoroute, quasiment un accotement. Aussi intoxiqués que jadis. Allongés sur le dos, les yeux clos, comme si le soleil était trop fort, accroupis dans leur recherche d'une veine qui ne serait pas encore fichue, ou pliés en deux, avec cette cassure du genou typique des junkies et un sac au dos, l'air de se demander si la pente sur laquelle ils étaient montait ou descendait. Les mêmes visages. Pas les mêmes morts-vivants qu'à l'époque où il fréquentait les lieux, évidemment, ceux-là étaient vraiment morts depuis belle lurette, mais les mêmes visages.

En remontant vers Tollbugata, il y en avait d'autres. Puisque cela avait un lien avec le motif de son retour, il essaya de se faire une idée. De déterminer s'ils étaient plus ou moins nombreux. Il remarqua que les négociations avaient repris à Plata. Le petit carré d'asphalte du côté ouest de Jernbanetorget, peint en blanc, avait été jadis le Taïwan d'Oslo, une zone de libre-échange pour les stupéfiants, mise en place afin que les pouvoirs publics puissent avoir une certaine vue d'ensemble des opérations qui s'y déroulaient, et éventuellement repérer de jeunes primo-acheteurs. Mais, à mesure que la boutique avait gagné en importance et que Plata avait révélé le vrai visage d'Oslo, qui était l'une des pires villes d'Europe en matière de trafic d'héroïne, l'endroit s'était transformé en véritable attraction touristique. Le commerce d'héroïne et les statistiques d'overdoses entachaient depuis longtemps la réputation de la ville, mais cela n'avait jamais été aussi visible qu'à Plata. Les journaux et les chaînes de télévision abreuvaient le reste du pays d'images de jeunes défoncés, de zombies errant dans le centre-ville au beau milieu de la journée. On avait accusé les politiques. Quand la droite était au pouvoir, la gauche tonnait. « Pas assez de programmes de traitement. » « La prison fabrique des toxicomanes. » « La nouvelle société de classes crée des gangs et du trafic de drogue dans les milieux immigrés. » Quand la gauche était au pouvoir, la droite fulminait. « Pas assez de moyens policiers. » « Accès trop facile pour les demandeurs d'asile. » « Sept détenus sur dix sont étrangers. »

Alors, après avoir été poussé dans ses derniers retranchements, le conseil de la ville d'Oslo avait pris la décision inévitable : se prémunir. Repousser les saletés sous le tapis. Fermer Plata.

L'homme en costume de lin vit un gamin en maillot rouge et blanc d'Arsenal en haut d'un escalier, face à quatre individus qui trépignaient. La tête du joueur d'Arsenal tournait à droite, à gauche, avec les mouvements saccadés d'une poule. Les autres têtes étaient immobiles, se contentaient de regarder fixement celui qui était en tenue d'Arsenal. Une prise. Le vendeur attendait qu'ils soient assez nombreux. Une prise complète, cinq, six peut-être. Ensuite, il prendrait l'argent des commandes et les conduirait là où se trouvait la drogue. Au coin de la rue ou dans une cour d'immeuble, où l'attendait son partenaire. Le principe était simple : celui qui avait la drogue n'était jamais en contact avec l'argent, celui qui avait l'argent n'était jamais en contact avec la drogue. Ainsi, la police n'avait pas de preuves pour les accuser de trafic. Pourtant, l'homme en costume de lin tiqua, car ce qu'il voyait, c'était la vieille méthode des années quatre-vingt et quatre-vingt-dix. À mesure que la police avait renoncé à chasser les dealers de rue, les vendeurs avaient laissé tomber les procédures minutieuses et les prises groupées pour dealer directement avec les clients qui arrivaient. L'argent dans une main, la drogue dans l'autre. La police recommençait-elle à traquer les dealers de rue ?

Un homme en tenue complète de cycliste arriva sur son vélo, casque, lunettes orange et maillot aux couleurs vives. Les muscles saillaient sous son cuissard, et son vélo devait valoir son prix. C'est sans doute pourquoi il l'emporta avec lui lorsque la prise dont il faisait partie suivit le joueur d'Arsenal de l'autre côté du bâtiment. Tout était nouveau. Rien n'avait changé. Mais ils étaient tout de même moins nombreux, non ?

Les putes au coin de Skippergata s'adressèrent à lui en mauvais anglais — « *Hey, baby !* », « *Wait a minute, handsome !* » — mais il secoua la tête. Et l'on eût dit que la rumeur de sa chasteté, voire de sa pauvreté, se répandait plus vite qu'il ne marchait, car plus haut dans la rue les filles ne lui manifestèrent pas le moindre intérêt. À son époque, les putes d'Oslo portaient des vêtements pratiques, jean et coupe-vent. Elles n'étaient pas nombreuses, le marché était florissant. Mais à présent la concurrence était plus rude, jupes courtes, talons aiguilles et bas résille. Les Africaines paraissaient déjà avoir froid. Attendez décembre, songea-t-il.

Il s'enfonça davantage dans Kvadraturen, le premier centre-ville historique d'Oslo, qui était maintenant un désert d'asphalte et de brique, avec des bâtiments administratifs et des immeubles de bureaux d'environ vingt-cinq mille fourmis laborieuses, qui filaient chez elles sur les coups de seize ou dix-sept heures, en abandonnant les lieux aux rongeurs nocturnes. À l'époque où le roi Christian IV avait fondé Kvadraturen, selon un plan en damier conforme aux idéaux géométriques de la Renaissance, les incendies faisaient des ravages. La légende racontait que la nuit du 29 février on voyait des gens en flammes courir entre les maisons, on entendait leurs cris alors qu'ils brûlaient entièrement et s'évaporaient, laissant un petit tas de cendres sur le sol. Si l'on parvenait à les manger avant que le vent ne les disperse, la maison dans laquelle on habitait soi-même ne brûlerait jamais. Le risque d'incendie poussa Christian IV à construire des rues larges par rapport au standard d'Oslo, ville pauvre. De plus, les bâtiments furent construits en brique, ce matériau si peu norvégien. Et c'est en longeant l'un de ces murs en brique qu'il passa devant l'entrée d'un bar. Un viol récent de *Welcome to the Jungle* des Guns N' Roses, dont le fruit était un reggae dance qui pissait aussi bien sur Marley que sur Rose,

Slash et Stradlin, parvenait jusqu'aux fumeurs sur le trottoir. Il s'arrêta devant un bras tendu.

« Du feu ? »

Une presque quadragénaire boulotte, avec du monde au balcon, l'observait. Entre ses lèvres rouges, la cigarette basculait en un geste engageant.

Un sourcil levé, il regarda l'amie hilare qui se tenait derrière elle, une cigarette allumée entre ses doigts. La fille au balcon surpeuplé s'en aperçut et rit à son tour, faisant un pas de côté pour conserver son équilibre.

« Allez, sois pas chiant ! » lança-t-elle dans le même dialecte du Sørlandet que la princesse héritière. Il avait entendu parler d'une pute qui avait fait fortune en adoptant la même apparence, la même façon de parler et les mêmes tenues. Et les cinq mille couronnes de l'heure incluaient un sceptre en plastique dont le client pouvait faire un usage relativement libre.

La main de la femme se posa sur son bras au moment où il allait repartir. Elle se pencha vers lui et lui souffla au visage son haleine parfumée au vin rouge.

« Tu m'as l'air d'être un beau biquet. Tu ne veux pas me prêter… ton briquet ? »

Il tourna vers elle son autre profil. Le mauvais. La face biquet-pas-si-beau-que-ça. Il la sentit tressaillir et lâcher prise à la vue de la trace laissée entre sa bouche et son oreille par un clou au Congo, qui évoquait un chenal gelé dont la glace se serait mal refermée.

Au moment où il repartait, la musique passa à Nirvana. *Come As You Are.* Version originale.

« Shit ? »

La voix venait d'une porte cochère, mais il ne s'arrêta ni ne se retourna.

« Speed ? »

Ça faisait trois ans qu'il était clean, et il n'avait pas l'intention de recommencer.

« Fioline ? »

Surtout pas maintenant.

Devant lui, sur le trottoir, un jeune homme s'était arrêté près de deux dealers, à qui il parlait et montrait quelque chose. Le jeune leva les yeux quand il approcha, des yeux gris qui le scrutèrent. Regard de policier, songea l'homme, qui baissa la tête et traversa la rue. Sans doute était-il un peu paranoïaque, il ne pouvait guère être reconnu par un policier aussi jeune.

Et l'hôtel était là. L'auberge. Le Leons.

Cette partie de la rue était presque déserte. De l'autre côté, sous un réverbère, il aperçut l'acheteur chevauchant son vélo, en compagnie d'un autre cycliste, dans la même tenue de pro de la petite reine. Il l'aidait à se faire une injection dans le cou.

L'homme en costume de lin secoua la tête et leva les yeux vers la façade du bâtiment devant lui.

C'était la même bannière, grise de crasse, qui était suspendue sous les fenêtres du troisième et dernier étage. « Quatre cents couronnes la journée ! »

Tout était nouveau. Et rien n'avait changé.

Le réceptionniste était nouveau. Un jeune garçon, qui salua l'homme en costume de lin avec un sourire d'une politesse renversante et un manque de méfiance qui, pour un employé du Leons, était confondant. Il lui souhaita « *welcome* » sans une once d'ironie dans la voix, et demanda à voir ses papiers. L'homme supposa que ce devait être sa peau hâlée et son costume de lin qui le faisaient passer pour un étranger, et il tendit son passeport norvégien rouge. Il était usé, avec de nombreux tampons. Trop pour qu'on puisse parler d'une bonne vie.

« Ah, d'accord. » Le réceptionniste lui rendit son passeport. Posa un formulaire sur le comptoir et lui tendit un stylo.

« Les rubriques cochées suffisent. »

Une fiche d'hôtel au Leons ? se demanda l'homme. Certaines choses avaient peut-être changé, en fin de compte. Il prit le stylo et vit le regard fixe de l'employé sur sa main, son majeur. Ce qui naguère avait été un majeur avant d'être sectionné dans une maison de Holmenkollåsen. Depuis, la première phalange avait cédé la place à une prothèse gris-bleu en titane mat. Elle ne servait pas à grand-chose, mais elle donnait un point d'appui à l'index et l'annulaire quand il fallait saisir un objet, et sa très petite taille la rendait peu gênante. Elle n'avait qu'un inconvénient : les laïus explicatifs à fournir au moment de passer les contrôles de sécurité dans les aéroports.

Il inscrivit son prénom et son nom derrière *First name* et *Last name*.

Date of birth.

Il savait qu'il ressemblait davantage à un homme au milieu de la quarantaine aujourd'hui qu'à ce vieillard blessé qui était parti d'ici trois ans plus tôt. Il s'était soumis à un régime strict d'exercice, nourriture saine, sommeil suffisant et — bien entendu — sobriété à cent pour cent. Ce régime ne visait pas à rajeunir, mais à ne pas mourir. Et puis, ça lui plaisait. Au fond, il avait toujours bien aimé les routines, la discipline, l'ordre. Alors pourquoi sa vie avait-elle été faite de chaos, de ravages autodestructeurs et de relations rompues ? Pourquoi avait-elle été vécue par étapes entre des périodes tombées dans le trou noir de l'alcoolisme ? Les cases vides le regardaient d'un air interrogateur. Mais elles étaient trop petites pour les réponses qu'elles appelaient.

Permanent address.

Voyons. L'appartement de Sofies gate avait été vendu juste après son départ, tout comme la maison de ses parents à Oppsal. Dans l'exercice de sa profession actuelle, une adresse permanente officielle aurait entraîné un certain risque. Il écrivit donc ce qu'il avait l'habitude d'écrire quand il prenait une chambre dans d'autres hôtels : Chung King Mansion, Hong Kong. Ce n'était pas plus loin de la vérité qu'autre chose.

Profession.

Le meurtre. Il laissa la case vide. Elle n'était pas cochée.

Phone number.

Il en donna un fictif. Les téléphones mobiles se tracent, aussi bien les conversations que la position géographique.

Phone number next of kin.

Plus proche parent ? Quel époux donnerait de son plein gré le numéro de sa femme quand il descend au Leons ? À Oslo, cet endroit était tout de même ce qui s'apparentait le plus à un lupanar public.

Le réceptionniste lisait manifestement dans ses pensées.

« C'est juste au cas où vous auriez un malaise, et où il nous faudrait appeler quelqu'un. »

Harry hocha la tête. Défaillance cardiaque pendant l'acte.

« Vous n'avez pas besoin de remplir la case si vous n'avez pas...

— Non. »

L'homme contemplait les mots. Plus proche parent. Il avait la Frangine. Une sœur frappée de ce qu'elle appelait elle-même « … un soupçon de trisomie 21 », mais qui avait toujours bien mieux encaissé la vie que son grand frère. À part la Frangine, personne. Vraiment personne.

Il cocha « Cash » comme moyen de règlement, signa et tendit la fiche au réceptionniste. Qui la parcourut. Et là, enfin, il la vit apparaître. La méfiance.

« Vous êtes… Vous êtes Harry Hole ? »

Harry Hole hocha la tête.

« Ça pose un problème ? »

Le gamin secoua la tête. Déglutit.

« Parfait, conclut Harry Hole. Vous avez une clé pour moi ?

— Oh, désolé ! Voilà. 301. »

Harry prit la clé et nota que les pupilles du garçon s'étaient agrandies et que sa voix s'étranglait.

« C'est… c'est mon oncle, expliqua-t-il. C'est le gérant de l'hôtel, c'est lui qui occupait ma place avant. Il m'a parlé de vous.

— En bien, j'espère », fit Harry en souriant. Il empoigna sa petite valise en toile et se dirigea vers l'escalier.

« L'ascenseur…

— J'aime pas les ascenseurs », répondit Harry sans se retourner.

La chambre était comme avant. Vétuste, petite, plutôt propre. Non, d'ailleurs, les rideaux étaient neufs. Verts. Empesés. Sûrement infroissables. Tiens, ça lui rappela… Il suspendit son costume dans la salle de bains et ouvrit la douche pour que la vapeur le défroisse. Ce costume lui avait coûté huit cents dollars de Hong Kong à la Punjab House de Nathan

Road, mais dans sa branche, l'investissement était nécessaire, personne ne respectait un homme en guenilles. Il se plaça sous le jet. L'eau chaude lui picota la peau. Il traversa ensuite la chambre, nu, jusqu'à la fenêtre, qu'il ouvrit. Deuxième étage. Cour intérieure. D'une fenêtre s'échappaient des gémissements qui trahissaient un enthousiasme feint. Il saisit la tringle à rideaux et se pencha à l'extérieur. Il vit une grande poubelle juste au-dessous, et l'odeur douceâtre des ordures l'assaillit. Il cracha, et entendit sa salive atterrir sur un morceau de papier. Mais le bruissement qui suivit n'était pas de papier. Il y eut un craquement, et les rideaux verts s'affalèrent de part et d'autre. Merde ! Il retira la fine tringle. C'était un modèle d'autrefois, en bois, avec un embout en forme d'oignon à chaque extrémité. Elle avait déjà été cassée et rafistolée avec du gros scotch. Harry s'assit sur le lit, ouvrit le tiroir de la table de chevet. Il y trouva une Bible reliée en skaï bleu ciel et un nécessaire à couture composé de fil noir enroulé autour d'un bout de carton transpercé par une aiguille. À la réflexion, Harry se dit que c'était plutôt bien vu : les clients pouvaient recoudre leurs boutons de pantalon et se renseigner après coup sur le pardon des péchés. Il s'allongea et fixa le plafond. Tout était nouveau, et rien… Il ferma les yeux. Il n'avait pas dormi dans l'avion, et avec ou sans décalage horaire, avec ou sans rideaux, il arriverait à dormir. Et il referait le rêve qu'il avait fait chaque nuit de ces trois dernières années : il courait dans un couloir, poursuivi par une avalanche assourdissante qui aspirait tout l'air sur son passage et l'empêchait de respirer.

Il suffisait de continuer, et de garder les yeux fermés encore un peu.

Ses pensées lui échappèrent, s'éloignèrent de lui.

Plus proche parent.

Proche.

Parent.

Voilà ce qu'il était. C'est pour ça qu'il était de retour.

Sergeï roulait sur l'E6 en direction d'Oslo. Il avait hâte de retrouver son lit dans l'appartement de Furuset. Il ne dépassait pas les cent vingt, malgré une route presque déserte à cette heure avancée de la nuit. Son mobile sonna. Ce téléphone mobile. La conversation avec Andreï fut brève. Andreï avait parlé à l'oncle, ou *ataman* — le guide — comme il l'appelait. À la fin de leur échange, Sergeï n'y tint plus. Il appuya sur le champignon. Hurla de joie. L'homme était arrivé. Là, ce soir. Il était là ! Pour l'instant, Sergeï ne devait rien entreprendre, la situation pouvait se régler d'elle-même, avait précisé Andreï. Mais à présent il fallait être encore mieux préparé, mentalement et physiquement. S'entraîner au couteau, dormir, rester à l'affût. Si le nécessaire devenait nécessaire.

Chapitre 4

Tord Schultz entendit à peine le vacarme de l'avion au-dessus des maisons tant il respirait bruyamment sur son canapé. La transpiration formait une pellicule sur son torse nu, et l'écho du métal contre le métal se répercutait encore entre les murs dépouillés. La barre de musculation était posée sur son support derrière le canapé, au-dessus du banc dont la housse en skaï scintillait de sueur. Sur l'écran devant lui, Donald Draper plissait les yeux à travers la fumée de sa cigarette et sirotait son whisky. Un nouvel avion rugit au-dessus d'eux. *Mad Men.* Les années soixante. Les États-Unis. Des filles qui s'habillaient avec de vrais vêtements. De vraies boissons dans de vrais verres. De vraies cigarettes, sans filtre ni saveur mentholée. L'époque où ce qui ne vous tuait pas vous rendait plus fort. Il n'avait acheté que la première saison. Se la repassait en boucle. Il n'était pas certain d'apprécier la suite.

Tord Schultz regarda la ligne blanche sur le plateau vitré de la table basse et essuya le bord de son badge. Comme d'habitude, il s'en était servi pour la préparer. Le badge qu'il accrochait à la poche de poitrine de sa veste d'uniforme, le badge qui lui permettait d'accéder au cockpit, au ciel, à son salaire. Le badge qui faisait de lui ce qu'il était. Le badge qu'on lui reprendrait — avec tout le reste — si le pot aux roses était découvert. Voilà pourquoi il lui semblait juste de s'en servir. Il y avait là — au milieu de toute cette turpitude — une certaine honnêteté.

Ils repartaient pour Bangkok le lendemain matin. Deux jours de repos à la Sukhumvit Residence. Bien. Ça allait être bien, à présent. Mieux qu'avant. Il n'avait pas aimé l'arrangement sur le vol d'Amsterdam. Trop risqué. Depuis qu'on avait découvert que des équipages sud-américains étaient impliqués dans le trafic de cocaïne à destination de Schiphol, tous les navigants, quelle que soit leur compagnie aérienne, risquaient vérification des bagages et fouille au corps. De plus, l'arrangement prévoyait qu'il débarque lui-même les paquets et les garde jusqu'à reprendre un vol intérieur, à destination de Bergen, Trondheim ou Stavanger. Ces vols intérieurs qu'il *devait* assurer, même si cela impliquait qu'il rattrape le retard pris à Amsterdam en brûlant plus de carburant. À Gardermoen, il restait naturellement toujours dans la zone des pistes, donc pas de douane, mais il lui avait parfois fallu garder la drogue dans ses bagages pendant seize heures avant de pouvoir la livrer. Et les livraisons n'avaient pas non plus été sans risque. Des voitures sur un parking. Des restaurants un peu trop vides. Des hôtels aux réceptionnistes un peu trop observateurs.

Il roula un billet de mille couronnes trouvé dans l'enveloppe qu'ils avaient déposée à leur dernier passage. On fabriquait des tubes en plastique conçus spécialement à cet effet, mais Schultz n'était pas comme ça ; il n'était pas un gros consommateur, contrairement à ce qu'elle avait expliqué à son avocat lors du divorce. Cette garce, qui prétendait vouloir divorcer pour éviter aux enfants de grandir chez un père toxicomane et n'avoir pas la force de rester assise à le regarder sniffer leur maison et tout ce qu'il y avait dedans. Et que leur séparation n'avait rien à voir avec les hôtesses de l'air, elle s'en fichait éperdument, il y avait longtemps qu'elle s'était fait une raison ; ça, l'âge s'en chargerait. Elle et son avocat lui avaient posé un ultimatum. Ou elle gardait la maison, les enfants et ce qu'il n'avait pas réussi à flamber de l'héritage paternel, ou elle le dénonçait pour détention et usage de cocaïne. Elle avait réuni suffisamment de preuves pour que son propre avocat l'informe qu'il serait condamné et licencié par sa compagnie aérienne.

Le choix avait été simple. Elle ne lui avait permis de conserver que les dettes.

Il se leva et alla regarder par la fenêtre du salon. N'allaient-ils pas bientôt venir ?

La procédure était relativement nouvelle. Il lui fallait emporter un colis à Bangkok. Dieu seul savait pourquoi. Et pourquoi pas du poisson aux Lofoten ? Quoi qu'il en soit, c'était la sixième fois, et jusqu'ici tout s'était déroulé sans incident.

La lumière était allumée dans les maisons voisines, mais elles étaient très éloignées les unes des autres. Des maisons solitaires, songea-t-il. À l'époque où Gardermoen était un aéroport militaire, elles logeaient les officiers. Des boîtes identiques, de plain-pied, séparées par de grandes pelouses nues. Aussi basses que possible, pour éviter qu'un avion en rase-mottes ne les percute. Aussi éloignées que possible, pour éviter qu'un incendie consécutif à un crash ne se propage.

C'est là qu'ils avaient vécu pendant son service militaire, quand il volait sur Hercules. Les enfants couraient entre les maisons, pour rejoindre ceux des collègues pilotes. Le samedi, l'été. Les hommes autour des barbecues, avec leur tablier et leur apéritif. Les cancans qui s'échappaient par la fenêtre ouverte de la cuisine, où les femmes préparaient la salade en buvant du Campari. Comme une scène de *L'étoffe des héros*, son film préféré, celui avec les premiers astronautes et le pilote d'essai Chuck Yeager. Foutrement belles, ces épouses. Même si ce n'étaient que des pilotes d'Hercules. Ils étaient heureux, à l'époque, non ? Était-ce pour cette raison qu'il était revenu habiter ici ? Un souhait inconscient de retrouver quelque chose ? Ou de découvrir où les choses s'étaient enrayées, pour les réparer ?

Il vit la voiture arriver et consulta machinalement sa montre. Constata qu'ils avaient dix-huit minutes de retard sur l'horaire prévu.

Il alla à la table basse. Inspira profondément deux fois. Puis il posa le billet roulé à l'extrémité de la ligne, se pencha et aspira la poudre. Qui lui brûla les muqueuses. Il humecta le bout de son doigt, le passa dans ce qui restait de poudre et s'en frictionna les gencives. Amer. On sonna à la porte.

C'étaient les deux mêmes mormons que d'habitude. Un petit et un grand, tous deux en costume de premier communiant. Mais leurs tatouages dépassaient sur le dos de la main. C'était presque comique.

Ils lui donnèrent le paquet. Cinq cents grammes, dans une saucisse qui s'insérerait exactement dans le logement métallique de la poignée repliable de la valise à roulettes. Il devait extraire le colis après l'atterrissage à Suvarnabhumi et le placer dans le cockpit, sous le revêtement décollé, au fond du placard des pilotes. Et ce serait la dernière fois qu'il verrait le paquet, le reste, il appartiendrait probablement à un membre du personnel au sol de s'en charger.

Lorsque M. Small et M. Big lui avaient proposé d'emporter des paquets à Bangkok, l'idée lui avait paru aberrante. Nulle part ailleurs dans le monde les prix pratiqués dans la rue n'étaient plus élevés qu'à Oslo, alors pourquoi exporter ? Mais il n'avait pas posé de question, conscient qu'il n'obtiendrait pas de réponse, et c'était bien ainsi. Il avait néanmoins expliqué que passer de l'héroïne en Thaïlande était passible de la peine de mort, et qu'il voulait être mieux payé.

Ils avaient ri. D'abord le petit. Puis le grand. Tord s'était dit qu'un réseau nerveux moins étendu permettait peut-être des réactions plus rapides. Que c'était peut-être pour cette raison qu'on faisait les cockpits des avions de chasse si bas, afin d'exclure les pilotes longs et mous.

Dans son anglais aux dures sonorités russes, M. Small avait expliqué à Tord que ce n'était pas de l'héroïne, mais un produit tout à fait nouveau, si nouveau qu'il n'était même pas interdit par la loi. Mais lorsque Tord Schultz avait demandé pourquoi il leur fallait passer en douce une substance légale, ils avaient ri de plus belle, le priant de la boucler et de répondre oui ou non.

Tord Schultz avait répondu oui. Tout en se faisant une autre réflexion. Quelles auraient été les conséquences s'il avait répondu non ?

Il y avait eu six voyages depuis.

Tord Schultz regarda le paquet. Deux ou trois fois, il s'était demandé s'il n'allait pas enduire les préservatifs et les sachets de congélation de produit vaisselle, mais on lui avait raconté que les chiens des stups savaient distinguer les odeurs et ne se laissaient pas abuser par de si grosses ficelles. Tout reposait sur l'étanchéité des sacs en plastique.

Il attendit. Rien ne se produisit. Il toussota.

« Oh, j'allais oublier, commença M. Small. La livraison d'hier… »

Il plongea la main dans sa veste et eut un rictus malveillant. Enfin, peut-être pas malveillant. Peut-être était-ce juste de l'humour bloc de l'Est ? Tord eut envie de cogner, de lui souffler de la fumée au visage, de lui cracher du whisky douze ans d'âge dans l'œil. Humour bloc de l'Ouest. Moyennant quoi, il se contenta de marmonner « *thank you* » en prenant l'enveloppe. Elle était fine entre ses doigts. Les billets devaient être gros.

Il se posta ensuite à sa fenêtre pour regarder la voiture disparaître dans le noir. Le bruit fut couvert par celui d'un Boeing 737. Un 600, peut-être. Un NG, en tout cas. Une voix plus rauque, plus aiguë que les vieux classiques. Il vit son reflet dans la vitre.

Oui, il avait accepté. Et il continuerait. Il accepterait tout ce que la vie lui balançait à la gueule. Il n'était pas Donald Draper. Il n'était pas Chuck Yeager, ni Neil Armstrong. Il était Tord Schultz. Un chauffeur affligé d'une longue carcasse et de dettes. Et d'un problème de cocaïne. Il devrait…

Ses pensées furent assourdies par l'avion suivant.

Saloperies de cloches ! Tu les vois, papa, ces soi-disant proches déjà penchés sur mon cercueil ? Ils pleurent sur moi des larmes de crocodile, leurs tronches attristées disent : Gusto, enfin, ne pouvais-tu pas simplement apprendre à être comme nous ? Non, tas d'hypocrites moralisateurs, je ne pouvais pas ! Je ne pouvais pas être comme ma mère adoptive, débile, choyée, le crâne plein de courants d'air, de fleurs, qui pense que tout est merveilleux à condition de lire le bon bouquin, d'écouter le bon gourou, de bouffer les bonnes foutues plantes. Et qui, quand quelqu'un critiquait cette espèce de sagesse approximative qu'elle s'était achetée, jouait toujours la même carte : « Mais regarde quel monde nous avons créé : guerre, injustice, gens qui ne vivent plus en harmonie naturelle avec eux-mêmes. » Trois choses, baby. Un : ce qui est naturel, c'est la guerre, l'injustice et la dysharmonie. Deux : tu es ce que notre abjecte petite famille compte de moins harmonieux. Tu ne voulais que l'amour qu'on te refusait et tu te foutais de celui que tu recevais. Désolé, Rolf, Stein et Irene, elle n'avait de place que pour moi. Ce qui rend le point numéro trois plus amusant encore : je ne t'ai jamais aimée, baby. Je t'appelais maman parce que ça te rendait heureuse et que moi ça me simplifiait la vie. Si j'ai fait ce que j'ai fait, c'est parce que tu m'as laissé faire, parce que je ne pouvais pas m'en empêcher. Parce que je suis ainsi.

Rolf. Toi, au moins, tu ne m'as pas demandé de t'appeler papa. Tu as vraiment essayé de m'aimer. Mais tu n'as pas réussi à gruger la nature, tu as dû reconnaître que toi aussi tu préférais la chair de ta chair : Stein et Irene. Quand je disais aux gens que vous étiez mes « parents d'accueil », je voyais la peine dans les yeux de maman. Et dans les tiens la haine. Pas parce que « parents d'accueil » vous réduisait à l'unique fonction que vous remplissiez dans ma vie, mais parce que je blessais la femme que, chose inexplicable, tu aimais. Car je crois que tu étais assez honnête pour te voir tel que je te voyais : quelqu'un qui, à un moment donné de sa vie, enivré de son propre idéalisme, avait décidé de nourrir un avorton, mais qui avait vite compris que la balance était déficitaire. Que la somme qu'on te versait tous les mois ne couvrait pas les dépenses réelles. Quand tu t'es rendu compte que j'étais un petit coucou. Que je mangeais tout. Tout ce que tu aimais. Tous ceux que tu aimais. Tu aurais dû le comprendre plus tôt et me virer du nid, Rolf ! Tu as pourtant été le premier à découvrir que je volais. La première fois, juste un billet de cent. J'ai nié, dit que maman me l'avait donné. « Hein, maman ? Hein que tu me l'as donné ? » Et « maman » a hoché la tête, en hésitant, les larmes aux yeux, elle a dit qu'elle avait oublié. La fois suivante, c'étaient mille couronnes. Trouvées dans le tiroir de ton bureau. De l'argent destiné à nos vacances, disais-tu. « Les seules vacances que je veux, c'est loin de vous », j'ai répondu. Tu as alors frappé pour la première fois. Et j'ai senti que quelque chose se débloquait en toi, car tu as continué de frapper. J'étais déjà plus grand et plus costaud que toi, mais je n'ai jamais su me battre. Pas comme ça, avec les poings et les muscles. Je me battais de l'autre façon, celle qui fait gagner. Mais tu frappais et frappais encore, le poing fermé maintenant. Et j'ai compris pourquoi. Tu voulais détruire mon visage. Me prendre mon pouvoir. Mais la nana que j'appelais maman s'est interposée. Alors tu l'as dit. Le mot. Voleur. Pas faux. Mais ça voulait aussi dire que je devais t'écrabouiller, minus.

Stein. Le grand frère taciturne. Le premier à avoir reconnu le coucou à ses plumes, mais qui a eu la sagesse de garder ses distances. L'ours intelligent, doué, brillant, qui dès qu'il l'a pu s'est tiré dans une ville étudiante le plus loin possible. Qui a essayé de convaincre Irene, sa chère petite sœur, de l'accompa-

gner. Il estimait qu'elle pourrait boucler sa scolarité à Trondheim, que ça pourrait lui faire du bien de s'éloigner un peu d'Oslo. Mais maman a refusé l'évacuation d'Irene. Elle ne savait rien. Ne voulait pas savoir.

Irene. Belle, délicieuse, fragile Irene aux taches de son. Tu étais trop bonne pour ce monde. Tu étais tout ce que je n'étais pas. Et pourtant, tu m'aimais. M'aurais-tu aimé si tu avais su ? M'aurais-tu aimé si tu avais su que je sautais ta mère depuis que j'avais quinze ans ? Je sautais ta mère gavée de vin rouge et gémissante, je la prenais par-derrière contre la porte des chiottes, de la cave ou de la cuisine en lui susurrant « maman » à l'oreille parce que ça nous excitait, elle comme moi. Qu'elle me donnait de l'argent, qu'elle me couvrait en cas de pépin, qu'elle disait ne faire que m'emprunter, jusqu'au jour où elle serait vieille et moche, et où je me trouverais une gentille fille ? Et quand je répondais : « Mais, maman, tu es déjà vieille et moche », elle le balayait d'un rire et me suppliait de la reprendre.

J'avais encore des bleus consécutifs à ses coups de poing et de pied le jour où j'ai appelé mon père adoptif au boulot pour lui demander de rentrer à trois heures, j'avais une chose importante à lui dire. J'avais laissé la porte entrouverte, pour qu'elle ne l'entende pas rentrer. Et je lui parlais dans le creux de l'oreille pour masquer le son de ses pas, je lui disais ce qu'elle aimait entendre.

J'ai vu son reflet dans la fenêtre de la cuisine quand il est arrivé à la porte.

Il a déménagé le lendemain. Irene et Stein ont été informés que papa et maman ne s'entendaient plus très bien depuis quelque temps et avaient décidé de se séparer pendant un moment. Irene était anéantie. Stein était dans sa ville étudiante, injoignable au téléphone, mais il a répondu par SMS. « C triste. Vs voulez ke je sois ou pour Noel ? »

Irene pleurait et pleurait encore. Elle m'aimait. Bien sûr qu'elle allait partir à ma recherche. À la recherche du voleur.

Les cloches sonnent pour la cinquième fois. Pleurs et reniflements sur les bancs. Cocaïne, marge bénéficiaire astronomique. Loue-toi un appartement dans les quartiers chics, enregistre-le au nom de n'importe quel camé qui te laisse utiliser son nom en échange d'une dose, et vends en petites quantités dans l'escalier ou sous la porte cochère, augmente les prix à mesure que leur sentiment de sécurité s'installe. Les cocaïnomanes paieraient n'importe quoi pour la sécurité. Monte, fais ton chemin, coupe la came, deviens quelqu'un. Ne va pas mourir dans un squat comme un loser de merde. Le prêtre s'éclaircit la voix. « Nous sommes ici pour honorer la mémoire de Gusto Hanssen. »

Une voix, dans le fond : « Le v-vo-voleur. »

Le bégaiement de Tutu, avec son blouson de motard et son foulard sur la tête. Et encore plus loin : le couinement d'un cabot. Rufus. Ce bon et fidèle Rufus. Vous êtes revenus ici ? Ou est-ce moi qui suis déjà arrivé là-bas ?

Tord Schultz posa sa Samsonite sur le tapis roulant, qui la mena dans l'appareil à rayons X, à côté de l'aimable agent de sécurité.

« Je ne comprends pas que tu les laisses t'imposer un emploi du temps pareil, dit l'hôtesse de l'air. Bangkok deux fois dans la même semaine.

— C'est moi qui l'ai demandé », répondit Tord en franchissant le portillon. Forts d'une étude américaine qui démontrait que la proportion des cancers était plus élevée chez les pilotes et le personnel de bord que dans le reste de la population, des membres du syndicat étaient montés au créneau afin que les équipages se mettent en grève pour protester contre l'exposition plusieurs fois par jour aux rayons X. Mais les agitateurs avaient omis de mentionner que l'espérance de vie moyenne était elle aussi plus élevée. Le personnel navigant mourait d'un cancer parce qu'il avait bien peu d'autres choses dont mourir. Ils menaient la vie la plus sûre du monde. La vie la plus ennuyeuse du monde.

« Tu veux voler autant ?

— Je suis pilote, j'aime voler », mentit Tord, avant de reprendre sa valise, d'en sortir la poignée et de se mettre en marche.

Elle le rattrapa en quelques pas. Le claquement de ses talons sur le sol en marbre gris Antique Foncé de l'aéroport d'Oslo couvrait presque le bourdonnement des voix sous la voûte de bois et d'acier. Mais pas la question qu'elle susurra, hélas : « C'est parce qu'elle est partie, Tord ? Parce que tu as trop de temps, et pas d'autre moyen de le remplir ? Parce que tu n'as pas la force de rester à la maison à…

— C'est parce que j'ai besoin de l'argent des heures sup », l'interrompit-il. Ça, au moins, ce n'était pas vraiment un mensonge.

« Parce que je sais exactement ce que tu ressens. J'ai divorcé cet hiver, comme tu le sais.

— Mais oui, bien sûr », répondit Tord, qui ne savait même pas qu'elle avait été mariée. Il lui lança un bref coup d'œil. Cinquante ans ? À quoi pouvait-elle ressembler le matin, sans maquillage ni fond de teint ? Une hôtesse de l'air flétrie, aux rêves d'hôtesse de l'air flétris. Il était relativement certain de ne l'avoir jamais sautée. Pas par-devant, en tout cas. Qui avait sorti cette blague? L'un des anciens pilotes. Les pilotes de chasse whisky-on-the-rocks-ciel-bleu-dans-les-yeux. L'un de ceux qui avaient pu prendre leur retraite avant que leur statut ne fasse naufrage. Il pressa le pas en tournant vers le couloir qui menait à la salle du personnel. Elle était essoufflée mais le talonnait toujours. S'il maintenait cette vitesse, elle n'aurait peut-être plus assez de souffle pour continuer de parler.

« Tu sais, Tord, puisque nous faisons une escale à Bangkok, nous devrions peut-être... »

Il bâilla ostensiblement. Et sentit davantage qu'il ne vit qu'elle était vexée. Il était encore un peu groggy après la veille : il y avait eu davantage de vodka et de poudre après le départ des mormons. Pas au point d'être positif à un contrôle d'alcoolémie, bien sûr, mais assez pour redouter d'ores et déjà le combat contre le sommeil pendant les onze heures qu'ils allaient passer dans les airs.

« Regarde ! » s'exclama-t-elle avec ce glissando imbécile qu'emploient les femmes pour exprimer que quelque chose est d'un mignon proprement ahurissant.

Et il vit. Il venait vers eux. Un petit chien blond, avec de grandes oreilles, un regard triste et une queue qui battait frénétiquement. Un épagneul springer. Tenu en laisse par une femme tout aussi blonde, avec de grandes boucles d'oreilles, un petit sourire d'excuse général, et de doux yeux bruns.

« N'est-il pas craquant ? ronronnait-on à côté de lui.

— Si », admit Tord d'une voix pâteuse.

Le chien fourra au passage son museau entre les cuisses du pilote qui marchait devant eux. Celui-ci se retourna, sourcil haussé et sourire en coin, comme pour suggérer quelque chose de juvénile, de vaguement osé. Mais Tord ne parvenait pas à suivre le cheminement de pensée. À suivre quelque autre cheminement de pensée que le sien.

On avait revêtu le chien d'un petit gilet jaune. Le même genre de gilet que celui de la femme aux boucles d'oreilles. On y lisait douane.

Il approchait, n'était plus qu'à cinq mètres d'eux à présent.

Il n'allait pas y avoir de problème. Ne pouvait y en avoir. La drogue était emballée dans des préservatifs recouverts de deux couches de sacs de congélation. Pas la moindre molécule ne pouvait s'en échapper. Alors souris. Détends-toi et souris. Ni trop, ni trop peu. Tord se tourna vers le moulin à paroles à côté de lui, comme si les mots qui s'en échappaient réclamaient une profonde concentration.

« Excusez-moi ! »

Ils avaient dépassé le chien, et Tord continua de marcher.

« Excusez-moi ! » La voix était plus sèche.

Tord regarda droit devant lui. La porte de la salle du personnel était à moins de dix mètres. La sécurité. Dix pas. La liberté.

« Excusez- moi ! Monsieur ! »

Sept pas.

« Je crois que c'est à toi qu'elle s'adresse, Tord.

— Pardon ? » Tord s'arrêta. Était obligé de s'arrêter. Il se retourna et afficha une expression de surprise qu'il espérait réussie. La femme en gilet jaune les rejoignit.

« Le chien vous a marqué.

— Ah bon ? » Tord baissa les yeux sur l'animal. Comment ? songeait-il.

Le chien lui rendit son regard et remua intensément la queue, comme si Tord était son nouveau camarade de jeu.

Comment ? Double sac de congélation et préservatif. Comment ?

« Ça signifie que nous devons vous contrôler. Pouvez-vous m'accompagner. »

La douceur n'avait pas quitté ses yeux bruns, mais il n'y avait pas de point d'interrogation à la fin de sa phrase. Et au même moment, il comprit comment. Il faillit empoigner le badge fixé sur sa poitrine.

La cocaïne.

Il avait oublié d'essuyer son badge après avoir préparé sa dernière ligne. Ça devait être ça.

Mais il ne s'agissait que de quelques grains, et il pouvait sans problème prétexter que quelqu'un le lui avait emprunté lors d'une soirée. Pour l'heure, là n'était pas son plus gros problème. La valise à roulettes. Elle allait être fouillée. En tant que pilote, il s'était exercé et avait répété la procédure si souvent qu'il agit presque machinalement. C'était d'ailleurs précisément le but. Même quand la panique s'installait, on savait ce que l'on devait faire, le cerveau passait en pilotage automatique. La procédure d'urgence. Combien de fois n'avait-il pas imaginé cette situation, le douanier qui lui demandait de l'accompagner ? Pensé à ce qu'il devrait faire ? Répété mentalement la scène ? Il se tourna vers l'hôtesse de l'air, un sourire las sur les lèvres, eut le temps de lire son badge.

« J'ai été marqué, Kristin. Tu prends mon sac ?

— Le sac vient avec nous », fit la fonctionnaire des douanes.

Tord Schultz se retourna.

« Il me semble vous avoir entendue dire que le chien m'avait marqué moi, pas la valise.

— Exact, mais…

— Elle contient des papiers que les autres membres d'équipage vont devoir consulter. À moins que vous ne vouliez prendre la responsabilité de retarder un Airbus A340 plein à destination de Bangkok. »

Il remarqua qu'il s'était rengorgé, au sens propre. Il avait empli ses poumons et gonflait ses pectoraux sous sa veste d'uniforme.

« Si nous perdons notre créneau, on risque plusieurs heures de retard, et des centaines de milliers de couronnes de pertes pour la compagnie.

— Je crains que les règles…

— Trois cent quarante-deux passagers, la coupa Schultz. Dont beaucoup d'enfants. »

Il espérait qu'elle entendrait l'inquiétude grave d'un commandant de bord, pas la panique naissante d'un petit trafiquant de drogue.

La douanière le regarda en caressant la tête du chien.

Elle a l'air d'une mère au foyer, songea-t-il. Une femme qui a des enfants et des responsabilités. Une femme qui devrait comprendre sa situation.

« Le sac vient avec nous », déclara-t-elle.

Un autre douanier apparut en arrière-plan. Et se planta là, jambes écartées, bras croisés.

« Bon, finissons-en », soupira Tord.

Gunnar Hagen, directeur de la Brigade criminelle de la police d'Oslo, se renversa dans son fauteuil de bureau et observa l'homme en costume de lin. Cela remontait à trois ans, la fente recousue dans son visage était alors rouge sang, et il semblait être un homme fini. Mais à présent, son ancien subordonné paraissait plutôt en forme, son corps avait repris quelques kilos bien nécessaires, et ses épaules remplissaient la veste. De costume. Hagen avait le souvenir de son enquêteur en jean et boots. L'autre élément inhabituel, c'était l'autocollant au revers de sa veste, qui informait qu'il n'était pas employé mais visiteur : HARRY HOLE. La posture sur le siège, en revanche, était la même, plus allongé qu'assis.

« Tu as meilleure mine, constata Hagen.

— Ta ville aussi, répliqua Harry en faisant tressauter une cigarette non allumée entre ses lèvres.

— Tu trouves ?

— Bel Opéra. Un peu moins de junkies dans les rues. »

Hagen se leva et gagna la fenêtre. Du cinquième étage de l'hôtel de police, il voyait le nouveau quartier d'Oslo, Bjørvika, baigné de soleil. La rénovation était en cours. Les démolitions terminées.

« Sur les douze derniers mois, le nombre de décès par overdose a baissé de manière significative. Les prix ont grimpé, la consommation a baissé. Le conseil de la ville a obtenu ce qu'il réclamait à cor et à cri. Oslo n'est plus en tête des overdoses en Europe.

— *Happy days are here again.* »

Harry joignit les mains derrière la tête et parut sur le point de glisser de son siège.

Hagen poussa un soupir.

« Tu ne m'as pas dit ce qui te ramenait à Oslo, Harry.

— Ah non ?

— Non. Et plus précisément ici, à la Brigade criminelle.

— N'est-ce pas une pratique courante de rendre visite à ses anciens collègues ?

— Si, pour les gens sociables, normaux.

— Eh bien. » Harry mordit le filtre de sa Camel. « Mon boulot, c'est le meurtre.

— *C'était*, tu veux dire ?

— Je reformule : ma profession, mon domaine, c'est le meurtre. Et cela reste la seule chose sur laquelle je sache quoi que ce soit.

— Alors que veux-tu ?

— Exercer ma profession. Enquêter sur des meurtres. »

Hagen haussa un sourcil.

« Tu veux retravailler pour moi ?

— Pourquoi pas ? Si ma mémoire est bonne, j'étais l'un des meilleurs.

— Faux, dit Hagen en se tournant de nouveau vers la fenêtre. Tu étais *le meilleur*. » Et il répéta plus bas : « Le pire et le meilleur.

— Je prendrais volontiers l'un des meurtres liés à la drogue. »

Hagen eut un ricanement sec.

« Lequel ? On en a eu quatre rien que ces six derniers mois. On n'a avancé sur aucun.

— Gusto Hanssen. »

Hagen ne répondit pas. Il continuait à observer les gens dehors, qui se vautraient sur la pelouse. Et les réflexions vinrent d'elles-mêmes. Fraudeurs à l'assurance sociale. Voleurs. Terroristes. Pourquoi ne voyait-il pas plutôt des travailleurs qui prenaient quelques heures de repos bien mérité au soleil de septembre ? Le regard du policier. L'aveuglement du policier. Il n'écoutait qu'à moitié la voix de Harry derrière lui.

« Gusto Hanssen, dix-neuf ans. Connu des services de police, dealer et consommateur. Retrouvé mort dans un appartement de Hausmanns gate le 12 juillet. S'est vidé de son sang après s'être pris une balle dans la poitrine. »

Hagen éclata d'un rire dur.

« Pourquoi veux-tu t'occuper du seul qui, en l'occurrence, est élucidé ?

— Je crois que tu le sais.

— Oui, en effet, soupira Hagen. Mais si je te réembauchais, je t'affecterais à une autre affaire. Celle de la taupe.

— Je veux celle dont je t'ai parlé.

— J'ai environ cent raisons de ne jamais te mettre sur cette enquête, Harry.

— À savoir ? »

Hagen se tourna vers Harry.

« Il me suffit sans doute de te donner la première. L'affaire est élucidée.

— Mais encore ?

— C'est Kripos qui a le dossier, pas nous. Je n'ai pas de poste vacant, je cherche au contraire à réduire les effectifs. Il y a conflit d'intérêts. Je continue ?

— Mmm. Où est-il ? »

Hagen pointa le doigt vers la fenêtre. Vers le bâtiment de pierre grise derrière le feuillage jaune des tilleuls, à l'autre bout de la pelouse.

« À Botsen, dit Harry. Préventive.

— Jusqu'à nouvel ordre.

— Interdiction de visites ?

— Qui t'a pisté à Hong Kong pour te parler de l'affaire ? C'était…

— Non, l'interrompit Harry.

— Vraiment ?

— Vraiment.

— Qui ?

— Je l'ai lu sur Internet.

— M'étonnerait, fit Hagen avec un sourire crispé et le regard éteint. Cette affaire a fait un passage éclair de vingt-quatre heures dans les journaux avant d'être oubliée. Et aucun nom n'était mentionné. Juste un entrefilet indiquant qu'un junkie sous l'emprise de la drogue avait descendu un autre junkie, pour des histoires de came. Rien qui puisse intéresser qui que ce soit. Rien pour distinguer cette affaire des autres.

— À part que c'étaient deux adolescents, objecta Harry. Dix-neuf ans. Et dix-huit ans. » Sa voix avait changé de registre.

Hagen haussa les épaules.

« Suffisamment vieux pour tuer, suffisamment vieux pour mourir. L'an prochain, ils auraient été appelés sous les drapeaux.

— Tu peux m'arranger un entretien avec lui ?

— Qui t'a mis au courant, Harry ? »

Harry se frotta la nuque.

« Quelqu'un à la Technique avec qui je suis ami. »

Hagen sourit. Et cette fois, le sourire remonta jusqu'à ses yeux.

« Bon sang, ce que t'es chou, Harry. Pour autant que je sache, tu as trois amis dans la police. Bjørn Holm, à la Technique, et Beate Lønn, elle aussi à la Technique. Alors, qui était-ce ?

— Beate. Tu m'arranges une visite ? »

Hagen s'était assis sur le coin de son bureau et examinait Harry. Il jeta un coup d'œil sur le téléphone.

« À une condition, Harry. Que tu me promettes de rester à des kilomètres de cette affaire. C'est la paix et l'harmonie entre Kripos et nous, maintenant, et je ne veux pas d'embrouilles avec eux. »

Harry eut un sourire aigre. Il s'était tant affalé sur le siège qu'il pouvait étudier sa boucle de ceinture.

« Alors ça y est ? Le roi de Kripos et toi êtes les meilleurs amis de la terre ?

— Mikael Bellman n'est plus à Kripos. D'où la paix et l'harmonie.

— Débarrassé du psychopathe ? *Happy days*…

— Au contraire, dit Hagen avec un petit rire sourd. Bellman est plus présent que jamais. Il est ici, dans la maison.

— Oh merde ! Ici, à la Criminelle ?

— Dieu merci, non. Il dirige Orgkrim depuis un peu plus d'un an.

— Vous avez même de nouveaux sigles…

— Crime organisé. Ils ont fusionné une foule d'anciens services. Les braquages, les trafics, les stups. Tout ça, c'est Orgkrim, maintenant. Plus de deux cents employés, la plus grosse section au sein de la police criminelle.

— Mmm. Plus qu'il n'en avait à Kripos.

— Pourtant, son salaire a baissé. Et tu sais ce que ça veut dire, quand des gens comme lui acceptent des boulots moins bien payés ?

— Qu'ils sont en quête de pouvoir.

— Il a fait le ménage sur le marché des stups, Harry. Bonnes filatures. Arrestations, razzias. Il y a moins de gangs, et pas de guerres internes. Comme je te le disais, le nombre d'overdoses est en baisse… » Hagen pointa un index vers le plafond. « Et Bellman grimpe. Il a l'intention d'aller quelque part, ce garçon, Harry.

— Moi aussi, répondit Harry en se levant. À Botsen.

J'imagine qu'il y aura un permis de visite à l'accueil quand j'arriverai.

— Si tu acceptes la condition.

— C'est d'accord. »

Harry saisit la main tendue de son ex-patron, la serra deux fois et se dirigea vers la porte. Hong Kong avait été une bonne école pour le mensonge. Il entendit Hagen décrocher son téléphone, mais au moment de franchir le seuil, il se retourna.

« Qui était le troisième ?

— Pardon ? »

Hagen regardait l'appareil sur lequel il composait le numéro d'un index lourd.

« Le troisième ami que j'avais dans la maison ? »

Gunnar Hagen porta le combiné à son oreille, regarda Harry d'un air las et soupira : « À ton avis ? » Puis : « Allô ? Ici Hagen. J'aurais voulu un permis de visite. Oui ? » Hagen posa la main sur le combiné. « Ça marche. Maintenant, c'est l'heure du déjeuner, mais présente-toi là-bas à midi. »

Harry sourit, articula « merci » et ferma sans bruit la porte derrière lui.

Dans la cabine, Tord Schultz reboutonna son pantalon et enfila sa veste. Ils avaient renoncé à inspecter ses orifices naturels. La douanière — celle-là même qui l'avait intercepté — attendait à l'extérieur. Elle se tenait là comme une examinatrice à l'issue d'un examen oral.

« Merci de votre collaboration. »

Elle fit un geste en direction de la porte de sortie.

Tord gageait qu'ils avaient dû débattre longuement de l'opportunité de dire « désolés » chaque fois qu'un de leurs chiens marquait quelqu'un sans qu'on trouve de drogue. La personne arrêtée, retardée, soupçonnée et embarrassée trouvait forcément que des excuses s'imposaient. Mais fallait-il être désolé de faire son travail ? Les chiens marquaient constamment des gens qui ne transportaient pas de drogue, et présenter des excuses serait avouer à moitié un défaut de procédure, un problème de méthode. D'un autre côté, ils devaient bien voir à ses galons qu'il était commandant de bord. Il n'avait pas trois galons, n'était pas l'un de ces quinquagénaires ratés qui n'avaient jamais quitté le siège du copilote, parce qu'ils avaient gâché leur chance. Au contraire, ses quatre galons montraient qu'il avait le contrôle, qu'il avait les choses en main, qu'il était homme à maîtriser aussi bien la situation que sa propre vie. Ils savaient qu'il appartenait à la caste des brahmanes de l'aéroport. Un commandant de bord était une personne qui aurait dû recevoir les excuses d'une douanière à deux galons, que ce soit approprié ou non.

« Je vous en prie, c'est bon de savoir qu'il y a des gens qui veillent au grain », répondit Tord en cherchant des yeux sa valise.

Dans le pire des cas, ils avaient dû jeter un œil à l'intérieur, puisque ce n'était pas elle que le chien avait marquée. De toute façon, les parties métalliques autour du colis étaient imperméables aux rayons X.

« Elle ne va pas tarder », dit-elle.

Quelques secondes de silence suivirent, pendant lesquelles ils se dévisagèrent.

Divorcée, pensa Tord.

Au même instant, un autre douanier entra.

« Votre valise… », commença-t-il.

Tord le regarda. Le vit dans ses yeux. Sentit une

boule grossir dans son ventre, monter, appuyer sur son œsophage. Comment ? Comment ?

« Nous avons sorti tout son contenu, et nous l'avons pesée. Vide, une Samsonite Aspire GRT vingt-six pouces pèse cinq kilos huit. La vôtre pèse six kilos trois. Voulez-vous m'expliquer pourquoi… »

Le douanier était trop professionnel pour sourire ouvertement, mais Tord Schultz n'en vit pas moins le triomphe briller dans ses yeux. Le douanier se pencha imperceptiblement en avant, et baissa le ton.

« … ou alors voulez-vous que nous le fassions ? »

Harry sortit dans la rue après avoir déjeuné à Olympen. Le vieux débit de boissons légèrement décadent de ses souvenirs avait été rénové, et de gigantesques tableaux des anciens quartiers ouvriers d'Oslo faisaient maintenant une luxueuse version Vestkant d'un lieu de l'Østkant. Ah c'était beau, oui, avec ces lustres et toute cette décoration… Même le maquereau avait été fort bon. Simplement, ce n'était pas… Olympen.

Il alluma une cigarette et traversa le Botspark entre l'hôtel de police et les vieux murs en pierre grise de la prison d'Oslo. Il passa près d'un homme qui agrafait une affiche rouge cornée sur l'écorce centenaire d'un tilleul protégé. Celui-ci n'avait pas l'air de se douter qu'il commettait un grave délit sous les fenêtres d'un bâtiment qui abritait la plus grosse communauté policière de toute la Norvège. Harry s'arrêta un instant. Non pour empêcher ce crime, mais pour regarder l'affiche. Elle annonçait un concert du Russian Amcar Club au Sardines. Harry se souvenait aussi bien de ce groupe, dont les membres s'étaient séparés depuis longtemps, que de ce club désaffecté. Olympen. Harry Hole. À l'évidence, c'était l'année des résurrections. Il allait poursuivre son chemin quand il entendit une voix chevrotante derrière lui.

« T'as de la fioline ? »

Harry se retourna. L'homme portait un blouson G-Star neuf et propre. Il était penché en avant comme poussé par un vent invisible, et ses genoux présentaient la cassure typique des héroïnomanes. Harry allait lui répondre quand il se rendit compte que ce n'était pas à lui qu'on s'était adressé, mais au colleur d'affiches. Lequel se contenta de passer son chemin sans répondre. Nouveaux sigles chez les flics, nouveaux termes chez les drogués. Anciens groupes, anciens clubs.

La façade de la prison d'Oslo, Botsen[1] dans le langage commun, avait été bâtie au milieu du XIXe siècle. Composée d'une entrée coincée entre deux ailes relativement imposantes, elle avait toujours évoqué à Harry une personne interpellée entre deux policiers. Il sonna à la porte, regarda la caméra, entendit le bourdonnement sourd et entra. Un gardien en uniforme l'attendait à l'intérieur pour l'accompagner dans un escalier, franchir une porte surveillée par deux autres gardiens, jusqu'à la salle rectangulaire dépourvue de fenêtres. Harry était déjà venu. C'était ici que les détenus pouvaient voir leurs proches. Un vague effort avait été fourni pour rendre les lieux plus conviviaux. Sachant ce qui se déroulait pendant les quelques minutes qu'un prisonnier passait avec sa femme ou son amie, il évita le canapé et s'assit sur un siège.

Il attendit. Se rendit compte qu'il portait toujours au revers de sa veste le badge temporaire de l'hôtel de

1. Diminutif de Botsfengselet, « la prison de pénitence ».

police, l'arracha et le fourra dans sa poche. Le rêve du couloir étroit et de l'avalanche avait été pire que d'habitude, il avait été enseveli, la bouche remplie de neige. Mais ce n'était pas la raison pour laquelle son cœur battait plus fort en cet instant. Était-ce l'expectative ? Ou la peur ?

Il n'eut pas le temps de parvenir à une conclusion avant que la porte s'ouvre.

« Vingt minutes », annonça le gardien, qui s'en alla aussitôt et verrouilla derrière lui.

Le garçon, qui était resté debout à la porte, avait tellement changé que, l'espace d'une seconde, Harry faillit s'écrier que ce n'était pas la bonne personne, que ce n'était pas lui. Ce garçon-là portait un jean Diesel et un pull à capuche noir vantant les mérites de Machine Head, et Harry comprit qu'il ne s'agissait pas du vieil album de Deep Purple, mais du nouveau — à l'aune de son temps — groupe de heavy metal. Le heavy metal était un indice, bien sûr, mais la preuve, c'étaient les yeux et les pommettes. Plus précisément : les mêmes yeux marron et les mêmes pommettes hautes que Rakel. Il était presque choquant de voir combien ils étaient devenus semblables. Il n'avait certes pas hérité la beauté de sa mère ; il avait le front trop bombé, qui lui donnait une allure triste, presque agressive. Impression renforcée par sa chevelure lisse, dont Harry avait toujours pensé qu'il la tenait de son père à Moscou. Un père alcoolique que le petit n'avait jamais vraiment connu, n'étant âgé que de quelques années quand Rakel était revenue avec lui à Oslo. Où elle devait plus tard rencontrer Harry.

Rakel.

Le grand amour de sa vie. C'était aussi simple que cela. Et aussi difficile.

Oleg. Intelligent, grave. Oleg qui était si introverti, qui ne s'ouvrait à personne, hormis Harry. Harry n'avait jamais rien dit à Rakel, mais il en savait plus long qu'elle sur ce que pensait, ressentait, voulait Oleg. Oleg et lui, quand ils jouaient à Tetris sur la Gameboy, tous deux également déterminés à pulvériser le record de l'autre. Oleg et lui à l'entraînement de patinage à Valle Hovin, à l'époque où Oleg voulait être patineur de fond, et en avait effectivement le talent. Oleg et ses sourires patients et indulgents chaque fois que Harry lui promettait qu'à l'automne ou au printemps ils iraient à Londres voir Tottenham jouer à White Hart Lane. Oleg qui l'avait parfois appelé papa quand il se faisait tard et que, gagné par le sommeil, il avait une baisse de vigilance. Harry ne l'avait pas vu depuis presque cinq ans, depuis que Rakel l'avait emmené loin d'Oslo, loin des terribles souvenirs du Bonhomme de neige, loin du monde de violence et de meurtres de Harry.

Et maintenant il se tenait devant la porte, il avait dix-huit ans, il était à moitié adulte, et il regardait Harry sans aucune expression. En tout cas rien que Harry parvînt à interpréter.

« Salut », tenta Harry. Merde, il n'avait pas testé sa voix, ce ne fut qu'un chuchotis rauque. Le gosse devait le croire au bord des larmes, ou quelque chose de ce genre. Comme pour faire diversion, pour lui ou pour Oleg, il sortit son paquet de Camel de sa poche et glissa une cigarette entre ses lèvres.

Harry releva les yeux et vit le rouge qui était monté au visage d'Oleg. La colère. Cette espèce de colère explosive qui surgissait de nulle part, assombrissait ses yeux et faisait saillir les veines de son cou et de son front, frémissantes comme des cordes de guitare.

« Relax, je ne vais pas l'allumer », le rassura Harry en faisant un mouvement de tête vers l'écriteau d'interdiction de fumer.

« C'est maman, hein ? » La voix aussi était plus âgée. Et empâtée par la fureur.

« Quoi donc ?

— C'est elle qui t'a fait venir.

— Non, pas du tout, je...

— Bien sûr que si.

— Non, Oleg. En l'occurrence, elle ne sait même pas que je suis en Norvège.

— Tu mens ! Tu mens, comme toujours ! »

Harry le regarda, interloqué. « Comme toujours ?

— Comme tu mentais en disant que tu serais toujours là pour nous, et toutes ces conneries. Mais c'est trop tard, maintenant. Alors tu peux retourner à... à Pétaouchnok !

— Oleg ! Écoute-moi...

— Non ! Je ne veux pas t'écouter. Tu n'as rien à faire ici. Tu ne peux pas venir jouer les papas, maintenant, tu comprends ? »

Harry vit le garçon déglutir avec difficulté. Il vit la fureur se retirer de ses yeux, avant que ne déferle une nouvelle vague de noir.

« Tu ne représentes plus rien pour nous. Tu es quelqu'un qui a débarqué, est resté quelques années et, tout à coup... » Oleg essaya de claquer des doigts, mais ses phalanges se contentèrent de glisser sans bruit l'une contre l'autre. « Parti.

— Ce n'est pas vrai, Oleg. Et tu le sais. »

Harry entendit sa propre voix, à présent bien assurée, indiquant qu'il était serein et aussi sûr qu'un porte-avions. Mais la boule qu'il avait dans le ventre racontait une autre histoire. Il avait l'habitude de se faire agresser pendant les interrogatoires, cela lui était égal, au mieux, cela le rendait encore plus calme et analytique. Mais avec ce gamin, avec Oleg… là, il n'avait aucun moyen de défense.

Oleg partit d'un rire amer.

« On vérifie si ça marche encore ? » Il appuya l'index contre son pouce. « Disparais… Maintenant ! »

Harry leva les deux paumes devant lui.

« Oleg… »

Oleg secoua la tête et cogna à la porte derrière lui sans quitter Harry de son regard noir comme la nuit.

« Gardien ! La visite est terminée ! Sortez-moi d'ici ! »

Après le départ du garçon, Harry resta assis dans son fauteuil pendant quelques secondes.

Puis il se leva à grand-peine et sortit en titubant dans le soleil qui baignait le Botspark.

Il se tint immobile à regarder l'hôtel de police. Réfléchit. Puis il se mit à monter vers les cellules de détention préventive. Mais, à mi-chemin, il s'arrêta, s'adossa à un arbre et ferma les yeux avec tant de force qu'il sentit de l'eau sourdre entre ses paupières. Saloperie de lumière. Saloperie de jet lag.

Chapitre 5

« Je vais juste regarder, je ne prendrai rien », promit Harry.

L'agent de l'accueil à la Préventive le regarda, et hésita.

« Allez, tu me connais, Tore ! »

Nilsen se racla la gorge.

« Oh oui. Mais tu retravailles ici, Harry ? »

Harry haussa les épaules.

Nilsen inclina la tête, baissa les paupières jusqu'à ne laisser apparaître que la moitié de la pupille. Comme pour filtrer ce qu'il voyait. Exclure le superflu. Et ce qui restait fut manifestement en faveur de Harry.

Nilsen poussa un gros soupir, disparut et revint avec un tiroir. Comme l'avait supposé Harry, les objets trouvés sur Oleg lors de son arrestation étaient restés là où on l'avait d'abord amené. Les prisonniers n'étaient transférés à Botsen qu'une fois établi le fait qu'ils allaient passer plus de quelques jours en préventive, sans pour autant que leurs biens les suivent nécessairement.

Harry regarda le contenu. Des pièces de monnaie. Un porte-clés avec deux clés, une tête de mort et un logo

Slayer. Un couteau suisse à une lame, des tournevis et des clés Allen. Un briquet jetable. Et *un* autre objet.

Il avait beau être déjà au courant, Harry reçut un coup au cœur. Les journaux avaient parlé d'un « règlement de comptes dans le milieu de la drogue ». Une seringue à usage unique, toujours dans son emballage en plastique.

« C'est tout ? » Harry prit le porte-clés et le tint sous le niveau du comptoir tandis qu'il examinait les clés. Nilsen, qui ne parut pas apprécier que Harry lui dissimule le trousseau, se pencha par-dessus le comptoir.

« Pas de portefeuille ? insista Harry. Pas de carte bancaire ou de pièce d'identité ?

— Ma foi, ça n'en a pas l'air.

— Tu peux vérifier le formulaire d'admission pour moi ? »

Nilsen sortit le formulaire qui était plié au fond du tiroir, chaussa méticuleusement une paire de lunettes et regarda la feuille.

« Il y avait un téléphone mobile, mais ils l'ont pris. Devaient vouloir vérifier s'il avait appelé la victime.

— Mmm. Autre chose ?

— Qu'est-ce que ça pourrait être ? » Nilsen parcourut la page. Et, après avoir exploré toute la feuille, il conclut : il n'avait rien omis. « Ma foi, non.

— Merci, c'est tout. Merci de ton aide, Nilsen. »

Nilsen hocha lentement la tête. Toujours avec ses lunettes.

« Le porte-clés.

— Ah, oui. » Harry le reposa dans le tiroir. Vit Nilsen s'assurer qu'il y avait toujours deux clés.

Harry sortit, traversa le parking et monta vers Åkebergveien. Poursuivit vers Tøyen et Urtegata. Le petit Karachi. Épiceries, hijabs et vieillards assis sur des chaises en plastique devant leur café. Et Fyrlyset. Le café de l'Armée du Salut pour les miséreux de la ville. Harry savait que par des journées comme celle-ci le calme y régnait, mais dès l'arrivée de l'hiver et du froid les tables seraient prises d'assaut. Café et tartines fraîchement garnies. Un jeu de vêtements propres, mode de l'année précédente, baskets bleues des surplus militaires. À l'infirmerie du premier étage : soin des dernières blessures du champ de bataille de l'alcool et de la drogue ou — quand ça n'allait vraiment pas — injection de vitamine B. Harry envisagea un instant de passer voir Martine. Elle travaillait peut-être encore ici. Un poète avait écrit qu'après le grand amour viennent les petits. Elle avait été l'un des petits. Mais là n'était pas la raison. Oslo n'était pas une grande ville, et les gros consommateurs se rassemblaient soit ici soit au café de la Bymisjon dans Skippergata. Il n'était pas invraisemblable qu'elle ait connu Gusto Hanssen. Et Oleg.

Mais Harry décida d'aborder les choses dans le bon ordre, et il se remit en marche. Franchit l'Akerselva. Il jeta un coup d'œil depuis le pont. L'eau brune qu'il avait connue dans son enfance était maintenant aussi pure qu'un ruisseau de montagne. La rumeur disait qu'on pouvait y prendre des truites. Et ils étaient là, sur les sentiers de part et d'autre de la rivière : les vendeurs de drogue. Tout était nouveau, rien n'avait changé.

Il remonta Hausmanns gate. Passa devant la Jakobkirke. Regarda les numéros des immeubles. Un écriteau, *Grusomhetens Teater*, théâtre de la Cruauté. Un smiley sur une porte entièrement taguée. Un terrain ouvert, dégagé après un incendie. Et c'était là. Un immeuble typique d'Oslo, construit au XIXe siècle, pâle, sobre, quatre étages. Harry poussa la porte, qui s'ouvrit. Pas verrouillée. La porte donnait sur un escalier. Ça sentait la pisse et les poubelles.

En montant dans les étages, Harry remarqua des tags codés sur les murs. La rampe branlante. Des portes dont les serrures avaient été fracturées, puis remplacées par des verrous neufs, plus solides et plus nombreux. Au deuxième, il s'arrêta et sut qu'il avait trouvé le lieu du crime. Une tresse blanc et orange barrait la porte, en croix.

Il plongea la main dans sa poche et en tira les deux clés qu'il avait retirées du trousseau d'Oleg pendant que Nilsen lisait le formulaire. Harry ne savait pas très bien par lesquelles de ses clés il les avait remplacées dans le feu de l'action, mais, de toute façon, Hong Kong n'était pas l'endroit où il serait le plus difficile de s'en faire faire de nouvelles.

L'une des clés était de marque Abus, et Harry savait qu'il s'agissait d'un cadenas puisqu'il en avait acheté un similaire. L'autre était une clé Ving. Il la glissa dans la serrure. Elle y pénétra à demi avant de bloquer. Il essaya de pousser. De tourner.

« Merde ! »

Il sortit son mobile. Le numéro était enregistré dans les « Contacts », sous le nom B. Son répertoire ne comptant que huit noms, la première lettre suffisait.

« Lønn. »

Outre le fait qu'elle était l'un des deux TIC les plus compétents avec qui il eût jamais travaillé, ce que Harry préférait chez Beate Lønn, c'était son aptitude à toujours limiter l'information au strict nécessaire. Tout comme lui, elle ne noyait jamais une affaire dans des paroles superflues.

« Salut, Beate. Je suis dans Hausmanns gate.

— Le lieu du crime ? Qu'est-ce que tu y…

— Je n'arrive pas à entrer. Tu as la clé ?

— Si j'ai la clé ?

— C'est toi qui chapeautes tout ce bazar, non ?

— Bien sûr que j'ai la clé. Mais je n'ai pas l'intention de te la donner.

— 'videmment que non. Mais tu as certainement une ou deux choses à revérifier sur la scène de crime. Il me semble me souvenir d'un gourou qui disait que dans les affaires de meurtre un TIC ne pouvait jamais être trop zélé.

— Tu t'en souviens…

— C'était la première chose qu'elle disait aux gens qu'elle formait. Je peux t'accompagner à l'intérieur, pour voir comment tu travailles ?

— Harry…

— Je ne toucherai à rien. »

Silence. Harry savait qu'il l'exploitait. Elle était davantage qu'une collègue, une amie, mais plus important : elle était mère.

Elle soupira.

« Donne-moi vingt. »

Pour elle, préciser « minutes » était superflu.

Pour lui, dire « merci » était superflu. Alors Harry raccrocha.

L'inspecteur Truls Berntsen parcourait à pas lents les couloirs d'Orgkrim. Son expérience lui avait enseigné que plus il allait lentement, plus le temps passait vite. Et s'il était une chose dont il ne manquait pas, c'était de temps. Dans son bureau l'attendaient un fauteuil affaissé, une petite table avec une pile de rapports, qui étaient là surtout pour les apparences.

Un PC qu'il utilisait essentiellement pour surfer sur le Net, mais même ça c'était devenu ennuyeux depuis la restriction d'accès. Et puisqu'il travaillait sur des affaires de stups et non de mœurs, il aurait vite eu de la peine à se justifier. L'inspecteur Berntsen passa la porte en tenant en équilibre sa tasse de café pleine à ras bord, la posa sur la table. Il veilla à ne pas en renverser sur la brochure de la nouvelle Audi Q5 211 chevaux. SUV, mais bagnole de Paki malgré tout. Une voiture de voyou, qui n'avait en tout cas aucun mal à laisser en plan les vieilles Volvo V70 de la police. Une caisse qui montrait qu'on était quelqu'un. Qui lui montrait, à elle, dans sa nouvelle maison de Høyenhall, qu'on était quelqu'un. Au lieu de personne.

Maintenir le statu quo. L'objectif actuel. À la réunion générale du lundi, Mikael Bellman avait appelé ça garantir les gains. Autrement dit, faire en sorte d'empêcher l'entrée en scène de nouveaux acteurs. « Nous pouvons toujours souhaiter qu'il y ait encore moins de stupéfiants dans la rue. Mais quand on a obtenu de tels résultats en si peu de temps, il y a toujours un risque de contrecoup. Souvenez-vous de Hitler à Moscou. Il s'agit de ne pas avoir les yeux plus gros que le ventre. »

L'inspecteur Berntsen savait à peu près ce que cela voulait dire. Journées longues, pieds sur la table.

Il regrettait parfois son travail à Kripos. À la différence des stups, les meurtres ne relevaient pas de la politique, il fallait simplement les élucider, point. Mais Mikael Bellman soi-même avait insisté pour que Truls l'accompagne de Bryn à l'hôtel de police, arguant qu'il avait besoin d'alliés dans ce territoire ennemi, de gens en qui il avait confiance, qui puissent protéger son flanc en cas d'attaque. Dit plus clairement : comme Mikael lui-même avait protégé le flanc de Truls. Dernièrement encore avec l'histoire de ce gamin en garde à vue, que Truls avait un peu malmené et qui, par malchance, avait été blessé aux yeux. Mikael avait passé un savon à Truls, naturellement, expliqué qu'il avait horreur des violences policières, qu'elles étaient proscrites dans son service, ajouté qu'il était malheureusement de sa responsabilité de supérieur hiérarchique de le signaler à leur juriste pour qu'elle voie s'il fallait transmettre le dossier à l'unité spéciale. Mais le garçon avait recouvré une vue presque normale. Mikael avait négocié avec son avocat, les poursuites pour détention de stupéfiants avaient été abandonnées, et il ne s'était rien passé depuis.

Tout comme il ne se passait rien ici.

Longues journées et pieds sur la table.

Et c'était précisément l'endroit où Truls allait les poser quand — il le faisait au moins dix fois par jour — il jeta un coup d'œil vers le Botspark et le vieux tilleul au milieu de l'allée qui montait vers la prison.

Elle était là.

L'affiche rouge.

Il sentit un fourmillement de la peau, une accélération du pouls. Une amélioration de l'humeur.

Il se leva d'un bond, enfila son blouson et laissa son café.

L'église de Gamlebyen se trouvait à huit minutes de marche rapide de l'hôtel de police. Truls Berntsen descendit Oslo gate jusqu'au Minnepark, traversa le Dyvekes bro sur la gauche et se retrouva au cœur d'Oslo, là où était née la ville. L'édifice était sobre jusqu'au misérable, dépourvu des ornements kitsch de l'église néoromantique qui se dressait juste à côté de l'hôtel de police. Mais son histoire était fabuleuse. En tout cas si la moitié de ce que sa grand-mère lui avait raconté pendant son enfance à Manglerud était vrai. La famille Berntsen avait quitté un immeuble décrépit du centre-ville pour Manglerud lors de la construction de cette banlieue à la fin des années cinquante. Mais curieusement, c'étaient eux — la vraie famille d'Oslo qu'étaient les Berntsen, ouvriers depuis trois générations — qui s'étaient sentis comme des immigrés. Car, dans les années cinquante, la plupart des habitants de ces périphéries étaient des paysans et des gens venus de loin dans le but de commencer une nouvelle vie en ville. Et dans les années soixante-dix et quatre-vingt, quand son père ne quittait plus leur appartement, passait son temps à se soûler et à invectiver tout et tout le monde, Truls se rendait chez son meilleur — et unique — copain Mikael. Ou bien il descendait à Gamlebyen chez sa grand-mère. Elle lui avait raconté que l'église de Gamlebyen avait été édifiée sur les ruines d'un monastère du XIIIe siècle. Les moines s'y étaient enfermés pendant l'épidémie de peste noire pour prier, mais les gens prétendaient que c'était en vérité pour échapper à leur devoir chrétien de soigner les malades. Quand le chancelier, après des mois sans signe de vie, avait fait enfoncer la porte du monastère, les rats dansaient sur les cadavres en putréfaction des moines. L'histoire du soir que sa grand-mère préférait : on avait construit sur ce même terrain un asile, baptisé « maison de fous », un certain nombre de cinglés s'étaient plaints que des hommes en robe se promenaient la nuit dans les corridors. Un patient avait arraché son capuchon à l'un de ces hommes en froc, et un visage blême, rongé par les rats, les orbites vides, était apparu. Mais l'histoire que Truls affectionnait tout particulièrement était celle d'Askild Øregod. Il avait vécu plus de cent ans auparavant, à une époque où Kristiania était devenue une ville digne de ce nom et où l'asile avait depuis longtemps cédé la place à une église. On prétendait que son fantôme hantait le cimetière, les rues environnantes, le port et Kvadraturen, mais il n'allait jamais plus loin, car il était estropié et ne devait pas trop s'éloigner pour pouvoir regagner sa tombe avant le jour, disait Grand-Mère. Askild Øregod avait perdu une jambe sous la roue d'un chariot de pompiers à l'âge de trois ans, mais son surnom lui venait de ses grandes oreilles, chose qui, à en croire Grand-Mère, était caractéristique de l'humour de l'Østkant. Les temps étaient difficiles, et pour un enfant unijambiste, le choix d'un métier était pour le moins limité. Askild Øregod était donc mendiant. Il devint un visage connu dans la ville grandissante qu'il arpentait en claudiquant, toujours enjoué et prêt à engager la conversation. Surtout avec ceux qui passaient leur journée au bistrot et n'avaient pas de travail non plus. Ce qui ne les empêchait pas de mettre soudain la main sur de l'argent. Il en retombait souvent un peu sur Askild Øregod. Mais ce dernier avait parfois besoin d'un peu plus. Il lui arrivait alors d'indiquer à la police qui s'était montré particulièrement généreux ces derniers temps. Et qui, après avoir entamé son quatrième verre — et sans tenir compte de l'inoffensif mendiant, là-bas —, racontait qu'il avait été invité à participer à un braquage chez l'orfèvre de Karl Johans gate ou chez un marchand de bois de Drammen. La rumeur se répandit bientôt qu'Askild

Øregod méritait bien son surnom de « bonnes oreilles ». Après l'arrestation d'une bande de voleurs à Kampen, Askild Øregod disparut. On ne le revit jamais, mais un matin d'hiver, sur les marches de l'église de Gamlebyen, on trouva deux oreilles coupées et une béquille. Askild était enterré quelque part dans le cimetière, mais comme aucun prêtre n'avait recommandé son âme au Seigneur, il hantait les lieux. Après la tombée de la nuit, dans Kvadraturen ou près de l'église, il n'était pas rare de tomber sur un boiteux, le bonnet enfoncé sur la tête, qui réclamait deux *øre*, « deux *øre*[1] ! ». Et ne pas donner l'aumône au boiteux portait malheur.

Voilà ce que Grand-Mère lui avait raconté jadis. Truls Berntsen n'en ignora pas moins l'homme maigre, à la peau tannée, qui tendait la main en vêtements étrangers, assis au portail du cimetière. Il entra et parcourut l'allée de gravier entre les tombes tout en comptant, prit à gauche quand il arriva à sept, à droite quand il fut à trois, et s'arrêta devant la quatrième stèle.

Le nom gravé dans la pierre ne lui disait rien. A. C. Rud. Il était mort au moment où la Norvège gagnait son indépendance en 1905, âgé seulement de vingt-neuf ans. Hormis les années de naissance et de mort, la stèle ne comportait aucune inscription, aucune injonction de reposer en paix comme il est d'usage, ni d'autres paroles littéralement ailées. Peut-être parce que la pierre grossière était tellement petite qu'on n'aurait pas pu en écrire des tonnes. Mais sa surface vierge et rugueuse se prêtait à mer-

1. Jeu de mots sur *øre*, qui désigne aussi bien une subdivision de la couronne, la monnaie norvégienne, qu'une oreille.

veille aux messages à la craie, ce qui avait dû motiver leur choix.

LTZHUDSCORRNTBU

Truls déchiffra le texte à l'aide du code simple qu'ils utilisaient pour éviter les curieux. Il sortit les deux dernières lettres, en sauta trois vers la gauche, en lut trois, en sauta deux, deux lues, trois sautées, trois lues, deux sautées, deux lues, trois sautées, trois lues.

BURN TORD SCHULTZ

Truls ne l'écrivit pas. Pas besoin. Il avait une bonne mémoire des noms qui le rapprochaient des sièges en cuir d'une Audi Q5 2.0 six vitesses boîte manuelle. Il effaça les lettres avec la manche de son blouson.

Quand il ressortit, le nécessiteux leva les yeux. Putain d'yeux marron de chien battu. Il était sans doute membre d'une corporation de mendiants et devait avoir une chouette bagnole garée quelque part. Une Mercedes, c'était ça qu'ils aimaient, non ? Les cloches sonnèrent. Le prospectus indiquait que la Q5 coûtait 666 000 couronnes. S'il y avait là un message caché, il passa largement au-dessus de la tête de Truls Berntsen.

« Tu as bonne mine, constata Beate en glissant la clé dans la serrure. Récupéré un doigt, en plus.

— Made in Hong Kong. » Harry frotta le court moignon en titane.

Il observa la petite femme pâle qui ouvrait la porte. Ses fins cheveux blonds et courts étaient retenus par un élastique. Sa peau était si diaphane qu'il voyait le délicat réseau de vaisseaux sur sa tempe. Elle lui évoquait les souris de laboratoire sans poils qu'on utilisait dans la recherche contre le cancer.

« Comme tu m'avais écrit qu'Oleg habitait sur les lieux du crime, je pensais que ses clés me permettraient d'entrer.

— La serrure devait être fichue depuis longtemps, expliqua Beate en poussant la porte. On entrait comme dans un moulin. On a posé celle-ci pour qu'aucun toxico ne revienne polluer la scène de crime. »

Harry hocha la tête. C'était typique des nids de drogués, les appartements partagés par des toxicomanes. Les serrures ne servaient à rien, elles étaient fracturées en un clin d'œil. Pour commencer, d'autres junkies s'introduisaient dans les logements dont ils pensaient que les habitants pouvaient avoir de la drogue. Ensuite, les occupants du nid en question faisaient de leur mieux pour se détrousser les uns les autres.

Beate écarta les tresses, Harry se glissa à l'intérieur. Des vêtements et des sacs en plastique étaient suspendus aux patères dans l'entrée. Harry jeta un coup d'œil dans l'un des sacs. Des tubes en carton de rouleaux d'essuie-tout, des cannettes de bière vides, un T-shirt mouillé maculé de sang, des morceaux de papier aluminium, un paquet de cigarettes vide. Le long d'un mur étaient empilées des boîtes vides de pizzas Grandiosa, une tour penchée qui arrivait à mi-hauteur du plafond. Harry remarqua aussi quatre portemanteaux blancs identiques. Il tiqua, puis comprit qu'il s'agissait d'objets volés qui n'avaient pas pu se monnayer. Il se rappela que, dans les appartements de toxicos, les policiers tombaient systématiquement sur des choses que quelqu'un, à un moment donné, s'était figuré pouvoir revendre. Un jour, ils avaient trouvé quelque part un sac contenant soixante téléphones mobiles désespérément dépassés, ailleurs une mobylette partiellement démontée garée dans la cuisine.

Harry entra dans le salon où flottait une odeur composite de sueur, bois souillé de bière, cendre et quelque chose de sucré qu'il ne put reconnaître. Le salon ne contenait aucun meuble au sens conventionnel du terme. Quatre matelas étaient posés à même le sol, comme autour d'un feu de camp. De l'un émergeait un fil de fer tordu à angle droit et terminé par une fourche. Le carré de parquet entre les matelas était noir de brûlures autour d'un cendrier vide. Harry supposa qu'il avait été vidé par les TIC.

« Gusto était contre le mur de la cuisine, ici », expliqua Beate. Elle s'était postée dans l'embrasure entre le salon et la cuisine, le doigt pointé.

Au lieu d'entrer dans la cuisine, Harry s'arrêta sur le seuil et regarda autour de lui. C'était une habitude. Pas celle du TIC, qui étudiait une scène de crime depuis l'extérieur, et commençait à passer le peigne fin en périphérie pour se rapprocher parcelle par parcelle du cadavre. Pas non plus celle du policier de police-secours ou d'une voiture de patrouille, le premier arrivé sur les lieux, qui savait qu'il pouvait polluer la scène de crime avec ses propres traces, ou, dans le pire des cas, détruire celles déjà présentes. Ici, les subordonnés de Beate avaient fait le nécessaire, depuis longtemps. L'habitude était celle de l'enquêteur tactique. Celui qui sait qu'il ne dispose en l'espèce que d'une seule et unique chance : laisser les premières impressions, les détails presque imperceptibles raconter leur histoire, poser leurs empreintes avant que le ciment ne prenne. Cela devait se produire maintenant, avant que la partie analytique du cerveau, celle qui réclamait des faits concrets bien formulés, reprenne les commandes. Harry avait coutume de définir l'intuition comme des conclusions simples, logiques, fondées sur des impressions sensorielles ordinaires, que le cerveau ne parvenait pas ou n'avait pas le temps de traduire en langage administratif clair.

Mais cette scène de crime ne lui apprenait pas grand-chose sur le meurtre qui y avait été perpétré.

Tout ce qu'il voyait, entendait et sentait était un endroit aux habitants plus ou moins occasionnels, qui se rassemblaient, se camaient, dormaient, mangeaient de loin en loin, pour disparaître au bout d'un certain temps. Vers un autre nid, une chambre dans un hospice, un parc, un container, un sac de couchage en duvet bon marché sous un pont ou une caisse en bois blanc sous une pierre tombale.

« Bien sûr, nous avons dû faire pas mal de ménage, ici, répondit Beate à la question qu'il n'avait pas eu besoin de poser. Il y avait des ordures partout.

— De la came ?

— Un sac plastique de cotons non bouillis. »

Harry hocha la tête. Les junkies les plus détruits et fauchés mettaient de côté les cotons dont ils se servaient pour purger la drogue de ses scories quand ils l'aspiraient dans la seringue. Les jours de pluie, on pouvait faire bouillir les cotons et s'injecter le bouillon.

« Plus un préservatif contenant du sperme et de l'héroïne.

— Ah ? » Harry haussa un sourcil. « C'est bon, ça ? »

Harry la vit rougir, comme une évocation de la timide policière fraîchement diplômée qu'il n'avait pas oubliée.

« Des restes d'héroïne, pour être exacte. On suppose que le préservatif a servi au stockage, puis, une fois vidé, à ce pour quoi il était conçu.

— Mmm. Des junkies qui se préoccupent de contraception. Pas mal. Trouvé qui…

— … l'ADN prélevé à l'intérieur et à l'extérieur du préservatif correspondait à celui de deux vieilles connaissances. Une fille suédoise et Ivar Torsteinsen, plus connu parmi les taupes sous le sobriquet de Hivar.

— Hivar ?

— Il avait l'habitude de menacer les policiers avec des seringues usagées, se prétendait séropositif.

— Mmm, d'où la capote. Des violences au casier ?

— Non. Rien que des centaines et des centaines d'effractions, détention et vente de stupéfiants. Et même un peu d'importation.

— Mais il menaçait de meurtre à l'aiguille usagée ? »

Beate soupira et entra dans le salon. Elle lui tournait le dos.

« Je suis désolée, mais il n'y a plus de piste à exploiter dans cette affaire, Harry.

— Oleg n'a jamais fait de mal à une mouche, Beate. Il n'est tout bonnement pas comme ça. Alors que ce Hivar…

— Hivar et la fille suédoise sont… Enfin, ils ont été exclus de cette affaire, si on peut dire. »

Harry regarda son dos. « Morts ?

— Overdose. Une semaine avant le meurtre. De la mauvaise héroïne mélangée à du fentanyl. Ils ne devaient pas avoir les moyens de se payer de la fioline. »

Harry laissa son regard errer sur les murs. La plupart des gros consommateurs SDF avaient une ou deux planques à matos, un lieu secret où ils pouvaient dissimuler ou mettre sous clé leur réserve de drogue. De l'argent, parfois. Éventuellement, d'autres biens irremplaçables. Garder ces choses-là sur soi était exclu, un junkie SDF devait se piquer en public, et devenait, dès l'instant où la drogue faisait effet, une proie facile pour les vautours. Voilà pourquoi les planques étaient sacrées. Un camé par ailleurs au bout du rouleau pouvait déployer, pour cacher sa réserve, une énergie et une imagination telles que même des inspecteurs aguerris et des chiens renifleurs faisaient chou blanc. Une cachette que le toxico ne révélait jamais à personne, pas même à son ami le plus proche. Parce qu'il savait, il savait d'expérience qu'aucun ami de chair et de sang ne peut être plus proche que les amies Codéine, Morphine et Héroïne.

« Vous avez cherché les planques ici ? »

Beate secoua la tête.

« Pourquoi ? » Harry savait cette question idiote.

« Parce qu'on aurait vraisemblablement dû tout casser dans l'appartement pour trouver des choses qui, de toute façon, n'auraient pas été pertinentes pour l'enquête, répondit patiemment Beate. Parce que nous devions optimiser l'usage de ressources limitées. Et parce que nous avions ce qu'il nous fallait comme preuves. »

Harry hocha la tête. Il avait eu la réponse qu'il méritait.

« Et les preuves ? demanda-t-il à voix basse.

— Nous pensons que le meurtrier a tiré de l'endroit

où je me trouve maintenant. » Une coutume parmi les TIC voulait qu'on ne nomme pas les gens. Elle tendit le bras devant elle. « À bout portant. Moins d'un mètre. Traces de poudre dans et autour des plaies.

— Au pluriel ?

— Deux coups. »

Elle posa sur lui un regard désolé, montrant qu'elle savait ce qu'il pensait : ainsi s'envolait la possibilité d'arguer que le coup était parti par accident.

« Les deux projectiles sont entrés dans la poitrine. » Beate déplia l'index et le majeur de la main droite, et les posa sur son chemisier, du côté gauche, comme un signe du langage des sourds-muets. « Si on part du principe que le meurtrier et sa victime étaient debout, et que le meurtrier a fait feu d'une manière naturelle, la plaie de sortie du premier projectile montre que le meurtrier mesurait entre un mètre quatre-vingts et un mètre quatre-vingt-cinq. Le suspect mesure un mètre quatre-vingt-trois. »

Seigneur. Il pensa à ce gamin qu'il avait vu contre la porte de la salle des visites. On aurait dit que l'époque où Oleg lui arrivait à peine à la poitrine quand ils jouaient à la bagarre remontait à la veille.

Elle avança dans la cuisine. Montra le mur à côté d'une cuisinière graisseuse.

« Les balles se sont logées ici et ici, comme tu vois. Ça corrobore que le second coup est parti relativement vite après le premier, alors que la victime commençait à tomber. La première balle a perforé le poumon, l'autre a traversé la partie supérieure de la poitrine et éraflé l'omoplate. La victime…

— Gusto Hanssen », l'interrompit Harry.

Beate se tut. Le regarda. Hocha la tête.

« Gusto Hanssen n'est pas mort sur le coup. Des

empreintes dans la flaque de sang et du sang sur ses vêtements montrent qu'il s'est déplacé après être tombé. Mais ça n'a pas pu durer longtemps.

— Compris. Et qu'est-ce que... » Harry se passa une main sur le visage. Il devait essayer de dormir quelques heures. « En quoi Oleg est-il lié à ce meurtre ?

— Deux personnes ont appelé le central d'opérations à vingt heures cinquante-sept ce soir-là pour dire qu'elles avaient entendu ce qui pouvait être des coups de feu dans l'immeuble. La première habite dans Møllergata, de l'autre côté du carrefour, l'autre juste en face. »

Harry plissa les yeux vers la fenêtre grise qui donnait sur Hausmanns gate.

« Bien joué, d'entendre d'un immeuble à l'autre, comme ça, en plein centre-ville.

— N'oublie pas que c'était au mois de juillet. Soirée chaude. Toutes les fenêtres sont ouvertes, grandes vacances, presque pas de circulation. En plus, les voisins ont essayé de faire fermer ce repaire par la police, alors le seuil de tolérance pour le tapage était réduit, pourrait-on dire. Le policier du central leur a demandé de ne pas bouger et de surveiller l'immeuble jusqu'à l'arrivée des voitures de patrouille. On a tout de suite prévenu police-secours. Deux voitures sont arrivées à vingt et une heures vingt et se sont postées à l'extérieur en attendant la cavalerie.

— Le Delta ?

— Il leur faut toujours un peu de temps pour s'équiper et s'harnacher, à ces garçons. Les voitures de patrouille ont alors été prévenues par le central que les voisins avaient vu un jeune sortir et contourner l'immeuble, en direction de l'Akerselva. Deux policiers sont descendus vers la rivière, et ils ont trouvé... »

Elle hésita, jusqu'à ce que Harry lui fasse un signe de tête presque imperceptible.

« … Oleg. Il n'a opposé aucune résistance. Il était tellement défoncé qu'il n'a même pas dû comprendre ce qui se passait. On a trouvé des traces de poudre sur sa main et son bras droits.

— L'arme du crime ?

— Le calibre 9 × 18 mm Makarov étant peu courant, les options ne sont pas nombreuses.

— Eh bien, il y a le Makarov, qui est le pistolet préféré du crime organisé dans l'ex-Union soviétique. Et le Fort-12 qu'utilise la police ukrainienne. Plus quelques autres.

— Exact. Nous avons trouvé des douilles vides par terre, avec des résidus de poudre. Celle des Makarov a d'autres proportions de soufre et de salpêtre, et ils utilisent aussi un peu d'alcool, comme dans la poudre sans soufre. La composition chimique de la charge dans la douille vide et autour des plaies correspond à celle prélevée sur la main d'Oleg.

— Mmm. Et l'arme elle-même ?

— N'a pas été retrouvée. Nous avons des équipes et des plongeurs qui ont cherché dans la rivière et aux alentours, en vain. Ça ne veut pas dire que le pistolet n'y est pas, la vase et la boue… Enfin, tu sais.

— Je sais.

— Deux occupants de l'appartement ont expliqué qu'Oleg leur avait montré un pistolet en se vantant que la mafia russe utilisait les mêmes. Ni l'un ni l'autre ne sont des spécialistes, mais après avoir vu les photos d'une centaine de pistolets, ils auraient tous les deux montré un Odessa. Et comme tu le sais certainement, il tire… »

Harry hocha la tête. Makarov 9 x 18 mm. De surcroît, presque impossible à confondre avec un autre. La première fois qu'il en avait vu un, il avait pensé au pistolet futuriste rétro sur la pochette de l'album des Foo Fighters, l'un de ses nombreux CD qui avaient fini chez Rakel et Oleg.

« Et je suppose que ce sont des témoins solides comme le roc, avec juste un tout petit problème d'addiction ? »

Beate ne répondit pas. Elle n'en avait pas besoin, Harry savait qu'elle savait ce qu'il faisait, qu'il tâtonnait à la recherche du moindre espoir auquel se raccrocher.

« Les analyses de sang et d'urine d'Oleg », reprit Harry en tirant sur ses manches de costume, comme s'il importait, là tout de suite, d'éviter qu'elles remontent, « qu'ont-elles révélé ?

— Les principes actifs de la fioline. L'état second peut naturellement être considéré comme une circonstance atténuante.

— Mmm. Tu pars alors du principe qu'il était sous l'emprise de la drogue quand il a abattu Gusto Hanssen. Et le mobile ? »

Beate lui lança un regard perplexe.

« Le mobile ? »

Il savait ce qu'elle pensait : comment peut-on imaginer qu'un toxico tue un toxico pour autre chose que de la drogue ?

« Si Oleg était déjà défoncé, pourquoi aurait-il tué quelqu'un ? demanda-t-il. En règle générale, les meurtres liés à la drogue comme celui-ci sont des actes spontanés, désespérés, motivés par le manque ou un début d'abstinence.

— Le mobile, c'est ton rayon, observa Beate. Moi, je suis technicienne. »

Harry inspira profondément.

« OK. Autre chose ?

— Je me suis dit que tu voudrais voir les photos », répondit Beate en ouvrant un mince porte-documents en cuir.

Harry prit le paquet de photos. La première chose qui le frappa fut la beauté de Gusto. Il n'avait pas d'autres mots. Charmant, séduisant, les termes n'étaient pas assez forts. Même mort, les yeux fermés et la chemise imbibée de sang, Gusto Hanssen avait la splendeur indéfinissable mais évidente d'un jeune Elvis Presley, le genre de physique qui parle aussi bien aux hommes qu'aux femmes, comme l'idéal androgyne des représentations divines que l'on trouve dans toutes les religions. Il regarda les autres clichés. Après les premières vues d'ensemble, le photographe s'était rapproché du visage, des plaies.

« Qu'est-ce que c'est, ça ? demanda-t-il en montrant une photo de la main droite de Gusto.

— Il avait du sang sous les ongles. On a fait des prélèvements, mais ils ont hélas été détruits.

— Détruits ?

— Ce sont des choses qui arrivent, Harry.

— Pas dans ton service.

— Le sang a été endommagé avant d'arriver à l'institut médico-légal pour les tests ADN. Nous n'avons pas été bouleversés, à vrai dire. Le sang était relativement frais, mais tout de même assez coagulé pour être sans lien avec l'heure du meurtre. Comme la victime se shootait, c'était très probablement son propre sang. Mais…

— … mais dans le cas contraire, ce serait sûrement intéressant de savoir avec qui il s'est battu ce jour-là. Regarde ses chaussures… » Il montra un plan d'ensemble à Beate. « On dirait des Alberto Fasciani, non ?

— Je ne te savais pas aussi calé, Harry.

— C'est un client à Hong Kong qui les fabrique.

— Un client, tu dis ? À ma connaissance, les véritables Fasciani ne se fabriquent qu'en Italie, non ? »

Harry haussa les épaules.

« Impossible de voir la différence. Mais si ce sont des Alberto Fasciani, elles ne collent pas franchement avec le reste. On dirait des vêtements qui lui ont été refilés à Fyrlyset.

— Elles ont pu être volées. Gusto Hanssen était surnommé le Voleur. Il avait la réputation de faucher tout ce qui lui tombait sous la main, à commencer par la drogue. Une rumeur dit qu'il aurait enlevé un chien renifleur retraité en Suède et s'en serait servi pour débusquer des planques à matos.

— Il avait peut-être trouvé celle d'Oleg. Il a parlé pendant les interrogatoires ?

— Muet comme une carpe. Tout ce qu'il a dit, c'est que c'était le trou noir, il ne se rappelle même pas avoir été dans l'appartement.

— Il n'y était peut-être pas.

— On a trouvé son ADN, Harry. Des cheveux, de la sueur.

— Après tout, il habitait et dormait ici.

— Sur le cadavre, Harry. »

Harry se tut, son regard se perdit droit devant lui.

Beate leva une main, sans doute pour la poser sur son épaule, mais elle changea d'avis et la laissa retomber.

« Tu as pu lui parler ? »

Harry secoua la tête. « Il m'a fichu à la porte.

— Il a honte.

— Sûrement.

— Je suis sérieuse. Tu es son modèle. C'est humiliant pour lui que tu le voies ainsi.

— Humiliant ? Ce gamin… j'ai essuyé ses larmes et soufflé sur ses égratignures. J'ai chassé les monstres et laissé la lumière allumée.

— Ce gamin n'existe plus, Harry. L'Oleg d'aujourd'hui ne veut pas que tu l'aides, il veut t'égaler. »

Harry tapa du pied sur le plancher, les yeux rivés au mur.

« Il n'y a rien à égaler, Beate. Ça, il l'a bien compris.

— Harry…

— On descend à la rivière ? »

Sergeï se tenait devant le miroir de son appartement, les bras le long du corps. Il repoussa la sécurité et appuya sur le bouton. La lame jaillit et captura la lumière. Un beau couteau, un cran d'arrêt sibérien, ou « le fer », comme l'appelaient les Urkas, la caste criminelle sibérienne. La meilleure arme d'estoc du monde. Long manche effilé, longue lame fine. La tradition voulait qu'on le reçoive d'un aîné criminel de la famille quand on s'était montré digne de le posséder. Mais les traditions se perdaient et, de nos jours, on achetait, on volait ou on copiait. Ce couteau-ci, cependant, il l'avait reçu de l'oncle. D'après Andreï, *ataman* l'avait conservé sous son matelas avant d'en faire don à Sergeï. Celui-ci pensa au mythe selon lequel le fer conservé sous le matelas d'un malade absorbe ses maux et sa souffrance, qui sont ensuite transmis à celui que l'on poignarde. Il en allait de ce mythe comme de tous les autres qu'affectionnaient les Urkas, ainsi celui qui dit que si quelqu'un s'empare de votre couteau, il sera bientôt frappé par le malheur et la mort. C'était du romantisme à l'ancienne et des superstitions en voie d'extinction. Pourtant, il avait reçu l'arme avec une grande déférence — exagérée peut-être. Pourquoi en aurait-il été autrement ? Sergeï devait tout à l'oncle. Qui l'avait tiré des ennuis dans lesquels il s'était empêtré, qui s'était occupé de ses papiers pour le faire venir en Norvège. L'oncle lui avait même trouvé, dès avant son arrivée, ce poste d'homme de ménage à l'aéroport d'Oslo. Un travail bien payé, et pourtant facile à décrocher, apparemment pas le genre d'emploi qu'acceptaient les Norvégiens, qui préféraient pointer au chômage. Les condamnations légères de Sergeï en Russie n'avaient posé aucun problème, l'oncle avait pu toiletter son casier judiciaire au préalable. Sergeï avait donc baisé l'anneau bleu de son bienfaiteur en recevant le cadeau. Il devait en outre reconnaître que le couteau qu'il tenait dans la main était fort beau. Manche brun foncé taillé dans un bois de cerf, avec une petite croix orthodoxe ivoire incrustée.

Sergeï bascula la hanche comme il l'avait appris, sentit qu'il avait un bon équilibre, avança le couteau, le leva. Dedans, dehors. Dedans, dehors. Vite, mais pas trop, pour permettre à la longue lame de pénétrer complètement, à chaque fois.

Le couteau s'imposait, parce que l'homme qu'il devait tuer était un policier. Et après l'assassinat d'un policier, la traque était toujours plus intense, il fallait donc laisser le moins de traces possible. Avec une balle de pistolet, on pouvait toujours remonter à des lieux, des armes, des personnes. L'entaille d'un couteau lisse et propre était anonyme. La blessure elle-même l'était moins, elle pouvait renseigner sur la longueur et la forme de la lame, Andreï lui avait donc conseillé de ne pas frapper le policier au cœur, mais de lui trancher la carotide. Sergeï n'avait encore jamais ouvert aucune gorge, ni poignardé personne dans le cœur, juste planté son couteau dans la cuisse d'un Géorgien dont le seul tort était d'être géorgien. L'idée l'avait donc traversé qu'il devrait s'entraîner sur quelque chose, quelque chose de vivant. Le voisin pakistanais avait trois chats, et tous les matins quand il sortait sur le palier, l'odeur de pisse le prenait au nez.

Sergeï descendit son couteau, garda la tête baissée, leva les yeux et se regarda dans le miroir. Il avait fière allure : athlétique, menaçant, dangereux, prêt. Comme sur une affiche de film. Ses tatouages montreraient que sa victime avait été un policier.

Il se tenait derrière le policier. Avança. De la main gauche, il empoigna les cheveux, tira la tête en arrière. Posa la pointe de la lame à gauche sur sa gorge, perça la peau, tira le fil du couteau, en dessinant un croissant de lune. Comme ça.

Le cœur expulserait une cascade de sang, trois battements et le jet se tarirait. Le policier serait déjà en état de mort cérébrale.

Replier le couteau, le laisser retomber dans la poche et s'en aller, vite mais pas trop. S'ils n'étaient pas seuls, ne regarder personne dans les yeux. Partir, et être libre.

Il fit un pas en arrière. Se positionna de nouveau, inspira. Visualisa. Souffla. Avança. Vit un scintillement mat et délicieux sur la lame, comme celui d'un bijou précieux.

Chapitre 6

Beate et Harry sortirent dans Hausmanns gate, prirent à gauche, tournèrent au coin de l'immeuble et traversèrent les décombres de l'incendie où il restait encore des bris de verre couverts de suie et des briques calcinées. Au-delà, un talus en friche piquait vers la rivière. Harry remarqua qu'il n'y avait pas de porte à l'arrière de l'immeuble, et qu'en l'absence d'issue de secours, un escalier d'incendie descendait du dernier étage.

« Qui habite dans l'appartement voisin ? voulut savoir Harry.

— Personne, répondit Beate. Bureaux vides. Les locaux d'*Anarkisten*, un petit périodique qui…

— Je connais. Ce n'était pas un mauvais fanzine. Ces gars-là sont dans les rédactions culturelles des grands journaux, maintenant. Les locaux étaient fermés à clé ?

— Fracturés. Probablement depuis longtemps. »

Harry regarda Beate, qui, un peu découragée, hocha la tête en réponse à la remarque qu'il n'avait pas besoin de faire : quelqu'un avait pu passer dans l'appartement d'Oleg et repartir par là sans être vu. Le dernier espoir.

Ils descendirent vers le sentier qui longeait l'Akerselva. Harry conclut que la rivière n'était pas si large qu'un garçon sachant lancer ne puisse envoyer un pistolet sur l'autre rive.

« Tant que vous n'aurez pas retrouvé l'arme du crime..., commença Harry.

— L'accusation n'a pas besoin du pistolet, Harry. »

Il hocha la tête. La poudre sur la main. Les témoins qui l'avaient vu exhiber l'arme. L'ADN sur le défunt.

Devant eux, appuyés contre un banc en métal vert, deux jeunes en sweat capuche gris lancèrent un coup d'œil dans leur direction, se concertèrent et se retirèrent d'un pas traînant.

« On dirait que les dealers sentent encore le policier en toi, Harry.

— Mmm. Je croyais qu'il n'y avait que des Marocains qui vendaient du shit ici.

— Ils ont de la concurrence. Albanais du Kosovo, Somaliens, Européens de l'Est. Des demandeurs d'asile qui vendent toute la gamme. Speed, méthamphétamines, ecstasy, morphine.

— Héroïne.

— J'en doute. On ne peut presque plus se procurer d'héroïne ordinaire à Oslo. Désormais, c'est la fioline qui a la cote, et on n'en trouve qu'autour de Plata. À moins de pousser jusqu'à Göteborg ou Copenhague, où on en trouve apparemment depuis quelque temps.

— Je n'arrête pas d'entendre parler de ce truc, la fioline. C'est quoi ?

— Une nouvelle drogue de synthèse. Elle affecte moins l'amplitude respiratoire que l'héroïne, donc même si elle détruit des vies, les overdoses sont moins nombreuses. Extrêmement addictive. Tous ceux qui essaient y reviennent. Mais elle est tellement chère que les moins bien lotis n'en ont pas les moyens.

— Donc ils achètent autre chose à la place ?

— La morphine fait un tabac.

— Retour à la case départ. »

Beate secoua la tête.

« C'est la guerre contre l'héroïne qui compte. Et il l'a gagnée.

— Bellman ?

— Tu es au courant ?

— Hagen prétend qu'il a démantelé la plupart des gangs liés à l'héroïne.

— Les gangs pakistanais. Les Vietnamiens. *Dagbladet* le surnomme général Rommel depuis qu'il a démantelé un gros réseau nord-africain. Le gang des motards d'Alnabru. Tous en cage.

— Les motards ? À mon époque, les motards vendaient du speed et fuyaient l'héroïne comme la peste.

— Los Lobos. Des apprentis Hells Angels. On pense que c'était l'un des deux seuls réseaux à distribuer de la fioline. Mais ils se sont fait prendre lors d'un coup de filet, suivi d'une rafle à Alnabru. Tu aurais dû voir le sourire réjoui de Bellman dans les journaux. Il était sur place pendant l'opération.

— *Let's do some good ?* »

Beate rit. Une autre chose qu'il appréciait chez elle : elle était suffisamment branchée cinéma pour le suivre quand il citait des répliques plus ou moins bonnes de films plus ou moins mauvais. Harry lui proposa une cigarette, qu'elle déclina. Il alluma la sienne.

« Mmm. Mais, putain, comment Bellman a-t-il réussi à faire ce que les Stups n'ont même pas ne serait-ce qu'approché pendant toutes les années où j'étais dans la maison ?

— Je sais que tu ne l'aimes pas, mais c'est bel et bien un bon leader. Ils l'adoraient à Kripos, ils en veulent au directeur de la police de l'avoir transféré chez nous.

— Mmm. » Harry inhala la fumée. Sentit la faim du sang. Nicotine. Mot en trois syllabes se terminant par *-ine*.

« Alors qui reste-t-il ?

— C'est l'inconvénient quand on extermine des nuisibles. Tu interviens dans une chaîne alimentaire, et tu ne sais pas si tu n'as pas libéré de la place pour autre chose. Quelque chose de pire que ce que tu as supprimé…

— Qu'est-ce qui te fait dire ça ? »

Beate haussa les épaules.

« Tout à coup, on n'a plus d'info de la rue. Les indics ne savent rien, ou ils la bouclent. On ne fait que parler tout bas de l'homme de Dubaï. Que personne n'a vu, dont tout le monde ignore le nom. Une espèce de marionnettiste invisible. Nous voyons un trafic de fioline, mais nous n'arrivons pas à remonter à la source. Les vendeurs sur lesquels nous mettons la main disent qu'ils l'ont achetée à d'autres vendeurs, au même niveau. Ce n'est pas normal. Nous en déduisons qu'il y a un seul et unique réseau, très professionnel, qui a le monopole de l'import et de la distribution.

— L'homme de Dubaï. Le mystérieux, le génial. On n'a pas déjà entendu cette histoire ? Et on découvre un beau jour que c'est une fripouille tout ce qu'il y a de plus ordinaire.

— Dans le cas présent, c'est différent, Harry. Plusieurs meurtres liés à la drogue ont eu lieu en début d'année. Une sauvagerie d'un genre que nous ne connaissions pas. Et personne n'a rien dit. Deux dealers vietnamiens ont été retrouvés pendus par les pieds à une poutre dans l'appartement où ils vendaient. Noyés. Ils avaient chacun un sac en plastique autour de la tête, rempli d'eau.

— La méthode n'est pas arabe, mais russe.

— Pardon ?

— Ils les suspendent la tête en bas, leur attachent un sac en plastique autour de la tête et percent un trou à la hauteur du cou pour qu'ils aient de l'air. Puis ils commencent à verser de l'eau sur la plante des pieds. L'eau suit le corps et descend jusque dans le sac, qui, peu à peu, se remplit. On appelle cette méthode *Man on the Moon*.

— Comment le sais-tu ? »

Harry haussa les épaules.

« Un patron kirghize plein aux as, un certain Biraïev. Dans les années quatre-vingt, il a mis la main sur l'un des scaphandres originaux d'Apollo 11. Payé deux millions de dollars au marché noir. Ceux qui tentaient d'arnaquer Biraïev ou ne remboursaient pas leurs dettes se retrouvaient dans le scaphandre. Ils filmaient le visage du malheureux pendant qu'ils versaient l'eau. Puis le film était envoyé aux autres débiteurs. »

Harry souffla la fumée vers le ciel.

Beate le dévisagea et secoua lentement la tête.

« Qu'est-ce que tu as fabriqué à Hong Kong, au juste, Harry ?

— Tu m'as posé la question au téléphone.

— Et tu n'as pas répondu.

— En effet. Hagen a dit qu'il pouvait me confier une autre affaire à la place de celle-ci. Il a parlé d'une taupe qui s'était fait descendre.

— Oui. »

Beate semblait soulagée qu'ils ne parlent plus de Gusto et Oleg.

« Qu'est-ce que c'était ?

— Une jeune taupe des Stups. Il a dérivé vers le bord du fjord, là où le toit de l'Opéra plonge dans l'eau. Des touristes, des enfants, et tout et tout. Le vrai branlebas.

— Abattu ?

— Noyé.

— Comment savez-vous que c'était un meurtre ?

— Aucune blessure extérieure, il paraissait effectivement avoir pu tomber dans le fjord par accident. Il traînait autour de l'Opéra, après tout. Mais Bjørn Holm a analysé l'eau qu'il avait dans les poumons. De l'eau douce. Et comme chacun sait, l'eau du fjord d'Oslo est salée. Semblerait que quelqu'un l'ait balancé à la mer pour faire croire à une noyade.

— Bon. En tant que taupe, il devait zoner ici, le long de la rivière. Eau douce qui, de surcroît, va se jeter dans la mer près de l'Opéra. »

Beate sourit.

« C'est bon de t'avoir parmi nous, Harry. Mais Bjørn y a pensé. Il a fait des comparaisons de flore bactérienne, de micro-organismes et tout. L'eau dans les poumons était trop pure pour provenir de l'Akerselva. Elle était passée à travers les filtres de potabilisation. Je parie qu'il s'est noyé dans une baignoire. Ou dans un trou de rivière après la station d'épuration. Ou… »

Harry jeta sa cigarette sur le sentier devant lui.

« Dans un sac plastique.

— Oui.

— L'homme de Dubaï. Que savez-vous de lui ?

— Ce que je viens de te raconter, Harry.

— Tu ne m'as rien raconté.

— En effet. »

Ils s'arrêtèrent à l'Ankerbru. Harry regarda sa montre.

« Tu as un impératif ? s'enquit Beate.

— Négatif. Je voulais juste te donner un prétexte pour dire que toi, tu en as un, sans que tu aies l'impression de me planter là. »

Beate sourit. Au fond, elle était assez jolie quand elle souriait, songea Harry. C'était curieux qu'elle ne se soit pas encore remise en couple. Ou peut-être que si. Elle était l'une des huit entrées de son répertoire téléphonique, et il n'était même pas au courant de ces choses-là.

B pour Beate.

Le H était pour Halvorsen, ancien collègue de Harry et père de l'enfant de Beate. Tué en service. Mais pas encore supprimé du répertoire.

« Tu as pris contact avec Rakel ? » demanda Beate.

Rakel. Harry se demanda si son nom lui était revenu par une association d'idées avec « planter ». Il secoua la tête. Beate attendit. Mais il n'avait rien à ajouter.

Ils se mirent à parler en même temps.

« Tu as sûrement…

— En fait, j'ai… »

Elle sourit : « … un impératif.

— Naturellement. »

Il la regarda remonter le sentier vers la rue.

Puis il s'assit sur un banc et regarda la rivière, les canards qui nageaient dans un contre-courant paisible.

Les deux sweats capuche revinrent. Le rejoignirent.

« T'es five-o ? »

Policier en argot américain, piqué dans des séries télévisées prétendument authentiques. C'était Beate qu'ils avaient flairée, pas lui.

Harry secoua la tête.

« Tu cherches...

— La paix. Le calme et la paix. »

Il sortit une paire de lunettes de soleil Prada de sa poche intérieure. Elles lui avaient été offertes par un commerçant de Canton Road, qui avait pris un peu de retard sur ses échéances, mais s'estimait bien traité. C'était un modèle pour femme, mais Harry n'en avait cure, elles lui plaisaient.

« Au fait, leur cria-t-il, vous avez de la fioline ? »

L'un des deux se contenta d'un reniflement dédaigneux.

« Sentrum, répondit l'autre.

— Où ça ?

— Cherche van Persie ou Fàbregas. »

Leur rire se perdit en direction du club de jazz Blå.

Harry se renversa en arrière et observa l'étonnante efficacité des canards, qui glissaient sur la surface de l'eau comme des patineurs sur une glace noire.

Oleg la bouclait. Comme le font les coupables. Dont c'est le privilège, et la seule stratégie raisonnable. Et maintenant ? Comment enquêter sur quelque chose d'élucidé, répondre à des questions qui ont déjà trouvé une réponse adéquate ? Que croyait-il donc pouvoir obtenir ? Contraindre la vérité en la niant ? Comme ces parents qu'il avait vus produire leur pathétique refrain : « Mon fils ? Jamais de la vie ! » Il savait pourquoi il voulait enquêter. Enquêter était la seule chose qu'il savait faire. La seule contribution qu'il pouvait apporter. Il était la mère au foyer qui insistait pour mitonner tous les plats de la réception suivant l'enterrement de son fils, le musicien qui emportait son instrument aux obsèques de son ami. Le besoin de faire quelque chose, comme distraction ou comme réconfort.

L'un des canards glissa vers lui, dans l'espoir qu'il lui lance un bout de pain, peut-être. Pas parce qu'il y croyait, mais parce que ce n'était pas impossible. Dépense d'énergie estimée face à la probabilité d'une récompense. Espoir. Glace noire.

Harry se redressa d'un coup. Sortit les clés de sa poche de veste. Il venait de se rappeler pourquoi il avait acheté un cadenas, ce jour-là. Ce n'était pas pour lui, mais pour le patineur. Oleg.

Chapitre 7

L'inspecteur Truls Berntsen eut une brève conversation avec l'inspecteur principal de l'aéroport d'Oslo. Berntsen répondit que oui, il savait que l'aéroport se trouvait dans le district de police du Romerike et qu'il n'avait rien à voir avec l'arrestation. Mais il était chargé de filatures pour les OS, avait Tord Schultz à l'œil depuis un certain temps, et on venait de le prévenir qu'il avait été intercepté avec des stupéfiants. Il avait présenté le badge qui l'identifiait comme un inspecteur de niveau 3, Opérations spéciales, Orgkrim, district d'Oslo. L'inspecteur principal avait haussé les épaules avant de le mener sans un mot à l'une des trois cellules de garde à vue.

La porte de la cellule refermée, Truls regarda autour de lui pour s'assurer que le couloir et les deux autres cellules étaient vides. Puis il s'assit sur le siège des toilettes et tourna les yeux vers la banquette, l'homme penché en avant, la tête dans les mains.

« Tord Schultz ? »

L'homme leva la tête. Il avait quitté sa veste, et sans les insignes sur sa chemise, Berntsen n'aurait jamais pris ce type pour un commandant de bord. Les commandants de bord n'étaient pas censés ressembler à ça. Terrorisé, livide, avec des pupilles noires dilatées par le choc. D'un autre côté, il avait l'allure de ceux qui viennent de se faire prendre pour la première fois. Berntsen avait mis un certain temps à localiser Tord Schultz à l'aéroport d'Oslo. Mais le reste avait été facile. Selon le STRASAK, Tord Schultz n'avait pas de casier, il n'avait jamais eu affaire à la police et n'avait — d'après leur registre officieux de filatures — pas de liens connus avec le milieu des stupéfiants.

« Qui êtes-vous ?

— Je suis ici au nom des gens qui vous emploient, Schultz, et je ne parle pas de la compagnie aérienne. Le reste, c'est pas vos oignons. D'accord ? »

Schultz désigna la carte que Berntsen portait autour du cou.

« Vous êtes policier. Vous essayez de me rouler.

— Si tel était le cas, ça serait de bonnes nouvelles, Schultz. Il y aurait vice de procédure et cela donnerait à votre avocat une possibilité de vous faire acquitter. Mais on va s'en sortir sans avocat. D'accord ? »

Le commandant de bord gardait le regard fixe, avec de grandes pupilles qui absorbaient toute la lumière qu'elles pouvaient, la moindre étincelle d'espoir. Truls Berntsen poussa un soupir. Il pouvait seulement espérer que ce qu'il allait dire passerait sans heurt.

« Vous savez ce que c'est qu'un brûleur ? demanda Berntsen, avant de poursuivre sans attendre de réponse. C'est quelqu'un qui sabote les dossiers de la police. Qui veille à ce que les preuves soient détruites ou perdues, que des erreurs soient commises dans le traitement des dossiers pour empêcher l'affaire d'être portée devant les tribunaux, ou que des boulettes banales soient faites dans l'enquête afin que la personne interpellée puisse repartir libre. Vous comprenez ? »

Schultz cligna deux fois des yeux. Et hocha lentement la tête.

« Bien, fit Berntsen. Voici la situation actuelle : nous sommes deux hommes en chute libre avec un seul parachute à nous partager. Je viens de sauter de l'avion pour vous sauver, vous n'avez pas besoin de me remercier pour l'instant. Pour l'instant, la seule chose que vous devez faire, c'est vous fier à moi à cent pour cent, afin d'éviter que nous nous écrasions tous les deux. Capisce ? »

Encore des clignements d'yeux. Manifestement pas.

« Il était une fois un policier allemand, un brûleur. Il travaillait pour un groupe d'Albanais du Kosovo qui importait de l'héroïne par la route des Balkans. La drogue arrivait par camion des champs d'opium d'Afghanistan jusqu'en Turquie, continuait à travers l'ex-Yougoslavie vers Amsterdam, où les Albanais la faisaient passer en Scandinavie. Des tas de frontières à traverser, des tas de gens à payer. Entre autres ce brûleur. Et un jour, un jeune Albanais s'est fait prendre avec un réservoir plein d'opium brut, il n'était même pas emballé, juste plongé directement dans l'essence. Il a été mis en garde à vue, et le jour même, les Albanais ont appelé leur brûleur allemand. Il est allé voir le jeune Albanais du Kosovo, lui a expliqué qui il était et qu'il n'y avait qu'à se détendre, il s'occupait de tout. Il a dit qu'il reviendrait le lendemain lui indiquer quoi dire à la police. Tout ce qu'il avait à faire d'ici là, c'était la fermer. Mais le type était un bleu, il n'avait jamais fait de taule. Il avait dû entendre trop d'histoires de douches de prison où on se penche pour ramasser sa savonnette… Toujours est-il que, dès le premier interrogatoire, il a craqué comme un œuf dans un micro-ondes et vendu la mèche sur tout ce business de brûleur, dans l'espoir de s'attirer l'indulgence du juge. Ensuite, pour obtenir des preuves contre le brûleur, la police a caché un micro dans la cellule. Mais le policier corrompu ne s'est pas présenté comme convenu. Ils ne l'ont retrouvé que six mois plus tard. En petits morceaux dispersés dans un champ de tulipes. En ce qui me concerne, je suis un garçon de la ville, mais j'ai entendu dire que ce genre de choses faisaient du bon engrais. »

Berntsen s'interrompit et observa le commandant de bord, en attendant la question habituelle.

Schultz s'était redressé sur sa banquette et avait retrouvé un peu de couleur. Il finit par s'éclaircir la voix :

« Pourquoi… euh, le brûleur ? Ce n'était pas lui qui avait parlé.

— Parce qu'il n'y a pas de justice, Schultz. Rien que des solutions nécessaires à des problèmes pratiques. Le brûleur censé détruire les preuves en était devenu une lui-même. Il était démasqué, et si la police lui mettait la main dessus, il pouvait conduire les enquêteurs aux Albanais du Kosovo. Le brûleur n'étant pas un frère albanais, mais un simple cavaleur rémunéré, il était logique de l'éliminer. Et ils savaient que ce serait un meurtre auquel la police n'accorderait pas une priorité particulièrement haute. Pourquoi l'aurait-elle fait ? Le brûleur avait déjà été puni. La police n'ouvre pas une enquête quand la seule chose qui peut en résulter, c'est que le public entende parler d'un énième flic corrompu. D'accord ? »

Schultz ne répondit pas.

Berntsen se pencha en avant. Sa voix baissa en volume, mais augmenta en intensité :

« Je n'ai pas envie d'être retrouvé dans un champ de tulipes, Schultz. Notre seul moyen de nous sortir de là, c'est de nous faire mutuellement confiance. Un seul parachute. Compris ? »

Le commandant de bord toussota.

« Et l'Albanais du Kosovo ? Il a eu sa remise de peine ?

— Pas facile à dire. On l'a retrouvé suspendu au mur de sa cellule avant le procès. Quelqu'un l'avait accroché par l'occiput à la patère, figurez-vous. »

Le visage du commandant de bord perdit de nouveau toute couleur.

« Respirez, Schultz », dit Truls Berntsen.

Voilà ce qu'il préférait dans ce travail. Le sentiment que, pour une fois, c'était *lui* qui avait le contrôle.

Schultz se renversa en arrière et appuya la tête contre le mur. Ferma les yeux.

« Et si je déclinais dès maintenant votre aide ? Si on faisait comme si vous n'étiez jamais venu ?

— Ça ne servirait à rien. Votre employeur, et le mien, ne veut pas que vous témoigniez.

— Alors si je comprends bien, je n'ai pas le choix ? »

Berntsen sourit. Et déclama sa phrase préférée :

« Le choix, Schultz, est un luxe que vous ne pouvez plus vous offrir depuis belle lurette. »

Le stade de Valle Hovin. Une petite oasis de béton au cœur d'un désert de pelouses vertes, bouleaux, jardins et balcons avec jardinières. En hiver, la piste servait pour le patinage, en été on l'utilisait comme lieu de concert, essentiellement pour des dinosaures comme les Rolling Stones, Prince, Bruce Springsteen. Rakel avait même persuadé Harry de l'accompagner voir U2, bien qu'il eût toujours été un homme de clubs détestant les concerts de stades. Après coup, elle l'avait taquiné en lui disant que, au fond, il avait des mœurs musicales normales mais refusait de faire son coming out.

La plupart du temps, Valle Hovin était néanmoins, comme pour l'heure, désert, décrépit, sorte d'usine désaffectée qui aurait fabriqué des choses dont plus personne n'avait besoin. Les meilleurs souvenirs que Harry avait de cet endroit, c'était Oleg patinant. Ne rien faire d'autre que le regarder essayer. Se battre. Échouer. Échouer. Et puis réussir. Rien de grandiose, un nouveau record personnel, une deuxième place dans un championnat de club, dans sa catégorie d'âge. Mais plus qu'assez pour faire enfler le cœur stupide de Harry en des proportions si absurdes qu'il devait arborer un masque d'indifférence pour éviter de rendre la situation oppressante pour eux deux, « pas mal, Oleg ».

Harry regarda autour de lui. Personne en vue. Il glissa alors la clé Ving dans la serrure de la porte des vestiaires sous la tribune. À l'intérieur, tout était comme avant, juste un peu plus décati. Il alla dans les vestiaires hommes. Le sol était jonché d'ordures, les visites étaient manifestement très espacées. Un lieu propice à la solitude. Harry avança entre les casiers. La plupart n'étaient pas verrouillés. Mais il trouva ce qu'il cherchait, le cadenas Abus.

Il appuya la pointe de la clé contre l'ouverture dentelée. La clé refusa d'entrer. Merde !

Harry se retourna. Laissa son regard errer entre les rangées d'armoires métalliques bosselées. S'arrêta, revint en arrière à la deuxième armoire précédente. Celle-ci aussi était fermée par un cadenas Abus. Et un cercle gravé dans la peinture verte. Un *O*.

La première chose que Harry vit en ouvrant fut les patins d'Oleg. Les longues lames effilées présentaient comme un dépôt de rouille rouge sur le fil.

Dans la porte, Harry remarqua deux photos fixées à la grille de ventilation. Deux photos de famille. La première réunissait cinq visages. Deux des enfants et les personnes qu'il supposait être leurs parents lui étaient inconnus. Mais il reconnut le troisième enfant. Parce qu'il venait de le voir sur d'autres clichés. Des clichés de scène de crime.

C'était la beauté. Gusto Hanssen.

Harry se demanda si c'était cette beauté, justement, qui provoquait cela, ce sentiment immédiat que Gusto Hanssen n'était pas à sa place sur cette photo. Ou, plus exactement, qu'il ne faisait pas partie de cette famille.

Curieusement, on ne pouvait pas en dire autant du grand type blond qui se tenait derrière la femme brune et son fils sur l'autre photo. Elle avait été prise un jour d'automne, quelques années plus tôt. Ils s'étaient promenés à Holmenkollen, avaient pataugé dans les feuilles orange, et Rakel avait posé son appareil photo compact sur une pierre et déclenché le retardateur.

Était-ce vraiment lui ? Harry ne se rappelait pas avoir jamais eu les traits aussi doux.

Les yeux de Rakel brillaient. Il lui semblait entendre son rire, ce rire qu'il adorait, dont il ne se lassait jamais, qu'il essayait toujours de provoquer. Elle riait souvent en compagnie d'autres gens aussi, mais avec Oleg et lui, ce rire avait une tonalité un peu différente, une tonalité qui leur était réservée, à lui et Oleg.

Harry fouilla le reste de l'armoire.

Il y trouva un pull blanc à liseré bleu ciel. Pas le style d'Oleg, qui portait des blousons courts sur des T-shirts noirs à l'effigie de Slayer ou Slipknot. Harry sentit le vêtement. Parfum léger, féminin. Il y avait un sac en plastique sur l'étagère du haut. Il l'ouvrit. Prit une courte inspiration. Il contenait une panoplie de toxicomane, deux seringues, une cuiller, un garrot en caoutchouc, un briquet et un paquet de coton. Il ne manquait que la drogue. Harry allait reposer le sac quand il vit autre chose. Une chemise, tout au fond de l'armoire. Elle était rouge et blanc. Il la sortit. C'était un maillot de foot, avec une injonction sur la poitrine : Fly Emirates. Arsenal.

Il regarda la photo, Oleg. Même lui souriait. Comme s'il croyait, en tout cas à cet endroit et à cet instant, qu'il s'agissait là de trois personnes qui s'accordaient sur le fait que c'était chouette, ça se passait bien, les choses étaient comme on le souhaitait. Alors pourquoi déraper ? Pourquoi aurait-il dérapé, l'homme qui était au volant ?

« Comme tu mentais en disant que tu serais toujours là pour nous. »

Harry décrocha les deux photos de la porte et les glissa dans sa poche intérieure.

Quand il ressortit, le soleil se couchait derrière Ullernåsen.

Chapitre 8

Je saigne, papa, tu vois ? Je saigne ton mauvais sang. Et ton sang à toi, Oleg. C'est pour toi que les cloches devraient sonner. Je te maudis, je maudis le jour où je t'ai rencontré. Tu étais allé à un concert au Spektrum, Judas Priest. J'attendais dehors, et je m'étais mêlé à la foule qui sortait.

« Waouh, cool, ton T-shirt. Tu l'as trouvé où ? »

Tu m'as regardé bizarrement. « Amsterdam.

— Tu as vu Judas Priest à Amsterdam ?

— Pourquoi pas ? »

Je ne savais rien du tout sur Judas Priest, sauf que c'était un groupe, et pas un bonhomme, et que le chanteur s'appelait Rob quelque chose.

« Chanmé ! Ça déchire, Priest. »

Tu t'es raidi une seconde et tu m'as regardé. Concentré, comme un animal qui a flairé quelque chose. Un danger, une proie, un compagnon de jeu. Ou — dans ton cas — une âme sœur potentielle. Car, avec ton dos voûté et ton pas traînant, tu portais ta solitude comme une lourde pelisse mouillée, Oleg. Je t'avais choisi justement à cause de ta solitude. Je t'ai dit qu'il y avait un Coca pour ma pomme si tu me racontais le concert d'Amsterdam.

Alors tu m'as parlé de Judas Priest, du concert au Heineken Music Hall deux ans plus tôt, des deux potes de dix-huit et dix-neuf ans qui s'étaient flingués au fusil de chasse après avoir écouté un album de Priest avec un message subliminal qui disait « do it *». Sauf que l'un des deux avait survécu. Judas Priest, c'était du heavy metal, ils avaient fait un peu de speed metal. Vingt minutes plus tard, tu m'avais tant parlé de goth et de death qu'il était temps de parler de meth.*

« Si on allait faire un tour en altitude, Oleg. Fêter cette rencontre de deux âmes sœurs. Qu'est-ce que t'en penses ?

— Qu'est-ce que tu veux dire ?

— Je connais des fêtards qui vont fumer dans le parc.

— Ah oui ? » Sceptique.

« Rien de bien méchant, juste un peu d'ice.

— Je suis pas là-dedans, désolé.

— Putain, mais moi non plus je suis pas là-dedans. Juste tirer un peu sur une pipe. Toi et moi. De la vraie ice, pas cette poudre de merde. Exactement comme Rob. »

Oleg s'est arrêté au milieu d'une gorgée de Coca. « Rob ?

— Oui.

— Rob Halford ?

— Bien sûr. Son roadie s'est fourni auprès du mec à qui je vais acheter maintenant. T'as de l'argent ? »

Je l'avais dit sur un ton léger, si léger et évident qu'il n'y avait pas l'ombre d'un soupçon dans le regard grave qu'il a plongé en moi :

« Rob Halford fume de l'ice ? »

Il m'a donné les cinq cents couronnes que je lui réclamais. Je lui ai demandé d'attendre, me suis levé et tiré. Vers le pont Vaterlands. Puis, quand j'ai été hors de vue, à droite, de l'autre côté de la rue et les trois cents mètres jusqu'à la gare centrale. Je pensais que ce serait la dernière fois que je verrais le foutu Oleg Fauke.

J'ai dû attendre d'être dans le tunnel sous les quais, la pipe à la bouche, pour comprendre que ce n'était pas encore terminé entre nous. Loin de là. Il se tenait au-dessus de moi, sans rien dire. S'est adossé au mur et laissé glisser à mes côtés. Il a tendu la main. Je lui ai donné la pipe. Il a tiré une bouffée. Toussé. Et tendu l'autre main : « La monnaie. »

Voilà comment l'équipe Gusto et Oleg a démarré. Chaque jour, quand il terminait chez Clas Ohlson, où il avait trouvé un job d'été comme magasinier, on descendait vers Oslo City, les parcs. On se baignait dans l'eau sale du Middelalderpark et on observait la construction d'un nouveau quartier autour du nouvel Opéra.

On se racontait tout ce qu'on ferait et ce qu'on deviendrait, les endroits où on irait, et on fumait et on sniffait tout ce qu'on pouvait acheter avec l'argent de son job d'été.

Je lui ai parlé de mon père adoptif. Je lui ai dit qu'il m'avait lourdé parce que ma mère adoptive me faisait du gringue. Et toi, Oleg, tu m'as parlé d'un mec avec qui sortait ta mère, un flic du nom de Harry Hole, que tu trouvais tip top. Quelqu'un sur qui tu pouvais compter. Mais quelque chose avait mal tourné. D'abord entre lui et ta mère. Vous aviez ensuite été impliqués dans une affaire de meurtre sur laquelle il bossait. Et c'est à ce moment-là que vous aviez déménagé à Amsterdam, toi et ta mère. J'ai répondu que ce gars-là était peut-être tip top, mais que le terme était passablement kitsch. Tu as répondu que « foutu », c'était encore plus kitsch. Et même carrément bouffon. Et pourquoi est-ce que j'exagérais mon accent de l'Østkant, alors que j'étais même pas de là-bas ? Je lui ai dit que l'exagération était un principe chez moi, que ça permettait de souligner ses intentions, et que « foutu » était si faux que ça en devenait juste. Oleg m'a regardé et m'a dit que c'était moi qui étais si faux que ça en devenait juste. Le soleil brillait, et j'ai pensé que c'était la plus belle chose qu'on ait jamais dite de moi.

On a fait la manche sur Karl Johan pour déconner, j'ai fauché un skate-board sur Rådhusplassen et l'ai échangé contre du speed une demi-heure plus tard sur Jernbanetorget. On a pris le bateau jusqu'à Hovedøya, on s'est baignés et on a taxé des bières. Il y avait des nanas qui voulaient me faire monter sur le bateau de papa et tu as plongé du mât, évitant le pont de justesse. On a pris le tram d'Ekeberg pour voir le coucher du soleil. C'était la Coupe de Norvège, un entraîneur de foot du Trøndelag m'a regardé et m'a dit qu'il me filait mille couronnes si je le suçais. Il a allongé le fric, et j'ai attendu qu'il ait le froc bien bas sur les genoux avant de me barrer. Après, tu m'as raconté qu'il avait eu l'air complètement perdu et qu'il s'était tourné vers toi, comme pour te demander de faire le boulot à ma place. Ce qu'on s'est marrés !

Cet été n'en finissait pas. Et puis si, finalement. On a claqué ta dernière paie en joints qu'on a fumés sous le pâle désert du ciel nocturne. Tu as dit que tu allais retourner au bahut, que tu aurais des super notes et que tu ferais du droit, comme ta mère. Pour entrer ensuite dans cette foutue école de police ! On en pleurait de rire.

Mais quand le lycée a repris, je t'ai moins vu. Puis encore moins. Tu habitais là-haut à Holmenkollåsen chez ta mère, tandis que je créchais sur un matelas dans le local d'un groupe qui n'y voyait aucun inconvénient tant que je surveillais leur matos et que je disparaissais pendant les répétitions. Alors j'ai renoncé à toi, je pensais que tu avais retrouvé ta petite vie bien comme il faut. Et c'est à peu près à ce moment-là que j'ai commencé à dealer.

En réalité, c'est arrivé par le plus grand des hasards. J'avais piqué du pognon à une nénette chez qui j'avais passé la nuit. Alors je suis descendu à Oslo S et j'ai demandé à Tutu s'il avait encore de l'ice. Esclave d'Odin, le chef de Los Lobos d'Alnabru, Tutu avait un léger problème de bégaiement. Il avait hérité de ce surnom quand, ayant une valise d'argent sale à blanchir, Odin avait envoyé Tutu chez un bookmaker en Italie pour miser l'argent sur un match qu'il savait truqué. L'équipe qui jouait à domicile devait gagner 2-0. Odin avait appris à Tutu à dire « two nill *», mais Tutu était si nerveux et bégayait tant au moment de parier que le bookmaker a entendu two-two, et il l'a noté sur le ticket. Dix minutes avant la fin du match, l'équipe qui recevait menait naturellement 2-0, et tout était tranquille. Hormis Tutu, qui venait de s'apercevoir en regardant son reçu qu'il avait placé les thunes sur tu-tu, 2-2. Il savait qu'Odin lui enverrait un pruneau dans le genou. Odin, c'est sa marotte, la balle dans le genou. Mais voici le deuxième rebondissement. Sur le banc de l'équipe qui recevait, il y avait un avant polonais qui était une acquisition récente et maîtrisait aussi mal l'italien que Tutu l'anglais, il n'avait donc pas compris que le match était truqué. Alors quand l'entraîneur l'a envoyé sur le terrain, il a mis un point d'honneur à faire ce pour quoi il était payé : il a marqué. Deux fois. Tutu était sauvé. Mais ce soir-là, quand Tutu a atterri à Oslo et filé voir Odin pour lui raconter sa veine de cocu, la chance l'a abandonné. Il a en effet commencé par les* *mauvaises nouvelles, disant qu'il s'était planté et avait misé sur le mauvais résultat. Dans sa ferveur, il bégayait tellement qu'Odin a perdu patience, il a sorti son revolver du tiroir et — troisième rebondissement — tiré dans le genou de Tutu bien avant que celui-ci en arrive à l'épisode du Polonais.*

Bref. Ce jour-là à Oslo S, Tutu m'a dit qu'on ne t-t-trouvait plus d'ice, que je devrais me contenter de p-p-poudre. C'est moins cher et c'est de la méthamphétamine aussi, mais j'ai horreur de ça. L'ice, c'est de délicieux petits cristaux blancs qui t'explosent la tête, alors que la saloperie de poudre jaune qui pue qu'on trouve à Oslo est coupée à la levure chimique, au sucre glace, à l'aspirine, à la vitamine B12 et à la bisaïeule du diable. Ou, pour les gourmets : à des antalgiques pilés qui ont un goût de speed. Mais j'ai acheté ce qu'il avait à un prix de demi-gros, et il me restait encore de l'argent pour des amphés. Et puisque les amphétamines, c'est des vrais produits diététiques en comparaison de la meth, c'est juste un peu plus lent, j'ai sniffé le speed, et j'ai mélangé la meth avec encore un peu de levure chimique pour les revendre sur Plata, avec un joli petit bénéfice.

Le lendemain, je suis retourné voir Tutu et j'ai réitéré le truc, sauf que j'en ai acheté un peu plus. J'en ai sniffé une petite partie, j'ai coupé et revendu le reste. Même chose le jour suivant. J'ai dit que je pouvais lui en prendre davantage s'il me laissait vingt-quatre heures pour payer, mais il s'est marré. Quand je suis revenu le quatrième jour, Tutu m'a dit que le boss trouvait qu'on devrait y mettre plus de f-f-formes. Ils m'avaient regardé vendre, et ce qu'ils avaient vu leur avait plu. Si je vendais deux lots par jour, ça voulait dire cinq mille droit dans ma poche. Voilà comment je suis devenu l'un des dealers d'Odin et Los Lobos. Tutu me filait la drogue le matin, je rapportais la recette du jour et le restant éventuel à dix-sept heures. Équipe de jour. Il ne restait jamais rien.

Ça s'est bien passé pendant environ trois semaines. Un mercredi, à Vippetangen. J'avais vendu deux lots, j'avais les poches pleines de blé et les narines pleines de speed, et tout à coup, je n'ai plus vu aucune raison de descendre retrouver Tutu à Oslo S. Alors je lui envoyé un SMS pour lui dire que je prenais mes congés et j'ai sauté sur un ferry pour le Danemark. Voilà le genre de fautes d'inattention auxquelles il faut s'attendre quand on nourrit trop souvent ses poulets.

À mon retour, j'ai entendu des rumeurs selon lesquelles Odin me cherchait. J'ai balisé un poil, d'autant que je savais comment Tutu avait hérité de son surnom. Alors je me suis fait discret, je traînais à Grünerløkka. En attendant le jour du jugement dernier. Mais Odin avait d'autres sujets de préoccupation qu'un dealer qui lui devait quelques milliers de couronnes. La concurrence était arrivée en ville. « L'homme de Dubaï. » Pas sur le marché de la meth, mais sur l'héroïne, qui pour Los Lobos comptait plus que tout le reste. Certains disaient que c'étaient des Biélorusses, d'autres des Lituaniens, d'autres encore que l'homme de Dubaï était pakistano-norvégien. Une seule chose était sûre : c'était une opération de pro, ils n'avaient peur de rien et il valait mieux en savoir trop peu que trop.

Ç'a été un automne de merde.

J'avais dépensé l'argent depuis longtemps, je n'avais plus de travail et je devais faire profil bas. J'avais trouvé un acheteur pour le matos du groupe de Bispegata. Il était venu voir la marchandise, persuadé que j'en étais le propriétaire — après tout, j'habitais là ! —, et il ne restait plus qu'à convenir du jour de l'enlèvement. Et puis, tel un ange du Salut, Irene est apparue. Gentille Irene aux taches de son. C'était un matin d'octobre et j'étais un peu occupé avec des gars dans le Sofienbergpark quand, subitement, elle était là, au bord des larmes, de joie. Je lui ai demandé si elle avait de l'argent et elle a agité une carte Visa. Celle de Rolf, son père. Nous sommes allés au distributeur le plus proche et avons vidé son compte. Au début, Irene ne voulait pas, mais quand je lui ai expliqué que ma vie en dépendait, elle a compris que c'était nécessaire. Trente et un mille couronnes. On est allés manger et boire à Olympen, on s'est acheté quelques grammes de speed et on est rentrés à Bispelokket. Elle m'a raconté qu'elle s'était disputée avec maman. Elle a dormi chez moi. Le lendemain, je l'ai emmenée à Oslo S. Tutu était sur sa moto, affublé d'un blouson de cuir avec une tête de loup dans le dos. Tutu et sa moustache gauloise, son foulard de pirate autour de la tête et ses tatouages qui dépassaient de son col, mais qui avait quand même l'air d'un foutu groom. Il allait descendre pour se ruer à ma poursuite, quand il a compris que je venais le voir. Je lui ai donné les vingt mille que je lui devais, plus cinq mille d'intérêts. L'ai remercié pour le prêt vacances. J'espérais qu'on pourrait repartir de zéro. Tutu a téléphoné à Odin, tout en regardant Irene. J'ai vu ce qu'il voulait. Et puis j'ai regardé de nouveau Irene. Pauvre Irene, pâle, belle.

« Odin dit qu'il veut c-c-cinq mille en plus, m'a informé Tutu. Sinon, j'ai ordre de te t-t-t-ta-ta-ta… » Il a repris son souffle.

« Tabasser, ai-je complété.

— Là, tout de suite.

— Soit. Je vends deux lots aujourd'hui.

— Faudra les p-p-payer.

— Allez, je te les vends en deux heures. »

Tutu m'a regardé. Il a fait un signe de tête vers Irene, qui attendait près des marches qui descendaient vers Jernbanetorget.

« Et e-e-elle ?

— Elle m'aide.

— Les filles sont b-b-bonnes vendeuses. Elle consomme ?

— Pas encore.

— Le v-v-voleur », a répondu Tutu en exhibant son sourire édenté.

J'ai compté les billets. Les derniers. C'étaient toujours les derniers. Le sang qui coule de mon corps.

Une semaine plus tard, devant l'Elm Street Rock Café, un garçon s'est arrêté devant Irene et moi.

« Je te présente Oleg, ai-je dit en sautant du muret. Oleg, je te présente ma sœur. »

Puis je l'ai serré dans mes bras. J'ai senti qu'il levait la tête, qu'il regardait par-dessus mon épaule. Vers Irene. Et à travers son blouson en jean, j'ai senti son cœur s'emballer.

L'inspecteur Berntsen avait les pieds sur son bureau et le combiné du téléphone contre son oreille. Il avait appelé le commissariat de Lillestrøm, district de police du Romerike, et s'était présenté comme Roy Lunder, assistant de laboratoire de Kripos. L'officier avec qui il parlait venait de lui confirmer qu'ils avaient bien reçu de Gardermoen le sachet de ce qu'ils supposaient être de l'héroïne. La procédure habituelle voulait que toutes les saisies de stupéfiants du pays soient envoyées pour analyse dans les laboratoires de Kripos, à Bryn, Oslo. Une fois par semaine, une voiture de Kripos faisait le tour des districts de police de l'Østlandet pour récupérer les échantillons. Les autres districts envoyaient la drogue avec leurs propres coursiers.

« Bon, approuva Berntsen en tripotant son faux badge avec sa photo au-dessus de "Roy Lunder, Kripos". Je dois passer à Lillestrøm de toute façon, alors je prendrai le sachet pour l'emporter à Bryn. Une saisie pareille, on voudrait l'analyser tout de suite. Bien, alors on se voit demain matin. »

Il raccrocha et regarda par la fenêtre. Regarda le nouveau quartier autour de Bjørvika qui s'élevait vers le ciel. Songea à tous les petits détails : dimension des vis, des boulons, qualité du mortier, flexibilité des vitres... Tout ce qui devait correspondre exactement pour que l'ensemble fonctionne. Et il ressentit une profonde satisfaction. Car c'était le cas. Cette ville fonctionnait.

Chapitre 9

Les longues et fines jambes féminines des pins disparaissaient sous des jupes de verdure qui projetaient de vagues ombres d'après-midi sur le gravier de la cour devant la maison. Harry s'arrêta au sommet de la montée du garage, épongea sa sueur après les raidillons parcourus depuis Holmendammen et contempla la maison sombre. Les lourds rondins noirs signifiaient solidité, sécurité, ouvrage de défense contre les monstres et la nature. Ça n'avait pas suffi. Les maisons voisines étaient de grandes villas inélégantes qu'on ne cessait d'agrandir et de rendre plus pratiques. Øystein, dit Ø dans le répertoire, prétendait que ces rondins emboîtés exprimaient le besoin de la bourgeoisie aisée de revenir au naturel, au simple, au sain. Harry, lui, voyait le pathologique, le perverti, le siège d'une famille par un meurtrier en série. Pourtant, elle avait choisi de conserver la maison.

Harry monta jusqu'à la porte et sonna.

Des pas lourds résonnèrent à l'intérieur. Et Harry se rendit compte au même instant qu'il aurait dû d'abord appeler.

La porte s'ouvrit.

L'homme qui apparut avait une chevelure blonde, qui, épaisse dans sa jeunesse, avait indubitablement dû lui procurer des avantages, une chevelure qu'on avait donc emportée avec soi dans la vie d'adulte dans l'espoir que la version un peu passée continuerait de faire de l'effet. Il portait une chemise bleu clair repassée. Harry gageait qu'il avait dû, elle aussi, la porter quand il était plus jeune.

« Oui ? » Visage ouvert, aimable. Des yeux qui paraissaient n'avoir rencontré rien d'autre que de l'amabilité. Un petit logo avec un joueur de polo était cousu sur sa poche de poitrine.

Harry sentit sa gorge s'assécher. Il jeta un coup d'œil au nom sous la sonnette.

Rakel Fauke.

Pourtant, cet homme au beau visage faible gardait la porte contre lui comme si elle lui appartenait. Harry savait qu'il avait plusieurs autres possibilités d'ouvertures convenables, mais il choisit celle-ci :

« Qui êtes-vous ? »

L'homme réussit à produire l'expression à laquelle Harry n'était jamais parvenu. Il fronça les sourcils sans cesser de sourire. L'amusement indulgent du supérieur devant l'effronterie de l'inférieur.

« Puisque vous êtes dehors et moi dedans, il serait sans doute plus naturel que vous me disiez qui vous êtes. Et ce que vous voulez.

— Comme vous voudrez », répondit Harry en bâillant. Il aurait pu mettre ce bâillement sur le compte du décalage horaire, bien sûr. « Je suis venu parler à celle qui a son nom sous la sonnette.

— Et vous venez de la part de… ?

— Des témoins de Jéhovah. » Harry consulta sa montre.

L'autre quitta machinalement Harry des yeux, pour chercher l'inévitable numéro deux.

« Je m'appelle Harry, et je viens de Hong Kong. Où est-elle ? »

L'autre haussa un sourcil.

« *Le* Harry ?

— Étant donné que ce prénom a été l'un des moins branchés de Norvège ces cinquante dernières années, on peut partir de ce principe. »

L'autre observait maintenant Harry en hochant la tête, un petit sourire aux lèvres, comme si son cerveau passait en revue les informations qu'il avait reçues sur le personnage qui se tenait devant lui. Mais sans faire mine de quitter la porte ni de répondre à aucune de ses questions.

« Alors ? fit Harry en changeant de pied d'appui.

— Je lui dirai que vous êtes passé. »

Harry avança promptement le pied. Instinctivement, il le tourna un peu vers le haut, si bien que la porte buta contre sa semelle au lieu de sa cheville. C'était le genre de choses que lui avait enseignées sa nouvelle profession. L'autre baissa les yeux sur le pied de Harry, puis releva la tête. L'amusement indulgent avait disparu. Il allait dire quelque chose. Quelque chose de bien senti qui remettrait les pendules à l'heure. Mais Harry savait qu'il changerait d'avis. Quand il verrait sur son visage ce qui les faisait tous changer d'avis.

« Vous allez... », commença l'autre. Il s'interrompit. Cligna une fois des yeux. Harry attendit. Le trouble. L'hésitation. La retraite. Autre clignement d'yeux. L'homme s'éclaircit la voix.

« Elle est sortie. »

Harry resta parfaitement immobile. Il laissait retentir le silence. Deux secondes. Trois secondes.

« Je… euh, je ne sais pas à quelle heure elle va rentrer. »

Pas un muscle ne bougeait sur le visage de Harry, tandis que l'autre enchaînait les expressions, comme s'il en cherchait une derrière laquelle se cacher. Et il finit là où il avait commencé : il reprit un air aimable.

« Je m'appelle Hans Christian. Je… je suis désolé d'avoir dû me montrer aussi brusque. Mais nous recevons beaucoup de visites étranges en lien avec l'affaire, et le plus important pour Rakel en ce moment est d'avoir un peu de tranquillité. Je suis son avocat.

— Le sien ?

— Le leur. À Rakel et Oleg. Vous voulez entrer ? »

Harry hocha la tête.

La table était couverte de piles de papiers. Harry alla les regarder. Éléments du dossier. Rapports. La hauteur des piles indiquait qu'ils avaient cherché beaucoup et longtemps.

« Oserai-je vous demander pourquoi vous êtes venu ici ? » demanda Hans Christian.

Harry feuilleta les documents. Tests ADN. Témoignages.

« Alors, vous osez ?

— Pardon ?

— Et vous, que faites-vous ici ? Vous n'avez pas de bureau où préparer la défense ?

— Rakel veut s'impliquer. Après tout, elle est juriste, elle aussi. Écoutez, Hole, je sais qui vous êtes et que vous avez été proche de Rakel et d'Oleg, mais…

— Et vous, à quel point êtes-vous proche d'eux, au juste ?

— Moi ?

— Oui. Vous donnez l'impression d'avoir entrepris de vous occuper aussi bien de l'un que de l'autre. »

Harry entendit la nuance dans sa voix et sut qu'il se trahissait, que son interlocuteur le considérait avec surprise. Qu'il avait perdu l'ascendant.

« Rakel et moi sommes de vieux amis, expliqua Hans Christian. J'ai grandi tout près d'ici, nous avons étudié le droit ensemble, et… bref. Quand on passe les meilleures années de sa vie ensemble, ça crée des liens. »

Harry hocha la tête. Il savait qu'il devait la fermer. Il savait que tout ce qu'il dirait ne ferait qu'aggraver les choses.

« Mmm. Avec des liens pareils, il est tout de même curieux que je ne vous aie jamais vu ni n'aie entendu parler de vous quand Rakel et moi étions ensemble. »

Hans Christian n'eut pas le temps de répondre. La porte s'ouvrit. Et voilà qu'elle était là.

Harry sentit une griffe énorme se refermer sur son cœur, et le tordre.

La silhouette était la même, svelte, droite. Le visage était le même, en cœur, avec deux yeux bruns, sombres, et une bouche un peu large qui aimait rire. Ses cheveux étaient presque les mêmes, longs, au noir peut-être un peu terni. Mais son regard avait changé. C'était celui d'un animal traqué, sauvage. Pourtant, lorsqu'il se posa sur Harry, quelque chose revint. Une partie de ce qu'elle avait été. De ce qu'ils avaient été.

« Harry », dit-elle. Et avec le son de sa voix revint le reste, tout le reste.

Il fit deux grands pas en avant et la prit dans ses bras. Le parfum de ses cheveux. Ses doigts contre sa colonne vertébrale. Elle lâcha la première. Il recula d'un pas et la contempla.

« Tu as bonne mine, déclara-t-elle.

— Toi aussi.

— Menteur. » Elle eut un sourire furtif. Elle avait déjà les larmes aux yeux.

Ils restèrent ainsi. Harry la laissa l'observer, appréhender ce visage plus vieux de trois ans et sa nouvelle cicatrice. « Harry », répéta-t-elle avant d'incliner la tête et de rire. La première larme frémit sur un cil et se détacha. Traça une ligne droite sur sa peau douce.

Quelque part dans la pièce, un homme avec un joueur de polo sur la chemise se racla la gorge et invoqua un rendez-vous imminent.

Puis ils furent seuls.

Pendant que Rakel faisait du café, il vit son regard effleurer son doigt de métal, mais ni l'un ni l'autre ne fit de commentaire. Un accord tacite leur interdisait de mentionner le Bonhomme de neige. Alors, assis à la table de la cuisine, Harry raconta plutôt sa nouvelle vie à Hong Kong. Raconta ce qu'il pouvait raconter. Ce qu'il voulait raconter. Que son travail de « conseiller aux débiteurs » pour les partenaires commerciaux de Herman Kluit consistait à se présenter chez les retardataires pour leur rappeler gentiment leurs engagements. En bref, ses activités de « conseil » consistaient à leur « conseiller » de payer aussi vite que possible. Harry expliqua que sa qualification principale, la seule, finalement, tenait dans ses cent quatre-vingt-treize centimètres des pieds à la tête, sa carrure, ses yeux injectés de sang et sa toute nouvelle balafre.

« Aimable, pro. Costume, cravate, multinationales à Hong Kong, Taïwan et Shanghai. Chambres d'hôtel avec room service. Beaux immeubles de bureaux.

Civilisé. De la banque privée à la suisse, sauce chinoise. Avec des poignées de main et des formules de politesse occidentales. Et des sourires asiatiques. Dans la majorité des cas, ils règlent le lendemain. Herman Kluit est content. On se comprend. »

Elle les servit et s'assit. Prit son souffle.

« J'ai eu un poste à la Cour pénale internationale de La Haye, avec un bureau à Amsterdam. Je pensais que si nous quittions cette maison, cette ville, l'attention... »

Moi, songea Harry.

« ... les souvenirs, tout irait mieux. Et pendant un temps, ça en a eu l'air. Et les problèmes ont commencé. D'abord des accès de fureur insensés. Petit, Oleg n'élevait jamais la voix. Grognon, oui, mais jamais... ainsi. Il disait que j'avais gâché sa vie en l'emmenant loin d'Oslo. Il le disait parce qu'il savait que je ne pouvais pas me défendre. Et quand je me mettais à pleurer, il se mettait à pleurer aussi. Il me demandait pourquoi je t'avais repoussé, me disait que c'était toi qui nous avais sauvés de... de... »

Il hocha la tête pour lui éviter de prononcer le nom.

« Il a commencé à rentrer plus tard. Il disait qu'il voyait des amis, mais je ne les avais jamais rencontrés. Un jour, il a avoué être passé dans un coffee shop de Leidseplein et avoir fumé du haschich.

— Le Bulldog, avec tous les touristes ?

— Exactement, je me suis dit que ce trip devait faire partie de l'*Amsterdam experience*. Mais en même temps, j'avais peur. Son père... Enfin, tu sais. »

Harry hocha la tête. La famille aristocrate russe d'Oleg du côté paternel. Ivresse, fureur et dépression. Le pays de Dostoïevski.

« Il passait beaucoup de temps seul dans sa chambre à écouter de la musique. Des trucs lourds, lugubres. Tu connais ces groupes… »

Harry hocha encore la tête.

« Mais aussi tes disques à toi. Frank Zappa. Miles Davis. Supergrass. Neil Young. Supersilent. »

Les noms venaient si vite, si naturellement que Harry la soupçonna de les écouter en cachette.

« Et puis, un jour où je passais l'aspirateur dans sa chambre, j'ai trouvé deux cachets avec des smileys.

— De l'ecstasy ? »

Elle acquiesça.

« Deux mois plus tard, j'avais posé ma candidature et obtenu un poste chez le procureur, et on est revenus.

— Dans la sécurité de l'innocente Oslo. »

Elle haussa les épaules.

« Il avait besoin de changer de milieu. D'un nouveau départ. Et ça a marché. Il n'est pas du genre à avoir beaucoup d'amis, mais il a revu quelques-uns des anciens. Il marchait bien à l'école jusqu'à ce que… »

Sa voix craqua soudain aux entournures.

Harry attendit. Elle but une gorgée de café. Se reprit.

« Il pouvait s'absenter plusieurs jours d'affilée. Je ne savais pas quoi faire. Il faisait ce qu'il voulait. J'ai appelé la police, des psychologues, des sociologues. Il n'était pas majeur, et pourtant, personne ne pouvait rien faire sans preuve de consommation d'alcool ou de stupéfiants, ou de violation de la loi. Je me sentais tellement désemparée. Moi ! Moi qui ai toujours pensé que le problème venait des parents, qui avais toujours une solution toute prête quand j'entendais parler des dérives des enfants des autres. Pas d'apathie, pas de tête dans le sable. Action ! »

Sur la table, Harry regarda la main qui reposait à côté de la sienne. Les doigts délicats. Les fins vaisseaux. Cette main pâle, d'ordinaire si bronzée au début de l'automne. Mais il ne céda pas à l'impulsion de poser la sienne dessus. Quelque chose y faisait obstacle. Oleg y faisait obstacle. Elle poussa un soupir.

« Alors je suis allée dans le centre-ville, et je l'ai cherché. Soir après soir. Jusqu'à ce que je le trouve. Il se tenait à un coin de rue dans Tollbugata. Il était content de me voir. M'a dit qu'il était heureux. Qu'il avait un boulot et partageait un appartement avec des amis. Qu'il avait besoin de cette liberté, que je ne devais pas poser trop de questions. Qu'il était en "excursion", que c'était sa version de l'année sabbatique avec tour du monde, comme le font les autres jeunes de Holmenkollåsen. Un tour du monde dans le centre d'Oslo.

— Comment était-il habillé ?

— Qu'est-ce que tu veux dire ?

— Rien. Continue.

— Il a dit qu'il rentrerait bientôt à la maison. Qu'il finirait le lycée. Alors nous sommes convenus qu'il viendrait dîner avec moi le dimanche suivant.

— Et il l'a fait ?

— Oui. Et après son départ, je me suis aperçue qu'il était allé dans ma chambre et avait volé ma boîte à bijoux. » Elle prit une inspiration, longue et tremblante. « L'alliance que tu m'as achetée sur Vestkanttorget était dans ce coffret.

— Vestkanttorget ?

— Tu ne te souviens pas ? »

Le cerveau de Harry fit un rembobinage rapide. Il y avait des zones noires de perte de conscience, quelques blanches qu'il avait refoulées, et de grandes étendues vides dévorées par l'alcool. Mais aussi des plages de couleur et de texture. Comme un jour où ils s'étaient baladés à la brocante de Vestkanttorget. Oleg y était-il ? Oui, probablement. Évidemment. La photo. Le déclencheur automatique. Les feuilles d'automne. Ou était-ce un autre jour ? Ils avaient flâné de stand en stand. Vieux jouets, services de vaisselle, boîtes à cigares rouillées, vinyles avec ou sans pochette, briquets. Et un anneau doré.

Il avait l'air si seul sur l'étalage. Alors Harry l'avait acheté et le lui avait passé au doigt. Pour lui donner un nouveau foyer, avait-il expliqué. Quelque chose comme ça. Une formule idiote dont il savait qu'elle la percevrait comme de la gêne, comme une déclaration d'amour déguisée. Et peut-être l'était-elle. Toujours est-il qu'ils avaient tous les deux ri. Du geste, de l'anneau, parce qu'ils savaient que l'autre savait. Et parce que c'était parfaitement bien. Car tout ce qu'ils voulaient et ne voulaient pas était dans cet anneau usé et bon marché. Une promesse de s'aimer aussi sincèrement et longtemps que possible, et de s'en aller quand il n'y aurait plus d'amour. Lorsqu'elle avait fini par partir, les raisons étaient naturellement tout autres. Meilleures. Mais Harry se rendait compte qu'elle avait conservé ce joyau dérisoire, qu'elle l'avait dissimulé dans l'écrin où elle gardait les bijoux hérités de sa mère autrichienne.

« On sort pendant qu'il reste un peu de soleil ? proposa Rakel.

— Oui, répondit Harry en lui rendant son sourire. Sortons. »

Ils remontèrent la rue qui serpentait vers le sommet de la colline. À l'est, les feuilles étaient si rouges qu'on aurait dit que les arbres étaient en feu. La lumière jouait sur le fjord, tel du métal en fusion. Mais comme d'habitude, c'était la main de l'homme qui fascinait Harry dans la ville. L'aspect fourmilière. Les maisons, les parcs, les routes, les grues, les bateaux dans le port, les lumières qui s'allumaient les unes après les autres. Les voitures et les trains qui devaient se rendre ici ou là. La somme des choses que nous faisons. Et la question que seul celui qui dispose d'assez de temps pour s'arrêter et regarder les fourmis industrieuses peut se permettre de se poser : Pourquoi ?

« Je rêve de paix et de tranquillité, dit Rakel. C'est tout. Et toi, de quoi rêves-tu ? »

Harry haussa les épaules.

« Que je suis dans un couloir étroit, et qu'une avalanche m'ensevelit.

— Mon Dieu !

— Enfin. Tu sais, moi et ma claustrophobie…

— Souvent on rêve de choses qu'on redoute et désire à la fois. Disparaître, être enseveli. D'une certaine façon, c'est rassurant aussi, non ? »

Harry enfouit ses mains un peu plus profondément dans ses poches.

« J'ai été pris dans une avalanche il y a trois ans. Disons que c'est aussi simple que ça.

— Donc tu n'as pas échappé à tes fantômes, même en allant jusqu'à Hong Kong ?

— Si, si. Le voyage a éclairci les rangs.

— Ah ?

— Oui. On peut effectivement laisser des choses derrière soi, Rakel. Avec les revenants, tout l'art c'est d'oser les regarder suffisamment longtemps pour comprendre que c'est ce qu'ils sont, justement : des revenants. Des revenants morts et impuissants.

— Alors, dit Rakel sur un ton qui lui fit comprendre que le sujet la rebutait. Des femmes dans ta vie ? »

La question était venue avec facilité. Une facilité telle qu'il n'y croyait pas.

« Eh bien…

— Raconte. »

Elle avait mis des lunettes de soleil. Il était difficile d'évaluer ce qu'elle était prête à entendre. Harry décida que cela pourrait être échangé contre des informations équivalentes de sa part. S'il voulait les entendre.

« Elle était chinoise.

— Était ? Elle est morte ? »

Elle eut un sourire enjoué. Il songea qu'elle avait l'air de bien encaisser. Mais qu'il aurait préféré qu'elle ait la peau un peu moins dure.

« Une femme d'affaires à Shanghai. Elle soigne son *guanxi*, son réseau de relations utiles. En plus de son mari chinois richissime et vieillissime. Et — quand l'occasion se présente — moi.

— Tu exploites son gène altruiste, en d'autres termes ?

— J'aimerais pouvoir le prétendre.

— Ah ?

— Elle pose des conditions très strictes concernant l'heure et le lieu. Et la manière. Elle aime…

— Assez ! » l'interrompit Rakel.

Harry eut un sourire en coin.

« Comme tu le sais, j'ai toujours eu un faible pour les femmes qui savent ce qu'elles veulent.

— Assez, j'ai dit !

— Message reçu. »

Ils continuèrent de marcher en silence. Jusqu'à ce que Harry finisse par prononcer les mots écrits en lettres capitales dans l'atmosphère :

« Et ce type, là, Hans Christian ?

— Hans Christian Simonsen ? C'est l'avocat d'Oleg.

— Je n'ai jamais entendu parler d'aucun Hans Christian Simonsen dans des affaires de meurtre.

— Il est du coin. On était dans la même promo en droit. Il s'est proposé.

— Mmm. Précisément. »

Rakel rit.

« Il me semble me rappeler qu'il m'avait invitée à sortir une ou deux fois pendant nos études. Il voulait que je prenne des cours de rock avec lui.

— Doux Jésus. »

Elle rit de plus belle. Bon sang, comme ce rire lui avait manqué.

Elle lui donna un petit coup de coude.

« Comme tu le sais, j'ai toujours eu un faible pour les hommes qui savent ce qu'ils veulent.

— D'accord. Qu'ont-ils jamais fait pour toi ? »

Elle ne répondit pas. Elle n'avait pas besoin. À la place, elle creusa entre ses épais sourcils noirs cette ride sur laquelle Harry avait eu l'habitude de passer l'index quand il l'apercevait.

« Il est parfois plus important d'avoir un juriste dévoué que quelqu'un de tellement chevronné qu'il connaît d'avance le résultat.

— Mmm. Tu veux dire quelqu'un qui sait que c'est une cause perdue.

— Tu penses que j'aurais dû faire appel à l'un des vieux de la vieille ?

— Eh bien, en l'occurrence, les meilleurs *sont* passablement dévoués.

— On parle d'un petit meurtre lié à la drogue, Harry. Ils sont presque tous occupés par les procès prestigieux.

— Alors, qu'a raconté Oleg à son avocat dévoué sur ce qui s'est passé ? »

Rakel poussa un soupir.

« Qu'il ne se souvient de rien. À part ça, il ne veut rien dire sur quoi que ce soit.

— Et vous allez construire votre défense là-dessus ?

— Écoute, Hans Christian est un brillant avocat dans son domaine, il sait de quoi il retourne. Il prend conseil auprès des meilleurs. Et il travaille jour et nuit, vraiment.

— Tu exploites son gène altruiste, en d'autres termes ? »

Cette fois, Rakel ne rit pas.

« Je suis mère. C'est simple. Je suis prête à n'importe quoi. »

Ils s'arrêtèrent à l'orée du bois et s'assirent chacun sur une large souche d'épicéa. Le soleil tombait sur les cimes de l'ouest comme un ballon du 17 Mai[1] dégonflé.

« Je comprends pourquoi tu es venu, reprit Rakel. Mais qu'est-ce que tu as en tête, au juste ?

— Découvrir si la culpabilité d'Oleg ne fait aucun doute.

— Parce que ? »

Harry haussa les épaules.

« Parce que je suis enquêteur. Parce que c'est comme ça que nous avons organisé cette fourmilière.

1. Jour de la fête nationale norvégienne.

Pour que personne ne puisse être condamné avant que nous ayons la certitude qu'il est coupable.

— Et tu n'as pas de certitude ?

— Non.

— Et c'est la seule raison de ta présence ici ? »

Les ombres des sapins rampaient vers eux. Harry frissonna dans son costume en lin, son thermostat ne s'était apparemment pas encore réglé sur cinquante-neuf degrés neuf de latitude nord.

« C'est curieux, commença-t-il. J'ai du mal à me rappeler autre chose que des bribes éparses de tout le temps où nous avons été ensemble. Quand je regarde une photo, c'est ainsi que je m'en souviens. Comme nous sommes sur la photo. Même si je sais que ce n'est pas vrai. »

Il la regarda. Son menton était posé dans sa main. Le soleil scintillait dans ses yeux plissés.

« Mais c'est peut-être pour ça que nous prenons des photos, poursuivit Harry. Pour nous constituer de fausses preuves, qui étayent le faux postulat que nous étions heureux. Car l'idée que nous n'ayons pas été heureux au moins pendant un moment est insoutenable. Les adultes ordonnent aux enfants de sourire sur les clichés, les entraînent dans le mensonge, alors nous sourions, nous affirmons le bonheur. Mais Oleg n'a jamais pu sourire s'il n'était pas d'humeur, il ne savait pas mentir, il n'avait pas ce don. »

Harry se retourna vers le soleil. Il eut le temps de voir les derniers rayons dessiner des doigts jaunes écartés entre les cimes des sapins.

« J'ai trouvé une photo de nous trois dans la porte de son casier à Valle Hovin. Et tu sais quoi, Rakel ? Sur cette photo, il sourit. »

Harry se concentra sur les sapins. Toute couleur

semblait brusquement en avoir été aspirée, et les arbres évoquaient désormais des silhouettes de soldats de la garde royale, au garde-à-vous dans leur uniforme noir. Il la sentit alors se rapprocher, sentit sa main glisser sous son bras, sentit sa tête contre son épaule, le parfum de ses cheveux et la chaleur de sa joue à travers le lin.

« Je n'ai pas besoin de photos pour me rappeler comme nous étions heureux, Harry.

— Mmm.

— Il a peut-être appris à mentir. C'est ce qui nous arrive à tous. »

Harry hocha la tête. Un souffle de vent le fit frissonner. Quand avait-il appris à mentir, lui ? Était-ce le jour où la Frangine lui avait demandé si maman les voyait depuis le ciel ? Avait-il appris si tôt ? Était-ce pourquoi il trouvait si facile de mentir quand il faisait mine de ne pas savoir ce qu'avait fabriqué Oleg ? L'innocence perdue d'Oleg, ce n'était pas d'avoir appris à mentir, d'avoir appris à s'injecter de l'héroïne ou d'avoir fauché les bijoux de sa mère, mais d'avoir appris comment vendre de façon efficace et sans risque une substance qui dévore l'âme, détruit le corps et expédie l'acheteur dans l'enfer froid et ruisselant de la dépendance. Si jamais Oleg était innocent du meurtre de Gusto, il serait néanmoins coupable. Il les avait envoyés par avion. À Dubaï.

Fly Emirates.

Dubaï se trouve aux Émirats arabes unis.

Il n'y avait pas d'Arabes, juste des dealers en maillot d'Arsenal qui vendaient de la fioline. Maillots qu'on leur avait distribués avec les instructions sur la bonne manière de vendre de la drogue : un caissier, un vendeur. Une tenue bien visible et pourtant banale qui montrait ce qu'ils vendaient et à quelle organisation ils appartenaient. Pas l'un de ces gangs éphémères qui finissaient toujours par être victimes de leur cupidité, de leur bêtise, de leur paresse ou de leur témérité. Une organisation qui ne prenait aucun risque inutile, ne révélait rien sur ses dirigeants, et qui semblait néanmoins détenir le monopole de la nouvelle drogue préférée des junkies. Oleg était l'un d'eux. Harry ne connaissait pas grand-chose au foot, mais il était quasiment certain que van Persie et Fàbregas étaient des joueurs d'Arsenal, et il avait la certitude absolue qu'il ne serait jamais venu à l'esprit d'un supporter de Tottenham de posséder un maillot d'Arsenal sans raison particulière. Oleg avait au moins réussi à lui apprendre ça.

Oleg avait une bonne raison de ne vouloir parler ni à lui ni à la police. Il travaillait pour quelqu'un ou quelque chose dont personne ne savait rien. Quelqu'un ou quelque chose qui faisait que tout le monde la bouclait. Harry devait commencer par là.

Rakel s'était mise à pleurer et avait enfoui son visage au creux de son cou. Les larmes réchauffaient sa peau en coulant dans sa chemise, sur sa poitrine, sur son cœur.

La nuit tombait vite.

Allongé sur son lit, Sergeï regardait fixement le plafond.

Les secondes s'égrenaient, une à une.

Le temps le plus long : l'attente. Et il n'était même pas certain que cela arriverait. Que cela deviendrait nécessaire. Il dormait mal. Rêvait mal. Il devait en avoir le cœur net. Alors il avait appelé Andreï, demandé à parler à l'oncle. Mais Andreï avait répondu qu'*ataman* n'était pas joignable. Rien de plus.

Il en avait toujours été ainsi avec l'oncle. Pendant longtemps, Sergeï n'avait même pas été au courant de son existence. Il n'avait commencé à se renseigner qu'à partir du moment où l'oncle — ou son homme de paille arménien — était venu mettre de l'ordre dans les affaires. Les autres membres de la famille en savaient étonnamment peu sur leur beau-frère. Sergeï avait appris que l'oncle était arrivé de l'Ouest et avait épousé une femme de la famille dans les années cinquante. D'aucuns le prétendaient issu de Lituanie, d'une famille de koulaks — la classe supérieure de paysans et de propriétaires terriens que Staline avait déportés en si grand nombre —, famille qui avait été exilée en Sibérie. D'autres le disaient membre d'un petit groupe de témoins de Jéhovah de Moldavie déportés en Sibérie en 1951. Une vieille tante racontait que l'oncle avait beau être un homme instruit, doué pour les langues et courtois, il s'était fort bien adapté à leur mode de vie simple, et avait adopté les vieilles traditions sibériennes des Urkas comme si elles avaient toujours été les siennes. Et que c'était peut-être précisément sa faculté d'adaptation, conjuguée à son sens évident des affaires, qui avait fait que les autres Urkas n'avaient pas tardé à l'accepter comme chef. L'oncle devait bientôt se retrouver à la tête de l'un des trafics les plus rentables de toute la Sibérie méridionale. Dans les années quatre-vingt, le commerce était devenu si florissant que les pouvoirs publics finirent par ne plus pouvoir se laisser soudoyer pour regarder ailleurs. Lorsque la police russe passa à l'attaque, alors que l'Union soviétique s'écroulait, le raid fut si violent et sanglant que, à en croire un voisin qui se souvenait de l'oncle, cela relevait davantage de la guerre éclair que de l'application de la loi. L'oncle fut d'abord déclaré mort. On disait qu'il avait été abattu d'une balle dans le dos et que, par peur des représailles, la police avait, dans le plus grand secret, fait disparaître son corps dans la Léna. Un policier ne put s'empêcher de se vanter de lui avoir volé son cran d'arrêt. Mais un an plus tard, l'oncle n'en donna pas moins signe de vie : il était en France. La seule chose qu'il voulait savoir, c'était si sa femme était enceinte ou non. Elle ne l'était pas, alors, plus personne à Nijni Taguil n'entendit parler de lui pendant plusieurs années. Jusqu'à la mort de son épouse. Il était venu à l'enterrement, disait son père. Il avait tout payé, et les funérailles russes orthodoxes ne sont pas bon marché. Il avait aussi donné de l'argent à ceux des proches de sa femme qui avaient besoin d'un coup de main. Son père n'en faisait pas partie, mais c'était auprès de lui que l'oncle s'était renseigné pour se faire une idée de la famille de Nijni Taguil. C'est à ce moment-là qu'il avait remarqué son neveu, le petit Sergeï. Le lendemain matin, l'oncle avait de nouveau disparu, de façon aussi mystérieuse et inexplicable qu'il était apparu. Les années passèrent, Sergeï grandit, devint adulte, et la plupart des gens devaient penser que l'oncle — dont ils se souvenaient comme étant déjà vieux à son arrivée en Sibérie — était mort et enterré depuis des lustres. Mais, quand Sergeï s'était fait prendre pour trafic de haschich, un homme avait soudain fait irruption, un Arménien qui s'était présenté comme l'homme de paille de l'oncle, il avait réglé le problème de Sergeï et transmis l'invitation en Norvège.

Sergeï consulta sa montre. Et constata qu'il s'était

écoulé presque exactement douze minutes depuis la dernière fois qu'il l'avait consultée. Il ferma les yeux et essaya de l'imaginer. Le policier.

Du reste, l'histoire de la mort supposée de l'oncle ne s'arrêtait pas là. Peu après, on avait retrouvé dans les profondeurs de la taïga le policier qui lui avait volé son couteau, enfin, ce qu'il en restait après le passage des ours.

L'obscurité était complète aussi bien dehors que dans la chambre quand le téléphone sonna.

C'était Andreï.

Chapitre 10

Tord Schultz ouvrit la porte de sa maison, écarquilla les yeux dans le noir et écouta un instant le silence compact. Il s'assit sur le canapé sans allumer la lumière, et attendit le rugissement rassurant de l'avion suivant.

Ils l'avaient relâché.

Un homme qui s'était prétendu inspecteur principal était entré dans sa cellule, s'était accroupi devant lui et lui avait demandé : « Pourquoi diable êtes-vous allé dissimuler de la fécule de pomme de terre dans votre valise ?

— De la fécule ?

— C'est ce que le laboratoire de Kripos affirme avoir reçu. »

Tord Schultz avait répété ce qu'il avait dit lors de son arrestation, conformément à la procédure d'urgence. Il ne savait ni comment le sachet s'était retrouvé là ni ce qu'il contenait.

« Vous mentez, avait répondu l'inspecteur principal. Et nous allons vous garder à l'œil. »

Puis il lui avait tenu la porte de la cellule et fait signe de sortir.

Tord sursauta quand un son déchirant emplit soudain la pièce nue et obscure. Il se leva et gagna à tâtons le téléphone posé sur une chaise en bois à côté du banc de musculation. Le chef pilote. Il expliqua à Tord qu'il était, jusqu'à nouvel ordre, relevé des vols internationaux et transféré au *domestic*.

Tord demanda pourquoi. Le chef pilote lui répondit que la direction avait eu une réunion sur le sujet.

« Je suppose que tu comprends qu'on ne peut pas te laisser à l'international avec les soupçons qui pèsent sur toi.

— Alors pourquoi vous ne me mettez pas en service au sol ?

— C'est-à-dire…

— C'est-à-dire ?

— Si nous te suspendons et que l'arrestation fuite dans la presse, on aura tôt fait de conclure que nous pensons que tu n'es pas tout blanc et que ça sent la poudre. Euh… sans jeu de mots.

— Et ce n'est pas ce que vous pensez ? »

Une seconde de silence s'écoula avant que la réponse ne lui parvienne.

« Si nous admettons soupçonner l'un de nos pilotes d'être trafiquant de drogue, ce serait néfaste pour la compagnie, tu ne crois pas ? »

Le jeu de mots *était* intentionnel.

Le reste des propos du chef pilote fut couvert par le bruit d'un TU-154.

Tord raccrocha.

Il retourna à tâtons se rasseoir sur le canapé. Passa ses doigts sur la surface vitrée de la table basse. Sentit les taches séchées de mucosités, salive et restes de cocaïne. Et maintenant ? Un verre ou une ligne ? Un verre *et* une ligne ?

Il se leva. Le Tupolev arrivait bas. La lumière venait de la mezzanine. Elle inonda le salon et Tord contempla un instant son reflet dans la fenêtre.

Puis l'obscurité revint. Mais il avait vu. Vu dans son propre regard ce qu'il savait qu'il verrait désormais dans celui de ses collègues : le mépris, la réprobation et — pire que tout — la compassion.

Domestic. Nous allons vous garder à l'œil. *I see you*.

S'il ne pouvait plus faire de l'international, il n'aurait plus aucune valeur pour eux. Il ne représenterait plus qu'un risque désespéré, endetté et cocaïnomane. Un homme dans le collimateur de la police, un homme sous pression. Il ne savait pas grand-chose, mais assez pour détruire l'infrastructure qu'ils avaient mise en place. Et, de leur côté, ils feraient ce qu'ils avaient à faire. Tord Schultz joignit les mains derrière la tête et gémit tout bas. Il n'était pas né pour piloter un avion de chasse. Le sien s'était mis en vrille et il n'avait pas en lui les ressources nécessaires pour reprendre le contrôle, il se contentait de regarder le sol approcher en tournoyant. Et savait que sa seule chance de survie était de sacrifier son chasseur. Il devait actionner le siège éjectable. S'éjecter. Maintenant.

Il devait aller voir quelqu'un de haut placé dans la police, quelqu'un dont il puisse être sûr qu'il n'était pas corrompu par l'argent des narcotrafiquants. Il devait aller au sommet.

Oui, songea Tord Schultz. Il souffla et sentit se détendre ses muscles, dont il n'avait pas remarqué qu'ils étaient crispés. Il devait aller au sommet.

Mais d'abord, un verre.

Et une ligne.

Harry se fit remettre la clé de sa chambre par le même jeune réceptionniste.

Il le remercia et monta les marches à grandes enjambées. De la station de métro d'Egertorget au Leons, il n'avait pas vu une seule tenue d'Arsenal.

En approchant de la chambre 301, il ralentit. Deux ampoules avaient grillé dans le couloir, et la pénombre ainsi créée lui permettait de distinguer nettement un rai de lumière sous sa porte. À Hong Kong, les tarifs de l'électricité avaient contraint Harry à se débarrasser de cette mauvaise habitude norvégienne de ne pas éteindre en partant de chez soi, mais il ne pouvait pas être certain que la femme de chambre l'avait fait. En ce cas, elle avait aussi oublié de verrouiller la porte.

Harry avait la clé dans la main quand la porte s'ouvrit d'elle-même. À la lumière du plafonnier, il vit une silhouette. Penchée au-dessus de sa valise en toile ouverte sur le lit, elle lui tournait le dos. Alors que la porte heurtait le mur avec un petit choc sourd, la personne se retourna calmement, et un homme au visage allongé et ridé regarda Harry avec de bons yeux de saint-bernard. Il était grand, voûté, et portait un long pardessus sur un pull en laine surmonté d'un col romain crasseux. Ses longs cheveux négligés étaient séparés de part et d'autre de la tête par les plus grandes oreilles que Harry eût jamais vues. Il devait avoir soixante-dix ans, au moins. Ils n'auraient pas pu être plus dissemblables, et pourtant, ce qui frappa Harry de prime abord fut l'impression de se regarder dans un miroir.

« Qu'est-ce que vous foutez ici ? » s'enquit Harry sans entrer dans la chambre. Procédure habituelle.

« À votre avis ? »

Sa voix était plus jeune que son visage, bien timbrée, et elle avait l'intonation suédoise caractéristique qu'affectionnent, pour une raison ou pour une autre, les petits orchestres de bal et les prédicateurs suédois.

« Je me suis naturellement introduit ici pour voir si vous aviez des objets de valeur. »

Il leva les deux mains. La droite tenait un adaptateur électrique universel, l'autre une édition poche de la *Pastorale américaine* de Philip Roth.

« Mais vous n'avez rien du tout. » Il lança les objets sur le lit. Jeta un coup d'œil dans la petite valise en toile et interrogea Harry du regard.

« Même pas un rasoir électrique ?

— Mais nom de Dieu de... »

Faisant fi de la procédure habituelle, Harry entra dans la pièce et rabattit sèchement le couvercle de sa valise.

« Du calme, mon fils, murmura l'homme en tendant les deux paumes. Ne le prenez pas personnellement. Vous êtes nouveau dans notre établissement. La question était juste de savoir qui vous détrousserait le premier.

— Notre ? Ça veut dire que... »

Le vieil homme lui tendit la main.

« Bienvenue. Je suis Cato. Je loge dans la 310. »

Harry baissa les yeux sur l'énorme battoir sale.

« Allez, l'encouragea Cato. Les mains sont les seules choses qu'il soit encore conseillé de toucher chez moi. »

Harry se présenta et la lui serra. Elle était étonnamment douce.

« Des mains de prêtre, expliqua l'homme, pour

répondre à ses pensées. Tu as quelque chose à boire, Harry ? »

Harry fit un signe de tête vers la valise et les portes ouvertes de la penderie.

« Ça, tu le sais.

— Que tu n'as rien, oui. Sur toi, je veux dire. Dans la poche de ta veste, par exemple. »

Harry sortit la Gameboy et la lança sur le lit, parmi les autres biens éparpillés.

Cato inclina la tête et regarda Harry. Son oreille se plia contre son épaule.

« Avec ce costume, j'aurais cru que tu es un de ces clients qui louent les chambres à l'heure, pas un résident. Que fais-tu ici, au juste ?

— Je continue de penser que c'est là ma réplique. »

Cato posa une main sur le bras de Harry et le regarda droit dans les yeux.

« Mon fils, commença-t-il de sa voix bien timbrée en passant deux doigts sur le tissu. Tu as un très beau costume. Combien l'as-tu payé ? »

Harry allait dire quelque chose. Un mélange de formule de politesse, de rejet et de menace. Mais il comprit que ce serait vain. Il renonça. Et sourit.

Cato lui rendit son sourire.

Comme un reflet.

« Je ne veux pas te déranger, et puis mon travail m'attend.

— À savoir ?

— Voyez-vous ça, tu t'intéresses un peu à tes semblables, toi aussi. J'apporte la parole du Seigneur aux malheureux.

— À cette heure-ci ?

— Ma vocation ne connaît pas d'horaires de paroisse. Au revoir. »

Avec une courbette courtoise, le vieil homme se retourna et s'en alla. Au moment où Cato franchissait le seuil, Harry vit l'un de ses paquets de Camel non entamés dépasser de la poche de son manteau. Harry referma derrière lui. Une odeur de vieil homme et de cendre flottait dans son sillage. Il alla à la fenêtre, l'ouvrit. Les sons de la ville emplirent aussitôt la pièce : le mugissement sourd et régulier de la circulation, du jazz par une fenêtre ouverte, les fluctuations d'une sirène de police dans le lointain, un malheureux qui hurlait sa douleur entre les immeubles, suivi de verre brisé, le bruissement du vent dans les feuilles sèches, un claquement de talons hauts. Les bruits d'Oslo.

Un léger mouvement lui fit baisser les yeux. La lumière de l'unique lampe de la cour tombait sur la poubelle sous sa fenêtre. Une petite queue brune luisait. Assis sur le bord de la poubelle, un rat tendait vers lui une truffe frémissante et brillante. Harry se souvint d'une chose que lui avait dite Herman Kluit, son employeur avisé, et qui était peut-être — ou peut-être pas — une allusion à ses propres affaires : « Un rat n'est ni bon ni mauvais, il fait seulement ce qu'un rat doit faire. »

C'était la pire partie de l'hiver à Oslo. Avant que la glace s'installe sur le fjord et que le vent salé et glacial souffle dans les rues du centre. Je dealais comme d'habitude du speed, du stesolid et du rohypnol dans Dronningens gate. Je tapais les pieds par terre. Je ne sentais plus mes orteils et je me demandais si j'allais investir les bénéfices de la journée dans les bottillons Freelance hors de prix que j'avais vus en vitrine chez Steen & Strøm. Ou en ice, dont j'avais entendu dire qu'elle avait fait son apparition à Plata. Je pouvais éventuellement carotter un peu de speed — Tutu ne s'en rendrait pas compte — et acheter les bottillons. Mais à la réflexion, mieux valait faucher les bottillons et faire en sorte qu'Odin reçoive son dû. J'étais tout de même mieux loti qu'Oleg, qui avait dû démarrer au bas de l'échelle en vendant du shit dans l'enfer glacé des bords de la rivière. Tutu lui avait donné l'emplacement sous le Nybru, où il avait la concurrence de gens venus de coins pourris du monde entier, et, entre l'Ankerbru et le bassin portuaire, il devait être le seul à parler couramment le norvégien.

J'ai vu un type en maillot d'Arsenal plus haut dans la rue. D'habitude, c'était Bisken[1]*, un boutonneux du Sørlandet qui portait un collier de chien. Nouveau bonhomme, mais même procédure : il rassemblait pour une prise. Pour l'instant, il avait trois clients devant lui. Dieu seul sait de quoi ils avaient si peur. Les flics avaient laissé tomber ce coin depuis longtemps, et s'ils coffraient des dealers dans cette rue, c'était seulement pour les apparences, parce que, une fois de plus, un politique avait donné de la voix.*

Un type fringué comme s'il allait à une confirmation religieuse est passé à la hauteur du groupe, et je l'ai vu échanger des signes de tête presque imperceptibles avec le maillot d'Arsenal. Il s'est arrêté devant moi. Imperméable de chez Ferner Jacobsen, costume Ermenegildo Zegna et raie sur le côté comme les choristes de Sølvguttene. Il était immense.

« Quelqu'un veut te voir. »

Il parlait anglais avec une sorte de grondement russe. Je m'attendais à ce que ce soit la même histoire que

1. Le chien.

d'habitude. Il avait vu ma tête, me prenait pour un petit jésus, et voulait une pipe ou mon cul d'ado. Sièges de voiture chauffés et salaire horaire quatre fois plus élevé, je dois reconnaître que par des journées comme celle-là, j'envisageais de changer de secteur.

« Non merci, ai-je répondu.

— La bonne réponse, c'est "oui merci". »

Le type m'a pris par le bras et porté plus qu'entraîné vers une limousine noire qui, au même instant, se coulait sans bruit près du trottoir à côté de nous. La portière arrière s'est ouverte, et toute résistance étant futile, je me suis mis à réfléchir à un prix adéquat. Un viol, c'est tout de même mieux quand c'est payé que quand c'est gratuit.

On m'a poussé sur le siège arrière, la portière s'est refermée avec un déclic doux qui valait la peau des fesses. À travers les vitres, qui de l'extérieur avaient paru noires et impénétrables, j'ai vu que nous prenions vers l'ouest. Au volant se trouvait un petit gars avec une tête bien trop petite pour les grandes choses qui devaient s'y loger : un gros nez brutal, une gueule de requin blanche et sans lèvres, et des yeux globuleux sous une paire de sourcils qui semblaient avoir été posés avec de la mauvaise colle. Lui aussi en costume du dimanche de luxe, et raie de choriste. Il m'a jeté un coup d'œil dans le rétroviseur.

« Bonne vente, hein ? » En anglais lui aussi.

« Quelle vente, ducon ? »

Le petit a fait un sourire aimable et hoché la tête. J'avais décidé de ne pas leur accorder de prix de gros s'ils en demandaient un, mais je voyais maintenant à leur regard que ce n'était pas de moi qu'ils avaient envie. Ils voulaient autre chose, que je n'arrivais pas encore à identifier. L'hôtel de ville est apparu, a disparu. L'ambassade américaine. Le parc du Palais royal. Toujours vers l'ouest. Kirkeveien. NRK. Puis des villas et des adresses de riches.

On s'est arrêtés devant une grande villa en bois au sommet d'une butte, et les croque-morts m'ont escorté. Pendant qu'on pataugeait dans le gravier vers la porte en chêne, j'ai regardé autour de moi. La propriété était aussi gigantesque qu'un terrain de football, avec des pommiers et des poiriers, une tour en béton aux allures de bunker, comme ces réservoirs d'eau qu'on utilise dans les zones désertiques, un garage double fermé par un rideau métallique, comme s'il abritait des camions de pompiers. Un grillage de deux, trois mètres de haut entourait cette merveille. J'avais déjà une petite idée de notre destination. Limousine, anglais grondant, « bonne vente ? », villa forteresse.

Dans le vestibule, le plus grand des costumes m'a fouillé, puis il est allé avec le petit dans un coin de la pièce où se trouvait un guéridon recouvert d'une nappe de feutrine rouge, avec au mur un tas d'icônes anciennes et de crucifix. Ils ont tous deux sorti un flingue de leur holster, l'ont posé sur la table, puis ils ont placé une croix dessus. Le petit a ensuite ouvert la porte d'un salon.

« Ataman »*, a-t-il dit en me faisant signe d'entrer.*

Le vioque à l'intérieur devait être au moins aussi âgé que le fauteuil en cuir qu'il occupait. Je l'ai regardé fixement. Des doigts osseux de vieillard autour d'une cigarette noire.

Un feu crépitait gaiement dans la cheminée surdimensionnée et j'ai pris soin de me poster assez près pour me chauffer le dos. La lumière des flammes dansait sur sa chemise en soie blanche et son visage de vieux. Il a posé sa cigarette et levé la main, paume vers le bas, comme s'il pensait que j'allais baiser la grosse pierre bleue qu'il avait à l'annulaire.

« Saphir de Birmanie, a-t-il précisé. Six carats six, quatre mille cinq cents dollars le carat. »

Il avait un accent. Pas facile à détecter. Pologne ? Russie ? Quelque part à l'Est, en tout cas.

« Combien ? a-t-il demandé en appuyant le menton sur sa bague.

J'ai mis quelques secondes à comprendre ce qu'il voulait dire.

« Un peu moins de trente mille, ai-je répondu.

— Combien de moins ? »

J'ai calculé.

« Vingt-neuf mille sept cents, à peu de chose près.

— Le dollar cote à cinq quatre-vingt-trois.

— Autour de cent soixante-dix mille. »

Le vieux a hoché la tête.

« On dit que tu es bon. » Ses yeux de vieux avaient un éclat plus bleu que son foutu saphir de Birmanie.

« On ne se trompe pas, ai-je répondu.

— Je t'ai vu à l'œuvre. Tu as beaucoup à apprendre, mais je vois que tu es plus intelligent que les autres imbéciles. Tu es capable de jauger un client et tu sais combien il est prêt à payer. »

J'ai haussé les épaules. Je me demandais combien lui était prêt à payer.

« Mais on dit aussi que tu es voleur.

— Uniquement quand ça en vaut la peine. »

Le vieil homme a ri. Enfin, comme c'était la première fois que je le voyais, j'ai cru à une quinte de toux timide, genre cancer du poumon. C'était une sorte de gargouillis dans les profondeurs de la gorge, qui rappelait le teuf-teuf sympathique des vieux snekke[1] *du Sørlandet. Il a planté le bleu froid de ses yeux de Juif dans les*

1. Petit bateau traditionnel, généralement en bois.

miens, et dit comme s'il m'informait de la deuxième loi de Newton :

« Alors tu devrais réussir à résoudre le calcul suivant aussi. Si tu me voles, je te tue. »

La sueur ruisselait dans mon dos. Je me suis forcé à soutenir son regard. C'était comme contempler le foutu Antarctique. Rien. Un putain de désert froid et vide. Mais je savais ce qu'il voulait : l'argent.

« Pour cinquante grammes que tu vends pour eux, ces motards te laissent en vendre dix pour ta poche. Dix-sept pour cent. Avec moi, tu ne vends que ma drogue, et tu es payé en cash. Quinze pour cent. Tu as ton coin de rue. Vous êtes trois. Le caissier, le vendeur et le guetteur. Sept pour cent au vendeur, trois au guetteur. Andreï te paie chaque soir, à minuit. »

Il a fait un signe de tête vers la plus petite version des choristes.

Coin de rue. Guetteur. Putain de Sur écoute.

« Marché conclu, ai-je répondu. Envoyez le maillot. »

Le vioque a souri, un de ces sourires de reptile censés vous montrer à peu près où vous vous situez dans la hiérarchie.

« Andreï va s'en occuper. »

Nous avons discuté encore un peu. Il m'a posé des questions sur mes parents, mes amis, m'a demandé si j'avais un endroit où loger. J'ai dit que j'habitais avec ma sœur adoptive, et je n'ai pas menti plus que nécessaire, parce que j'avais le sentiment qu'il connaissait déjà les réponses. J'ai juste perdu les pédales quand il m'a demandé pourquoi je parlais un dialecte archaïque des quartiers pauvres alors que j'avais grandi dans une famille de gens instruits au nord de la ville. J'ai répondu que mon vrai père était de l'Østkant. J'en sais rien, mais c'est ce que j'ai toujours imaginé, papa, que tu traînais sans un sou en poche dans l'Østkant, au chômage, avec un appart glacial et exigu, genre pas l'endroit idéal où élever un môme. À moins que je me sois mis à parler de cette manière juste pour énerver Rolf et les autres prout-prout du coin. Et puis j'ai remarqué que ça me donnait une sorte d'ascendant, comme de se tatouer les mains ; les gens avaient un peu peur, ils s'écartaient, me laissaient plus de place. Pendant que je racontais ma vie, le vioque n'arrêtait pas de me scruter la gueule et il tapotait son saphir contre l'accoudoir, régulièrement, inexorablement, comme s'il se livrait à un compte à rebours. Lorsqu'il y a eu une pause dans l'interrogatoire et qu'on n'a plus entendu que les petits coups, j'ai pensé qu'on allait se désintégrer si je ne disais rien.

« Cool, la villa. »

Ça faisait tellement phrase de blonde que j'ai failli rougir.

« C'était le domicile de Hellmuth Reinhard, le chef de la Gestapo en Norvège, de 1942 à 1945.

— Je parie que vous êtes pas trop gêné par vos voisins.

— Je possède la maison voisine aussi. Elle était occupée par le lieutenant de Reinhard. Ou l'inverse.

— L'inverse ?

— Tout n'est pas facile à comprendre, ici », a répliqué le vioque. Avec son sourire de reptile. Dragon de Komodo.

Je savais que je devais faire attention, mais je n'ai pas pu m'en empêcher :

« En tout cas, il y a une chose que je ne comprends pas. Odin me paie dix-sept pour cent, et c'est plus ou moins la norme chez les autres aussi. Mais vous, vous voulez donc une équipe de trois personnes, à qui vous donnez au total vingt-cinq pour cent. Pourquoi ? »

Le regard du vioque était braqué sur un côté de mon visage.

« Parce que trois, c'est plus sûr qu'un seul, Gusto. Le risque que prennent mes vendeurs, c'est moi qui le prends. Si tu perds tous tes pions, ce n'est qu'une question de temps avant que tu sois échec et mat, Gusto. »

Il semblait répéter mon nom rien que pour l'entendre.

« Mais le profit…

— Ne te fais pas de souci pour ça », a-t-il répondu d'une voix sèche. Puis il a souri, et sa voix s'est radoucie. « Nos produits viennent directement de la source, Gusto. Elle est six fois plus pure que cette prétendue héroïne qui a été coupée d'abord à Istanbul, puis à Belgrade et ensuite à Amsterdam. Et pourtant nous payons moins cher le gramme. Tu comprends ? »

J'ai hoché la tête.

« Vous pouvez couper la drogue sept ou huit fois plus que les autres.

— Nous la coupons, mais moins que les autres. Nous vendons quelque chose qu'on peut réellement appeler héroïne. Tu le sais déjà, et c'est pourquoi tu as été si prompt à accepter un pourcentage inférieur. » La lumière des flammes scintillait sur ses dents blanches. « Parce que tu sais que tu vas avoir le meilleur produit de la ville, que tu vas vendre trois ou quatre fois plus qu'avec la farine de froment d'Odin. Tu le sais parce que tu le vois tous les jours : les acheteurs qui passent sans s'arrêter devant la rangée de dealers d'héroïne, pour trouver celui qui porte…

— … le maillot d'Arsenal.

— Dès le premier jour, les clients sauront que c'est toi qui as la bonne marchandise, Gusto. »

Ensuite, il m'a raccompagné. Comme il avait passé l'entretien assis avec une couverture sur les jambes, je l'avais cru infirme ou un truc de ce genre, mais il avait le pied étonnamment leste. Il s'est arrêté à la porte, il ne voulait de toute évidence pas être vu dehors. Il a posé une main sur mon bras, juste au-dessus du coude. A légèrement tâté mon triceps.

« On se reverra bientôt, Gusto. »

J'ai hoché la tête. Je savais qu'il voulait autre chose. « Je t'ai vu à l'œuvre. » Depuis une limousine à vitres fumées, il m'avait étudié comme un foutu Rembrandt. C'est pourquoi je savais que j'arriverais à mes fins.

« Je veux ma sœur adoptive comme guetteur. Et comme vendeur un gars qui s'appelle Oleg.

— Ça me paraît bien. Autre chose ?

— Je veux le maillot numéro 23.

— Arshavin, a murmuré avec satisfaction le grand choriste. Russe. »

Il n'avait sans doute jamais entendu parler de Michael Jordan.

« On verra », a dit le vioque en riant doucement. Il a regardé le ciel. « Andreï va te montrer quelque chose, et puis tu pourras t'y mettre. » Sa main ne cessait de me tripoter le bras, et sa bouche de sourire. J'avais peur. Et j'étais excité. Comme un chasseur de dragon de Komodo.

Les choristes sont descendus au port de plaisance désert de Frognerkilen. Ils avaient la clé d'une grille, et nous avons roulé au milieu des bateaux en hivernage. Nous nous sommes arrêtés au bout d'un quai et sommes sortis. Je suis resté à regarder fixement l'eau noire et paisible pendant qu'Andreï ouvrait le coffre.

« Viens là, Arshavin. »

Je l'ai rejoint et j'ai jeté un coup d'œil dans le coffre.

Il portait toujours son collier de chien et son maillot d'Arsenal. Bisken n'avait jamais été beau, mais j'ai failli vomir en le voyant. Sa face boutonneuse était percée de gros trous pleins de sang coagulé, une oreille était déchirée en deux, et une des orbites ne contenait plus d'œil mais quelque chose qui ressemblait à du riz au lait. Quand j'ai réussi à arracher mon regard de cet entremets, j'ai vu qu'il y avait aussi un petit trou dans son maillot, juste au-dessus du m *d'Emirates. Trou comme dans trou de projectile.*

« Qu'est-ce qui s'est passé ? ai-je réussi à articuler.

— Il a parlé au flic en béret. »

Je savais de qui il voulait parler : un sous-marin qui traînait du côté de Kvadraturen. Genre agent infiltré, sauf que tout le monde savait que c'était une taupe.

Andreï a attendu, m'a bien laissé regarder avant de demander : « T'as compris le message ? »

J'ai hoché la tête. Je ne pouvais pas m'empêcher de fixer cet œil détruit. Qu'est-ce qu'ils lui avaient fait, bon Dieu ?

« Peter », a appelé Andreï. Ensemble, ils ont sorti le cadavre de la voiture, lui ont retiré son maillot d'Arsenal et l'ont jeté à l'eau. L'eau noire l'a accueilli et englouti sans un bruit avant de refermer sa gueule. Disparu.

Andreï m'a lancé le maillot. « Il est à toi, maintenant. »

J'ai passé un doigt dans le trou. Retourné le maillot et regardé le dos.

52. Bendtner.

Chapitre 11

Il était 6 h 30, un quart d'heure avant le lever du soleil d'après la dernière page de l'édition matinale d'*Aftenposten.* Tord Schultz replia le journal et le posa sur la chaise à côté de lui. Jeta un nouveau coup d'œil vers la porte, de l'autre côté de l'atrium désert.

« D'habitude, il arrive tôt », l'informa l'agent Securitas au guichet d'accueil.

Tord Schultz avait pris le train de très bonne heure, et vu Oslo s'éveiller pendant qu'il marchait de la gare centrale à Grønlandsleiret. Il avait croisé un camion à ordures. Les types manipulaient les poubelles avec une brutalité que Tord attribuait plus à la frime qu'à un souci d'efficacité. Pilotes de F-16. Un marchand de légumes pakistanais avait sorti des caisses devant son magasin, s'était arrêté, essuyé les mains sur son tablier et lui avait lancé un « bonjour » souriant. Pilote d'Hercules. Après l'église de Grønland, il avait pris à gauche. Devant lui se dressait une imposante façade vitrée, dessinée et construite dans les années soixante-dix. L'hôtel de police.

À 6 h 37, la porte s'ouvrit. Le garde toussota, et Tord leva la tête. Il reçut un signe de tête de confirmation et se leva. L'homme qui marchait dans sa direction était plus petit que lui.

Son pas était rapide et énergique, ses cheveux plus longs que Tord ne l'aurait attendu de la part du directeur du plus grand service des Stups du pays. De plus près, Tord remarqua sur son visage hâlé, à la beauté presque féminine, des rayures blanches et roses. Il se souvenait d'une hôtesse de l'air qui avait un défaut de pigmentation : une bande blanche descendait du cou grillé aux UV jusqu'à son sexe rasé en passant entre ses seins. Le reste de sa peau ressemblait à un collant de nylon.

« Mikael Bellman ?

— Oui, que puis-je pour vous ? répondit l'intéressé avec un sourire, mais sans ralentir.

— Me recevoir en tête à tête.

— Je dois hélas préparer une réunion que j'ai ce matin, mais si vous téléphonez…

— Il *faut* que je vous parle maintenant, dit Tord, surpris par sa propre insistance.

— Ah oui ? »

Le patron d'Orgkrim avait déjà glissé son badge dans le lecteur du sas du personnel, mais il s'arrêta pour l'observer.

Tord Schultz approcha. Baissa la voix, bien qu'il n'y eût toujours personne d'autre que l'agent Securitas.

« Je m'appelle Tord Schultz, je suis pilote de ligne dans la plus grosse compagnie aérienne scandinave et j'ai des informations sur l'entrée illégale de stupéfiants sur le sol norvégien par l'aéroport d'Oslo.

— Je comprends. Est-il question de gros volumes ?

— Huit kilos par semaine. »

Tord sentait presque physiquement le regard qui le scrutait. Il savait que le cerveau de son interlocuteur collectait et traitait la moindre donnée disponible : langage corporel, vêtements, attitude, expression du visage, l'alliance que, pour une raison inconnue, il avait encore au doigt, l'anneau qu'il n'avait pas à l'oreille, état des chaussures, vocabulaire, assurance du regard.

« Nous devrions peut-être vous inscrire dans le registre. » Bellman fit un signe de tête au garde.

Tord Schultz secoua doucement la tête.

« Je préférerais que cet entretien reste tout à fait confidentiel.

— J'ai bien peur que le règlement impose que tout le monde soit inscrit, mais je vous assure que ces informations ne quitteront pas l'hôtel de police. »

Bellman fit signe au garde.

Dans l'ascenseur, Schultz promena son doigt sur le nom de l'autocollant que l'agent Securitas avait imprimé en l'enjoignant de le coller au revers de sa veste.

« Un problème ? s'enquit Bellman.

— Non, non. » Mais Tord continua de frotter, comme s'il espérait effacer son nom.

Le bureau de Bellman était étonnamment petit.

« Ce n'est pas la taille qui compte, lança Bellman sur un ton laissant entendre qu'il avait l'habitude de cette réaction. De grandes choses ont été accomplies ici. » Il montra une photo au mur. « Lars Axelsen, le directeur de ce qui était la section des braquages. Il a aidé à écraser le gang de Tveita dans les années quatre-vingt-dix. »

Il fit signe à Tord de s'asseoir. Sortit un bloc-notes, croisa son regard, reposa le bloc-notes.

« Alors ? »

Tord prit son souffle. Et raconta. Il commença par son divorce. Il en avait besoin. Besoin de commencer par le pourquoi. Avant de passer à quand et où. Puis à qui et comment. Et pour finir, il parla du brûleur.

Pendant tout le récit, Bellman se tint penché en avant et écouta avec attention. C'est seulement quand Tord en arriva au brûleur que son visage perdit son expression concentrée, professionnelle. La première surprise passée, une rougeur se mit à danser sur les taches pigmentaires blanches. Un spectacle étrange, comme si une flamme avait été allumée à l'intérieur. Schultz perdit le contact visuel avec Bellman, qui, l'air amer, fixait le mur derrière le pilote, le portrait de Lars Axelsen peut-être.

Quand Tord eut terminé, Bellman poussa un soupir et baissa la tête.

Quand il la releva, Tord remarqua dans le regard du policier une nuance nouvelle. Une nuance dure, de défi.

« Je vous présente mes excuses, commença le chef de section. En mon nom propre, au nom de ma profession et au nom de la police, je vous prie de nous excuser de ne pas avoir éradiqué les punaises. »

Tord songea que c'était à lui-même que Bellman s'adressait, pas à un pilote qui avait passé en douce huit kilos d'héroïne par semaine.

« Je comprends votre inquiétude, dit Bellman. J'aimerais pouvoir vous dire que vous n'avez rien à craindre. Mais mon expérience chèrement acquise me dit que, quand on découvre ce genre de corruption, elle a largement dépassé le niveau de l'individu.

— Je comprends.

— En avez-vous parlé à quelqu'un d'autre ?

— Non.

— Quelqu'un sait-il que vous êtes venu me parler ?

— Non, personne.

— Vraiment personne ? »

Tord le regarda. Eut un sourire en coin, mais ne formula pas sa pensée : Qui pouvait l'affirmer ?

« OK, reprit Bellman. Comme vous le comprenez certainement, il s'agit là d'une affaire importante, grave et extrêmement délicate. Il me faut procéder avec d'infinies précautions en interne pour ne pas avertir ceux qui ne doivent pas l'être. Autrement dit, je dois faire remonter cette histoire plus haut. Dans l'absolu, après ce que vous m'avez raconté, je devrais vous mettre en détention préventive, mais une incarcération pourrait vous trahir, et nous trahir aussi. Alors jusqu'à ce que la situation soit clarifiée, vous allez rentrer chez vous et y rester. Vous comprenez ? Ne parlez à personne de cette entrevue, ne sortez pas, n'ouvrez pas aux gens que vous ne connaissez pas, ne répondez pas aux appels de numéros inconnus. »

Tord hocha lentement la tête.

« Combien de temps cela va-t-il prendre ?

— Trois jours, maximum.

— *Roger that.* »

Bellman sembla sur le point de dire quelque chose, mais se ravisa et hésita encore, avant de se décider enfin.

« Il y a une chose que je n'ai jamais réussi à comprendre. Que certaines personnes soient prêtes à détruire d'autres vies uniquement pour gagner de l'argent. Bon, peut-être, si on est un paysan afghan indigent… Mais un Norvégien avec un salaire de pilote de ligne… ? »

Tord Schultz croisa son regard. Il s'y était préparé, ce fut presque un soulagement que la chose arrivât enfin.

« Cependant, que vous veniez de votre plein gré

jouer cartes sur table, c'est respectable. Je sais que vous savez ce que vous risquez. À l'avenir, il ne sera pas facile d'être à votre place, Schultz. »

Sur quoi, le chef de section se leva et lui tendit la main. Tord revint à sa première réflexion quand il l'avait vu avancer vers lui à l'accueil : Mikael Bellman avait la stature parfaite pour être pilote de chasse.

Comme Tord Schultz sortait de l'hôtel de police, Harry Hole sonnait à la porte de Rakel. Elle ouvrit, en peignoir et endormie. Bâilla.

« J'ai meilleure mine un peu plus tard dans la journée, fit-elle.

— Alors, ça en fait au moins un sur deux, répliqua Harry en entrant.

— Bonne chance, lança-t-elle quand ils arrivèrent devant la table du salon et ses piles de papiers. Tout est là. Rapports d'enquête. Photos. Coupures de journaux. Témoignages. Il est rigoureux. Il faut que je parte au bureau. »

Lorsque la porte se referma derrière elle, Harry s'était préparé sa première tasse de café et mis à l'ouvrage.

Après trois heures de lecture, il dut faire une pause pour combattre le découragement qui s'immisçait en lui. Il prit sa tasse et alla se poster à la fenêtre de la cuisine. Se dit qu'il était venu chercher des doutes sur la culpabilité d'Oleg, pas la conviction de son innocence. Le *doute* suffisait. Et pourtant. Les documents étaient univoques. Et toutes ses années d'expérience d'enquêteur jouaient contre lui : souvent, au point que c'en était sidérant, les choses étaient exactement ce dont elles avaient l'air.

Après encore trois heures d'examen, sa conclusion

restait la même. Rien dans ces documents n'ouvrait la porte à une autre explication. Cela ne voulait pas dire que cette autre explication n'existait pas, mais elle ne se trouvait pas dans ce qu'il avait lu, se dit-il.

Il partit avant le retour de Rakel, se raconta que c'était le décalage horaire, qu'il avait besoin de dormir. Mais il savait ce que c'était. Il n'avait pas le courage de lui annoncer que ce qu'il avait lu rendait plus difficile encore de s'accrocher au doute, ce doute qui était la vérité, la voie et la vie, la seule possibilité de salut.

Alors il enfila son manteau et s'en alla. Il fit tout le trajet à pied, de Holmenkollen, en passant par Ris, Sogn, Ullevål et Bolteløkka, jusqu'au restaurant Schrøder. Envisagea d'entrer, mais se ravisa. Continua vers l'est, de l'autre côté de la rivière, Tøyen.

Quand il poussa la porte de Fyrlyset, le jour déclinait déjà. Tout était conforme à son souvenir. Murs clairs, mobilier de café dans les mêmes tons, grandes fenêtres laissant entrer toute la lumière possible. Et dans cette lumière la clientèle de l'après-midi était rassemblée autour des tables devant un café et des sandwiches. Certains étaient voûtés sur leur assiette comme s'ils venaient d'achever un marathon. D'autres menaient staccato des conversations dans un incompréhensible idiome de toxico. D'autres encore étaient des gens qu'on n'aurait pas été surpris de voir buvant leur espresso à un United Bakeries au milieu de l'armada de poussettes bourgeoises.

Certains venaient de recevoir de nouveaux vêtements de seconde main, encore dans leur sac en plastique ou déjà enfilés. D'autres avaient des allures d'assureurs ou d'institutrices de province.

Harry se fraya un chemin jusqu'au comptoir où

une jeune fille ronde, souriante, en sweat capuche de l'Armée du Salut, lui proposa un café gratuit et une tartine de pain complet au brunost.

« Pas aujourd'hui, merci. Martine est-elle là ?

— Elle travaille au dispensaire, aujourd'hui. »

La fille pointa l'index vers le plafond et l'infirmerie à l'étage.

« Mais elle devrait avoir term…

— Harry ! »

Il se retourna.

Martine Eckhoff n'avait pas grandi d'un millimètre. Son visage souriant de chat était toujours fendu par cette même bouche à la largeur disproportionnée, sous un nez qui n'était qu'un léger relief dans cette petite frimousse. Ses pupilles semblaient avoir coulé vers le bord de ses iris marron et avaient pris la forme d'un trou de serrure, anomalie dont elle lui avait expliqué un jour qu'elle était congénitale et s'appelait colobome irien.

Le petit bout de femme se dressa sur la pointe des pieds et serra longuement Harry dans ses bras. Lorsqu'elle eut enfin fini, elle refusa de le lâcher, garda ses deux mains dans les siennes pour l'observer. Il vit une ombre éclipser son sourire à la vue de la cicatrice sur son visage.

« Comme… tu as maigri. »

Harry rit.

« Merci ! Mais ce n'est pas moi qui ai maigri, c'est…

— Je sais ! cria Martine. C'est moi qui ai grossi. Mais tout le monde a grossi, Harry. Sauf toi. En plus, j'ai une excuse… »

Elle posa une main sur son ventre, là où son pull en lambswool noir était tendu à bloc.

« Mmm. C'est Richard qui t'a fait ça ? »

Elle partit d'un grand rire et hocha la tête avec vigueur. Son visage était rouge, la chaleur s'en dégageait comme d'un écran plasma.

Ils allèrent à l'unique table libre. Harry s'assit et observa le ballon noir qui s'efforçait de se couler dans un fauteuil. Sur cette toile de fond de vies naufragées et de désespoir apathique, le spectacle était incongru.

« Gusto. Tu es au courant ? »

Elle poussa un profond soupir.

« Bien sûr. Tout le monde est au courant. Il ne traînait pas beaucoup par ici, mais on le voyait de temps en temps. Les filles qui travaillent ici étaient toutes amoureuses de lui, toutes. Il était tellement beau !

— Et Oleg, celui qui est censé être son meurtrier ?

— Lui aussi venait parfois, avec une fille. » Elle fronça les sourcils. « Censé ? Il y a un doute là-dessus ?

— C'est ce que j'essaie de découvrir. Une fille, tu dis ?

— Ravissante, mais une petite chose toute pâle. Ingunn ? Iriam ? » Elle se tourna vers le bar et lança : « Dites ! Comment elle s'appelle, la sœur adoptive de Gusto ? » Et de s'écrier avant que quiconque ait pu lui répondre : « Irene !

— Rousse, avec des taches de son ? demanda Harry.

— Elle était si pâle que sans ses cheveux elle aurait été invisible. Je ne plaisante pas. Cette fille, à la fin, on voyait le soleil à travers.

— À la fin ?

— Oui, on en parlait justement, ça fait longtemps qu'elle n'est pas venue. J'ai demandé à plusieurs habitués si elle avait quitté la ville, mais personne ne semble savoir ce qu'elle est devenue.

— Tu te rappelles s'il s'est passé quelque chose de particulier dans la période où le meurtre a eu lieu ?

— Rien de spécial, à part ce soir-là. J'ai entendu des sirènes de police, et j'ai compris qu'il devait s'agir d'un de nos protégés quand un de tes collègues a reçu un coup de téléphone et est parti en toute hâte.

— Je croyais qu'une règle tacite voulait que les taupes n'aient pas le droit d'œuvrer à l'intérieur du café.

— Je ne crois pas qu'il ait été en service, Harry. Il était installé seul, à la table là-bas, et faisait mine de lire *Klassekampen.* Tu vas penser que je me la joue, mais je crois qu'il était là pour me regarder, *moi*[1]. » Elle posa une main coquette sur sa poitrine.

« Tu dois attirer les policiers esseulés, alors. »

Elle rit.

« C'est moi qui t'ai dragué, tu ne te souviens pas ?

— Une fille avec une éducation chrétienne comme toi ?

— En fait, je commençais à en avoir assez qu'il me mate, mais il a arrêté de venir quand ma grossesse est devenue visible. Bref… Ce soir-là, il a claqué la porte derrière lui, et je l'ai vu remonter la rue en direction de Hausmanns gate. Le lieu du crime n'était qu'à quelques centaines de mètres d'ici. Tout de suite après, la rumeur s'est propagée, que Gusto avait été abattu. Et qu'Oleg avait été arrêté.

— Que sais-tu de Gusto, à part qu'il avait le ticket auprès de ces dames et qu'il avait été adopté ?

— On le surnommait le Voleur. Il vendait de la fioline.

— Pour le compte de qui ?

1. En français dans le texte.

— Lui et Oleg vendaient pour le gang des motards d'Alnabru, Los Lobos. Et puis ils sont passés chez Dubaï, je crois. Tous ceux à qui on le proposait le faisaient. Ils avaient l'héroïne la plus pure, et quand la fioline a fait son apparition, les dealers de Dubaï étaient les seuls à en avoir. Ça doit d'ailleurs encore être le cas.

— Que sais-tu de Dubaï ? Qui est-il ? »

Elle secoua la tête.

« Je ne sais même pas si c'est qui ou quoi.

— Une présence pareille dans la rue, et pourtant ceux qui tirent les ficelles restent complètement invisibles. N'y a-t-il vraiment personne qui sache quoi que ce soit ?

— Si, sûrement, mais ceux qui savent ne veulent rien dire. »

Quelqu'un appela Martine.

« Attends-moi, dit Martine, qui entreprit de s'extraire de son siège. Je reviens tout de suite.

— Ne t'en fais pas, je dois y aller.

— Où ça ? »

Une seconde de silence survint lorsqu'ils se rendirent compte l'un comme l'autre qu'il n'avait pas de bonne réponse à cette question.

Tord Schultz était assis à la table près de la fenêtre de la cuisine. Le soleil était bas et il faisait encore suffisamment jour pour lui permettre de voir tous ceux qui arrivaient sur la route entre les maisons. Mais il ne regardait pas la route. Il croqua une bouchée de sa tartine à la saucisse.

Les avions allaient et venaient au-dessus de son toit. Atterrissaient et décollaient.

Atterrissaient et décollaient.

Tord Schultz écoutait le bruit des moteurs. Comme une chronologie. Les vieux moteurs avaient le *bon* son, ils avaient exactement cette chaleur ronronnante qui réveillait les bons souvenirs, donnait du sens, c'était la bande originale de l'époque où comptaient encore certaines choses : le travail, la ponctualité, la famille, la caresse d'une femme, les compliments d'un collègue. Les moteurs de nouvelle génération brassaient plus d'air, ils étaient frénétiques, ils volaient plus vite avec moins de carburant, ils étaient plus efficaces, moins attentifs aux détails. Y compris les détails essentiels. Tord regarda de nouveau la grande horloge sur le réfrigérateur. Ses aiguilles bondissaient avec fébrilité, comme un petit cœur effrayé. Dix-neuf heures. Encore douze heures à attendre. La nuit n'allait pas tarder à tomber. Il entendit un Boeing 747. Classique. Le meilleur. Le bruit enfla, enfla, jusqu'à devenir un rugissement à faire trembler les vitres et tinter le verre contre la bouteille à moitié vide sur la table. Tord Schultz ferma les yeux. C'était le son d'un avenir optimiste, du pouvoir brut, de l'arrogance légitime. Le son de l'invincibilité d'un homme dans la force de l'âge.

Quand le bruit s'évanouit et que le calme revint soudain dans la maison, Tord nota une différence dans le silence. Comme si l'air avait une densité autre.

Comme s'il s'était peuplé.

Il se retourna entièrement, vers le salon. Par la porte ouverte, il voyait le banc de musculation et l'extrémité de la table basse. Il observa le parquet, les ombres projetées de la partie du salon qui lui était invisible. Il retint son souffle et tendit l'oreille. Rien. Rien que le tic-tac de l'horloge sur le réfrigérateur. Alors il mordit encore une fois dans sa tartine, but une gorgée de son verre et s'enfonça sur sa chaise. Un gros avion arrivait. Il l'entendait venir dans son dos. Noyer le bruit du temps qui filait. Il songea qu'il devait passer entre le soleil et sa maison, puisqu'une ombre tombait sur lui et la table.

Harry prit Urtegata puis descendit Platous gate en direction de Grønlandsleiret. Comme en pilotage automatique, il se dirigeait vers l'hôtel de police. Il s'arrêta dans le Botspark. Regarda la prison, les robustes murs de pierre grise.

« Où ça ? » avait-elle demandé.

Doutait-il véritablement de l'identité de celui qui avait tué Gusto Hanssen ?

Tous les soirs un peu avant minuit, un vol SAS direct reliait Oslo à Bangkok. D'où étaient ensuite assurées cinq liaisons quotidiennes vers Hong Kong. Il pouvait aller au Leons tout de suite. Il lui faudrait à peu près cinq minutes pour faire sa valise et régler la note. Navette ferroviaire jusqu'à Gardermoen. Achat d'un billet au guichet SAS. Dîner et journaux dans l'atmosphère de transit relaxante et impersonnelle d'un aéroport.

Harry se retourna. Vit que l'affiche de concert rouge de la veille n'était plus là.

Il continua dans Oslo gate et dépassait le Minnepark, tout près du cimetière de Gamlebyen, quand il entendit une voix provenant du portail sombre.

« Tu n'aurais pas deux cents couronnes ? »

Harry s'arrêta presque, et le mendiant avança d'un pas coulant. Son manteau était long et effiloché, et dans la lumière du réverbère ses grandes oreilles projetaient des ombres sur son visage.

« Je suppose que c'est un prêt que tu me demandes ? fit Harry en sortant son portefeuille.

— Quête, répondit Cato, la main tendue. Tu ne les reverras jamais. J'ai laissé mon portefeuille au Leons. » L'haleine du vieillard ne sentait nullement l'alcool fort ou la bière, seulement le tabac et quelque chose qui lui évoquait son enfance, les jeux chez son grand-père, quand Harry se cachait dans l'armoire de la chambre à coucher et inhalait l'odeur de moisi doucereuse de vêtements suspendus là depuis des années, probablement aussi anciens que la maison elle-même.

Harry ne trouva qu'un billet de cinq cents couronnes et le tendit à Cato.

« Tiens. »

Cato examina le billet. Passa la main dessus.

« J'ai entendu des choses, reprit-il. On dit que tu es policier.

— Ah ?

— Et que tu bois. Comment s'appelle ton poison ?

— Jim Beam.

— Ah, Jim. Une relation de mon Johnny. Et que tu connais ce gamin. Oleg.

— Tu le connais ?

— La prison est pire que la mort, Harry. La mort est simple, elle libère l'âme. Mais la prison te la dévore jusqu'à ce qu'il ne reste en toi plus rien d'humain. Jusqu'à ce que tu deviennes un fantôme.

— Qui t'a parlé d'Oleg ?

— Ma paroisse est grande et mes fidèles nombreux, Harry. Alors j'écoute. On dit que tu traques cette personne. Dubaï. »

Harry consulta sa montre. D'ordinaire, à cette saison, les avions n'étaient pas pleins. Depuis Bangkok, il pouvait aussi se rendre à Shanghai. Zhan Yin lui avait envoyé un SMS l'informant qu'elle était seule cette semaine. Qu'ils pouvaient aller ensemble dans sa maison de campagne.

« J'espère que tu ne le trouveras pas, Harry.

— Je n'ai pas dit que j'allais…

— Ceux qui le trouvent meurent.

— Cato, ce soir, je vais…

— As-tu entendu parler du Scarabée ?

— Non, mais…

— Six pattes d'insecte qui te transpercent le visage.

— Il faut que j'y aille, Cato.

— Je l'ai vu de mes propres yeux, poursuivit Cato en appuyant le menton sur son col romain. Sous l'Älvsborgsbro, près du port de Göteborg. Un policier qui était sur la piste d'un cartel de trafiquants d'héroïne. Ils lui avaient lâché une brique cloutée sur le visage. »

Harry comprit soudain de quoi il parlait. *Jouk*. Le Scarabée.

La méthode, d'origine russe, était employée sur les balances. D'abord, on leur clouait une oreille au sol, juste sous une poutre. Puis on enfonçait à demi six gros clous dans une brique ordinaire, qui était attachée à une corde que l'on lançait par-dessus la poutre. L'indic devait tenir l'autre extrémité entre ses dents. L'idée — et la symbolique — était la suivante : tant qu'il parvenait à garder la bouche fermée, il était vivant. Harry avait vu les effets d'un *jouk* exécuté par la Triade de Taipei sur un malheureux qu'on avait retrouvé dans une ruelle de Tanshui. Les clous employés, à tête large, n'avaient pas fait de gros trous. Mais quand les ambulanciers avaient retiré la brique, toute la peau était venue avec.

Cato fourra le billet de cinq cents couronnes dans

sa poche de pantalon, et posa son autre main sur l'épaule de Harry.

« Je comprends que tu veuilles protéger ton fils. Mais imagine que ce soit lui qui ait tué l'autre garçon ? Ce garçon aussi avait un père, Harry. Quand des parents se battent pour leur enfant, on parle de sacrifice personnel, mais c'est eux-mêmes, leur clone, qu'ils veulent protéger. Et cela ne nécessite aucun courage moral, c'est seulement l'égoïsme des gènes. Quand j'étais enfant et que papa nous lisait la Bible, je trouvais Abraham lâche d'obéir à Dieu qui lui demandait de sacrifier son fils. En devenant adulte, j'ai compris qu'un père véritablement désintéressé est prêt à sacrifier son enfant si c'est pour servir un but supérieur. Car il se trouve que ça existe. »

Harry jeta sa cigarette devant lui sur le trottoir.

« Tu te trompes. Oleg n'est pas mon fils.

— Non ? Alors, pourquoi es-tu ici ?

— Je suis policier. »

Cato rit.

« Sixième commandement, Harry. Tu ne mentiras point.

— C'est pas le huitième, ça ? » Harry écrasa le mégot fumant. « Et si ma mémoire est bonne, le commandement dit que tu ne porteras pas de faux témoignage contre ton prochain, ce qui devrait signifier qu'il n'est pas gênant de mentir un peu sur soi-même. Mais tu n'as peut-être pas eu le temps d'aller au bout de ton cursus de théologie ? »

Cato haussa les épaules.

« Jésus et moi n'avons aucune qualification officielle. Nous sommes des hommes du verbe. Mais comme tous les chamanes, prophètes et charlatans, il nous arrive parfois d'induire de faux espoirs et un réconfort authentique.

— Tu n'es même pas croyant, n'est-ce pas ?

— Disons que la foi ne m'a jamais profité, contrairement au doute. C'est donc ce qui est devenu mon testament.

— Le doute.

— Précisément. » Les dents jaunes de Cato étincelèrent dans le noir. « Je pose la question : Est-il si certain qu'il n'existe pas de Dieu, et qu'Il n'a pas de dessein ? »

Harry Hole rit doucement.

« Nous ne sommes probablement pas très différents, Harry. Je porte un faux col de prêtre, toi une fausse étoile de shérif. À quel point ton évangile est-il inébranlable ? Protéger les nantis et veiller à ce que les égarés soient châtiés selon leurs péchés ? N'es-tu pas un sceptique, toi aussi ? »

D'une chiquenaude, Harry fit sortir une autre cigarette du paquet.

« Le doute est hélas absent de cette affaire. Je rentre à la maison.

— Dans ce cas, bon voyage. Je dois me rendre à mon office. »

Une voiture klaxonna. Instinctivement, Harry se retourna. Deux phares l'aveuglèrent avant de tourner le coin. Les feux de stop rougeoyaient comme des braises dans l'obscurité quand la voiture de police ralentit à l'approche des garages de l'hôtel de police. Lorsque Harry se retourna de nouveau vers Cato, celui-ci avait disparu. Le vieux prêtre semblait s'être fondu dans les ténèbres, et Harry n'entendait plus que des pas en direction du cimetière.

Il lui fallut en effet cinq minutes pour boucler sa valise et régler sa note.

« Nous faisons une petite remise aux clients qui paient en liquide », précisa le garçon derrière le guichet. Tout n'avait pas changé.

Harry ouvrit son portefeuille. Dollars de Hong Kong, yuans, dollars américains, euros. Son mobile sonna. Harry le colla à son oreille tout en déployant les billets en éventail, qu'il tendit au garçon.

« Oui.

— C'est moi. Que fais-tu ? »

Merde. Il avait prévu d'attendre d'être à l'aéroport pour l'appeler. Faire ça de façon aussi simple et brutale que possible. Arracher d'un coup sec.

« Je suis en train de régler ma note. Je peux te rappeler dans deux minutes ?

— Je voulais juste te dire qu'Oleg a pris contact avec son avocat. Euh… Hans Christian, donc.

— Couronnes norvégiennes, demanda le réceptionniste.

— Oleg dit qu'il veut te voir, Harry.

— Merde !

— Pardon ? Harry, tu es là ?

— Vous prenez la carte Visa ?

— Ça vous coûtera moins cher de retirer du liquide au distributeur.

— Me voir ?

— C'est ce qu'il dit. Dès que possible.

— Ce n'est pas possible, Rakel.

— Pourquoi ?

— Parce que…

— Il y a un distributeur à cent mètres, plus bas dans Tollbugata.

— Parce que ?

— Prenez ma carte, OK ?

— Harry ?

— En premier lieu, c'est impossible, Rakel. Les visites lui sont interdites, et je ne vais pas réussir à passer une seconde fois.

— Et en second lieu ?

— En second lieu, je ne vois pas à quoi ça servirait, Rakel. J'ai lu les documents. Je…

— Tu quoi ?

— Je crois qu'il a tiré sur Gusto Hanssen, Rakel.

— Nous n'acceptons pas la carte Visa. Vous avez autre chose ? MasterCard ? American Express ?

— Non ! Rakel ?

— Disons dollars et euros, alors. Le change n'est pas très avantageux, mais ce sera toujours mieux que la carte.

— Rakel ? Rakel ? Merde !

— Un problème, Hole ?

— Elle a raccroché. Il y a assez ? »

Chapitre 12

J'étais dans Skippergata et je contemplais le déluge. L'hiver n'avait jamais vraiment trouvé prise, mais il était tombé d'autant plus de pluie. Sans que la demande en soit ralentie. Oleg, Irene et moi vendions davantage en une seule journée que je l'avais fait en une semaine pour Odin et Tutu. Je ramassais en gros six mille couronnes par jour. J'avais compté les autres maillots d'Arsenal d'Oslo Sentrum. Le vieux devait vendre pour plus de deux millions de couronnes par semaine, et mon estimation était prudente.

Chaque soir, avant de faire les comptes avec Andreï, Oleg et moi calculions soigneusement la recette et le stock. Il ne manquait jamais ne serait-ce qu'une couronne. Le jeu n'en aurait pas valu la chandelle.

Et je pouvais avoir cent pour cent confiance en Oleg, je ne crois pas qu'il avait assez d'imagination pour que l'idée l'effleure, ou alors il n'avait pas compris le concept de vol. Ou peut-être était-ce simplement que son cœur et son cerveau étaient trop pleins d'Irene. Presque comique de voir comme il remuait la queue quand elle était dans le coin. Et à quel point elle était parfaitement aveugle à son adoration. Car Irene ne voyait qu'une seule et unique chose.

Moi.

Ça ne m'importunait ni ne me plaisait, c'était ainsi, tout simplement, depuis toujours.

Je la connaissais si bien, je savais exactement comment faire battre ce petit cœur à la blancheur Omo, rire cette jolie bouche et — si c'était là ce que je voulais — emplir ces yeux bleus de grosses larmes. J'aurais pu la laisser partir, ouvrir la porte et l'inviter à s'en aller. Mais je suis un voleur et les voleurs ne se défont jamais d'une chose qu'ils pensent pouvoir revendre un jour. Irene était mienne, mais les deux millions par semaine étaient au vioque.

C'est marrant de voir comment six mille couronnes par jour filent quand on aime le crystal meth comme glaçons dans son apéro et les vêtements qui ne viennent pas de chez Cubus. C'est pourquoi je logeais toujours dans le local de répétitions, avec Irene qui dormait sur un matelas derrière la batterie. Mais elle s'en sortait, ne touchait même pas ne serait-ce qu'à une cigarette magique, ne mangeait que des merdes végétariennes et avait ouvert un foutu compte en banque. Oleg habitait chez sa mère, il devait nager dans le pognon. En plus, il s'était secoué, il travaillait un peu ses cours et avait même commencé à s'entraîner là-bas, à Valle Hovin.

Pendant que j'étais dans Skippergata à réfléchir et à faire du calcul mental, j'ai vu quelqu'un venir vers moi sous les trombes d'eau. Ses lunettes étaient embuées, le peu de cheveux qu'il avait étaient plaqués sur son crâne. Il portait le genre de coupe-vent que votre copine grosse et moche vous a offert pour Noël. C'est-à-dire que soit la copine de ce mec était moche, soit il n'en avait pas. Je le déduisais à sa démarche. Il boitait. On a sans doute trouvé un mot qui masque la réalité, mais moi, j'appelle ça un pied bot. D'ailleurs, je dis aussi « maniaco-dépressif » et « nègre ».

Il s'est arrêté devant moi.

J'avais cessé d'être surpris par le genre de personnes qui achetaient de l'héroïne, mais cet homme-là ne faisait assurément pas partie de la catégorie des consommateurs habituels de dope.

« Combien…

— Trois cent cinquante le quart.

— … payez-vous pour un gramme d'héroïne ?

— Combien on paie ? On vend, ducon.

— Je sais. Je me documente, c'est tout. »

Je l'ai regardé. Journaliste ? Travailleur social ? Politicien, peut-être ? Quand je bossais pour Odin et Tutu, un type du même genre était venu, avait dit travailler pour le conseil de la ville et un comité du nom de RUNO, et m'avait demandé vachement poliment si je pouvais participer à une réunion du comité sur « la drogue et la jeunesse ». Ils voulaient entendre les « voix de la rue ». J'y suis allé pour me marrer, et je les ai écoutés parler de l'ECAD et d'un grand projet international pour une Europe sans drogues. On m'a donné de la limonade et un pain aux raisins et j'ai ri aux larmes. Mais la réunion était dirigée par cette MILF, là, blond vulgaire avec un visage de mec, gros nichons et voix d'adjudant-chef. L'espace d'un instant, je me suis demandé si elle s'était fait arranger autre chose que les seins. Après la réunion, elle est venue me voir, s'est présentée comme secrétaire de l'« adjointe au maire chargée des services sociaux », et m'a dit qu'elle aimerait discuter de ces choses-là avec moi et se demandait si nous pourrions nous voir chez elle un jour où j'en « aurais l'occasion ». C'était une MILF sans M, est-il apparu. Elle habitait seule dans une ferme. Quand elle a ouvert, elle portait une culotte de cheval moulante et a exigé qu'on fasse ça dans l'écurie. Si jamais elle s'était effectivement fait couper la bite, ça ne m'a pas dérangé. Ils avaient bien nettoyé derrière eux, et mis en place une machine à traire qui fonctionnait du feu de Dieu. Mais sauter une fille qui gueule comme un avion radiocommandé à deux mètres de grands chevaux qui lancent des coups d'œil moyennement intéressés sans cesser de mâcher a quelque chose d'étrange. Après, j'ai extrait les brins de paille d'entre mes fesses et je lui ai demandé si elle avait mille couronnes à me prêter. On a continué de se voir jusqu'à ce que je gagne six mille couronnes par jour, et entre deux parties de jambes en l'air elle a eu le temps de m'expliquer qu'une secrétaire[1] *au conseil de la ville ne restait pas précisément le cul sur une chaise à rédiger des courriers pour son adjointe au maire mais s'occupait de politique concrète. Qu'elle avait beau être esclave, en l'occurrence, c'était elle qui faisait bouger les choses. Quand les bonnes personnes l'auraient compris, ce serait son tour de devenir adjointe au maire. En l'écoutant, j'ai appris que tous les politiques — grands comme petits — veulent les deux mêmes choses : le pouvoir et le cul. Dans cet ordre. Lui susurrer « ministre » au creux de l'oreille tout en lui fourrant deux doigts dans la chatte pouvait la faire gicler quasiment jusqu'à la porcherie. Je déconne pas. Et sur le visage du type devant moi, je lisais un peu de ce même désir intense, maladif.*

« Dégage.

— Qui est ton chef ? Je voudrais lui parler. »

Take me to your leader ? *Il était soit fou soit juste débile.*

1. Ce titre équivaut à celui de directeur de cabinet.

« Tire-toi. »

Le gars ne bougeait pas, restait planté là, avec une curieuse cassure de la hanche. Il a sorti quelque chose de la poche de son coupe-vent. Un sachet en plastique avec de la poudre blanche, il devait y en avoir à peu près un demi-gramme.

« Voici un échantillon. Donne-le à ton chef. Le gramme coûte huit cents couronnes. Attention au dosage, partage ça en dix. Je reviens après-demain, même heure. »

Il m'a donné le sachet, s'est retourné et est reparti en boitant dans la rue.

En temps normal, je l'aurais jeté dans la première poubelle venue. Je ne pouvais même pas vendre cette merde pour mon propre compte, j'avais une réputation à défendre. Mais le regard de ce cinglé avait un éclat particulier. Comme s'il savait quelque chose. Alors, après avoir terminé ma journée de travail et fait les comptes avec Andreï, je suis descendu avec Oleg et Irene dans le parc de l'héroïne. On a demandé si quelqu'un avait envie de jouer les pilotes d'essai. J'avais déjà fait ça avec Tutu. Quand une nouvelle drogue arrivait en ville, on allait là où on trouvait les camés les plus désespérés, ceux qui sont disposés à essayer n'importe quoi pourvu que ce soit gratuit, qui se foutent que ça leur coûte la vie car ils savent que de toute façon la mort est au coin de la rue.

Quatre volontaires se sont manifestés. Ils réclamaient un zéro dix en bonus et j'ai répondu que ce n'était pas d'actualité, donc je me suis retrouvé avec trois. J'ai réparti les doses.

« C'est pas assez ! » a crié l'un des junkies avec l'élocution d'une victime d'AVC. Je lui ai dit de la fermer s'il ne voulait pas être privé de dessert.

Irene, Oleg et moi les avons regardés chercher une veine entre les croûtes et se piquer avec des gestes d'une efficacité confondante.

« Oh, bordel ! a gémi l'un.

— La vaaache… ! » a hurlé un autre.

Puis le silence. Complet. Ça revenait à avoir envoyé dans l'espace une fusée avec laquelle tout contact était rompu. Mais je savais déjà, j'avais vu l'extase dans leurs yeux avant qu'ils disparaissent : Houston, we have no problem. *Quand ils sont redescendus sur terre, il faisait nuit. Le voyage avait duré cinq heures, deux fois plus qu'avec de l'héroïne. Le panel de cobayes était unanime. Ils n'avaient jamais rien pris qui défonce à ce point. Ils en voulaient encore, le reste du sachet, tout de suite, s'il te plaît, et ils titubaient vers nous comme les macchabées de* Thriller. *On s'est gaussés et puis on s'est taillés.*

Une demi-heure plus tard, sur mon matelas dans le local de répétitions, j'avais de quoi m'occuper les méninges. Un junkie bien entraîné s'injecte en moyenne un quart de gramme par shoot, et là, les plus endurcis de la ville avaient plané comme des foutues pucelles avec le quart de cette dose ! Ce mec m'avait filé de la bonne. Mais qu'est-ce que c'était ? Aspect, odeur et consistance de l'héroïne, mais cinq heures de trip avec une aussi petite dose ? Quoi qu'il en soit, j'étais assis sur une mine d'or. Huit cents couronnes le gramme, que l'on pouvait couper trois fois et revendre mille quatre cents couronnes. Cinquante grammes par jour. Trente mille couronnes droit dans la poche. La mienne. Celle d'Oleg et d'Irene.

Je leur ai exposé ma proposition commerciale. Expliqué les chiffres.

Ils se sont regardés. Ils avaient l'air moins emballés que je m'y attendais.

« Mais Dubaï... », a commencé Oleg.

J'ai menti, disant que tant que nous ne roulions pas l'ancêtre, nous ne risquions rien. D'abord, on irait le voir pour l'informer qu'on arrêtait, qu'on avait rencontré Jésus ou un truc comme ça. Puis on attendrait un peu avant de nous lancer à notre compte, à petite échelle.

Ils se sont de nouveau regardés. Et soudain je me suis rendu compte qu'il y avait là quelque chose, quelque chose que je n'avais pas perçu avant cet instant précis.

« C'est juste que..., a commencé Oleg en essayant de trouver un point d'ancrage sur le mur. Irene et moi, on...

— Vous quoi ? »

Il se tortillait comme un asticot sur un hameçon et a fini par regarder Irene pour qu'elle vienne à son secours.

« Oleg et moi prévoyons d'emménager ensemble, a-t-elle dit. On met de l'argent de côté pour un appartement en propriété coopérative à Bøler. On pensait continuer de travailler jusqu'à cet été, et puis...

— Et puis ?

— On pensait terminer le lycée, a repris Oleg. Et peut-être entamer des études.

— De droit, a embrayé Irene. Oleg a de super notes. » Elle a ri comme elle le faisait quand elle pensait avoir dit une bêtise, mais ses joues habituellement pâles étaient chaudes et rouges de bonheur.

Ils étaient sortis ensemble dans mon dos, ces deux-là ! Comment m'étais-je débrouillé pour louper ça ?

« De droit, ai-je répété en ouvrant le sachet dans lequel il restait encore plus d'un gramme. C'est pas ce que font les gens qui veulent devenir chef chez les flics, ça ? »

Ni l'un ni l'autre ne m'ont répondu.

Je suis allé chercher la cuiller que j'utilisais pour mes corn flakes et je l'ai frottée sur mon pantalon.

« Qu'est-ce que tu fais ? a demandé Oleg.

— Ben, faut fêter ça. » J'ai versé de la poudre dans la cuiller. « En plus, il faut qu'on teste ce produit nous-mêmes avant de le recommander au vioque.

— Alors c'est bon ? s'est écriée Irene, soulagée. On continue juste comme avant ?

— Bien sûr, chérie. » J'ai allumé le briquet sous la cuiller. « Celle-ci est pour toi, Irene.

— Moi ? Mais je ne crois pas…

— Fais-le pour moi, frangine. » Je l'ai regardée et j'ai souri. Le sourire contre lequel elle savait que je savais qu'elle n'avait pas d'antidote.

« Pas marrant de planer tout seul, tu sais. Solitaire, quoi. »

La poudre en fusion bouillonnait dans la cuiller. Je n'avais pas de coton, alors je me suis demandé si je n'allais pas me servir d'un filtre de cigarette pour la filtrer. Mais elle avait l'air tellement pure. Blanche, d'une consistance uniforme. Je me suis contenté de la laisser refroidir quelques secondes avant de l'aspirer dans la seringue.

« Gusto…, a commencé Oleg.

— Il faut qu'on fasse gaffe de pas se mettre une overdose, parce qu'il y en a assez pour trois. Tu es invité, mon ami. Mais tu veux peut-être juste regarder ? »

Je n'ai pas eu besoin de lever les yeux. Je le connaissais trop bien. Cœur pur, aveuglé par l'amour et cuirassé d'un courage qui l'avait fait sauter dans le fjord d'Oslo d'un mât de quinze mètres.

« D'accord, a-t-il dit avant de remonter sa manche. J'en suis. »

Cette même cuirasse qui le ferait couler jusqu'au fond, le noierait comme un rat.

J'ai été réveillé par quelqu'un qui tambourinait à la porte. J'avais la sensation qu'on m'avait creusé des galeries minières dans la tête, et je redoutais de prendre mon élan pour ouvrir un œil. La lumière du matin filtrait entre les planches clouées devant les fenêtres. Irene était sur son matelas, et j'ai vu l'une des Puma Speed Cat blanches d'Oleg pointer entre deux amplis de guitare. J'entendais au bruit que le visiteur à la porte était passé aux coups de pied.

Je me suis levé et suis allé ouvrir d'un pas mal assuré, pendant que je m'efforçais de me souvenir d'éventuels messages m'informant de répétitions ou de matériel qu'on allait venir chercher. J'ai entrouvert, et machinalement placé un pied contre la porte. En pure perte. Le choc m'a renversé en arrière et je me suis effondré sur la batterie. Un barouf de tous les diables. Après avoir dégagé mes pieds des cymbales et de la caisse claire, j'ai levé les yeux pour tomber droit sur la trombine de mon cher frère adoptif, Stein.

Rayez « cher ».

Il était plus grand, mais sa coupe en brosse de para et son regard noir plein de haine étaient inchangés. Je l'ai vu ouvrir la bouche et dire quelque chose, mais mes conduits auditifs étaient bouchés par l'écho des cymbales. D'instinct, j'ai levé les bras devant mon visage quand il est venu dans ma direction. Mais il a continué et enjambé la batterie pour aller vers Irene sur son matelas. Elle s'est réveillée avec un petit cri quand il lui a empoigné le bras pour la hisser sur ses jambes.

Il la maintenait debout tout en fourrant de l'autre

main des affaires dans son sac à dos. Quand il l'a entraînée vers la porte, elle avait cessé de résister.

« Stein… », ai-je tenté.

Il s'est arrêté dans l'embrasure de la porte et m'a interrogé du regard, mais je n'avais rien à ajouter.

« Tu as suffisamment détruit cette famille comme ça », a-t-il dit.

Quand il a levé le pied pour claquer la porte métallique derrière lui, on aurait dit ce connard de Bruce Lee. L'air vibrait. Oleg a pointé la tête par-dessus l'ampli et m'a parlé, mais j'étais redevenu sourd.

Je tournais le dos à la cheminée et sentais la chaleur me picoter la peau. La pièce n'était éclairée que par les flammes et une foutue lampe de table ancienne. Assis dans son fauteuil en cuir, le vioque regardait l'homme que nous avions amené en limousine de Skippergata. Il portait toujours son coupe-vent. Debout derrière lui, Andreï lui a enlevé son bandeau.

« Alors, a commencé le vioque. C'est donc vous le fournisseur de ce produit dont j'ai tant entendu parler ?

— Oui, a répondu l'homme en mettant ses lunettes avant d'examiner la pièce, les yeux plissés.

— D'où vient-il ?

— Je suis ici pour le vendre, pas pour donner des informations dessus. »

Le vioque s'est passé deux doigts sur le menton.

« Dans ce cas, je ne suis pas intéressé. Dans ce secteur, prendre les marchandises volées d'autrui implique toujours des morts. Et qui dit morts, dit soucis… Pas bon pour les affaires.

— Ce ne sont pas des marchandises volées.

J'ose penser que j'ai une bonne vue d'ensemble des canaux de vente, et c'est là un produit que personne n'a jamais vu. Alors je répète : je n'achète rien avant d'avoir l'assurance que ça ne risque pas de se retourner contre nous.

— Je vous ai laissé me conduire ici les yeux bandés parce que je comprends votre besoin de discrétion. J'espère que vous pourrez me témoigner la même compréhension. »

Avec la chaleur, ses lunettes s'étaient embuées, mais il les gardait. Andreï et Peter l'avaient fouillé dans la voiture, pendant que je sondais son regard, son langage corporel, sa voix, ses mains. La seule chose que j'avais trouvée, c'était de la solitude. Il n'y avait pas de grosse copine moche, seulement cet homme et sa merveilleuse came.

« Pour autant que je sache, vous pourriez être policier, a repris le vioque.

— Avec ça ? » L'homme montrait son pied.

« Si vous êtes dans l'importation, comment se fait-il que je n'aie jamais entendu parler de vous ?

— Parce que je suis nouveau. Je n'ai pas de casier, personne ne me connaît, ni dans la police ni dans ce secteur. J'ai un travail dit respectable, et jusqu'à présent j'ai vécu une vie normale. » Il a fait une grimace prudente, censée être un sourire. « D'aucuns diraient anormalement normale.

— Mmm. »

Le vioque se frottait inlassablement le menton. Puis il m'a attrapé la main et attiré vers le fauteuil, si bien que je me suis retrouvé debout à côté de lui à regarder le bonhomme.

« Tu sais ce que je pense, Gusto ? Je crois qu'il fabrique le produit lui-même. Qu'en penses-tu ? »

J'ai réfléchi.

« Peut-être.

— Tu sais, Gusto, il n'est pas nécessaire d'être un Einstein de la chimie. On trouve sur Internet des protocoles détaillés qui expliquent comment transformer l'opium en morphine, puis en héroïne. Disons que tu as mis la main sur dix kilos d'opium brut. Tu te procures quelques ustensiles de cuisine, un frigidaire, un peu de méthanol et un ventilateur, et hop, te voilà avec huit kilos et demi de cristaux d'héroïne. Coupe le produit et tu as un kilo deux d'héroïne de rue. »

L'homme en coupe-vent a toussoté.

« C'est un tout petit peu plus compliqué que ça.

— La question est de savoir où vous trouvez l'opium. »

L'homme a secoué la tête.

« Aha, a lentement articulé le vieux en me caressant l'avant-bras. Pas un opiacé. Un opioïde. »

L'homme n'a pas répondu.

« Tu as entendu, Gusto ? » Le vieux a pointé l'index vers le pied bot. « Il fabrique une drogue de synthèse. Il n'a pas besoin de la nature ou de l'Afghanistan, il fait appel à de la chimie simple et fabrique tout sur sa table de cuisine. Maîtrise totale et pas de trafic risqué. Et son produit est au moins aussi puissant que l'héroïne. Nous avons parmi nous un petit malin, Gusto. Pareil esprit d'entreprise, ça force le respect.

— Respect, ai-je marmonné.

— Combien pouvez-vous en fabriquer ?

— Deux kilos par semaine, peut-être. Plus ou moins.

— Je prends tout.

— Tout ? a répété l'homme d'une voix éteinte, sans réelle surprise.

— Oui, tout ce que vous produisez. Puis-je vous présenter une proposition commerciale, monsieur… ?

— Ibsen.

— Ibsen ?

— Si vous n'y voyez pas d'inconvénient.

— Mais bien sûr, après tout, c'était lui aussi un grand artiste. Je voudrais donc vous proposer une association, monsieur Ibsen. Intégration verticale. Nous accaparons le marché et décidons des prix. Meilleure marge pour nous deux. Qu'en dites-vous ? »

Ibsen a secoué la tête.

Le vioque a incliné la sienne, avec un petit sourire sur sa bouche sans lèvres.

« Pourquoi pas, monsieur Ibsen ? »

J'ai vu le petit bonhomme se redresser, comme s'il grandissait dans son coupe-vent douze-mois-sur-douze du gars-le-plus-chiant-du-monde.

« Si je vous donne le monopole, monsieur… ? »

Le vieux a placé les bouts de ses doigts les uns contre les autres. « Appelez-moi comme vous voudrez, monsieur Ibsen.

— Je ne veux pas dépendre d'un seul acheteur, monsieur Dubaï. C'est trop risqué. Et cela signifie que vous pouvez forcer les prix à la baisse. D'un autre côté, je ne veux pas avoir trop de clients, car cela augmenterait le risque d'être découvert par la police. J'ai voulu vous rencontrer, vous, parce que vous avez la réputation d'être invisible, mais je voudrais un autre acheteur. J'ai déjà pris contact avec Los Lobos. J'espère que vous le comprendrez. »

Le vioque a éclaté de son rire de snekke *du Sørlandet.*

« Écoute et prends-en de la graine, Gusto. Il ne se contente pas de connaître la pharmacopée, il est aussi homme d'affaires. Bien, monsieur Ibsen, procédons ainsi.

— Le prix…

— Je paie ce que vous avez demandé. Vous allez vous rendre compte que dans cette branche on ne perd

pas de temps en marchandages. La vie est trop courte, la mort trop proche. On dit mardi prochain pour la première livraison ? »

En se dirigeant vers la porte, le vioque a fait comme s'il devait s'appuyer sur moi. Ses ongles m'ont griffé la peau du bras.

« Avez-vous songé à l'exportation, Ibsen ? Le contrôle des stupéfiants à la sortie du territoire norvégien est inexistant, vous savez. »

Ibsen n'a pas répondu. Mais je le voyais, à présent. Ce qu'il voulait. Je le voyais alors qu'il se tenait là avec son pied bot et sa hanche tordue. Dans le reflet de son front en sueur sous ses cheveux clairsemés. La buée avait disparu de ses lunettes, et ses yeux avaient le même éclat que lors de notre rencontre dans Skippergata. Paiement d'arriérés, papa. Il voulait qu'on lui verse des arriérés. Pour tout ce qu'il n'avait jamais eu : respect, amour, admiration, approbation, toutes ces choses dont on prétend qu'elles ne s'achètent pas. Évidemment qu'elles s'achètent. Mais avec de l'argent, pas de la foutue compassion. C'est pas vrai, papa ? La vie te doit des choses, et si on ne te les donne pas, il faut les exiger, il faut devenir son propre foutu agent de recouvrement. Et si on brûle en enfer pour ça, il ne va pas rester grand monde au paradis. Hein, papa ?

À la porte d'embarquement, Harry regardait dehors. Les avions à l'arrivée ou au départ, qui roulaient sur la piste.

Dans dix-huit heures, il serait à Shanghai.

Il aimait bien Shanghai. Il aimait la cuisine, il aimait longer le Huangpu sur le Bund jusqu'au Peace Hotel, il aimait aller à l'Old Jazz Bar pour écouter des croulants du jazz ahaner leurs classiques, il aimait l'idée qu'ils avaient joué là sans interruption audible depuis la révolution de 49. Il l'aimait bien, elle. Il aimait ce qu'ils avaient, et ce qu'ils n'avaient pas, mais laissaient courir.

Savoir laisser courir. C'était une excellente qualité, non qu'il en eût été doté par la nature, mais ces trois dernières années il s'était entraîné. Ne pas se taper la tête contre les murs quand on n'était pas obligé de le faire.

À quel point ton évangile est-il inébranlable ? N'es-tu pas un sceptique, toi aussi ?

Dans dix-huit heures, il serait à Shanghai.

Pouvait être à Shanghai dans dix-huit heures.

Merde.

Elle répondit à la seconde sonnerie.

« Qu'est-ce que tu veux ?

— Ne raccroche pas, d'accord ?

— Je suis là.

— Écoute, quelle est ton influence sur ce Nils Christian ?

— Hans Christian.

— Est-il assez amoureux pour que tu puisses le convaincre de participer à un coup douteux ? »

Chapitre 13

Il avait plu toute la nuit, et, devant la prison d'Oslo, Harry voyait une nouvelle couche de feuilles s'étirer comme une bâche jaune et mouillée sur le parc. Il n'avait pas beaucoup dormi depuis qu'il avait quitté l'aéroport pour se rendre directement chez Rakel. Hans Christian était venu, n'avait pas vraiment protesté, et était reparti. Ensuite, Rakel et Harry avaient bu du thé et parlé d'Oleg. De comment c'était avant, pas de ce qui aurait pu être. Au petit matin, Rakel avait dit à Harry qu'il pouvait dormir dans la chambre d'Oleg. Avant de se coucher, Harry s'était servi du PC d'Oleg pour chercher, et trouver, de vieux articles sur le policier découvert mort sous l'Älvsborgsbro à Göteborg. Les articles confirmaient les dires de Cato, mais Harry avait en outre appris, par le toujours aussi sensationnel *Göteborgstidningen*, que des rumeurs faisaient du défunt un brûleur, une personne utilisée par les criminels pour détruire les preuves contre eux. Deux heures seulement s'étaient écoulées depuis que Rakel l'avait réveillé, en chuchotant, avec une tasse de café fumant. Elle l'avait toujours fait, commencer la journée en chuchotant, tant avec lui qu'avec Oleg, comme pour leur offrir une transition douce entre rêves et réalité.

Harry regarda la caméra, entendit le grésillement sourd et poussa la porte. Il entra prestement. L'attaché-case bien visible devant lui, il présenta à la gardienne sa carte et son bon profil.

« Hans Christian Simonsen… », murmura-t-elle sans lever les yeux de la liste qu'elle consultait. « Ici, oui. Pour Oleg Fauke.

— Exact. »

Un autre gardien le guida à travers les corridors et la galerie ouverte au centre de la prison. Il parlait de l'automne chaud qui s'annonçait et faisait cliqueter son gros trousseau de clés à chaque nouvelle porte. Ils traversèrent la salle commune. Harry vit une table de ping-pong et deux raquettes, un livre ouvert sur la table et une kitchenette où se trouvaient du pain complet, de quoi le garnir et un couteau à pain. Mais pas de détenus.

Ils s'arrêtèrent devant une porte blanche et le gardien la déverrouilla.

« Je croyais que les portes des cellules étaient ouvertes à cette heure de la journée.

— Les autres le sont, mais pour ce détenu, c'est l'article 171 qui s'applique, répondit le gardien. Une seule heure de sortie par jour.

— Où sont les autres, alors ?

— Dieu seul le sait. On leur a peut-être remis Hustler Channel à la télé. »

Quand le gardien l'eut laissé entrer, Harry se tint près de la porte et attendit que les pas s'éloignent dans le couloir. Il s'agissait d'une cellule ordinaire. Dix mètres carrés. Un lit, un placard, un bureau et une chaise, des étagères, une télé. Assis à la table, Oleg le considéra avec stupéfaction.

« Tu voulais me voir, commença Harry.

— Je croyais que j'étais interdit de visites.

— Ceci n'est pas une visite, mais une consultation de ton avocat.

— Mon avocat ? »

Harry hocha la tête. Et vit qu'Oleg commençait à comprendre. Pas idiot, ce garçon.

« Comment…

— Le genre de meurtre dont tu es soupçonné ne qualifie pas pour le quartier de haute sécurité, ça n'a pas été trop difficile. » Harry ouvrit l'attaché-case, en sortit la Gameboy blanche et la tendit à Oleg. « Tiens, c'est pour toi. »

Oleg passa les doigts sur l'écran. « Où l'as-tu trouvée ? »

Harry crut apercevoir l'ombre d'un sourire dans la gravité de ce visage juvénile.

« Modèle vintage, à piles. Je l'ai trouvée à Hong Kong. Je voulais te flanquer la pâtée à Tetris quand on se reverrait.

— Jamais ! fit Oleg en riant. Ni à Tetris ni en nage en apnée.

— Cette fois à la piscine de Frogner ? Mmm. Je crois que j'ai fait un mètre de plus que toi.

— Tu étais un mètre *derrière* ! Maman est témoin. »

Harry se tut, comme pour ne pas casser l'ambiance, savoura son plaisir de voir la joie sur le visage de son interlocuteur.

« De quoi voulais-tu me parler, Oleg ? »

Les nuages assombrirent les traits du garçon. Il triturait la Gameboy, la tournait et la retournait, comme s'il cherchait l'interrupteur.

« Prends tout le temps qu'il te faudra, Oleg, mais le plus simple est souvent de commencer par le commencement. »

Le gamin releva la tête et regarda Harry.

« Je peux te faire confiance ? Quoi qu'il arrive ? »

Harry allait dire quelque chose, mais se ravisa. Se contenta de hocher la tête.

« Il faut que tu me procures un truc... »

Harry eut l'impression qu'on lui transperçait le cœur avec un poignard. Il connaissait déjà la suite.

« Il n'y a que de la bleue ou du speed ici, mais j'ai besoin de fioline. Tu peux m'aider, Harry ?

— C'est pour ça que tu m'as demandé de venir ?

— Tu es le seul qui ait réussi à contourner l'interdiction de visite. »

Oleg fixait Harry de son regard noir et grave. Seul un infime frémissement de la peau fine sous un œil trahissait le désespoir.

« Tu sais que je ne peux pas, Oleg.

— Bien sûr que si ! » Entre les murs de la cellule, sa voix avait un écho dur et métallique.

« Et ceux pour qui tu vendais, ils ne peuvent pas te fournir ?

— Vendais quoi ?

— Ne me mens pas, merde ! » Harry abattit sa paume ouverte sur l'attaché-case. « J'ai trouvé le maillot d'Arsenal dans ton casier à Valle Hovin.

— Tu as forcé...

— J'ai trouvé ça, aussi. » Harry balança la photo de famille sur le bureau entre eux. « La fille sur cette photo, tu sais où elle est ?

— Qui...

— Irene Hanssen. Vous sortiez ensemble.

— Comment...

— On vous a vus à Fyrlyset. Il y a un pull qui sent les fleurs des champs et du matos pour deux personnes dans ton casier. Partager sa planque à matos, c'est plus intime que partager un plumard, hein ? Et ta mère m'a dit que, quand elle t'a trouvé en ville, tu avais l'air d'un imbécile heureux. Mon diagnostic ? Amoureux. »

La pomme d'Adam d'Oleg fit un bond dans sa gorge.

« Alors ?

— Je ne sais pas où elle est ! OK ? Elle a disparu, point final. Son grand frère est peut-être revenu la chercher. Elle est peut-être en désintoxe. Elle a peut-être sauté dans un avion pour se tirer loin de tout ce merdier.

— Ou peut-être que les choses ne se sont pas très bien passées ? suggéra Harry. Quand l'as-tu vue pour la dernière fois ?

— Je ne me souviens pas.

— Tu t'en souviens à l'heure près. »

Oleg ferma les yeux.

« Il y a cent vingt-deux jours. Bien avant l'histoire de Gusto. Alors quel rapport avec ce qui nous intéresse ?

— Tout est lié, Oleg. Un meurtre, c'est une baleine blanche. Une personne qui disparaît, c'est aussi une baleine blanche. Si tu as vu deux fois une baleine blanche, c'est la même. Que peux-tu me dire sur Dubaï ?

— C'est la plus grosse ville des Émirats arabes unis, mais pas la capitale…

— Pourquoi les protèges-tu, Oleg ? Qu'est-ce que tu ne peux pas me dire ? »

Oleg avait trouvé l'interrupteur de la Gameboy et le basculait d'avant en arrière. Il ôta ensuite le cache au dos de l'appareil, ouvrit la poubelle à côté du bureau et laissa tomber les piles dedans avant de rendre le jouet à Harry.

« Mortes. »

Harry regarda la Gameboy et la glissa dans sa poche.

« Si tu ne peux pas me procurer de fioline, je vais m'injecter le mélange de merde qu'on trouve ici. Tu as déjà entendu parler du cocktail fentanyl héroïne ?

— Le fentanyl, c'est la recette de l'overdose, Oleg.

— Très juste. Et puis après, tu pourras expliquer à maman que c'était *ta* faute. »

Harry ne répondit pas. Les pathétiques tentatives de manipulation auxquelles se livrait Oleg ne le mettaient pas hors de lui, elles lui donnaient juste envie de prendre le garçon dans ses bras et de le serrer contre lui. Harry n'avait même pas besoin de voir les larmes dans ses yeux pour savoir quel combat faisait rage dans son corps et dans sa tête. Il ressentait son manque de façon purement physique. Et dans ces cas-là, il n'existe rien d'autre, pas de morale, pas d'amour, pas d'égards, seulement le martèlement infini de l'obsession du rush, du trip, de la paix. Une fois dans sa vie, Harry avait été à deux doigts d'accepter un shoot d'héroïne, mais à la faveur d'un occasionnel instant de lucidité, il avait refusé. Peut-être était-ce la certitude que l'héroïne réussirait ce que l'alcool n'avait pas encore réussi : l'achever. Peut-être était-ce la fille qui lui avait raconté comment elle était devenue accro dès le premier fix parce que rien, rien de ce qu'elle avait vécu ou imaginé ne pouvait surpasser cette extase. Peut-être était-ce son copain d'Oppsal qui était allé en cure de désintoxication à seule fin de remettre à zéro les pendules de sa tolérance, dans l'espoir que le shoot qui suivrait ressemblerait un tant soit peu à la première injection. Il lui avait raconté qu'à la vue de la marque laissée par un vaccin sur la cuisse de son fils de trois mois il s'était mis à pleurer parce que cela avait déclenché en lui un désir si fort de se droguer qu'il aurait été prêt à renoncer à tout, à aller directement du dispensaire à Plata.

« On va conclure un marché, dit Harry, conscient que sa propre voix était enrouée. Je te procure ce que tu me demandes, et tu me racontes tout ce que tu sais.

— D'ac ! » s'écria Oleg, et Harry vit ses pupilles se dilater. Il avait lu quelque part que chez les gros consommateurs d'héroïne des zones du cerveau pouvaient être activées avant l'injection, qu'ils planaient déjà physiquement pendant qu'ils fondaient la poudre. Harry savait aussi que c'étaient ces parties du cerveau d'Oleg qui s'exprimaient maintenant, que, bobard ou non, il n'y avait aucune autre réponse possible que « D'ac ! ».

— Mais je ne veux pas acheter dans la rue, poursuivit Harry. Tu as de la fioline dans ta planque ? »

Oleg parut hésiter un instant.

« Tu y es passé, à ma planque. »

Harry se rappela qu'il était faux d'affirmer que rien n'était sacré pour un héroïnomane. La planque l'était.

« Allez, Oleg. On ne conserve pas de drogue là où un autre camé a accès. Où est ton autre planque, ta réserve ?

— Je n'ai que celle-là.

— Je ne vais rien te voler.

— Je n'ai pas d'autre planque, je te dis ! »

Harry entendait qu'il mentait, mais ce n'était pas très grave. Cela signifiait sans doute simplement qu'il n'avait pas de fioline à cet endroit.

« Je reviendrai demain. » Harry se leva, frappa à la

porte et attendit. Mais personne ne vint. Il finit par appuyer sur la poignée. C'était ouvert. Tout sauf un quartier de haute sécurité.

Harry reprit le chemin par lequel il était arrivé. Le couloir était vide, tout comme la salle commune, où Harry nota machinalement que la nourriture était toujours là, mais que le couteau avait été rangé. Il poursuivit jusqu'à la porte qui donnait sur la galerie, et constata avec surprise qu'elle aussi était ouverte.

Il n'en trouva de close qu'à son arrivée à la réception. Informée de cet état de fait, la gardienne derrière la vitre haussa un sourcil avant de regarder les moniteurs au-dessus d'elle.

« De toute façon, personne n'ira plus loin qu'ici.

— Sauf moi, j'espère.

— Hein ?

— Rien. »

Harry avait parcouru presque cent mètres dans le parc en direction de Grønlandsleiret quand il eut le déclic. Les pièces vides, les portes ouvertes, le couteau à pain. Il s'arrêta net. Son cœur accéléra à une telle cadence qu'il en eut la nausée. Il entendit un oiseau chanter. Sentit l'odeur de l'herbe. Puis il fit demi-tour et courut vers la prison. Sentit sa bouche déjà asséchée par la peur et l'adrénaline que son cœur précipitait dans le sang.

Chapitre 14

La fioline s'est abattue sur Oslo comme un foutu astéroïde. Oleg m'avait expliqué la différence entre les météorites et les météoroïdes et toutes les autres saloperies qui peuvent nous tomber sur la tronche à tout moment, et ça, c'était donc un astéroïde, un de ces gros monstres qui peuvent réduire la Terre à l'état de… Merde, tu vois ce que je veux dire, papa, ne ris pas. Du matin au soir, on vendait des zéro dix, des quarts, des grammes et des cinq grammes sans discontinuer. Oslo Sentrum marchait sur la tête. Alors on a monté les prix. Et les files d'attente se sont allongées. Et on a monté les prix. Les files étaient toujours aussi longues. Et on a remonté les prix. Et ç'a été le début de l'enfer.

Un gang d'Albanais du Kosovo a braqué notre équipe derrière la Bourse. Deux frères estoniens qui opéraient sans guetteur, et les Albanais du Kosovo y sont allés à la batte de base-ball et au poing américain. Ils ont pris le fric et la came, et leur ont cassé la hanche. Deux soirs plus tard, un gang de Vietnamiens frappait sur Prinsens gate, dix minutes avant qu'Andreï et Peter viennent chercher la recette du jour. Ils ont chopé le vendeur dans la cour sans que le caissier et le guetteur s'en rendent compte. C'était un peu genre : « Et maintenant ? »

Deux jours plus tard, la question trouvait sa réponse.

Avant l'arrivée des poulets, les gens d'Oslo qui partaient travailler de bonne heure ont pu voir un Jaune qui pendait la tête en bas sous le Sannerbru. Il était habillé en fou, avec une camisole et un bâillon dans le bec. La corde autour de ses chevilles était juste assez longue pour qu'il ne puisse pas garder la tête hors de l'eau. Pas sur la durée, en tout cas, pas quand les abdominaux n'en peuvent plus.

Ce soir-là, Andreï nous a donné un flingue, à Oleg et à moi. Un flingue russe, Andreï n'avait confiance que dans les produits russes. Il fumait des cigarettes noires russes, se servait d'un téléphone mobile russe (je déconne pas, papa ! Gresso, des trucs de luxe en grenadille d'Afrique, mais paraît-il étanches, et ils n'émettent pas de signaux, ce qui fait que les flics ne peuvent pas les pister) et ne jurait donc que par les pistolets russes. Andreï nous a expliqué que la marque du flingue était Odessa, version bon marché du Stechkin, comme si nous connaissions. Quoi qu'il en soit, l'Odessa avait la particularité de pouvoir tirer des foutues salves. Le chargeur contenait vingt balles de calibre Makarov 9 × 18 mm, les mêmes qu'utilisaient Andreï, Peter et quelques autres dealers. Il nous a donné une boîte de balles à nous partager et nous a montré comment charger, verrouiller et tirer avec ce drôle de pistolet mastoc. Il nous a dit de tenir l'arme à deux mains, de nous cramponner et de pointer un peu plus bas que l'endroit visé. L'endroit visé, c'était n'importe où au-dessus de la ceinture, mais pas la caboche. Quand le repère latéral était tourné sur C, il tirait des salves. Une petite pression sur la détente suffisait à faire partir trois ou quatre coups. Mais il nous a assuré que neuf fois sur dix on n'avait qu'à montrer l'arme. Après son départ, Oleg a dit que ce flingue ressemblait à celui de la pochette de je ne sais quel album des Foo Fighters, que, merde, il ne voulait buter personne, qu'on ferait mieux de se débarrasser de ce truc dans une benne à ordures. Alors j'ai dit que je le gardais.

Les journaux pétaient les plombs. Ils hurlaient à la guerre des gangs, Blood in the Streets, *comme à L. A., quoi. Les partis politiques qui ne siégeaient pas au conseil de la ville hurlaient à la mauvaise politique criminelle, à la mauvaise politique contre les drogues, au mauvais président du conseil de la ville, au mauvais conseil de la ville. Mauvaise ville, disait un dingo du Parti centriste, et d'ajouter qu'elle devrait être rayée de la carte, Oslo était une honte pour la patrie ! Celui qui dégustait le plus, c'était le directeur de la police d'Oslo, mais, comme chacun sait, la merde coule vers le bas, et quand un Somalien a tué à bout portant deux compatriotes en pleine matinée, à Plata, sans que quiconque se fasse prendre, le chef d'Orgkrim a remis sa démission. L'adjointe au maire chargée des affaires sociales — qui dirigeait aussi le comité des affaires policières — a déclaré que le crime, les stups et la police relevaient avant tout de la responsabilité de l'État, mais qu'elle considérait comme sa mission de veiller à ce que les citoyens d'Oslo puissent se promener en toute sécurité dans les rues. Il y avait une photo d'elle. Et derrière, sa secrétaire. C'était ma vieille copine. La MILF sans M. Elle avait l'air sérieux,* all business. *Moi, je ne voyais qu'une nana folle de désir, sa culotte d'équitation sur les genoux.*

Un soir, Andreï est arrivé de bonne heure et m'a

annoncé que la journée était terminée, que je devais l'accompagner à Blindern.

Quand il est passé sans s'arrêter devant la propriété du vioque, des idées hyper désagréables se sont mises à me trotter dans la tête. Mais heureusement, à la propriété voisine, Andreï a tourné vers la maison dont le vioque m'avait raconté qu'elle lui appartenait aussi. Andreï m'a escorté à l'intérieur. La maison n'était pas aussi vide qu'elle en donnait l'impression de l'extérieur. Derrière les murs à la peinture écaillée et les vitres fendues, elle était meublée et chauffée. Le vioque était assis dans une pièce avec des livres du sol au plafond, et une espèce de musique classique qui sortait de grosses enceintes. Je me suis assis sur le seul autre siège de la pièce et Andreï est parti en refermant la porte derrière lui.

« J'ai l'intention de te demander un service, Gusto », a annoncé le vioque en posant une main sur mon genou.

J'ai jeté un coup d'œil vers la porte close.

« Nous sommes en guerre », a-t-il fait en se levant. Il s'est dirigé vers les étagères et en a tiré un gros livre à la reliure brune tachée. « Ce texte date de six cents ans avant la naissance du Christ. Je ne parle pas le chinois, donc je n'ai que cette traduction française vieille de deux siècles, qui a été réalisée par un jésuite du nom de Joseph-Marie Amiot. Je l'ai achetée lors d'une vente aux enchères, où elle m'a été attribuée pour cent quatre-vingt-dix mille couronnes. Il y est question de la manière de tromper l'ennemi en temps de guerre, et c'est l'ouvrage le plus cité sur la question. Staline, Hitler et Bruce Lee en avaient fait leur livre de chevet. Et tu sais quoi ? » Il a rangé le livre sur son étagère pour en sortir un autre. « Je préfère celui-ci. » Il me l'a lancé.

C'était un bouquin peu épais avec une couverture bleue brillante, de toute évidence plutôt récent. J'ai lu le titre : Les échecs pour débutants.

« Soixante couronnes aux Maxi Soldes, a précisé le vioque. Nous allons faire un roque.

— Un roque ?

— Un déplacement latéral qui donne au roi une tour protectrice à ses côtés. On va conclure une alliance.

— Avec une tour ?

— Pense tour de l'hôtel de ville. »

J'ai réfléchi.

« Le conseil de la ville…, m'a expliqué le vieux. L'adjointe au maire chargée des affaires sociales a une secrétaire qui s'appelle Isabelle Skøyen. Dans les faits, c'est elle qui gère la politique de la ville en matière de stupéfiants. J'ai vérifié auprès d'une de mes sources, elle est parfaite : intelligente, efficace, et extrêmement ambitieuse. D'après cette source, si elle n'est pas arrivée plus loin, c'est parce que, avec la vie qu'elle mène, le scandale médiatique est au coin de la rue. Elle fait la fête, dit exactement ce qu'elle a envie de dire, et on ne compte plus ses amants.

— C'est proprement épouvantable. »

Le vioque m'a lancé un coup d'œil de mise en garde avant de poursuivre.

« Son père était porte-parole du Parti centriste, mais il a été évincé quand il a voulu se lancer dans la politique nationale. Et ma source dit qu'Isabelle est animée du même rêve que son père. Comme c'est le Parti travailliste qui a les meilleures chances, elle a quitté le petit parti paysan de son père. Bref, tout chez Isabelle Skøyen est flexible et peut être adapté à ses ambitions. En plus, elle est seule face à une hypothèque non négligeable sur le domaine familial.

— Alors que faisons-nous ? » ai-je demandé, comme si je siégeais moi aussi au gouvernement fioline.

Le vioque a souri comme s'il trouvait ça charmant.

« Nous la menaçons pour qu'elle vienne à la table des négociations, où nous la persuadons d'engager une alliance. Et toi, tu es chargé des menaces, Gusto. C'est pour cela que tu es ici maintenant.

— Moi ? Je vais menacer une politique ?

— Exactement. Une politique avec qui tu as copulé, Gusto. Une employée du conseil de la ville qui a abusé de sa position et de son poste pour exploiter sexuellement un adolescent avec de gros problèmes sociaux. »

Je n'en ai d'abord pas cru mes oreilles. Jusqu'à ce qu'il tire une photo de sa poche de veste et la pose devant moi sur la table. Elle semblait avoir été prise de l'intérieur d'une voiture aux vitres fumées. On y voyait Tollbugata et un jeune garçon montant à bord d'une Land Rover. Les plaques d'immatriculation étaient bien visibles. Le garçon, c'était moi. La voiture, celle d'Isabelle Skøyen.

Mon échine s'est glacée.

« Comment est-ce que…

— Mon cher Gusto, je t'ai déjà dit que je t'avais à l'œil, non ? Je veux que tu contactes cette Isabelle Skøyen au numéro personnel qu'elle n'aura pas manqué de te donner, et que tu lui résumes la version de cette histoire que nous avons préparée pour la presse. Ensuite tu lui demandes un rendez-vous des plus confidentiels, entre nous trois. »

Il est allé à la fenêtre, a jeté un coup d'œil au temps maussade.

« Tu vas voir qu'elle trouvera un créneau dans son agenda. »

Chapitre 15

En trois ans à Hong Kong, Harry avait fait plus de jogging que pendant toute sa vie précédente. Au cours des trente secondes qu'il lui fallut pour franchir les cent mètres qui le séparaient de la porte de la prison, son cerveau eut néanmoins le temps d'élaborer différents scénarios qui avaient tous un point commun : il arrivait trop tard.

Il sonna et réprima son envie de secouer la porte en attendant le bruit de l'ouverture automatique. Enfin la serrure grésilla, et il se précipita à l'accueil.

« Oublié quelque chose ? s'enquit la gardienne.

— Oui, répondit Harry, qui attendit qu'elle lui ouvre la porte. Sonnez l'alarme ! cria-t-il avant de laisser tomber son attaché-case et de poursuivre sa course. La cellule d'Oleg Fauke ! »

L'écho de ses pas se répercuta dans la galerie déserte, les couloirs déserts, la salle commune bien trop déserte. Il ne se sentait pas essoufflé, mais il entendait sa respiration comme un rugissement dans sa tête.

Les cris d'Oleg lui parvinrent lorsqu'il déboucha dans le dernier couloir.

Sa cellule était entrouverte, et les secondes avant de

l'atteindre lui firent le même effet que son cauchemar, l'avalanche, ses pieds qui refusaient de se mouvoir suffisamment vite.

Puis il entra et se fit une idée de la situation.

La table était renversée, le sol jonché de papiers et de livres. Au fond de la pièce, adossé au placard, se tenait Oleg. Son T-shirt Slayer noir était imbibé de sang. Il brandissait le couvercle métallique de la poubelle. La bouche ouverte, il hurlait sans discontinuer. Devant lui, Harry vit le dos d'un débardeur Gymtec, et, au-dessus, une large nuque de taureau soutenant un crâne lisse, et, plus haut, une main armée du couteau à pain. Il y eut un bruit de métal contre du métal lorsque la lame frappa le couvercle. L'homme avait dû remarquer le changement de luminosité dans la pièce, car à la seconde suivante il faisait volte-face. Il baissa la tête et tint le couteau en position basse, pointé sur Harry.

« Dehors ! » feula-t-il.

Harry évita de suivre du regard le couteau, mais se concentra sur les pieds. Il nota que, derrière l'homme, Oleg s'écroulait. Comparé à un amateur d'arts martiaux, Harry disposait d'un répertoire de techniques offensives d'une pauvreté affligeante. Il n'en connaissait que deux. Et seulement deux règles aussi. Un : il n'y a pas de règle. Deux : attaque le premier. Et lorsque Harry agit, ce fut avec les gestes automatiques de quelqu'un qui a appris, répété et travaillé deux façons seulement d'attaquer. Il avança droit sur le couteau, contraignant l'homme à écarter la lame pour lui donner de l'élan. Au moment où l'homme amorçait ce mouvement, Harry leva le pied droit en tournant la hanche vers l'intérieur. Avant même que le couteau ne remonte, le pied de Harry descendait. Il heurta le genou de l'homme au-dessus de la rotule. Et puisque l'anatomie humaine n'offre pas de très bonne protection contre les attaques sous cet angle, le quadriceps lâcha aussitôt, suivi des ligaments du genou et — alors que la rotule était repoussée devant le tibia — du tendon rotulien.

L'homme s'effondra dans un cri. Le couteau tinta contre le sol alors que ses mains cherchaient la rotule. Et ses yeux s'agrandirent lorsqu'elles la trouvèrent en un tout autre endroit.

Harry dégagea le couteau d'un coup de pied. Il leva la jambe comme il avait appris à le faire pour achever son offensive et piétiner les muscles de la cuisse, provoquant une hémorragie interne si massive que son adversaire ne pourrait se relever. Mais, constatant que le travail était déjà fait, il reposa le pied.

Du couloir lui parvenaient le bruit de pas précipités et le cliquetis de trousseaux de clés.

« Par ici ! » s'écria Harry. Il enjamba l'homme qui hurlait et rejoignit Oleg.

Il entendit haleter à la porte.

« Sortez cet homme et appelez un médecin ! » Harry devait crier pour couvrir les beuglements ininterrompus.

« Bordel, qu'est-ce qui…

— Vous occupez pas de ça maintenant, appelez le médecin ! »

Harry arracha le T-shirt Slayer et promena ses doigts dans le sang jusqu'à ce qu'il trouve la plaie.

« Et que le médecin vienne ici d'abord, l'autre n'a qu'un genou déglingué. »

Harry les entendit sortir l'agresseur comme il prenait le visage d'Oleg entre ses mains ensanglantées.

« Oleg ? Tu es là ? Oleg ? »

Le garçon cligna des yeux, les mots qui s'échappèrent de ses lèvres étaient si faibles que Harry les entendit à peine. Il sentit sa poitrine se serrer.

« Oleg, ça va aller. Il n'a rien perforé dont tu aies particulièrement besoin.

— Harry…

— Et ça va bientôt être Noël, on va te donner de la morphine.

— Ta gueule, Harry. »

Harry se tut. Oleg ouvrit complètement les yeux. Ils avaient un éclat fébrile désespéré. Sa voix était rauque, mais tout à fait compréhensible :

« Tu aurais dû le laisser terminer le boulot, Harry.

— Qu'est-ce que tu racontes ?

— Il faut que tu me laisses faire.

— Faire quoi ? »

Pas de réponse.

« Faire quoi, Oleg ? »

Oleg posa une main derrière la tête de Harry, l'attira contre lui et chuchota :

« C'est quelque chose que tu ne peux pas arrêter, Harry. C'est déjà arrivé, ça doit suivre son cours, point. Si tu t'interposes, d'autres mourront.

— Qui mourra ?

— C'est trop gros, Harry. Ça va t'engloutir, ça va tous nous engloutir.

— Qui mourra ? Qui est-ce que tu protèges, Oleg ? C'est Irene ? »

Oleg ferma les yeux. Ses lèvres remuèrent à peine. Puis plus du tout. Et Harry songea qu'il avait l'air du gosse de onze ans s'endormant après une longue journée. Et puis il parla.

« C'est toi, Harry. Ils vont te tuer. »

Quand Harry sortit de la prison, les ambulances étaient sur place. Il pensa aux choses telles qu'elles avaient été. À cette ville telle qu'elle avait été. À sa vie telle qu'elle avait été. Quand il avait utilisé le PC d'Oleg la veille, il avait aussi cherché le Sardines et le Russian Amcar Club. Il n'avait rien trouvé allant dans le sens d'une résurrection de l'un ou de l'autre. D'une manière générale, c'est peut-être trop espérer, la résurrection. La vie ne nous enseigne peut-être pas grand-chose, mais elle nous enseigne ceci : on ne peut pas faire marche arrière.

Harry alluma une cigarette, et, avant de tirer sa première bouffée, pendant cette seconde où son cerveau se réjouissait déjà de la nicotine qui allait arriver dans le sang, il entendit le son se répéter, le son qu'il allait entendre toute la soirée et toute la nuit, ce mot presque inaudible qui, dans la cellule, avait été le premier à franchir les lèvres d'Oleg :

« Papa. »

DEUXIÈME PARTIE

Chapitre 16

La rate lécha le métal. Il avait un goût salé. Elle sursauta quand le réfrigérateur se mit en branle et commença à ronronner. Les cloches sonnaient toujours. Il y avait un chemin qu'elle n'avait pas essayé. Elle n'avait pas osé, l'humain qui lui barrait la route n'étant pas encore mort. Mais les cris aigus de ses petits attisaient son désespoir. Alors elle se décida. Elle fila dans la manche, où flottait une faible odeur de fumée. Pas celle d'une cigarette ou d'un feu, mais autre chose. Une substance gazeuse qui avait imprégné le tissu, pour se diluer ensuite, si bien qu'il n'en restait que quelques molécules entre un fil de chaîne et un fil de trame. Elle arriva au coude, mais le passage était trop étroit. Elle s'arrêta pour écouter. Au loin on entendait une sirène de police.

Tous ces petits instants, et les choix, papa. Ceux que je croyais anodins, aujourd'hui ici, demain ailleurs, quoi. Mais ils s'accumulent. Et avant que tu t'en rendes compte, les voilà devenus une rivière qui t'emporte. Qui te conduit là où tu dois aller. Et en ce qui me concerne, c'était ici. En juillet. Non, ce n'est pas ici que je devais aller ! Je voulais aller complètement ailleurs, papa.

Quand on est arrivés devant la bâtisse, Isabelle Skøyen était là, en culotte d'équitation, campée dans sa cour.

« Andreï, tu attends ici, a ordonné le vioque. Peter, tu inspectes les environs. »

On est sortis de la limousine et entrés dans l'odeur d'étable, le bourdonnement des mouches et l'écho lointain de cloches de vaches. Elle a serré la main du vioque d'un geste raide, sans me calculer, et nous a invités à boire un café, en insistant sur « un ». L'entrée était décorée de photos des canassons qui avaient les lignées les plus prestigieuses, le plus de coupes hippiques et je ne sais quelles autres conneries. Le vioque a regardé les photos, a voulu savoir si c'étaient des pur-sang anglais, a admiré leurs fines jambes et leurs beaux poitrails, au point que j'ai commencé à me demander si c'était des chevaux ou d'elle qu'il parlait. Quoi qu'il en soit, ça a marché : le regard d'Isabelle s'est un peu dégelé et ses réponses radoucies.

« Allons nous asseoir dans le salon pour parler, a-t-il proposé.

— Allons dans la cuisine, plutôt », a-t-elle répliqué d'une voix où avait reparu la glace.

Nous nous sommes assis, et elle a posé la cafetière au milieu de la table.

« Fais le service, toi, Gusto, a dit le vieux en jetant un coup d'œil par la fenêtre. C'est une bien belle ferme que vous avez là, madame Skøyen.

— Il n'y a pas de "madame" ici.

— Là où j'ai grandi, nous appelions toute femme capable d'exploiter une ferme "madame", qu'elle soit veuve, divorcée ou célibataire. C'était considéré comme une marque de respect. »

Il s'est tourné vers elle avec un grand sourire. Elle a croisé son regard. L'espace de quelques secondes, le silence a été si complet qu'on n'entendait plus que cette mouche débile qui volait contre la fenêtre pour retrouver sa liberté.

« Merci.

— Bien. Oublions pour l'heure ces photos, madame Skøyen. »

Elle s'est figée sur sa chaise. Au cours de la conversation que j'avais eue avec elle au téléphone et où je lui avais expliqué que nous avions des clichés d'elle et moi à envoyer à la presse, elle avait d'abord balayé ça d'un rire. Argué qu'elle était une femme célibataire sexuellement active, qui se faisait quelqu'un d'un peu plus jeune qu'elle, et alors ? Pour commencer, elle n'était qu'une pauvre secrétaire d'adjointe au maire. Ensuite, on était en Norvège, l'hypocrisie était un truc d'Américains en campagne présidentielle. J'avais donc brossé un tableau bien coloré des menaces qui pesaient. Elle m'avait payé, et je pouvais le prouver. Elle était tout bonnement une cliente de prostitué, et elle était chargée du dossier prostitution et drogue auprès des médias, non ?

Deux minutes plus tard, on s'était mis d'accord sur la date et le lieu de ce rendez-vous.

« La presse parle bien assez de la vie privée des hommes politiques comme ça, a observé le vieux. Parlons plutôt d'une proposition commerciale, madame Skøyen. Contrairement au chantage, une bonne proposition commerciale doit présenter des avantages pour les deux parties. D'accord ? »

Elle a plissé le front. Le vieux a eu un grand sourire.

« Bien entendu, quand je dis proposition commerciale, je ne parle pas d'argent. Même si cette ferme ne tourne sans doute pas toute seule. Mais ce serait de la

corruption. Ce que je vous propose, c'est un marché purement politique. Dans la discrétion, certes, mais c'est aussi ce qui se pratique au quotidien à l'hôtel de ville. Pour le bien des citoyens, si je ne m'abuse ? »

Skøyen a acquiescé, sur ses gardes.

« Cette transaction devra rester entre vous et nous, madame Skøyen. Elle servira en premier lieu la ville, et je ne pourrais y voir un avantage personnel pour vous que dans l'éventualité où vous auriez des ambitions politiques. En admettant que ce soit le cas, le chemin qui vous sépare d'un poste de conseillère à l'hôtel de ville n'en serait que plus court. Sans parler d'une place dans la vie politique nationale. »

La tasse de café d'Isabelle Skøyen s'était arrêtée à mi-hauteur entre la table et sa bouche.

« Je n'entends pas vous demander quoi que ce soit de contraire à l'éthique, madame Skøyen. Je veux seulement mettre en lumière nos intérêts communs et vous laisser ensuite le soin de faire ce que je trouve juste.

— Moi, je suis censée faire ce que vous *trouvez juste ?*

— Le conseil de la ville est dans une situation délicate. Même avant l'évolution regrettable de ces derniers mois, l'objectif était de rayer Oslo de la liste des pires villes d'Europe en matière d'héroïne. Vous deviez réduire les transactions, l'addiction des jeunes, et surtout le nombre de décès par overdose. À l'heure actuelle, rien ne paraît plus lointain, n'est-ce pas, madame Skøyen ? »

Elle n'a pas répondu.

« Ce qu'il faudrait en l'espèce, c'est un héros, ou une héroïne, qui fasse le ménage de fond en comble. »

Elle a lentement hoché la tête.

« Elle devrait commencer par mettre de l'ordre dans les gangs et les cartels. »

Isabelle a émis un grognement de mépris.

« Merci, mais toutes les grandes villes d'Europe sans exception l'ont déjà tenté. De nouveaux gangs repoussent comme de la mauvaise herbe. Là où il y a de la demande, il y aura toujours de l'offre.

— Très juste. Exactement comme de la mauvaise herbe. Je vois que vous avez un champ de fraisiers, madame Skøyen. Avez-vous recours au mulchage ?

— Oui. Le trèfle.

— Je peux vous proposer un mulch, moi aussi. Du trèfle en maillot d'Arsenal. »

Elle l'a regardé. Je voyais son cerveau avide travailler à plein régime. Le vieux avait l'air content.

« Le mulch, mon cher Gusto, a-t-il expliqué en buvant une gorgée de café, c'est une plante qu'on laisse prospérer sans entrave pour empêcher une autre mauvaise herbe de pousser. Tout simplement parce que, par rapport aux autres possibilités, le trèfle est un moindre mal. Tu comprends ?

— Je crois. Là où la mauvaise herbe s'installera de toute façon, c'est pas bête d'en favoriser une qui ne fera pas crever les fraisiers.

— Précisément. Et suivant cette petite analogie, la vision du conseil de la ville d'une Oslo plus propre, ce sont les fraises, et tous les gangs qui vendent de l'héroïne mortellement dangereuse et entretiennent l'anarchie dans les rues, ce sont les mauvaises herbes. Nous et la fioline, nous sommes le mulch.

— Si bien que… ?

— Si bien que vous devez d'abord arracher toutes les mauvaises herbes qui ne sont pas du trèfle. Et laisser celui-ci tranquille.

— Et qu'est-ce que le trèfle a de si avantageux, en fin de compte ?

— Nous n'abattons personne. Nous opérons dans la discrétion. Nous vendons une drogue qui ne provoque presque aucune overdose. Avec le monopole dans ce champ de fraisiers, nous pourrons augmenter les prix au point qu'il y aura moins d'utilisateurs et moins de jeunes consommateurs. Sans diminution de notre profit global, reconnaissons-le. Avec peu de consommateurs et peu de vendeurs, les parcs et les rues du centre-ville ne regorgeront plus de junkies. Bref, Oslo redeviendra attrayante pour les touristes, les politiques et les électeurs.

— Je ne suis pas l'adjointe au maire chargée des affaires sociales.

— Pas encore, madame. Mais le sarclage des mauvaises herbes n'est pas non plus une tâche d'adjoint au maire. Pour ce genre de choses, ils ont des secrétaires. Qui prennent toutes ces petites décisions quotidiennes qui, ajoutées les unes aux autres, constituent ce qui se fait concrètement. Vous suivez bien entendu la ligne adoptée par le conseil de la ville, mais c'est vous qui assurez le contact quotidien avec la police, qui discutez leurs activités et initiatives à Kvadraturen, par exemple. Vous devrez bien sûr ajouter une once de visibilité à votre rôle, mais vous semblez avoir un certain talent en la matière. Ici, une petite interview sur la prise en charge des toxicomanes à Oslo, là, un commentaire sur les décès par overdose. Si bien que, une fois la réussite des opérations avérée, la presse et vos collègues de parti sauront qui a été le cerveau et la main derrière… » Il a exhibé son sourire de varan. « … le fier gagnant du concours de la plus grosse fraise de l'année à la fête du village. »

Tout le monde est resté sans rien dire. En découvrant le sucrier, la mouche avait renoncé à ses tentatives d'évasion.

« Cette discussion n'a évidemment jamais eu lieu, fit Isabelle.

— Évidemment.

— Nous ne nous sommes jamais rencontrés.

— Dommage, mais vrai, madame Skøyen.

— Et comment envisagez-vous… le sarclage ?

— Nous pouvons bien sûr vous apporter une certaine assistance. Quand il s'agit de se débarrasser des concurrents, il règne dans ce secteur une longue tradition de délation, et nous vous apporterons les informations nécessaires. Bien entendu, vous fournirez aussi à votre adjointe au maire des suggestions pour le comité des affaires policières, mais vous aurez sans doute besoin aussi d'une personne de confiance dans la police. Peut-être quelqu'un qui pourrait également tirer parti d'une telle success story. *Un… Comment dirais-je ?*

— Une personne ambitieuse qui sait être pragmatique tant que c'est pour le bien de la ville ? » Isabelle Skøyen leva sa tasse de café comme pour un toast discret. « On va dans le salon ? »

Sergeï était allongé sur le banc pendant que le tatoueur étudiait en silence les dessins.

Lorsqu'il était arrivé à l'heure convenue dans le petit magasin, le tatoueur travaillait sur un gros dragon dans le dos d'un garçon qui serrait les dents, tandis qu'une femme, de toute évidence sa mère, le réconfortait, vérifiait sans cesse auprès de l'artiste si le tatouage avait besoin d'être si grand. Le travail terminé, elle paya et demanda au garçon en sortant s'il était content d'avoir un tatouage encore plus gros que celui de Preben et de Kristoffer.

« Celui-ci convient mieux pour le dos, expliqua le tatoueur en désignant l'un des dessins.

— *Toupoy* », répondit Sergeï à voix basse. Imbécile.

« Hein ?

— Tout doit être comme sur le dessin. Il faut que je le répète à chaque fois ?

— Bon, bon. Mais je ne vais pas pouvoir le terminer aujourd'hui.

— Si. Je paie le double.

— Donc c'est urgent ? »

Sergeï répondit par un petit hochement de tête. Tous les jours, Andreï l'avait tenu au courant. Alors quand il l'avait appelé aujourd'hui, Sergeï n'était pas préparé. Préparé à ce qu'Andreï avait à dire.

Le nécessaire était devenu nécessaire.

La première pensée de Sergeï en raccrochant fut qu'il ne pouvait plus faire machine arrière.

Il s'était aussitôt repris : Faire machine arrière ? Qui voudrait faire machine arrière ?

Peut-être avait-il eu cette réaction parce que Andreï l'avait mis en garde. Lui avait raconté que le policier avait réussi à désarmer un détenu qu'ils avaient payé pour tuer Oleg Fauke. Ce détenu n'était certes qu'un Norvégien qui n'avait encore jamais assassiné à l'arme blanche, mais cela signifiait que la tâche ne serait pas aussi facile que la dernière fois ; ce serait plus ardu que la simple exécution de leur dealer, un gamin. Ce policier, il allait devoir le prendre en traître, le choper quand il s'y attendrait le moins.

« Sans vouloir jouer les rabat-joie, les tatouages que vous avez déjà, c'est pas précisément du travail de qualité. Les lignes sont imprécises et l'encre est mauvaise. Vous voudriez pas plutôt qu'on s'occupe de les rafraîchir un peu ? »

Sergeï ne répondit pas. Que savait ce type de la belle

ouvrage ? Les lignes manquaient de précision parce que, en prison, le tatoueur avait dû se servir, en guise d'aiguille, d'une corde de guitare aiguisée fixée à un rasoir électrique, et l'encre était un mélange de semelle de chaussure fondue et d'urine.

« Le dessin, lâcha Sergeï, le doigt tendu. Maintenant !

— Et vous êtes sûr de vouloir un pistolet ? C'est vous qui décidez, mais je sais d'expérience que les gens sont choqués par les symboles violents. Enfin, c'est juste pour vous prévenir. »

De toute évidence, ce gars-là ne connaissait rien aux tatouages des criminels russes. Il ignorait que le chat signifiait qu'il avait été condamné pour vol, et l'église à deux dômes représentait deux condamnations. Il ignorait que la brûlure sur sa poitrine venait d'un cataplasme de poudre de magnésium appliqué à même la peau pour effacer un tatouage. C'était un sexe de femme. Il lui avait été infligé pendant sa seconde peine, par des membres de la Semence Noire géorgienne qui estimaient qu'il leur devait de l'argent après une partie de cartes.

Le tatoueur ne se doutait pas non plus que le pistolet dont il tenait le dessin entre ses mains, un Makarov, l'arme de service des policiers russes, symbolisait le fait que lui, Sergeï Ivanov, avait tué un flic.

Il ne savait rien, et ce n'était pas plus mal. Il valait mieux qu'il se cantonne à dessiner des papillons, des idéogrammes chinois et des dragons multicolores sur de jeunes Norvégiens bien nourris qui s'imaginaient que leurs tatouages stéréotypés étaient des affirmations de Dieu sait quoi.

« On commence, alors ? » s'enquit le tatoueur.

Sergeï hésita un instant. Le tatoueur avait raison, c'était urgent. Sergeï s'était lui-même posé la question de savoir pourquoi l'urgence était telle, pourquoi il ne pouvait pas attendre que le policier soit mort. Et il s'était donné la réponse qu'il voulait entendre : s'il était pris juste après le meurtre et enfermé dans une prison norvégienne où on ne trouvait pas de tatoueur parmi les détenus comme en Russie, eh bien, il aurait ce putain de tatouage, il aurait au moins ça.

Mais Sergeï savait qu'il existait aussi une autre réponse à cette question.

Se faisait-il tatouer avant le meurtre parce que, au fond de lui, il avait peur ? Si peur qu'il n'était pas certain de réussir ? Si peur qu'il lui fallait le tatouer maintenant, pour brûler tous les ponts derrière lui, couper toute possibilité de retraite et être ainsi *obligé* de le commettre ? Aucun Urka sibérien ne pouvait vivre avec un mensonge gravé dans la peau, ça allait de soi. Et il s'était réjoui, il *savait* qu'il s'était réjoui, alors qu'était-ce donc que ces pensées, d'où provenaient-elles ?

Il le savait.

Le vendeur de drogue. Le gamin en maillot d'Arsenal.

Il s'était mis à hanter ses rêves.

« Allez-y », fit Sergeï.

Chapitre 17

« Le médecin a dit qu'Oleg serait sur pied dans quelques jours », annonça Rakel. Elle était appuyée au réfrigérateur, une tasse de thé à la main.

« Alors il faudra le mettre quelque part où absolument personne ne pourra le trouver », répondit Harry.

Il se tenait à la fenêtre de la cuisine et contemplait la ville, où le trafic dense de l'après-midi ondulait sur les axes principaux comme un serpent lumineux.

« La police doit disposer d'endroits de ce genre pour la protection des témoins… »

Rakel n'avait pas versé dans l'hystérie, elle avait pris la nouvelle de l'agression d'Oleg à l'arme blanche avec une sorte de sang-froid résigné. Comme si c'était une chose à laquelle elle s'était à moitié attendue. Pourtant, Harry lisait la colère retenue sur son visage. Un visage de combattante.

« Il doit rester en prison, mais je vais parler d'un transfert au procureur », intervint Hans Christian Simonsen. Venu dès que Rakel l'avait appelé, il était assis à la table de la cuisine, des auréoles sous les bras.

« Voyez si vous pouvez éviter de passer par les canaux officiels, fit Harry.

— Que voulez-vous dire ?

— Les portes n'étaient pas verrouillées, donc au moins un des gardiens de la prison devait être de mèche. Tant que nous ne savons pas qui était impliqué, nous devons partir du principe que tout le monde peut l'être.

— Vous ne seriez pas un chouïa paranoïaque, là ?

— La paranoïa sauve des vies. Vous pouvez arranger ça, Simonsen ?

— Je vais voir ce que je peux faire. Et le lieu où il se trouve en ce moment ?

— L'hôpital d'Ullevål. Je me suis arrangé pour que deux policiers en qui j'ai confiance veillent sur lui. Autre chose : l'agresseur d'Oleg est lui aussi hospitalisé, mais il fera ensuite l'objet de restrictions particulières.

— Interdiction de visite et de correspondance ?

— Ouaip. Pouvez-vous faire en sorte qu'on sache ce qu'il dira à la police ou à son avocat ?

— Ça me paraît plus compliqué… » Simonsen se gratta la tête.

« Selon toute vraisemblance, ils n'en tireront pas un mot, mais essayez quand même. »

Harry boutonna son manteau.

« Où vas-tu ? demanda Rakel en posant une main sur son bras.

— À la source », répondit Harry.

Il était huit heures du soir. La circulation s'était tarie depuis longtemps dans la capitale du pays où les journées de travail sont les plus courtes du monde. Le garçon sur les marches tout en bas de Tollbugata portait le maillot numéro 23. Arshavin. Et un sweat à la capuche enfoncée sur la tête, et une paire d'Air Jordan blanches surdimensionnées. Son jean Girbaud était bien repassé et si amidonné qu'il aurait presque tenu debout tout seul. La panoplie complète du gangsta, tout était copié jusqu'au moindre détail sur le dernier clip de Rick Ross, et Harry était certain que, sous le pantalon, on verrait exactement le bon modèle de caleçon, aucune cicatrice de blessure à l'arme blanche ou par balle, mais au moins un tatouage faisant l'apologie de la violence.

Harry marcha droit sur lui, sans regarder ni à gauche ni à droite.

« Fioline, un quart. »

Le gosse jeta un coup d'œil sur Harry sans retirer les mains de son sweat, et hocha la tête.

« Alors ? relança Harry.

— Tu attendras, *boraz*[1]. » Le gamin parlait avec un accent pakistanais. Harry supposa qu'il l'abandonnait quand il s'attablait dans son foyer typiquement norvégien pour déguster les *kjøttkaker* de sa mère.

« Je n'ai pas le temps d'attendre que tu aies une prise.

— Chillax, ça va pas tarder.

— Je paie cent de plus. »

Le gamin jaugea Harry du regard. Et Harry sut à peu près ce qu'il pensait : un homme d'affaires laid dans un costume bizarre, consommation sous contrôle, des collègues, une famille, qui a peur d'être vu. Un homme qui demande à être arnaqué.

« Six cents », asséna le jeune.

Harry poussa un soupir et hocha la tête.

« *Idra* », lança le jeune en se mettant en marche.

1. Ami, en romani.

Harry présuma que ce mot devait être une invitation à le suivre.

Ils tournèrent au coin de la rue et entrèrent dans une cour par une porte cochère ouverte. Le vendeur était noir, sans doute nord-africain, et il était appuyé contre une tour de palettes en bois. Sa tête oscillait en rythme avec la musique de son iPod. L'un des écouteurs pendait dans son cou.

« Quart », annonça Rick Ross dans son maillot d'Arsenal.

Le dealer sortit quelque chose d'une profonde poche de blouson et le tendit à Harry, paume vers le bas pour que cela reste invisible. Harry regarda le sachet. La poudre était blanche, mais avec quelques petits fragments sombres.

« J'ai une question », commença Harry en fourrant le sachet dans sa poche.

Les deux autres se figèrent, et Harry vit la main du dealer se déplacer vers ses lombaires. Il gageait que c'était un pistolet de petit calibre dans la ceinture du pantalon.

« Est-ce que l'un de vous a vu cette fille ? » Il montra la photo des Hanssen.

Ils jetèrent un coup d'œil et secouèrent la tête.

« J'ai cinq mille couronnes pour celui qui me donnera une piste, une rumeur, n'importe quoi. »

Les deux autres se regardèrent. Harry attendit. Puis ils se tournèrent vers Harry en haussant les épaules. Peut-être ne l'envoyaient-ils pas balader parce qu'ils avaient déjà rencontré ce cas de figure, un père qui cherche sa fille chez les junkies d'Oslo. Cependant, le cynisme ou l'imagination nécessaires pour inventer une histoire qui leur aurait permis d'encaisser la récompense leur faisaient défaut.

« Bon, bon. Mais je voudrais que vous transmettiez mes salutations à Dubaï, et dites-lui que j'ai des informations qui pourraient l'intéresser. Il s'agit d'Oleg. Dites-lui qu'il peut venir au Leons et demander Harry. »

L'instant suivant, le pistolet était dégainé. Et Harry ne s'était pas trompé, il ressemblait à un Beretta de la série Cheetah. Neuf millimètres. Une méchante petite affaire à museau court.

« *Baosh ?* »

Norvégien kebab. Flic.

« Non, répondit Harry en essayant de ravaler la nausée qui lui venait toujours à la vue du canon d'une arme à feu.

— Tu mens. Tu ne te piques pas à la fioline, tu es une taupe.

— Je ne mens pas. »

Le dealer fit un bref signe de tête à Rick Ross, qui rejoignit Harry et lui remonta la manche. Harry essaya d'arracher son regard de l'arme. Un sifflement bas se fit entendre.

« On dirait que l'Alo[1] se shoote, finalement », constata Rick Ross.

Harry s'était servi d'une aiguille à coudre ordinaire qu'il avait tenue sous la flamme de son briquet. Il avait piqué profond et trituré en quatre ou cinq points de son avant-bras, puis frotté les plaies au savon ammoniacal pour les rendre plus écarlates. Pour finir, il avait perforé la veine cubitale de part et d'autre, afin de provoquer quelques ecchymoses du plus bel effet.

« Je crois qu'il ment quand même. » Le dealer écarta les jambes et saisit son arme à deux mains.

1. Verlan de Ola. Ola et Kari Nordmann, « Ola et Kari Norvégien », sont les archétypes des Norvégiens.

« Pourquoi ? Regarde, il a aussi une seringue et de l'alu dans sa poche.

— Il n'a pas peur.

— Qu'est-ce que tu me baves ? Regarde-le !

— Il n'a pas assez peur. Hé, *baosh*, fais-toi un shoot maintenant.

— T'as pété un câble ou quoi, Rage ?

— Ta gueule !

— Allez, chillax. Pourquoi tu te mets dans un état pareil ?

— Je crois que Rage n'a pas apprécié que tu prononces son nom, intervint Harry.

— Ta gueule, toi aussi ! Allez, fais-toi un shoot. Et sers-toi de ton sachet. »

Harry n'avait jamais fondu et injecté, mais il avait consommé de l'opium et connaissait le principe : faire fondre la drogue pour la rendre liquide et pouvoir l'aspirer dans une seringue. Ça ne devait pas être sorcier. Il s'accroupit, versa la poudre dans le morceau de papier aluminium, quelques grains atterrirent par terre et il s'humecta le doigt pour les ramasser et s'en frictionner les gencives, s'efforçant de paraître empressé. Comme les autres poudres qu'il avait goûtées quand il était policier, elle était amère. Mais avait aussi une autre saveur. Un arrière-goût presque imperceptible d'ammoniac. Non, pas d'ammoniac. Ça lui revenait maintenant, cet arrière-goût lui évoquait l'odeur d'une papaye trop mûre. Il alluma son briquet, espérant qu'ils imputeraient sa maladresse au pistolet braqué sur son front.

Deux minutes plus tard, il avait une seringue chargée.

Rick Ross avait retrouvé sa cool attitude de gangsta. Il avait remonté ses manches au coude et posait, jambes écartées, les bras croisés et la tête légèrement renversée en arrière.

« Shoot », ordonna-t-il. Il sursauta et leva la main en un geste préventif : « Pas toi, Rage, hein ?! »

Harry les regarda tous les deux. Rick Ross n'avait aucune trace sur ses avant-bras nus, et Rage avait l'air un peu trop réactif. Harry ramena deux fois le poing gauche vers son épaule, se donna une pichenette sur la peau et enfonça l'aiguille en suivant l'angle recommandé de trente degrés. Et espéra que la manip paraîtrait pro à quelqu'un qui ne se shootait pas.

« Ahhh », gémit Harry.

Suffisamment pro pour qu'ils ne se posent pas la question de savoir si l'aiguille avait bel et bien été plantée dans une veine ou juste dans la chair.

Il roula des yeux et laissa ses genoux se dérober sous lui.

Suffisamment pro pour leur faire avaler une simulation d'orgasme.

« N'oubliez pas le message pour Dubaï », chuchota-t-il.

Puis il partit en titubant dans la rue, vers l'ouest et le Palais royal.

Il ne se redressa qu'une fois arrivé dans Dronningens gate.

Dans Prinsens gate, l'effet à retardement se fit sentir. Des fragments de drogue avaient trouvé le sang par les voies détournées des capillaires et atteint le cerveau. Comme l'écho lointain du flash d'une injection droit dans une artère. Pourtant, Harry sentit ses yeux se remplirent de larmes. Comme des retrouvailles avec une amante qu'on ne pensait plus jamais revoir. Ses oreilles s'emplirent non pas de musique céleste, mais de lumière céleste. Et il comprit pourquoi on appelait cela la fioline.

Il était dix heures du soir, et à Orgkrim, les lumières étaient éteintes, les couloirs déserts. Mais dans le bureau de Truls Berntsen, le PC projetait sa lueur bleue sur l'officier assis devant l'écran, les pieds sur la table. Il avait misé mille cinq cents couronnes sur City, et il était en train de perdre. Mais ils avaient maintenant un coup franc. Dix-huit mètres, et Tévez.

Il entendit la porte s'ouvrir, et son index droit se dirigea de lui-même vers la touche Escape. Mais trop tard.

« J'espère que ce n'est pas mon budget qui paie le streaming. »

Mikael Bellman s'assit sur l'unique autre siège. Truls avait remarqué qu'en gravissant les échelons Bellman avait perdu l'accent de leur enfance à Manglerud. Mais quand il discutait avec Truls, ça lui revenait.

« Tu as lu le journal ? »

Truls hocha la tête. N'ayant rien d'autre à lire, il avait poursuivi après les rubriques faits divers et sports. Il s'était longuement attardé sur les photos de la secrétaire au conseil de la ville Isabelle Skøyen. On commençait à voir des photos d'elle aux premières et autres événements sociaux, depuis que *VG* avait publié cet été un portrait intitulé « La balayeuse des rues », dans lequel on lui attribuait le mérite du nettoyage qui avait été effectué parmi les gangs de dealers et les consommateurs d'héroïne à Oslo, et où on la présentait carrément comme une future parlementaire du Storting. En tout cas, son conseil de la ville avait le vent en poupe. Truls croyait avoir remarqué que ses décolletés plongeaient autant que l'opposition, et son sourire sur les photos était bientôt aussi large que son postérieur.

« J'ai eu une conversation des plus officieuses avec la directrice nationale de la police, commença Bellman. Elle va me recommander au ministre de la Justice comme directeur de la police d'Oslo.

— Bon Dieu ! » s'exclama Truls. Tévez venait d'envoyer son coup franc en pleine lucarne.

Bellman se leva.

« Je pensais juste que tu aurais envie de le savoir. Au fait, Ulla et moi invitons quelques amis à la maison samedi prochain. »

Truls ressentit l'habituel pincement au cœur, comme chaque fois qu'il entendait prononcer le nom d'Ulla.

« Nouvelle maison, nouveau boulot, enfin, tu sais. Et puis tu as aidé à couler la terrasse. »

Aidé ? pensa Truls. J'ai coulé ce foutu merdier tout seul, oui.

« Alors si tu n'es pas trop occupé…, reprit Bellman avec un mouvement de tête vers l'écran du PC. Tu es invité. »

Truls accepta. Comme toujours depuis qu'ils étaient gamins. Comme il acceptait d'être la cinquième roue du carrosse, d'être le spectateur du bonheur évident de Mikael Bellman et Ulla. Il accepta encore une soirée au cours de laquelle il devrait dissimuler qui il était et ce qu'il ressentait.

« Autre chose, fit Bellman. Tu te souviens du gars que je t'ai demandé d'effacer du registre des visiteurs à l'accueil ? »

Truls hocha la tête, le visage impassible. Bellman l'avait appelé pour lui expliquer qu'un certain Tord Schultz venait de le rancarder sur un trafic de stupéfiants et un brûleur dans leurs rangs. Qu'il se faisait du souci pour la sécurité de ce type, et que son nom devait être effacé du registre dans l'hypothèse où le brûleur travaillerait dans le bâtiment et aurait accès au registre.

« J'ai essayé de l'appeler plusieurs fois, il n'a pas répondu. Je suis un peu inquiet. Tu es sûr et certain que Securitas a effacé son nom et que personne d'autre n'en a eu connaissance ?

— Sûr et certain, monsieur le directeur », répondit Truls. City jouait défensif et se contentait de repousser toutes les balles. « Au fait, tu as eu des nouvelles de ce raseur d'inspecteur principal de l'aéroport ?

— Non. Il semble avoir pris son parti que la drogue soit de la fécule de pomme de terre. Pourquoi ?

— Je me demandais, c'est tout, monsieur le directeur. Mes salutations au dragon quand tu rentreras chez toi.

— Je préférerais que tu utilises une autre dénomination, merci. »

Truls haussa les épaules.

« C'est toi qui l'appelles comme ça.

— Je parlais du titre de directeur. Il ne sera pas officiel avant plusieurs semaines. »

Le chef pilote poussa un soupir. Le responsable du trafic venait de lui téléphoner pour lui expliquer que le vol à destination de Bergen était retardé parce que le commandant ne s'était ni présenté ni manifesté, et ils avaient dû lui trouver un remplaçant en toute hâte.

« Schultz traverse une période un peu difficile en ce moment.

— Il ne répond pas non plus au téléphone.

— C'est ce que je craignais. Il lui arrive de planer en solo pendant son temps libre.

— C'est ce qu'on raconte, oui. Mais il n'est pas en repos. On a été à deux doigts d'annuler.

— Comme je le disais, il y a pas mal de cahots sur sa route en ce moment. Je lui parlerai.

— Il y a des cahots sur la route de tout le monde, Georg. Je dois faire un rapport complet, tu comprends ? »

Le chef pilote hésita. Mais renonça. « Bien entendu. »

Ils raccrochèrent, et une image apparut dans la mémoire du chef pilote. Un après-midi, barbecue, l'été. Campari, Budweiser et steaks géants importés tout droit du Texas par un aspirant pilote. Lui et Else dans une chambre où personne ne les avait vus entrer en catimini. Elle gémissait en sourdine, pour qu'on ne l'entende pas à travers les cris des enfants qui jouaient, le bruit des avions à l'approche et les rires insouciants de l'autre côté de la fenêtre ouverte. Les avions qui arrivaient sans relâche. Le rire tonitruant de Tord après une énième histoire de pilote. Et les gémissements en sourdine d'Else, la femme de Tord.

Chapitre 18

« Tu as acheté de la fioline ? »

Incrédule, Beate Lønn dévisageait Harry, qui était assis dans un coin de son bureau. Il avait tiré la chaise loin de la lumière crue du matin, dans l'ombre, et il tenait à deux mains la tasse de café qu'elle lui avait donnée. La sueur reposait comme un film alimentaire sur son visage, et il avait suspendu sa veste au dossier de sa chaise.

« Tu n'as pas… ?

— T'es folle ? » Harry but une gorgée bruyante de café brûlant. « Les alcoolos ne peuvent pas faire ce genre de chose.

— Bien, parce que sinon je croirais que tu t'es piqué comme il faut », dit-elle en pointant le doigt.

Harry regarda son avant-bras. En dehors de son costume, il ne possédait que trois caleçons, une paire de chaussettes et deux chemises à manches courtes. Il avait pensé acheter ce dont il aurait besoin à Oslo, mais il n'en avait pas eu le temps. Et ce matin-là, il s'était réveillé avec ce qui ressemblait tellement à une gueule de bois que, presque par habitude, il était allé vomir aux toilettes. Le résultat de la seringue qu'il s'était plantée dans la chair avait la forme et la couleur des États-Unis lors de la réélection de Reagan.

« Je voudrais que tu m'analyses ceci, demanda Harry.

— Pourquoi ?

— À cause des photos de la scène de crime qui montraient le sachet que vous avez retrouvé sur Oleg.

— Oui ?

— Vous avez des appareils sacrément perfectionnés, maintenant. On voyait bien que la poudre était immaculée. Regarde, celle-ci contient des fragments bruns. Je voudrais savoir ce que c'est. »

Beate sortit une loupe d'un tiroir et se pencha sur la poudre que Harry avait répandue sur la couverture de *Forensic Magazine*.

« Tu as raison. Les échantillons étaient blancs, mais, dans les faits, il n'y a pas eu une seule saisie ces derniers mois. C'est intéressant. D'autant plus qu'un inspecteur principal de l'aéroport d'Oslo a récemment appelé pour parler de quelque chose de ce genre.

— À savoir ?

— Ils ont trouvé un paquet de poudre dans le bagage à main d'un pilote. Il se demandait comment nous étions arrivés à la conclusion qu'il s'agissait de fécule de pomme de terre pure, parce qu'il avait vu de ses propres yeux des fragments marron dans la poudre.

— Il pensait que ce pilote importait de la fioline ?

— En l'occurrence, nous n'avons pas fait la moindre saisie de fioline à la frontière pour l'instant, donc l'inspecteur principal n'en a sans doute jamais vu. Et l'héroïne blanche est rare, c'est presque toujours de la brune qui arrive. Alors il a d'abord parié que c'était un mélange de deux lots. Du reste, le pilote n'entrait pas, il sortait.

— Il *sortait* ?

— Oui.

— Quelle destination ?

— Bangkok.

— Il emportait de la fécule de pomme de terre à Bangkok ?

— Sûrement pour des Norvégiens qui voulaient faire de la sauce blanche pour leurs boulettes de poisson. » Elle sourit tout en rougissant de sa blague.

« Mmm. Autre chose. Je viens de lire un truc sur une taupe retrouvée assassinée dans le port de Göteborg. Des rumeurs disaient que c'était un brûleur. Y a-t-il eu des rumeurs similaires sur celui qui a été tué à Oslo ? »

Beate secoua énergiquement la tête.

« Non. Au contraire. Il avait plutôt la réputation d'être un peu trop zélé quand il s'agissait de traquer les bandits. Juste avant d'être tué, il a laissé entendre qu'il avait ferré un très gros poisson, et qu'il projetait de le remonter en solo.

— En solo, oui.

— Il ne voulait rien dire de plus, il n'avait confiance en personne d'autre que lui-même. Ça ne te rappelle pas quelqu'un que tu connais, Harry ? »

Il esquissa un sourire, se leva et glissa les bras dans les manches de sa veste.

« Où vas-tu ?

— Rendre visite à un vieil ami.

— J'ignorais que tu en avais.

— Façon de parler. J'ai appelé le chef de Kripos.

— Heimen ?

— Oui. Je lui ai demandé s'il pouvait me donner la

liste des personnes que Gusto a jointes sur son mobile juste avant le meurtre. Il m'a répondu que, primo, l'affaire était d'une telle simplicité qu'ils n'en avaient pas eu besoin. Secundo, s'ils avaient eu cette liste, il ne la donnerait jamais à… voyons voir… » Harry ferma les yeux et compta sur ses doigts. « … "un flic au rancart, un pochtron et un traître comme toi".

— Comme je le disais, je ne savais pas que tu avais de vieux amis.

— Donc maintenant il faut que j'essaie ailleurs.

— OK. Quoi qu'il en soit, je ferai analyser cette poudre aujourd'hui. »

Harry s'arrêta à la porte.

« Tu m'as dit que la fioline avait récemment fait son apparition à Göteborg et Copenhague. Est-ce que ça signifie qu'elle est arrivée là-bas après Oslo ?

— Oui.

— N'est-ce pas le contraire, d'habitude ? La nouvelle drogue arrive d'abord à Copenhague, puis se propage vers le nord ?

— Tu as sans doute raison, oui. Pourquoi ?

— Je ne sais pas encore très bien… Tu disais qu'il s'appelait comment, ce pilote ?

— Je ne l'ai pas dit. Schultz. Tord. Autre chose ?

— Oui. As-tu songé que cette taupe pouvait avoir raison ?

— Raison ?

— De la boucler et de n'avoir confiance en personne. Il savait peut-être qu'il y avait un brûleur quelque part. »

Harry promena son regard dans la vaste cathédrale qui faisait office de hall d'entrée du siège social de Telenor à Fornebu. À l'accueil, dix mètres plus loin, deux personnes attendaient qu'on s'occupe d'elles. Il vit qu'on leur remettait un badge d'accès, et que ceux à qui elles rendaient visite venaient les chercher au niveau du sas du personnel. De toute évidence, Telenor avait resserré les procédures, et son projet de débarquer à l'improviste dans le bureau de Klaus Torkildsen tombait à l'eau.

Harry fit le point de la situation.

Torkildsen n'apprécierait pas sa visite, aucun doute là-dessus. Pour la simple et bonne raison qu'il avait jadis été condamné pour exhibitionnisme, ce qu'il avait réussi à dissimuler à son employeur, mais que Harry avait exploité pendant des années pour l'obliger à lui donner accès à des informations, parfois bien au-delà de ce qu'un opérateur téléphonique était légalement fondé à faire. Quoi qu'il en soit, sans les pouvoirs inhérents à une carte de police, Torkildsen ne se donnerait vraisemblablement même pas la peine de recevoir Harry.

À droite des quatre sas du personnel, qui débouchaient sur les ascenseurs, se trouvait un portillon plus large, par lequel on était en train de faire passer un groupe de visiteurs. Harry se décida rapidement. Il rejoignit le groupe à pas vifs et manœuvra vers le centre du troupeau, qui progressait lentement vers l'employé de Telenor chargé de les faire entrer. Harry s'adressa à son voisin, un petit homme aux traits chinois :

« *Nín hǎo.*

— Pardon ? »

Harry regarda le nom sur le badge. Yuki Nakazawa.

« Oh, Japonais ! » fit Harry en riant, et de tapoter plusieurs fois l'épaule du petit homme, comme si c'était un vieil ami. Yuki Nakazawa lui retourna un sourire hésitant.

« Belle journée, déclara Harry sans ôter la main de l'épaule de son voisin.

— Oui, dit Yuki. De quelle compagnie êtes-vous ?

— TeliaSonera, répondit Harry.

— Très, très bien. »

Ils passèrent au niveau de l'employé Telenor et, du coin de l'œil, Harry le vit venir vers eux. Il savait à peu près ce qu'il allait dire. Et il ne se trompait pas :

« Désolé, monsieur, il vous faut un badge pour entrer. »

Yuki Nakazawa considéra l'homme avec stupéfaction.

Torkildsen avait un nouveau bureau. Après avoir parcouru un kilomètre dans un paysage de bureaux en open space, Harry aperçut enfin un corps aussi considérable que familier dans une cage de verre.

Il entra.

Le type lui tournait le dos, un téléphone plaqué sur l'oreille. Harry voyait une pluie de postillons se dessiner sur la fenêtre.

« Maintenant, il faut que vous me mettiez en route ce serveur SW2, merde ! »

Harry toussota.

Le fauteuil pivota. Klaus Torkildsen était devenu encore plus gras. Un costume sur mesure, d'une élégance surprenante, parvenait en partie à dissimuler ses bourrelets, mais rien ne pouvait camoufler l'expression de terreur pure qui se répandit sur ce visage remarquable. Remarquable en ce que, avec autant de place à leur disposition, les yeux, le nez et la bouche avaient jugé opportun de se regrouper sur une petite île au milieu de cette face océanique. Son regard se posa sur le badge de Harry.

« Yuki... Nakazawa ?

— Klaus. » Avec un grand sourire, Harry écarta les bras comme pour l'embrasser.

« Qu'est-ce que vous foutez là ? » chuchota Klaus Torkildsen.

Harry laissa retomber ses bras. « Moi aussi, je suis content de vous voir. »

Il s'assit sur le coin du bureau. Au même endroit que d'habitude. Envahir et se placer plus haut que l'adversaire. Une tactique de domination simple et efficace. Torkildsen déglutit, et Harry vit de grosses gouttes de sueur perler sur son front.

« Le réseau mobile à Trondheim, gronda Torkildsen avec un mouvement de tête vers le téléphone. Le serveur aurait dû être en place la semaine dernière. On ne peut plus faire confiance à personne. Je suis pressé, qu'est-ce que vous voulez ?

— La liste des appels entrants et sortants sur le numéro de mobile de Gusto Hanssen depuis le mois de mai. »

Harry prit un stylo et nota le numéro sur un Post-it jaune.

« Je suis responsable d'opération, maintenant, je ne travaille plus à l'exploitation.

— Non, mais vous pouvez toujours me procurer ces numéros.

— Vous avez une autorisation ?

— Si j'en avais une, je serais allé voir le préposé aux relations avec la police, pas vous.

— Alors pourquoi votre substitut du procureur ne veut-il pas donner l'autorisation ? »

Jamais l'ancien Torkildsen ne se serait permis de

poser la question. Il s'était endurci. Il avait gagné en assurance. Était-ce ce poste plus élevé ? Ou autre chose ? Harry voyait l'envers d'un cadre sur le bureau. Une de ces photos personnelles dont on se sert pour se souvenir qu'on n'est pas tout seul. Donc, à moins que ce ne soit un clébard, c'était une femme. Peut-être même un gamin. Qui l'eût cru ? Le vieil exhibitionniste s'était trouvé une gonzesse.

« Je ne travaille plus dans la police », dit Harry.

Torkildsen esquissa un sourire.

« Mais vous voulez tout de même des infos sur les communications ?

— Je n'ai pas besoin de grand-chose, juste ce mobile.

— Pourquoi le ferais-je ? Si on découvre que j'ai donné ce genre de renseignements à un particulier, je suis viré. Et si quelqu'un trafique dans les fichiers, ça se voit. »

Harry ne répondit pas.

Torkildsen partit d'un rire amer.

« Je comprends. C'est toujours le même chantage dégueulasse. Si je ne vous donne pas ces informations, en enfreignant les règles, vous vous chargerez de mettre mes collègues au courant de cette condamnation.

— Non. Non, je ne parlerai pas. Je vous demande juste un service, Klaus. Personnel. Le fils de mon ex-amie risque d'être condamné à perpétuité alors qu'il est innocent. »

Harry vit le double menton de Torkildsen tressauter et former une vague de chair qui déferla sur le cou avant d'être absorbée par l'imposante masse du corps et de s'évanouir. Harry ne s'était jamais adressé à Klaus Torkildsen par son prénom. Torkildsen regarda

Harry. Cligna des yeux. Concentré. Les gouttes de sueur sur son front scintillaient, et Harry vit le processeur cérébral additionner, soustraire et — pour finir — conclure. Torkildsen écarta les bras et s'enfonça dans son fauteuil, qui hurla sous la charge.

« Désolé, Harry. J'aurais bien voulu vous aider. Mais en ce moment, je ne peux pas me permettre ce genre de compassion. J'espère que vous comprenez.

— Bien sûr, répondit Harry en se frottant le menton. C'est parfaitement compréhensible.

— Merci. » Un Torkildsen manifestement soulagé commença à se débattre dans le fauteuil, dans la perspective évidente de se lever pour conduire Harry hors de sa cage de verre et de son existence.

« Donc, fit Harry, si vous ne me trouvez pas ces numéros, ce ne sont pas seulement vos collègues qui seront mis au parfum, mais aussi votre femme. Des enfants ? Oui ? Un, deux ? »

Torkildsen retomba dans son fauteuil. Dévisagea Harry, incrédule. Le Torkildsen d'antan, tremblant.

« Vous… vous avez dit… que vous ne… »

Harry haussa les épaules.

« Désolé. Mais en ce moment, je ne peux pas me permettre ce genre de compassion. »

Il était vingt et une heures dix, et le restaurant Schrøder était à moitié plein.

« Je n'avais pas envie que tu viennes sur mon lieu de travail, expliqua Beate. Heimen m'a appelée pour me dire que tu avais demandé une liste de numéros de téléphone, et il était au courant que tu étais passé me voir. Il m'a déconseillé de me mêler de l'affaire Gusto.

— Bon. C'est bien que tu aies pu venir ici. »

Il croisa le regard de Nina, qui servait des pintes à l'autre bout de la pièce. Il leva deux doigts, et elle hocha la tête. Il n'était pas venu depuis trois ans, mais elle comprenait toujours la langue des signes de cet ancien habitué : une bière pour l'invitée, un café pour l'alcoolique.

« Ton ami a-t-il pu t'être utile pour la liste des gens que Gusto a eus au téléphone ?

— Très utile.

— Alors, qu'as-tu découvert ?

— Que Gusto devait avoir du mal à joindre les deux bouts à la fin, son abonnement a été suspendu plusieurs fois. Il ne téléphonait pas beaucoup, mais Oleg et lui ont eu quelques brèves conversations. Il appelait assez souvent sa sœur adoptive, Irene, mais les conversations ont subitement cessé plusieurs semaines avant sa mort. Sinon, il appelait surtout PizzaXpressen. Je vais monter chez Rakel tout à l'heure pour googler les autres noms. Que peux-tu me dire des analyses ?

— La drogue que tu as achetée est presque identique aux premiers échantillons de fioline que nous avons analysés. Mais la composition chimique est très légèrement différente. Et il y a ces fragments marron, donc.

— Oui ?

— Ce n'est pas un principe actif, mais tout simplement l'enrobage qu'on trouve sur certains comprimés. Tu sais, pour les rendre plus faciles à avaler, ou en améliorer le goût.

— On peut remonter au producteur de cet enrobage ?

— En théorie, oui. Mais j'ai vérifié, et il apparaît que la plupart des laboratoires pharmaceutiques fabriquent leur propre enrobage, ce qui donne plusieurs milliers de producteurs au niveau mondial.

— Ce n'est donc pas la voie qui va nous permettre d'avancer ?

— Pas l'enrobage seul. Mais à l'intérieur de certains fragments, il restait des traces du comprimé. De la méthadone. »

Nina arriva avec le café et la bière. Harry la remercia, et elle disparut.

« Je croyais que la méthadone était liquide et se présentait en flacon.

— Celle qui est utilisée dans ce qu'on appelle la réhabilitation médicalement assistée des toxicomanes se présente en flacon. Alors j'ai appelé l'hôpital Saint-Olav. Ils font des recherches sur les opioïdes et les opiacés, et ils m'ont expliqué que les comprimés de méthadone servaient pour le traitement de la douleur.

— Et dans la fioline ?

— Ils ont dit qu'il était tout à fait possible que de la méthadone modifiée ait pu être employée dans la fabrication, oui.

— Ça veut simplement dire que la fioline n'est pas fabriquée à partir de rien, mais en quoi cela nous est-il utile ? »

Beate replia la main autour de son verre de bière.

« Parce qu'il y a très, très peu de fabricants de comprimés de méthadone. Et que l'un d'entre eux se trouve ici, à Oslo.

— AB ? Nycomed ?

— Le Radiumhospital. Une unité de recherche a conçu un comprimé de méthadone contre les douleurs extrêmes.

— Cancer. »

Beate hocha la tête. L'une de ses mains porta la

bière à ses lèvres, tandis que l'autre posait quelque chose sur la table devant Harry.

« Ça vient du Radiumhospital ? »

Beate hocha de nouveau la tête.

Harry prit le comprimé. Il était petit, rond, et son enrobage brun était marqué d'un R.

« Tu sais ce que je crois, Beate ?

— Non.

— Je crois que la Norvège a trouvé une nouvelle marchandise à exporter. »

« Tu veux dire que quelqu'un en Norvège produit et exporte de la fioline ? » demanda Rakel. Elle se tenait les bras croisés, appuyée au montant de la porte de la chambre d'Oleg.

« Deux ou trois choses portent à le croire. » Harry tapa un nom de la liste que lui avait donnée Torkildsen. « Premièrement, les cercles vont d'Oslo vers l'extérieur. Personne à Interpol n'avait entendu parler de la fioline avant son apparition à Oslo, et on commence seulement à en trouver dans les rues suédoises ou danoises. Deuxièmement, cette drogue contient des comprimés de méthadone pulvérisés, dont je jurerais qu'ils ont été fabriqués en Norvège. » Harry lança la recherche. « Troisièmement, un commandant de bord s'est récemment fait prendre à l'aéroport d'Oslo avec une substance qui pourrait avoir été de la fioline, mais qui a été remplacée par autre chose.

— Remplacée ?

— Si c'est le cas, il y a un brûleur dans le système. Ce qu'il y a d'intéressant, c'est que ce pilote quittait le pays à destination de Bangkok. »

Harry sentit l'odeur du parfum de Rakel, et sut qu'elle avait quitté la porte pour venir se pencher sur son épaule. Seule la lueur de l'écran éclairait la chambre obscure du garçon.

« Olé olé, la photo. Qui est-ce ? demanda-t-elle tout contre son oreille.

— Isabelle Skøyen. Secrétaire au conseil de la ville. L'une des personnes que Gusto a appelées. Ou plus exactement, c'est elle qui l'a appelé.

— Son T-shirt pour le don du sang est une taille trop petit, non ?

— La promotion du don du sang doit faire partie du job de politique.

— Est-on vraiment censé te considérer comme une politique quand tu n'es que secrétaire au conseil de la ville ?

— Quoi qu'il en soit, cette femme dit qu'elle est AB rhésus négatif, partant de là, c'est un devoir.

— Du sang rare, oui. C'est pour ça que tu passes tant de temps sur cette photo ? »

Harry sourit.

« Les résultats sont nombreux, là. Élevage de chevaux. "*La balayeuse des rues*" ?

— C'est à elle qu'est revenu le mérite d'avoir mis tous les gangs de trafiquants sous les verrous.

— Pas tous, manifestement. Je me demande ce qu'elle et quelqu'un comme Gusto avaient à se dire.

— Voyons voir… Elle s'occupait de la lutte contre la drogue auprès de l'adjointe au maire chargée des affaires sociales, alors elle a peut-être eu recours à lui pour récolter des informations.

— À une heure et demie du matin ?

— Oups… !

— Je vais lui poser la question.

— Oui, j'imagine que tu en brûles d'envie. »

Il tourna la tête vers elle. Le visage de Rakel

était si près du sien qu'il ne parvenait pas à le voir nettement.

« Entends-je ce que je crois entendre, très chère ? »

Elle rit doucement.

« Absolument pas. Elle fait vulgaire. »

Harry inspira lentement. Elle ne s'était pas déplacée.

« Et qu'est-ce qui te fait croire que je ne les aime pas vulgaires ?

— Pourquoi tu murmures ? » Ses lèvres remuaient si près des siennes qu'il sentit le souffle de ses mots.

Pendant deux longues secondes, le ventilateur du PC fut le seul son audible. Puis elle se redressa d'un coup. Elle regarda Harry d'un air lointain et posa les mains sur ses joues, comme pour les rafraîchir. Puis elle tourna les talons et sortit.

Harry renversa la tête en arrière, ferma les yeux et jura en silence. Il l'entendit s'affairer dans la cuisine. Inspira profondément deux ou trois fois. Décida que ce qui venait de se produire n'avait pas eu lieu. Il essaya de rassembler ses esprits. Et puis il continua.

Il googla les noms restants. Pour certains apparurent des résultats de courses de ski vieilles de dix ans ou des comptes rendus de réunions de famille, pour d'autres rien. Il s'agissait de gens qui n'existaient plus, qui s'étaient soustraits à la lumière presque omniprésente des projecteurs de la société moderne, qui avaient trouvé les coins d'ombre où ils attendaient leur prochaine dose et rien d'autre.

Harry resta à fixer le mur, l'affiche d'un type avec une coiffure en plumes. *Jónsi*, lisait-on au-dessous. Harry se souvenait vaguement que cela avait un rapport avec le groupe islandais Sigur Rós. Style éthéré et fausset permanent. Passablement loin de Slayer et

Megadeath. Mais, bien entendu, les goûts d'Oleg avaient pu changer. Ou subir des influences. Harry joignit les mains derrière la tête.

Irene Hanssen.

Quelque chose l'avait fait tiquer dans cette liste de numéros. Gusto et Irene s'étaient appelés presque chaque jour jusqu'à leur dernière conversation. Ensuite, il n'avait même pas essayé de la joindre. Comme s'ils s'étaient brouillés. Ou alors Gusto savait qu'Irene serait désormais injoignable. Et puis, le jour de sa mort, il avait appelé sur le fixe chez elle. Et on lui avait répondu. La conversation avait duré une minute et douze secondes. Pourquoi trouvait-il cela étrange ? Harry essaya de remonter à l'origine de cette idée. Mais dut renoncer. Il composa le numéro du fixe. Pas de réponse. Essaya le mobile d'Irene. Une voix enregistrée l'informa que l'abonnement était provisoirement suspendu. Factures impayées.

L'argent.

L'argent était principe et fin. Comme toujours en matière de drogue. Harry réfléchit. Essaya de se souvenir du nom qu'avait donné Beate. Le pilote qui s'était fait prendre avec de la poudre dans son bagage à main. Sa mémoire de policier fonctionnait toujours. Il tapa TORD SCHULTZ sur le site des renseignements téléphoniques.

Un numéro de mobile apparut.

Harry ouvrit un tiroir du bureau d'Oleg pour y chercher un stylo. Il souleva un *Masterful Magazine*, et son regard tomba sur une coupure de journal dans une pochette plastique. Il reconnut aussitôt son propre visage, plus jeune. Il sortit le dossier, parcourut les autres coupures. Toutes traitaient d'affaires sur lesquelles Harry avait travaillé et il y était nommé et photographié. Il trouva aussi une vieille interview de lui dans un magazine de psychologie, où il avait répondu — non sans un certain agacement, lui semblait-il se souvenir — à des questions sur les meurtres en série. Harry ferma le tiroir. Regarda autour de lui. Il éprouvait le besoin de briser quelque chose. Il éteignit le PC, fit sa valise, gagna l'entrée et enfila sa veste en lin. Rakel sortit. Elle chassa un grain de poussière invisible de son revers.

« C'est vraiment bizarre. Ça faisait une éternité que je ne t'avais pas vu, je commençais à t'oublier, et puis te voilà de nouveau.

— Oui. C'est une bonne chose ? »

Elle eut un sourire furtif.

« Je ne sais pas. C'est à la fois bon et mauvais. Tu comprends ? »

Harry hocha la tête et l'attira à lui.

« Tu es la pire chose qui me soit jamais arrivée, poursuivit-elle. Et la meilleure. Même maintenant, tu peux me faire tout oublier par ta simple présence. Non, je ne suis pas sûre que ce soit bien.

— Je sais.

— Qu'est-ce que c'est ? demanda-t-elle en montrant la petite valise.

— Je retourne au Leons.

— Mais…

— On s'appelle demain. Bonne nuit, Rakel. »

Harry l'embrassa sur le front, ouvrit la porte et sortit dans la chaude soirée d'automne.

Le garçon de la réception du Leons décréta que Harry n'avait pas besoin de remplir de nouvelle fiche et lui proposa la même chambre, la 301. Harry répondit que c'était bon à condition qu'ils réparent la tringle à rideaux.

« Elle est encore cassée ? demanda le jeune. C'est le locataire précédent. Il lui arrivait d'avoir des accès de fureur, le pauvre. » Il tendit la clé à Harry. « Il était policier, lui aussi.

— Locataire ?

— Oui, il faisait partie des résidents. Une taupe. *Under cover*, comme vous dites.

— Mmm. Je dirais plutôt *over cover* si vous étiez au courant. »

Le garçon sourit.

« Je vais voir si j'ai une tringle en réserve. » Il disparut.

« Béret te ressemblait beaucoup », déclara une voix grave.

Harry se retourna.

Cato était assis dans un fauteuil dans ce qui, avec un peu de bonne volonté, pouvait être qualifié de lobby. Il avait l'air fatigué et secoua lentement la tête. « Il te ressemblait beaucoup, Harry. Très passionné. Très patient. Très opiniâtre. Hélas ! Pas aussi grand que toi, bien sûr, et il avait les yeux gris. Mais le même regard de policier, et tout aussi seul. Et il est mort là où tu mourras. Tu aurais dû partir, Harry. Tu aurais dû prendre cet avion. »

Il gesticula quelque chose d'incompréhensible avec ses longs doigts. Le vieillard avait une mine si triste que Harry se demanda un instant s'il allait se mettre à pleurer. Il entreprit à grand-peine de se lever, et Harry se retourna vers le garçon.

« C'est vrai, ce qu'il dit ?

— Qui ?

— Lui. » Harry se tourna pour montrer Cato.

Mais il était déjà parti. Il avait dû filer dans l'ombre près de l'escalier.

« Cette taupe est morte ici, dans ma chambre ? »

Le jeune dévisagea longuement Harry avant de répondre.

« Non, il a disparu. La mer l'a rejeté près de l'Opéra. Euh, je n'avais plus de tringle, mais que dites-vous de ce fil de nylon ? Vous pouvez l'enfiler sur les rideaux et l'attacher aux supports de tringle. »

Harry hocha lentement la tête.

À deux heures du matin passées, Harry était toujours éveillé et fumait sa dernière cigarette. Les rideaux et le fil en nylon étaient par terre. Il voyait la femme de l'autre côté de la cour, elle dansait une valse muette, sans partenaire. Harry écoutait la ville en regardant la fumée monter vers le plafond. Étudiait les chemins sinueux qu'elle empruntait, les figures apparemment aléatoires qu'elle dessinait, et essayait d'y voir un schéma.

Chapitre 19

Deux mois se sont écoulés entre la rencontre d'Isabelle et du vioque et le début du nettoyage.

Les premiers à se faire choper ont été les Vietnamiens. Les journaux disaient que les flics avaient frappé à neuf endroits en même temps, trouvé cinq dépôts d'héroïne et arrêté trente-six Viets. Une semaine plus tard, c'était le tour des Albanais du Kosovo. Les flics ont fait appel au Delta pour prendre d'assaut un appartement de Helsfyr que le chef des Tziganes croyait inconnu de tous. Puis les Nord-Africains et les Lituaniens y sont passés. Le patron d'Orgkrim, un mec au physique de mannequin avec de longs cils, a dit dans la presse qu'ils avaient reçu des tuyaux anonymes. Au cours des semaines qui ont suivi, des Somaliens noirs comme du charbon aux Norvégiens blancs de lait, tous les revendeurs de rue se sont fait choper et mettre en cage. Mais pas un seul maillot Arsenal. On remarquait déjà qu'on avait moins besoin de jouer des coudes et que les files d'attente rallongeaient. Le vioque a recruté des dealers au chômage, mais il a respecté sa part du marché : le trafic d'héroïne était moins visible dans le centre d'Oslo. On importait moins d'héroïne, puisqu'on faisait beaucoup plus d'argent avec la fioline. La fioline coûtait cher, alors certains essayaient de passer à la morphine, mais au bout d'un moment ils revenaient.

On vendait plus vite qu'Ibsen ne parvenait à fabriquer.

Un mardi, on avait tout écoulé dès midi et demi, et comme l'usage des téléphones mobiles était strictement défendu — le vieux s'imaginait qu'on était à Baltimore — je suis descendu à Oslo S appeler le Gresso russe d'une cabine. Andreï m'a répondu qu'il était occupé, mais qu'il allait voir ce qu'il pouvait faire. Oleg, Irene et moi sommes allés nous asseoir sur les marches dans Skippergata, on a renvoyé les acheteurs d'un geste de la main et on s'est reposés. Une heure plus tard, j'ai vu quelqu'un arriver en claudiquant. C'était Ibsen en personne. Il était furieux. Il a gueulé tant qu'il a pu. Jusqu'à ce qu'il aperçoive Irene. Alors, comme si le système dépressionnaire était passé, le ton s'est adouci. Il nous a suivis dans la cour, où il nous a donné un sac plastique avec cent sachets.

« Vingt mille », a-t-il demandé, la patte tendue, « paiement à la livraison. » Je l'ai pris à part et je lui ai suggéré qu'à la prochaine panne sèche on pourrait plutôt aller chez lui.

« Je ne veux pas qu'on vienne chez moi, a-t-il répondu.

— Je pourrais payer plus de deux cents le sachet. »

Il m'a regardé avec suspicion.

« Tu as l'intention de te mettre à ton compte ? Qu'en dit ton patron ?

— Ça restera entre toi et moi. On parle de broutilles. Dix, vingt sachets pour des amis et des connaissances. »

Il a éclaté de rire.

« Je viendrai avec la fille, ai-je continué. Elle s'appelle Irene, au fait. »

Il a cessé de rire. M'a dévisagé. Pied Bot a voulu rire encore, mais il n'a pas réussi. Tout était écrit en grandes lettres dans ses yeux. Solitude. Avidité. Haine. Et désir. Le foutu désir.

« Vendredi. Vingt heures. Elle boit du gin ? »

J'ai hoché la tête. Dorénavant, elle le ferait.

Il m'a donné l'adresse.

Deux jours plus tard, le vieux m'a invité à dîner. Un instant, j'ai pensé qu'Ibsen avait mouchardé, avant de me souvenir de son regard. À la grande table dans le salon froid, Peter nous servait pendant que le vieux racontait qu'il avait mis un terme à l'importation d'héroïne par voie de terre et depuis Amsterdam, et n'importait désormais plus que de Bangkok via quelques pilotes. Il m'a expliqué les chiffres, a vérifié que j'avais bien compris avant de me demander, comme chaque fois, si je me tenais à l'écart de la fioline. Il restait dans la pénombre à me regarder, puis, comme il se faisait tard, il a prié Peter de me raccompagner à la maison. Dans la voiture, j'ai envisagé de demander à Peter s'il pensait que le vioque était impuissant.

Ibsen habitait un appartement de célibataire typique dans un immeuble d'Ekeberg. Grand écran plasma, petit frigo et rien aux murs. Il nous a servi un gin minable avec un tonic sans bulles, sans rondelle de citron mais avec trois glaçons. Irene suivait le script. Souriait, était mignonne, et me laissait parler. Un sourire idiot aux lèvres, Ibsen reluquait Irene, et par bonheur il refermait la gueule chaque fois que la salive menaçait de déborder. Il passait de la saleté de musique classique. J'ai eu mes sachets, et on s'est mis d'accord sur une autre visite quinze jours plus tard. Avec Irene.

Puis est tombé le premier rapport indiquant une diminution du nombre d'overdoses. Il ne mentionnait pas que, au bout de deux ou trois semaines seulement, les nouveaux utilisateurs de fioline faisaient la queue tout tremblants et les yeux exorbités de manque. Et pleuraient, leurs billets fripés à la main, quand ils apprenaient que les prix avaient encore grimpé.

Après la troisième visite chez Ibsen, il m'a pris à part pour me dire que la fois suivante il voulait qu'Irene vienne seule. J'ai répondu d'accord, mais dans ce cas je voulais cinquante sachets à cent couronnes pièce. Il a hoché la tête.

Irene n'a pas été facile à convaincre, et pour une fois les vieux trucs n'ont pas suffi, j'ai dû lui parler durement. Lui expliquer que c'était là ma chance. Notre chance. Lui demander si elle voulait que je continue à vivre sur un matelas dans un local de répétitions. Et finalement elle a murmuré en pleurant que non, elle ne le voulait pas. Mais qu'elle ne voulait pas non plus… Et j'ai dit que ce n'était pas nécessaire, elle devait juste être gentille avec ce pauvre type tout seul, il n'avait pas dû se marrer tous les jours, avec son pied. Elle a hoché la tête et m'a fait promettre de ne rien dire à Oleg. Après son départ, je me sentais si déprimé que j'ai coupé un sachet de fioline et fumé ce qui restait dans une cigarette. J'ai été réveillé par quelqu'un qui me secouait. Elle était penchée sur mon matelas et pleurait tant que ses larmes me coulaient sur la figure et me brûlaient les yeux. Ibsen avait tenté le coup, mais elle avait pu s'échapper.

« Tu as les sachets ? » ai-je demandé.

De toute évidence, ce n'était pas la question à poser. Elle s'est effondrée. Alors j'ai dit que j'avais quelque chose qui remettrait tout d'aplomb. J'ai préparé une seringue. Elle me fixait avec de grands yeux humides quand j'ai trouvé une veine bleue dans sa belle peau blanche et y ai planté l'aiguille. J'ai senti les spasmes se propager de son corps au mien quand j'ai appuyé sur le piston. Sa bouche s'est ouverte comme dans un orgasme silencieux. Puis la drogue a tiré un rideau opaque devant ses yeux.

Ibsen était peut-être un vieux cochon, mais la chimie, il connaissait.

Mais je savais aussi que j'avais perdu Irene. Je l'avais vu dans son regard en posant la question des sachets. Ça ne pourrait plus jamais être pareil. Ce soir-là, j'ai vu Irene s'envoler en même temps que mes chances de devenir millionnaire.

Mais le vioque, lui, continuait de gagner des millions. Ce qui ne l'empêchait pas d'exiger plus, plus vite. Comme s'il avait quelque chose à atteindre, une dette qui arrivait à échéance. Parce que je ne le voyais pas dépenser d'argent. La maison était toujours la même, la limousine était lavée, mais pas changée, et l'équipe se composait toujours de deux personnes, Andreï et Peter. Nous n'avions qu'un seul concurrent, Los Lobos, et eux aussi avaient étendu leur dispositif de rue. Ils avaient embauché les Vietnamiens et les Marocains qui n'étaient pas encore au trou. Et ils vendaient de la fioline non seulement dans le centre d'Oslo, mais encore à Kongsvinger, Tromsø, Trondheim et — à en croire la rumeur, en tout cas — Helsinki. Peut-être qu'Odin et Los Lobos gagnaient plus que le vioque, mais ces deux-là se partageaient le marché, pas de bagarres pour le territoire, l'un comme l'autre se faisaient des couilles en or. N'importe quel homme d'affaires monté à l'endroit se serait satisfait de ce foutu statu quo.

Il n'y avait que deux nuages dans le ciel bleu.

Le premier, c'était cette taupe avec sa casquette naze. On savait que la police avait reçu la consigne de ne plus accorder la priorité aux maillots d'Arsenal, mais ce Béret continuait à nous tourner autour. L'autre, c'était que Los Lobos avaient commencé à vendre la fioline moins cher à Lillestrøm et à Drammen qu'à Oslo, et certains de nos clients prenaient le train pour y aller.

Un jour, le vioque m'a convoqué pour que je transmette un message à un policier. Il s'appelait Truls Berntsen, et je devais agir dans la plus grande discrétion. J'ai demandé pourquoi Peter ou Andreï ne pouvait pas s'en charger, mais le vioque m'a expliqué que c'était un principe, tant chez Berntsen que chez nous, d'exclure tout contact manifeste qui permettrait à la police de remonter jusqu'à lui. Et même si moi aussi j'avais des informations qui pouvaient le trahir, j'étais, en dehors d'Andreï et Peter, le seul en qui il avait confiance. À bien des égards, il avait même plus confiance en moi. Le Baron de la drogue fait confiance au Voleur, me suis-je dit.

Le message disait qu'il avait organisé un rendez-vous avec Odin pour discuter de Drammen et Lillestrøm. Ils devaient se voir au McDonald's de Kirkeveien, à Majorstua, le jeudi suivant à dix-neuf heures. Ils avaient réservé tout le premier étage pour un goûter d'enfants, et seraient les seuls à y avoir accès. Je voyais le tableau, des ballons, des serpentins, des couronnes en papier et un foutu clown. Qui se figerait à la vue des convives : des motards costauds à la mine de tueurs et aux mitaines cloutées, avec un cosaque en béton de deux mètres et demi de haut, plus Odin et le vioque qui essaieraient de s'assassiner du regard au-dessus de leurs cornets de frites.

Truls Berntsen vivait seul dans un immeuble de Manglerud. Quand j'ai sonné le dimanche matin de bonne heure, il n'y avait personne. Le voisin, qui avait manifestement entendu la sonnette de Berntsen, s'est penché à son balcon pour me dire que Truls était en train de construire une terrasse chez Mikael. Et en allant à l'adresse qu'il m'avait indiquée, je pensais au putain de patelin que devait être Manglerud ; visiblement, tout le monde connaissait tout le monde.

J'étais déjà allé à Høyenhall, le Beverly Hills de Manglerud. D'énormes maisons avec vue sur Kværnerdalen, le centre-ville et Holmenkollen. Depuis la route, j'ai regardé le squelette à moitié construit d'une maison. Devant, une bande de mecs torse nu discutaient, une bière à la main. Ils riaient et montraient du doigt le coffrage de ce qui allait visiblement devenir une terrasse. J'ai tout de suite reconnu l'un d'entre eux. Le mannequin aux longs cils. Le nouveau chef d'Orgkrim. Quand ils m'ont aperçu, ils se sont brusquement tus. Et j'ai compris pourquoi. Ils étaient tous policiers, sans exception, des policiers qui flairaient le malfrat. La situation était embarrassante. Je n'avais pas posé la question au vioque, mais j'avais déduit que Truls Berntsen était l'alliance dans la police qu'il avait conseillée à Isabelle Skøyen.

« Oui ? » a fait l'homme aux cils. Il était en sacrément bonne forme. Des abdos comme des pavés. J'avais encore la possibilité de faire marche arrière et de repasser voir Berntsen plus tard dans la journée. Donc je ne sais pas très bien pourquoi j'ai fait ce que j'ai fait.

« J'ai un message pour Truls Berntsen », ai-je annoncé à voix haute et intelligible.

Les autres se sont tournés vers un type qui avait posé sa bière et arrivait en se dandinant sur deux jambes arquées. Il ne s'est pas arrêté avant d'être si près de moi que les autres ne pouvaient pas nous entendre. Il était blond, son menton en galoche pendait comme un tiroir sorti de ses rails. Ses petits yeux porcins irradiaient la méfiance haineuse. S'il avait été un animal de compagnie, on l'aurait fait piquer rien que pour des raisons d'esthétique.

« Je ne sais pas qui tu es, a-t-il chuchoté. Mais je peux le deviner, et je ne veux pas qu'on vienne me trouver de cette façon. Compris ?

— Compris.

— Allez, accouche. »

Je l'ai informé du lieu et de l'heure du rendez-vous. Et qu'Odin avait prévenu qu'il se pointerait avec tout son gang.

« Il n'ose pas faire autrement, a répondu Berntsen avec un grognement.

— On a des infos selon lesquelles ils viennent de recevoir un gros chargement de cheval. »

Les types près de la terrasse s'étaient remis à boire leur bière, mais je voyais que le chef d'Orgkrim nous lançait des coups d'œil. J'ai parlé à voix basse, en me concentrant pour ne rien oublier.

« Il est stocké au club d'Alnabru, mais va en sortir dans deux ou trois jours.

— Quelques arrestations et une petite rafle dans l'air… »

Berntsen a grogné de nouveau, et c'est seulement là que j'ai compris que c'était censé être un rire.

« Voilà. C'est tout. » J'ai tourné les talons et je suis parti.

Je n'avais parcouru que quelques mètres quand j'ai entendu quelqu'un m'interpeller. Je n'ai pas eu besoin de me retourner pour savoir qui c'était. Je l'avais tout de suite vu dans son regard. C'est ma spécialité, après tout. Il m'a rejoint, et je me suis arrêté.

« Qui es-tu ? a-t-il demandé.

— Gusto. » J'ai écarté les cheveux de mes yeux, pour qu'il les voie bien. « Et toi ? »

Pendant un instant, il m'a considéré avec surprise, comme si c'était une question bizarre. Puis il a répondu avec un petit sourire :

« Mikael.

— Salut, Mikael. Où est-ce que tu fais du sport ? »

Il s'est éclairci la voix.

« Que fais-tu ici ?

— Ce que j'ai dit. Message pour Truls. Je peux avoir une gorgée de ta bière ? »

Soudain, les drôles de taches blanches qu'il avait sur le visage ont paru s'éclairer. Sa voix était étranglée par la colère quand il a répondu : « Si tu as fait ce que tu avais à faire, je te suggère de dégager. »

J'ai croisé son regard. Un regard vert furieux. Mikael Bellman était d'une beauté si frappante que j'avais envie de poser la main sur sa poitrine. De sentir la peau moite, chauffée par le soleil, sous la pulpe de mes doigts. Sentir les muscles qui se contracteraient d'eux-mêmes sous le choc suscité par ce que je me permettais. Le mamelon qui durcirait quand je le pincerais entre le pouce et l'index. L'exquise douleur quand il cognerait pour défendre son nom et sa réputation. Mikael Bellman. Je sentais le désir. Mon propre foutu désir.

« À bientôt », ai-je conclu.

Ce soir-là, j'ai compris. Comment j'allais réussir là où je parie que tu n'as jamais réussi. Sinon, tu ne m'aurais pas laissé tomber, hein ? Comment j'allais devenir entier. Comment j'allais devenir un être humain. Comment j'allais devenir millionnaire.

Chapitre 20

Le fjord brasillait sous le soleil avec une intensité telle que, derrière ses lunettes noires de femme, Harry devait presque fermer les yeux.

Oslo ne se faisait pas seulement un lifting à Bjørvika, elle s'était aussi fait implanter un sein en silicone, et un nouveau quartier pointait du fjord, là où elle avait naguère été plate et ennuyeuse. Cette merveille siliconée s'appelait Tjuvholmen et n'avait pas l'air donné. Appartements coûteux avec vue hors de prix sur le fjord, places de port ruineuses, petits magasins de vêtements très chers qui ne vendaient qu'un exemplaire de chaque modèle, galeries dont le parquet venait d'une jungle dont vous n'aviez jamais entendu parler et qui était plus remarquable que les œuvres d'art aux murs. Le téton sur le fjord s'appelait Sjømagasinet. Ce n'était pas une revue nautique[1], mais un restaurant select, dont les prix étaient de ceux qui avaient permis à Oslo de détrôner Tokyo et de devenir la ville la plus chère du monde.

1. Le *Sjø* de Sjømagasinet signifie « mer ».

Harry entra, et un aimable maître d'hôtel lui souhaita la bienvenue.

« Je cherche Isabelle Skøyen », expliqua Harry en regardant dans la salle. Qui avait l'air pleine à craquer.

« Savez-vous à quel nom la table a été réservée ? » s'enquit le maître d'hôtel avec un petit sourire qui informa Harry que toutes les tables avaient été réservées à l'avance.

La femme qui avait répondu quand Harry avait appelé le bureau de l'adjointe au maire chargée des affaires sociales n'avait d'abord voulu lui dire qu'une chose : Isabelle Skøyen était sortie déjeuner. Mais lorsque Harry avait répondu que c'était précisément la raison de son appel, qu'il l'attendait au Continental, la secrétaire avait, légèrement horrifiée, laissé échapper que le déjeuner devait avoir lieu au Sjømagasinet !

« Non, fit Harry. Ça ne vous ennuie pas si je jette un œil ? »

Le maître d'hôtel hésita. Observa le costume.

« C'est bon, dit Harry. Je la vois. »

Il passa en hâte devant le maître d'hôtel, avant que le verdict ne soit prononcé.

Il reconnut aussi bien le visage que la posture des photos d'Internet. Elle était appuyée au bar, les coudes sur le comptoir, tournée vers la salle à manger. Elle attendait apparemment la personne avec qui elle devait déjeuner mais donnait davantage l'impression de jouer un rôle sur une scène. Et lorsqu'il regarda les hommes assis aux tables, Harry comprit qu'elle faisait sans doute l'un et l'autre. Son visage grossier, presque masculin, était fendu en son milieu par un nez en fer de hache. Pourtant, Isabelle Skøyen présentait une espèce de beauté conventionnelle que les autres femmes qualifient volontiers d'« allure ». Elle avait les paupières fardées d'une couronne d'étoiles noires autour d'iris d'un bleu glacial, ce qui lui donnait le regard prédateur d'un loup. Ses cheveux offraient un contraste presque comique : une crinière de poupée blonde arrangée en jolies guirlandes de part et d'autre de son visage d'homme. Mais c'était son corps qui faisait d'Isabelle Skøyen la cible des regards.

Elle était immense, athlétique, avec des hanches et des épaules larges. Son pantalon noir moulant mettait en valeur ses grandes cuisses musclées. Harry constata que sa poitrine était ou achetée, ou confiée à un soutien-gorge exceptionnellement trompeur, ou tout bonnement impressionnante. Ses recherches sur Google lui avaient appris qu'elle élevait des chevaux dans une ferme de Rygge, avait divorcé à deux reprises, la dernière d'un financier qui avait fait fortune quatre fois et faillite trois, avait participé au championnat de Norvège de tir, donnait son sang, embarrassée politiquement après avoir viré un collaborateur parce qu'il était « tellement chochotte », et elle ne se faisait pas prier pour poser devant les photographes lors des premières au théâtre ou au cinéma. En clair : on en avait pour son argent.

Il entra dans son champ de vision, et quand il eut traversé la moitié de la salle, elle ne l'avait toujours pas quitté des yeux. Tel quelqu'un qui considère comme un droit naturel de dévisager autrui. Harry la rejoignit, parfaitement conscient qu'il avait une bonne douzaine de regards braqués sur lui.

« Vous êtes Isabelle Skøyen. »

Elle parut sur le point de répondre sèchement, mais changea d'avis et pencha la tête sur le côté.

« C'est le propre de tous ces restaurants surévalués d'Oslo, n'est-ce pas ? Tout le monde est quelqu'un. Alors… »

Elle étira le *o*, tandis que son regard prenait un lent ascenseur de haut en bas, et retour.

« Qui êtes-vous ?

— Harry Hole.

— Vous me rappelez quelque chose. Vous êtes passé à la télé ?

— Ça fait des années. Avant ça. » Il désigna sa cicatrice.

« Ah oui, vous êtes le policier qui a eu ce tueur en série, non ? »

Il y avait là deux chemins possibles. Il choisit le plus direct.

« J'étais.

— Et que faites-vous maintenant ? » demanda-t-elle avec indifférence, les yeux perdus au-dessus de son épaule, vers la porte. Elle pinça ses lèvres rouges et écarquilla les yeux deux ou trois fois. Échauffement. Ce devait être un déjeuner important.

« Confection et chaussure, répondit Harry.

— Je vois. Chouette costume.

— Chouettes bottines. Rick Owens ? »

Elle le regarda, sembla le redécouvrir. Faillit parler, mais son regard capta un mouvement derrière lui.

« Mon rendez-vous est arrivé. On se reverra peut-être un jour, Harry.

— Mmm. J'espérais que nous pourrions discuter un peu maintenant. »

Elle rit et se pencha vers lui.

« J'apprécie l'assaut, Harry. Mais il est midi, je suis complètement sobre et j'ai déjà quelqu'un avec qui déjeuner. Bonne journée. »

Elle le quitta, au son du claquement de ses talons de bottines.

« Gusto Hanssen était-il votre amant ? »

Harry avait parlé à voix basse, et Isabelle Skøyen était déjà à trois mètres de lui. Pourtant, elle se figea, comme s'il avait trouvé une fréquence capable de traverser le charivari de talons et de voix, sous-tendu par le *crooning* de Diana Krall, pour aller droit à ses tympans.

Elle se retourna.

« Vous l'avez appelé quatre fois le même soir, la dernière à une heure trente-quatre du matin. »

Harry s'était assis sur l'un des tabourets de bar. Isabelle Skøyen fit trois mètres dans l'autre sens. Elle le dominait de toute sa taille. Harry songea au Petit Chaperon rouge et au loup. Et ce n'était pas elle qui était le Petit Chaperon rouge.

« Que voulez-vous, Harry, mon garçon ?

— Je veux savoir tout ce que vous savez sur Gusto Hanssen. »

Les narines du fer de hache frémirent, et ses seins majestueux se soulevèrent. Harry vit sur sa peau des pores noirs, aussi larges que des pixels de dessin animé.

« Étant l'une des rares personnes de cette ville à essayer de maintenir les toxicomanes en vie, je suis aussi l'une des rares personnes qui se souviennent de Gusto Hanssen. Nous l'avons perdu, et c'est triste. Ces appels sont dus à la présence de son numéro dans mon répertoire, parce que nous l'avions convoqué à une réunion du comité RUNO. Son nom ressemble à celui d'un de mes bons amis, et il m'arrive de me tromper. Ce sont des choses qui arrivent.

— Quand l'avez-vous vu pour la dernière fois ?

— Écoutez, Harry Hole », feula-t-elle tout bas en

insistant sur « Hole » et en approchant son visage encore plus près du sien. « Si j'ai bien compris, vous n'êtes pas un policier, mais un gars qui travaille dans la confection et la chaussure. Je ne vois aucune raison de vous parler.

— C'est juste..., commença Harry en s'appuyant au comptoir, que j'ai terriblement envie de parler à quelqu'un. Donc si ce n'est pas à vous, ce sera à un journaliste. Parce que eux, ils adorent les scandales people et ces choses-là.

— People ? » fit-elle, adressant un sourire éblouissant non pas à Harry, mais à un homme en costume à côté du maître d'hôtel qui lui répondit en agitant les doigts. « Je ne suis qu'une secrétaire au conseil de la ville, Harry, une ou deux photos dans les journaux ne font pas de vous une célébrité. Vous n'avez qu'à voir à quelle vitesse vous êtes vous-même tombé dans l'oubli.

— Je crois que les journaux voient en vous une étoile montante.

— Ah oui ? Peut-être, mais même les pires tabloïds ont besoin de concret, or vous n'avez rien. L'erreur de numéro est...

— ... une chose qui arrive. Une chose qui n'arrive pas, en revanche... » Harry prit son souffle. Elle avait raison, il n'avait rien. Et n'avait par conséquent rien à faire sur ce chemin direct. « ... c'est que du sang de type AB^- se retrouve par hasard en deux lieux dans la même affaire de meurtre. Une personne sur deux cents est de ce groupe sanguin. Alors quand le rapport d'analyse de la médecine légale montre que le sang sous les ongles de Gusto est de ce groupe, et que les journaux écrivent que votre sang est de ce même groupe, un ancien enquêteur ne peut s'empêcher d'additionner deux plus deux. Tout ce que j'ai besoin de faire, c'est demander une analyse ADN, et nous saurons avec cent pour cent de certitude dans qui Gusto a planté ses griffes juste avant de mourir. Cela ressemble-t-il à une manchette un peu plus intéressante que la moyenne, Skøyen ? »

La secrétaire au conseil de la ville clignait des yeux, encore et encore, comme si ses paupières essayaient de mettre en route sa langue.

« Dites-moi, ce n'est pas le prince héritier du Parti travailliste, là ? demanda Harry, les yeux plissés. Comment s'appelle-t-il, déjà ?

— On pourra en discuter. Plus tard. Mais dans ce cas, promettez-moi de ne rien dire.

— Quand et où ?

— Donnez-moi votre numéro de téléphone, je vous appelle après le boulot. »

Dehors, le fjord étincelait toujours avec la même hystérie. Harry chaussa ses lunettes de soleil et alluma une cigarette pour fêter ce bluff réussi. Il s'assit au bord du quai, savoura chaque bouffée, refusa de ressentir le besoin qui persistait, et se concentra sur les jouets au prix insensé que la classe ouvrière la plus riche du monde amarrait là. Puis il écrasa sa cigarette, cracha dans le fjord, et fut prêt pour la visite suivante sur sa liste.

Harry confirma à la réceptionniste du Radiumhospital qu'il avait rendez-vous, et elle lui tendit un formulaire. Harry remplit les rubriques « nom » et « numéro de téléphone », mais n'inscrivit rien dans « société ».

« Visite personnelle ? »

Harry secoua la tête. Il savait que c'était de la déformation professionnelle chez les bons réceptionnistes : avoir une vue d'ensemble, récolter des informations aussi bien sur les visiteurs que sur les employés. Si, en tant qu'enquêteur, il était à la recherche d'informations personnelles sur un lieu de travail, la première personne à qui il s'adressait était la réceptionniste.

Elle invita Harry à se rendre dans le bureau tout au fond du couloir, et lui indiqua la direction. Harry passa devant des portes closes et des vitres donnant sur de grandes pièces avec des gens en blouse blanche, des paillasses encombrées de bocaux en verre, des supports pour tubes à essai et des armoires métalliques fermées par de gros cadenas, dont Harry pariait qu'elles auraient été le paradis de n'importe quel toxicomane.

Arrivé au bout du couloir, Harry s'arrêta devant une porte fermée, et, par précaution, vérifia le nom sur la plaque : Stig Nybakk. Il avait à peine frappé une fois qu'une voix résonnait à l'intérieur.

« Entrez ! »

Nybakk était debout derrière son bureau, un téléphone sur l'oreille, mais il fit signe à Harry d'avancer et lui montra un siège. Après trois « oui », deux « non », un « et puis merde » et un rire franc, il raccrocha et fixa un regard amusé sur Harry, qui par habitude s'était affalé sur le siège, les jambes étendues devant lui.

« Harry Hole. Vous ne vous souvenez sûrement pas de moi, mais moi, je me souviens de vous.

— J'en ai arrêté tellement… »

Nouveau rire franc.

« Nous étions tous les deux à l'école d'Oppsal, vous étiez deux classes au-dessus de moi.

— Les cadets se souviennent des aînés.

— Peut-être. Mais pour être honnête, ce n'est pas

de l'école que je tiens mes souvenirs. Vous êtes passé à la télé, et on m'a dit que vous étiez allé à l'école d'Oppsal et que vous étiez un copain de Tresko.

— Mmm. » Harry observa les pointes de ses chaussures pour signaler que ça ne l'intéressait pas d'évoluer en direction de sa sphère privée.

« Alors vous avez fini enquêteur criminel ? Sur quel meurtre votre équipe travaille-t-elle en ce moment ?

— J'enquête sur un meurtre dans le milieu des stupéfiants, commença Harry, pour rester aussi près de la vérité que possible. Vous avez regardé l'échantillon que je vous ai envoyé ?

— Oui. » Nybakk décrocha son téléphone, composa un numéro et se gratta frénétiquement l'arrière de la tête en attendant qu'on réponde. « Martin, tu peux venir ? Oui, au sujet de cet échantillon. »

Nybakk raccrocha, et trois secondes de silence suivirent. Il sourit. Harry savait qu'il se triturait les méninges pour trouver de quoi meubler cette pause. Il ne dit rien. Nybakk s'éclaircit la voix. « Vous habitiez la maison jaune près de l'esplanade de gravier. J'ai grandi dans la maison rouge au sommet de la côte. Les Nybakk ?

— Bien sûr, mentit Harry, constatant une fois encore combien il avait peu de souvenirs de son enfance.

— Vous avez toujours la maison ? »

Harry bougea les pieds. Il savait que la fin du match ne serait pas sifflée avant l'arrivée de ce Martin.

« Mon père est mort il y a trois ans. La vente a un peu traîné, mais…

— Les esprits.

— Pardon ?

— Il s'agit de les laisser finir de hanter les lieux

avant de vendre, non ? Ma mère est morte l'an dernier, mais j'ai encore la maison, qui reste vide. Marié ? Des enfants ? »

Harry secoua la tête. Et dégagea la balle dans le camp adverse.

« Mais vous, vous êtes marié, je vois.

— Ah ?

— L'alliance, précisa Harry avec un petit signe de tête vers la main de l'autre. J'en avais une tout à fait identique. »

Nybakk leva la main avec l'anneau et sourit.

« Avais ? Vous êtes séparé ? »

Harry jura intérieurement. Pourquoi les gens devaient-ils à toute force faire la conversation ? Séparé ? Un peu qu'il était séparé. Séparé de celle qu'il aimait. De ceux qu'il aimait. Harry toussota.

« Ah, te voilà », constata Nybakk.

Harry se retourna. Un personnage voûté, vêtu d'une blouse blanche, l'observait depuis la porte. Longue mèche noire qui pendait sur un grand front pâle, presque blanc. Yeux profondément enchâssés. Harry ne l'avait même pas entendu arriver.

« Voici Martin Pran, l'un de nos meilleurs chercheurs », annonça Nybakk.

C'est le bossu de Notre-Dame, songea Harry.

« Alors, Martin ? demanda Nybakk.

— Ce que tu appelles de la fioline n'est pas de l'héroïne mais une substance qui ressemble au levorphanol. »

Harry mémorisa le nom.

« À savoir ?

— Une bombe atomique opioïde, glissa Nybakk. Extrêmement antalgique. Six à huit fois plus puissant que la morphine. Trois fois plus que l'héroïne.

— Vraiment ?

— Vraiment, répondit Nybakk. Et son effet dure deux fois plus longtemps que celui de la morphine. Huit à quatorze heures. Ingérez seulement trois milligrammes de levorphanol, et vous avez une anesthésie générale. En injection, la moitié suffit.

— Mmm. Ça a l'air dangereux.

— Pas tout à fait aussi dangereux qu'on pourrait le croire. Des doses appropriées d'opioïdes purs comme l'héroïne n'ont pas d'effets directement destructeurs sur le corps. C'est avant tout la dépendance occasionnée qui détruit la qualité de vie.

— Ah oui ? Les consommateurs d'héroïne tombent comme des mouches, dans cette ville.

— Oui, mais pour deux raisons avant tout : d'abord parce que l'héroïne est mélangée à d'autres substances qui en font du pur poison. Si vous mélangez de l'héroïne et de la cocaïne, par exemple…

— Speedball, compléta Harry. John Belushi.

— Paix à son âme. L'autre cause de décès classique est la détresse respiratoire. En cas de surdose, vous cessez tout bonnement de respirer. À mesure que votre seuil de tolérance au stupéfiant augmente, vous vous injectez des doses de plus en plus fortes. Le levorphanol est intéressant parce qu'il agit beaucoup moins sur la respiration. N'est-ce pas, Martin ? »

Le bossu opina sans lever les yeux.

« Mmm. » Harry observa Pran. « Plus fort que l'héroïne, effet plus long, et les risques d'overdose sont moindres. On dirait la drogue rêvée de tout junkie.

— La dépendance, grommela le bossu. Et le prix.

— Pardon ?

— On le voit avec les patients, soupira Nybakk. Ils deviennent dépendants comme ça. » Il claqua des doigts. « Mais dans le cas d'un patient en cancérologie, la dépendance est hors sujet. Nous adaptons le type et la quantité d'antalgiques suivant un plan précis. Le but est de prévenir la douleur, pas de la talonner. Et le levorphanol est cher à produire et à importer. Ça pourrait être la raison pour laquelle nous n'en voyons pas dans la rue.

— Ce n'est pas du levorphanol. »

Harry et Nybakk se tournèrent vers Martin Pran.

« Il est modifié. » Pran leva la tête. Et Harry se rendit compte que son regard étincelait, comme si une lampe venait d'y être allumée.

« Comment ça ? demanda Nybakk.

— Il va falloir du temps pour trouver comment, mais on dirait en tout cas qu'un atome de fluor a été substitué à un des atomes de chlore. Pas sûr que ce soit si coûteux à réaliser.

— Fichtre, souffla Nybakk, incrédule. Il serait question d'un Dreser ?

— Peut-être, répondit Pran avec un sourire presque imperceptible.

— Doux Jésus ! s'exclama Nybakk qui, dans son enthousiasme, se gratta l'arrière du crâne des deux mains. Ce serait l'œuvre d'un génie. Ou alors de quelqu'un qui aurait eu beaucoup, beaucoup de chance.

— Je crains de ne plus vous suivre, là, les gars…, intervint Harry.

— Ah, désolé, répondit Nybakk. Heinrich Dreser. C'est lui qui a découvert l'aspirine en 1897. Pendant les jours suivants, il a continué de travailler dessus. Il ne faut pas grand-chose, une molécule par-ci, une par-là, et hop ! ça se fixe sur d'autres récepteurs dans le corps humain. Onze jours plus tard,

Dreser avait découvert une nouvelle substance. Qui a été vendue comme remède contre la toux jusqu'en 1913.

— Et cette substance était… ?

— Le nom a un rapport avec l'héroïsme.

— L'héroïne, fit Harry.

— Exact.

— Et le glaçage ? demanda Harry, s'adressant à Pran.

— On appelle ça l'enrobage, rectifia sèchement le bossu. Quoi, l'enrobage ? »

Son visage était tourné vers Harry, mais il regardait ailleurs, vers le mur. Comme un animal qui cherche une issue, songea Harry. Ou un animal social qui ne veut pas affronter la domination de l'animal qui le regarde droit dans les yeux. Ou simplement un être humain aux inhibitions sociales un peu supérieures à la moyenne. Mais il y avait autre chose qui attirait l'attention de Harry, quelque chose dans sa façon de se tenir debout, comme si tout son corps était tordu.

« Eh bien…, commença Harry. À la Brigade technique, ils pensent que ce sont de tout petits fragments de glaçage qui constituent les particules brunes dans la fioline. Et qu'il s'agit de… euh, l'enrobage des comprimés de méthadone que vous fabriquez ici, au Radiumhospital.

— Et… ? demanda très vite Pran.

— Est-il pensable que la fioline soit fabriquée en Norvège par quelqu'un qui aurait accès à vos comprimés ? »

Stig Nybakk et Martin Pran se regardèrent.

« Nous fournissons aussi d'autres hôpitaux en comprimés de méthadone, donc pas mal de gens y ont accès, expliqua Nybakk. Mais la fioline, c'est de la chimie de très haute volée. » Il souffla en faisant vibrer ses lèvres. « Qu'en penses-tu, Pran ? Avons-nous dans le milieu de la recherche norvégienne des éléments susceptibles de découvrir une telle substance ? »

Pran secoua la tête.

« Et avec de la chance ? » suggéra Harry.

Pran haussa les épaules.

« Il n'est bien sûr pas impossible que Brahms ait eu un coup de chance quand il a écrit *Un requiem allemand.* »

Le silence tomba sur la pièce. Nybakk lui-même semblait n'avoir rien à ajouter.

« Bon. » Harry se leva.

« J'espère que cet entretien vous a été utile, conclut Nybakk en tendant la main à Harry par-dessus son bureau. Saluez Tresko de ma part. Il doit toujours être gardien de nuit chez Hafslund Energi et surveiller l'interrupteur de la ville ?

— Quelque chose de ce genre.

— Il n'aime pas la lumière du jour ?

— Il n'aime pas qu'on le saoule. »

Nybakk eut un sourire jaune.

En ressortant, Harry s'arrêta deux fois. La première pour jeter un coup d'œil dans le laboratoire vide, où la lumière était éteinte. La seconde devant une porte marquée Martin Pran. De la lumière filtrait sous le battant. Harry appuya doucement sur la poignée. La porte était verrouillée.

La première chose que fit Harry en s'installant au volant de la voiture de location fut de consulter son téléphone mobile. Il vit un appel en absence de Beate Lønn, mais pas encore de SMS d'Isabelle Skøyen.

Dès qu'il arriva au niveau du stade d'Ullevål, Harry comprit sa magistrale erreur de timing pour cette excursion extra muros. Les gens qui travaillaient le moins au monde rentraient chez eux. Il lui fallut cinquante minutes pour atteindre Karihaugen.

Dans sa voiture, Sergeï tambourinait sur le volant. En théorie, son lieu de travail était du bon côté de l'heure de pointe, mais quand il était du soir, il se retrouvait malgré tout au milieu des bouchons à la sortie de la ville. Les voitures progressaient comme de la lave tiède vers Karihaugen. Il avait googlé le policier. Trouvé de vieux articles. Sur des meurtres. Il avait arrêté un tueur en série en Australie. Ça avait frappé Sergeï parce que ce matin-là il avait regardé une émission sur l'Australie sur Animal Planet. Il y était question de l'intelligence des crocodiles du Territoire du Nord, de leur façon d'apprendre les habitudes de leurs proies. Si un homme faisait du camping dans le bush, il irait sans doute chercher de l'eau le matin en empruntant un sentier qui longeait le billabong. Sur le chemin, il était à l'abri du crocodile qui l'observait depuis l'eau. S'il dormait au même endroit la nuit suivante, la même chose se reproduirait le lendemain matin. S'il restait une troisième nuit, il emprunterait le chemin le matin suivant, mais ne verrait pas de crocodile. Pas avant d'entendre un craquement dans le bush de l'autre côté du sentier et d'être précipité dans l'eau par le crocodile.

Le policier semblait mal à l'aise sur les photos d'Internet. Comme s'il n'aimait pas être photographié. Ou regardé.

Le téléphone sonna. C'était Andreï. Il alla droit au but.

« Il loge au Leons. »

En principe, le dialecte sud-sibérien d'Andreï était un staccato crépitant, mais Andreï le rendait doux et fluide. Il répéta deux fois l'adresse, en articulant bien, et Sergeï la mémorisa.

« Bien, répondit Sergeï en essayant de prendre un ton enthousiaste. Je demanderai dans quelle chambre il loge. Et si ce n'est pas au bout du couloir, j'attendrai là, au fond. Comme ça, quand il sortira pour rejoindre l'escalier ou l'ascenseur, il devra me tourner le dos.

— Non, Sergeï.

— Non ?

— Pas à l'hôtel. Il s'attend à ce qu'on lui tombe dessus au Leons.

— Il s'y attend ? » répéta Sergeï en sursautant.

Il changea de file et se plaça derrière une voiture de location pendant qu'Andreï lui racontait que le policier avait pris contact avec deux de leurs vendeurs et invité *ataman* au Leons. Ça sentait le piège à plein nez. *Ataman* avait clairement indiqué que Sergeï devait faire le travail ailleurs.

« Où ?

— Attends-le dans la rue, devant l'hôtel.

— Mais où est-ce que je vais le *faire* ?

— À toi de choisir. Personnellement, ma préférence va à l'embuscade.

— Embuscade ?

— Toujours l'embuscade, Sergeï. Autre chose…

— Oui ?

— Il commence à s'approcher de choses dont nous ne voulons pas qu'il s'approche. Ce qui veut dire que ça devient urgent.

— Qu'est-ce que… euh… ça veut dire ?

— *Ataman* dit qu'il faut que tu prennes le temps dont tu as besoin, mais pas plus. Aujourd'hui serait mieux que demain. Compris ?

— Compris. » Sergeï espérait qu'Andreï ne l'avait pas entendu déglutir.

Quand ils raccrochèrent, il était toujours coincé dans la circulation. Il ne s'était jamais senti aussi seul de sa vie.

On était au pire des engorgements, et la circulation ne se dénoua pas avant Berger, juste avant le carrefour de Skedsmo. Harry avait passé une heure dans la voiture à parcourir toutes les stations radio avant de s'arrêter en pure protestation sur NRK Alltid klassisk. Vingt minutes plus tard, il vit le panneau qui indiquait l'aéroport d'Oslo. Depuis la veille, il avait composé le numéro de Tord Schultz une douzaine de fois, sans obtenir de réponse. Le collègue de Schultz qu'il avait fini par joindre à la compagnie aérienne avait dit n'avoir aucune idée de l'endroit où il était, qu'il restait souvent dans les parages quand il ne volait pas. Il avait aussi confirmé l'adresse personnelle que Harry avait trouvée sur Internet.

Le soir tombait quand un panneau indiqua à Harry qu'il était arrivé au bon endroit. Il roula lentement entre boîtes à chaussures identiques réparties de part et d'autre de la route récemment asphaltée. Il déduisit laquelle était celle de Schultz à partir des maisons voisines suffisamment éclairées pour lui permettre de lire les numéros sur les murs. Celle de Tord Schultz était en effet plongée dans le noir complet.

Harry gara sa voiture. Leva les yeux. De l'argent sortit des ténèbres, un avion, aussi silencieux qu'un rapace. La lumière balaya les toits, et l'appareil disparut derrière lui, traînant son vacarme comme un voile de mariée.

Harry alla jusqu'à la porte d'entrée, colla le visage contre la vitre et sonna. Attendit. Sonna de nouveau. Attendit une minute.

Puis il brisa la vitre d'un coup de pied.

Il glissa la main à l'intérieur, trouva la poignée et ouvrit.

Il enjamba les bris de verre et entra dans le salon.

Ce qui le frappa en premier lieu fut l'obscurité. Il faisait plus sombre qu'il n'aurait dû, même dans un salon sans lampe allumée. Il comprit que les rideaux étaient tirés. D'épais rideaux occultants du même genre que ceux qu'ils utilisaient dans les camps militaires du Finnmark pour échapper au soleil de minuit.

Il fut ensuite frappé par le sentiment de ne pas être seul. Et puisque Harry savait d'expérience que ce genre de sentiment résulte presque toujours d'impressions sensorielles tout à fait concrètes, il se concentra sur ce que ces impressions sensorielles pouvaient être, et refoula sa propre réaction parfaitement naturelle : une accélération du pouls et le besoin impérieux de repartir par où il était arrivé. Il tendit l'oreille, mais ne perçut que le tic-tac d'une horloge quelque part, vraisemblablement dans une pièce voisine. Il huma l'air. Une odeur douceâtre de renfermé, mais aussi quelque chose d'autre, quelque chose de lointain, mais de connu. Il ferma les yeux. En général, il les remarquait avant qu'ils arrivent. Au fil des ans, il avait développé des stratégies mentales qui parvenaient à les tenir à distance. Mais les voilà qui étaient sur lui avant qu'il ait eu le temps de verrouiller la porte. Les revenants. Ça sentait la scène de crime.

Il ouvrit les yeux, et fut aveuglé. La lumière venait des vasistas au-dessus de la mezzanine devant lui. Elle balaya le sol. Puis vint le bruit de l'avion et, une seconde plus tard, le salon était de nouveau plongé dans l'obscurité. Mais il avait vu. Et ce ne fut plus possible de refouler l'accélération du pouls et le besoin de faire marche arrière.

C'était le Scarabée. *Jouk*. Il se balançait en l'air juste devant son visage.

Chapitre 21

Le visage était détruit.

Harry avait allumé la lumière dans le salon et regardait le mort.

Son oreille droite était clouée au parquet, et son visage marqué de six cratères noirs sanguinolents. Il n'eut pas besoin de chercher l'arme du crime, elle pendait juste devant lui, à hauteur de sa tête. Au bout d'une corde qui passait sur une poutre était attachée une brique d'où dépassaient six clous sanglants.

Harry s'accroupit et souleva le bras du mort. L'homme était froid, et la *rigor mortis* était bel et bien présente malgré la chaleur qui régnait dans ce salon. Tout comme la *livor mortis* ; la pesanteur associée à l'absence de pression sanguine avait concentré le sang aux points les plus bas du corps et donné à l'arrière du bras une teinte rougeâtre. Harry gageait que l'homme était décédé depuis au moins douze heures. Sa chemise blanche repassée était remontée et révélait un peu de la peau du ventre. Elle n'avait pas encore la teinte verte indiquant que les bactéries avaient entrepris de le manger, festin qui, en règle générale, ne commençait qu'après quarante-huit heures et, à partir du ventre, gagnait le corps entier.

Outre sa chemise, il était vêtu d'une cravate desserrée, d'un pantalon de costume noir et de chaussures cirées. Comme s'il arrivait droit d'un enterrement, ou d'un travail où le costume était de rigueur, songea Harry.

Il décrocha le téléphone et se demanda s'il allait appeler le central d'opérations ou directement la Brigade criminelle. Il composa le numéro du central tout en regardant autour de lui. Il n'avait pas vu de signes d'effraction et dans le salon il n'y avait pas trace de lutte. Hormis la brique et le cadavre, il n'y avait rien, et Harry sut que les TIC ne trouveraient rien. Pas d'empreintes digitales, ni de chaussures, pas de traces ADN. Les enquêteurs seraient coincés ; aucun voisin n'aurait rien vu, aucune caméra de surveillance dans les stations-service alentour n'aurait capturé de visage inconnu, aucun appel téléphonique révélateur n'aurait été reçu ou émis de l'appareil de Schultz. Rien. Pendant que Harry attendait une réponse, il se rendit dans la cuisine. Par habitude, il marchait avec précaution et faisait attention à ne rien toucher. Son regard tomba sur la table et une petite assiette contenant une moitié de tartine de saucisse. Une veste assortie au pantalon que portait le cadavre était posée sur le dossier de la chaise. Harry fouilla dans les poches et trouva quatre cents couronnes, un badge autocollant, un billet de train et un badge de la compagnie aérienne. Tord Schultz. Le visage, au sourire professionnel, ressemblait aux vestiges de celui qu'il avait vu dans le salon.

« Central d'opérations.

— J'ai là un cadavre. L'adresse, c'est… »

Le regard de Harry était tombé sur l'autocollant.
« Oui ? »
Il avait quelque chose de familier.
« Allô ? »
Harry le ramassa. En haut, on lisait OSLO POLITIDISTRIKT en grandes capitales. Au-dessous, TORD SCHULTZ et une date. Il s'était rendu dans un commissariat ou à l'hôtel de police trois jours plus tôt. Et à présent, il était mort.
« Allô ? »
Harry raccrocha.
S'assit.
Réfléchit.
Il passa une heure et demie à inspecter la maison. Après quoi il essuya tous les endroits où il avait pu laisser des empreintes et ôta le sac en plastique qu'il s'était attaché sur la tête avec un élastique pour ne pas laisser de cheveux. Une règle immuable voulait que tout enquêteur criminel ou tout policier susceptible de passer sur une scène de crime fasse enregistrer ses empreintes digitales et son ADN. Si Harry laissait quoi que ce soit derrière lui, il ne faudrait pas plus de cinq minutes à la police pour savoir qu'il était venu. Le résultat de son inspection se monta à trois petits sachets de cocaïne et quatre bouteilles de ce qu'il supposait être de l'alcool de contrebande. À part ça, exactement ce à quoi il s'était attendu : rien.
Il sortit, s'installa au volant et s'en alla.
Oslo Politidistrikt.
Merde, merde.

Lorsque Harry eut regagné le centre-ville et garé sa voiture, il resta assis au volant, le regard perdu de l'autre côté du pare-brise. Puis il composa le numéro de Beate.

« Salut, Harry.

— Deux choses. Je voudrais te demander un service. Et te donner un tuyau anonyme : il y a un autre mort dans votre affaire.

— Je viens de l'apprendre.

— Vous êtes au courant ? s'étonna Harry. La méthode s'appelle *jouk*. Ça veut dire “scarabée” en russe.

— De quoi est-ce que tu parles ?

— De la brique.

— Quelle brique ? »

Harry inspira à fond.

« De quoi est-ce que *toi* tu parles ?

— Goïko Tošić.

— Qui est-ce ?

— Le type qui a agressé Oleg.

— Eh bien ?

— On l'a retrouvé mort dans sa cellule. »

Harry regardait droit dans deux phares qui venaient vers lui.

« Comment… ?

— C'est ce sur quoi ils sont en train d'enquêter. On dirait qu'il s'est pendu.

— Retire le pronom réfléchi. Ils ont aussi tué le pilote.

— Quoi ?

— Tord Schultz est par terre dans le salon de sa maison de Gardermoen. »

Deux secondes s'écoulèrent avant la réponse de Beate.

« Je vais avertir le central d'opérations.

— OK.

— Et l'autre chose ?

— Quoi ?

— Tu as dit que tu avais un service à me demander.

— Ah, oui. » Harry tira l'autocollant de sa poche. « Je me demandais si tu pouvais consulter le registre des visiteurs à l'accueil de l'hôtel de police. Essaie de savoir qui Tord Schultz est venu voir il y a trois jours. »

Il y eut un nouveau silence.

« Beate ?

— Oui. Tu es sûr que je veux être mêlée à ça, Harry ?

— Je suis sûr que tu ne veux pas l'être.

— Va au diable ! »

Il raccrocha.

Harry laissa sa voiture de location dans le parking au bas de Kvadraturen et marcha vers le Leons. Il passa devant un bar, et la musique qui sortait par la porte ouverte lui rappela le soir de son arrivée. Le *Come As You Are* de Nirvana l'invita. Il n'eut pas conscience d'être entré avant de se retrouver au comptoir de ce long boyau.

Trois clients étaient recroquevillés sur leur tabouret. On aurait dit un banquet funèbre qui durait depuis un mois sans que personne n'ait osé en partir. Ça sentait la charogne et on entendait de petits crépitements de chair. Le barman posa sur Harry un regard commande-quelque-chose-ou-va-te-faire-voir-ailleurs, tout en dévissant sans se presser le bouchon d'un tire-bouchon. Trois grandes lettres gothiques tatouées barraient sa large gorge. EAT.

« Qu'est-ce que ce sera ? » cria le barman, qui parvint tout juste à couvrir la voix de Kurt Cobain qui priait Harry de venir comme un ami, comme un ami. Comme un vieil ennemi.

Harry humecta ses lèvres devenues soudain sèches. Observa les mains du barman qui dévissaient. Le tire-bouchon était un modèle tout simple, avec une mèche en queue de cochon, qui appelait une main ferme et exercée, mais qui en contrepartie s'enfonçait profondément dans le bouchon en deux ou trois tours seulement. Ce bouchon-là était transpercé. Ce n'était pourtant pas un bar à vin. Alors que servaient-ils d'autre ? Il vit son reflet déformé dans le miroir derrière le barman. Son visage massacré. Mais il n'y avait pas que son visage, il y avait ceux de tous les autres, de tous les revenants. Et Tord Schultz venait de les rejoindre. Son regard parcourut la rangée de bouteilles sur l'étagère et, comme une fusée à tête chercheuse, trouva sa cible. Le vieil ennemi. Jim Beam.

Kurt Cobain criait qu'il n'avait pas de pistolet.

Harry se racla la gorge. Juste un.

Il faut que tu viennes comme tu es et non, je n'ai pas de pistolet.

Il articula sa commande.

« Hein ? cria le barman en se penchant vers lui.

— Jim Beam. »

Pas de pistolet.

« Gin quoi ? »

Harry déglutit. Kurt Cobain répéta le mot « *memoria* ». Harry avait entendu cette chanson cent fois, mais il se rendit compte qu'il avait toujours cru que Cobain chantait « *the more* » quelque chose.

Memoria. In memoriam. Où avait-il vu ces mots ? Sur une stèle funéraire ?

Il vit un mouvement dans le miroir. Au même instant, son téléphone se mit à vibrer dans sa poche.

« Gin quoi ? » répéta le barman en posant le tire-bouchon sur le comptoir.

Harry sortit son téléphone. Regarda l'écran. *R.* Il répondit.

« Salut, Rakel.

— Harry ? »

Nouveau mouvement derrière lui.

« J'entends plein de bruit, Harry, où es-tu ? »

Harry se leva et gagna la sortie à grandes enjambées. Il inspira l'air saturé de gaz d'échappement mais néanmoins plus frais à l'extérieur.

« Que fais-tu ? voulut savoir Rakel.

— Je suis en train de me demander si je vais partir à droite ou à gauche, répondit Harry. Et toi ?

— J'allais me coucher. Tu es sobre ?

— Pardon ?

— Tu m'as entendue. Et je t'entends. Je sais quand tu es stressé. Et le bruit, là, on aurait dit un bar. »

Harry sortit son paquet de Camel. En tira une cigarette. Remarqua que ses doigts tremblaient.

« C'est bien que tu appelles, Rakel.

— Harry ? »

Il alluma sa cigarette.

« Oui ?

— Hans Christian a pu s'arranger pour qu'Oleg soit détenu dans un endroit secret. Quelque part dans l'Østlandet, mais personne ne saura où.

— Pas mal.

— C'est quelqu'un de bien, Harry.

— Je n'en doute pas.

— Harry ?

— Je suis là.

— Admettons qu'on puisse falsifier des preuves.

Et que j'endosse la responsabilité du meurtre. Tu m'aiderais ? »

Harry inhala.

« Non.

— Pourquoi ? »

La porte derrière Harry s'ouvrit. Mais il n'entendit aucun pas s'éloigner.

« Je t'appelle de l'hôtel, d'accord ?

— D'accord. »

Il raccrocha et partit dans la rue, sans se retourner.

Sergeï regarda l'homme qui traversait la rue au petit trot.

Le vit entrer au Leons.

Il avait été si près. Si près. D'abord dans le bar, puis dans la rue.

Dans sa poche, il avait toujours la main refermée autour du manche de couteau en bois de cerf. La lame était sortie et plongeait dans la doublure de son blouson. Par deux fois il avait été sur le point d'avancer, d'empoigner les cheveux de la main gauche, dedans, le couteau, et puis un demi-cercle. Le policier était certes plus grand qu'il l'avait imaginé, mais ça ne poserait aucun problème.

Rien ne poserait de problème. Car avec son pouls qui ralentissait, il sentait revenir le calme. Le calme qu'il avait perdu, que la peur avait repoussé. Et il sentit de nouveau qu'il se réjouissait, il se réjouissait à la perspective de l'accomplissement, de faire corps avec une histoire déjà racontée.

Car c'était là l'endroit, l'embuscade dont Andreï avait parlé. Sergeï avait vu le regard du policier quand il fixait les bouteilles. C'était le regard que son père avait quand il était rentré de prison. Sergeï était le crocodile dans le billabong, le crocodile qui savait que l'homme emprunterait le même chemin pour trouver à boire, qui savait qu'il suffisait d'attendre.

Allongé sur le lit de la chambre 301, Harry crachait la fumée vers le plafond et écoutait sa voix au téléphone.

« Je sais que tu as fait des choses pires que falsifier des preuves. Alors pourquoi pas ? Pourquoi pas pour quelqu'un que tu aimes ?

— Tu bois du vin blanc.

— Comment sais-tu que ce n'est pas du vin rouge ?

— Je l'entends.

— Alors, explique-moi pourquoi tu ne veux pas m'aider.

— Je suis obligé ?

— Oui, Harry. »

Harry écrasa sa cigarette dans la tasse à café vide sur la table de chevet.

« Moi, criminel et policier déchu, j'estime que la loi a un sens. Ça paraît absurde ?

— Continue.

— La loi, c'est la barrière que nous avons érigée au bord du précipice. Chaque fois que quelqu'un enfreint la loi, cette barrière s'affaisse un peu. Alors il faut la réparer. Le coupable doit purger sa peine.

— Non, *quelqu'un* doit purger une peine. Quelqu'un doit payer pour montrer à la société que le meurtre est inacceptable. N'importe quel bouc émissaire peut reconstruire cette barrière.

— Tu arranges la loi pour qu'elle te convienne. Tu es juriste, tu devrais savoir.

— Je suis mère, je travaille comme juriste. Et toi, Harry ? Tu es policier ? C'est ça que tu es devenu ? Un robot, un esclave de la fourmilière et d'idées que d'autres ont pensées ?

— Mmm.

— Tu as une réponse à me donner ?

— Eh bien… pourquoi penses-tu que je suis rentré à Oslo ? »

Pause.

« Harry ?

— Oui ?

— Excuse-moi.

— Ne pleure pas.

— Je sais. Excuse-moi.

— Ne t'excuse pas.

— Bonne nuit, Harry. Je…

— Bonne nuit. »

Harry se réveilla. Il avait entendu quelque chose. Qui avait couvert le son de ses pas précipités dans le couloir et celui de l'avalanche. Il regarda l'heure. 01:34. Appuyée contre la fenêtre, la tringle à rideaux cassée formait la silhouette d'une tulipe. Il se leva, alla à la fenêtre et jeta un coup d'œil dans la cour. Un couvercle de poubelle oscillait encore sur l'asphalte. Il posa son front contre la vitre froide.

Chapitre 22

Il était tôt. Les bouchons du matin s'enfonçaient en chuchotant sur Grønlandsleiret, tandis que Truls montait vers l'entrée de l'hôtel de police. Juste avant d'arriver aux portes aux étranges œils-de-bœuf, il aperçut l'affiche rouge sur le tilleul. Il fit donc demi-tour, repartit sans hâte. Dépassa le flux visqueux de voitures dans Oslo gate en se dirigeant vers le cimetière.

Il entra dans un cimetière aussi vide de monde que d'habitude à cette heure. Vide de vivants, en tout cas. Il s'arrêta devant la tombe d'A. C. Rud. Aucun message n'était inscrit dessus, ce devait donc être jour de paie.

Il s'accroupit et creusa dans la terre tout contre la pierre. Trouva l'enveloppe brune et la ramassa. Résista à la tentation de l'ouvrir pour compter, là, tout de suite, la fourra simplement dans sa poche de blouson. Il allait se relever, mais il eut soudain le sentiment d'être observé et resta accroupi quelques secondes encore, comme méditant sur A. C. Rud, sur la vanité de la vie ou une connerie de ce genre.

« Reste assis, Berntsen. »

Une ombre était tombée sur lui. Et avec elle un froid, comme si le soleil avait disparu derrière un nuage. Truls Berntsen eut une sensation de chute libre, son estomac remonta dans sa poitrine. C'était donc ainsi que cela devait se produire, ainsi qu'il serait percé à jour.

« Nous avons un autre genre de boulot pour toi, cette fois. »

Truls sentit de nouveau la terre ferme sous ses pieds. La voix. Le léger accent. C'était lui. Truls jeta un coup d'œil sur le côté. Vit la silhouette qui se tenait tête baissée deux tombes plus loin, apparemment en prière.

« Il faut que tu trouves où ils ont caché Oleg Fauke. Regarde devant toi ! »

Truls fixa la stèle devant lui.

« J'ai essayé, répondit-il. Mais le transfert n'a été enregistré nulle part. Nulle part où j'aie accès, en tout cas. Ceux à qui j'ai parlé n'ont pas entendu parler de ce gars, alors je suppose qu'ils lui ont donné un autre nom.

— Il faut que tu parles à ceux qui savent. Son avocat. Simonsen.

— Pourquoi pas sa mère ? Elle doit bien…

— Pas de femmes ! » Les mots avaient cinglé comme des balles, et s'il y avait d'autres gens dans le cimetière, ils avaient dû les entendre. Puis, plus calmement : « Essaie l'avocat. Et si ça ne marche pas… »

Pendant la pause qui s'ensuivit, Berntsen entendit le bruissement des arbres. Ce devait être le vent, c'était lui qui, subitement, avait tant refroidi l'atmosphère.

« Il y a aussi un certain Chris Reddy, poursuivit la voix. Dans la rue, on l'appelle Adidas. Il deale…

— Du speed. Adidas, ça veut dire amphé…

— Ferme-la, Berntsen. Contente-toi d'écouter. »

Truls la ferma. Et écouta. Comme il l'avait fermée chaque fois que ceux qui étaient pourvus de ce genre de voix lui avaient demandé de la fermer. Comme il avait écouté chaque fois qu'ils lui demandaient de nettoyer la merde. De…

La voix donna une adresse.

« Tu as entendu une rumeur disant qu'Adidas se vante d'avoir tué Gusto Hanssen. Alors tu le convoques pour un interrogatoire. Et là, il te fera des aveux complets. Je vous laisse vous mettre d'accord sur les détails pour que ce soit cent pour cent crédible. Mais d'abord, tu essaies de faire parler Simonsen. Compris ?

— Oui. Mais pourquoi Adidas…

— Pourquoi n'est pas ton problème, Berntsen. Ta seule question doit être "combien ?". »

Truls Berntsen déglutit. Et encore. Déblaya la merde. L'avala.

« Combien ?

— Voilà, comme ça. Soixante mille.

— Cent mille. »

Pas de réponse.

« Ohé ? »

Mais on n'entendait que le chuchotis de la circulation.

Berntsen ne bougeait pas. Il jeta un coup d'œil sur le côté. Personne. Il sentit que le soleil s'était remis à chauffer. Et soixante mille, c'était bien.

Le sol était encore nappé de brume quand, à dix heures du matin, Harry tourna devant le bâtiment principal de la ferme. Debout sur le perron, une Isabelle Skøyen souriante, en culotte de cheval noire, attendait. Pendant que Harry descendait de voiture, il entendit le gravier crisser sous les talons de ses bottes.

« Bonjour, Harry. Que savez-vous sur les chevaux ? »

Harry claqua la portière.

« J'ai perdu pas mal d'argent en misant dessus. C'est parlant, comme réponse ?

— Donc vous êtes joueur, en plus ?

— En plus ?

— J'ai mené ma petite enquête, moi aussi. Vos exploits sont neutralisés par vos vices. C'est en tout cas ce que semblent penser vos collègues. Vous avez perdu cet argent à Hong Kong ?

— Champ de courses de Happy Valley. Ça n'est arrivé qu'une fois. »

Elle se mit en marche vers un bâtiment bas, en bois peint en rouge, et il dut allonger le pas pour ne pas être distancé.

« Êtes-vous déjà monté à cheval, Harry ?

— Mon grand-père avait un cheval de trait, un Døle, à Åndalsnes.

— Cavalier expérimenté, donc.

— Non, une seule fois. Mon grand-père disait que les chevaux n'étaient pas des jouets. Il disait que monter pour le plaisir, c'était manquer de respect aux animaux de travail. »

Elle s'arrêta devant un tréteau en bois avec deux selles étroites.

« Pas un seul de mes chevaux n'a vu ni ne verra jamais une charrette ou une charrue. Pendant que je selle, je suggère que vous fassiez un saut dans l'entrée, là-bas... » Elle indiqua le bâtiment d'habitation. « Vous y trouverez dans la penderie des vêtements de mon ex-mari à votre taille. Il nous faut épargner votre beau costume, n'est-ce pas ? »

Dans la penderie, Harry trouva un pull et un jean qui étaient effectivement à sa taille. Cependant, l'ex-mari devait avoir le pied plus petit, car il ne put enfiler aucune chaussure avant de trouver tout au fond une paire de baskets bleues de l'armée, peu usagées.

Quand il ressortit dans la cour, Isabelle se tenait prête, avec deux chevaux sellés. Harry ouvrit la portière passager de la voiture de location, s'assit les jambes à l'extérieur, ôta ses chaussures, retira les semelles des baskets avant de les enfiler et prit ses lunettes de soleil dans la boîte à gants.

« Prêt.

— Voici Medusa, dit Isabelle en caressant un grand alezan sur le nez. C'est une Oldenbourg, du Danemark, parfaite pour le saut. Dix ans, chef du troupeau. Et voici Balder, cinq ans. C'est un hongre, donc il suivra Medusa. »

Elle lui tendit les rênes du hongre et monta sur Medusa.

Harry glissa le pied gauche dans l'étrier gauche et se mit en selle. Sans attendre d'ordre, le cheval emboîta le pas à Medusa.

Harry avait exagéré en prétendant n'être monté qu'une seule fois, mais c'était là autre chose que le placide remorqueur qui tenait lieu de cheval de trait à son grand-père. Il lui fallait tenir l'équilibre sur la selle, et quand il serrait les genoux, il sentait les muscles et les côtes de sa monture longiligne. Et lorsque Balder imita Medusa qui accélérait légèrement sur le chemin qui traversait un champ, Harry comprit qu'il avait entre les jambes une Formule 1. Au bout du champ, ils s'engagèrent sur un sentier qui disparaissait dans la forêt vers le sommet de la colline. À un endroit où le chemin contournait un arbre,

Harry essaya de diriger Balder vers la gauche, mais celui-ci l'ignora complètement et marcha dans les traces de Medusa, qui était passée à droite.

« Je croyais que c'étaient les étalons les chefs de troupeau, observa Harry.

— En général, c'est le cas, répondit Isabelle pardessus son épaule. Mais tout est question de caractère. Si elle le veut, une jument forte, ambitieuse et intelligente peut surpasser tout le monde.

— Et vous le voulez ? »

Isabelle Skøyen rit.

« Évidemment. Pour arriver à quelque chose, il faut le vouloir. La politique consiste à se procurer le pouvoir, par conséquent, il faut être disposé à entrer en compétition.

— Et vous aimez la compétition ? »

Il la vit hausser les épaules devant lui.

« La compétition, c'est sain. Ça veut dire que le plus fort et le meilleur prend les décisions, et c'est à l'avantage du troupeau entier.

— Et elle peut aussi s'accoupler avec qui elle veut ? »

Elle ne répondit pas. Harry la regarda. Elle avait le dos cambré, et ses fesses fermes paraissaient masser le cheval, le pousser en de souples déhanchements. Ils débouchèrent sur une clairière ouverte. Le soleil brillait et, en contrebas, des touffes de brume parsemaient le paysage.

« On va les laisser souffler », annonça Isabelle Skøyen en mettant pied à terre.

Quand ils eurent attaché les chevaux à un arbre, Isabelle s'allongea dans l'herbe et fit signe à Harry de l'imiter. Il s'assit à côté d'elle et mit ses lunettes de soleil.

« Dites-moi, ce sont des lunettes pour homme, ça ? le taquina-t-elle.

— Elles protègent du soleil, répondit Harry en sortant son paquet de cigarettes.

— J'aime bien.

— Quoi ?

— J'aime bien les hommes qui sont sûrs de leur masculinité. »

Harry la regarda. Elle était appuyée sur ses avant-bras, et avait défait un bouton de son corsage. Il espérait que ses lunettes de soleil étaient suffisamment sombres. Elle sourit.

« Alors, que pouvez-vous me dire sur Gusto ? demanda Harry.

— J'aime les hommes authentiques. » Son sourire s'élargit.

Une libellule marron, qui effectuait son dernier vol de l'automne, fila devant eux. Harry n'aimait pas ce qu'il voyait dans les yeux d'Isabelle. Ce qu'il n'avait cessé de voir depuis son arrivée. Une joie pleine d'expectative. Et pas du tout l'inquiétude taraudante qu'on attendrait chez quelqu'un qui risque un scandale destructeur de carrière.

« Je n'aime pas le factice, poursuivit-elle. Comme le bluff, par exemple. »

Ses yeux bleus enrobés de mascara irradiaient le triomphe.

« J'ai appelé un contact dans la police, voyez-vous. Et au-delà des quelques histoires qu'il a pu me raconter sur le légendaire enquêteur criminel Harry Hole, il m'a indiqué qu'on n'avait fait strictement aucune analyse de sang dans l'affaire Gusto. Il se trouve que l'échantillon a été détruit. Il n'y a pas d'ongle avec du sang du même groupe que le mien. Vous avez bluffé, Harry. »

Harry alluma une cigarette. Pas d'afflux de sang vers les joues ou les oreilles. Il se demanda s'il était devenu trop vieux pour rougir.

« Mmm. Si les contacts que vous avez eus avec Gusto se résument à quelques innocentes interviews, pourquoi avez-vous eu si peur que j'envoie le sang en analyse ADN ? »

Elle émit un petit rire.

« Qui vous dit que j'ai eu peur ? Je voulais peut-être juste que vous veniez faire un tour par ici. Pour voir la nature et tout. »

Harry put vérifier qu'il n'était pas trop vieux pour rougir. Il s'allongea et souffla la fumée vers un ciel ridiculement bleu. Ferma les yeux et essaya de trouver de bonnes raisons de ne pas sauter Isabelle Skøyen. Il y en avait plusieurs.

« J'ai dit quelque chose qu'il ne fallait pas ? Je ne fais que dire que je suis une femme adulte, célibataire, soumise à des besoins naturels. Ça ne signifie pas que je manque de sérieux. Je n'irais jamais frayer avec quelqu'un que je ne considère pas comme mon égal, Gusto, par exemple. » Il entendit sa voix se rapprocher. « Avec un homme bien adulte, en revanche… » Elle posa une main chaude sur son ventre.

« Est-ce que Gusto et vous vous êtes allongés là où nous sommes maintenant ? demanda-t-il à voix basse.

— Comment ? »

Il se redressa sur les coudes et fit un signe de tête vers les baskets bleues.

« Votre penderie était pleine de chaussures d'homme de luxe, pointure 42. Ces espèces de galettes, là, sont les seules que j'ai trouvées en 45.

— Et alors ? Je n'affirmerais pas que je n'ai jamais reçu de visite masculine en pointure 45. » Sa main allait et venait.

« Pendant un temps, ces baskets étaient fabriquées pour l'armée, et quand ils ont changé de modèle, le surplus a été récupéré par des associations caritatives qui les ont données aux nécessiteux. Dans la police, on les appelle des chaussures de junkie parce que l'Armée du Salut les distribue à Fyrlyset. La question, bien sûr, c'est de savoir pourquoi un visiteur occasionnel, qui chausse du 45, laisse des chaussures. L'explication qui vient naturellement à l'esprit, c'est sans doute qu'il en a inopinément reçu une nouvelle paire. »

La main d'Isabelle Skøyen s'était immobilisée. Alors Harry continua :

« Un collègue m'a montré des photos de la scène de crime. Quand Gusto est mort, il portait un pantalon bon marché, mais des chaussures bien trop chères. Alberto Fasciani, si je ne m'abuse. Un cadeau généreux. Combien les avez-vous payées ? Cinq mille ?

— Je ne vois absolument pas de quoi vous parlez. » Elle retira sa main.

Harry posa un œil critique sur son érection, qui pressait déjà contre l'intérieur de son pantalon emprunté.

« J'ai laissé les semelles dans la voiture. Saviez-vous que la transpiration plantaire est une remarquable source d'ADN ? On y trouvera sans doute aussi de minuscules fragments de peau. Et les magasins qui vendent des Alberto Fasciani ne doivent pas être légion à Oslo. Un seul, deux ? De toute façon, il ne sera pas difficile de faire des recoupements avec votre numéro de carte de crédit. »

Isabelle Skøyen s'était assise. Son regard était perdu au loin.

« Vous voyez les fermes ? demanda-t-elle. Ne sont-elles pas belles ? J'adore les paysages agricoles. Et je déteste les forêts. Sauf les forêts plantées. J'ai horreur du chaos. »

Harry observa son profil. Son nez en fer de hache paraissait proprement redoutable.

« Parlez-moi de Gusto Hanssen. »

Elle haussa les épaules.

« Pourquoi ? Vous avez compris l'essentiel, manifestement.

— À vous de choisir qui vous posera les questions. Moi ou *VG*. »

Elle laissa échapper un petit rire.

« Gusto était jeune et beau. Le genre d'étalon qu'on prend plaisir à regarder, mais dont les gènes sont douteux. Un père biologique criminel et une mère toxicomane, d'après son père adoptif. Pas un cheval pour l'élevage, mais amusant à monter, si on... » Elle prit son souffle. « Il est venu, et nous avons couché ensemble ici. De temps en temps, je lui donnais de l'argent. Il en voyait aussi d'autres, ça n'avait rien d'exceptionnel.

— Ça vous rendait jalouse ?

— Jalouse ? » Isabelle secoua la tête. « Le sexe ne m'a jamais rendue jalouse. J'en fréquentais d'autres, moi aussi. Et j'ai rencontré quelqu'un de spécial. Alors j'ai cessé de voir Gusto. À moins que ce ne soit lui qui ait cessé de me voir avant. Il semblait n'avoir plus besoin de l'argent de poche que je lui donnais. Et puis, à la fin, il m'a rappelée. Il est devenu pénible. Je crois qu'il avait peut-être des problèmes d'argent. Et un problème de drogue, aussi.

— Comment était-il ?

— Qu'est-ce que vous voulez dire, "comment" ? Il était égoïste, peu fiable, charmant. Il ne manquait pas d'aplomb, le merdeux.

— Et qu'est-ce qu'il voulait ?

— J'ai l'air d'une psychologue, Harry ?

— Non.

— Non. Parce que les gens ne m'intéressent que modérément.

— Vraiment ? »

Isabelle Skøyen hocha la tête. Regarda au loin. Dans ses yeux, le liquide lacrymal scintillait.

« Gusto était seul, répondit-elle.

— Comment le savez-vous ?

— La solitude, je sais ce que c'est, OK ? Et il était plein de mépris de soi.

— Il ne manquait pas d'aplomb mais il était plein de mépris de soi ?

— Ce n'est pas contradictoire. On sait ce qu'on vaut et ce qu'on peut faire, mais ça ne veut pas dire qu'on se considère comme quelqu'un digne d'amour.

— Et à quoi cela peut-il être dû ?

— Écoutez, je vous ai dit que je n'étais pas psychologue.

— Bon. »

Harry attendit.

Elle toussota.

« Ses parents l'avaient abandonné. Quel impact ça a sur un garçon, à votre avis ? Derrière tous ses effets de manche et sa grande gueule, c'était quelqu'un qui pensait ne pas valoir grand-chose. Aussi peu que ceux qui l'avaient abandonné. N'est-ce pas là de la simple logique, monsieur le presque policier ? »

Harry la regarda. Hocha la tête. Remarqua que

son regard la mettait mal à l'aise. Mais il s'abstint de poser la question qu'elle avait manifestement sentie arriver : et son histoire à elle ? À quel point était-elle seule, à quel point se méprisait-elle, derrière la façade ?

« Et Oleg, vous l'avez rencontré ?

— Celui qui a été arrêté pour le meurtre ? Jamais. Mais Gusto m'a parlé d'un Oleg deux ou trois fois, il disait que c'était son meilleur ami. Je crois que c'était le seul, en fait.

— Et Irene ?

— Il en a parlé aussi. Elle était comme une sœur pour lui.

— C'était sa sœur.

— Pas de sang, Harry. Ce n'est jamais pareil.

— Ah non ?

— Les gens sont naïfs et s'imaginent qu'ils sont capables d'amour désintéressé. Mais il ne s'agit que de transmettre des gènes qui soient aussi identiques aux siens que possible. Je le constate chaque jour en matière d'élevage, croyez-moi. Et, oui, les humains sont comme les chevaux, des animaux grégaires. Un père défendra son fils biologique, un frère sa sœur biologique. En cas de conflit, nous prendrons instinctivement parti pour celui qui nous ressemble le plus. Admettons que vous soyez dans la jungle, et que vous tombiez soudain sur un autre Blanc, habillé comme vous, qui se bat contre un Noir à moitié nu et avec des peintures de guerre. Ils ont un couteau chacun et sont engagés dans une lutte sans merci. Vous avez un pistolet. Quelle est votre première réaction, instinctive ? Tirer sur le Blanc pour sauver le Noir ? Non.

— Mmm. Et qu'est-ce que ça prouve ?

— Ça prouve que notre loyauté est biologiquement déterminée, que ce sont des cercles concentriques autour de ce centre qui est constitué de nous-mêmes et de nos gènes.

— Vous en auriez donc abattu un des deux pour protéger vos gènes ?

— Sans hésiter.

— Pourquoi ne pas tuer les deux, par mesure de précaution ? »

Elle le regarda.

« Que voulez-vous dire ?

— Que faisiez-vous le soir où Gusto a été tué ?

— Quoi ? » Elle plissa un œil face au soleil et le regarda avec un grand sourire. « Vous me soupçonnez d'avoir assassiné Gusto, Harry ? Et d'en vouloir à la vie de ce… Oleg ?

— Contentez-vous de répondre.

— Je me rappelle où j'étais parce que j'y ai pensé quand j'ai appris ce meurtre en lisant le journal. J'étais en réunion avec des représentants de la Brigade des stups. Ça devrait être des témoins dignes de foi. Vous voulez des noms ? »

Harry secoua la tête.

« Autre chose ?

— Eh bien… ce Dubaï. Que savez-vous de lui ?

— Dubaï, oui. Aussi peu que tout le monde. On parle de lui, mais la police n'arrive à rien. C'est typique, les gros bonnets s'en tirent toujours. »

Harry chercha une variation dans la taille des pupilles, dans la couleur des joues. Si Isabelle Skøyen mentait, elle mentait bien.

« Je pose la question parce que vous avez nettoyé les rues de tous les dealers, hormis Dubaï et quelques petits gangs.

— Pas moi, Harry. Je ne suis qu'une secrétaire au conseil de la ville, qui suit l'humeur de son adjointe au maire et la politique du conseil. En ce qui concerne le nettoyage, comme vous dites, c'est la police qui s'en est chargée.

— Mmm. La Norvège est un petit pays de conte de fées. Mais j'ai passé ces dernières années dans le vrai monde, Skøyen. Et le vrai monde est dirigé par deux sortes de gens. Ceux qui veulent le pouvoir, et ceux qui veulent l'argent. Les premiers veulent une statue, les autres veulent du plaisir. Et quand ils commercent les uns avec les autres pour obtenir ce qu'ils veulent, la devise qu'ils utilisent s'appelle la corruption.

— J'ai des choses à faire aujourd'hui, Hole. Où voulez-vous en venir ?

— Là où d'autres n'ont manifestement pas eu l'imagination ou le courage d'aller. Quand on vit longtemps dans une ville, on a tendance à envisager la situation comme une mosaïque de détails bien connus. Mais quelqu'un qui revient dans cette ville et ne connaît pas les détails ne voit que l'ensemble du tableau. Et le tableau montre que la situation à Oslo est favorable à deux parties : les dealers qui ont obtenu l'intégralité du marché, et les politiques à qui revient l'honneur d'avoir fait le ménage.

— Vous prétendez que je suis corrompue ?

— L'êtes-vous ? »

Il vit la fureur monter dans ses yeux. Indéniablement authentique. Il se demandait seulement si c'était la colère du juste ou celle de la cible touchée. Puis, soudain, elle se mit à rire. Un rire surprenant, tout en trilles de petite fille.

« Vous me plaisez, Harry. » Elle se leva. « Je connais les hommes, et, en définitive, ce sont des mauviettes. Mais je crois que vous faites peut-être exception.

— Bon. Au moins, vous savez à quoi vous en tenir.

— La réalité m'appelle, mon cher. »

Harry se retourna, vit le volumineux derrière d'Isabelle Skøyen ondoyer vers les chevaux.

Il suivit. Grimpa sur Balder. Passa l'autre pied dans l'étrier. Leva les yeux et croisa le regard d'Isabelle. Un petit sourire de défi était visible dans ce visage dur, joliment sculpté. Elle avança les lèvres, comme pour un baiser. Émit un claquement de bouche obscène et planta les talons dans les flancs de Medusa. Elle accompagna d'une ondulation souple du dos le mouvement du grand animal qui bondissait en avant.

Balder réagit sans préavis, mais Harry parvint de justesse à se maintenir en selle.

Ils rattrapèrent leur retard, et se retrouvèrent bombardés de mottes de terre humide soulevées par les sabots de Medusa. La jument accéléra encore, et Harry vit la queue de l'animal disparaître dans un virage. Il raccourcit les rênes, comme le lui avait appris son grand-père, mais ne les tira pas. Le sentier était si étroit que les branches fouettaient Harry, alors il se recroquevilla sur la selle et serra les genoux contre les flancs du cheval. Sachant qu'il ne pourrait l'arrêter, il se concentra pour garder les pieds dans les étriers et la tête baissée. En périphérie de son champ de vision, les arbres filaient comme autant de raies rouges et jaunes. Automatiquement, il se souleva un peu sur la selle et porta son poids sur les genoux et les étriers. Sous lui, les muscles ondulaient et se contractaient. Il avait l'impression de chevaucher un boa constrictor. Ils avaient maintenant trouvé une espèce de rythme commun qu'accompagnait le martèlement assourdissant des sabots sur le sol. La sensation de peur rivalisait avec le sentiment d'être possédé. Le sentier se redressa, et, à cinquante mètres d'eux, Harry vit Medusa et Isabelle. Pendant un instant, la scène fut comme figée, comme si elles avaient cessé de courir, comme si elles flottaient au-dessus du sol. Puis Medusa se remit à galoper. Il s'écoula encore une seconde avant que Harry comprenne.

Ce fut une seconde précieuse.

À l'école supérieure de police, il avait lu des rapports scientifiques montrant que, en situation de catastrophe, le cerveau humain essaie de traiter en un temps record des quantités colossales de données. Chez certains policiers, cela peut provoquer l'incapacité d'agir, chez d'autres le sentiment que le temps s'écoule plus lentement, que leur vie défile devant leurs yeux : ceux-là sont capables d'une masse impressionnante d'observations et d'analyses. Par exemple, qu'ils avaient parcouru vingt mètres à la vitesse de soixante-dix kilomètres-heure, qu'il ne restait donc que trente mètres et une seconde et demie avant le fossé que venait de franchir Medusa.

Qu'il était impossible d'estimer sa largeur.

Que Medusa était un cheval bien entraîné, monté par une cavalière chevronnée, tandis que Balder était plus jeune et plus petit, et il avait sur le dos un novice d'environ quatre-vingt-dix kilos.

Que Balder était un animal grégaire, ce qu'Isabelle savait, bien entendu.

Que, de toute façon, il était trop tard pour s'arrêter.

Harry laissa filer les rênes et planta les talons dans les flancs de Balder. Sentit une dernière accélération. Puis tout à coup le silence se fit. Le martèlement avait cessé. Ils planaient. Loin en contrebas, il vit une cime et un ruisseau. Il fut alors projeté vers l'avant et se heurta la tête contre le cou du cheval. Ils tombaient.

Chapitre 23

Toi aussi tu étais un voleur, papa ? Parce que j'avais toujours su que je deviendrais millionnaire. Ma devise étant de ne voler que si c'est rentable, j'avais patiemment attendu. Et attendu encore. Si longtemps que quand l'occasion a fini par se présenter, eh ben, putain, j'avais l'impression de le mériter.

Le plan était aussi simple que génial. Pendant que le gang de motards d'Odin serait en réunion avec le vieux au McDo, Oleg et moi irions voler une partie du stock d'héroïne à Alnabru. Premièrement, il n'y aurait personne sur place puisque Odin allait s'entourer de tout le muscle dont il disposait. Deuxièmement, Odin ne saurait jamais qu'il avait été détroussé, puisqu'il allait se faire choper au McDo. Et dans le box des accusés, il devrait même nous remercier, Oleg et moi, d'avoir réduit la quantité de came que Tonton-la-police avait raflée. Le seul problème, c'étaient les flics et le vioque. Si les poulets pigeaient que quelqu'un les avait précédés et s'était servi, et que l'information revenait aux oreilles du vioque, on était foutus. Ce problème, je l'ai résolu comme me l'avait enseigné le vioque : par un roque, une alliance stratégique. Je suis tout simplement monté à l'immeuble de Manglerud, et cette fois, Berntsen était chez lui.

Il me scrutait avec méfiance pendant que je lui présentais la chose, mais je ne m'en faisais pas. Parce que je l'avais vue dans son regard. L'avidité. Encore quelqu'un qui voulait qu'on lui verse des arriérés, qui pensait que l'argent pourrait lui offrir le remède contre le désespoir, la solitude et l'amertume. Que non seulement il existe quelque chose qui s'appelle la justice, mais que, en plus, c'est un bien de consommation courante, quoi. J'ai expliqué que nous avions besoin de son expertise pour dissimuler les traces que rechercherait la police, et pour brûler celles qu'elle pourrait éventuellement trouver. Peut-être même faire peser les soupçons sur quelqu'un d'autre, si nécessaire. Quand j'ai annoncé que nous voulions prendre cinq des vingt kilos du lot, j'ai vu ses yeux briller. Deux pour lui et moi, un pour Oleg. J'ai dit qu'il pouvait calculer, deux fois un million deux, ça faisait deux millions quatre pour lui.

« Et cet Oleg est la seule autre personne à qui tu en aies parlé ?

— Croix de bois, croix de fer.

— Vous avez des armes ?

— Un Odessa qu'on se partage.

— Hein ?

— La version H&M du Stechkin.

— OK. Pas sûr que les enquêteurs feront attention au nombre de kilos tant qu'il n'y a pas de traces d'effraction. Tu as peur qu'Odin s'en rende compte et se lance à tes trousses ?

— Non. Je me fous d'Odin. C'est mon boss que je crains. Parce qu'il sait au gramme près combien d'héroïne il y a dans cette livraison.

— Je veux la moitié. Et puis Boris et toi, vous n'avez qu'à vous partager le reste.

— Oleg.

— Félicite-toi que j'aie mauvaise mémoire. C'est valable dans l'autre sens aussi. Il me faudrait une demi-journée pour vous retrouver, et cinq øre pour vous supprimer. » Il a roulé le r *de supprimer.*

C'est Oleg qui a trouvé comment on déguiserait le vol. C'était d'une simplicité si évidente que je ne comprends pas comment j'ai pu ne pas y penser moi-même.

« On met de la fécule de pomme de terre à la place de ce qu'on prend. La police fait juste état du nombre de kilos saisis, pas de leur degré de pureté, si ? »

Comme j'ai dit, le plan était aussi simple que génial.

Le soir où Odin et le vioque avaient leur goûter d'anniversaire au McDo et discutaient du prix de la fioline à Drammen et Lillestrøm, Berntsen, Oleg et moi attendions dans le noir près de la clôture qui entoure le club des motards d'Alnabru. Berntsen avait pris les commandes, et nous portions des bas nylon, des blousons noirs et des gants. Dans nos sacs à dos, on avait des flingues, une perceuse, un tournevis, un pied-de-biche et six kilos de fécule de pomme de terre emballée dans des sachets en plastique. Oleg et moi avions expliqué où se trouvaient les caméras de surveillance de Los Lobos, et en escaladant la clôture et en courant jusqu'au mur de gauche, nous restions dans l'angle mort. On savait qu'on pouvait faire autant de bruit qu'on voulait, le trafic des poids lourds sur l'E6 en contrebas couvrirait tout. Berntsen a donc planté la mèche dans la plaque de bois et allègrement joué de la perceuse, pendant qu'Oleg faisait le guet et que je fredonnais Been Caught Stealing, *de la bande-son du jeu GTA de Stein. Il m'avait indiqué que c'était d'un groupe qui s'appelait*

Jane's Addiction, je m'en souvenais parce que le nom était cool, plus cool que la chanson, en fait. Oleg et moi étions en terrain connu, et on savait que c'était facile d'avoir un aperçu général du club ; il n'était constitué que d'une seule grande salle. Mais puisque toutes les fenêtres étaient fort judicieusement occultées par des panneaux en bois, l'idée était de percer un œilleton pour s'assurer qu'il n'y avait personne avant d'entrer. C'était Berntsen qui avait insisté, il refusait de croire qu'Odin laisserait vingt kilos d'héroïne, valeur dans la rue vingt-cinq briques, sans surveillance. On connaissait notre Odin, mais on avait cédé. Sécurité d'abord.

« Là ! » a fait Berntsen en retirant la perceuse, qui s'est tue dans un grognement.

J'ai collé mon œil au trou. Je voyais que dalle. Ou bien quelqu'un avait éteint toutes les lumières, ou bien on n'avait pas assez percé. Je me suis tourné vers Berntsen, qui essuyait la mèche.

« C'est quoi cette merde d'isolation ? » a-t-il demandé en levant un doigt. On aurait dit un mélange de jaune d'œuf et de cheveux.

On a percé un nouveau trou quelques mètres plus loin. J'ai regardé à travers, et j'ai bien vu ce bon vieux club de motards. Avec les mêmes vieux fauteuils en cuir, le même bar et la même photo de Karen McDougal, la Playmate of the Year, qui posait sur je ne sais quel custom. Je n'ai jamais su ce qui les faisait triquer le plus, la nana ou la moto.

« La voie est libre », ai-je annoncé.

La porte de derrière était bardée de verrous et de serrures.

« Il me semblait t'avoir entendu dire qu'il n'y avait qu'une seule serrure ! a fait Berntsen.

— Avant, oui. Apparemment, Odin est devenu un peu parano. »

Le plan avait été de dévisser la serrure et de la revisser en partant, pour éviter les traces d'effraction. On pouvait encore y arriver, mais pas dans les délais que nous avions calculés. On s'est mis à l'ouvrage.

Au bout de vingt minutes, Oleg a regardé sa montre et nous a dit d'activer un peu. Nous ne savions pas quand la descente aurait lieu, seulement que ce serait après les arrestations, et que les arrestations devaient nécessairement se produire juste après dix-neuf heures, puisque Odin n'allait pas rester à lanterner une fois qu'il aurait compris que le vioque lui avait posé un lapin.

On a passé une demi-heure à virer ces merdes, trois fois plus que prévu. On a sorti les flingues, tiré les bas sur nos visages et on est entrés, Berntsen en tête. On avait à peine franchi la porte qu'il tombait à genoux, le pétard braqué devant lui, à deux mains, comme un foutu SWAT.

Un gars était assis sur une chaise contre le mur ouest. Odin avait laissé Tutu comme chien de garde. Il avait un fusil à canon scié sur les genoux. Mais le chien de garde avait les yeux fermés, la gueule béante et la tête appuyée contre le mur. La rumeur disait que Tutu bégayait même en ronflant, mais là, il dormait comme un bébé.

Berntsen s'est relevé et glissé vers Tutu, le pistolet devant lui. Oleg et moi l'avons suivi prudemment.

« Il n'y a qu'un trou, m'a chuchoté Oleg.

— Quoi ? » ai-je répondu sur le même ton.

Puis j'ai compris.

Je voyais le dernier trou percé. Et j'ai calculé à peu près où devait se trouver le premier.

« Oh, merde ! » ai-je continué, toujours à voix basse.

Même si j'avais compris que ce n'était plus la peine de chuchoter.

Berntsen avait rejoint Tutu. Il l'a poussé légèrement. Tutu a basculé de la chaise et il est tombé. Il s'est retrouvé face contre le béton, et nous avons vu le trou tout rond dans son occiput.

« On avait assez percé, finalement », a constaté Berntsen avant de glisser le doigt dans le trou du mur.

« Bordel de merde, ai-je murmuré à Oleg. C'était quoi la probabilité que ça arrive ? »

Mais il n'a pas répondu, il fixait le cadavre avec l'air de ne pas savoir s'il devait vomir ou pleurer.

« Gusto… Qu'est-ce qu'on a fait ? »

Je ne sais pas ce qui m'a pris, mais je me suis mis à rire. Je ne pouvais tout simplement pas m'en empêcher. La posture mains sur les hanches genre hypercool du flic prognathe comme un godet de pelleteuse, le désarroi d'Oleg avec sa tronche aplatie sous le bas nylon et la bouche ouverte de Tutu, qui s'était finalement révélé avoir un cerveau. J'en hurlais de rire. Puis la gifle a claqué, et j'ai vu trente-six chandelles.

« Ressaisis-toi, sinon je t'en remets une, m'a conseillé Berntsen en se frottant la paume de la main.

— Merci », ai-je répondu, et j'étais sincère. « Allons chercher la came.

— D'abord, il faut savoir ce qu'on fait de Drillo[1]*, là.*

— Trop tard. Maintenant, de toute manière, ils vont savoir qu'il y a eu effraction.

— Pas si on embarque Tutu dans la voiture et qu'on revisse les serrures, est intervenu Oleg, la voix étranglée de larmes. S'ils se rendent compte qu'une partie de

1. *Drill* signifie « perceuse », Drillo est aussi le surnom d'Egil Roger Olsen, célèbre sélectionneur de l'équipe de football de Norvège.

la dope a disparu, ils croiront que c'est lui qui s'est barré avec. »

Berntsen a regardé Oleg et hoché la tête.

« Il pense vite, ton partenaire, Dusto[1]*. Au boulot.*

— La came d'abord, ai-je insisté.

— Drillo d'abord, a maintenu Berntsen.

— La came.

— Drillo.

— Je compte bien devenir millionnaire ce soir, espèce de pélican ! »

Berntsen a levé la main. « Drillo.

— Vos gueules ! » C'était Oleg. On l'a regardé.

« C'est logique. Si Tutu n'est pas dans le coffre avant que la police débarque, on perd et la dope et la liberté. Si Tutu est dans le coffre, mais pas la came, on perd seulement l'argent. »

Berntsen s'est tourné vers moi.

« On dirait que Boris est d'accord avec moi, Dusto. Deux-un.

— OK. Vous, vous sortez le corps, moi, je cherche la drogue.

— Faux. Nous, on sort le corps, toi, tu nettoies le merdier derrière nous. » Il a indiqué l'évier à côté du bar.

J'ai rempli un seau d'eau pendant qu'Oleg et Berntsen attrapaient Tutu chacun par un pied et le traînaient vers la porte, laissant une trace sanglante. Sous le regard encourageant de Karen McDougal, j'ai récuré le mur puis le sol pour ôter le sang et la cervelle. Je venais de terminer et j'allais commencer à chercher la came quand j'ai entendu un bruit par la porte ouverte qui donnait sur l'E6. Un bruit dont j'ai essayé de me convaincre qu'il se dirigeait

1. *Dust* pourrait ici se traduire par « abruti ».

ailleurs. Que son intensification était le fruit de mon imagination. Des sirènes de police.

J'ai inspecté le bar, le bureau et les chiottes. Le local était simple, pas de combles, pas de cave, pas beaucoup d'endroits où cacher vingt kilos de cheval. Et puis mon regard est tombé sur l'armoire à outils. Sur le cadenas. Qui n'y était pas avant.

Oleg a crié quelque chose à la porte.

« Passe-moi le pied-de-biche ! ai-je crié en réponse.

— Faut qu'on se tire tout de suite ! Ils sont au bout de la rue !

— Le pied-de-biche !

— Tout de suite, Gusto ! »

Je savais que c'était là-dedans. Vingt-cinq millions de couronnes, juste devant moi, dans une putain d'armoire en bois. J'ai donné des coups de pied dans le cadenas.

« Je tire, Gusto ! »

Je me suis tourné vers Oleg. Il me visait avec cette saloperie de pistolet russe. C'était pas que je pensais qu'il ferait mouche à cette distance, il y avait bien dix mètres, mais rien que l'idée qu'il pointe une arme sur moi…

« S'ils te chopent, ils nous choperont ! a-t-il crié, au bord des larmes. Viens ! »

Je me suis déchaîné sur le cadenas. Les sirènes montaient et montaient encore. Mais le truc avec les sirènes, c'est qu'elles ont toujours l'air plus proches qu'elles ne sont.

J'ai entendu comme un coup de fouet contre le mur au-dessus de moi. J'ai de nouveau regardé vers la porte, et mon échine s'est glacée. C'était Berntsen. Avec son flingue de flic fumant.

« La prochaine fois, c'est dans le mille », a-t-il prévenu calmement.

J'ai donné un dernier coup de pied dans l'armoire. Puis j'ai couru.

On venait de franchir la clôture et de retirer les bas de nos têtes quand on a vu les phares des voitures de police. On a tranquillement marché dans leur direction. Elles nous ont dépassés à toute vitesse avant de virer devant le club.

On a continué vers la butte où Berntsen avait garé sa voiture. On s'est installés et on est partis paisiblement. Au moment où on passait devant le club, je me suis retourné pour regarder Oleg sur le siège arrière. La lumière bleue des gyrophares balayait son visage, enflammé par les larmes et l'étroit bas nylon. Il avait l'air complètement vide, il scrutait l'obscurité comme s'il n'attendait que la mort.

Personne n'a rien dit jusqu'à ce que Berntsen se range à un arrêt de bus à Sinsen.

« Tu as merdé, Dusto.

— Je ne pouvais pas savoir pour les serrures.

— On appelle ça préparation, reconnaissance. Ça te dit quelque chose ? Ça va nous faire réagir de voir une porte ouverte avec un verrou démonté. »

J'ai compris que par « nous » il voulait dire « les flics ». Drôle de type.

« J'ai emporté la serrure et les verrous, a reniflé Oleg. Ça aura l'air d'être Tutu qui a foutu le camp en entendant les sirènes de police et n'a même pas eu le temps de verrouiller. Et les traces de vis peuvent toujours dater d'une effraction n'importe quand cette année, non ? »

Berntsen a observé Oleg dans le rétroviseur.

« Inspire-toi de ton copain, Dusto. Ou plutôt, non. Oslo n'a pas besoin de plus de voleurs qui ont du plomb dans la cervelle.

— D'accord, ai-je dit. Mais ce n'est peut-être pas non plus très malin de rester garé à un arrêt de bus, où le stationnement est interdit, avec un cadavre dans le coffre.

— Pas faux. Alors dehors.

— Le corps…

— Drillo, je m'en occupe.

— Où…

— Pas votre problème. Dehors ! »

On est sortis, et la Saab de Berntsen est partie en trombe.

« Dorénavant, il va falloir qu'on se tienne à l'écart de ce mec.

— Pourquoi ?

— Il a tué un homme, Oleg. Il doit éliminer toutes les preuves physiques. Il va commencer par chercher un endroit où planquer le cadavre. Et ensuite…

— Il faudra qu'il se débarrasse des témoins. »

J'ai hoché la tête. Je me sentais d'humeur sombre comme les ténèbres. Alors j'ai tenté une idée optimiste :

« On aurait dit qu'il avait en tête une super planque pour Tutu, non ?

— Je devais utiliser l'argent pour m'installer à Bergen avec Irene », a répondu Oleg.

Je l'ai regardé.

« J'ai été pris en fac de droit là-bas. Irene est à Trondheim avec Stein. Je pensais y monter pour la persuader de venir. »

On est descendus en ville en bus. Je ne supportais plus le regard vide d'Oleg, il fallait le remplir.

« Viens. »

Pendant que je lui préparais une seringue dans le local de répétitions, j'ai vu qu'il me regardait avec impatience, comme s'il voulait s'en occuper, comme s'il trouvait que je m'y prenais mal. Et quand il a remonté sa manche, j'ai compris pourquoi. Il avait l'avant-bras couvert de traces de piqûres.

« Seulement jusqu'à ce qu'Irene revienne, a-t-il précisé.

— Tu as aussi ton propre matos ? »

Il a secoué la tête.

« On me l'a fauché. »

C'est ce soir-là que je lui ai appris où et comment se faire une planque à matos digne de ce nom.

Truls Berntsen attendait depuis plus d'une heure dans le parking lorsque, enfin, une voiture vint se garer sur le dernier emplacement libre, qu'une plaque déclarait réservé au cabinet d'avocats Bach & Simonsen. Il avait décidé que c'était le lieu idéal : depuis son arrivée, deux voitures seulement étaient passées dans cette partie du bâtiment, et il n'y avait pas de caméras de surveillance. Truls vérifia que le numéro d'immatriculation correspondait à celui qu'il avait trouvé sur autosys. Hans Christian Simonsen dormait tard le matin. Enfin, peut-être ne dormait-il pas, peut-être prenait-il du bon temps avec une nana. L'homme qui descendit de voiture avait une frange blonde d'adolescent, le genre des fumiers du Vestkant de sa jeunesse.

Truls Berntsen chaussa ses lunettes de soleil, plongea la main dans sa poche de manteau et serra la crosse de son pistolet, un Steyr, autrichien, semi-automatique. Il avait renoncé à l'arme de service de la police, afin de ne pas donner d'indices inutiles à l'avocat. Il marcha rapidement pour intercepter Simonsen pendant que celui-ci se trouvait encore entre les voitures. C'est quand elle est soudaine et agressive qu'une menace fait le plus d'effet. Si la victime n'a pas le temps de mobiliser d'autres pensées que la peur pour sa vie, elle donne ce qu'on veut sur-le-champ.

C'était comme s'il avait une poudre effervescente dans le sang, ses oreilles, son aine et sa gorge pulsaient, bourdonnaient. Il visualisa ce qui allait se produire. Le pistolet sous le nez de Simonsen, si près que l'avocat ne se souviendrait de rien d'autre. « Où est Oleg Fauke ? Réponds vite et précisément, ou je te tue tout de suite. » La réponse. Puis : « Si tu préviens quelqu'un ou si tu parles de cette conversation, nous reviendrons te tuer. Compris ? » Oui. Ou juste un hochement de tête pétrifié. Une petite fuite d'urine, peut-être. Truls sourit à cette idée. Accéléra. Les pulsations avaient gagné le ventre.

« Simonsen ! »

L'avocat leva la tête. Et son visage s'éclaira : « Ah, bonjour, Berntsen ! Truls Berntsen, n'est-ce pas ? »

La main droite de Truls se figea dans la poche de son manteau. Et il devait avoir l'air de tomber des nues, car Simonsen éclata de rire. « J'ai une bonne mémoire des visages, Berntsen. Vous et votre patron, Mikael Bellman, vous avez enquêté sur les détournements de fonds au musée Heider. J'assurais la défense. J'ai bien peur que vous ayez gagné. »

Simonsen rit encore. Un rire jovial et sans arrière-pensée du Vestkant. Celui de gens à qui on a inculqué que chacun veut le bien de son prochain, quelque part où l'abondance est telle qu'on peut la souhaiter aux autres. Truls détestait tous les Simonsen de ce monde.

« Que puis-je pour vous, Berntsen ?

— Je… » Truls Berntsen chercha. Mais ce n'était pas son fort, de trouver comment réagir face à… à quoi, d'ailleurs ? À des gens qu'il savait plus vifs d'esprit que lui ? Ça n'avait pas posé de problème l'autre jour à Alnabru, il n'y avait que les deux gosses, il avait pu prendre la tête des opérations. Mais Simonsen avait un costume, une éducation, il parlait autrement, sur un ton supérieur, il... merde !

« Je voulais juste dire bonjour.

— Bonjour ? fit Simonsen, un point d'interrogation dans la voix et sur le visage.

— Bonjour, dit Berntsen en se forçant à sourire. Dommage pour cette affaire. La prochaine fois, c'est vous qui nous aurez. »

Puis il gagna la sortie à grandes enjambées. Sentit le regard de Simonsen dans son dos. Déblayer la merde, bouffer la merde. Qu'ils aillent tous se faire foutre.

Essaie l'avocat, et si ça ne marche pas, il y a un gars du nom de Chris Reddy que tout le monde appelle Adidas.

Le vendeur de speed. Truls espérait qu'il aurait un prétexte pour frapper pendant l'arrestation.

Harry nageait vers la lumière, vers la surface. La lumière était de plus en plus forte. Puis il émergea. Ouvrit les yeux. Il regardait droit dans le ciel. Allongé sur le dos. Quelque chose entra dans son champ de vision. Une tête de cheval. Puis une autre.

Il mit la main en visière. Il y avait quelqu'un sur l'un des chevaux, mais la lumière l'aveuglait.

La voix paraissait venir de très loin :

« Je croyais vous avoir entendu dire que vous étiez déjà monté à cheval, Harry. »

Harry gémit et se mit sur ses pieds, en se remémorant la scène qui venait de se produire. Balder avait volé par-dessus le fossé et atterri de l'autre côté sur les antérieurs ; projeté en avant, Harry s'était cogné contre son encolure, avait perdu ses étriers et glissé sur le côté en se raccrochant aux rênes. Il se souvenait avoir entraîné Balder dans sa chute, mais poussé des deux jambes pour ne pas se retrouver sous une demi-tonne de cheval.

Il avait l'impression d'avoir le dos détaché, mais il semblait par ailleurs être en un seul morceau.

« Le Døle de grand-père ne sautait pas de précipices, se défendit Harry.

— Un précipice ? rit Isabelle Skøyen en lui tendant les rênes de Balder. C'est un petit fossé de cinq mètres. Je saute plus loin que ça *sans* cheval. Je ne vous savais pas nerveux, Harry. Premier arrivé à la ferme ?

— Balder ? dit Harry en caressant le nez du cheval tandis qu'ils regardaient Isabelle Skøyen et Medusa disparaître vers les champs. L'allure "promenade indolente" t'est-elle familière ? »

Harry s'arrêta à une station-service sur l'E6 pour s'acheter un café. Il remonta en voiture et regarda dans le rétroviseur. Isabelle lui avait donné un pansement pour l'égratignure sur son front, une invitation à l'accompagner à la première de *Don Giovanni* à l'Opéra (« … pas moyen de trouver un cavalier qui m'arrive ne serait-ce qu'au menton quand je sors les talons hauts, ça fait tellement mauvais effet dans les journaux… ») et une rude accolade en guise d'adieu. Harry sortit son téléphone et rappela l'appel en absence.

« Où étais-tu passé ? s'enquit Beate.

— Dans les choux.

— Il n'y avait pas grand-chose sur cette scène de crime de Gardermoen, dis donc. Mes gars ont passé l'aspirateur partout. Nada. La seule chose que nous ayons découverte, c'est que les clous utilisés sont ordinaires, en acier, avec une tête en aluminium extra-large de seize millimètres, et que la brique vient sans doute d'un bâtiment d'Oslo datant de la fin du XIXe.

— Ah ?

— On a trouvé du sang de porc et des crins de cheval dans le mortier. C'est un célèbre maçon d'Oslo qui utilisait ce mélange, il y en a beaucoup dans les immeubles du centre. La brique peut provenir de n'importe où.

— Mmm.

— Bref, pas d'indices là non plus.

— Non plus ?

— Oui. La visite dont tu m'as parlé. Elle a dû avoir lieu ailleurs qu'à l'hôtel de police, parce que aucun Tord Schultz n'y a été enregistré. L'autocollant ne mentionne que la police d'Oslo, et plusieurs commissariats en ont des similaires.

— OK. Merci. »

Harry fouilla dans ses poches jusqu'à ce qu'il trouve ce qu'il cherchait. L'autocollant de visite de Tord Schultz. Et le sien, celui qu'on lui avait remis quand il était allé voir Hagen à la Brigade criminelle lors de sa première journée à Oslo. Il les posa côte à côte sur le tableau de bord, les examina, conclut et les rangea dans sa poche. Tourna la clé de contact, inspira par le nez, constata qu'il sentait encore le cheval et décida d'aller voir un vieux rival à Høyenhall.

Chapitre 24

La pluie se mit à tomber vers dix-sept heures, et quand Harry sonna à la porte de la grande villa, à dix-huit heures, il faisait noir comme une nuit de Noël à Høyenhall. La maison présentait tous les signes d'une construction récente, il restait des piles de matériaux à côté du garage, et sous l'escalier il aperçut des seaux de peinture et des emballages d'isolation.

Harry vit la silhouette se déplacer derrière la vitre en verre cathédrale et sentit les cheveux se hérisser sur sa nuque.

Puis la porte s'ouvrit, d'un mouvement vif, brutal, comme par un homme qui n'a rien à craindre de personne. Pourtant, il se raidit à la vue de Harry.

« Bonsoir, Bellman.

— Harry Hole… Ça, je dois dire…

— Dire quoi ? »

Bellman émit un petit rire.

« Dire que c'est une surprise de te voir, toi, à ma porte. Comment as-tu su où j'habitais ?

— Tu es connu comme le loup blanc. Dans la plupart des autres pays, le chef de la lutte contre le crime organisé aurait un garde du corps posté à son portail, tu le sais ? Je dérange ?

— Absolument pas, répondit Bellman en se grattant le menton. Je me demande juste si je vais t'inviter à entrer ou m'en abstenir.

— Eh bien… il fait plutôt humide, dehors. Et je viens en paix.

— C'est un mot dont tu ignores le sens, rétorqua Bellman en ouvrant grand la porte. Essuie-toi les pieds. »

Mikael Bellman précéda Harry dans l'entrée, passa des tours de cartons, et traversa une cuisine qui n'était pas encore équipée pour arriver dans un salon. Harry constata que c'était une maison de qualité. Pas luxueuse comme certaines villas qu'il avait pu voir dans le Vestkant, mais solide, et avec assez d'espace pour une famille. La vue sur Kværnerdumpa, la gare centrale et Oslo Sentrum était extraordinaire. Harry le remarqua.

« Le terrain a coûté presque plus cher que la maison, observa Bellman. Tu excuseras le désordre, nous venons d'emménager. On pend la crémaillère la semaine prochaine.

— Et tu as oublié de m'inviter ? » répliqua Harry en ôtant sa veste mouillée.

Bellman sourit.

« Je peux t'inviter à prendre un verre maintenant. Qu'est-ce…

— Je ne bois pas, coupa Harry en souriant lui aussi.

— Ah, désolé, fit Bellman sans signe manifeste de repentir. On oublie vite. Regarde si tu trouves une chaise quelque part et je vais regarder si je trouve une cafetière et deux tasses. »

Dix minutes plus tard, ils étaient installés devant les baies vitrées et contemplaient la terrasse et la ville. Harry alla droit au but. Mikael Bellman l'écouta sans l'interrompre, même quand Harry lisait de l'incrédulité dans son regard. À la fin de son récit, Bellman résuma :

« Tu penses donc que ce pilote, Tord Schultz, a essayé de passer de la fioline hors de Norvège. Il s'est fait prendre, mais a pu sortir de préventive après qu'un brûleur avec une plaque de police a remplacé la fioline par de la fécule de pomme de terre. Et Schultz a été exécuté chez lui, après sa libération, vraisemblablement parce que son donneur d'ordre avait découvert qu'il était allé voir la police et craignait qu'il ne raconte ce qu'il savait.

— Mmm.

— Et tu étayes cette histoire de visite à l'hôtel de police avec le fait qu'il avait un badge autocollant sur lequel est écrit "Police" ?

— Je l'ai comparé à celui qu'on m'a donné le jour où je suis allé voir Hagen. Sur les deux, la barre horizontale d'*H* est mal imprimée. À tous les coups c'est la même imprimante.

— Je ne te demanderai pas comment tu as eu celui de Schultz, mais comment peux-tu être certain qu'il ne s'agissait pas d'une visite normale ? Il voulait peut-être s'expliquer à propos de cette fécule de pomme de terre, s'assurer que nous le croyions.

— Parce que son nom a été effacé du registre des visites. Il importait que cette visite reste secrète. »

Mikael Bellman poussa un soupir.

« C'est ce que j'ai toujours pensé, Harry. Nous aurions dû travailler ensemble, pas l'un contre l'autre. Tu te serais plu à Kripos.

— De quoi est-ce que tu parles ?

— Avant de te le dire, je dois te demander un service. Boucle-la sur ce que je vais te raconter ce soir.

— OK.

— Cette affaire m'a déjà placé dans une situation délicate. Il se trouve que c'est moi que Schultz est venu voir. Il voulait parler de ce qu'il savait, en effet. Il m'a notamment dit ce que je soupçonnais depuis longtemps : il y a un brûleur dans nos rangs. Quelqu'un qui travaille dans la maison, je crois, proche des affaires que nous traitons à Orgkrim. Je lui ai demandé d'attendre chez lui pendant que j'en discutais avec la direction. Je devais être prudent pour ne pas alerter le brûleur. Mais qui dit prudence, dit souvent lenteur. J'ai parlé au directeur sortant, mais il m'a laissé le soin de trouver comment me dépêtrer de cette situation.

— Pourquoi ?

— Comme je le disais, il s'en va. Il n'a pas besoin d'un scandale de flic corrompu comme cadeau de départ.

— Alors il voulait éviter que cette histoire ne s'ébruite avant ? »

Bellman regarda son café.

« Il est très possible que je sois le prochain directeur de la police, Harry.

— Toi ?

— Et il a sans doute pensé que je pouvais aussi bien me coltiner la première brouette de fumier tout de suite. Le problème, c'est que j'ai été trop long à la détente. J'ai réfléchi, encore et encore. On aurait pu forcer Schultz à dénoncer le brûleur. Mais tous les autres auraient filé se planquer. J'ai envisagé de dissimuler un micro sur Schultz et de lui demander de nous mener d'abord à tous ceux que nous voulions prendre. Qui sait, peut-être jusqu'au grand manitou du moment.

— Dubaï. »

Bellman hocha la tête.

« Le problème, c'était de déterminer qui dans la maison était sûr et qui ne l'était pas. J'avais sélectionné un petit groupe, je les avais contrôlés dans tous les sens, quand on m'a informé d'un tuyau anonyme...

— Tord Schultz avait été retrouvé assassiné. »

Bellman lui lança un regard sévère.

« Et maintenant, poursuivit Harry, le problème, c'est que si on apprend que tu as vasouillé ta nomination au poste de directeur de la police d'Oslo sera remise en question.

— Ça aussi. Mais ce n'est pas ce qui m'inquiète le plus. Le problème, c'est que rien de ce que Schultz a eu le temps de me révéler ne peut nous servir à quoi que ce soit. On n'est pas plus avancés. Ce prétendu policier qui est allé voir Schultz dans sa cellule et qui a pu faire l'échange de substances...

— Oui ?

— Il s'est présenté comme policier. L'inspecteur principal à Gardermoen croit se souvenir qu'il s'appelait Thomas quelque chose. On a cinq Thomas dans la maison. Dont aucun à Orgkrim, du reste. J'ai envoyé des photos de nos Thomas, mais il n'en a reconnu aucun. Donc il se peut fort bien que le brûleur ne soit même pas dans la police.

— Mmm. Juste une personne avec un faux badge de policier. Ou, plus vraisemblable, quelqu'un comme moi, un ex-policier.

— Pourquoi ça ? »

Harry haussa les épaules.

« Il faut un policier pour en berner un autre. »

Il y eut un cliquetis de serrure.

« Chérie ! lança Bellman. Nous sommes ici ! »

La porte du salon s'ouvrit, et le joli visage au teint hâlé d'une trentenaire apparut. Ses cheveux blonds étaient retenus en queue-de-cheval, et Harry songea à l'ex-femme de Tiger Woods.

« J'ai laissé les enfants chez maman. Tu viens, lapin ? »

Bellman toussota.

« Nous avons de la visite.

— Je sais, lapin », répondit-elle, la tête penchée sur le côté.

Bellman regarda Harry avec une expression résignée qui disait « Qu'y puis-je ? ».

« Bonjour, dit-elle avec un coup d'œil aguicheur à Harry. Papa et moi avons rapporté un autre chargement dans la remorque, alors si vous…

— Mal au dos, et envie subite de rentrer chez moi », marmonna Harry. Il vida sa tasse de café et se leva.

« Autre chose, fit Harry une fois dans le porche avec Bellman. Cette visite au Radiumhospital…

— Oui ?

— Il y avait un type, un drôle d'énergumène bossu. Un chercheur. Martin Pran. Juste une intuition, mais je me demandais si tu pourrais te renseigner pour moi.

— Pour toi ?

— Désolé, vieille habitude. Pour la police. Pour le pays. Pour l'humanité.

— Intuition ?

— Je n'ai à peu près rien d'autre dans cette affaire. Si tu pouvais me tuyauter sur ce que vous trouverez…

— Je verrai.

— Merci, Mikael. » Harry trouva extrêmement bizarre de prononcer le prénom du bonhomme. Il se demanda s'il l'avait jamais fait. Mikael ouvrit la porte sur la pluie, et une bouffée d'air froid les assaillit.

« Je suis désolé de ce qui est arrivé à ce jeune, dit Bellman.

— Lequel ?

— Les deux.

— Mmm.

— Tu sais quoi ? J'ai rencontré Gusto Hanssen, un jour. Il est venu ici.

— Ici ?

— Oui. Un garçon d'une beauté frappante. Un peu… » Bellman chercha ses mots. Renonça. « Est-ce que toi aussi tu as eu le béguin pour Elvis ? *Man crush*, comme on dit en américain.

— Eh bien… » Harry sortit son paquet de cigarettes. « Non. »

Il aurait juré avoir vu des flammes rouges dans les taches de pigmentation blanches du visage de Mikael Bellman.

« Ce gosse avait le même genre de visage. Et de charisme.

— Qu'est-ce qu'il voulait ?

— Parler à un policier. On faisait atelier bricolage avec un groupe de collègues. Quand on n'a qu'un salaire de policier, il faut faire soi-même autant de choses que possible, tu sais.

— Avec qui a-t-il parlé ?

— Qui ? » Bellman regarda Harry. C'est-à-dire, son regard était orienté vers Harry, mais posé sur quelque chose de très lointain, quelque chose qu'il venait juste d'apercevoir. « Je ne me souviens plus. Si ça peut leur rapporter un billet de mille pour un shoot, ces junkies ont toujours quelque chose à balancer. Bonne soirée, Harry. »

Harry traversait Kvadraturen. Un camping-car s'arrêta un peu plus haut dans la rue, devant l'une des prostituées noires. La portière s'ouvrit et trois garçons sortirent, qui ne devaient guère avoir plus de vingt ans. L'un filmait pendant qu'un autre s'adressait à la femme. Elle secoua la tête. Elle ne voulait sans doute pas figurer dans un film de gang bang diffusé sur YouPorn. Ils avaient Internet aussi, là d'où elle venait. La famille, les proches. Ils pensaient peut-être que l'argent qu'elle envoyait venait de son boulot de serveuse. Ou peut-être pas, mais ils ne posaient pas de questions. Alors que Harry approchait, l'un des jeunes cracha par terre devant elle et lança d'une voix perçante et avinée : « *Cheap nigger ass.* »

Harry croisa le regard las de la femme noire. Ils se firent un signe de tête, comme si chacun voyait en l'autre quelque chose qu'il reconnaissait. Les deux autres garçons notèrent la présence de Harry et se redressèrent. De grands garçons bien nourris. Bonnes joues roses, biceps de salle de sport, peut-être un an de kick-boxing ou de karaté.

« Bonsoir, bonnes gens », fit Harry en souriant sans s'arrêter.

Il entendit la portière du camping-car claquer et le moteur ronfler.

C'était la chanson habituelle qui retentissait par la porte. *Come As You Are*. L'invitation.

Harry ralentit. Un instant.

Puis accéléra de nouveau, sans regarder ni à droite ni à gauche.

Le lendemain matin, Harry fut réveillé par la sonnerie de son téléphone. Il s'assit dans le lit, plissa les yeux dans la lumière qui entrait par la fenêtre sans rideaux, tendit la main vers sa veste suspendue au dossier du siège, fouilla dans les poches jusqu'à ce qu'il trouve le mobile.

« J'écoute.

— C'est Rakel. » L'exaltation lui coupait le souffle. « Ils ont relâché Oleg. Il est libre, Harry ! »

Chapitre 25

Harry se tenait debout dans la lumière matinale, au milieu de la chambre d'hôtel sans rideaux. Hormis le téléphone qui couvrait son oreille droite, il était nu. En face dans la cour, une femme le contemplait l'œil endormi, la tête inclinée, en mâchonnant une tartine.

« Hans Christian ne l'a appris qu'en arrivant au bureau, il y a une demi-heure, poursuivit Rakel au téléphone. Ils ont libéré Oleg hier en fin d'après-midi. Quelqu'un d'autre a avoué le meurtre de Gusto. N'est-ce pas fabuleux, Harry ? »

Si, songea Harry. C'était fabuleux. Comme dans « pas croyable ».

« Qui a avoué ?

— Un certain Chris Reddy, alias Adidas. Un petit dealer. Il a abattu Gusto parce qu'il lui devait de l'argent pour des amphétamines.

— Où est Oleg, à présent ?

— Nous ne savons pas. On vient tout juste de l'apprendre, comme je te le disais.

— Réfléchis, Rakel ! Où peut-il être ? » La voix de Harry était plus sévère qu'il ne l'avait voulu.

« Que… Qu'est-ce qui ne va pas ?

— Les aveux. Les aveux ne vont pas, Rakel.

— Mais encore ?

— Tu ne comprends pas ? Ce sont des aveux truqués !

— Non, non. Hans Christian dit qu'ils sont détaillés et parfaitement crédibles. C'est d'ailleurs pour ça qu'ils ont déjà libéré Oleg.

— Cet Adidas affirme qu'il a buté Gusto parce qu'il lui devait de l'argent. C'est donc un assassin froid et cynique. Qui soudain a mauvaise conscience et avoue, comme ça ?

— Mais quand il a vu que la mauvaise personne allait être condamnée…

— Oublie ! Un toxicomane désespéré n'a qu'une chose en tête : le flash. Il n'y a tout bonnement pas de place pour la mauvaise conscience, crois-moi. Cet Adidas est un junkie fauché, qui, contre une rétribution satisfaisante, est plus que disposé à avouer un meurtre pour se rétracter ensuite, après la libération du suspect principal. Tu ne vois pas de quoi il est question ici ? Le chat a compris qu'il ne pouvait pas attraper l'oiseau dans sa cage, alors…

— Arrête ! » cria Rakel, réprimant soudain un sanglot.

Mais Harry n'arrêta pas :

« … il faut qu'il fasse sortir l'oiseau. »

Il l'entendit pleurer. Il savait qu'il n'avait sans doute fait que mettre des mots sur ce qu'elle avait déjà pensé à moitié, sans oser le penser entièrement.

« Tu ne peux pas me rassurer, Harry ? »

Il ne répondit pas.

« Je ne veux plus avoir peur », murmura-t-elle.

Harry inspira.

« On s'en est sortis avant, et on s'en sortira encore, Rakel. »

Il raccrocha. Oui, vraiment, il était devenu un pro du mensonge.

La fille à la fenêtre, de l'autre côté de la cour, le salua d'un geste indolent, avec trois doigts.

Harry se passa une main sur le visage.

Il ne restait plus qu'à savoir qui trouverait Oleg le premier, lui ou eux.

Réfléchir.

Oleg avait été libéré la veille dans l'après-midi, quelque part dans l'Østlandet. Un toxicomane en manque de fioline. Il était allé illico à Oslo, à Plata, à moins d'avoir des réserves dans une planque. Il n'était pas allé à Hausmanns gate, l'appartement était toujours sous scellés. Alors où dormirait-il, sans argent, sans amis ? Urtegata ? Non, Oleg savait qu'on le verrait, que la rumeur se répandrait comme une traînée de poudre.

Oleg ne pouvait être qu'à un seul endroit.

Harry regarda l'heure. Il fallait y arriver avant que l'oiseau ne se soit envolé.

Le stade de Valle Hovin était aussi peu fréquenté que lors de sa dernière visite. La première chose que vit Harry en contournant le bâtiment des vestiaires fut qu'un des carreaux du rez-de-chaussée était cassé. Il regarda par l'ouverture. Les éclats de verre étaient à l'intérieur. Il gagna rapidement la porte, ouvrit avec la clé qu'il avait gardée et entra.

Ce fut comme si un train de marchandises le percutait.

Étendu sur le sol, Harry s'efforçait de reprendre son souffle et de se relever malgré ce qu'il avait sur lui. Une chose puante, mouillée et désespérée. Harry se tortilla, tenta de se libérer de l'étreinte. Il réfréna le réflexe de frapper, saisit un bras, une main, la tordit vers l'avant-bras. Se remit à genoux en utilisant sa prise pour presser le visage de l'autre contre le sol.

« Aïe ! Merde ! Lâchez-moi !

— C'est moi ! C'est Harry, Oleg ! »

Il lâcha prise et aida Oleg à se relever, le laissa tomber sur le banc du vestiaire.

Le garçon faisait peine à voir. Pâle. Maigre. Les yeux exorbités. Et il empestait un indéfinissable mélange de dentiste et d'excréments. Mais il était clean.

« Je croyais..., commença Oleg.

— Tu croyais que c'étaient eux. »

Oleg se cacha le visage dans les mains.

« Viens. On sort. »

Ils s'installèrent dans les tribunes. Dans la lumière blafarde, qui se réfléchissait sur le béton fissuré. Harry songea à toutes les fois où il s'était trouvé là et avait regardé Oleg, entendu le chant des patins avant qu'ils replongent dans la glace, observé le reflet mat des projecteurs sur la surface vert d'eau qui virait progressivement au blanc laiteux.

Ils étaient serrés l'un contre l'autre, comme si les gradins étaient bondés.

Harry écouta un moment la respiration d'Oleg avant de commencer :

« Qui sont-ils, Oleg ? Il faut que tu me fasses confiance. Si j'ai pu te trouver, ils le pourront aussi.

— Et comment m'as-tu trouvé ?

— On appelle ça la déduction.

— Je sais ce que c'est. Exclure l'impossible, et voir ce qu'il te reste.

— Quand es-tu arrivé ? »

Oleg haussa les épaules.

« Hier soir. À neuf heures.

— Pourquoi n'as-tu pas appelé ta mère quand tu es sorti ? Tu sais que tu risques ta peau, en ce moment.

— Elle n'aurait fait que m'emmener quelque part, pour me cacher. Elle ou l'autre, Nils Christian.

— Hans Christian. Ils vont te retrouver, tu sais. »

Oleg baissa les yeux sur ses mains.

« Je croyais que tu étais venu à Oslo pour te trouver un shoot, poursuivit Harry. Mais tu es clean.

— Depuis plus d'une semaine.

— Pourquoi ? »

Oleg ne répondit pas.

« C'est à cause d'elle ? C'est Irene ? »

Oleg regarda la piste en béton, comme s'il pouvait s'y voir, lui aussi. Entendre la note aiguë qui suivait la poussée. Il hocha lentement la tête.

« Je suis le seul qui essaie de la retrouver. Elle n'a que moi. »

Harry ne répondit pas.

« La boîte de bijoux que j'ai volée à maman…

— Oui ?

— Je l'ai revendue pour acheter de la came. Sauf l'alliance que tu lui avais achetée.

— Pourquoi ? »

Oleg sourit.

« D'abord, elle ne valait pas grand-chose.

— Quoi ? s'écria Harry avec des mines d'épouvante. Je me suis fait avoir ? »

Oleg rit.

« Une alliance en or qui noircit ? Ça s'appelle du cuivre vert-de-grisé. Auquel on a ajouté un peu de plomb, pour lui donner du poids.

— Alors pourquoi ne l'as-tu pas laissée ?

— Maman ne la portait plus. J'ai voulu l'offrir à Irene.

— Du cuivre, du plomb et de la peinture dorée. »

Oleg haussa les épaules.

« J'avais le sentiment que c'était la chose à faire. Je me rappelle comme maman était heureuse quand tu la lui as passée au doigt.

— De quoi d'autre te souviens-tu ?

— Dimanche. Vestkanttorget. Le soleil n'était pas très haut, on faisait crisser les feuilles mortes sous nos pieds. Maman et toi avez souri, ri de quelque chose. J'avais envie de te prendre la main. Mais je n'étais plus un petit garçon. Tu as acheté l'alliance à un stand où ils liquidaient une succession.

— Tu te rappelles tout ça ?

— Oui. Et je me suis dit que si cet anneau rendait Irene ne serait-ce qu'à moitié aussi heureuse que maman…

— Elle l'a été ? »

Oleg regarda Harry. Cligna des yeux.

« Je ne me souviens pas. On devait planer quand je le lui ai donné. »

Harry déglutit.

« Il la tient, avoua Oleg.

— Qui ?

— Dubaï. Il retient Irene en otage pour que je ne parle pas. »

Harry dévisagea Oleg, qui baissa la tête.

« C'est pour ça que je n'ai rien dit.

— Tu le *sais* ? Ils t'ont averti de ce qui arriverait à Irene si tu parlais ?

— Ce n'est pas nécessaire. Ils savent que je ne suis pas idiot. En plus, ils doivent l'empêcher de parler elle aussi. Ils la tiennent, Harry. »

Harry changea de position. Se souvint que c'était leur posture exacte avant les courses importantes. Tête baissée, silencieux, comme dans une concentration mutuelle. Oleg ne voulait pas de conseils. Et Harry n'en avait aucun à donner. Mais Oleg appréciait qu'ils passent un moment ainsi.

Harry s'éclaircit la voix. Ceci n'était pas une course d'Oleg.

« Si nous voulons avoir une chance de sauver Irene, il faut que tu m'aides à trouver Dubaï. »

Oleg regarda Harry. Glissa les mains sous ses cuisses et tapa des pieds. Comme il en avait l'habitude. Puis il hocha la tête.

« Commence par le meurtre, conseilla Harry. Prends ton temps. »

Oleg ferma les yeux pendant quelques secondes. Puis les rouvrit.

« J'étais défoncé, je venais de m'injecter de la fioline près de la rivière, juste derrière notre appartement de Hausmanns gate. C'était plus prudent, parce que si je m'étais shooté dans l'appart, un des autres aurait pu essayer de me faucher ma seringue, tu vois ? »

Harry hocha la tête.

« Le premier truc que j'ai vu en remontant, c'est que la porte des bureaux en face sur le palier avait été fracturée. Encore. Je n'y ai pas trop réfléchi. Je suis entré dans notre salon, et Gusto était là. Devant lui, il y avait un type en cagoule. Il braquait un pistolet sur Gusto. Je ne sais pas s'il voulait la drogue ou quoi, mais je savais que ce n'était pas un braquage, que Gusto allait être tué. Alors j'ai réagi instinctivement. Je me suis jeté sur la main qui tenait l'arme. Mais je n'ai pas été assez rapide, il a eu le temps de tirer. Je suis tombé, et quand j'ai relevé la tête, j'étais par terre à côté de Gusto, et j'avais un canon de pistolet sur le front. Le type ne disait pas un mot, et j'étais persuadé que j'allais mourir. » Oleg s'interrompit, inspira profondément. « Mais il avait l'air d'hésiter. Alors il a fait le geste d'un bec qui l'ouvre avant de se passer la main sur la gorge. »

Harry hocha la tête. Ferme-la, ou tu es mort.

« Il a répété le geste, et j'ai fait signe que je comprenais. Et puis il est parti. Gusto saignait comme un porc, et je savais qu'il fallait le soigner fissa. Mais je n'osais pas bouger, j'étais persuadé que le type attendait juste dehors, parce que je n'avais pas entendu ses pas dans l'escalier. Et je me suis dit que s'il me voyait il changerait peut-être d'avis et me descendrait aussi. »

Oleg tapait des pieds.

« J'ai essayé de prendre le pouls de Gusto, de lui parler, je lui ai dit que j'allais chercher du secours. Mais il ne répondait pas. Et puis je n'ai plus senti son pouls. Et je ne supportais pas de rester. J'ai filé. » Oleg se redressa comme s'il avait mal au dos, joignit les mains et les posa sur sa tête. Quand il reprit la parole, il avait la voix rauque. « J'étais défoncé, je n'arrivais pas à penser clairement. Je suis descendu à la rivière. J'ai envisagé de me jeter à l'eau. Avec un peu de chance, je me noierais. Et puis j'ai entendu les sirènes. Et ils sont arrivés... Le seul truc auquel j'arrivais à penser, c'était le bec qui l'ouvrait et la main sur la gorge. Et qu'il fallait que je la ferme. Parce que je sais comment ils sont, ces gens-là, je les ai entendus raconter comment ils s'y prennent.

— Et comment s'y prennent-ils ?

— Ils frappent là où ça fait le plus mal. Au début, j'ai eu peur pour maman.

— Mais Irene était une proie plus facile, enchaîna Harry. Personne ne réagirait si une fille paumée disparaissait pendant un moment. »

Oleg regarda Harry. Déglutit. « Alors, tu me crois ? »

Harry haussa les épaules.

« Je suis assez crédule en ce qui te concerne, Oleg. C'est sûrement normal quand on est... quand on est... tu sais. »

Oleg avait les larmes aux yeux. « Mais... c'est complètement invraisemblable. Toutes les preuves...

— Tout s'explique. Les traces de poudre sur ton bras, tu les as eues en te jetant sur l'agresseur. Le sang, quand tu as pris son pouls. Et c'est à ce moment-là que tu as laissé tes empreintes digitales sur lui. La raison pour laquelle tu es le seul qu'on ait vu quitter l'immeuble après le coup de feu, c'est que le meurtrier est passé par les bureaux, il est sorti par la fenêtre et a descendu l'escalier de secours qui donne sur la rivière. Voilà pourquoi tu n'as pas entendu de pas dans l'escalier. »

Oleg braquait un regard pensif quelque part sur la poitrine de Harry.

« Mais pourquoi Gusto a-t-il été tué ? Et par qui ?

— Ça, je n'en sais rien. Mais je crois qu'il a été tué par quelqu'un que tu connais.

— Moi ?

— Oui. C'est pour ça qu'il a fait des gestes plutôt que de parler. Pour que tu ne reconnaisses pas sa voix. Et la cagoule signifie qu'il craignait d'être reconnu par d'autres personnes du milieu. Ça pourrait être quelqu'un que la plupart de ceux qui habitaient là avaient déjà vu.

— Mais pourquoi m'a-t-il épargné ?

— Ça, je n'en sais rien non plus.

— Je ne comprends pas. Ils ont pourtant essayé de me tuer en prison. Alors que je n'avais rien dit du tout.

— Le meurtrier n'avait peut-être pas eu de consignes précises quant à ce qu'il devait faire d'éventuels témoins. Il a hésité. D'un côté, si tu l'avais déjà vu, tu pouvais le reconnaître à sa silhouette, son langage corporel, sa démarche. D'un autre côté, tu planais tellement que tu ne captais pas grand-chose.

— La drogue sauve des vies ? tenta Oleg avec un sourire timide.

— Oui. Mais son chef n'a pas dû être du même avis quand il lui a fait son rapport. Mais il était trop tard. Alors pour s'assurer que tu ne parlerais pas, ils ont enlevé Irene.

— Ils savaient que je la bouclerais tant qu'ils avaient Irene, alors pourquoi me tuer ?

— J'ai déboulé.

— Toi ?

— Oui. Ils savent que je suis à Oslo depuis l'instant où j'ai atterri. Ils savaient que j'étais la personne qui pouvait te faire parler, qu'ils ne pouvaient pas se contenter d'avoir Irene. Alors Dubaï a ordonné qu'on te réduise au silence en prison. »

Oleg hocha lentement la tête.

« Parle-moi de Dubaï.

— Je ne l'ai jamais rencontré. Mais je crois que je suis allé chez lui, une fois.

— Où est-ce ?

— Je ne sais pas. Ses lieutenants sont passés nous prendre, Gusto et moi, et nous ont conduits dans une maison, mais j'avais les yeux bandés.

— Tu es sûr que c'était la maison de Dubaï ?

— C'est ce que Gusto m'a dit. Et ça sentait la maison habitée. Les sons étaient ceux d'une maison avec des tapis et des rideaux, si tu…

— Je comprends. Continue.

— On nous a fait descendre dans une cave, et c'est seulement là qu'ils m'ont enlevé mon bandeau. Il y avait un homme mort par terre. Ils nous ont dit que c'était ce qu'ils faisaient aux gens qui essayaient de les gruger. Que nous devions l'observer attentivement. Et puis raconter ce qui s'était passé à Alnabru. Pourquoi la porte n'était pas verrouillée à l'arrivée de la police. Et pourquoi Tutu avait disparu.

— Alnabru ?

— J'y arrive.

— OK. Cet homme, comment avait-il été tué ?

— Qu'est-ce que tu veux dire ?

— Est-ce qu'il avait des plaies au visage ? Ou est-ce qu'on lui avait tiré dessus ?

— Je n'ai pas compris de quoi il était mort avant que Peter appuie le pied sur le ventre du cadavre. De l'eau a coulé des coins de sa bouche. »

Harry s'humecta les lèvres.

« Tu sais qui était le mort ?

— Oui. Une taupe qui traînait souvent là où on était. On l'appelait Béret à cause de sa casquette.

— Mmm.

— Harry ?

— Oui ? »

Les pieds d'Oleg martelaient frénétiquement le béton.

« Je ne sais pas grand-chose de Dubaï. Même Gusto ne voulait pas parler de lui. Mais je sais que si tu essaies de l'attraper, tu vas mourir. »

TROISIÈME PARTIE

Chapitre 26

La rate faisait des allées et venues impatientes sur le sol. Le cœur humain battait, mais de plus en plus faiblement. Elle s'arrêta de nouveau à la chaussure. Mordit le cuir. Un cuir souple, mais épais et solide. Elle courut de nouveau sur ce corps humain. Les vêtements sentaient davantage que les chaussures, la transpiration, la nourriture et le sang. Il — car elle sentait que c'était un mâle — était toujours dans la même position, n'avait pas bougé, bouchait toujours l'entrée. Elle gratta le ventre humain. Savait que c'était le chemin le plus court. Faibles battements de cœur. Elle n'allait pas tarder à pouvoir s'y mettre.

Ce n'est pas le fait de cesser de vivre, papa. Mais d'être obligé de mourir pour mettre un terme à toute cette merde. Il devrait y avoir une meilleure méthode, t'es d'accord, non ? Un exode indolore vers la lumière plutôt que ces foutues ténèbres froides qui t'assaillent. Quelqu'un aurait dû glisser une once d'opiacé dans les balles Makarov, faire ce que j'ai fait pour Rufus, le clebs galeux, et me filer un aller simple pour Euphoria, bon vent, Satan ! Mais tout ce qui est bon dans ce monde à la con est sur ordonnance, épuisé ou vendu à un prix si prohibitif qu'on doit payer de son âme pour pouvoir y goûter. La vie est un restaurant que tu ne peux pas t'offrir. La mort, c'est l'addition pour le repas que tu n'as même pas eu le temps de prendre. Donc tu commandes ce qu'il y a de plus cher au menu, puisque de toute façon tu vas y passer, hein, et tu auras peut-être le temps d'en avaler une bouchée.

OK, j'arrête de pleurnicher, papa, ne t'en va pas, tu n'as pas entendu le reste. Le reste est bon. Où on en était ? Ah oui. Après le casse d'Alnabru, il ne s'est écoulé que deux jours avant que Peter et Andreï viennent nous chercher, Oleg et moi. Ils ont noué un foulard sur les yeux d'Oleg, et nous ont conduits à la maison du vioque, où ils nous ont emmenés au sous-sol. Je n'y étais jamais allé. On nous a fait passer dans un long couloir étroit et bas de plafond, on devait marcher la tête baissée. Nos épaules frôlaient les murs. J'ai fini par comprendre que ce n'était pas une cave, mais un tunnel souterrain. Un couloir d'évacuation, peut-être. Qui n'avait été d'aucun secours pour Béret. On aurait dit un rat noyé. Enfin, c'est ce qu'il était.

Après, ils ont remis le foulard sur les yeux d'Oleg et l'ont ramené à la voiture, pendant que j'étais convoqué chez le vioque. Il était assis dans un fauteuil juste en face de moi, sans table entre nous.

« Vous y étiez ? » a-t-il demandé.

Je l'ai regardé droit dans les yeux.

« Si vous parlez d'Alnabru, la réponse est non. »

Il m'a scruté sans un mot.

« Tu es comme moi, a-t-il fini par dire. Impossible de voir quand tu mens. »

Je n'en jurerais pas, mais il m'a semblé détecter un sourire.

« Alors, Gusto, tu as compris ce que c'était, en bas ?

— La taupe. Béret.

— Exact. Et pourquoi ?

— Je ne sais pas.

— Devine. »

Je parie que ce type a été un prof pénible dans une vie antérieure. Mais bon, j'ai répondu : « Il avait volé quelque chose. »

Le vioque a secoué la tête.

« Il a découvert que j'habitais ici. Il savait qu'il n'avait rien pour demander un mandat de perquisition. Après l'arrestation de Los Lobos et la descente à Alnabru l'autre jour, il a sans doute compris le tableau, aussi solide que puisse être son dossier, il n'obtiendrait jamais de mandat… » Le vioque a ricané. « Nous lui avions donné un avertissement et pensions que ça l'arrêterait.

— Ah ?

— Les taupes comme lui comptent sur leur fausse identité. Ils pensent qu'il est impossible de découvrir qui ils sont. Qui est leur famille. Mais tout se trouve dans les archives de la police, pourvu qu'on ait les bons mots de passe. Que l'on a si on occupe un poste de confiance à Orgkrim, par exemple. Et quel avertissement lui avons-nous donné ? »

J'ai répondu sans réfléchir.

« Buté ses mômes ? »

Le visage du vioque s'est rembruni.

« Nous ne sommes pas des monstres, Gusto.

— Désolé.

— Et puis, il n'avait pas d'enfants. » Rire de snekke*. « Mais il avait une sœur. Ou peut-être n'était-ce qu'une sœur adoptive. »*

J'ai hoché la tête. C'était impossible de déterminer s'il mentait.

« Nous lui avons dit qu'elle serait violée, puis exécutée. Mais je l'avais mal évalué. Au lieu de penser au fait qu'il avait des proches à protéger, il est passé à l'attaque. Une attaque très solitaire, mais désespérée. Il a réussi à s'introduire ici cette nuit. Nous n'y étions pas préparés. Il devait avoir beaucoup d'affection pour cette sœur. Il était armé. Je suis descendu au sous-sol, et il m'a suivi. Puis il est mort. » Il a incliné la tête. « Et de quoi ?

— De l'eau coulait de sa bouche. Noyé ?

— Exact. Noyé où ?

— On l'a sorti d'un lac et amené ici, quelque chose comme ça ?

— Non. Il s'est introduit ici, et il s'est noyé. Alors ?

— Je ne sais pas…

— Réfléchis ! » Le mot avait claqué comme un fouet. « Si tu veux survivre, il faut que tu sois capable de réfléchir, de raisonner à partir de ce que tu vois. C'est ainsi qu'est la vraie vie.

— Bon, bon. » J'ai essayé de réfléchir. « Cette cave n'est pas une cave, mais un tunnel. »

Le vioque a croisé les bras.

« Et ?

— Il est plus long que cette propriété. Il peut évidemment déboucher quelque part en plein air.

— Mais ?

— Mais vous m'avez dit que vous possédiez la maison voisine aussi, alors c'est là qu'il doit mener. »

Le vioque a eu un sourire satisfait.

« Devine quel âge a ce tunnel.

— Il est vieux. Les murs sont verts de mousse.

— D'algues. Après que le mouvement de résistance a eu perpétré quatre attentats avortés contre cette maison, le chef de la Gestapo a fait construire ce tun-

nel. Ils ont réussi à le garder secret. Quand Reinhard rentrait l'après-midi, il entrait par la porte de cette maison-ci, pour que tout le monde le voie bien. Il allumait la lumière, et ensuite il se rendait dans sa véritable maison en passant par le tunnel, et envoyait ici le lieutenant dont tout le monde pensait qu'il habitait à côté. Et ce lieutenant paradait dans la maison, de préférence près des fenêtres, dans le même genre d'uniforme que le chef de la Gestapo.

— C'était un leurre.

— Exact.

— Pourquoi vous me racontez ça ?

— Parce que je veux que tu connaisses les réalités de la vie, Gusto. Dans ce pays, la plupart des gens n'en savent rien, ils ne savent pas ce qu'il en coûte de survivre dans la vraie vie. Mais je te le raconte aussi parce que je veux que tu te souviennes que je t'ai fait confiance. »

Il m'a regardé comme s'il disait quelque chose de très important. J'ai fait semblant de comprendre, je voulais rentrer chez moi. Il l'a peut-être vu.

« Merci, Gusto. Andreï va vous raccompagner. »

Quand la voiture est passée devant l'université, il y avait manifestement une fête d'étudiants sur le campus. On entendait les guitares énergiques d'un groupe qui jouait sur une scène en plein air. Des jeunes marchaient dans notre direction, dans Blindernveien. Des visages heureux, pleins d'attentes, comme si on leur avait promis quelque chose, un avenir ou je sais pas quelle connerie.

« Qu'est-ce que c'est ? a demandé Oleg, qui avait toujours son bandeau sur les yeux.

— Ça, ai-je répondu, c'est la vie irréelle. »

« Et tu n'as pas la moindre idée de comment il s'est noyé ? demanda Harry.

— Non. » Le pied d'Oleg battait de plus en plus nerveusement, son corps entier vibrait.

« Bon. Tu avais donc les yeux bandés, mais raconte-moi tout ce dont tu te souviens du trajet pour aller à cette maison et en revenir. Tous les bruits. Quand vous êtes descendus de voiture, par exemple, as-tu entendu un train ou un tram ?

— Non. Mais il pleuvait quand nous sommes arrivés, c'est à peu près tout ce que j'entendais.

— Forte pluie, pluie légère ?

— Pluie légère. Je l'ai à peine sentie quand nous sommes sortis de la voiture ; c'est là que je l'ai entendue.

— OK. Si une pluie fine fait du bruit, c'est peut-être parce qu'elle tombe sur des arbres ?

— Peut-être.

— Et qu'avais-tu sous les pieds en allant à la porte ? De l'asphalte ? Des dalles en pierre ? De l'herbe ?

— Du gravier. Je crois. Si, j'entendais crisser. Je me repérais au bruit pour suivre Peter, c'est le plus lourd, alors c'est lui qui faisait le plus de bruit.

— Bien. Un perron ?

— Oui.

— Combien de marches ? »

Oleg gémit.

« OK, poursuivit Harry. Il pleuvait toujours quand tu es arrivé à la porte ?

— Oui, évidemment.

— Je veux dire, la pluie te tombait toujours sur la tête ?

— Oui.

— Pas d'auvent à l'entrée, alors.

— Tu as l'intention d'explorer toutes les maisons d'Oslo qui n'ont pas d'auvent ?

— Eh bien… les différentes parties d'Oslo ont été construites à différentes périodes, et elles ont un certain nombre de traits communs.

— Et quelle est la période des villas en bois avec jardin, allée de gravier et escalier menant à une porte sans auvent et sans rails de tram à proximité ?

— On croirait entendre un chef de brigade criminelle. » Harry n'obtint pas le sourire ou le rire espéré. « Quand vous êtes partis, tu as remarqué d'autres bruits dans le secteur ?

— Comme ?

— Comme le signal sonore d'un feu tricolore auquel vous vous seriez arrêtés.

— Non, rien de tel. Mais il y avait de la musique.

— Enregistrée, ou live ?

— Live, je crois. Les cymbales étaient nettes. On entendait les guitares, qui faisaient comme des va-et-vient au gré du vent.

— Ça ressemble à un concert. Bonne mémoire.

— Je me le rappelle juste parce qu'ils jouaient une de tes chansons.

— *Mes* chansons ?

— Une chanson d'un de tes disques. Je m'en souviens parce que Gusto a dit que c'était la vie irréelle, et j'ai pensé que ce devait être une association d'idées inconsciente induite par les paroles qui venaient d'être chantées.

— Quelles paroles ?

— Une histoire de rêve, je ne me rappelle pas. Mais tu passais tout le temps ce disque.

— Allez, Oleg, c'est important. »

Oleg regarda Harry. Ses pieds cessèrent de battre. Il ferma les yeux et fredonna doucement : « *It's just a dreamy Gonzales…* » Il rouvrit les yeux, le visage écarlate. « Quelque chose dans ce genre. »

Harry fredonna l'air pour lui-même. Et secoua la tête.

« Désolé, s'excusa Oleg. Je ne suis pas sûr, et ça n'a duré que quelques secondes.

— Ça ne fait rien. » Harry posa une main sur l'épaule du garçon. « Raconte-moi plutôt ce qui s'est passé à Alnabru. »

Le pied d'Oleg se remit à battre. Il inspira deux fois, par le ventre, comme il avait appris à le faire sur la ligne de départ avant de se mettre en position. Puis il parla.

Quand il eut terminé, Harry resta un long moment à se frotter la nuque.

« Vous avez donc tué un type à la perceuse ?

— Pas nous. Le policier.

— Dont tu ignores le nom. Et le lieu de travail.

— Oui, Gusto et lui étaient vigilants sur ce point. Gusto disait qu'il valait mieux que je ne le sache pas.

— Et tu n'as pas la moindre idée de l'endroit où est passé le cadavre ?

— Non. Tu vas me dénoncer ?

— Non. » Harry sortit son paquet de cigarettes et en tira une.

« Je peux en avoir une ?

— Désolé, mon grand. Pas bon pour la santé.

— Mais…

— À une condition. Que tu laisses Hans Christian te cacher et que tu me laisses le soin de retrouver Irene. »

Oleg fixa les immeubles sur la colline derrière le stade. Les jardinières étaient toujours suspendues aux balcons. Harry examina son profil. Sur sa gorge fine, la pomme d'Adam montait et descendait.

« Marché conclu.

— Bien. » Harry alluma leurs cigarettes après lui en avoir donné une.

« Ça y est, je comprends le doigt en métal, maintenant, murmura Oleg. C'est pour fumer.

— Ouaip », fit Harry, qui tenait sa cigarette entre la prothèse en titane et l'index tout en composant le numéro de Rakel. Il n'eut pas besoin de demander celui de Hans Christian, puisque celui-ci était avec elle. L'avocat annonça qu'il arrivait tout de suite.

Oleg se recroquevilla, comme si la température avait brusquement chuté.

« Où va-t-il me cacher ?

— Je ne sais pas, et je ne veux pas le savoir.

— Pourquoi ?

— J'ai les testicules très sensibles. Il suffit de mentionner une batterie de voiture pour que je parle comme un moulin. »

Oleg rit. Un rire sec, mais un rire tout de même.

« Je n'en crois rien. Tu les laisserais te tuer plutôt que dire un seul mot. »

Harry regarda le jeune garçon. Il aurait pu continuer à produire des blagues insipides tout l'après-midi pour ces brefs aperçus de sourires.

« Tu as toujours eu une haute opinion de moi, Oleg. Trop haute. Et j'ai toujours eu envie que tu me voies meilleur que je ne suis. »

Oleg baissa les yeux sur ses mains. « Tous les garçons ne considèrent-ils pas leur père comme un héros ?

— Peut-être. Et je ne voulais pas être démasqué comme traître, lâcheur. Mais les choses se sont passées comme elles se sont passées. Ce que je veux dire, c'est que même si je n'ai pas réussi à être là pour toi, ça ne signifie pas que tu n'étais pas important pour moi. On ne peut pas vivre les vies qu'on voudrait vivre. On est prisonniers de… choses. De qui nous sommes. »

Oleg leva la tête.

« De saloperies diverses.

— Aussi. »

Ils inhalèrent simultanément. Regardèrent la fumée qui montait en volutes indéfinies vers le ciel bleu grand ouvert. Harry savait que la nicotine ne pouvait pas tromper le manque du garçon, mais au moins permettait-elle quelques minutes de distraction.

« Dis…

— Oui ?

— Pourquoi tu n'es pas revenu ? »

Harry tira une autre bouffée avant de répondre.

« Parce que ta mère estimait que je n'étais pas bon pour vous. Et elle avait raison. »

Harry continua à fumer en regardant droit devant lui. Il savait qu'Oleg ne voulait pas qu'il l'observe à cet instant. Les garçons de dix-huit ans n'ont pas envie qu'on les voie pleurer. Il n'allait pas non plus passer le bras autour de ses épaules ni parler. Il allait seulement être là. Ne partir nulle part. Juste penser ensemble à la course qui s'annonçait.

Lorsqu'ils entendirent la voiture, ils descendirent des gradins et ressortirent sur le parking. Harry vit Hans Christian poser doucement la main sur le bras de Rakel qui allait se précipiter hors du véhicule.

Oleg se tourna vers Harry, bomba le torse, bras écartés, son pouce crocheta celui de Harry et il lui donna un petit coup d'épaule. Mais Harry ne le laissa pas s'en tirer à si bon compte, et l'attira à lui. Lui chuchota à l'oreille : « Gagne ! »

L'adresse d'Irene Hanssen était la même que celle de ses parents. La maison se trouvait à Grefsen et était mitoyenne. Un petit jardin envahi par la végétation et planté de pommiers sans pommes, mais avec une balançoire.

Un jeune homme, à qui Harry donnait vingt et quelques années, ouvrit. Ce visage ne lui était pas inconnu, et son cerveau de policier passa un dixième de seconde à explorer la base de données avant de trouver deux correspondances.

« Je m'appelle Harry Hole. Et vous êtes sans doute Stein Hanssen ?

— Oui ? »

Son visage était empreint du mélange d'innocence et de vigilance des jeunes gens qui ont eu le temps de vivre des choses belles comme douloureuses, mais qui, dans leur rencontre avec le monde, oscillent encore entre une ouverture trop nue et une prudence trop invalidante.

« Je vous reconnais d'après une photo. Je suis un ami d'Oleg Fauke. »

Harry chercha une réaction dans les yeux gris de Stein Hanssen, mais n'en vit aucune.

« Vous avez peut-être appris qu'il a été relâché, qu'une autre personne a avoué le meurtre de votre frère adoptif ? »

Stein Hanssen secoua la tête. Mimique toujours minimale.

« Je suis un ancien policier. J'essaie de retrouver votre sœur, Irene.

— Pourquoi ?

— Pour m'assurer qu'elle va bien. J'ai promis à Oleg de le faire.

— Super. Comme ça, il pourra continuer à la gaver de drogue ? »

Harry changea de pied d'appui.

« Oleg est clean, maintenant. Ce n'est pas facile, comme vous le savez sans doute. Mais il est clean parce qu'il voulait la retrouver par ses propres moyens. Il l'aime, Stein. Mais je veux essayer de la retrouver pour nous tous, pas seulement pour lui. Et quand il s'agit de retrouver les gens, j'ai la réputation d'être plutôt bon. »

Stein Hanssen observa Harry. Hésita un peu. Puis il ouvrit la porte.

Harry le suivit dans le salon. La pièce était bien rangée, joliment meublée, et paraissait totalement inhabitée.

« Vos parents…

— Ils n'habitent pas ici en ce moment. Et moi, seulement quand je ne suis pas à Trondheim. »

Ses *r* grasseyaient nettement, du genre qui était autrefois considéré comme un symbole de statut social dans les familles qui pouvaient s'offrir les services de bonnes d'enfants venues du Sørlandet. Le genre de *r* qui fait qu'on se souvient plus facilement d'une voix, songea Harry sans savoir très bien pourquoi.

Sur un piano qui semblait n'avoir jamais servi, il vit une photo encadrée. Le cliché devait remonter à six ou sept ans. Irene et Gusto étaient des versions plus jeunes, plus petites d'eux-mêmes, affublés de vêtements et de coupes de cheveux qui aujourd'hui devaient les mortifier. Stein se tenait derrière, le visage grave. Leur mère avait les bras croisés, un sourire hautain, presque venimeux, sur les lèvres. Le père souriait d'une façon qui suggéra à Harry que l'idée de cette photo de famille était la sienne, il était en tout cas le seul à faire montre d'enthousiasme.

« C'est donc la famille.

— C'était. Papa et maman ont divorcé. Papa a déménagé au Danemark. S'est tiré, devrais-je plutôt dire. Maman est internée. Le reste… enfin, vous êtes manifestement au courant. »

Harry hocha la tête. Un mort. Une disparue. Grosses pertes pour une seule famille.

Sans attendre d'invitation, Harry s'assit dans l'un des profonds fauteuils.

« Que pouvez-vous me dire, qui me faciliterait la tâche pour retrouver Irene ?

— Aucune idée. »

Harry sourit.

« Essayez.

— Irene a emménagé chez moi à Trondheim après avoir été impliquée dans quelque chose dont elle ne voulait pas parler. Mais je suis certain qu'elle avait été entraînée là-dedans par Gusto. Elle vénérait Gusto, était prête à tout pour lui, s'imaginait qu'il se souciait d'elle du simple fait qu'il lui caressait la joue. Mais au bout de quelques mois, il y a eu un coup de téléphone, et elle m'a dit qu'elle devait rentrer à Oslo, en refusant de m'expliquer pourquoi. Ça fait plus de quatre mois. Depuis, je ne l'ai pas revue et je n'ai pas eu de nouvelles. Après deux semaines sans arriver à la joindre, je suis allé déclarer sa disparition à la police. Ils l'ont enregistrée et ont fait quelques recherches, puis plus rien. Personne ne se préoccupe d'une junkie SDF.

— Des théories ?

— Non. Mais elle n'a pas disparu de son plein gré. Elle n'est pas du genre à fiche le camp comme… comme certains autres. »

Harry ne savait pas à qui il faisait allusion, néanmoins il sentit la balle perdue l'effleurer.

Stein Hanssen gratta une croûte sur son avant-bras.

« Qu'est-ce que vous voyez tous en elle ? Votre fille ? Vous pensez pouvoir *avoir* vos filles ?

— Vous ? répéta Harry, abasourdi. Que voulez-vous dire ?

— Vous, les vieux, qui lui bavez dessus. Uniquement parce qu'elle a l'air d'une Lolita de quatorze ans. »

Harry repensa à la photo dans la porte du casier de vestiaire. Stein Hanssen avait raison. Et Harry songea soudain qu'il se trompait peut-être, Irene était peut-être victime de quelque chose qui n'avait rien à voir avec cette affaire.

« Vous faites vos études à Trondheim. NTNU ?

— Oui.

— Quelle filière ?

— Techniques informatiques.

— Mmm. Oleg aussi voulait faire des études. Vous le connaissez ? »

Stein secoua la tête.

« Vous ne lui avez jamais parlé ?

— On s'est à peine croisés à deux ou trois reprises. Très rapidement, pourrait-on dire. »

Harry observa l'avant-bras de Stein. Déformation professionnelle. Mais hormis la croûte, cet avant-bras ne présentait aucune marque. Bien sûr que non, Stein Hanssen était un battant, de ceux qui s'en sortaient toujours. Harry se leva.

« Je suis désolé de ce qui est arrivé à votre frère.

— Frère adoptif.

— Mmm. Pouvez-vous me donner votre numéro ? Au cas où il y aurait quelque chose.

— Comme quoi ? »

Ils se regardèrent. La réponse resta en suspens entre eux ; la développer était inutile, la prononcer insupportable. La croûte s'était fendue, et un filet de sang cheminait vers la main.

« Je sais une chose qui pourrait vous aider, fit Stein Hanssen quand Harry fut sur le perron. Les endroits où vous avez prévu de la chercher. Urtegata. Les parcs. Les hospices. Les salles de shoot. Les rues des putes. Oubliez, j'y suis déjà allé. »

Harry hocha la tête. Chaussa ses lunettes de soleil de femme. « Laissez votre téléphone allumé, d'accord ? »

Harry alla au Lorry pour déjeuner, mais à peine arrivé sur les marches, il ressentit le besoin d'une bière et fit demi-tour. Il se rendit donc dans un nouveau bar en face de la Maison de la littérature. Rebroussa chemin après un bref examen de la clientèle, et se retrouva au Plah, où il commanda une variante thaï des tapas.

« Boire ? Singha ?

— Non.

— Tiger ?

— Vous n'avez que de la bière ? »

Le serveur comprit et revint avec de l'eau.

Harry mangea les crevettes royales et le poulet, mais déclina la saucisse façon thaï. Il appela ensuite Rakel pour lui demander de passer en revue les CD qu'au fil des ans il avait apportés à Holmenkollen et qui y étaient restés. Certains pour lui, d'autres par lesquels il avait voulu leur apporter le salut. Elvis Costello, Miles Davis, Led Zeppelin, Count Basie, les Jayhawks, Muddy Waters. Ça n'avait sauvé personne.

Elle avait dans un coin de sa discothèque ce qu'elle appelait sans ironie manifeste la « musique de Harry[1] ».

« Je voudrais que tu me lises tous les titres de chansons.

— Tu plaisantes ?

— Je t'expliquerai plus tard.

— D'accord. Le premier, c'est Aztec Camera.

— Tu as…

— Oui, je les ai classés par ordre alphabétique. » Elle avait l'air gênée.

« C'est un truc de mec.

— C'est un truc de Harry. Et ce sont tes disques. Je peux lire maintenant ? »

Au bout de vingt minutes, ils en étaient à *W* et Wilco sans que Harry n'ait eu d'association d'idées. Rakel poussa un gros soupir, mais poursuivit.

« *When You Wake Up Feeling Old.*

— Mmm. Non.

— *Summerteeth.*

— Mmm. Suivant.

— *In a Future Age.*

— Attends ! »

Rakel attendit.

Harry se mit à rire.

« J'ai dit quelque chose de drôle ? voulut savoir Rakel.

— Le refrain de *Summerteeth.* C'est… » Harry chanta : « "*It's just a dream he keeps having.*"

— C'est pas génial, Harry.

— Oh si ! Je veux dire, l'original est beau. Si beau que je l'ai passé plusieurs fois à Oleg. Mais il a

1. En Norvège, le prénom Harry s'est fait adjectif et pourrait se traduire par « beauf ».

compris les paroles comme “*It's just a dreamy Gonzalez*”. » Harry éclata encore de rire. Et se remit à chanter : « *It's just a dreamy Gon…*

— Harry, s'il te plaît.

— OK. Mais tu peux aller sur le PC d'Oleg me faire une recherche sur Internet ?

— Quoi donc ?

— Google Wilco, et trouve leur page officielle. Vois s'ils ont donné des concerts à Oslo cette année. Et le cas échéant, où exactement. »

Rakel revint six minutes plus tard.

« Seulement un. » Elle indiqua le lieu.

« Merci.

— Tu as de nouveau cette voix.

— Quelle voix ?

— Ta voix enthousiaste. Ta voix de gamin. »

À seize heures, une armada hostile et menaçante de nuages gris acier glissa lentement sur le fjord d'Oslo. Harry quitta Skøyen en direction du Frognerpark, et se gara dans Thorvald Erichsens vei. Après avoir appelé trois fois le mobile de Bellman sans obtenir de réponse, il avait téléphoné à l'hôtel de police, où on lui avait dit que Bellman était parti de bonne heure pour l'entraînement de son petit garçon au Tennis Club d'Oslo.

Harry contempla les nuages. Puis il entra et regarda les installations du TCO.

Un beau club-house, des courts en terre battue, des terrains en dur, et même un central entouré de gradins. Pourtant, seuls deux des douze courts étaient occupés. En Norvège, on jouait au foot et on faisait du ski. Se déclarer ouvertement joueur de tennis entraînait des regards soupçonneux et des murmures feutrés.

Harry trouva Bellman sur l'un des courts en terre battue. Il prenait des balles dans un panier en métal et les envoyait doucement vers un garçonnet qui travaillait peut-être son revers croisé. Difficile à dire, car les balles repartaient tous azimuts.

Harry franchit la porte grillagée derrière Bellman et se posta à côté de lui.

« Il a l'air d'avoir du mal, lâcha Harry en sortant son paquet de cigarettes.

— Harry, répondit Mikael Bellman sans s'interrompre ni quitter le garçon des yeux. Ça commence à venir.

— Une certaine ressemblance. Est-ce que… ?

— Mon fils. Filip. Dix ans.

— Le temps file… Doué ?

— Il n'a pas encore tout à fait rattrapé son père, mais j'y crois. Il a juste besoin d'être un peu poussé.

— Je croyais qu'on n'avait plus le droit.

— Nous rendons de mauvais services à nos enfants, Harry. Bouge tes pieds, Filip !

— Tu as trouvé quelque chose sur Martin Pran ?

— Pran ?

— L'énergumène bossu du Radiumhospital.

— Ah, oui, ton intuition. Oui et non. C'est-à-dire, oui, j'ai vérifié. Et non, nous n'avons rien sur lui. Vraiment rien.

— Mmm. Je voulais te demander autre chose.

— Plie les genoux ! Quoi donc ?

— L'autorisation administrative d'exhumer Gusto Hanssen pour voir s'il reste assez de sang sous ses ongles pour une nouvelle analyse. »

Bellman cessa de regarder son fils, manifestement pour vérifier si Harry était sérieux.

« Nous avons des aveux fort crédibles, Harry. Je

crois pouvoir affirmer sans me tromper que notre demande sera rejetée.

— Gusto avait du sang sous les ongles. Le prélèvement a disparu avant de parvenir au labo.

— Ce sont des choses qui arrivent.

— C'est extrêmement rare.

— Et à qui ce sang appartiendrait-il selon toi ?

— Sais pas.

— Tu ne sais pas ?

— Non. Mais si le premier échantillon a été saboté, ça veut dire qu'il est dangereux pour quelqu'un.

— Ce vendeur de speed qui a avoué, par exemple. Adidas ?

— Chris Reddy, de son vrai nom.

— De toute façon, tu n'en as pas terminé avec cette affaire, maintenant qu'Oleg Fauke a été relâché ?

— De toute façon, ce garçon ne devrait-il pas tenir sa raquette à deux mains pour faire ses revers ?

— Tu t'y connais en tennis ?

— J'en ai vu pas mal à la télé.

— Le revers à une main forge le caractère.

— Je ne sais même pas si ce sang a un rapport avec le meurtre, c'est peut-être juste quelqu'un qui a peur d'être rattaché à Gusto.

— Comme… ?

— Dubaï, peut-être. En plus, je ne crois pas qu'Adidas ait tué Gusto.

— Ah ? Pourquoi ?

— Un dealer endurci qui passe aux aveux sans qu'on lui ait rien demandé ?

— Je vois ce que tu veux dire. Mais il y a des aveux. Et des bons.

— Et ce n'est qu'un meurtre chez les camés, poursuivit Harry avant de se baisser vivement pour esquiver une balle perdue. Et ce ne sont pas les affaires à élucider qui manquent. »

Bellman poussa un soupir.

« Ça n'a pas changé, Harry. Nos ressources sont trop restreintes pour nous permettre de donner la priorité à des affaires qui ont trouvé une explication.

— *Une* explication ? Et *l'*explication ?

— Quand on est chef, il faut apprendre à manier l'équivoque.

— D'accord, alors laisse-moi te proposer deux explications. Contre de l'aide pour trouver une maison. »

Bellman cessa d'envoyer des balles. « Quoi donc ?

« Un meurtre à Alnabru. Un motard qu'on appelait Tutu. Une source m'a raconté qu'il s'était pris une mèche de perceuse dans la tête.

— Et ta source est prête à témoigner ?

— Peut-être.

— Et l'autre ?

— La taupe qui a été retrouvée au bord du fjord, près de l'Opéra. La même source l'a vue morte dans la cave de Dubaï. »

Bellman ferma un œil. Les taches sur son visage s'enflammèrent, et Harry songea à un tigre.

« Papa !

— Va remplir ta bouteille dans les vestiaires, Filip.

— C'est fermé, papa !

— Et le code est ?

— L'année de naissance du roi, mais je ne me souviens pas…

— Souviens-toi, et tu n'auras plus soif, Filip. »

Le garçon passa la porte, les bras ballants.

« Qu'est-ce que tu veux, Harry ?

— Je veux qu'une équipe aille inspecter la zone de

l'université, dans un rayon d'un kilomètre autour de Frederikkeplassen. Je veux la liste des villas qui correspondent à cette description. » Il tendit une feuille à Bellman.

« Qu'est-ce qui s'est passé à Frederikkeplassen ?

— Juste un concert. »

Lorsque Bellman comprit qu'il n'en saurait pas davantage, il parcourut la feuille et lut à voix haute : « Villa ancienne avec longue allée de gravier, arbres feuillus et perron, pas d'auvent ? Ça ressemble à la moitié des maisons de Blindern. Qu'est-ce que tu cherches ?

— Eh bien… » Harry alluma une cigarette. « Un trou à rats. Un nid d'aigle.

— Et si on le trouve ?

— Toi et tes gars, il vous faut un mandat de perquisition pour agir, alors qu'un citoyen ordinaire comme moi peut se perdre par une soirée d'automne et chercher refuge dans la villa la plus proche.

— OK, je vais voir ce que je peux faire. Mais explique-moi d'abord pourquoi tu mets un tel point d'honneur à prendre ce Dubaï. »

Harry haussa les épaules.

« Déformation professionnelle, sans doute. Trouve cette liste et envoie-la à l'adresse mail qui est indiquée en bas de page. Et puis on verra ce que je peux te fournir. »

Filip revint sans eau comme Harry s'en allait. Tout en se dirigeant vers sa voiture, il entendit une balle heurter le haut du filet, et un juron étouffé.

Dans l'armada nuageuse résonnaient des détonations, comme de lointains coups de canon. Lorsque Harry s'installa au volant, le soir était tombé. Il démarra et appela Hans Christian Simonsen.

« C'est Harry. Quel est le tarif pour les profanations de sépultures, actuellement ?

— Eh bien, je dirais quatre à six ans.

— Tu es prêt à le risquer ? »

Petite pause. Puis : « Pour quoi ?

— Pour prendre celui qui a tué Gusto. Et qui est peut-être celui qui traque Oleg. »

Longue pause. Puis : « Si tu es sûr de ce que tu fais, j'en suis.

— Et si je ne le suis pas ? »

Très courte pause. « J'en suis.

— OK. Trouve où Gusto est enterré et prépare des pelles, des lampes de poche, des ciseaux à ongles et deux tournevis. On fera ça demain dans la nuit. »

Quand Harry traversa Solli plass, la pluie arriva. Elle fouettait les toits, les rues, et l'homme à Kvadraturen qui se tenait en face de la porte ouverte du bar où tout le monde pouvait venir comme il était.

Lorsque Harry entra, le jeune homme de la réception lui lança un regard chagriné.

« Vous voulez un parapluie ?

— Seulement si votre hôtel n'est pas étanche. » Harry passa une main sur sa brosse, et une fine bruine s'éleva. « Des messages ? »

Le garçon rit, comme si c'était une plaisanterie.

En montant au deuxième par l'escalier, Harry crut entendre des pas en contrebas et s'arrêta. Tendit l'oreille. Ou bien ç'avait été l'écho de ses propres pas, ou bien l'autre s'était arrêté aussi.

Harry reprit lentement son chemin. Dans le couloir, il allongea le pas, glissa la clé dans la serrure et ouvrit. Son regard traversa la chambre plongée dans l'obscurité, jusqu'à la fenêtre allumée de la femme. Il n'y avait personne. Ni là-bas, ni ici.

Il tourna l'interrupteur.

Comme la lumière s'allumait, il vit son reflet dans la fenêtre. Et quelqu'un derrière lui. Au même instant, il sentit une lourde main se refermer sur son épaule.

Seul un fantôme peut être aussi preste et silencieux, songea Harry avant de faire volte-face, mais il savait qu'il était trop tard.

Chapitre 27

« Je les ai vus. Une fois. C'était comme un cortège funèbre. »

La grande main sale de Cato reposait toujours sur l'épaule de Harry.

Harry entendait siffler sa propre respiration et sentait ses poumons appuyer contre la face interne de ses côtes.

« Qui ?

— Je discutais avec quelqu'un qui vendait cette saleté. On l'appelait Bisken, et il portait un collier en cuir. Il est venu me voir parce qu'il avait peur. La police l'avait arrêté avec de l'héroïne, et il avait dit à Béret où habitait Dubaï. Béret lui avait promis protection et amnistie s'il témoignait au tribunal. Mais ce soir-là, Béret a été rejeté sur la plage près de l'Opéra, sans que personne dans la police n'ait entendu parler du moindre deal. Et pendant que j'étais là, ils sont arrivés dans une voiture noire. Costumes noirs, gants noirs. Il était vieux. Visage large. On aurait dit un aborigène blanc.

— Qui ?

— Il était invisible. Je l'ai vu, mais… il n'était pas

là. Comme un fantôme. Et quand Bisken l'a vu, il est resté planté là, il n'a pas essayé de se sauver ou de résister quand ils l'ont emmené avec eux. Après leur départ, c'était comme si j'avais rêvé toute la scène.

— Pourquoi n'en as-tu jamais parlé ?

— Parce que je suis lâche. Tu as un clope ? »

Harry lui tendit le paquet, et Cato se laissa choir dans le fauteuil.

« Tu traques un fantôme, et je ne veux pas être impliqué.

— Mais ? »

Cato haussa les épaules et tendit la main. Harry lui donna le briquet.

« Je suis un vieil homme mourant. Je n'ai rien à perdre.

— Tu vas mourir ? »

Cato alluma sa cigarette.

« Peut-être pas à la minute, mais nous sommes tous mourants, Harry. Je veux seulement t'aider.

— Comment ?

— Sais pas. Quels sont tes projets ?

— Je peux te faire confiance ?

— Oh non, sûrement pas, tu ne peux pas me faire confiance. Mais je suis un chamane. Je peux aussi me rendre invisible. Je peux aller et venir sans que personne le remarque. »

Harry se frotta la nuque.

« Pourquoi ?

— Je te l'ai dit.

— J'ai entendu, mais je pose encore la question. »

Cato observa Harry, d'abord avec un regard de reproche. Puis, voyant que cela ne changeait rien, il poussa un gros soupir agacé.

« J'ai peut-être eu un fils, un jour, moi aussi. Pour

qui je n'ai pas fait ce que j'aurais dû faire. C'est peut-être une seconde chance. Tu ne crois pas aux secondes chances, Harry ? »

Harry considéra le vieil homme. Dans l'obscurité, les rides sur son visage paraissaient encore plus profondes, comme des vallées, comme des entailles au couteau. Harry avança la main, et Cato sortit à contrecœur le paquet de sa poche pour le lui rendre.

« J'apprécie, Cato. Si j'ai besoin de toi, je te le dirai. Mais ce que je vais faire maintenant, c'est établir le lien entre Dubaï et le meurtre de Gusto. Ensuite, les pistes conduiront au brûleur dans la police et au meurtre de la taupe qui a été noyée chez Dubaï. »

Cato secoua lentement la tête.

« Tu es un cœur pur et courageux, Harry. Tu iras peut-être au ciel. »

Harry glissa une cigarette entre ses lèvres.

« Alors ce sera sans doute une sorte de happy end malgré tout.

— Qu'il faut célébrer. Puis-je t'offrir un verre, Harry Hole ?

— Qui paie ?

— Moi, bien sûr. Si tu avances l'argent. Tu pourras voir ton Jim, moi mon Johnnie.

— *Vade retro.*

— Allez. Jim est un bon gars, au fond.

— Bonne nuit, dors bien.

— Bonne nuit. Et ne dors pas trop bien, au cas…

— Bonne nuit. »

Il était là depuis le début, mais Harry avait réussi à le réprimer. Jusqu'à maintenant, jusqu'à l'invitation de Cato. C'était suffisant, il n'était plus possible d'ignorer le manque. Ça avait commencé avec l'injection de fioline, qui l'avait déclenché, qui avait libéré les chiens. À présent, ils jappaient, ils griffaient, ils aboyaient à s'en casser la voix et mordaient les entrailles. Harry était allongé sur son lit, les yeux clos, il écoutait la pluie en espérant que le sommeil l'emporterait.

Ce qu'il ne fit pas.

Dans son répertoire, un numéro avait droit à deux lettres. AA. Alcooliques anonymes. Trygve, membre des AA et parrain auquel il avait eu recours quelquefois quand la situation devenait critique. Trois ans. Pourquoi recommencer maintenant, maintenant que tout était en jeu et qu'il avait plus que jamais besoin d'être sobre ? C'était de la folie. Il entendit un cri à l'extérieur. Suivi d'un rire.

À vingt-trois heures dix, il se leva et sortit. Il remarqua à peine la pluie qui lui éclaboussait le crâne lorsqu'il traversa la rue en direction de la porte ouverte. Et cette fois, il n'entendit aucun bruit de pas derrière lui, car la voix de Kurt Cobain emplissait ses conduits auditifs, la musique était comme une étreinte, et il entra, s'installa sur un tabouret au bar et, le doigt tendu, cria au barman :

« Whis… ky. Jim… Beam. »

Le barman cessa d'essuyer le comptoir, laissa son chiffon à côté du tire-bouchon et prit la bouteille sur l'étagère vitrée. Servit. Plaça le verre sur le comptoir. Harry posa les avant-bras de part et d'autre du verre et plongea le regard dans le liquide mordoré. Et à cet instant, rien d'autre n'existait.

Pas Nirvana, ni Oleg, ni Rakel, ni Gusto, ni Dubaï. Pas le visage de Tord Schultz. Et pas non plus la personne qui, en entrant, assourdit une seconde les bruits de la rue. Ni le mouvement derrière lui. Ni le tintement des ressorts quand la lame du couteau jaillit. Ni la respiration pesante de Sergeï Ivanov, qui se tenait à un mètre de lui, les pieds joints et les bras le long du corps.

Sergeï regarda le dos de l'homme. Il avait les deux avant-bras sur le comptoir. C'était on ne peut plus parfait. Le moment était venu. Son cœur battait. Une vive chamade, comme la première fois qu'il avait récupéré les paquets d'héroïne dans le cockpit. Toute peur avait disparu. Car il le sentait, à présent, il était en vie. Il vivait, et allait tuer l'homme devant lui. *Prendre* sa vie, en faire une partie de la sienne. Cette simple idée le fit grandir, comme s'il avait déjà dévoré le cœur de l'ennemi. Maintenant. Les gestes. Sergeï prit son souffle, avança et posa la main gauche sur la tête de Harry. Comme pour une bénédiction. Comme pour le baptiser.

Chapitre 28

Sergeï Ivanov ne trouva pas prise. Il ne trouva tout bonnement pas prise. Cette saloperie de pluie avait trempé le crâne et les cheveux de l'homme, et sa brosse courte lui glissait entre les doigts, si bien qu'il ne put lui basculer la tête en arrière. La main gauche de Sergeï jaillit de nouveau, se plaqua sur le front du type et tira la tête tandis que le couteau passait devant la gorge. Le corps de l'homme eut un soubresaut. Sergeï sentit le couteau mordre, traverser la peau. Là ! Le jet de sang chaud sur son pouce. Pas aussi puissant que prévu, mais encore trois battements de cœur et ce serait terminé. Il leva les yeux vers le miroir pour regarder la fontaine. Il vit une rangée de dents découvertes, et au-dessous, une plaie béante d'où le sang coulait à flots sur la chemise. Et le regard de l'homme. Ce fut ce regard — un regard froid, furieux, de prédateur — qui lui fit réaliser que le travail n'était pas encore accompli.

Lorsque Harry avait senti la paume sur son crâne, il avait instinctivement compris. Que ce n'était pas un client bourré ou un vieux copain, mais eux. Elle dérapa et laissa à Harry un dixième de seconde pour regarder dans le miroir, voir l'éclat de l'acier. Il savait déjà quelle était la cible. La main revint alors autour de son front, elle tira vers l'arrière. Il était trop tard pour glisser sa propre main entre sa gorge et la lame de couteau, donc Harry appuya les pieds sur la barre de son tabouret et leva brusquement le buste tout en plaquant le menton contre sa poitrine. Il ne ressentit aucune douleur lorsque le fil du couteau incisa sa peau, il ne la ressentit pas avant qu'il coupe jusqu'à l'os maxillaire et entaille le périoste, membrane délicate.

Il croisa alors le regard de l'autre dans le miroir. Il avait attiré la tête de Harry tout contre la sienne, et ils ressemblaient à deux amis qui posaient pour une photo. Harry sentit la lame appuyer contre son menton et sa poitrine, chercher un chemin vers l'une des deux carotides, et sut que, dans quelques secondes, elle y parviendrait.

Sergeï passa le bras entier autour du front de l'homme et tira de toutes ses forces. La tête bascula et, dans le miroir, il vit la lame trouver enfin la faille entre le menton et la poitrine et s'y engager. L'acier courut sur la gorge et poursuivit vers la droite, vers la carotide. *Blin !* L'homme était parvenu à lever la main droite et à insérer un doigt entre la lame et la carotide. Mais Sergeï savait que le fil acéré traverserait le doigt. Il suffisait d'appuyer. Il tira. Et tira.

Harry sentait la pression de la lame, mais savait qu'elle ne passerait pas. Le métal qui avait le rapport poids-force le plus élevé de tous. Made in Hong Kong ou non, rien ne passait à travers le titane. Mais le type était fort, il comprendrait vite que la lame ne mordait pas.

Il tâtonna devant lui sur le bar de sa main libre, renversa son verre, trouva quelque chose.

C'était un tire-bouchon en T. Des plus simples. Il saisit la poignée, laissant pointer la tige entre son index et son majeur. Sentit la panique le gagner en entendant la lame glisser sur sa prothèse. Il braqua les yeux vers le bas pour voir le miroir. Voir où frapper. Il leva la main latéralement et la rabattit, juste derrière sa tête.

Il sentit le corps de l'autre se figer comme le tire-bouchon perforait la peau sur le côté de son cou. Mais c'était une blessure superficielle et inoffensive, qui ne l'arrêta pas. Il commença à déplacer le couteau vers la gauche. Harry se concentra. C'était un tire-bouchon qui appelait une main ferme et exercée. Mais qui en contrepartie ne nécessitait que deux ou trois tours pour s'enfoncer profondément dans un bouchon. Harry tourna deux fois. Sentit l'instrument glisser dans la chair. S'enfoncer. Une résistance. L'œsophage. Il tira.

Ce fut comme s'il avait retiré la bonde d'un tonneau plein de vin rouge.

Sergeï Ivanov était tout à fait conscient et vit toute la scène dans le miroir lorsque le premier battement de cœur expulsa un jet de sang vers la droite. Son cerveau enregistra, analysa et conclut : l'homme dont il essayait de trancher la gorge avait trouvé sa carotide avec un tire-bouchon, extrait l'artère de son cou et lui pompait maintenant la vie. Avant que son cœur batte une deuxième fois et qu'il perde connaissance, Sergeï eut le temps de se faire trois autres réflexions.

Il avait trahi l'oncle.

Il ne reverrait jamais sa chère Sibérie.

Il allait être enseveli avec un tatouage mensonger.

Au troisième battement de cœur, il s'effondra. Et lorsque Kurt Cobain cria *memoria, memoria* et que la chanson se termina, Sergeï Ivanov était mort.

Harry se leva du tabouret. Dans le miroir, il vit la coupure qui lui barrait le menton. Mais ce n'était pas le plus grave : plus sérieuses étaient les profondes entailles dans la gorge, d'où le sang gouttait en teintant sa chemise de rouge.

Les trois autres clients étaient déjà sortis. Il baissa les yeux sur l'homme qui gisait sur le sol. Le sang continuait de s'échapper du trou qu'il avait dans le cou, mais plus par saccades. Cela signifiait que le cœur avait cessé de battre, et qu'il pouvait s'épargner l'effort d'une tentative de réanimation. Et quand bien même il aurait été un tant soit peu vivant, Harry savait que cet homme n'aurait jamais révélé qui l'avait envoyé. Car il voyait le tatouage qui émergeait de son col de chemise. Il ne connaissait pas les symboles, mais il savait qu'ils étaient russes. Semence Noire, peut-être. C'était autre chose que le tatouage slogan typiquement occidental du barman, qui, plaqué contre son miroir, avait le regard fixe, noir de choc, les pupilles paraissant avoir recouvert tout le blanc de l'œil. Nirvana s'était tu, le silence était complet. Harry regarda le verre de whisky renversé devant lui.

« Désolé pour les saletés. »

Il ramassa alors le chiffon sur le comptoir, essuya d'abord le zinc, là où avaient été posées ses mains, puis le verre, et enfin la poignée du tire-bouchon qu'il reposa à sa place. Il s'assura que son propre sang n'avait pas atterri sur le comptoir ou le sol. Puis il se pencha sur le mort et essuya sa main ensanglantée, le long manche noir ébène du couteau et la fine lame. L'arme — car c'était une arme, qui était inutilisable pour quoi que ce soit d'autre — pesait plus lourd que tous les couteaux qu'il avait pu tenir jusqu'alors. Fil tranchant comme celui d'un couteau à sushi japonais. Harry hésita. Puis il replia la lame dans le manche, entendit un déclic doux quand elle se verrouilla, poussa la sécurité et le lâcha dans sa poche de veste.

« Des dollars, ça ira ? demanda Harry en se servant du torchon pour extraire un billet de vingt dollars de son portefeuille. Il paraît que les États-Unis garantissent. »

De petits couinements s'échappaient du barman, comme s'il voulait parler mais avait oublié la langue.

Harry allait partir, mais il s'arrêta. Se retourna et regarda la bouteille sur l'étagère. S'humecta encore une fois les lèvres. Resta immobile une seconde. Puis son corps fut parcouru par un frisson, et il sortit.

Harry traversa la rue sous une pluie battante. Ils savaient où il logeait. Ils pouvaient bien sûr l'avoir filé, mais ça pouvait aussi être le garçon de la réception. Ou le brûleur qui avait eu son nom par le recensement systématique de tous les clients étrangers, destiné à Interpol. Harry pourrait regagner sa chambre sans être vu s'il passait par la cour.

La porte cochère sur la rue était verrouillée. Harry jura.

Quand il entra, la réception était vide.

Il laissa derrière lui une trace dans l'escalier et le couloir, comme un code morse écrit en points rouges sur le linoléum bleu clair.

Une fois dans sa chambre, il emporta dans la salle

de bains le nécessaire à couture de la table de nuit, se déshabilla et se pencha sur le lavabo, qui fut tout de suite coloré par le sang. Il passa une serviette sous l'eau et se nettoya le cou et le menton, mais les coupures de sa gorge se remplirent aussi vite. Dans la froide lumière blanche, il parvint à enfiler l'aiguille, et piqua dans les morceaux de peau du cou, d'abord dans la partie inférieure de la plaie puis dans la partie supérieure. Poursuivit, s'arrêta pour éponger le sang, continua. Le fil céda alors qu'il avait presque terminé. Il jura, retira les brins et recommença en doublant le fil. Il recousit ensuite la plaie sur son menton, ce qui fut plus facile. Il se nettoya le torse et sortit la chemise propre de sa valise. Puis il s'assit sur le lit. La tête lui tournait. Mais le temps pressait, ils ne devaient guère être loin, il lui fallait agir maintenant, avant qu'ils constatent qu'il n'était pas mort. Il composa le numéro de Hans Christian Simonsen, et à la quatrième sonnerie, il entendit un « Ici Hans Christian » ensommeillé.

« Harry. Où Gusto est-il enterré ?

— Vestre Gravlund.

— Le matériel est prêt ?

— Oui.

— On le fait cette nuit. Retrouve-moi dans l'allée côté est dans une heure.

— *Maintenant ?*

— Oui. Et apporte des pansements.

— Des pansements ?

— Un barbier maladroit, rien de plus. Dans soixante minutes, OK ? »

Une petite pause. Un soupir. Puis :

« OK. »

Au moment où Harry allait raccrocher, il lui sembla entendre une autre voix, ensommeillée elle aussi. Mais le temps de se rhabiller, il s'était déjà convaincu qu'il s'était trompé.

Chapitre 29

Harry se tenait sous un réverbère isolé. Il attendait depuis vingt minutes quand Hans Christian, en survêtement noir, arriva d'un pas vif dans l'allée.

« Je me suis garé dans Monolittveien, expliqua-t-il, le souffle court. Le costume en lin est-il une tenue coutumière pour les profanations de tombes ? »

Harry leva la tête, et Hans Christian écarquilla les yeux.

« Bon sang, quelle allure tu as ! Ce barbier…

— … n'est pas à recommander. Viens, sortons de la lumière. »

Lorsqu'ils furent dans le noir, Harry s'arrêta.

« Les pansements ?

— Ici. »

Pendant que Harry recouvrait délicatement de pansements le fil à coudre sur sa gorge et son menton, Hans Christian observa les villas obscures sur la butte derrière eux.

« Relax, personne ne peut nous voir. » Harry prit l'une des pelles et se mit en marche. Hans Christian lui emboîta le pas en toute hâte, sortit une lampe de poche et l'alluma.

« Maintenant, ils peuvent nous voir », observa Harry.

Hans Christian éteignit la torche.

Ils traversèrent le carré militaire, passèrent devant les stèles des marins britanniques et continuèrent dans l'allée. Harry put vérifier qu'il n'était pas vrai que la mort nivelait toutes les différences. Dans ce cimetière du Vestkant, les sépultures étaient plus grandes et plus brillantes qu'à l'est. Le gravier craquait chaque fois qu'ils posaient le pied ; les deux hommes ne cessaient d'allonger le pas, et le crissement finit par devenir un souffle régulier.

Ils s'arrêtèrent près du caveau tzigane.

« C'est sur le deuxième chemin à gauche », chuchota Hans Christian en essayant d'orienter le plan qu'il avait imprimé dans la parcimonieuse lumière de la lune.

Harry scruta l'obscurité derrière eux.

« Un problème ? murmura Hans Christian.

— C'est juste que j'ai cru entendre des pas. Ils se sont arrêtés en même temps que nous. »

Harry leva la tête, comme s'il humait l'air.

« L'écho, conclut-il. Viens. »

Deux minutes plus tard, ils étaient devant une modeste stèle noire. Harry plaça sa torche tout contre la pierre avant de l'allumer. Le texte était gravé en lettres dorées :

GUSTO HANSSEN

14.03.1992 — 12.07.2011

REPOSE EN PAIX

« Bingo, chuchota Harry sur un ton sec.

— Comment on… » Hans Christian fut interrompu

par le soupir de la pelle de Harry qui pénétrait dans la terre meuble. Il empoigna la sienne et se mit à l'ouvrage avec ardeur.

Il était trois heures et demie, et la lune avait disparu derrière un nuage quand la pelle de Harry heurta quelque chose de dur.

Quinze minutes plus tard, le cercueil blanc était exhumé.

Ils attrapèrent leurs tournevis, s'agenouillèrent sur le cercueil et s'attaquèrent aux six vis du couvercle.

« On n'enlèvera pas le couvercle si on est tous les deux dessus, déclara Harry. L'un de nous doit remonter pour permettre à l'autre de terminer. Des volontaires ? »

Hans Christian était déjà à moitié remonté.

Harry posa un pied à côté du cercueil et l'autre contre la paroi de terre, puis glissa les doigts sous le couvercle. Il souleva et se mit instinctivement à respirer par la bouche. Avant même de baisser les yeux, il sentit la chaleur qui montait de la bière. Il savait que la putréfaction produisait de l'énergie, mais ce qui lui fit dresser les cheveux sur la tête fut le bruit. Le crépitement des asticots dans la chair. Il appuya le couvercle contre la paroi de terre et le maintint en place avec son genou.

« Éclaire ici », dit-il.

Dans la bouche du défunt et autour, luisaient des larves blanches qui se tortillaient. Les paupières étaient affaissées puisque les yeux étaient dévorés en premier. L'odeur n'évoquait pas un gaz, mais quelque chose qui se rapprochait d'un état solide ou liquide.

Harry fit abstraction des sons émis par Hans Christian qui vomissait, et alluma son dispositif d'analyse : coloration foncée du visage, impossible d'affirmer que le corps était bien celui de Gusto Hanssen, mais couleur des cheveux et forme du visage le laissaient penser.

Mais quelque chose attira l'attention de Harry et lui fit retenir son souffle.

Gusto saignait.

Sur la chemise blanche du cadavre poussaient des roses rouges, des roses de sang qui s'épanouissaient.

Il fallut deux secondes à Harry pour saisir que le sang venait de lui. Il porta une main à son cou. Sentit ses doigts poisseux. La suture avait lâché.

« Ton T-shirt, demanda Harry.

— Comment ?

— J'ai besoin d'un petit bandage, là. »

Harry entendit le chant bref d'une fermeture éclair, et quelques secondes plus tard, un T-shirt plongea dans la lumière. Il l'attrapa, regarda le logo. Jussbuss[1]. Seigneur, un crétin idéaliste. Harry noua le T-shirt autour de son cou sans savoir le moins du monde si ce serait d'un quelconque secours, mais c'était tout ce qu'il pouvait faire pour l'instant. Puis il se pencha sur Gusto, saisit la chemise à deux mains et l'arracha. Le corps était sombre, légèrement boursouflé, et des larves rampaient hors des impacts de balle dans la poitrine.

Harry constata que les blessures correspondaient au rapport.

« Passe-moi les ciseaux.

— Les ciseaux ?

— Les ciseaux à ongles.

— Ah, zut, toussa Hans Christian. J'ai oublié.

1. Fondé en 1971, le Jussbuss (« Bus du droit ») est une organisation dirigée par des étudiants en droit qui proposent une aide juridique gratuite.

J'ai peut-être quelque chose dans la voiture, est-ce que... ?

— Pas besoin », fit Harry en sortant le long couteau à cran d'arrêt de sa poche de veste. Il ôta la sécurité et appuya sur le bouton. La lame jaillit avec une force brutale, si vive que le manche vibra. Il sentit l'équilibre parfait de l'arme.

« J'entends quelque chose, souffla Hans Christian.

— C'est une chanson de Slipknot, répondit Harry. *Pulse of the Maggots*[1]. » Il fredonna tout bas.

« Non, bon sang. Quelqu'un arrive !

— Oriente la lampe pour que j'aie de la lumière et file. » Harry leva les mains de Gusto et examina les ongles de la droite.

« Mais toi...

— File, insista Harry. Maintenant. »

Harry entendit les pas précipités de Hans Christian s'évanouir. L'ongle du majeur de Gusto était coupé plus court que les autres. Il examina l'index et l'annulaire. Dit calmement :

« Je travaille pour les pompes funèbres, on fait du service après vente. »

Puis il leva la tête vers le tout jeune gardien en uniforme qui le regardait au bord de la tombe.

« La famille n'était pas entièrement satisfaite de la manucure.

— Sortez de là ! ordonna le gardien avec un léger frémissement dans la voix.

— Pourquoi ? » Harry tira un sachet en plastique de sa poche et le tint sous l'annulaire du cadavre pendant qu'il découpait soigneusement. La lame trancha

1. « Le pouls des fans », mais aussi, littéralement, « le pouls des asticots ».

l'ongle comme du beurre. Un instrument vraiment extraordinaire. « Malheureusement pour vous, votre règlement dit que vous ne pouvez pas intervenir directement contre des intrus. »

Harry se servit de la pointe de la lame pour gratter les restes de sang séché de l'ongle court.

« Si vous le faites, vous serez viré, vous n'entrerez pas à l'école de police et vous n'aurez pas le droit de trimballer des gros pistolets pour descendre des gens en légitime défense. »

Harry continua avec l'index.

« Conformez-vous à vos instructions, appelez un adulte de la police. Avec un peu de chance, ils seront là dans une demi-heure. Mais si on est réalistes, il va sans doute falloir attendre demain matin et l'ouverture des bureaux. Là ! »

Harry referma les sachets, les rangea dans sa poche, replaça le couvercle et grimpa hors du trou. Il brossa la terre de son costume et se pencha pour ramasser la pelle et la lampe.

Il vit les phares d'une voiture qui virait vers la chapelle.

« En l'occurrence, ils ont dit qu'ils arrivaient tout de suite, annonça le jeune gardien en reculant à bonne distance. Je leur ai précisé que c'était la tombe de celui qui a été abattu. Qui êtes-vous ? »

Harry éteignit sa lampe, et l'obscurité redevint complète.

« Je suis celui qu'il faut encourager. »

Puis Harry se mit à courir.

S'éloignant de la chapelle, il partit vers l'est et l'endroit d'où ils étaient arrivés.

Il s'orientait sur un point lumineux qu'il supposait être un réverbère du Frognerpark. S'il atteignait le parc, il savait que, dans sa forme actuelle, il pourrait leur échapper. Il espérait juste qu'ils n'auraient pas de chiens. Il détestait les chiens. Mieux valait rester sur les allées de gravier afin d'éviter de trébucher sur les stèles et les bouquets funéraires, mais le crissement l'empêchait d'entendre d'éventuels poursuivants. Au mémorial de la guerre, Harry bifurqua sur l'herbe. Il n'entendait personne derrière lui. Mais il vit. Un faisceau lumineux vacillait sur les feuilles au-dessus de lui. Quelqu'un le poursuivait avec une torche.

Harry arriva au sentier et fonça vers le parc. S'efforça d'ignorer les douleurs dans son cou et d'adopter une foulée détendue et efficace, de se concentrer sur sa technique et son souffle. Il se dit qu'il les distançait. Il courut vers le Monolithe, il savait qu'ils le verraient sous les réverbères le long du chemin qui continuait au-delà de la butte, et il aurait l'air de se diriger vers l'entrée principale du parc, à l'est.

Harry attendit d'avoir passé le sommet et d'être hors de vue pour piquer vers le sud-ouest et Madserud allé. Jusque-là, l'adrénaline avait permis d'occulter les signaux de fatigue, mais il sentait maintenant ses muscles se crisper. Il y eut une seconde de noir complet, et il pensa avoir perdu connaissance. Mais il revint, et une soudaine nausée s'empara de lui, suivie d'une intense sensation de vertige. Il baissa les yeux. Un sang visqueux sortait par sa manche et coulait entre ses doigts comme la confiture de fraises des tartines chez son grand-père. Il n'allait pas tenir la distance.

Il se retourna. Vit quelqu'un passer dans la lumière du réverbère au sommet de la butte. Un grand type, mais à la foulée légère. Vêtements noirs moulants. Pas un uniforme de police. Pouvait-ce être le groupe

Delta ? En pleine nuit, avec un préavis aussi court ? Parce que quelqu'un creusait dans un cimetière ?

Harry vacilla mais parvint à recouvrer l'équilibre. Dans cet état, il n'avait aucune chance d'échapper à qui que ce soit. Il devait trouver un endroit où se cacher.

Harry cibla une maison de Madserud allé. Quitta le sentier, dévala une pente herbeuse, dut allonger la foulée pour ne pas basculer en avant, passa sur une route asphaltée, sauta par-dessus la clôture basse en lattis, continua entre les pommiers et contourna la maison. Il se laissa tomber dans l'herbe mouillée. Respira, sentit son ventre se contracter, comme s'il prenait son élan avant de vomir. Il se concentra sur sa respiration tout en tendant l'oreille.

Rien.

Mais ce n'était qu'une question de temps avant qu'ils soient là. Et il avait besoin d'un pansement convenable pour son cou. Harry se releva et monta sur la terrasse de la maison. Jeta un coup d'œil par la porte vitrée. Un salon plongé dans le noir.

Il cassa la vitre d'un coup de pied et passa la main à l'intérieur. Bonne vieille Norvège naïve. La clé était dans la serrure. Il se coula dans l'obscurité.

Retint son souffle. Les chambres étaient vraisemblablement au premier.

Il alluma une lampe.

Des fauteuils tapissés de peluche. Une télé cubique. Une encyclopédie. Un guéridon couvert de photos de famille. Un tricot. Des habitants d'un certain âge, donc. Et les personnes âgées dormaient bien. Ou était-ce le contraire ?

Harry trouva la cuisine, alluma. Fouilla dans les tiroirs. Couverts, napperons. Il essaya de se rappeler où on avait l'habitude de ranger ces choses-là dans son enfance. Ouvrit le tiroir du bas. Et fit mouche. Scotch ordinaire, adhésif d'emballage, gaffer. Il attrapa le rouleau de gaffer et ouvrit deux portes avant de trouver la salle de bains. Ôta sa veste et sa chemise, se pencha sur la baignoire et tint le pommeau de douche sur son cou. Regarda l'émail blanc se recouvrir en un clin d'œil d'un filtre rouge. Puis il se servit du T-shirt pour s'essuyer et pinça les lèvres de la plaie avec les doigts pendant qu'il s'enroulait le ruban adhésif argenté autour du cou. Il vérifia si c'était suffisamment serré sans l'être trop : il avait besoin qu'un peu de sang monte au cerveau. Remit sa chemise. Nouvelle crise de vertiges. S'assit sur le rebord de la baignoire.

Il perçut un mouvement. Leva la tête.

Dans l'encadrement de la porte, un visage pâle de femme âgée l'observait avec de grands yeux effrayés. Elle portait sur sa chemise de nuit une robe de chambre molletonnée rouge. Qui dégageait une étrange lumière et émettait des crépitements électriques quand elle bougeait. Harry songea qu'elle devait être faite d'une matière synthétique qui n'existait plus, était interdite, cancérigène, de l'amiante peut-être.

« Je suis policier », dit Harry. Il s'éclaircit la voix. « Ancien policier. Et j'ai quelques petits soucis, en ce moment. »

Elle continua à le regarder sans rien dire.

« Je vais bien sûr vous rembourser la vitre cassée. » Harry ramassa sa veste par terre et sortit son portefeuille. Déposa quelques billets sur le lavabo. « Des dollars de Hong Kong. C'est… mieux que ça en a l'air. »

Il essaya de lui sourire, et découvrit deux larmes qui roulaient sur les joues ridées.

« Mais, ma chère... » Harry sentait la panique le gagner, la sensation de glisser, de perdre le contrôle. « N'ayez pas peur. Je ne vous ferai aucun mal, vraiment. Je vais m'en aller tout de suite, d'accord ? »

Il parvint à enfoncer son bras bandé dans la manche de sa veste et se dirigea vers elle. Elle recula à petits pas traînants, mais sans le quitter des yeux. Il lui présenta ses deux paumes et gagna rapidement la porte de la terrasse.

« Merci, dit-il. Et excusez-moi. »

Il poussa la porte et sortit sur la terrasse.

La puissance du claquement dans le mur fut telle qu'il gagea que c'était une arme de gros calibre. Puis vint le bruit de la détonation même, l'explosion de poudre, qui le confirma. Harry tomba à genoux au moment où la seconde décharge pulvérisait le dossier du fauteuil de jardin à côté de lui.

Très gros calibre.

Harry recula à quatre pattes dans le salon.

« Couchez-vous ! » cria-t-il tandis que la fenêtre du salon explosait. Des éclats de verre tintèrent sur le parquet, la télé cubique et les photos de famille sur le guéridon.

Plié en deux, Harry s'élança hors du salon, traversa le couloir et arriva à la porte d'entrée qui donnait sur la rue. Ouvrit. Vit la flamme du canon par la portière ouverte d'une limousine garée sous un réverbère. Il éprouva une vive douleur au visage, et une sonnerie se déclencha, un bruit métallique puissant, déchirant. Harry se retourna machinalement et constata qu'une balle avait détruit la sonnette. De gros éclats de bois blancs pointaient du mur.

Il battit en retraite. S'aplatit par terre.

Un calibre plus gros que tout ce dont disposait la

police. Harry pensa à la grande silhouette qu'il avait vue courir sur la butte. Qui n'était pas celle d'un policier.

« Vous avez quelque chose dans la joue… »

C'était la vieille dame, elle devait crier pour couvrir le glapissement du mécanisme de la sonnette qui s'était bloqué. Elle se tenait derrière lui, au fond du couloir. Harry palpa d'un doigt. C'était une écharde. Il la retira d'un coup sec. Eut le temps de se dire que, par bonheur, elle se trouvait du même côté que la cicatrice et ne devrait donc pas réduire drastiquement sa valeur sur le marché. Une nouvelle détonation claqua. Cette fois, ce fut la fenêtre de la cuisine qui explosa. Il serait bientôt à court de dollars de Hong Kong.

Par-dessus la sonnerie, il entendit des sirènes au loin. Harry leva la tête. Par le couloir et le salon, il vit que les lumières s'allumaient dans les maisons voisines. Devant, la rue était illuminée comme un sapin de Noël. Où qu'il aille, il serait un sanglier courant sous les feux des projecteurs. Il avait pour options d'être abattu ou arrêté. Non, même pas. Ils entendaient les sirènes, eux aussi, et savaient qu'ils allaient manquer de temps. Il n'avait pas riposté, donc ils avaient dû arriver à la conclusion qu'il n'était probablement pas armé. Ils allaient le poursuivre. Il fallait qu'il parte. Il tira son téléphone de sa poche. Merde, pourquoi ne s'était-il pas offert le luxe d'enregistrer ce numéro sous T ? Ce n'était pas précisément comme si son répertoire téléphonique était saturé.

« C'est quoi, déjà, le numéro des renseignements ? cria-t-il par-dessus le bruit de la sonnette.

— Le numéro… des… renseignements ?

— Oui.

— Eh bien… » Elle glissa pensivement un index dans sa bouche, tira sa robe de chambre en amiante rouge sous elle et s'assit sur une chaise à barreaux en bois. « Vous avez le 1880. Mais je les trouve nettement plus sympathiques au 1881. Ils ne sont pas aussi pressés et stressants, ils prennent le temps de discuter un peu si vous avez…

— Renseignements, 1880, fit une voix nasale dans l'oreille de Harry.

— Asbjørn Treschow, répondit Harry. Avec un *c* et un *h*.

— Voyons, nous avons un Asbjørn Berthold Treschow à Oppsal, Oslo, et un Asbjø…

— C'est lui ! Vous pouvez me connecter à son mobile ? »

Trois secondes d'éternité plus tard, une voix aussi connue que bougonne répondait.

« Ça ne m'intéresse pas.

— Tresko[1] ? »

Longue pause sans réponse. Harry se représentait le visage stupéfait de son ami d'enfance bedonnant.

« Harry ? Ça fait un bail.

— Six ou sept ans, max. Tu es au boulot ?

— Oui. » La longueur du *i* suggérait une certaine réticence. Personne n'appelait Tresko sans raison.

« J'ai besoin d'un petit service, et vite.

— Ben voyons. Au fait, le billet de cent que tu m'as emprunté ? Tu m'avais dit…

— J'ai besoin que tu coupes le courant dans le secteur Frognerpark-Madserud allé.

— Tu quoi ?

— On a une opération policière en cours, là, un

1. « Sabot » en norvégien.

gars qui a pété les plombs avec une arme à feu. Il faut lui supprimer toute source lumineuse. Tu travailles toujours à la station de Montebello ? »

Nouvelle pause.

« Si on veut. Mais tu es toujours chez les poulets, toi ?

— Et comment. Euh, au fait, ça urge vraiment…

— Qu'est-ce que tu veux que ça me foute ? Je n'ai pas la permission de faire ce genre de choses. Il faut que tu parles à Henmo, et il…

— Il dort, et on n'a pas le temps ! » brailla Harry. Au même instant, une nouvelle déflagration retentit et détruisit le placard de la cuisine. Un service en dégringola, les pièces s'entrechoquèrent et se brisèrent en mille morceaux sur le sol.

« Purée, c'était quoi ça ?

— À ton avis ? Maintenant, à toi de choisir : quarante secondes de coupure de courant ou un tas de vies détruites. »

Il y eut quelques secondes de silence au bout du fil. Puis, lentement :

« Tu te rends compte, Harry ? C'est moi qui décide. Tu n'aurais jamais cru ça, hein ? »

Harry inspira. Vit une ombre glisser sur la terrasse à l'extérieur.

« Non, Tresko, je n'aurais jamais cru. Tu peux…

— Øystein et toi, vous ne pensiez pas que je réussirais, hein ?

— Non, et on s'est bien trompés.

— Si tu dis s'il te p…

— Coupe-moi ce putain de courant ! » hurla Harry. Et il se rendit compte que la communication avait été interrompue. Il se remit debout, empoigna la vieille dame sous le bras et la traîna à moitié jusqu'à la salle de bains. « Restez ici ! » chuchota-t-il. Il claqua la porte derrière lui et se précipita vers l'entrée ouverte. S'armant de courage pour affronter la pluie de balles, il se rua vers la lumière.

Puis tout devint noir.

Si noir que, le temps d'une seconde d'égarement, alors qu'il atterrissait sur l'allée dallée et partait en culbute, il pensa être mort. Avant de comprendre qu'Asbjørn « Tresko » Treschow avait basculé l'interrupteur, tapé sur le clavier ou engagé allez savoir quelle procédure en vigueur dans les centres d'exploitation. Et qu'il avait quarante secondes devant lui.

Harry courut à l'aveuglette dans l'obscurité complète. Trébucha sur la clôture en lattis, se releva, sentit l'asphalte sous ses pieds et se remit à courir. Il entendait des cris, des sirènes qui se rapprochaient. Mais aussi le grondement d'un gros moteur de voiture qui démarrait. Harry garda sa droite, il voyait suffisamment pour réussir à se maintenir sur la chaussée. Il était au sud du Frognerpark, il avait une chance d'y arriver. Il dépassa des villas sombres, des arbres, un bois. Le quartier était toujours plongé dans les ténèbres. Le moteur gagnait du terrain. Il bifurqua vers la gauche et le parking devant les courts. Un nid-de-poule dans le gravier manqua le faire tomber, mais il parvint à continuer. La seule chose qui réfléchissait suffisamment de lumière pour être visible dans le noir était les marquages blancs sur les courts derrière le grillage. Harry vit les contours du club-house du Tennis Club d'Oslo. Il sprinta jusqu'au muret devant la porte des vestiaires et plongea derrière au moment où les phares d'une voiture balayaient le mur. Il roula sur le béton à l'atterrissage. Atterrissage en douceur, mais il n'en fut pas moins pris de vertige.

Il resta parfaitement immobile et attendit.

N'entendit rien.

Écarquilla les yeux dans le noir.

Puis, soudain, il fut aveuglé par la lumière.

La lampe sous le balcon qui le surplombait. Le courant était rétabli.

Deux minutes durant, Harry resta étendu à écouter les sirènes. Les voitures qui allaient et venaient dans la rue de l'autre côté du club-house. Les équipes de recherche. Le secteur était très certainement bouclé. Ils n'allaient pas tarder à arriver avec des chiens.

Il ne pouvait pas s'en aller, donc il devait se réfugier à l'intérieur.

Il se leva, jeta un coup d'œil par-dessus le muret.

Vit le boîtier avec la petite lumière rouge et le clavier à côté de la porte.

L'année de naissance du roi. Aucune idée.

Il repensa à une photo dans un hebdomadaire à potins et essaya 1941. Un bip retentit, et il saisit la poignée. Verrouillé. Attends, le roi était plus ou moins bébé quand la famille était partie pour Londres en 1940, non ? 1939 ? Un peu plus vieux, peut-être. Harry craignait de n'avoir droit qu'à trois essais. 1938. Tira sur la poignée. Merde. 1937 ? Le voyant passa au vert. La porte s'ouvrit.

Harry se glissa à l'intérieur et entendit la porte se refermer et se verrouiller derrière lui.

Silence. Sécurité.

Il alluma la lumière.

Vestiaire. Bancs en bois étroits. Armoires métalliques.

Il sentit alors combien il était exténué. Il pouvait

rester ici jusqu'à l'aube, jusqu'à la fin de la chasse. Il inspecta le vestiaire. Un lavabo et un miroir au milieu du mur. Quatre douches. Un WC. Il ouvrit une lourde porte en bois à l'extrémité de la pièce.

Un sauna.

Il entra et laissa la porte se rabattre derrière lui. Ça sentait le bois. Il s'allongea sur l'une des larges banquettes devant le poêle froid. Ferma les yeux.

Chapitre 30

Ils étaient trois. Ils couraient dans un couloir en se tenant par la main, et Harry criait que, quand l'avalanche arriverait, ils devraient se cramponner pour ne pas être séparés. Puis il entendit l'avalanche derrière eux, comme un grondement d'abord, puis comme un rugissement. Et elle fut là, obscurité blanche, chaos noir. Il agrippait leurs mains de toutes ses forces, mais les sentit malgré tout glisser des siennes.

Harry se réveilla en sursaut. Regarda sa montre, et conclut qu'il avait dormi pendant trois heures. Il expira en un long chuintement, comme s'il avait retenu sa respiration. Il était fourbu. Son cou le faisait souffrir. La migraine était intolérable. Et il transpirait. Il était à tel point trempé que sa veste de costume était maculée de noir. Il n'eut pas besoin de se retourner pour en connaître la raison. Le poêle. Quelqu'un avait allumé le poêle du sauna.

Il se leva et sortit d'un pas chancelant dans le vestiaire. Il y avait des vêtements sur un banc. Il entendit le son de cordes de raquette contre des balles de tennis au-dehors. Il vit que l'interrupteur à l'extérieur du sauna était en position marche. Ils devaient vouloir un sauna bien chaud après leur séance de tennis.

Harry alla au lavabo. Se regarda dans le miroir. Yeux rouges, visage rouge, bouffi, le collier ridicule de gaffer argenté, dont le bord s'était enfoncé dans la peau souple de la gorge. Il s'aspergea d'eau et sortit dans le soleil matinal.

Trois hommes, au bronzage et aux jambes frêles de retraités, s'arrêtèrent de jouer et le regardèrent. L'un d'eux rajusta ses lunettes.

« Il nous manque quelqu'un pour un double, jeune homme, vous avez envie de… »

Harry regarda droit devant lui et se concentra pour parler d'un ton posé.

« Désolé, les gars. Tennis elbow. »

Harry sentit leurs regards dans son dos alors qu'il descendait vers Skøyen. Il devait bien y avoir un bus quelque part.

Truls Berntsen frappa à la porte du chef de section.

« Entrez ! »

Bellman était debout au téléphone. Il avait l'air calme, mais Truls connaissait trop bien Mikael. La main qui remontait sans cesse aux cheveux bien coiffés, l'élocution un rien plus rapide, la ride de concentration sur son front.

Bellman raccrocha.

« Matinée difficile ? » s'enquit Truls en lui tendant une tasse de café fumant.

Le chef de section considéra la tasse avec surprise, mais l'accepta.

« Le directeur de la police, commença Bellman avec un signe de tête vers le téléphone. Il a les journaux sur le dos à propos de cette vieille dame de

Madserud allé. Sa maison a été à moitié dévastée par des tirs, et il veut que j'explique ce qui s'est passé.

— Qu'est-ce que tu as répondu ?

— Que le central d'opérations a envoyé une voiture de patrouille quand le gardien de Vestre Gravlund nous a prévenus qu'il y avait du monde dans la tombe de Gusto Hanssen. Que les profanateurs s'étaient sauvés à l'arrivée de la voiture, mais que ça s'était mis à péter dans Madserud allé. Des gens tiraient sur quelqu'un qui s'était introduit dans une maison. La femme est sous le choc, elle se contente de dire que celui qui est entré chez elle était un jeune homme poli de deux mètres et demi, avec une balafre en travers du visage.

— Tu veux dire que la fusillade a un lien avec la profanation ? »

Bellman hocha la tête.

« On a trouvé sur le plancher de son salon des fragments d'argile dont nous sommes relativement certains qu'ils proviennent de la tombe. Alors maintenant, le directeur se demande si on a affaire à une histoire de stups, s'il s'agit d'un nouveau règlement de comptes entre gangs. Si j'ai encore le contrôle, quoi. »

Bellman alla à la fenêtre et passa un index sur l'arête fine de son nez.

« C'est pour ça que tu m'as fait venir ? demanda Truls en buvant une petite gorgée de café.

— Non, répondit Bellman sans se retourner. Je m'interrogeais sur le soir où nous avons reçu un tuyau anonyme disant que tout le gang de Los Lobos était rassemblé au McDonald's. Tu n'as pas participé à l'arrestation, n'est-ce pas ?

— Non. » Berntsen toussa. « Je ne pouvais pas. J'étais malade, ce soir-là.

— La même maladie que récemment ? poursuivit Bellman, toujours le dos tourné.

— Hein ?

— Ça a étonné certains policiers que la porte du club des motards ne soit pas fermée quand ils sont arrivés. Et ils se sont demandé comment ce Tutu, qui, d'après Odin, était censé monter la garde, avait réussi à s'enfuir. Personne ne savait que nous venions. Si ?

— À ma connaissance… il n'y avait que nous. »

Bellman se balançait sur les pieds en regardant par la fenêtre. Les mains dans le dos. Se balançait. Et se balançait…

Truls essuya sa lèvre supérieure. Il espérait que la sueur ne se voyait pas.

« Autre chose ? »

Talons décollés, talons au sol. Comme un gamin qui essaie de regarder par-dessus le bord, mais à qui il manque quelques centimètres.

« Ce sera tout, Truls. Et… merci pour le café. »

De retour dans son bureau, Truls alla directement à la fenêtre. Vit ce que Bellman avait dû voir dehors. L'affiche rouge était placardée sur l'arbre.

Il était midi et, comme d'habitude, quelques âmes assoiffées attendaient sur le trottoir quand Nina ouvrit le restaurant Schrøder pour la journée.

« Doux Jésus ! s'exclama-t-elle en voyant Harry.

— Relax, ce n'est pas une bière que je veux, juste un petit déjeuner, la rassura Harry. Et un service.

— Je pensais à ton cou, répondit Nina en lui tenant la porte. Il est tout bleu. Et qu'est-ce que…

— Du gaffer. »

Nina hocha la tête et partit lancer la commande. Au Schrøder, la politique de la maison était que, une fois la politesse la plus élémentaire honorée, chacun s'occupait de ses oignons.

Harry s'installa à sa table habituelle, dans le coin près de la fenêtre, et appela Beate Lønn.

Tomba sur la boîte vocale. Attendit le signal sonore.

« C'est Harry. J'ai rencontré tout récemment une dame d'un certain âge à qui j'ai peut-être fait une petite impression, alors je crois que je ne vais pas approcher l'hôtel de police ou ses annexes pendant un certain temps. Je laisse donc deux échantillons de sang ici, au Schrøder. Viens en personne et demande Nina. Je voulais aussi te demander un autre service. Bellman a lancé une collecte d'adresses à Blindern. Je voudrais que tu essaies le plus discrètement possible de faire une copie des listes de chaque équipe, avant qu'elles soient envoyées à Orgkrim, donc. »

Harry raccrocha. Puis il appela Rakel. Nouvelle boîte vocale.

« Salut, c'est Harry. J'ai besoin de vêtements propres à ma taille, et il en reste quelques-uns chez toi depuis… cette époque. Je vais monter un peu en grade et prendre une chambre au Plaza, alors si tu pouvais en envoyer par taxi quand tu rentreras, ce serait… » Il remarqua qu'il cherchait automatiquement le mot susceptible de la faire sourire. Comme « hypercool » ou « mégatop ». Mais il n'en trouva pas, et se rabattit sur un banal « bien ».

Nina revint avec un café et un œuf miroir au moment où Harry composait le numéro de Hans Christian. Elle l'admonesta du regard. Au Schrøder, des règles plus ou moins implicites bannissaient l'usage de PC, jeux de société et téléphones mobiles. Car c'était là un endroit pour boire, de préférence de la bière, manger, discuter ou la fermer, à la rigueur lire le journal. La lecture de livres entrait vraisemblablement en zone de flou.

Harry lui fit comprendre que ça ne durerait que quelques secondes, et Nina lui répondit par un signe de tête miséricordieux.

Hans Christian semblait à la fois soulagé et terrorisé :

« Harry ! Bon sang… Tout va bien ?

— Sur une échelle de un à dix…

— Oui ?

— Tu as entendu parler de la fusillade de Madserud allé ?

— Oh Seigneur ! C'était toi ?

— Tu as une arme, Hans Christian ? »

Harry crut l'entendre déglutir.

« Il m'en faut une, Harry ?

— Pas toi. Moi.

— Harry…

— Juste pour me défendre. Au cas où. »

Pause.

« J'ai juste un vieux fusil de chasse que m'a laissé mon père. Chasse à l'élan.

— Ça me semble bien. Peux-tu l'emballer et le déposer au Schrøder d'ici trois quarts d'heure ?

— Je peux essayer. Que… que veux-tu faire ? »

Harry croisa le regard sévère de Nina au comptoir.

« Je vais prendre mon petit déjeuner. »

Quand Truls Berntsen arriva au cimetière de Gamlebyen, il vit une limousine noire garée devant le portail par lequel il avait l'habitude d'entrer. Et lorsqu'il fut plus près, la portière passager s'ouvrit et un homme sortit. Il portait un costume noir et devait mesurer plus de deux mètres. Mâchoire puissante, frange lisse, et un petit côté asiatique indéfinissable que Truls avait toujours associé aux Samis, finlandais et russes. Sa veste avait forcément été fabriquée sur mesure ; pourtant, elle paraissait un peu juste aux épaules.

Il fit un pas de côté et, d'un geste de la main, invita Truls à prendre sa place.

Truls ralentit. S'il s'agissait des hommes de Dubaï, cela constituait une entorse inattendue à la règle sur le contact direct. Il regarda autour de lui. Personne en vue.

Il hésita.

S'ils avaient décidé de se débarrasser du brûleur, c'était la méthode qu'ils emploieraient.

Il regarda le grand type. L'expression de son visage était indéchiffrable, et Truls n'arrivait pas non plus à savoir si c'était bon ou mauvais signe que le gars ne se soit pas donné la peine de se coller une paire de lunettes de soleil sur le nez.

Il pouvait bien sûr faire demi-tour et se tirer. Mais après ?

« Q5 », marmonna Truls. Il monta dans le véhicule.

La portière fut aussitôt refermée derrière lui. Il faisait singulièrement sombre, ce devait être les vitres fumées. Et la climatisation était d'une remarquable efficacité, on aurait dit que la température était négative dans l'habitacle. Au volant était assis un homme à tête de glouton. Costume noir lui aussi. Frange lisse. Des Russes, sans doute.

« C'est bien que vous ayez pu venir », dit une voix derrière Truls. Il n'eut pas besoin de se retourner. L'accent. C'était lui. Dubaï. L'homme dont personne ne savait qui il était. Dont personne *d'autre* ne savait qui il était. Mais que gagnait Truls à connaître un nom, un visage ? Et puis, on ne mord pas la main qui vous nourrit.

« Je voudrais que vous dénichiez quelqu'un pour nous.

— Dénicher ?

— Que vous le récupériez. Et que vous nous le livriez. Le reste, vous n'avez pas besoin de vous en préoccuper.

— J'ai déjà dit que je ne savais pas où était Oleg Fauke.

— Il ne s'agit pas d'Oleg Fauke, Berntsen. Mais de Harry Hole. »

Truls Berntsen en croyait à peine ses oreilles.

« Harry Hole ?

— Vous ne savez pas qui c'est ?

— Si, putain, si. Il était à la Brigade criminelle. Timbré comme une carte postale. Un ivrogne. Il a élucidé quelques affaires. Il est dans le coin ?

— Il loge au Leons. Chambre 301. Allez le chercher là-bas à minuit tapant ce soir.

— Et comment est-ce que je "vais le chercher" ?

— Arrêtez-le. Assommez-le. Dites-lui que vous voulez lui montrer votre bateau. Faites ce que vous voulez, arrangez-vous juste pour l'emmener au port de plaisance de Kongen. On s'occupera du reste. Cinquante mille. »

Le reste. Il parlait de tuer Hole. Il parlait d'assassinat. D'assassinat d'un *policier*.

Truls ouvrit la bouche pour refuser, mais la voix à l'arrière le devança :

« Euros. »

La bouche de Truls resta ouverte, avec un « non » échoué quelque part à mi-chemin entre le cerveau et les cordes vocales. Il répéta donc plutôt les mots qu'il lui semblait avoir entendus mais avait peine à croire :

« Cinquante mille *euros* ?

— Alors ? »

Truls consulta sa montre. Il avait un peu plus de onze heures devant lui. Il toussota.

« Comment savez-vous qu'il sera dans sa chambre à minuit ?

— Parce qu'il sait que nous venons.

— Hein ? Vous ne voulez pas plutôt dire qu'il *ne sait pas* que vous venez ? »

La voix derrière lui rit. On aurait dit le bruit du moteur de ces bateaux en bois, là, les *snekke*. *Teuf-teuf*.

Chapitre 31

Il était seize heures, et Harry était sous une douche au dix-huitième étage du Radisson Plaza. Il espérait que le gaffer supporterait l'eau chaude, qui apaisa en tout cas les douleurs pendant un court moment. On lui avait donné la chambre 1937, et quand il avait pris la clé les idées s'étaient bousculées dans son cerveau. L'année de naissance du roi, Koestler, la synchronicité et ces trucs-là. Harry n'y croyait pas. Ce à quoi il croyait, c'était la capacité du cerveau humain à trouver des schémas. Y compris là où il n'y en avait aucun. Voilà pourquoi, en tant qu'enquêteur, il avait toujours douté. Douté et cherché, cherché et douté. Vu des schémas, mais douté de la culpabilité. Ou inversement.

Harry entendit le téléphone sonner. Facilement audible, mais discret, agréable. Le son d'un hôtel cher. Il arrêta la douche et alla jusqu'au lit. Décrocha.

« Il y a une dame, ici, annonça le réceptionniste. Rakel Fauske. Excusez-moi, *Fauke*. Elle a quelque chose pour vous qu'elle aimerait vous apporter.

— Donnez-lui une clé pour l'ascenseur et faites-la monter », répondit Harry.

Il observa son costume, qu'il avait suspendu dans la penderie. Il paraissait avoir essuyé deux guerres mondiales. Il ouvrit la porte et s'enroula deux ou trois mètres de serviette-éponge bien épaisse autour des reins. S'assit sur le lit et écouta. Entendit le *ding* de l'ascenseur, puis ses pas. Il les reconnaissait encore. Des pas fermes, courts, à haute fréquence, comme si elle portait toujours une jupe étroite. Il ferma les yeux un instant, et lorsqu'il les rouvrit, elle était devant lui.

« Salut, homme nu », fit-elle en souriant. Elle lâcha les sacs sur le sol et se laissa tomber sur le lit à côté de lui. « Qu'est-ce que c'est ? demanda-t-elle en passant les doigts sur le gaffer.

— Juste un pansement improvisé. Tu n'avais pas besoin de te déplacer.

— Je sais. Mais je n'ai trouvé aucun de tes vêtements. Ils ont dû disparaître pendant le déménagement à Amsterdam. »

Ils ont été jetés, songea Harry. C'est de bonne guerre.

« Mais ensuite j'en ai parlé avec Hans Christian, et il avait une armoire pleine d'habits qu'il n'utilise pas. Pas vraiment ton style, mais c'est à peu près ta taille. »

Elle ouvrit les sacs. Horrifié, il la vit en tirer une chemise Lacoste, quatre caleçons repassés, un jean Armani avec un pli au milieu, un pull col V, un blouson Timberland, deux chemises à joueur de polo, et même une paire de chaussures en cuir souple marron.

Elle entreprit de les suspendre dans l'armoire, et il se leva pour prendre le relais. Elle l'observa de côté, sourit en repoussant une mèche de cheveux derrière son oreille.

« Tu n'aurais pas racheté de vêtements avant que

ce costume-là tombe littéralement en lambeaux, pas vrai ?

— Eh bien… » Harry déplaça des cintres. Les vêtements étaient inconnus, mais ils dégageaient une légère odeur bien connue, elle.

« Je dois reconnaître que j'ai envisagé une nouvelle chemise, et un caleçon, peut-être.

— Tu n'as pas de caleçons propres ? »

Harry la regarda.

« Définis "propres".

— Harry ! » Elle lui donna une tape sur l'épaule en riant.

Il sourit. La main de Rakel resta sur son épaule.

« Tu es chaud, constata-t-elle. Fébrile. Tu es sûr que ce que tu as sous ton prétendu pansement ne s'est pas infecté ? »

Il secoua la tête avec un sourire. Il savait que la plaie était enflammée, il le sentait à la sourde douleur pulsatile. Mais, fort de ses nombreuses années d'expérience à la Brigade criminelle, il savait aussi autre chose. La police avait interrogé le barman et les clients du bar Nirvana et appris que le type qui avait tué l'homme au couteau avait quitté les lieux avec de profondes plaies à la gorge et au menton ; elle avait depuis longtemps averti les postes médicaux de la ville entière et surveillait les services d'urgences. Ce n'était pas le moment de se faire coffrer.

Rakel lui passa la main sur l'épaule, le cou, redescendit. Sur sa poitrine. Et il songea qu'elle devait sentir battre son cœur, qu'elle était comme cette télé Pioneer dont on avait interrompu la production parce qu'elle était trop bien. On voyait qu'elle était bien au noir de l'image, si intense.

Il avait réussi à entrebâiller une fenêtre ; ils ne voulaient pas de suicides dans l'hôtel. Et même au dix-huitième étage, on entendait la circulation, parfois un klaxon, et venue d'ailleurs, d'une autre chambre peut-être, une chanson d'été décalée, en retard d'une saison.

« Es-tu certaine de le vouloir ? » demanda-t-il sans essayer d'éclaircir sa voix rauque.

Ils restèrent ainsi, elle avec une main sur son épaule, les yeux plongés dans les siens, comme une partenaire de tango concentrée.

Elle hocha la tête.

Un noir si cosmique, si intense qu'on était happé.

Il ne remarqua même pas qu'elle levait un pied et poussait la porte. Il entendit seulement le battant se refermer, tout doucement, un son d'hôtel luxueux, comme un baiser.

Pendant qu'ils s'aimaient, il ne pensa qu'au noir et à l'odeur. Le noir de ses cheveux, de ses sourcils, de ses yeux. L'odeur du parfum dont il n'avait jamais demandé le nom, mais qui n'appartenait qu'à elle, qui imprégnait ses vêtements, son armoire, et aussi les habits de Harry à l'époque où ils étaient suspendus ensemble. Et l'odeur maintenant était dans cette chambre. Parce que les vêtements de l'autre avaient été suspendus dans cette même armoire. Et c'est là qu'elle les avait pris, pas chez lui, elle ne lui avait peut-être même pas demandé son avis, elle les avait peut-être juste sortis de l'armoire avant de venir ici. Mais Harry ne dit rien. Car il savait qu'il ne l'avait qu'à titre provisoire. Il l'avait maintenant. C'était ça ou rien. Donc il la fermait. Il lui faisait l'amour comme il l'avait toujours fait, avec intensité, lenteur. Ne se laissait pas influencer par l'avidité et l'impatience de Rakel, il le faisait si lentement et si intensément qu'elle alternait cris d'impatience et halètements. Pas parce qu'il pensait que c'était ce qu'elle voulait, mais parce que c'était ce que lui voulait. Parce qu'il ne l'avait qu'à titre provisoire. Il n'avait que ces quelques petites heures.

Et lorsqu'elle jouit, se raidit et le fixa de cet air paradoxalement offensé, il se souvint de toutes leurs nuits, et il eut envie de pleurer.

Ensuite, ils partagèrent une cigarette.

« Pourquoi tu ne veux pas me dire que vous êtes ensemble ? demanda Harry avant de tirer sur la cigarette et de la lui passer.

— Parce que nous ne le sommes pas. C'est seulement… un havre temporaire. » Elle secoua la tête. « Je ne sais pas. Je ne sais plus rien. Je devrais me tenir à l'écart de tout et de tous.

— C'est quelqu'un de bien.

— Justement. J'ai besoin de quelqu'un de bien, alors pourquoi est-ce que je ne veux pas de quelqu'un de bien ? Pourquoi faut-il que nous soyons si irrationnels alors que nous savons ce qui est le mieux pour nous ?

— L'homme est une espèce pervertie et blessée. Et la guérison n'existe pas, il n'y a que le soulagement. »

Rakel se colla contre lui.

« C'est ce que j'aime en toi, cet indécrottable optimisme.

— Je considère comme mon devoir de répandre le soleil, chérie.

— Harry ?

— Mmm.

— Est-ce qu'il y a moyen de faire machine arrière ? Pour nous ? »

Harry ferma les yeux. Écouta les battements de cœur. Les siens, ceux de Rakel.

« Pas machine arrière. » Il se tourna vers elle. « Mais si tu crois avoir encore un peu d'avenir en toi…

— Tu es sérieux ?

— On a juste une conversation sur l'oreiller, là, non ?

— Imbécile ! »

Elle l'embrassa sur la joue, lui tendit la cigarette et se leva. Se rhabilla.

« Tu peux loger chez moi, tu sais. »

Il secoua la tête.

« C'est mieux comme ça pour le moment.

— N'oublie pas que je t'aime. Ne l'oublie jamais. Quoi qu'il advienne. Tu me le promets ? »

Il hocha la tête. Ferma les yeux. La porte se referma avec autant de douceur la seconde fois. Puis il rouvrit les yeux. Regarda l'heure.

C'est mieux comme ça pour le moment.

Qu'aurait-il pu faire d'autre ? Rentrer avec elle à Holmenkollen, s'assurer que Dubaï suivait sa trace jusque-là et entraîner Rakel dans ce règlement de comptes, exactement comme il l'avait fait avec le Bonhomme de neige ? Car il le comprenait à présent, il comprenait qu'ils l'avaient surveillé dès le premier jour. L'invitation à Dubaï par l'intermédiaire de ses dealers était superflue. Ils le trouveraient avant que lui les trouve. Et puis ils trouveraient Oleg.

Le seul avantage qu'il avait, c'était de pouvoir choisir le lieu. La scène de crime. Et il avait choisi. Pas ici au Plaza, il n'était là que pour une petite pause, quelques heures pour dormir et reprendre un peu ses esprits. Le lieu, c'était le Leons.

Harry avait envisagé d'appeler Hagen. Ou Bellman. Pour leur expliquer la situation. Mais ils n'auraient d'autre choix que de l'arrêter. De toute façon, la police ne tarderait pas à faire le lien entre les signalements du barman de Kvadraturen, du gardien de Vestre Gravlund et de la vieille dame de Madserud allé. Un homme d'un mètre quatre-vingt-treize en costume de lin, avec une cicatrice sur un côté du visage et des pansements au cou et au menton. Ils auraient tôt fait de rechercher Harry Hole. Le temps pressait.

Il se leva avec un gémissement, ouvrit la penderie.

Il enfila l'un des caleçons repassés et une chemise à joueur de polo. Regarda le jean Armani. Secoua la tête avec un juron étouffé, et choisit son costume en lin.

Puis il descendit le sac de tennis posé sur l'étagère à chapeaux. Hans Christian avait expliqué que c'était le seul dans lequel rentrait le fusil.

Harry le lança sur son épaule et sortit. La porte se referma derrière lui dans un claquement moelleux.

Chapitre 32

Je ne sais pas s'il est possible de raconter exactement comment s'est déroulé le changement de règne. Exactement quand la fioline a pris le pouvoir et commencé à nous gouverner plus que nous ne la gouvernions. Tout avait foiré : le marché que j'avais essayé de passer avec Ibsen, l'affaire en or d'Alnabru. Oleg traînait avec son air de Russe déprimé en disant que la vie sans Irene n'avait aucun sens. Au bout de trois semaines, on se shootait plus qu'on ne gagnait. On planait au boulot et on savait que tout était en train de partir en couille. Mais la seule chose qui comptait, c'était le prochain fix. On dirait un foutu cliché, c'est un cliché, mais qui correspond exactement à la réalité. Si foutrement simple et si parfaitement impossible. Je crois pouvoir dire sans me tromper que je n'ai jamais aimé personne, aimé vraiment, je veux dire. Mais j'étais éperdument amoureux de la fioline. Car si Oleg prenait de la fioline comme on prend un médicament pour le cœur afin de calmer la douleur, j'en prenais comme on doit la prendre. Pour être heureux. Et je n'entends par là rien d'autre : heureux. C'était mieux que la bouffe, le cul, le sommeil, oui, même mieux que de respirer.

Je n'ai donc pas été très surpris quand, un soir après les comptes, Andreï m'a pris à part pour me dire que le vieux se faisait du souci.

« C'est bon », ai-je affirmé.

Il m'a expliqué que le vieux avait dit que si je ne me secouais pas pour venir clean au boulot chaque putain de jour, on m'enverrait d'office en cure de désintoxe.

J'ai ri. Rétorqué que je ne savais pas que c'était un boulot avec avantages en nature, plan santé et tout. Est-ce qu'Oleg et moi avions aussi droit au dentiste et à la retraite ?

« Pas Oleg. »

J'ai vu dans son regard à peu près ce que ça voulait dire.

Je n'avais aucune intention de décrocher dans l'immédiat. Et Oleg non plus. Alors on s'en est foutus, et le lendemain soir on planait aussi haut que les tours de Postgirobygget, on a vendu la moitié du stock, pris le reste, loué une voiture, et on est partis pour Kristiansand. On avait mis Sinatra à pleins tubes, I Got Plenty of Nothing*, ce qui n'était pas faux, putain, on n'avait même pas le permis. Oleg a fini par chanter aussi, mais seulement pour couvrir Sinatra et* moi[1]*, soi-disant. On buvait de la bière tiède et on se marrait, comme au bon vieux temps. On a pris une chambre à l'Ernst Hotell, qui n'était pas aussi kitsch qu'on pourrait le croire, mais quand on a demandé au réceptionniste dans quel quartier traînaient les dealers, on n'a eu pour toute réponse qu'une expression stupide. Oleg m'avait parlé du festival qu'il y avait eu dans cette ville, et qui était parti à vau-l'eau à cause d'un abruti tellement impatient de devenir un gourou qu'il avait booké des groupes*

1. En français dans le texte.

si cool que le festival n'avait pas les moyens de se les payer. Quoi qu'il en soit, les chrétiens de la ville prétendaient que, à cause de ce festival, la moitié des habitants âgés de dix-huit à vingt-cinq ans avaient sombré dans la drogue. Mais nous, on n'a pas trouvé de clients, on a zoné le soir dans la rue piétonne, où il y avait un mec bourré et quatorze choristes Ten Sing qui nous ont demandé si on voulait rencontrer Jésus.

« Ben, s'il veut de la fioline, oui », ai-je répondu.

Mais apparemment Jésus n'en voulait pas, alors on est rentrés se faire un shoot de bonne nuit dans notre chambre. Je ne sais pas pourquoi, mais nous sommes restés dans ce patelin. On ne faisait rien à part planer et chanter du Sinatra. Une nuit, je me suis réveillé parce que Oleg était penché sur moi. Il avait un foutu clébard dans les bras. Il m'a dit qu'il avait été réveillé par un crissement de pneus en bas de nos fenêtres, et quand il avait regardé, ce chien gisait dans la rue. J'ai jeté un œil. Il n'avait pas bonne mine. Oleg et moi, on est tombés d'accord : dos brisé. Et puis la gale et plein de vieilles blessures. Le malheureux en avait vu de toutes les couleurs, Dieu seul sait s'il avait été victime de son propriétaire ou d'autres chiens. Mais il était beau, ce clébard. Des yeux bruns paisibles, qui me regardaient comme s'il me pensait capable d'arranger ce qui n'allait pas. Alors j'ai essayé. Je lui ai donné à boire et à manger, à la bestiole, je lui ai caressé la tête et je lui ai parlé. Oleg voulait l'emmener chez le vétérinaire, mais je savais ce qu'ils lui feraient, alors on l'a gardé dans notre chambre d'hôtel, on a suspendu l'écriteau do not disturb *à la poignée de la porte, et on l'a fait dormir dans le lit. On se relayait pour vérifier qu'il respirait encore. Il ne bougeait plus, il était de plus en plus chaud, et son pouls de plus en plus faible. Le troi-*

sième jour, je lui ai donné un nom. Rufus. Pourquoi pas ? C'est bien d'avoir un nom quand on va crever.

« Il souffre, a déclaré Oleg. Le vétérinaire lui fera une piqûre. Il n'aura pas mal du tout.

— Personne n'injectera de merde de véto à Rufus. » J'ai donné une pichenette dans la seringue.

« T'es dingue ? Il y en a pour deux mille couronnes de fioline, là-dedans. »

Possible. Mais en tout cas, Rufus a quitté ce foutu monde en Business Class.

Je crois me souvenir que le ciel était nuageux sur le chemin du retour. Quoi qu'il en soit, il n'y avait pas de Sinatra, pas de chansons.

Oleg était terrifié à la perspective de ce qui allait arriver. Moi, bizarrement, j'étais zen. C'était comme si je savais que le vioque ne nous toucherait pas. Nous étions deux junkies inoffensifs sur une pente savonneuse. Fauchés, au chômage et, au fil des jours, à court de fioline. Oleg avait découvert que l'expression « junkie » avait plus de cent ans, elle datait de l'époque où les premiers héroïnomanes volaient de la ferraille sur le port de Philadelphie et la revendaient pour financer leur consommation. Et c'est exactement ce qu'Oleg et moi avons fait. On s'est mis à s'introduire sur les chantiers de Bjørvika, où on volait ce qui nous tombait sous la main. Le cuivre et les outils valaient de l'or. Le cuivre, on le revendait à un ferrailleur de Kalbakken, les outils à deux ouvriers lituaniens.

À mesure que la combine se popularisait, les clôtures sont devenues plus hautes, les gardiens de nuit plus nombreux, les flics sont entrés en scène, les acheteurs ont disparu. Et on s'est retrouvés là, avec le manque qui nous fouettait comme un esclavagiste enragé, vingt-quatre heures sur vingt-quatre. Je savais qu'il me fallait trouver une idée vraiment bonne, genre Solution finale. Donc c'est ce que j'ai fait.

Bien entendu, je n'en ai pas parlé à Oleg.

J'ai passé une journée entière à préparer mon discours. Et puis je l'ai appelée.

Irene venait de rentrer du sport. Elle semblait presque heureuse d'entendre ma voix. J'ai parlé sans interruption pendant une heure. Quand j'ai eu fini, elle pleurait.

Le lendemain soir, je suis descendu à Oslo S, et j'étais sur le quai à l'arrivée du train de Trondheim.

Ses larmes coulaient quand elle m'a embrassé.

Si jeune. Si bonne. Si précieuse.

Comme je le disais, je n'ai jamais véritablement aimé quelqu'un, à ma connaissance. Mais je n'ai pas dû passer très loin, parce que je pleurais presque moi aussi.

Chapitre 33

Par la fenêtre entrebâillée de la chambre 301, Harry entendit une cloche sonner onze coups quelque part dans l'obscurité. Ses douleurs au cou et au menton avaient le mérite de le tenir éveillé. Il se leva du lit et alla s'asseoir dans le fauteuil, qu'il bascula en arrière contre le mur près de la fenêtre pour être face à la porte, et il posa le fusil sur ses genoux.

Il s'était arrêté à la réception et avait demandé une ampoule puissante pour remplacer celle qui avait grillé dans sa chambre, et un marteau pour enfoncer des clous qui dépassaient de la barre de seuil. Disant qu'il s'en occuperait lui-même. Il avait ensuite changé l'ampoule faiblarde dans le couloir juste devant sa porte et s'était servi du marteau pour enlever la barre de seuil.

De sa place, il verrait leurs ombres par la fente sous la porte quand ils arriveraient.

Harry fuma encore. Contrôla le fusil. Termina son paquet de cigarettes. Dans les ténèbres retentirent douze coups de cloche.

Le téléphone sonna. C'était Beate. Elle expliqua qu'elle avait des copies de quatre des cinq listes dressées par les voitures de patrouille qui avaient écumé le secteur de Blindern.

« La dernière avait déjà remis sa liste à Orgkrim.

— Merci. Nina t'a donné les sachets, au Schrøder ?

— Oui, oui. J'ai dit au labo qu'ils étaient prioritaires. Ils sont en train d'analyser le sang. »

Pause.

« Et ? relança Harry.

— Et quoi ?

— Je connais ce ton, Beate. Il y a autre chose.

— Les analyses ADN ne se font pas en quelques heures, Harry. Ça…

— … peut prendre des jours pour arriver à un résultat complet.

— Oui. Donc, pour l'instant, ils sont incomplets.

— Incomplets à quel point ? » Harry entendit des pas dans le couloir.

« Eh bien, il y a au moins cinq pour cent de chance que ça ne corresponde pas.

— Tu as trouvé une correspondance dans le fichier avec le profil incomplet, n'est-ce pas ?

— Nous n'utilisons des analyses incomplètes que pour dire qui ça exclut d'office.

— À qui ça correspond ?

— Je ne veux rien dire avant…

— Allez.

— Non. Mais je peux te dire que ce n'est pas le sang de Gusto.

— Et ?

— Ce n'est pas celui d'Oleg. Ça te va ?

— Très bien. » Harry se rendit compte qu'il avait retenu son souffle. « Mais… »

Une ombre derrière la porte.

« Harry ? »

Harry raccrocha. Braqua le fusil sur la porte. Il attendit. Trois coups brefs. Il attendit. Écouta. L'ombre ne bougeait pas. Il se glissa jusqu'à la porte en longeant le mur. Regarda par l'œilleton.

Il vit le dos d'un homme.

Son blouson était si court qu'il voyait le haut du pantalon. Un morceau de tissu noir pendait de sa poche, un bonnet, peut-être. Mais il n'avait pas de ceinture. Les bras serrés le long du corps. Si l'homme portait une arme, elle devait être dans un holster d'épaule avec l'étui devant, sur la poitrine, ou à l'intérieur de sa jambe de pantalon. Ni l'un ni l'autre n'était particulièrement répandu.

L'homme se retourna vers la porte et frappa deux fois, plus fort, à présent. Harry retint son souffle pendant qu'il étudiait le visage déformé. Déformé, mais avec quelque chose qui n'autorisait pas la méprise. Un prognathisme marqué. Et il se grattait le menton avec une carte qu'il portait autour du cou comme le faisaient parfois les policiers quand ils allaient arrêter quelqu'un. Merde ! La police avait été plus rapide que Dubaï.

Harry hésita. Si le gars avait un mandat d'arrêt, il avait aussi le petit papier bleu du mandat de perquisition, l'avait déjà montré à la réception et obtenu le passe des chambres. Le cerveau de Harry fit ses calculs. Il s'éloigna de la porte, fourra le fusil derrière l'armoire. Revint ouvrir.

« Qui êtes-vous et que voulez-vous ? » demanda-t-il en jetant un coup d'œil à droite et à gauche dans le couloir.

Le type le dévisagea.

« Putain, la tête que t'as, Hole. Je peux entrer ? » Il brandit sa carte.

Harry lut. « Truls Berntsen. Tu travaillais pour Bellman, n'est-ce pas ?

— C'est toujours le cas. Il te salue. »

Harry s'effaça et laissa entrer Berntsen.

« Douillet, fit Berntsen en regardant autour de lui.

— Assieds-toi, dit Harry avec un geste vers le lit, avant de se rasseoir dans le fauteuil.

— Chewing-gum ? » Berntsen lui tendit un paquet.

« Ça me file des caries. Qu'est-ce que tu veux ?

— Aimable comme toujours ? »

Berntsen eut un rire-grognement, roula une plaque de chewing-gum, la laissa tomber dans le tiroir qui lui tenait lieu de mâchoire inférieure et s'assit.

Le cerveau de Harry enregistrait l'intonation, le langage corporel, les mouvements des yeux, les odeurs. L'homme était détendu, mais menaçant malgré tout. Paumes ouvertes, pas de gestes brusques, mais les yeux collectaient les données, lisaient la situation, préparaient quelque chose. Harry regrettait déjà d'avoir remisé le fusil. Son plus gros problème n'était pas l'absence de permis de port d'arme.

« Le truc, c'est qu'on a trouvé du sang sur la chemise de Gusto Hanssen dans le cadre d'une enquête sur une profanation à Vestre Gravlund hier soir. Les analyses ADN montrent que c'est le tien. »

Harry regarda Berntsen replier minutieusement le papier d'argent qui avait enveloppé le chewing-gum. Harry se souvenait mieux de lui, à présent. Ils l'appelaient Beavis. Le garçon de course de Bellman. Bête et rusé. Et dangereux. Forrest Gump version méchant.

« Je ne vois pas du tout de quoi tu parles.

— Bon, d'accord, soupira Berntsen. Une erreur dans le fichier, peut-être ? Alors enfile des nippes, je t'emmène à l'hôtel de police, et on fait une prise de sang.

— Je recherche une fille, dit Harry. Irene Hanssen.

— Elle est à Vestre Gravlund ?

— Elle a en tout cas disparu depuis cet été. C'est la sœur adoptive de Gusto Hanssen.

— Première nouvelle. N'importe comment, tu vas venir avec moi à…

— C'est la fille au milieu », l'interrompit Harry. Il avait sorti la photo des Hanssen de sa poche de veste et la tendait à Berntsen. « J'ai besoin d'un peu de temps. Pas beaucoup. Vous comprendrez plus tard pourquoi il a fallu que je procède comme je le fais. Je promets de me présenter dans quarante-huit heures.

— *48 heures*, fit Berntsen en examinant la photo. Bon film. Nolte et l'autre nègre, là. McMurphy ?

— Murphy.

— Ouais. Il a arrêté d'être drôle, lui. C'est curieux, non ? Tu as quelque chose, et brusquement, un jour, tu le perds. Quel effet ça fait, à ton avis, Hole ? »

Harry observa Truls Berntsen. Il n'était plus si sûr de sa comparaison avec Forrest Gump. Berntsen leva la photo à la lumière. Plissa les yeux, se concentra.

« Tu la reconnais ?

— Non. »

Il lui rendit la photo en se tortillant. Il lui était manifestement inconfortable d'être assis sur le morceau de tissu qu'il avait dans sa poche revolver, car il le fourra rapidement dans sa poche de blouson.

« On va à l'hôtel de police, et on verra ce qu'on fait de tes quarante-huit heures. »

Le ton était léger. Trop léger. Et Harry avait réfléchi. Beate, malgré la priorité pour ses analyses ADN, n'avait pas encore de résultat complet. Alors comment

Berntsen pouvait-il déjà avoir les résultats d'analyse du sang trouvé sur la chemise de Gusto Hanssen ? Et ce n'était pas tout : Berntsen n'avait pas eu le geste assez preste en déplaçant son bout de tissu. Ce n'était pas un bonnet, mais une cagoule. Comme pour l'exécution de Gusto.

Et l'idée suivante s'enchaîna sans tarder. Le brûleur.

En fin de compte, plutôt que la police, n'était-ce pas le laquais de Dubaï qui était arrivé le premier ?

Harry songea au fusil derrière l'armoire. Mais il n'avait plus le temps, dans le couloir il entendait des pas approcher. Deux personnes. L'une d'elles si lourde que le plancher grinçait. Les pas s'arrêtèrent. Les ombres de deux paires de jambes, écartées, tombèrent sur le sol sous la porte. Il pouvait bien sûr espérer que ce soient des collègues de Berntsen, qu'il s'agisse réellement d'une arrestation. Mais il avait entendu le sol gémir. Un grand type. De la stature de celui qui l'avait poursuivi dans le Frognerpark, gageait-il.

« Allez, viens. » Berntsen se leva et se planta devant Harry. Se gratta fortuitement la poitrine sous son blouson. « Un petit tour, rien que toi et moi.

— Apparemment, on va être plus nombreux, objecta Harry. Je vois que tu as du renfort. »

Il indiqua d'un signe de tête les ombres sous la porte. Il en était apparu une cinquième entre deux jambes. Une ombre longue, droite. Truls suivit son regard. Et Harry la vit. La surprise non feinte que des types comme Truls Berntsen ne sont pas capables de simuler. Ce n'étaient pas les gars de Berntsen.

« Écarte-toi de la porte », chuchota Harry.

Truls cessa de mastiquer son chewing-gum et le regarda de haut.

Truls Berntsen aimait bien porter son Steyr dans un holster d'épaule, avec l'étui tiré sur le devant, de façon à avoir le pistolet plaqué contre la poitrine. Cela le rendait moins visible quand on se trouvait face à quelqu'un. Le sachant enquêteur criminel aguerri, formé au FBI à Chicago et tout, il savait aussi que Harry Hole noterait automatiquement des bosses sur les vêtements aux endroits habituels. Non que Truls escomptât se servir de son Steyr, mais il avait pris ses précautions. Si Harry résistait, il le ferait sortir, le pistolet discrètement pointé dans son dos, après avoir enfilé sa cagoule pour empêcher d'éventuels témoins d'identifier la personne qu'ils avaient vue avec Hole avant que celui-ci ne disparaisse de la circulation. La Saab était garée dans une ruelle, il avait même cassé l'ampoule du seul réverbère pour qu'on ne puisse pas voir le numéro d'immatriculation. Cinquante mille euros. Il fallait être patient, bâtir pierre par pierre. Se trouver une maison encore un peu plus haut sur Høyenhall, avec vue sur eux. Sur elle.

Harry Hole semblait plus petit que le géant dont il se souvenait. Et plus laid. Pâle, sale, épuisé. Résigné, pas concentré. Le boulot allait être plus facile que prévu. Alors quand Hole lui demanda dans un souffle de s'écarter de la porte, sa première réaction fut l'irritation. Le gars allait-il se mettre à inventer des trucs de gamin quand tout marchait si bien ? Mais sa seconde réaction fut de songer qu'il avait exactement ce ton qu'ils employaient. Les policiers en situation critique. Pas de mise en scène, juste une élocution neutre et froide qui laissait le moins de place possible au malentendu. Et le plus possible aux chances de survie.

Alors Truls Berntsen fit — presque sans réfléchir — un pas de côté.

Au même instant, le haut de la porte fut soufflé dans la chambre.

Alors qu'il virevoltait, Truls Berntsen conclut d'instinct que, pour que la charge de plombs se disperse tant avec si peu de recul, le canon devait être scié. Il avait déjà la main dans son blouson. Le holster dans une position classique et sans blouson, il aurait dégainé plus vite, puisque la crosse aurait pointé vers l'extérieur.

Truls Berntsen se laissa tomber en arrière sur le lit tout en libérant le pistolet, et il le tenait à bout de bras quand le reste de la porte s'ouvrit avec fracas. Il entendit une vitre éclater derrière lui, avant qu'une nouvelle déflagration vienne tout assourdir.

Le son emplit ses oreilles et les lui boucha, et il y eut une tempête de neige dans la chambre.

À la porte, deux silhouettes se découpaient dans les bourrasques. Le plus grand leva son pistolet. Sa tête atteignait presque le chambranle, il devait mesurer plus de deux mètres. Truls tira. Et tira encore. Il savoura l'exquis recul, la sensation plus exquise encore que c'était pour de vrai, et au diable les conséquences. Le grand sursauta, sembla rejeter sa frange avant de reculer et de disparaître. Truls déplaça son pistolet et son regard. L'autre ne bougeait pas. Des plumes blanches voletaient autour de lui. Truls le tenait dans sa ligne de mire. Mais il ne tira pas. Il le voyait plus nettement, à présent. Une tête de glouton. Le genre de visage que Truls avait toujours associé aux Samis, finlandais et russes.

Le type leva lentement son pistolet, le doigt sur la détente.

« Du calme, Berntsen », fit-il en anglais.

Truls Berntsen poussa un long rugissement.

Harry tombait.

Il avait baissé la tête, voûté le dos et reculé comme la première décharge passait au-dessus de lui. Reculé vers l'endroit où il savait trouver la fenêtre. La vitre avait plié avant de se souvenir qu'elle était en verre, et elle avait cédé.

Puis ce fut la chute libre.

Le temps s'était subitement ralenti, et Harry avait la sensation d'évoluer dans l'eau. Mains et bras tournaient comme de lentes aubes dans une tentative réflexe d'interrompre la rotation du corps qui avait amorcé un salto arrière. Des pensées inachevées fusaient entre les synapses de son cerveau.

Il allait atterrir sur la tête et la nuque.

Une chance qu'il n'y ait pas eu de rideaux.

La femme nue, la tête en bas, à la fenêtre d'en face.

Puis il fut réceptionné par tout ce moelleux. Cartons vides, vieux journaux, couches-culottes usagées, cartons de lait et pain de la veille des cuisines de l'hôtel, filtres à café remplis de marc humide.

Il gisait sur le dos dans la poubelle ouverte, sous une pluie de bris de verre. À la fenêtre au-dessus de lui éclataient comme des flashes, les flammes de tir. Mais un étrange silence régnait, comme si les flashes provenaient d'une télé en sourdine. Il sentit que le scotch autour de son cou s'était déchiré. Le sang coulait. Et, dans un instant de folie, il envisagea de simplement rester là. Fermer les yeux, dormir, se laisser dériver. Comme spectateur de lui-même, il se releva, sauta de la benne et s'élança vers la porte cochère au bout de la cour. L'ouvrit au moment où il entendait un long rugissement furieux, et sortit dans la rue. Il dérapa sur une plaque d'égout, mais resta debout. Il vit une femme noire, en jean moulant, lui sourire machinalement et avancer les lèvres en cul-de-poule, avant de reconsidérer la situation et de regarder ailleurs.

Harry se mit à courir.

Et décida que, cette fois, il ne ferait que courir.

Jusqu'à ce qu'il n'en puisse plus.

Jusqu'à ce que ce soit fini, jusqu'à ce qu'ils l'aient.

Il espérait que ce ne serait pas trop long.

En attendant, il allait faire ce pour quoi les animaux de proie sont programmés : fuir, essayer de s'échapper, tenter de survivre quelques heures, quelques minutes, quelques secondes.

Son cœur protestait et battait la chamade, et il se mit à rire en traversant devant un bus de nuit avant de continuer vers Oslo S.

Chapitre 34

Harry était enfermé. Il venait de se réveiller et de le comprendre. Au mur juste au-dessus de lui était accrochée une planche anatomique d'écorché. À côté, un objet en bois finement sculpté représentait un homme crucifié qui se vidait de son sang. Et encore à côté, une foule d'armoires à pharmacie.

Il se retourna sur la couchette. Essaya de reprendre là où il s'était arrêté la veille. De voir l'image. Les points étaient nombreux, mais il n'avait pas encore réussi à tracer le trait qui les relierait. Et pour l'heure, les points eux-mêmes n'étaient que des suppositions.

Supposition numéro un : Truls Berntsen était le brûleur. En tant qu'employé d'Orgkrim, il occupait vraisemblablement une position parfaite pour servir Dubaï.

Supposition numéro deux : c'était avec Berntsen que Beate avait trouvé une correspondance dans le fichier ADN. Voilà pourquoi elle ne voulait rien dire avant d'être sûre de son fait à cent pour cent. L'analyse du sang sous les ongles de Gusto désignait l'un des leurs. Et si c'était vrai, Gusto avait griffé Truls Berntsen le jour même de sa mort.

Ensuite, les difficultés commençaient. Si effectivement Berntsen travaillait pour Dubaï et avait reçu la consigne de liquider Harry, pourquoi les Blues Brothers s'étaient-ils pointés et avaient essayé de leur faire péter le caisson à tous les deux ? Et si c'étaient les sbires de Dubaï, comment avaient-ils pu se marcher ainsi sur les pieds avec le brûleur ? Ne faisaient-ils pas partie de la même équipe, en fin de compte, ou était-ce simplement une opération mal coordonnée ? Peut-être parce que Truls avait fait cavalier seul pour empêcher Harry de le démasquer en remettant les preuves trouvées dans la tombe de Gusto ?

Un trousseau de clés cliqueta et la porte s'ouvrit.

« Bonjour, gazouilla Martine. Comment te sens-tu ?

— Mieux », mentit Harry en regardant sa montre. Six heures du matin. Il repoussa la couverture en laine et balança les pieds par terre.

« Notre infirmerie n'est pas conçue pour y passer la nuit, dit Martine. Reste allongé, je vais changer ton pansement au cou.

— Merci de m'avoir accueilli hier soir. Mais encore une fois, ce n'est pas sans danger de me cacher en ce moment, alors je crois que je vais m'en aller.

— Allonge-toi ! »

Harry la regarda. Il poussa un soupir et obtempéra. Ferma les yeux et écouta Martine qui ouvrait et refermait des tiroirs, des ciseaux qui tintaient contre du verre, les premiers clients qui arrivaient pour le petit déjeuner au café de Fyrlyset, à l'étage inférieur.

Pendant que Martine ôtait le bandage qu'elle avait posé la veille, Harry utilisa son autre main pour appeler Beate Lønn. Il tomba sur un message minimaliste priant d'être concis, *bip*.

« Je sais que le sang est celui d'un ancien enquêteur

criminel de Kripos, commença Harry. Même si la médecine légale te le confirme dans la journée, attends avant de le divulguer. En soi, ce n'est pas suffisant pour un mandat d'arrêt, et si on secoue sa cage, on risque de le voir brûler toute cette affaire avant de disparaître. C'est pourquoi nous allons le faire arrêter pour autre chose, ce qui nous laissera les coudées franches. Effraction et homicide au club de motards d'Alnabru. Si je ne m'abuse, c'est avec lui qu'Oleg a essayé de dévaliser le club. Et il est prêt à témoigner. Je voudrais donc que tu faxes une photo de Truls Berntsen, actuellement enquêteur à Orgkrim, au cabinet d'avocats de Hans Christian Simonsen, en lui demandant de la montrer à Oleg pour identification. »

Harry raccrocha, inspira, le sentit venir, de façon si soudaine et si puissante qu'il en eut le souffle coupé. Il se détourna, le contenu de son ventre envisageait une expulsion vers le haut.

« C'est douloureux ? » s'enquit Martine en passant le coton imbibé d'alcool sur le cou et le menton de Harry.

Il secoua la tête et fit un signe vers le flacon d'alcool ouvert.

« D'accord. » Martine le reboucha.

Harry eut un sourire penaud, la sueur perlait sur son front.

« Ça ne s'arrange pas ? demanda Martine à voix basse.

— Quoi donc ? » fit Harry d'une voix rauque.

Elle ne répondit pas.

Le regard de Harry sautait entre les lits d'examen en quête de distraction, quelque chose qui puisse lui changer les idées, n'importe quoi. Il trouva l'anneau en or qu'elle avait retiré et posé sur la couchette avant de commencer à soigner ses plaies. Richard et elle étaient mariés depuis plusieurs années, l'anneau présentait des rayures, il n'était pas neuf et lisse comme celui de Torkildsen chez Telenor. Harry eut un brusque frisson et son cuir chevelu se mit à le démanger. Mais ça pouvait être la transpiration, bien entendu.

« Or véritable ? »

Martine entreprit de poser le nouveau bandage.

« C'est une alliance, Harry.

— Et ?

— Alors bien sûr qu'elle est en or. Aussi pauvre et grippe-sou que tu puisses être, tu n'achètes pas une alliance qui ne soit pas en or. »

Harry hocha la tête. Ça le démangeait et le démangeait encore, il sentait ses cheveux se hérisser dans sa nuque.

« Moi, je l'ai fait.

— Alors tu es le seul dans le monde entier, Harry », conclut-elle en riant.

Harry ne quittait plus des yeux l'alliance. Elle avait dit la même chose. « Et comment… », articula-t-il lentement. Les cheveux de sa nuque ne se trompaient jamais.

« Hé, attends, je n'ai pas terminé !

— C'est bon, trancha Harry, déjà debout.

— Tu devrais au moins mettre des vêtements propres. Tu empestes les ordures, la sueur et le sang.

— Avant une grande bataille, les Mongols s'enduisaient d'excréments d'animaux, répondit Harry en reboutonnant sa chemise. Si tu veux me donner quelque chose dont j'aie besoin, une tasse de café ne serait pas… »

Elle le regarda avec découragement. Sortit en secouant la tête et descendit l'escalier.

Harry se dépêcha de tirer son téléphone de sa poche.

« Oui ? » Klaus Torkildsen avait une voix de zombie. Un fond sonore de cris d'enfants l'expliquait.

« C'est Harry H. Si vous me rendez ce service, je ne vous ennuierai plus jamais, Torkildsen. Il faut que vous vérifiiez quelques stations de base. Il me faut la liste de tous les endroits où s'est trouvé le mobile de Truls Berntsen, qui habite quelque part à Manglerud, le soir du 12 juillet.

— On ne pourra pas le déterminer au mètre carré près ou dresser la carte…

— … des mouvements minute par minute. Je sais déjà tout ça. Faites de votre mieux. »

Pause.

« C'est tout ?

— Non, il y a un autre nom. »

Harry ferma les yeux et se concentra. Revit les lettres de la plaque sur la porte au Radiumhospital. Murmura le nom. Puis le prononça à voix haute dans le micro du téléphone.

« C'est noté. Et "plus jamais", ça veut dire ?

— Plus jamais.

— Bon, d'accord. Autre chose.

— Oui ?

— La police a demandé votre numéro, hier. Vous n'en avez pas.

— J'ai un numéro chinois non enregistré. Pourquoi ?

— On aurait dit qu'ils voulaient le tracer. Que se passe-t-il ?

— Certain d'avoir envie de le savoir, Torkildsen ?

— Non, répondit Torkildsen après une nouvelle pause. Je vous appelle dès que j'ai quelque chose. »

Harry raccrocha et réfléchit. Il était recherché. Même si la police ne trouvait pas son nom à ce numéro, ils pouvaient faire le lien s'ils examinaient les appels de Rakel et voyaient apparaître un numéro chinois. Son téléphone était une balise, il devait s'en débarrasser.

Lorsque Martine revint avec une tasse de café fumant, Harry s'en accorda deux gorgées et demanda ensuite tout de go s'il pouvait lui emprunter son mobile pendant quelques jours.

Elle posa sur lui son regard pur et direct et répondit oui, s'il y avait bien réfléchi.

Harry hocha la tête, prit le petit appareil rouge, embrassa Martine sur la joue et descendit sa tasse dans la salle. Cinq tables étaient déjà occupées, et d'autres lève-tôt arrivaient. Harry s'installa à une table libre et entra les numéros les plus importants de sa contrefaçon chinoise d'iPhone. Leur annonça son nouveau numéro provisoire dans un bref SMS.

Les toxicomanes sont aussi insondables que n'importe qui d'autre, mais il est un point sur lequel ils sont raisonnablement prévisibles, donc quand Harry abandonna son mobile chinois au milieu de la table pour aller aux toilettes, il était relativement certain du résultat. À son retour, le téléphone s'était volatilisé. Il était parti pour un voyage que la police allait pouvoir suivre à distance par le truchement des stations de base de la ville.

Harry, quant à lui, descendit Tøyengata vers Grønland.

Une voiture de police montait dans sa direction. Harry baissa machinalement la tête, sortit le téléphone rouge de Martine et simula une conversation afin de se donner un prétexte pour se masquer autant que possible le visage.

La voiture passa. Pendant les prochaines heures, il allait lui falloir rester à couvert.

Mais, plus important, il savait quelque chose. Il savait par où commencer.

Couché sous deux épaisseurs de branches de sapin, Truls Berntsen grelottait comme un chien.

Toute la nuit il s'était repassé le même film en boucle. Face de glouton qui avait reculé prudemment en répétant ce « *du calme* » comme une supplique de trêve, alors qu'ils se tenaient mutuellement en joue avec leurs pistolets. Face de glouton. Le chauffeur de la limousine devant le cimetière de Gamlebyen. L'homme de Dubaï. Quand il s'était penché pour emporter son gigantesque collègue, que Truls avait abattu, il avait dû baisser son arme, et Truls avait compris que ce gars-là était prêt à risquer sa vie pour sauver son copain. Face de glouton devait être ex-soldat, ex-policier, un truc d'honneur délirant, en tout cas. Au même instant, un gémissement s'était échappé de son acolyte. Il était vivant. Truls avait été à la fois soulagé et déçu. Mais il avait laissé faire le glouton, il l'avait laissé remettre le grand type sur ses jambes, et il avait entendu le bruit de succion du sang dans une chaussure tandis qu'ils titubaient dans le couloir vers l'issue de secours. Quand ils avaient été dehors, Berntsen avait enfilé sa cagoule et couru, traversé la réception à toute vitesse, cherché la Saab et, n'osant pas rentrer chez lui, était venu directement ici. Car ici, il était en sécurité, caché. Ici, personne ne pouvait le voir, personne ne connaissait ce lieu où il venait quand il voulait la voir.

Cet endroit se trouvait à Manglerud, dans une zone de promenade assez prisée, mais où les marcheurs restaient sur les sentiers et ne montaient jamais sur son rocher, qui de surcroît était entouré d'épais fourrés.

La maison de Mikael et Ulla Bellman se dressait sur la colline juste en face, et il voyait parfaitement le salon, où il l'avait si souvent regardée. Elle restait assise sur le canapé, avec son beau visage, son corps frêle qui n'avait pour ainsi dire pas changé au fil des ans. Elle était toujours Ulla, la plus belle fille de Manglerud. Parfois, Mikael était avec elle. Il les avait vus s'embrasser et se caresser, mais ils disparaissaient toujours dans la chambre avant d'aller plus loin. Il ne savait d'ailleurs pas s'il aurait aimé ça. Il préférait la voir seule. Sur le canapé, un livre entre les mains, les jambes repliées sous elle. De temps à autre, il lui arrivait de jeter un coup d'œil vers la fenêtre, comme si elle se sentait observée. Il frémissait alors d'excitation à l'idée qu'elle savait peut-être. Qu'elle savait qu'il était là, quelque part.

Pour l'heure, la fenêtre du salon était noire. Ils avaient déménagé. Elle avait déménagé. Aucun point de vue discret ne donnait sur cette nouvelle maison. Il avait vérifié. Et en l'état actuel des choses, il n'était pas sûr d'en avoir l'usage. D'avoir l'usage de quoi que ce soit. Il était un homme marqué.

Ils l'avaient contraint à aller voir Hole au Leons, à minuit, et ils étaient passés à l'attaque.

Ils avaient essayé de se débarrasser de lui. Essayé de brûler le brûleur. Mais pourquoi ? Parce qu'il en savait trop ? Il était brûleur, et les brûleurs en savent trop, c'est dans la nature des choses. Il ne comprenait pas. Bordel ! Peu importait le *pourquoi*, il devait avant tout se maintenir en vie.

Il avait si froid et il était si fatigué qu'il avait mal aux os, mais il n'osait pas rentrer chez lui avant que le jour soit levé et qu'il ait pu s'assurer que la voie était libre. Si seulement il arrivait à franchir la porte de son appartement, il disposerait d'une artillerie qui lui permettrait de tenir un siège. Il aurait dû les descendre tous les deux quand il en avait l'occasion, bien sûr, mais s'ils retentaient le coup, putain, ils pourraient constater que ce n'était pas si facile de coincer Truls Berntsen.

Truls se redressa. Brossa les aiguilles de sapin de ses vêtements, frissonna et se frappa les bras. Regarda encore vers la maison. Le jour se levait. Il pensa aux autres Ulla. Comme la petite brune de Fyrlyset. Martine. En l'occurrence, il avait cru qu'il pourrait l'avoir. Elle travaillait parmi des gens dangereux, et il était quelqu'un qui pouvait la protéger. Mais elle l'avait ignoré et, comme d'habitude, il n'avait pas eu les tripes de l'approcher pour faire face à l'échec. Mieux valait attendre et espérer, faire durer, se torturer, voir un encouragement là où des hommes moins désespérés ne voyaient que de l'amabilité ordinaire. Et puis, un jour, il avait surpris une conversation, compris qu'elle était enceinte. Sale pute. Toutes des putes. Comme la fille qui avait servi de guetteur à Gusto. Pute, pute. Il détestait ces femmes. De même que les hommes qui savaient comment s'attirer leur amour.

Il sauta sur place en continuant à se frapper les bras, mais il savait qu'il n'aurait plus jamais chaud.

Harry était reparti à Kvadraturen. Il s'installa au Postcafeen. C'était celui qui ouvrait le plus tôt, quatre heures avant le Schrøder, et il dut attendre dans une file d'assoiffés de bière avant de pouvoir acheter une espèce de petit déjeuner.

Rakel fut la première qu'il appela. Il lui demanda de relever la boîte mail d'Oleg.

« Oui, confirma-t-elle. Un message de Bellman, pour toi. On dirait une liste d'adresses.

— OK. Fais-la suivre à Beate Lønn. » Il lui indiqua son mail.

Puis il envoya un SMS à Beate pour l'informer que les listes étaient parties, et finit sa collation. Il se déplaça ensuite à Stortorvets Gjæstgiveri, où il eut tout juste le temps d'avaler une autre tasse de café soigneusement filtré avant que Beate n'appelle.

« J'ai comparé les listes que j'avais copiées directement des voitures de patrouille avec celle que tu m'as fait suivre. Qu'est-ce que c'est que cette liste ?

— C'est celle que Bellman a reçue et m'a transmise. Je veux juste savoir s'il a eu un rapport correct, ou s'il a été arrangé.

— Je vois. Toutes les adresses que j'avais déjà sont sur la liste que Bellman et toi avez reçue.

— Mmm. Il ne restait pas une voiture de patrouille qui n'avait pas remis sa liste ?

— De quoi s'agit-il, Harry ?

— Il s'agit du fait que j'essaie de convaincre le brûleur de nous aider.

— De nous aider à quoi ?

— À identifier la maison où vit Dubaï. »

Pause.

« Je vais voir si je peux mettre la main sur la dernière liste.

— Merci. À plus.

— Attends.

— Oui ?

— Tu ne veux pas savoir ce que dit le reste du profil ADN du sang sous l'ongle de Gusto ? »

Chapitre 35

C'était l'été, et j'étais le roi d'Oslo. J'avais obtenu cinq cents grammes de fioline contre Irene, et j'en avais vendu la moitié dans la rue. Ce devait être le capital de départ d'une grande opération, un nouveau cartel qui balaierait le vioque. Mais d'abord, il fallait fêter ces débuts. J'ai dépensé de la menue monnaie sur l'argent des ventes pour m'acheter une tenue assortie aux chaussures qu'Isabelle Skøyen m'avait données. J'étais superbe, et ils n'ont pas bronché quand je suis entré au foutu Grand et que j'ai demandé une suite. On y est restés. On faisait les trois-huit de la fête. Qui exactement était ce « on » variait un peu, mais c'était l'été, Oslo, des filles, des mecs, comme au bon vieux temps, juste avec une médication un peu plus lourde. Même Oleg s'est déridé et est redevenu lui-même, pendant un moment. Il est apparu que j'avais plus d'amis que dans mon souvenir, et la came filait plus vite qu'on aurait pu le croire. On s'est fait virer du Grand, et on est allés au Christiania. Puis au Radisson de Holbergs plass.

Bien sûr, ça ne pouvait pas durer éternellement, mais, merde, qu'est-ce qui dure ?

Une ou deux fois, j'ai vu une limousine noire arrêtée

de l'autre côté de la rue en sortant de l'hôtel, mais les voitures comme celle-là ne sont pas si rares. De toute façon, elle était là, rien de plus.

Et puis l'inévitable fin de l'argent est arrivée, je devais donc vendre un peu de came. Je m'étais fait une planque dans un placard à balais à l'étage inférieur, au-dessus d'une plaque légère du faux plafond, derrière un tas de câbles électriques. Mais, ou bien j'avais parlé dans mon délire, ou bien quelqu'un m'avait vu y aller, ma planque avait été dévalisée, et je n'avais pas de réserve.

On était revenus à la case départ. Sauf qu'il n'y avait plus de « on ». Il était temps de plier bagage. Et de me faire le premier shoot de la journée, qu'il fallait maintenant que je me procure dans la rue. Mais au moment de régler la note de la chambre que nous avions occupée pendant plus de quinze jours, il me manquait quinze mille couronnes, dis donc !

J'ai fait la seule chose sensée.

J'ai couru.

J'ai traversé le hall à toute vitesse et je suis sorti dans la rue, j'ai filé dans le parc et vers la mer. Personne ne m'a poursuivi.

Alors j'ai flâné jusqu'à Kvadraturen pour me fournir. Je ne voyais aucun maillot d'Arsenal, rien que des sinistros qui zonaient en quête d'un vendeur. J'ai discuté avec un mec qui voulait me vendre de la meth. Il m'a dit qu'on ne trouvait plus de fioline depuis un bon moment, que l'approvisionnement était tout simplement suspendu. Mais des rumeurs disaient que quelques petits malins revendaient leurs derniers quarts de fioline à cinq mille couronnes pièce sur Plata pour pouvoir s'acheter à la place une semaine de cheval.

Je n'avais pas cinq mille couronnes, alors j'ai compris

que j'étais dans la panade. Trois possibilités : mettre au clou, taper ou voler.

Mettre au clou d'abord. Mais que me restait-il, au juste, à moi qui étais allé jusqu'à vendre ma sœur adoptive ? Ça m'est revenu. L'Odessa. Il était dans le local de répétitions, et les Pakis de Kvadraturen casqueraient sûrement cinq mille couronnes pour un gun qui tirait des foutues salves. Alors je suis parti au petit trot vers le nord, en passant devant l'Opéra et Oslo S. Mais le local avait dû être cambriolé, parce qu'il y avait un nouveau cadenas sur la porte et les amplis avaient disparu, il ne restait que la batterie. J'ai cherché l'Odessa, mais ils l'avaient embarqué aussi, bien sûr. Putain de voleurs !

Taper, ensuite. J'ai hélé un taxi, et je l'ai guidé vers l'ouest, vers Blindern. Le chauffeur a réclamé du fric dès l'instant où je suis monté, il devait sentir venir le coup. Je lui ai demandé de s'arrêter au bout de la route, près des rails, j'ai sauté dehors et je l'ai semé en prenant la passerelle. J'ai coupé par le Forskningspark, sans ralentir même si personne ne me poursuivait. Je courais parce que ça urgeait. Je savais juste pas ce qui urgeait.

J'ai ouvert le portail, remonté au galop l'allée gravillonnée vers le garage. Regardé par la fente sur le côté du rideau métallique. La limousine était là. J'ai frappé à la porte de la villa.

*Andreï a ouvert. M'a dit que le vioque n'était pas là. J'ai tendu un doigt vers la maison voisine, derrière le château d'eau, en disant que dans ce cas il devait être là-bas, la limousine était dans le garage. Il a répété qu'*ataman *n'était pas chez lui. J'ai dit que j'avais besoin d'argent. Il a répondu qu'il ne pouvait pas m'aider, et que je ne devais jamais revenir. J'ai dit que j'avais besoin* *de fioline, rien que cette fois. Il a répondu qu'on ne trouvait pas de fioline en ce moment, qu'Ibsen manquait d'un des ingrédients, que je devrais attendre une quinzaine de jours. J'ai dit que je serais mort avant, qu'il me fallait de l'argent ou de la fioline.*

Andreï a voulu fermer la porte, mais j'ai eu le temps de glisser un pied dans l'ouverture.

J'ai dit que si je repartais les mains vides je raconterais où il habitait.

Andreï m'a regardé.

« Tu veux te faire descendre ? a-t-il demandé avec son accent de comique. Tu te souviens de Bisken ? »

J'ai tendu la main. J'ai dit que, pour savoir où habitaient Dubaï et ses rats, les flics paieraient bien. Et un bonus pour savoir ce qui était arrivé à Bisken. Quand je leur raconterais ce qui était arrivé à la taupe au sous-sol, ils sortiraient les gros biffetons.

Andreï a secoué doucement la tête.

Alors j'ai dit à ce foutu cosaque de passhol vchorte, *d'aller se faire foutre en russe, il me semble, et je suis parti.*

J'ai senti son regard dans mon dos jusqu'au portail.

Je ne savais pas du tout pourquoi le vioque m'avait laissé m'en tirer à si bon compte après qu'on avait filé avec la came, Oleg et moi, mais je savais que là je n'y échapperais pas. Mais je m'en foutais, j'étais désespéré, je n'entendais qu'une chose : mes veines qui criaient famine.

J'ai remonté le sentier derrière l'église de Vestre Aker. Je suis resté là à guetter des vieilles dames qui allaient et venaient. Des veuves en route vers la tombe, celle de leur mari et la leur, avec des sacs à main pleins d'avoine. Mais, putain, je n'avais pas ça en moi. Moi, le Voleur, je suis resté parfaitement immobile, je trans-

pirais comme un cochon, terrifié par de frêles octogénaires. C'était à chialer.

On était samedi, et j'ai passé en revue ce que j'avais en matière d'amis susceptibles de me prêter de l'argent. Ça a été vite fait. Personne.

Puis j'ai pensé à quelqu'un qui devrait me prêter de l'argent. S'il comprenait où était son intérêt.

Je suis monté dans le bus en douce, vers l'est, revenant ainsi du bon côté de la ville, et suis descendu à Manglerud.

Cette fois, Truls Berntsen était chez lui.

À la porte de son appartement, au cinquième étage de l'immeuble, il m'a écouté lui poser à peu près le même ultimatum que celui de Blindernveien. S'il ne banquait pas cinq mille, je balançais qu'il avait tué Tutu et planqué le corps.

Mais Berntsen avait l'air cool. Il m'a invité à entrer. On allait sûrement pouvoir se mettre d'accord, a-t-il dit.

Il avait toutefois quelque chose qui clochait sérieusement dans le regard.

Alors je ne suis pas entré, j'ai dit qu'il n'y avait rien à discuter : ou il casquait ou j'allais raconter mes petits secrets contre rémunération. Il a dit que la police ne payait pas les gens qui déblatéraient sur les policiers. Mais que cinq mille, ça irait, on avait quand même une histoire commune, on était presque de vieux potes. Il a dit qu'il n'avait pas tout ce liquide chez lui, il fallait qu'on aille à un distributeur, la voiture était au garage.

J'ai ruminé. Les sirènes d'alarme sonnaient, mais le manque était insupportable, putain, il excluait tout raisonnement rationnel. Et j'avais beau savoir que ce n'était pas bon, j'ai hoché la tête.

« Donc tu as le reste du profil ADN ? » demanda Harry en observant la clientèle du café. Aucune personne suspecte. Ou plus exactement, un tas de personnes suspectes, mais aucune dont on pouvait supposer qu'elle était de la police.

« Oui », répondit Beate.

Harry changea son téléphone de main.

« Je crois que je sais déjà qui Gusto a griffé.

— Ah ? fit Beate avec une surprise appuyée dans la voix.

— Ouaip. Un homme qui est dans le fichier ADN est soit un suspect, soit un condamné, soit un policier susceptible de polluer une scène de crime. En l'occurrence, c'est la dernière possibilité. Il s'appelle Truls Berntsen, et il est inspecteur à Orgkrim.

— Comment sais-tu que c'est lui ?

— Eh bien… la somme des choses qui se sont produites, si on peut dire.

— OK. Je ne doute pas que ton raisonnement soit solide.

— Merci.

— Pourtant, il est complètement faux.

— Répète ?

— Le sang sous les ongles de Gusto ne vient d'aucun Berntsen. »

Pendant que j'étais devant la porte de Truls Berntsen, qui venait de partir chercher ses clés de voiture, j'ai baissé les yeux. Sur mes chaussures. Foutrement belles pompes. Du coup, j'ai pensé à Isabelle Skøyen.

Elle n'était pas dangereuse comme Berntsen. Et elle était folle de moi, hein ? Elle était pas folle de moi, peut-être ?

Plutôt deux fois qu'une.

Alors avant que Berntsen ne revienne, j'ai dévalé les marches sept à sept, en appuyant sur le bouton de l'ascenseur à chaque étage.

J'ai sauté dans le métro direction Oslo S. J'ai d'abord pensé l'appeler, mais j'ai changé d'avis. Au téléphone, elle pourrait toujours réussir à refuser, mais jamais si je me présentais en chair exquise et en os. Samedi, en plus, ça voulait dire que son garçon d'écurie ne travaillait pas. Ça voulait dire aussi — puisque les bourrins et les porcs ne sont pas foutus de se démerder seuls pour aller chercher leur bouffe dans le frigo — qu'elle était chez elle. Alors, à Oslo S, je suis monté dans le wagon des abonnés de la ligne de l'Østfold, parce que le trajet jusqu'à Rygge coûtait cent quarante-quatre couronnes, que je n'avais toujours pas. Je suis allé à pied de la gare à la ferme. Une trotte. Surtout s'il se met à pleuvoir. Et il s'est mis à pleuvoir.

Quand je suis arrivé dans la cour, j'ai vu sa voiture, un de ces 4 × 4 dont les gens se servent pour passer en force dans les rues du centre-ville. J'ai frappé à la porte de la maison de maître, puisqu'elle m'avait appris que c'était le nom du bâtiment où les animaux n'habitaient pas. Mais personne n'est sorti. J'ai appelé, l'écho a claqué entre les murs, mais personne n'a répondu. Elle pouvait être partie faire une promenade à cheval, bien sûr. OK, après tout, je savais où elle gardait son argent, et ici, à la campagne, ils n'avaient pas encore pris l'habitude de verrouiller en partant. Alors j'ai appuyé sur la poignée, c'était passablement ouvert, oui.

Je montais dans la chambre quand tout d'un coup elle a surgi. Immense, bien campée sur ses jambes au sommet de l'escalier, en peignoir.

« Qu'est-ce que tu fais ici, Gusto ?

— Je voulais te voir », ai-je dit en souriant. De toutes mes dents.

« Tu as besoin d'aller chez le dentiste », a-t-elle répondu sur un ton glacial.

J'ai compris ce qu'elle voulait dire : j'avais quelques trucs marron sur le clavier. Ça avait l'air un peu pourri, mais rien dont une brosse métallique ne puisse avoir raison.

« Qu'est-ce que tu fais ici, a-t-elle répété. De l'argent ? »

C'était comme ça, avec Isabelle, on était pareils, on n'avait pas besoin de faire semblant.

« Cinq mille ? ai-je tenté.

— Non, Gusto, c'est fini, ça. Je te reconduis à la gare ?

— Hein ? Allez, Isabelle, quoi. On baise ?

— Chut ! »

Il m'a fallu une seconde pour saisir la situation. J'étais lent, mettons-le sur le compte de cette saloperie de manque. Elle était en peignoir au beau milieu de la journée, mais complètement maquillée.

« Tu attends quelqu'un ? »

Elle n'a pas répondu.

« Nouveau copain de baise ?

— Voilà ce qui arrive quand on se fait attendre, Gusto.

— Je suis doué pour les come-back. » J'ai été si prompt à lui saisir le poignet pour l'attirer à moi qu'elle a perdu l'équilibre.

« Tu es mouillé, a-t-elle dit en résistant, mais pas plus que quand elle voulait que je la prenne brutalement.

— Il pleut, ai-je expliqué en lui mordillant le lobe de l'oreille. Et ton excuse à toi, c'est quoi ? » J'avais déjà glissé la main sous son peignoir.

« Et tu pues ! Lâche-moi ! »

Ma main a caressé sa chatte rasée, trouvé la fente. Elle était mouillée. Trempée. J'ai tout de suite pu fourrer deux doigts. Trop mouillée. J'ai senti quelque chose de gluant. Retiré ma main. Mes doigts étaient couverts d'une substance blanche visqueuse. J'ai regardé Isabelle avec surprise. J'ai vu le triomphe dans ses yeux quand elle s'est penchée vers moi pour chuchoter :

« Comme je te le disais, quand on se fait attendre… »

J'ai perdu les pédales, levé la main pour cogner, mais elle l'a attrapée et m'a arrêté. Elle était forte, cette garce de Skøyen.

« Va-t'en, maintenant, Gusto. »

J'ai senti quelque chose dans mes yeux. Si je m'étais moins bien connu, j'aurais pu croire que c'étaient des larmes.

« Cinq mille, ai-je demandé d'une voix rauque.

— Non. Tu reviendrais. Et on ne veut pas de ça.

— Espèce de salope ! ai-je crié. Tu oublies deux ou trois choses hyper importantes. Tu raques, ou je raconte aux journaux toute ta petite combine ! Et je ne parle pas de nos parties de jambes en l'air, mais du fait que l'opération Nettoyons Oslo est votre œuvre à toi et au vioque. Foutus pseudo-socialistes, l'argent de la drogue au pieu avec la politique. Combien paiera VG, *à ton avis ? »*

J'ai entendu la porte de la chambre s'ouvrir.

« À ta place, je courrais », a dit Isabelle.

J'ai entendu le plancher grincer dans le noir derrière elle.

Je voulais courir, je le voulais vraiment. Et pourtant, je suis resté planté là.

Ça s'est rapproché.

Il me semblait voir les rayures sur son visage briller dans le noir. Le copain de baise. Tigrou.

Il a toussoté. Et est sorti dans la lumière.

Il était d'une beauté si frappante que même malade comme je l'étais je la reconnaissais. L'envie de poser la main sur sa poitrine. De sentir la peau moite, gorgée de soleil, sous la pulpe de mes doigts. Sentir les muscles qui se contracteraient d'eux-mêmes sous le choc suscité par ma putain d'audace.

« Qui as-tu dit ? » demanda Harry.

Beate s'éclaircit la voix et répéta :

« Mikael Bellman.

— Bellman ?

— Oui.

— Gusto avait le sang de Mikael Bellman sous les ongles quand il est mort ?

— On dirait bien. »

Harry renversa la tête en arrière. Ça changeait tout. Encore que ? Ça n'avait pas nécessairement de rapport avec le meurtre. Mais ça avait forcément un rapport avec quelque chose. Quelque chose dont Bellman n'avait pas voulu parler haut et fort.

« Sors d'ici, a ordonné Bellman avec une de ces voix qui ne sont pas fortes parce qu'elles n'ont pas besoin de l'être.

— Alors c'est vous deux ? Je croyais qu'elle avait recruté Truls Berntsen. Pas con d'aller voir plus haut, Isabelle. Quel est le principe ? Berntsen n'est dans le coup que comme ton esclave, Mikael ? »

Je caressais son nom plus que je ne le prononçais. Après tout, on s'était présentés l'un à l'autre sur son terrain, ce jour-là. Gusto et Mikael. Comme deux gamins, deux camarades de jeu potentiels. J'ai vu quelque chose qui semblait s'allumer dans ses yeux, les embraser. Bellman était nu comme un ver, c'est peut-être la raison pour laquelle je me suis imaginé qu'il n'attaquerait pas. Il a été trop rapide pour moi. Avant que j'aie pu lâcher Isabelle, il était sur moi et me serrait la tête en étau sous un bras.

« Lâche-moi ! »

Il m'a tiré vers le haut de l'escalier. J'avais le nez coincé entre ses pectoraux et son aisselle, et je sentais leur odeur, à eux deux. Et une pensée s'est imposée : s'il voulait que je sorte, pourquoi me faisait-il monter l'escalier ? Je ne pourrais pas me libérer en frappant, alors j'ai planté les ongles dans sa poitrine et griffé, la main comme une serre. J'ai senti un ongle mordre dans son téton. Il a juré et relâché sa prise. Je me suis dégagé et j'ai sauté. J'ai atterri à mi-hauteur de l'escalier, mais je ne suis pas tombé. Je me suis précipité dans l'entrée, j'ai attrapé les clés de la voiture d'Isabelle au passage et couru dans la cour. La voiture n'était pas verrouillée, évidemment. Quand j'ai embrayé, les roues ont patiné sur le gravier. Dans le rétroviseur, j'ai vu Mikael Bellman sortir au pas de course. Quelque chose brillait dans sa main. Les roues ont mordu, je me suis retrouvé plaqué au siège, et la voiture a foncé hors de la cour pour regagner la route.

« C'est Bellman qui a emmené Berntsen à Orgkrim avec lui, expliqua Harry. Est-il concevable que Berntsen ait joué les brûleurs sur son ordre ?

— Tu es conscient du terrain sur lequel nous avançons, Harry ?

— Oui. Et tu vas t'en tenir à l'écart à partir de maintenant, Beate.

— Pas question, merde ! » La membrane du téléphone crépita. Harry ne se souvenait pas l'avoir jamais entendue jurer. « C'est ma maison, Harry. Je ne veux pas que des gens comme Berntsen puissent la traîner dans la boue.

— OK. Mais ne tirons pas de conclusions hâtives. La seule chose que nous pouvons prouver, c'est que Bellman a rencontré Gusto. On n'a encore rien de concret sur Berntsen.

— Alors que veux-tu faire ?

— Je vais attaquer sous un autre angle. Et si c'est comme je l'espère, les pièces vont s'effondrer en chaîne comme des dominos. Le problème sera juste de rester libre assez longtemps pour mettre en œuvre le plan.

— Tu veux dire que tu as un plan ?

— Bien sûr que j'en ai un.

— Un bon ?

— Je n'ai pas dit ça.

— Mais un plan ?

— Ô combien.

— Tu mens, pas vrai ?

— Pas seulement. »

Je filais sur l'E18 en direction d'Oslo quand j'ai réalisé dans quel pétrin je m'étais fourré.

Bellman avait essayé de me traîner en haut de l'escalier. Vers la chambre. C'était là qu'il avait le pistolet avec lequel il m'avait poursuivi. Il était prêt à me liquider pour que je la ferme. Ce qui ne pouvait signifier qu'une chose : il était dans la merde jusqu'aux genoux. Alors qu'allait-il faire ? Me coffrer, évidemment. Pour vol de voiture, vente de drogue, pour la facture d'hôtel, il avait l'embarras du choix. Me coffrer avant que j'aie le temps de parler. Et une fois que je serais enfermé et bâillonné, qu'on me suicide ou qu'un autre détenu m'arrange, mon sort faisait peu de doute. Je ne pouvais donc rien faire de plus stupide que de me balader dans cette voiture, qui probablement était déjà recherchée. Donc j'ai mis les gaz. Ma destination se trouvant à l'est, je n'ai pas eu à traverser la ville. Je suis monté vers des quartiers tranquilles. Me suis garé à bonne distance et j'ai continué à pied.

Le soleil était de retour, les gens se baladaient, poussaient des landaus, avec des barbecues jetables dans l'espèce de filet du guidon. Ils regardaient le soleil avec un grand sourire, comme si c'était le bonheur incarné.

J'ai balancé les clés de la voiture dans un jardin et me suis dirigé vers les appartements en terrasse.

J'ai trouvé le nom sur les sonnettes à l'entrée, et j'ai appuyé sur le bouton.

« C'est moi, ai-je dit quand on a fini par répondre.

— Je suis un peu occupé, a répondu la voix dans l'interphone.

— Et moi, je suis toxicomane. » Je l'avais dit comme une boutade, mais j'ai senti l'impact du mot. Oleg trouvait ça tordant quand je déconnais parfois avec les clients en leur demandant s'ils ne souffraient pas de toxicomanie, et désiraient-ils un peu de fioline ?

« Qu'est-ce que tu veux ? a demandé la voix.

— Je veux de la fioline. »

La réplique des clients était devenue la mienne.

Pause.

« Je n'en ai pas. Panne sèche. Il me manque la base pour en fabriquer.

— La base ?

— Le levorphanol. Tu veux la formule, aussi ? »

Je savais que c'était vrai, mais il devait bien en avoir

un peu. Forcément. J'ai réfléchi. Je ne pouvais pas aller au local de répétitions, ils m'attendaient sûrement là-bas. Oleg. Ce bon vieil Oleg me laisserait entrer.

« Tu as deux heures, Ibsen. Si tu n'es pas à Hausmanns gate avec quatre quarts à ce moment-là, je pars droit chez les flics et je leur raconte tout. Je n'ai plus rien à perdre. Tu piges ? Hausmanns gate 92. C'est ouvert en bas et tu montes au deuxième. »

J'essayais d'imaginer sa tête. Terrorisé, en nage. Pauvre pervers pitoyable.

« D'accord. »

Là, comme ça. Il suffit de leur faire comprendre la gravité de la situation.

Harry avala le reste de son café et jeta un coup d'œil dans la rue. Il était temps de changer de planque. Alors qu'il traversait Youngstorget vers les kebabs de Torggata, son téléphone sonna.

C'était Klaus Torkildsen.

« Bonnes nouvelles, annonça-t-il.

— Oui ?

— Au moment qui vous intéresse, le téléphone de Truls Berntsen apparaît sur quatre stations de base d'Oslo Sentrum, ce qui place l'appareil dans le même secteur que Hausmanns gate 92.

— Nous parlons d'un secteur de quelle surface ?

— Voyons voir. Une sorte d'hexagone d'environ huit cents mètres de diamètre.

— OK. » Harry digéra l'information. « Et l'autre gars ?

— Je n'ai rien trouvé à son nom, mais il avait un téléphone professionnel du Radiumhospital.

— Et ?

— Et, comme je le disais, ce sont de bonnes nouvelles. Ce téléphone se trouvait aussi dans le même secteur à la même heure.

— Mmm. » Harry franchit une porte, passa devant trois tables occupées et s'arrêta près d'un comptoir dont la vitrine présentait une sélection de kebabs aux couleurs anormalement vives.

« Vous avez son adresse ? »

Klaus Torkildsen lut l'adresse, et Harry la nota sur une serviette en papier.

« Vous avez un autre numéro à cette adresse ?

— Qu'est-ce que vous voulez dire ?

— Je me demandais s'il avait une femme ou une compagne. »

Harry entendit Torkildsen taper sur son clavier. Puis la réponse :

« Non. Personne d'autre à cette adresse.

— Merci.

— Alors c'est entendu ? On ne se parlera plus jamais ?

— C'est entendu. Juste une dernière chose : je voudrais que vous vérifiiez pour Mikael Bellman. Avec qui il a parlé ces derniers mois, et où il était à l'heure du meurtre. »

Éclat de rire.

« Le chef d'Orgkrim ? Oubliez ! Je peux trouver un prétexte pour un pauvre inspecteur, mais ce que vous me demandez me vaudrait un licenciement immédiat. »

Nouvel éclat de rire, comme si c'était d'un comique irrésistible.

« Je compte sur vous pour respecter votre part du marché, Hole. »

La communication fut coupée.

Quand le taxi arriva à l'adresse de la serviette en papier, un homme attendait devant.

Harry descendit de voiture et le rejoignit.

« Ola Kvernberg ? »

L'homme hocha la tête.

« Inspecteur principal Hole. C'est moi qui vous ai appelé. » Il vit le concierge lancer un coup d'œil vers le taxi qui attendait. « On se déplace en taxi quand il n'y a pas de voiture de service disponible. »

Kvernberg regarda le badge que l'homme lui montrait.

« Je n'ai pas constaté d'effraction.

— Mais on a reçu un appel, alors il faut vérifier. Vous avez un passe, n'est-ce pas ? »

Kvernberg leva son trousseau.

Il ouvrit la porte de l'immeuble tandis que le policier examinait les noms de l'interphone.

« Le témoin a dit qu'il avait vu quelqu'un grimper par les terrasses et s'introduire au deuxième étage.

— Qui vous a appelé ? demanda le concierge en montant.

— Secret professionnel, Kvernberg.

— Vous avez quelque chose sur votre pantalon.

— De la sauce de kebab. J'envisage de l'envoyer au pressing tout de suite. Pouvez-vous ouvrir cette porte ?

— Le pharmacien ?

— Ah bon, c'est ça, son métier ?

— Il travaille au Radiumhospital. On ne devrait pas l'appeler au boulot avant d'entrer ?

— Je préférerais voir si le cambrioleur est là et peut-être l'arrêter, si cela ne vous dérange pas. »

Le concierge marmonna des excuses et se dépêcha d'ouvrir.

Hole entra dans l'appartement.

À l'évidence, les lieux étaient occupés par un célibataire. Mais un célibataire ordonné. CD de musique classique rangés dans leur propre étagère à CD, par ordre alphabétique. Revues professionnelles de chimie et de pharmacie en piles hautes, mais bien nettes. Dans une bibliothèque, Harry vit une photo encadrée de deux adultes avec un garçon. Harry le reconnut. Il était légèrement de guingois, une expression maussade sur le visage. Il ne devait pas avoir plus de douze ou treize ans. Sur le seuil, le concierge observait attentivement la scène, donc Harry vérifia pour la forme la porte de la terrasse avant de faire le tour des pièces. Il ouvrit des tiroirs et des placards. Mais ne trouva rien de compromettant.

Si peu que c'en était suspect, auraient dit certains collègues.

Mais Harry avait déjà vu ça ; certaines personnes n'avaient pas de secrets. Pas souvent, certes, mais cela arrivait. Il entendit le concierge remuer à la porte de la chambre derrière lui.

« Je ne vois aucun signe d'effraction ou d'objet disparu, déclara Harry en se dirigeant vers la porte d'entrée. Sans doute une fausse alerte.

— Je comprends, répondit le concierge avant de refermer derrière eux. Qu'est-ce que vous auriez fait s'il y avait eu un cambrioleur ? Vous l'auriez emmené en taxi ?

— On aurait appelé une voiture de patrouille », sourit Harry. Il s'arrêta et examina les bottes posées sur le meuble à chaussures à côté de la porte. « Dites-moi, elles sont de pointures *très* différentes, ces deux bottes, non ? »

Kvernberg se frotta le menton tout en scrutant Harry.

« Il a un pied bot. Je peux jeter encore un coup d'œil à votre badge ? »

Harry le lui tendit.

« La date d'expiration…

— Le taxi m'attend », l'interrompit Harry. Il lui arracha la carte et entama la descente au petit trot. « Merci pour votre aide, Kvernberg ! »

Je suis allé à Hausmanns gate, et comme on pouvait s'y attendre, personne n'avait arrangé les serrures, alors je suis monté directement dans l'appartement. Oleg n'était pas là. Ni personne d'autre. Ils stressaient dehors. Se fournir, se fournir. Cinq junkies qui vivaient ensemble, et ça se voyait. Mais il n'y avait évidemment rien à trouver, que des bouteilles vides, des seringues usagées, des cotons tachés de sang et des paquets de clopes vides. Putain de terre brûlée. Et j'étais assis sur un matelas sale en train de râler quand j'ai vu le rat. Quand les gens les décrivent, ils parlent toujours de bêtes énormes. Mais les rats ne sont pas énormes. Ils sont plutôt petits. Simplement, leur queue peut être assez longue. D'accord, s'ils se sentent menacés et se dressent sur leurs pattes arrière, ils peuvent avoir l'air plus grands qu'ils ne sont. À part ça, c'est des créatures plutôt pitoyables qui stressent sur les mêmes choses que nous. Se fournir.

J'ai entendu une cloche d'église sonner. Et je me suis dit qu'Ibsen allait venir.

Il devait venir. Putain, ce que j'étais mal. Je les avais vus attendre quand on arrivait au boulot, si contents de nous voir que c'en était émouvant. Tremblants, les billets déjà sortis, réduits au rang de mendiants amateurs. Et voilà que j'en étais au même point. J'avais un besoin maladif d'entendre le pas claudiquant d'Ibsen dans l'escalier, de voir sa face d'imbécile.

J'avais joué mes cartes comme un abruti. Je voulais juste un shoot, et résultat, toute la troupe était à mes trousses. Le vioque et ses cosaques. Truls Berntsen, sa perceuse et ses yeux de dingue. La reine Isabelle et son copain de baise en chef.

Le rat s'est faufilé le long de la plinthe. Par pur désespoir, j'ai regardé sous les tapis et les matelas. Sous l'un d'eux, j'ai trouvé une photo et un morceau de fil de fer plié en L avec l'extrémité en Y. La photo était chiffonnée, une photo de passeport délavée d'Irene, j'ai compris que ce devait être le matelas d'Oleg. Mais le fil de fer, je ne voyais pas. Jusqu'à ce que je finisse lentement par comprendre. J'ai senti mes mains devenir moites, et mon cœur battre plus vite. C'était quand même moi qui avais appris à Oleg comment se faire une planque à matos.

Chapitre 36

Hans Christian Simonsen se faufilait entre les touristes sur le plan incliné en marbre italien blanc qui donnait à l'Opéra l'allure d'un iceberg flottant au bout du fjord. Une fois sur le toit, il regarda autour de lui et aperçut Harry Hole assis sur un muret. Il était relativement seul, puisque les touristes allaient de préférence à l'opposé pour admirer la vue sur le fjord. Mais Harry était tourné vers les vieux quartiers moches.

Hans Christian s'assit à côté de lui.

« HC, commença Harry sans lever les yeux du prospectus qu'il lisait. Tu savais que ce marbre s'appelle marbre blanc de Carrare, et que l'Opéra a coûté plus de deux mille couronnes à chaque Norvégien ?

— Oui.

— Tu connais *Don Giovanni* ?

— Mozart. Deux actes. Un jeune coureur arrogant qui se prend pour le don de Dieu aux femmes et aux hommes, qui trompe tout le monde et s'attire la haine générale. Il se croit immortel, mais à la fin une mystérieuse statue vient le tuer tandis que la terre les engloutit tous deux.

— Mmm. La première aura lieu dans quelques jours. Je lis ici qu'à la fin les chœurs de l'Opéra chantent : “Ainsi finissent les méchants ; et la mort des trompeurs à leur vie toujours ressemble.” Tu crois que c'est vrai, HC ?

— Je *sais* que ce n'est pas vrai. La mort n'est malheureusement pas plus juste que la vie.

— Mmm. Tu savais qu'un policier mort avait été rejeté par la mer ici ?

— Oui.

— Quelque chose que tu ne saches pas ?

— Qui a abattu Gusto Hanssen.

— Ah, la mystérieuse statue, répondit Harry en posant sa brochure. Tu veux savoir qui c'est ?

— Pas toi ?

— Pas obligatoirement. La seule chose importante, c'est de prouver qui *ce n'est pas*, que ce n'est pas Oleg.

— Tout à fait d'accord, fit Hans Christian en observant Harry. Mais ce que tu me dis colle tellement mal avec ce que j'ai pu entendre sur Harry Hole le zélé.

— Alors peut-être que les gens changent, après tout. » Harry sourit furtivement. « As-tu pu vérifier où en était l'avis de recherche auprès de ton confrère substitut du procureur ?

— Ton nom n'a pas encore été divulgué aux médias, mais il a été envoyé dans tous les aéroports et postes frontières. Ton passeport ne vaut pas grand-chose, pour parler net.

— Et voilà mes vacances à Majorque qui tombent à l'eau !

— Tu sais que tu es recherché, et malgré tout, tu donnes tes rendez-vous à l'attraction touristique numéro un d'Oslo ?

— Logique éprouvée de fretin, Hans Christian, c'est dans le banc qu'on est le plus en sûreté.

— Je croyais que tu trouvais la solitude plus sûre. »

Harry sortit son paquet de cigarettes, le tapota et le tendit. « C'est Rakel qui t'a raconté ça ? »

Hans Christian hocha la tête et prit une cigarette.

« Vous avez passé beaucoup de temps ensemble ? demanda Harry avec une grimace.

— Plutôt. C'est douloureux ?

— La gorge ? Une petite infection, peut-être. » Harry alluma la cigarette de Hans Christian. « Tu l'aimes, n'est-ce pas ? »

À sa façon d'inhaler, Harry déduisit que l'avocat n'avait pas fumé depuis les fêtes en fac de droit.

« Oui, je l'aime. »

Harry hocha la tête.

« Mais tu as toujours été là, poursuivit Hans Christian en tirant sur la cigarette. Dans l'ombre, dans le placard, sous le lit.

— On dirait que tu parles d'un monstre.

— Oui, sans doute. J'ai essayé de t'exorciser, mais sans succès.

— Tu n'as pas besoin de fumer toute la cigarette, Hans Christian.

— Merci. » L'avocat la jeta. « Que veux-tu que je fasse, cette fois ?

— Un cambriolage. »

Ils partirent juste après la tombée de la nuit.

Hans Christian passa prendre Harry au Bar Boca, à Grünerløkka.

« Belle voiture, fit Harry. Voiture familiale.

— J'ai eu un chien d'élan. Chasse. Chalet. Tu sais… »

Harry hocha la tête. « La belle vie.

— Il est mort piétiné par un élan. Je me suis consolé en me disant qu'il avait eu une belle mort pour un chien de chasse. En service, quoi. »

Ils montèrent à Ryen et serpentèrent vers les plus beaux terrains avec vue à l'est d'Oslo.

« C'est ici, à droite. » Harry désigna une villa plongée dans l'ombre. « Gare-toi en biais, pour que les phares éclairent les fenêtres.

— Est-ce que je…

— Non. Toi, tu attends ici. Laisse ton téléphone allumé, et appelle si quelqu'un arrive. »

Harry prit le pied-de-biche et monta l'allée de gravier jusqu'à la maison. Automne, fraîcheur piquante du soir, parfum de pommes. Il eut une impression de déjà-vu. Øystein et lui se faufilant dans un jardin, avec Tresko qui faisait le guet de l'autre côté de la clôture. Puis, soudain, surgie des ténèbres, une créature qui avançait clopin-clopant, affublée d'une coiffe d'Indien, en couinant comme un verrat.

Il sonna.

Attendit.

Personne.

Harry avait pourtant la sensation que la maison n'était pas vide.

Il inséra le pied-de-biche entre le battant et l'huisserie à côté de la serrure et appuya doucement. La porte était vieille, le bois ramolli et humide, et la serrure ancienne. Quand Harry eut suffisamment écarté le battant, il glissa de l'autre main son badge sous le pêne. Pressa. La serrure s'ouvrit. Harry se faufila à l'intérieur et referma derrière lui. Retint son souffle dans le noir. Sentit un fil fin contre sa main, probablement les restes d'une toile d'araignée. Une odeur humide d'abandon flottait. Mais autre chose aussi, une odeur plus âcre. Maladie, hôpital. Couches et médicaments.

Harry alluma sa torche. Vit un portemanteau auquel n'était suspendu aucun vêtement. Il progressa dans la maison.

Le salon semblait couvert de poudre, toute couleur aspirée des murs et des meubles. Le cône lumineux balaya la pièce. Le cœur de Harry s'arrêta quand la lumière se refléta dans deux yeux. Puis se remit à battre. Une chouette empaillée. Aussi grise que le reste de la pièce.

Harry s'aventura plus loin, et il constata que c'était comme dans l'appartement en terrasse. Rien d'inhabituel.

Enfin, jusqu'à ce qu'il arrive dans la cuisine et découvre sur le plan de travail les deux passeports et les billets d'avion.

En dépit de la photo d'identité qui devait remonter à dix ans, Harry reconnut l'homme qu'il avait vu au Radiumhospital. Son passeport à elle était flambant neuf. Sur la photo, elle était presque méconnaissable, blême, les cheveux ternes. Les billets étaient pour Bangkok, départ dans dix jours.

Harry revint sur ses pas. Alla à l'unique porte derrière laquelle il n'avait pas regardé. Il y avait une clé dans la serrure. Il ouvrit. L'odeur qu'il avait remarquée dans l'entrée l'assaillit. Il actionna l'interrupteur à l'intérieur, et une ampoule nue éclaira l'escalier qui menait au sous-sol. Sensation que la maison n'était pas vide. Ou « Ah oui, l'intuition », comme Bellman l'avait exprimé avec une légère ironie quand Harry lui avait demandé s'il avait vérifié le casier judiciaire de Martin Pran. Une intuition dont Harry savait maintenant qu'elle l'avait égaré.

Harry voulait descendre, mais quelque chose le retenait. La cave. Le même genre que celle de son enfance. Quand maman lui demandait d'aller chercher des pommes de terre qu'ils conservaient à l'abri de la lumière dans deux grands sacs, Harry descendait comme une fusée en s'efforçant de ne pas penser. En s'efforçant de croire qu'il courait parce qu'il faisait si froid. Parce qu'il fallait se dépêcher de préparer le repas. Parce qu'il *aimait* courir. Ça n'avait rien à voir avec l'homme jaune qui attendait quelque part en bas ; un homme nu, souriant, avec une longue langue qu'on entendait entrer et sortir de sa bouche en sifflant. Mais ce n'était pas ça qui l'arrêtait. C'était autre chose. Le rêve. L'avalanche dans le couloir.

Harry refoula ces pensées et posa le pied sur la première marche. Le bois émit un grincement d'avertissement. Il se força à descendre lentement. Il avait toujours le pied-de-biche à la main. Arrivé en bas, il avança entre les boxes. Une ampoule au plafond émettait une lumière avare. Et créait d'autres ombres. Harry nota que tous les boxes étaient fermés au moyen de cadenas. Qui donc verrouille les boxes de sa propre cave ?

Il glissa la pointe du pied-de-biche sous un gond. Il inspira, redoutant le bruit. Appuya d'un coup sec sur le levier. Un bref craquement se fit entendre. Il retint son souffle, écouta. Et c'était comme si la maison aussi retenait son souffle. Pas un bruit.

Puis il ouvrit avec précaution la porte. L'odeur le prit au nez. Ses doigts trouvèrent un interrupteur à l'intérieur, et l'instant suivant, Harry baignait dans la lumière. Tube fluorescent.

Le box était plus grand qu'on aurait pu le croire de

l'extérieur. Il le reconnut. Réplique d'une pièce qu'il avait déjà vue. Le laboratoire au Radiumhospital. Des paillasses couvertes de récipients en verre et de tubes à essais. Harry souleva le couvercle d'une grosse boîte en plastique. La poudre blanche était parsemée de petits fragments bruns. Il s'humecta le bout de l'index, le plongea dans la poudre et le frotta contre ses gencives. Amer. Fioline.

Harry sursauta. Un bruit. Il retint de nouveau son souffle. Et le bruit se répéta. Quelqu'un reniflait.

Il s'empressa d'éteindre et se recroquevilla dans l'obscurité, le pied-de-biche paré.

Nouveau reniflement.

Harry attendit quelques secondes. Puis il sortit d'un pas rapide et aussi silencieux que possible, prit à gauche vers la source du bruit. Il ne restait qu'un box avant le bout du couloir. Il passa le pied-de-biche dans sa main droite. Se glissa jusqu'à la porte, qui était percée d'un judas grillagé, exactement comme celui qu'ils avaient à la maison.

À la différence près que cette porte-ci avait des ferrures.

Harry tint sa torche prête, se posta contre le mur à côté de la porte, compta à rebours à partir de trois, alluma sa torche et braqua le faisceau sur l'ouverture.

Attendit.

Lorsque trois secondes se furent écoulées sans que personne n'ait tiré ou se soit précipité vers la lumière, il colla la tête au grillage et regarda à l'intérieur. La lumière dansa sur des murs en brique, se refléta sur une chaîne, balaya un matelas et trouva ce qu'elle cherchait. Un visage.

Ses yeux étaient fermés. Elle était tout à fait immobile. Comme si elle avait l'habitude. Des inspections surprises.

« Irene ? » demanda doucement Harry.

Au même instant, le téléphone se mit à vibrer dans sa poche.

Chapitre 37

J'ai regardé l'heure. J'avais cherché dans tout l'appartement et je n'avais pas trouvé la planque à matos d'Oleg. Et Ibsen aurait dû être là depuis vingt minutes. Qu'il essaie donc de ne pas venir, ce pervers ! Séquestration et viol, ça valait perpète. Le jour où Irene était arrivée à Oslo S, je l'avais emmenée au local de répétitions, où je lui avais dit qu'Oleg l'attendait. Ce qui n'était évidemment pas vrai. En revanche, Ibsen y était. Il la tenait pendant que je lui faisais la piqûre. Je pensais à Rufus. Que c'était mieux ainsi. Elle s'était complètement calmée, et on n'avait plus eu qu'à la traîner jusqu'à sa voiture. Mes cinq cents grammes étaient dans le coffre. Si j'avais des regrets ? Oui, je regrettais de ne pas avoir exigé un kilo ! Non, bon Dieu, c'est clair que j'avais des regrets. On n'est quand même pas complètement insensible. Mais quand il me venait que « merde, je n'aurais jamais dû », j'essayais de me dire qu'Ibsen s'occupait sans doute bien d'elle. Il devait l'aimer, à sa façon un peu tordue. De toute manière, c'était trop tard, maintenant, tout ce qui comptait, c'était les médicaments pour recouvrer la santé.

C'était un territoire inconnu pour moi, de ne pas avoir

ce que réclamait mon corps. J'avais toujours eu ce que je voulais, je l'ai compris à ce moment-là. Et si l'avenir devait ressembler à ça, je préférais crever sur place. Crever jeune et beau, avec à peu près toutes mes dents. Ibsen ne viendrait pas. Je le savais. Je regardais dans la rue par la fenêtre de la cuisine, mais ce foutu éclopé n'arrivait pas. Ni lui ni Oleg.

J'avais essayé tout le monde. Sauf une personne.

J'avais exclu cette option aussi longtemps que possible. J'avais peur. Oui, j'avais peur. Mais je savais qu'il était en ville, il était ici depuis le jour où il avait compris qu'elle avait disparu. Stein. Mon frère adoptif.

J'ai regardé dans la rue.

Non. Plutôt crever que de l'appeler.

Les secondes s'égrenaient. Ibsen n'arrivait pas.

Bordel ! Plutôt crever que d'être si malade.

J'ai fermé les yeux, mais des insectes rampaient hors de mes orbites, se faufilaient sous mes paupières, grouillaient sur mon visage.

Crever a perdu contre appeler et contre être malade.

Restait la finale.

L'appeler ou être malade ?

Bordel, bordel !

Harry éteignit sa lampe quand son téléphone se mit à vibrer. Vit au numéro que c'était Hans Christian.

« Quelqu'un arrive », chuchota la voix dans l'oreille de Harry. Voix rauque de nervosité. « Il s'est garé juste devant le portail, et il monte vers la maison.

— OK. Calme-toi. Envoie un SMS s'il se passe des trucs bizarres. Et fiche le camp si…

— Fiche le camp ? » Hans Christian semblait sincèrement indigné.

« Seulement si tu vois que ça a foiré, OK ?

— Pourquoi je... »

Harry coupa la communication, ralluma sa lampe et l'orienta vers le grillage. « Irene ? »

La fille ouvrit de grands yeux et cilla vers la lumière.

« Écoutez-moi. Je m'appelle Harry, je suis policier, et je suis venu vous chercher. Mais quelqu'un arrive, il faut que j'aille voir. S'il descend, faites comme si de rien n'était, d'accord ? Je vais bientôt vous faire sortir d'ici, Irene. Promis.

— Vous avez..., murmura-t-elle, mais Harry ne saisit pas le reste.

— Que dites-vous ?

— Vous avez..., de la fioline ? »

Harry serra les dents.

« Tenez le coup encore un moment », chuchota-t-il.

Harry remonta l'escalier en courant et éteignit la lumière. Entrebâilla la porte et jeta un coup d'œil. Il avait une vue dégagée sur la porte d'entrée. Il entendit des pas traînants dans l'allée. Un pied qui raclait derrière l'autre. Pied bot. Puis la porte s'ouvrit.

La lumière s'alluma.

Et il fut là. Gros, rond, jovial.

Stig Nybakk.

Le chef de service du Radiumhospital. Celui qui n'avait pas oublié Harry depuis l'école. Qui connaissait Tresko. Qui portait une alliance marquée d'une entaille noire. Qui avait un appartement de vieux garçon où l'on ne pouvait rien trouver d'anormal. Mais aussi une maison héritée de ses parents qu'il n'avait pas vendue.

Il pendit son manteau au perroquet et se dirigea vers Harry, la main en avant. S'arrêta brusquement. Agita la main devant lui. Une ride profonde apparut sur son front. Il resta à écouter. Et Harry comprit soudain pourquoi. Le fil qu'il avait senti à son arrivée, qu'il avait pris pour une toile d'araignée, devait être autre chose. Un fil invisible que Nybakk tendait en travers de l'entrée pour savoir s'il avait eu la visite d'indésirables.

Avec une agilité inattendue, Nybakk repartit vers la penderie. Plongea la main à l'intérieur. En tira un objet, et la lumière se refléta sur le métal mat. Fusil.

Merde, merde. Harry avait horreur des fusils.

Nybakk sortit une boîte de cartouches déjà ouverte. Prit deux grosses cartouches rouges entre l'index et le majeur, avec le pouce à l'arrière, et les plaça à une distance adéquate pour les glisser simultanément dans l'arme.

Le cerveau de Harry était en ébullition, mais ne trouvait pas de bonne idée. Il choisit donc la mauvaise. Sortit son téléphone et se mit à taper.

K-l-a-x-o-n-n-e e-t a-t-u

Merde ! Raté !

Il entendit le déclic métallique quand Nybakk cassa le fusil.

Touche de retour, où es-tu ? Là. Exit le *u*. Un *t* à la place.

… a-t-t-e-n-d-s q-u'i-l s-o-i-t

Saloperie de petites touches ! Allez !

Harry entendit le canon se refermer.

… à l-a f-e-n-t

Raté ! Harry entendait les pas traînants de Nybakk se rapprocher. Pas le temps, il lui fallait avoir confiance dans l'imagination de Hans Christian.

… l-u-m-i-è-r-e !

Il appuya sur « Envoyer ».

Dans le noir, Harry voyait que Nybakk avait épaulé.

Il comprit que le pharmacien-chef avait vu la porte entrebâillée.

Au même instant, un avertisseur se mit à bêler. Dur, insistant. Nybakk sursauta. Regarda vers le salon, qui donnait sur la rue. Hésita. Puis entra dans la pièce.

L'avertisseur reprit, et cette fois ne s'arrêta plus.

Harry ouvrit la porte de la cave et suivit Nybakk. Il n'avait pas besoin de faire attention, il savait que le klaxon couvrirait le bruit de ses pas. Il vit Stig Nybakk, de dos, qui écartait les rideaux. Les feux Xénon de la voiture familiale de Hans Christian inondèrent la pièce de lumière.

Harry fit quatre grandes enjambées, et Stig Nybakk ne le vit pas plus qu'il ne l'entendit. Il tenait une main en visière pour se protéger de la lumière quand Harry tendit les bras au-dessus de ses épaules, empoigna le fusil, le pressa contre la gorge charnue tout en l'entraînant en arrière pour lui faire perdre l'équilibre. Il planta les genoux dans les jambes de Nybakk, et ils tombèrent tous les deux, tandis que Nybakk cherchait désespérément à reprendre son souffle.

Hans Christian avait dû comprendre que le klaxon avait produit l'effet escompté, car il se tut, mais Harry continua à serrer. Jusqu'à ce que les mouvements ralentissent et que Nybakk, en quelque sorte, s'éteigne.

Harry savait qu'il était en train de perdre connaissance, que quelques secondes supplémentaires sans oxygène provoqueraient des lésions cérébrales, et quelques autres encore la mort de Stig Nybakk, kidnappeur et cerveau de la production de fioline.

Il s'attarda sur ce sentiment. Compta jusqu'à trois et lâcha d'une main le canon de fusil. Nybakk s'affala sans bruit.

Harry s'assit sur une chaise pour souffler. Comme le taux d'adrénaline dans son sang baissait, les douleurs à la gorge et au menton revinrent. Elles empiraient. Il s'efforça de les ignorer et envoya un « OK » à Hans Christian.

Nybakk se mit à gémir doucement et se recroquevilla en position fœtale.

Harry le fouilla. Posa tout ce qu'il trouvait dans ses poches sur la table basse. Portefeuille, téléphone mobile, et un flacon de comprimés étiqueté au nom de Nybakk et de son médecin. Zestril. Harry se rappela que son grand-père en prenait en prévention d'un infarctus. Il glissa le flacon dans une poche de sa veste, posa le canon sur le front livide de Nybakk et lui ordonna de se relever.

Nybakk regarda Harry. Il s'apprêta à parler, mais se ravisa. Il se redressa à grand-peine et se tint debout, chancelant.

« Où allons-nous ? voulut-il savoir quand Harry le poussa devant lui, vers l'entrée.

— Dans votre logement en sous-sol. »

Nybakk ne tenait toujours pas très bien debout. Harry l'aida à descendre, avec une main sur son épaule et le fusil dans son dos. Ils s'arrêtèrent devant la porte où il avait trouvé Irene.

« Comment avez-vous su que c'était moi ?

— L'alliance. Ouvrez. »

Nybakk sortit une clé de sa poche et la tourna dans le cadenas.

À l'intérieur, il appuya sur un interrupteur.

Irene s'était levée. Elle se tenait dans le coin le plus éloigné, tremblante, la tête dans les épaules, comme si elle craignait d'être frappée. Elle avait autour de la cheville un fer attaché à une chaîne, elle-même fixée à une poutre du plafond.

Harry nota que la chaîne était assez longue pour qu'elle puisse se mouvoir dans la pièce. Elle aurait pu allumer la lumière.

Elle avait préféré rester dans le noir.

« Libérez-la, commanda Harry. Et passez la chaîne à votre pied. »

Nybakk toussa. Leva les paumes. « Écoutez, Harry… »

Harry frappa. Il perdit la tête et frappa. Il entendit le son mort du métal contre la chair, et vit la trace rouge que le canon du fusil avait laissée sur l'arête du nez de Nybakk.

« Prononcez mon nom encore une fois, murmura Harry au prix d'un gros effort pour faire sortir les mots, et je placarde le contenu de votre crâne sur le mur avec le mauvais bout du fusil ! »

Les mains tremblantes, Nybakk ouvrit le cadenas au pied d'Irene, tandis que celle-ci regardait dans le vide, apathique, comme si rien de tout cela ne la concernait.

« Irene, appela Harry. Irene ! »

Elle sembla se réveiller et le regarda.

« Sortez », fit Harry.

Elle plissa les yeux, comme si elle devait mobiliser toutes ses facultés de concentration pour interpréter les sons qu'il avait émis et transformer les mots en sens. Et en action. Elle passa devant lui et sortit dans le couloir du sous-sol avec la démarche lente et raide d'une somnambule.

Nybakk s'était assis sur le matelas et avait remonté sa jambe de pantalon. Il essayait de refermer l'anneau étroit sur sa grosse cheville blanche.

« Je…

— Au poignet. »

Nybakk obéit, et Harry secoua la chaîne pour vérifier que l'anneau était suffisamment serré.

« Enlevez cette alliance et donnez-la-moi.

— Pourquoi ? Ce n'est que de la ca…

— Parce qu'elle n'est pas à vous. »

Nybakk réussit à ôter le bijou et le tendit à Harry.

« Je ne sais rien, clama-t-il.

— À propos de quoi ?

— À propos de ce sur quoi je sais que vous allez m'interroger. À propos de Dubaï. Je l'ai rencontré deux fois, mais les deux fois les yeux bandés, alors je ne sais pas où j'étais. Ses deux Russes venaient chercher la marchandise ici deux fois par semaine, mais je n'ai jamais entendu de nom. Écoutez, si vous voulez de l'argent, j'ai…

— C'était ça ?

— Quoi ?

— Tout ça. C'était pour l'argent ? »

Nybakk cligna des yeux à plusieurs reprises. Haussa les épaules. Harry attendit. Une sorte de sourire las passa alors sur le visage de Nybakk.

« À votre avis, Harry ? »

Il fit un signe de tête vers son pied.

Harry ne répondit pas. Il n'avait pas besoin d'entendre. Ne savait pas s'il *voulait* entendre. Peut-être comprendrait-il. Et il ne voulait pas comprendre. Que pour deux types élevés à Oppsal, dans à peu près les mêmes conditions, une infirmité congénitale en apparence anodine puisse rendre la vie de l'un des deux si drastiquement différente. Quelques os du pied mal placés le tordent vers l'intérieur, il fait deux ou trois pointures de moins que l'autre. *Pes equinovarus*.

Pied de cheval. Parce que la démarche d'une personne qui a un pied bot évoque un cheval qui marcherait sur la pointe des sabots. Cette infirmité vous confère une position de départ *légèrement* moins bonne, que vous réussissez ou ne réussissez pas à compenser. Il faut compenser un peu plus pour devenir populaire, celui que les gens veulent ; les garçons qui forment l'équipe de classe, le mec cool qui veut des copains cool, la fille à la fenêtre, celle dont le sourire fait exploser votre cœur, même si ce sourire n'est pas pour vous. Stig Nybakk s'était faufilé dans la vie sur son pied de cheval sans se faire remarquer. Au point que Harry ne se souvenait pas de lui. Et ça s'était relativement bien passé. Il avait fait des études, travaillé dur, obtenu un poste de cadre, commencé à désigner les équipes de classe. Mais il manquait le plus important. La fille à la fenêtre. Elle souriait toujours aux autres.

Riche. Il devait devenir riche.

L'argent est comme le maquillage, il masque tout, permet de tout obtenir, y compris ces choses dont on dit qu'elles ne sont pas à vendre : le respect, l'admiration, l'amour. Il suffisait de regarder autour de soi, toujours, la beauté épousait l'argent. Alors maintenant, c'était son tour à lui, Stig Nybakk, le pied bot.

Il avait inventé la fioline, et le monde aurait dû se retrouver à ses pieds. Alors pourquoi ne voulait-elle pas de lui, pourquoi se détournait-elle avec un dégoût mal dissimulé alors qu'elle savait — *savait* — qu'il était d'ores et déjà un homme riche et qu'il s'enrichissait davantage chaque semaine. Était-ce parce qu'elle pensait à un autre, à celui qui lui avait offert cette stupide alliance de pacotille qu'elle portait au doigt ? C'était injuste. Il avait travaillé dur, sans relâche, pour remplir les conditions, et maintenant elle *devait* l'aimer. Alors il l'avait prise. Arrachée à sa fenêtre. Enchaînée ici, pour qu'elle ne disparaisse plus jamais. Et pour compléter ce mariage forcé, il lui avait pris son anneau pour le passer à son propre doigt.

Cette bague bon marché qu'Irene avait reçue d'Oleg, qui l'avait volée à sa mère, qui l'avait reçue de Harry, qui l'avait achetée sur un marché aux puces, que… C'était comme cette ronde enfantine : prends cet anneau et fais-le voyager, d'une personne à une autre. Harry passa un doigt sur l'entaille noire dans la surface dorée. Il avait été clairvoyant, et pourtant aveugle.

Clairvoyant la première fois qu'il avait rencontré Stig Nybakk et dit : « L'alliance. J'en avais une tout à fait identique. »

Et aveugle parce qu'il n'avait pas réfléchi en quoi elles étaient identiques.

L'entaille dans le cuivre qui s'était oxydé et avait noirci.

Il n'avait pas su faire le lien entre Oleg et Nybakk avant de voir l'alliance de Martine et de l'entendre dire qu'il n'y avait personne d'autre au monde pour acheter une fausse alliance.

Harry n'avait jamais douté, même s'il n'avait rien trouvé de suspect dans l'appartement de Stig Nybakk. Au contraire, il était si dépourvu de choses compromettantes que Harry avait automatiquement pensé que Nybakk devait cacher sa mauvaise conscience ailleurs. La maison de ses parents, qui était vide et qu'il n'avait pas vendue. La maison rouge dans la côte au-dessus de celle des Hole.

« Vous avez tué Gusto ? » demanda Harry.

Stig Nybakk secoua la tête. Paupières lourdes, il avait l'air somnolent.

« Alibi ?

— Non. Non, je n'en ai pas.

— Racontez.

— J'y étais.

— Où ?

— Hausmanns gate. J'allais le voir. Il avait menacé de me dénoncer. Mais quand je suis arrivé, les voitures de police étaient là. Quelqu'un l'avait déjà tué.

— Déjà ? Vous prévoyiez de faire la même chose ?

— Pas la même chose. Je n'ai pas de pistolet.

— Qu'est-ce que vous avez, alors ? »

Nybakk haussa les épaules.

« Des diplômes de chimie. Gusto était en manque. Il voulait que je lui apporte de la fioline. »

Harry regarda le sourire las de Nybakk et hocha la tête.

« Donc vous saviez que, quelle que soit la poudre blanche que vous apporteriez, Gusto se l'injecterait sur-le-champ. »

La chaîne cliqueta quand Nybakk leva la main et indiqua la porte.

« Irene. Est-ce que je peux lui dire quelques mots avant que… »

Harry observa Stig Nybakk. Vit une chose qu'il reconnaissait. Un être blessé, un homme fini. Quelqu'un qui s'était insurgé contre les cartes que lui avait distribuées le sort. Et qui avait perdu.

« Je vais lui demander. »

Harry sortit. Irene n'était plus là.

Il la retrouva dans le salon. Elle était assise dans un fauteuil, les jambes repliées sous elle. Harry alla chercher un manteau dans la penderie de l'entrée, le posa sur ses épaules. Il lui parla doucement, calmement. Elle répondait d'une toute petite voix, comme si elle craignait l'écho renvoyé par les murs froids du salon.

Elle raconta que Gusto et Nybakk, ou Ibsen, comme ils l'appelaient, s'étaient alliés pour la capturer. La rétribution avait été un demi-kilo de fioline. Elle était enfermée depuis quatre mois.

Harry la laissa parler tout son soûl. Attendit d'être sûr qu'elle n'avait plus un mot à ajouter avant de poser la question suivante.

Au-delà de ce qu'Ibsen lui avait rapporté, elle ne savait rien sur le meurtre de Gusto. Ni sur l'identité de Dubaï, ou son adresse. Gusto n'avait rien dit, et Irene ne voulait pas savoir. Tout ce qu'elle avait entendu au sujet de Dubaï était ces mêmes rumeurs selon lesquelles il errait dans la ville comme une espèce de fantôme, personne ne savait qui il était ou à quoi il ressemblait ; il était comme le vent, insaisissable.

Harry hocha la tête. Il avait un peu trop entendu cette métaphore ces derniers temps.

« HC va vous conduire à la police. Il est avocat, il va vous aider à porter plainte. Ensuite, il vous emmenera chez la mère d'Oleg, vous pourrez habiter là-bas en attendant. »

Irene secoua la tête.

« Je vais appeler Stein, mon frère. Je peux loger chez lui. Et…

— Oui ?

— Est-ce qu'il *faut* que je porte plainte ? »

Harry la regarda. Elle était si jeune. Si petite. Comme un oisillon. Il était impossible d'évaluer l'ampleur des dégâts.

« Ça peut attendre demain », répondit Harry.

Il vit les larmes lui monter aux yeux. Et sa première

réaction fut : enfin ! Il allait poser la main sur son épaule, mais se ravisa. La main d'un homme adulte, inconnu, n'était peut-être pas ce dont elle avait besoin. Une seconde plus tard, cependant, les larmes avaient disparu.

« Il y a... il y a une autre possibilité ? demanda-t-elle.

— Comme ?

— Comme ne plus jamais le voir. » Le regard d'Irene ne lâchait pas celui de Harry. « Jamais », répéta-t-elle de sa toute petite voix.

Puis il la sentit. Sa main sur la sienne. « S'il vous plaît. »

Harry lui tapota la main, la reposa sur ses genoux et se leva.

« Venez, je vous accompagne dehors. »

Quand Harry vit disparaître la voiture, il retourna dans la maison et redescendit à la cave. Il ne trouva pas de corde, mais découvrit sous l'escalier un tuyau d'arrosage. Il le lança par terre devant Nybakk. Jeta un coup d'œil vers la poutre. Suffisamment haute.

Harry sortit le flacon de Zestril qu'il avait trouvé dans la poche de Nybakk, vida le contenu dans sa main. Six comprimés.

« Vous avez des problèmes cardiaques ? » demanda Harry.

Nybakk hocha la tête.

« Combien en prenez-vous par jour ?

— Deux. »

Harry posa les comprimés dans la paume de Nybakk et fourra le flacon vide dans sa poche de veste.

« Je reviens dans deux jours. Je ne sais pas ce que représente pour vous la réputation, le déshonneur serait sans doute plus grand si vos parents étaient en vie, mais vous savez sans doute comment les codétenus traitent les agresseurs sexuels. Si vous n'existiez plus à mon retour, vous seriez oublié, on ne parlerait plus jamais de vous. Dans le cas contraire, on vous emmènera à la police. Compris ? »

Harry abandonna Stig Nybakk, dont les cris le poursuivirent jusqu'à la porte de la maison. Les cris de quelqu'un qui est seul, seul avec sa culpabilité, ses fantômes, sa solitude, ses décisions. Oh, oui, il avait quelque chose de familier. Il claqua vigoureusement la porte derrière lui.

Harry héla un taxi dans Vetlandsveien et le pria de le conduire dans Urtegata.

Sa gorge le faisait souffrir et battait comme si elle était dotée de son propre pouls, comme si elle était devenue quelque chose de vivant, un animal enflammé et captif, fait de bactéries qui voulaient sortir. Harry demanda au chauffeur s'il avait quelque chose pour apaiser la douleur dans sa voiture, mais il secoua la tête.

Tandis qu'ils serpentaient vers Bjørvika, Harry vit des fusées exploser dans le ciel au-dessus de l'Opéra. On fêtait quelque chose. Il se rendit compte qu'il aurait lui-même dû faire la fête. Il avait réussi. Il avait retrouvé Irene. Et Oleg était libre. Il avait fait ce qu'il était venu faire. Alors pourquoi ne se sentait-il pas d'humeur festive ?

« Qu'est-ce qu'on célèbre ? demanda Harry.

— Ah, c'est la première d'un opéra. J'y ai conduit du beau monde, un peu plus tôt dans la soirée.

— *Don Giovanni*, précisa Harry. J'étais invité.

— Pourquoi n'y êtes-vous pas allé ? Il paraît que c'est bien.

— Les tragédies me rendent toujours très triste. »

Le chauffeur posa un regard interloqué sur Harry. Rit. Répéta : « Les tragédies me rendent toujours très *triste* ? »

Le téléphone sonna. C'était Klaus Torkildsen.

« Je croyais qu'on ne devait plus jamais se parler, dit Harry.

— Moi aussi. Mais je… enfin, j'ai vérifié malgré tout.

— Ce n'est plus très important. L'affaire est réglée en ce qui me concerne.

— D'accord, mais ça peut quand même être utile : juste avant et juste après le meurtre, Bellman — ou son mobile, en tout cas — était dans l'Østfold, il n'a pas pu faire l'aller-retour jusqu'au lieu du meurtre.

— OK, Klaus. Merci.

— OK. Plus jamais ?

— Plus jamais. Je disparais. »

Harry raccrocha. Posa la nuque contre l'appuie-tête et ferma les yeux.

Maintenant, il pouvait être content.

Sous ses paupières, il voyait les étincelles du feu d'artifice.

QUATRIÈME PARTIE

Chapitre 38

« Je t'accompagne. »

C'était fini.

Elle était de nouveau à lui.

Dans le grand hall des départs de Gardermoen, Harry avança dans la file d'enregistrement. Subitement, il avait eu un plan, un plan pour le restant de ses jours. Un plan, en tout cas. Et il éprouvait une sensation enivrante qu'il ne pouvait mieux définir que par le mot *heureux*.

Le moniteur au-dessus du comptoir d'enregistrement indiquait « Thai Air, Business Class ».

C'était arrivé si vite.

En partant de chez Nybakk, il était allé directement à Fyrlyset pour rendre son téléphone à Martine, mais elle lui avait dit qu'il pouvait le garder le temps de s'en procurer un autre. Il s'était aussi laissé convaincre de prendre un manteau quasiment neuf, pour avoir l'air à peu près présentable. Plus trois Paracet contre la douleur, mais il avait refusé qu'elle examine les plaies. Elle aurait voulu les soigner, et il n'avait pas le temps. Il avait appelé Thai Air pour réserver un billet.

Puis c'était arrivé.

Il avait appelé Rakel, lui avait expliqué qu'Irene était retrouvée, et que, Oleg étant libre, sa mission était accomplie. Il lui fallait quitter le pays avant de se faire arrêter.

Et c'est alors qu'elle le lui avait dit.

Harry ferma les yeux et se repassa encore une fois les mots de Rakel : « Je t'accompagne, Harry. » Je t'accompagne. Je t'accompagne.

Puis : « Quand ? »

Quand ?

Il avait eu très envie de répondre « tout de suite ». Fais ta valise et viens tout de suite !

Mais il avait réussi à être à peu près rationnel.

« Écoute, Rakel, je suis recherché, et la police t'a sans doute à l'œil dans l'espoir que tu les conduises à moi, OK ? Je pars seul ce soir. Tu me rejoindras demain avec l'avion du soir de Thai Air. Je t'attends à Bangkok, et on continuera ensemble jusqu'à Hong Kong.

— Hans Christian pourra te défendre si tu es arrêté. La condamnation ne sera probablement pas…

— Ce n'est pas la durée de la peine de prison qui m'effraie, l'interrompit Harry. Tant que je suis à Oslo, Dubaï peut me retrouver n'importe où. Tu es certaine qu'Oleg est en sûreté ?

— Oui. Mais je veux qu'il vienne avec nous, Harry. Je ne peux pas partir…

— Bien sûr qu'il va nous accompagner.

— Tu es sérieux ? »

Il entendit le soulagement dans sa voix.

« Nous serons ensemble, et à Hong Kong, Dubaï ne pourra rien contre nous. On va attendre quelques jours pour Oleg, puis j'enverrai à Oslo des hommes de Herman Kluit pour l'escorter.

— Je vais prévenir Hans Christian. Et je commande mon billet d'avion pour demain, mon amour.

— Je t'attends à Bangkok. »

Un petit temps d'arrêt.

« Mais tu es recherché, Harry. Comment vas-tu faire pour prendre l'avion sans que…

— À nous. » À nous.

Harry rouvrit les yeux et vit la femme derrière le guichet lui sourire.

Il avança et lui tendit billet et passeport. Il la vit taper sur un clavier le nom du passeport.

« Je ne vous trouve pas, monsieur Nybakk… »

Harry tenta un sourire rassurant.

« J'avais en fait réservé sur le vol de Bangkok dans dix jours, mais j'ai appelé il y a une heure et demie et j'ai pu changer pour ce soir. »

La femme pianota encore un peu. Harry comptait les secondes. Inspirait. Expirait. Inspirait.

« Voilà, oui. Les réservations tardives n'apparaissent pas toujours tout de suite. Mais je vois ici que vous deviez voyager avec une certaine Irene Hanssen.

— Elle voyage comme prévu initialement.

— Ah, d'accord. Des bagages à enregistrer ?

— Non. »

Encore du pianotage.

Puis elle fronça soudain les sourcils. Rouvrit le passeport. Harry retint son souffle. Elle glissa la carte d'embarquement dans le passeport et le lui tendit.

« Vous devriez vous dépêcher, monsieur Nybakk, je vois que l'embarquement a déjà commencé. Bon voyage.

— Merci », répondit Harry avec plus de ferveur

qu'il ne l'aurait voulu, avant de courir vers le contrôle de sécurité.

C'est seulement arrivé de l'autre côté de l'appareil à rayons X, quand il allait ramasser ses clés et le mobile de Martine, qu'il découvrit qu'il avait reçu un SMS. Il allait l'archiver avec les autres messages destinés à Martine quand il vit que l'expéditeur avait un nom court. B. Beate.

Il courut vers la porte 54, Bangkok, *final call.*

Lut.

MIS LA MAIN SUR LA DERNIÈRE LISTE. UNE ADRESSE NE FIGURAIT PAS SUR LA LISTE DE BELLMAN. BLINDERNVEIEN 74.

Harry glissa le téléphone dans sa poche. Il n'y avait pas de file d'attente au contrôle des passeports. Il ouvrit le sien et le préposé le vérifia, ainsi que la carte d'embarquement. Regarda Harry.

« La cicatrice est plus récente que la photo », expliqua Harry.

Le préposé le dévisagea. « Changez de photo, monsieur Nybakk », dit-il en lui rendant le document. Il fit un signe de tête à la personne derrière Harry pour l'inviter à avancer.

Harry était libre. Sauvé. Une toute nouvelle vie s'ouvrait à lui.

Cinq retardataires attendaient encore au guichet de la porte.

Harry étudia sa carte d'embarquement. Business Class. Il n'avait jamais voyagé autrement qu'en économique, même pour Herman Kluit. Stig Nybakk avait bien réussi. Dubaï avait bien réussi. *Réussissait* bien. Réussit bien. Maintenant, ce soir, à cet instant, un groupe d'affamés tremblants attendaient que le type en maillot d'Arsenal dise : « On y va. »

Deux dans la file.

Blindernveien 74.

Je t'accompagne. Harry ferma les yeux pour réécouter la voix de Rakel. Et elle était là : *Tu es policier ? C'est ça que tu es devenu ? Un robot, un esclave de la fourmilière et d'idées que d'autres ont pensées ?*

L'était-il ?

C'était son tour. La femme au guichet l'invita du regard.

Non, il n'était pas un esclave.

Il lui tendit la carte d'embarquement.

Il avança. Emprunta la passerelle qui menait à l'avion. À travers la vitre, il vit les lumières d'un avion qui allait atterrir. Qui passait au-dessus de la maison de Tord Schultz.

Blindernveien 74.

Le sang de Mikael Bellman sous les ongles de Gusto.

Merde, merde !

Harry embarqua et s'enfonça profondément dans son siège en cuir. Dieu que c'était moelleux. Il appuya sur un bouton, et le siège s'inclina, s'inclina et s'inclina encore, jusqu'à ce qu'il se retrouve à l'horizontale. Il ferma les yeux, il voulait dormir. Dormir. Jusqu'à ce qu'il se réveille un jour et soit un autre, en un tout autre endroit. Il chercha sa voix. Mais en trouva une autre, qui parlait en suédois.

« Je porte un faux col de prêtre, toi une fausse étoile de shérif. À quel point ton évangile est-il inébranlable ? »

Le sang de Bellman. « … était dans l'Østfold, il n'a pas pu faire l'aller-retour… »

Tout correspond.

Harry sentit une main sur son bras et ouvrit les yeux.

Une hôtesse aux pommettes hautes de Thaïlandaise lui souriait.

« Je suis navrée, monsieur, mais il faut redresser votre siège en position assise pour le décollage », dit-elle en anglais.

Position assise.

Harry inspira et posa les pieds par terre. Sortit son mobile. Regarda la liste des derniers appels.

« Monsieur, il faut éteindre... »

Harry leva une main et appuya sur « Rappeler ».

« On n'était pas censés ne plus jamais se parler ? répondit Klaus Torkildsen.

— Où exactement, dans l'Østfold ?

— Pardon ?

— Bellman. Où précisément dans l'Østfold était-il quand Gusto a été tué ?

— À Rygge, près de Moss. »

Harry rangea le téléphone dans sa poche et se leva.

« Monsieur, le voyant de la ceinture...

— Désolé, répondit Harry. Ce n'est pas mon avion.

— Je suis sûre que si, nous avons vérifié le nombre de passagers et... »

Harry repartit vivement vers l'arrière de l'avion. Il entendit les petits pas de l'hôtesse de l'air derrière lui :

« Monsieur, nous avons déjà fermé...

— Alors rouvrez. »

Un chef de cabine les avait rejoints.

« Monsieur, je crains que le règlement ne nous autorise pas à ouvrir...

— Je n'ai plus de comprimés », fit Harry en tâtonnant dans sa poche. Il trouva le flacon vide de Zestril et le brandit devant les yeux du chef de cabine. « Je suis M. Nybakk, vous voyez ? Souhaitez-vous une crise cardiaque à bord quand nous nous trouverons au-dessus de… disons, l'Afghanistan ? »

Il était vingt-trois heures passées, et la navette ferroviaire qui filait vers Oslo était presque vide. Harry regardait d'un œil absent les nouvelles qui défilaient sur le moniteur, à l'avant de la voiture. Il avait eu un plan, un plan de nouvelle vie. Il avait vingt minutes pour en trouver un autre. C'était stupide. À cette heure, il aurait pu être dans un avion à destination de Bangkok. Mais justement, il n'aurait pas *pu*. Il n'en avait tout bonnement pas la capacité, il présentait une carence, un dysfonctionnement ; son pied bot à lui était de n'avoir jamais été en mesure de simplement s'en foutre, oublier, se tirer. Il pouvait boire, mais il redevenait sobre. Il pouvait partir à Hong Kong, mais il revenait. Il était gravement blessé, c'était indéniable. Et l'effet des comprimés que lui avait donnés Martine s'estompait. Il lui en fallait d'autres, la douleur l'étourdissait.

Harry avait les yeux rivés sur les titres présentant les résultats trimestriels des entreprises et ceux du sport quand cela le frappa : Et si c'était exactement ce qu'il était en train de faire ? Se tirer. Se dégonfler.

Non. Cette fois, c'était différent. Il avait fait changer la date de son billet au lendemain soir, sur le même vol que Rakel. Il avait même retenu pour elle le siège voisin du sien en Business Class et payé le supplément. Il avait envisagé de l'avertir de ce qu'il s'apprêtait à faire, mais il savait ce qu'elle penserait. Qu'il n'avait pas changé. Il était toujours animé de la même folie. Rien ne changerait, jamais. Mais quand ils seraient assis là, ensemble, quand l'accélération les plaquerait à leurs sièges et qu'ils sentiraient l'envol, la légèreté, l'inévitable, elle saurait enfin que le passé était derrière eux, sous eux, que leur voyage avait commencé.

Il ferma les yeux et murmura deux fois le numéro du vol.

Harry descendit du train, traversa la passerelle vers l'Opéra, marcha à grandes enjambées sur le marbre italien en direction de l'entrée principale. À travers les baies, il vit des gens en tenue de soirée bavarder en grignotant des amuse-gueules et en buvant des cocktails dans le luxueux foyer.

Devant la porte se tenait un homme en costume avec oreillette et mains jointes sur le bas-ventre, comme s'il faisait partie d'un mur de coup franc. Baraqué, mais pas un bœuf. Son regard exercé avait repéré Harry depuis longtemps, et maintenant il cherchait ce qui, *autour de lui*, pouvait avoir de l'intérêt. Cela ne pouvait signifier qu'une chose : il était policier au Service de sécurité, et le maire ou un membre du gouvernement était présent. L'homme fit deux pas vers Harry lorsque celui-ci approcha.

« Désolé, soirée privée pour la première… », commença-t-il, mais il s'interrompit en voyant la carte professionnelle de Harry.

« Rien à voir avec votre maire, collègue. Juste deux mots à dire à quelqu'un dans le cadre de mes fonctions. »

L'homme hocha la tête, parla dans le micro accroché à son revers de veste et le laissa entrer.

Le foyer était un gigantesque igloo, dont Harry constata qu'il était peuplé de nombreux visages qui, malgré son long exil, lui étaient familiers. Les poseurs de la presse écrite, les *talking heads* du petit écran, des amuseurs du sport et de la politique, et les éminences plus ou moins grises de la culture. Et Harry vit ce qu'Isabelle Skøyen voulait dire lorsqu'elle s'était plainte d'avoir du mal à trouver quelqu'un d'assez grand quand elle chaussait ses talons aiguilles. On la repérait facilement, qui dominait l'assistance.

Harry enjamba la barrière de corde et se fraya un passage avec un « excusez-moi » répétitif, tandis qu'autour de lui clapotait le vin blanc.

L'homme avec lequel conversait Isabelle mesurait une demi-tête de moins qu'elle, mais Harry déduisit de son expression enthousiaste et enjôleuse qu'il mesurait quelques têtes de plus en termes de pouvoir et de statut. Il était arrivé dans un rayon de trois mètres quand un homme surgit soudain devant lui.

« Je suis le policier qui vient de discuter avec votre collègue dehors, expliqua Harry. Il faut que je lui parle, *à elle*.

— Je vous en prie », fit le garde, et Harry crut déceler un certain sous-entendu.

Il franchit les derniers mètres.

« Bonjour, Isabelle », lança-t-il, et il vit la surprise sur son visage. « J'espère que je n'interromps pas... votre carrière ?

— Inspecteur principal Harry Hole. » Elle eut un rire tonitruant, comme s'ils partageaient une *private joke*.

L'homme à côté d'elle tendit vivement la main et se présenta — de façon un peu superflue. Une longue carrière au sommet de l'hôtel de ville avait dû lui enseigner qu'être près du peuple trouvait sa récompense lors des élections.

« Avez-vous apprécié la représentation, inspecteur ?

— Oui et non, répondit Harry. J'étais surtout

content que ça se termine, et je rentrais chez moi quand je me suis rendu compte que j'avais encore une ou deux choses à régler.

— Comme… ?

— Eh bien… Puisque Don Giovanni est un voleur et un coureur de jupons, il est juste qu'il soit puni dans le dernier acte. Je crois avoir compris qui est cette statue qui vient le chercher pour l'emmener en enfer. En revanche, je me demande qui a pu lui dire où et quand trouver Don Giovanni. Pouvez-vous me répondre là-dessus… » Il se tourna. « Isabelle ? »

Elle eut un sourire crispé.

« Si vous avez une théorie du complot, c'est toujours intéressant à entendre. Mais peut-être une autre fois, pour l'instant, je suis en train…

— J'ai cruellement besoin de lui dire deux mots, insista Harry en s'adressant à l'interlocuteur d'Isabelle. Si vous le permettez, bien entendu. »

Harry vit qu'Isabelle était sur le point de protester, mais son interlocuteur la devança : « Bien sûr. » Il sourit, fit un signe de tête et se tourna vers un couple d'un certain âge qui avait pris place dans la file d'attente pour une audience.

Harry prit Isabelle par le bras et l'entraîna vers l'écriteau « Toilettes ».

« Vous empestez ! » feula-t-elle lorsqu'il posa les deux mains sur ses épaules et la plaqua contre le mur à côté de la porte des toilettes messieurs.

« Ce costume a fait plusieurs voyages dans les poubelles. » Harry constata qu'ils s'attiraient deux ou trois regards de l'assistance. « Écoutez, on peut faire ça de façon civilisée ou de façon brutale. En quoi consiste votre collaboration avec Mikael Bellman ?

— Quoi ? Allez vous faire voir, Hole ! »

Harry ouvrit la porte des toilettes d'un coup de pied et l'entraîna à l'intérieur.

Devant un lavabo, un homme en costume les considéra avec stupéfaction dans le miroir quand Harry poussa violemment Isabelle contre la porte de l'une des cabines et pressa son avant-bras sur sa gorge.

« Bellman était chez vous quand Gusto a été tué, siffla Harry. Gusto avait le sang de Bellman sous les ongles. Le brûleur de Dubaï est le plus proche collaborateur de Bellman, son confident depuis l'enfance. Si vous ne parlez pas maintenant, j'appelle mon contact à *Aftenposten* ce soir, et ce sera imprimé demain. Et à ce moment-là, tout ce que j'ai se trouvera déjà sur le bureau du procureur. Alors ?

— Excusez-moi… » C'était l'homme en smoking. Il avait approché, mais se tenait à distance respectueuse. « Avez-vous besoin d'aide ?

— Foutez-moi le camp d'ici ! »

L'homme eut l'air épouvanté, sans doute moins à cause du langage que parce qu'il sortait de la bouche d'Isabelle Skøyen, et il fila.

« On baisait », répondit Isabelle, à moitié étranglée.

Harry la libéra, et sentit à son haleine qu'elle avait bu du champagne.

« Vous et Bellman, vous baisiez ?

— Je sais qu'il est marié, et on baisait, rien de plus, répéta-t-elle en se frottant la gorge. Gusto s'est pointé et il a griffé Bellman quand il l'a jeté dehors. Si vous voulez vendre la mèche aux journaux, je vous en prie. Je suppose que vous n'avez *jamais* sauté de femme mariée. Ou que vous vous foutez de ce que les gros titres de la presse feraient à la femme et aux enfants de Bellman.

— Et comment vous êtes-vous rencontrés, Bellman

et vous ? Vous essayez de me dire que ce triangle, avec Gusto et vous deux, est complètement fortuit ?

— Comment croyez-vous que des gens potentiellement puissants se rencontrent, Harry ? Regardez autour de vous. Regardez qui est venu à cette réception. Tout le monde sait que Bellman va être le prochain directeur de la police d'Oslo.

— Et que vous allez avoir l'un des sièges d'adjoint au maire à l'hôtel de ville ?

— On s'est rencontrés lors d'une inauguration, d'une première, d'un vernissage, je ne sais plus. C'est comme ça, c'est tout. Vous pouvez appeler Mikael pour lui demander. Mais pas ce soir, peut-être, il passe une soirée sympa en famille. C'est juste… enfin, c'est comme ça. »

C'est comme ça, c'est tout. Harry ne la quittait pas des yeux.

« Et Truls Berntsen ?

— Qui ?

— C'est leur brûleur, hein ? Qui l'a envoyé au Leons pour s'occuper de moi ? Vous ? Ou Dubaï ?

— Mais de quoi est-ce que vous parlez, nom d'un chien ? »

Harry le vit. Elle n'avait pas la moindre idée de qui était Truls Berntsen.

Isabelle Skøyen s'était mise à rire.

« Harry, ne faites pas cette tête, enfin ! »

Il aurait pu se trouver dans un avion à destination de Bangkok. D'une autre vie.

Il se dirigeait déjà vers la sortie.

« Attendez, Harry. »

Il se retourna. Adossée à la porte de la cabine, elle avait remonté sa robe. Si haut qu'il voyait ses jarretelles. Une mèche blonde était tombée sur son front.

« Puisque nous avons les toilettes pour nous... »

Harry croisa son regard. Il était voilé. Pas par l'alcool, pas par l'excitation, mais par autre chose. Pleurait-elle ? Cette Isabelle Skøyen dure, solitaire, qui se méprisait ? Et alors ? Elle n'était sans doute qu'une personne amère de plus, prête à ruiner la vie de tous les autres pour obtenir ce qu'elle considérait comme un droit de naissance : être aimée.

Après le départ de Harry, la porte continua à battre dans les deux sens, faisant claquer la bande de caoutchouc, de plus en plus vite, comme des applaudissements qui enflent en une dernière salve.

Harry regagna Oslo S par la passerelle et descendit vers Plata. Il y avait une pharmacie ouverte vingt-quatre heures sur vingt-quatre à l'autre extrémité de la place, mais la file d'attente était toujours très longue, et il savait que des comprimés sans ordonnance ne seraient pas assez musclés pour combattre efficacement la douleur. Il poursuivit au-delà du parc de l'héroïne. Il s'était mis à pleuvoir, les réverbères jetaient un reflet doux sur les rails de tram qui remontaient Prinsens gate. Il évalua l'affaire en marchant. Le fusil de Nybakk, à Oppsal, était le plus facile à récupérer. Les fusils de chasse offraient en outre davantage de marge de manœuvre. Pour mettre la main sur l'arme qu'il avait laissée derrière l'armoire de la chambre 301, il lui fallait entrer au Leons sans être vu, et il ne pouvait même pas être certain qu'elle n'avait pas déjà été découverte. Mais la carabine, c'était plus définitif.

La serrure de la porte cochère donnant sur la cour du Leons était abîmée. Récemment forcée. Harry supposa que c'était l'œuvre des deux gonzes en costume, le soir où ils lui avaient rendu visite.

Harry entra et, en effet, la serrure de la porte arrière aussi avait été malmenée.

Il monta les marches étroites qui servaient d'escalier de secours. Le couloir du deuxième était désert. Harry frappa à la porte de la 310 pour demander à Cato si la police était venue. D'autres, éventuellement. Ce qu'ils avaient fait. Ce qu'ils voulaient savoir. Ce que, éventuellement, il leur avait raconté. Mais personne n'ouvrit. Il colla l'oreille contre la porte. Silence.

La porte de sa propre chambre n'avait fait l'objet d'aucune tentative de réparation, donc, ici, la clé était superflue. Il passa la main à l'intérieur et déverrouilla. Remarqua le sang qui avait imprégné le ciment là où il avait ôté la barre de seuil.

On n'avait rien fait non plus pour la fenêtre cassée.

Harry n'alluma pas, il entra, tâtonna derrière l'armoire et constata qu'ils n'avaient pas trouvé la carabine. Ni la boîte de cartouches. Elle était toujours à côté de la Bible dans le tiroir de la table de chevet. Et Harry comprit que la police n'était pas venue, que le Leons, ses locataires et ses voisins n'avaient vu aucune raison d'impliquer la loi pour de misérables coups de feu. Pas en l'absence de cadavre, en tout cas. Il ouvrit l'armoire. Même ses vêtements et sa valise en toile s'y trouvaient toujours, comme s'il ne s'était rien passé.

Harry aperçut la femme dans la chambre en face.

Elle était assise sur une chaise, devant un miroir, son dos nu tourné vers lui. Elle se coiffait, semblait-il. Elle portait une robe qui avait l'air étrangement démodé. Pas vieille, seulement démodée, comme un vêtement neuf mais d'un autre temps. Sans savoir pourquoi, Harry cria par la fenêtre brisée. Un cri bref. La femme ne réagit pas.

De retour dans la rue, il comprit qu'il n'y arriverait pas. Sa gorge lui semblait être en flammes, et la chaleur faisait jaillir la sueur de ses pores. Il était trempé, et sentait les premiers frissons.

Le bar avait changé de chanson. De la porte ouverte s'échappait Van Morrison et *And It Stoned Me*.

Antalgique.

Harry avança sur la chaussée, entendit une sonnerie perçante et désespérée. Un instant plus tard, un mur bleu et blanc emplissait son champ de vision. Pendant quatre secondes, il resta parfaitement immobile au milieu de la rue. Puis, le tram passé, la porte ouverte du bar fut de nouveau là.

Le barman sursauta lorsque, levant les yeux de son journal, il aperçut Harry.

« Jim Beam », fit Harry.

Le barman cligna des yeux deux fois sans bouger. Le journal glissa à terre.

Harry tira des euros de son portefeuille et les posa sur le comptoir.

« Donnez-moi la bouteille. »

Le barman était bouche bée. Il avait un bourrelet au-dessus du T de son tatouage EAT.

« Maintenant, dit Harry. Et je disparais. »

Le barman jeta un coup d'œil furtif sur les billets. Puis sur Harry. Descendit, sans le quitter du regard, le Jim Beam de son étagère.

Harry soupira en voyant qu'il restait moins de la moitié de la bouteille. Il la glissa dans la poche de son manteau, regarda autour de lui, essaya de trouver quelques mots mémorables pour sa sortie, renonça, fit un petit signe de tête et s'en alla.

Harry s'arrêta au coin de Prinsens gate et de Dronningens gate. D'abord, il appela les renseignements. Puis il ouvrit le bourbon. Le parfum lui noua l'estomac. Mais il savait qu'il ne parviendrait pas à accomplir ce qu'il avait à faire sans anesthésie. Cela faisait trois ans. Les choses s'étaient peut-être améliorées. Il porta le goulot à ses lèvres. Pencha la tête en arrière et renversa la bouteille. Trois années d'abstinence. Le poison frappa son organisme comme une bombe au napalm. Les choses ne s'étaient pas améliorées, elles étaient pires que jamais.

Harry se pencha en avant, tendit un bras et s'appuya au mur d'un immeuble, les jambes écartées, pour éviter d'éclabousser son pantalon et ses chaussures.

Il entendit des talons hauts sur l'asphalte derrière lui.

« *Hey, mister, me beautiful ?*

— Sûr », eut le temps de répondre Harry avant que sa gorge se remplisse. Le jet jaune atteignit le trottoir avec une puissance et dans un rayon impressionnants, et il entendit les talons s'éloigner à vitesse de castagnettes. Il s'essuya la bouche du revers de la main et essaya de nouveau. La tête en arrière. Le whisky et la bile coulèrent. Et remontèrent.

La troisième marcha. Tout juste.

La quatrième comme sur des roulettes.

La cinquième fut paradisiaque.

Harry parvint à héler un taxi et indiqua l'adresse au chauffeur.

Truls Berntsen marchait à vive allure dans le noir. Il traversa le parking devant l'immeuble et vit la lumière des bons foyers où l'on avait sorti les en-cas et les thermos de café, peut-être même une bière, et allumé la télé maintenant qu'elle était plus sympa à regarder, les infos étant terminées. Truls avait appelé l'hôtel de police pour dire qu'il était souffrant. On ne lui avait pas demandé ce qu'il avait, mais juste s'il serait malade pendant les trois jours d'arrêt pour lesquels le certificat médical n'était pas nécessaire. Truls avait répondu que, merde, comment pouvait-on savoir si on allait être malade pendant exactement trois jours ? Saloperie de pays de tire-au-flanc, saloperies de politiciens hypocrites qui prétendaient que, *en réalité*, si on leur en donnait la possibilité, les gens *voulaient* travailler. Les Norvégiens votaient pour les travaillistes parce qu'ils avaient érigé l'absentéisme au rang de droit de l'Homme, et qui serait assez con pour ne pas voter pour des gens qui vous donnent trois jours d'arrêt sans certificat médical, carte blanche pour rester chez soi et se branler, faire une randonnée à ski ou récupérer après une cuite ? Le Parti travailliste savait évidemment très bien de quel genre de bonbecs il s'agissait là, mais il essayait néanmoins de paraître responsable, s'enorgueillissait d'avoir « foi en la plupart des gens » et faisait passer le droit de sécher pour une espèce de réforme sociale. Putain, sur ce coup le Parti du progrès était plus honnête, lui qui achetait des voix avec des allègements fiscaux et se donnait tout juste la peine de le dissimuler.

Il y avait réfléchi toute la journée, pendant qu'il passait en revue ses armes, les chargeait, les vérifiait, s'assurait que la porte était bien fermée, contrôlait toutes les voitures qui entraient sur le parking par la lunette du Märklin, le gros fusil de terroristes saisi lors d'une affaire vieille d'une dizaine d'années. Le responsable du dépôt des armes saisies devait penser qu'il était toujours sous scellés. Truls savait que, tôt ou tard, il devrait sortir acheter à manger, mais il avait attendu la nuit et que les rues soient moins peuplées. Peu avant vingt-trois heures, l'heure de fermeture du Rimi, il était sorti avec son Steyr, s'était faufilé à l'extérieur et avait rejoint le supermarché à petites foulées. Il avait parcouru les rayons en gardant un œil sur les marchandises et l'autre sur les rares clients. Acheté pour une semaine de *kjøttkaker* Fjordland. Des petits sachets transparents pleins de pommes de terre épluchées, boulettes de viande, purée de pois et sauce. Il suffisait de les jeter quelques minutes dans une casserole d'eau bouillante, ouvrir les sachets, et ça coulait dans l'assiette avec un gargouillis ; en fermant les yeux, on pouvait réellement penser à de la bouffe digne de ce nom.

Truls Berntsen était arrivé à la porte de l'immeuble et glissait la clé dans la serrure quand il entendit des pas rapides derrière lui dans les ténèbres. Il fit volte-face, la main sur la crosse de son pistolet dans son blouson, pour se retrouver devant le visage terrorisé de Vigdis A.

« J-je vous ai fait peur ? bégaya-t-elle.

— Non », répondit sèchement Truls, qui entra sans lui tenir la porte, mais entendit qu'elle parvenait néanmoins à presser sa graisse dans l'ouverture avant que le battant ne claque.

Il appuya sur le bouton de l'ascenseur. Peur ? Et comment ! Des colosses sibériens étaient à ses trousses, la situation avait-elle quoi que ce soit de rassurant ?

Vigdis A haletait derrière lui. Elle accusait ce surpoids dont toutes avaient fini par être affligées. Il n'aurait certes pas décliné, mais pourquoi personne ne le disait-il clairement ? Les Norvégiennes étaient devenues si grasses que non seulement elles allaient passer l'arme à gauche à cause d'une de cette putain de foultitude de maladies, mais en plus elles allaient mettre un terme à la reproduction de la race, dépeupler le pays. Car au final plus aucun homme n'oserait patauger dans tant de lard. Hormis le sien propre, bien entendu.

L'ascenseur arriva, ils entrèrent, et le câble hurla de douleur.

Il avait lu que les hommes prenaient au moins autant de poids, mais ça ne se voyait pas de la même façon. Ils avaient de moins gros culs, paraissaient juste plus grands, plus forts. Comme lui. Putain, il avait *meilleure mine* maintenant que dix kilos auparavant. Alors que les bonnes femmes se couvraient de cette graisse tressautante et clapotante qui lui donnait envie de leur flanquer des coups, rien que pour voir son pied disparaître dans cette masse molle. Tout le monde savait que la graisse était le nouveau cancer, pourtant, on poussait les hauts cris contre l'hystérie des régimes et on encensait le « véritable » corps féminin. Comme si l'absence d'exercice physique et la surnutrition constituaient une sorte d'idéal naturel. Genre, *big is beautiful*, bordel ! Plutôt cent qui meurent de maladies cardiovasculaires qu'une seule qui succombe à des troubles du comportement alimentaire. Et maintenant, même Martine ressemblait à ça. Oui, d'accord, elle était enceinte, il le savait, mais il ne pouvait se défaire de l'idée qu'elle était devenue l'une d'*elles*.

« Vous avez l'air frigorifié », remarqua Vigdis A en souriant.

Truls ne savait pas ce que représentait le A, mais il figurait sur sa sonnette, Vigdis A. Il eut envie de lui coller un pain, un direct du droit, pleine puissance, pas besoin de craindre pour ses phalanges avec ces joues rebondies. Ou de la sauter. Ou les deux.

Truls savait pourquoi il était si furieux. C'était cette saloperie de téléphone mobile.

Quand ils avaient enfin réussi à convaincre le central d'exploitation de Telenor de pister le mobile de Hole, ils avaient vu qu'il se trouvait en plein centre, plus précisément aux alentours de la gare. Nulle part la foule n'est plus dense à Oslo, toute la journée. Une douzaine de policiers avaient ratissé la cohue, à la recherche de Hole. Ils y avaient passé des heures. Nada. Finalement, un blanc-bec avait eu l'idée banale qu'ils synchronisent leurs montres, se répartissent sur le secteur, et que l'un d'eux appelle le numéro du mobile une fois tous les quarts d'heure à la seconde près. Si on entendait une sonnerie à cet instant, ou voyait quelqu'un sortir un téléphone, on n'aurait plus qu'à passer à l'attaque, il devait forcément être dans le coin. Aussitôt dit, aussitôt fait. Et ils avaient trouvé le téléphone. Dans la poche d'un junkie somnolant sur les marches devant la gare. Il avait raconté qu'un gars le lui avait « donné » à Fyrlyset.

L'ascenseur s'arrêta. « Bonne soirée », marmonna Truls en sortant.

Il entendit la porte se refermer derrière lui et l'ascenseur redémarrer.

Maintenant, des *kjøttkaker* et un DVD. Le premier *Fast & Furious*, peut-être. Un film de merde, bien sûr, mais avec quelques scènes réussies. Ou *Transformers*, Megan Fox et une bonne et longue branlette.

Il l'entendit respirer. Elle était sortie de l'ascenseur en même temps que lui. Pute. Truls Berntsen allait tirer son coup ce soir. Il sourit et tourna la tête. Mais elle buta contre quelque chose. De dur. Et froid. Truls Berntsen poussa ses yeux aux limites de son champ de vision. Un canon d'arme à feu.

« Merci, souffla une voix bien connue. Je veux bien entrer. »

Assis dans le fauteuil, Truls Berntsen avait les yeux rivés sur l'embouchure du canon de son propre pistolet. Il l'avait trouvé. Et inversement.

« On ne peut pas continuer de se rencontrer de cette façon », dit Harry Hole. Il avait placé sa cigarette au coin de ses lèvres, pour ne pas avoir la fumée dans les yeux.

Truls ne répondit pas.

« Tu sais pourquoi je préfère me servir de ton pistolet ? » Il tapota le fusil de chasse qu'il avait posé sur ses genoux.

Truls gardait le silence.

« Parce que je veux que les balles qu'ils trouveront dans ton corps leur permettent de remonter à *ton* arme. »

Truls haussa les épaules.

Harry Hole se pencha en avant. Et Truls la sentait maintenant : l'haleine alcoolisée. Bordel, ce mec était rond ! Il avait entendu parler de ce qu'il faisait à jeun, et là il avait picolé.

« Tu es un brûleur, Truls Berntsen. Et en voici la preuve. »

Il leva un badge trouvé dans le portefeuille qu'il lui avait pris en même temps que le pistolet. « Thomas Lunder ? Ce n'est pas l'homme qui est allé chercher la came à Gardermoen ?

— Qu'est-ce que tu veux ? » demanda Truls, avant de fermer les yeux et de se renverser dans le fauteuil. Des *kjøttkaker* et un DVD.

« Je veux savoir quel est le lien entre toi, Dubaï, Isabelle Skøyen et Mikael Bellman. »

Truls sursauta dans le fauteuil. Mikael ? Que venait faire Mikael dans cette histoire ? Et Isabelle Skøyen, ce n'était pas cette politique, là ?

« Je n'en ai pas la moindre idée… »

Il vit le chien du pistolet se soulever.

« Attention, Hole ! La course de la détente est plus courte que tu crois, elle… »

Le chien continuait à monter.

« Attends ! Attends, bon Dieu ! » La langue de Truls Berntsen fit le tour de sa bouche, à la recherche de lubrifiant. « Je ne sais rien du tout pour Bellman et Skøyen, mais Dubaï…

— Dépêche-toi.

— Je peux te parler de lui…

— Qu'est-ce que tu peux me raconter ? »

Truls Berntsen inspira, retint son souffle. Avant de le relâcher dans un gémissement : « Tout. »

Chapitre 39

Trois yeux fixaient Truls Berntsen. Deux aux iris bleu clair, dilués dans l'alcool. Et un noir, rond, qui était la bouche de son propre Steyr. L'homme qui le tenait était plus allongé qu'assis dans le fauteuil ; ses longues jambes étaient étendues sur le tapis. Et il disait d'une voix bourrue :

« Raconte, Berntsen. Parle-moi de Dubaï. »

Truls toussota deux fois. Saloperie de gorge sèche.

« On a sonné un soir où j'étais ici. J'ai décroché l'interphone, et quelqu'un a dit vouloir me parler. Au début, je ne voulais pas le laisser entrer, mais il a mentionné un nom, et… oui… »

Truls Berntsen passa le pouce et l'index le long de ses mâchoires.

L'autre attendit.

« Il y a eu une affaire malheureuse. Je croyais que personne n'était au courant.

— J'écoute.

— Quelqu'un qui s'était fait arrêter. Il avait besoin d'apprendre un peu les bonnes manières. Je pensais que personne ne savait que c'était moi qui… les lui avais apprises.

— Grosses blessures ?

— Les parents voulaient faire un procès, mais le gosse n'a pas réussi à me désigner pendant la séance d'identification. Apparemment, je lui avais esquinté le nerf optique. Chance dans la malchance, hein ? » Truls grogna de son rire nerveux, mais cessa très vite. « Et voilà que ce gars-là était à la porte, et savait. Il a dit que j'avais un certain talent pour échapper aux radars, et qu'il serait prêt à payer beaucoup quelqu'un comme moi. Il parlait norvégien avec un petit accent. Plutôt distingué. Je l'ai laissé entrer.

— Tu as rencontré Dubaï ?

— Seulement cette fois. Après, je crois que je l'ai aperçu une fois. Enfin, bref, il était venu seul. Un vieil homme dans un costume élégant, mais démodé. Gilet, chapeau et gants. Il m'a expliqué ce qu'il voulait que je fasse. Et combien il paierait. Le type était prudent. Il m'a dit que nous n'aurions plus de contacts directs après cette entrevue, pas de coups de fil, pas de mails, rien qui puisse être tracé. Et ça m'allait bien comme ça.

— Alors comment conveniez-vous des missions de brûlage ?

— Les missions étaient inscrites sur une stèle dont il m'avait indiqué l'emplacement.

— Où ?

— Cimetière de Gamlebyen. C'est aussi là que je recevais l'argent.

— Parle-moi de Dubaï. Qui est-il ? »

Truls Berntsen fixa le vide devant lui sans rien dire. Essaya de se pencher sur le problème d'arithmétique. Sur les conséquences.

« Qu'est-ce que tu attends, Berntsen ? Tu disais que tu pouvais tout me dire sur Dubaï.

— Tu as conscience de ce que je risque si je…

— La dernière fois que je t'ai vu, deux sbires de Dubaï ont essayé de te transformer en passoire. Même sans ce pistolet braqué sur toi, tu n'es pas en odeur de sainteté. Allez, accouche. Qui est-ce ? »

Le regard de Harry Hole était rivé sur lui. Truls avait la sensation qu'il voyait *à travers* lui. Le chien du pistolet recommença à bouger, et simplifia le problème.

« D'accord, d'accord, s'écria Berntsen en levant les mains. Il ne s'appelle pas Dubaï. On l'appelle ainsi parce que ses vendeurs portent des maillots qui font de la pub pour une compagnie aérienne qui dessert ces pays, là-bas. L'Arabie.

— Tu as dix secondes pour me dire quelque chose que je n'aie pas compris par moi-même.

— Attends, attends, ça vient. Il s'appelle Rudolf Assaïev. Il est russe, ses parents étaient des intellectuels dissidents et des réfugiés politiques, c'est en tout cas ce qu'il a dit pendant le procès. Il a habité dans un tas de pays, et il parle apparemment quelque chose comme sept langues. Il est arrivé en Norvège dans les années soixante-dix. Un des pionniers du trafic de shit, si on peut dire. Il faisait profil bas, mais il a été balancé par l'un des siens en 1980. C'était l'époque où les peines pour vente et importation de shit étaient à peu près les mêmes que pour haute trahison. Alors il est resté longtemps en taule. Après, il est parti en Suède et il a changé pour l'héroïne.

— À peu près les mêmes peines que pour le shit, mais beaucoup plus rentable.

— Sûrement. Il a monté un petit cartel à Göteborg, mais après la mort d'une taupe il a dû disparaître. Il est revenu à Oslo il y a environ deux ans.

— Et il t'a raconté tout ça ?

— Non, non, je l'ai découvert tout seul.

— Tiens donc ? Et comment ? Je croyais que ce type était un fantôme dont personne ne savait rien ? »

Truls Berntsen baissa les yeux sur ses mains. Les releva sur Harry Hole. Eut du mal à réprimer un sourire. Car c'était une histoire qu'il avait maintes fois eu envie de raconter. Mais il n'avait personne à qui la raconter. Comment il avait berné Dubaï lui-même. Truls se passa rapidement la langue sur les lèvres.

« Quand il était assis dans le fauteuil que tu occupes en ce moment, il avait les bras sur les accoudoirs.

— Et ?

— La manche de sa chemise était remontée et a dénudé la peau au-dessus du gant. Il avait des cicatrices blanches. Tu sais, le genre qu'on a quand on se fait enlever un tatouage. Et alors j'ai pensé…

— Prison. Il portait des gants pour ne pas laisser d'empreintes digitales que tu pourrais comparer à celles du fichier. »

Truls hocha la tête. Hole était relativement vif, force était de le reconnaître.

« Exactement. Mais une fois que j'avais accepté ses conditions, il a eu l'air un peu plus détendu. Et quand je lui ai tendu la main pour conclure le marché, il a enlevé un gant. Ensuite, j'ai pu relever deux ou trois empreintes passables sur le dos de ma main. L'ordinateur a fait le reste.

— Rudolf Assaïev. Dubaï. Comment a-t-il réussi à tenir son identité secrète aussi longtemps ? »

Truls Berntsen haussa les épaules.

« On voit ça tout le temps à Orgkrim, c'est ce qui distingue les barons qui ne se font jamais prendre des autres. Petite organisation. Peu d'intermédiaires. Peu de gens dans le secret. Les rois de la came qui s'imaginent qu'il est plus sûr de s'entourer de toute une armée se font toujours gauler. Il y a toujours un ou deux serviteurs infidèles, quelqu'un qui veut être calife à la place du calife, ou balancer en échange d'une réduction de peine.

— Tu disais que tu l'avais peut-être vu à une autre occasion ? »

Truls Berntsen hocha la tête.

« Fyrlyset. Je crois que c'était lui. Il m'a vu, a fait demi-tour à la porte et s'est tiré.

— Alors elle est vraie, cette rumeur selon laquelle il errerait dans la ville comme un fantôme ?

— Qui sait ?

— Qu'est-ce que tu faisais à Fyrlyset ?

— Moi ?

— C'est un endroit où les policiers n'ont pas le droit de bosser.

— Je connaissais une fille là-bas.

— Mmm. Martine ?

— Tu la connais ?

— Tu y allais pour la mater ? »

Truls sentit le sang lui monter au visage.

« Je…

— Relax, Berntsen. Tu viens de t'acquitter.

— Qu… quoi ?

— C'est toi le *stalker*, le type que Martine prenait pour une taupe. Tu étais à Fyrlyset quand Gusto a été abattu, n'est-ce pas ?

— *Stalker* ?

— Oublie, et réponds.

— Bordel, tu ne croyais quand même pas que… Pourquoi j'aurais liquidé Gusto Hanssen ?

— Tu aurais pu en être chargé par Assaïev. Mais tu avais une raison personnelle tout aussi bonne. Gusto t'avait vu buter un type à Alnabru. Avec une perceuse. »

Truls Berntsen évalua ce que disait Hole. L'évalua à la façon d'un policier qui vit en permanence avec les mensonges et doit chaque jour, tout le temps, essayer de faire le tri entre bluff et vérité.

« Ce meurtre te donnait par ailleurs un mobile pour tuer Oleg Fauke, qui était aussi témoin. Le détenu qui a essayé de poignarder Oleg…

— Il ne bossait pas pour moi ! Il faut que tu me croies, Hole, je n'ai rien à voir avec cette histoire. J'ai seulement brûlé des preuves, je n'ai tué personne. Ce truc, à Alnabru, était un pur accident. »

Hole pencha la tête sur le côté.

« Et quand tu es venu me trouver au Leons, ce n'était pas pour me liquider ? »

Truls déglutit. Ce Hole pouvait en venir à le *tuer*, plutôt deux fois qu'une. Lui flanquer une balle dans la tempe, essuyer les empreintes et lui placer le pistolet dans la main. Aucun signe d'effraction, Vigdis A pourrait raconter qu'elle avait vu Truls rentrer seul, qu'il avait l'air d'avoir froid. De se sentir seul. Il s'était fait porter pâle au boulot. Déprimé.

« Qui étaient les deux autres qui se sont pointés ? Les hommes de Rudolf ? »

Truls hocha la tête.

« Ils se sont barrés, mais j'ai mis une balle à l'un d'eux.

— Que s'est-il passé ? »

Truls haussa les épaules. « J'en sais sûrement trop. » Il tenta de rire, mais le résultat fut plus proche d'une quinte de toux sèche.

Ils restèrent un moment à se dévisager en silence.

« Que prévois-tu de faire ? voulut savoir Truls.

— Le capturer. »

Capturer. Ça faisait longtemps que Truls n'avait pas entendu quelqu'un employer ce mot.

« Donc tu penses qu'il a peu de gars autour de lui ?

— Trois ou quatre, max. Peut-être rien que ces deux-là.

— Mmm. Qu'est-ce que tu as d'autre comme quincaillerie ?

— Quincaillerie ?

— À part ça, là. » Hole fit un signe de tête vers la table basse, où se trouvaient deux pistolets et un pistolet-mitrailleur MP5, chargés, prêts à l'emploi. « Je vais te ligoter et fouiller l'appartement, alors autant me montrer ce que tu as. »

Truls Berntsen réfléchit. Puis il désigna la chambre.

Hole secoua la tête quand Truls ouvrit les portes de la penderie et appuya sur un interrupteur, projetant ainsi la lumière bleue d'un néon sur son contenu : six pistolets, deux gros couteaux, une matraque noire, un poing américain, un masque à gaz et ce qu'on appelle un *riot gun*, petit fusil mastoc muni en son milieu d'un cylindre qui contient de grosses cartouches de gaz lacrymogène. Truls avait presque tout trouvé dans les entrepôts de la police, où de toute façon on tablait sur quelques pertes.

« T'es complètement taré, Berntsen.

— Pourquoi ? »

Hole le lui montra. Truls avait planté des clous dans le mur au fond de la penderie pour y suspendre les armes et dessiné leurs contours au marqueur. Tout avait sa place.

« Un gilet pare-balles sur un *cintre* ? Tu as peur qu'il se froisse ? »

Truls Berntsen ne répondit pas.

« OK, poursuivit Hole en décrochant le gilet. Passe-moi le fusil anti-émeutes, le masque à gaz et des munitions pour le MP5 du salon. Et un sac. »

Hole surveilla Truls qui remplissait le sac. Ils retournèrent dans le salon, où Harry ramassa le MP5.

Ils s'arrêtèrent à la porte.

« Je sais ce que tu penses, dit Harry. Mais avant de passer le moindre coup de fil ou d'essayer d'une quelconque autre façon de m'arrêter, il pourrait t'être utile de garder à l'esprit que tout ce que je sais sur toi et sur cette histoire se trouve chez un avocat. Il a des instructions au cas où il m'arriverait quelque chose. Compris ? »

Mensonge, pensa Truls en hochant la tête.

Hole émit un petit rire.

« Tu crois que je mens, mais tu ne peux pas en être *tout à fait* certain, hein ? »

Truls sentit qu'il haïssait Hole. Il haïssait son sourire impassible, condescendant.

« Et qu'est-ce qui se passera si tu survis, Hole ?

— Tes problèmes seront réglés. Je disparais, je pars à l'autre bout du globe. Et je ne reviendrai pas. Une dernière chose… » Hole boutonna son long manteau sur le gilet pare-balles. « C'est toi qui as rayé Blindernveien 74 de la liste que Bellman et moi avons eue, hein ? »

Truls Berntsen allait répondre automatiquement non. Mais quelque chose — une intuition, une idée à moitié formulée — l'arrêta. En vérité, il n'avait jamais trouvé où habitait Rudolf Assaïev.

« Oui », fit-il alors que son cerveau travaillait pour

digérer l'information. Essayait d'analyser ses implications. *La liste que Bellman et moi avons eue.* Essayait de tirer des conclusions. Mais il ne pensait pas assez vite, ça n'avait jamais été son fort, il avait besoin d'un peu plus de temps.

« Oui », répéta-t-il, en espérant que sa stupéfaction ne transparaissait pas. « Bien sûr, c'est moi qui ai rayé cette adresse.

— Je laisse ce fusil. » Harry ouvrit la chambre et sortit la cartouche. « Si je ne reviens pas, il peut être remis au cabinet d'avocats Bach & Simonsen. »

Hole claqua la porte, et Truls entendit ses grandes enjambées dans l'escalier. Attendit d'être certain qu'il ne revenait pas. Et puis il réagit.

Hole n'avait pas découvert le Märklin appuyé contre le mur derrière les rideaux, à côté de la porte du balcon. Truls empoigna ce fusil de terroristes gros et pesant, ouvrit à la volée la porte du balcon. Posa le canon sur la balustrade. Il faisait froid et une petite pluie tombait, mais surtout : il n'y avait presque pas de vent.

Il vit Hole sortir de l'immeuble, vit son pardessus autour de lui tandis qu'il rejoignait au petit trot le taxi qui l'attendait sur le parking. Il le trouva dans la lunette photosensible de l'arme. Optique et armurerie allemandes. Le grain était grossier, mais l'image nette. Il pouvait sans problème coucher Hole depuis ici, la balle le transpercerait du crâne aux pieds, ou, mieux, ressortirait par son engin de reproduction. L'arme avait tout de même été conçue pour la chasse à l'éléphant. Mais s'il attendait que Hole passe sous l'un des réverbères du parking, sa visée serait encore plus précise. Et ce serait foutrement pratique : à une heure aussi avancée, le parking était presque désert, et

Truls n'aurait pas besoin de faire des kilomètres pour traîner le cadavre dans sa voiture.

Un avocat au courant ? À d'autres. Mais il envisagerait bien sûr de l'éliminer lui aussi, par acquit de conscience. Hans Christian Simonsen.

Hole approchait. La nuque. Ou la tête. Le gilet pare-balles était un de ces modèles qui montent bien haut. D'un lourd infernal. Il pressa la queue de détente. Une petite voix à peine audible lui disait de ne pas le faire. C'était un meurtre. Truls Berntsen n'avait encore jamais tué personne. Pas directement. Tord Schultz, ce n'était pas lui, mais les foutus cabots de Rudolf Assaïev. Et Gusto ? Oui, qui avait seringué Gusto ? Pas lui, en tout cas. Mikael Bellman. Isabelle Skøyen.

La petite voix se tut, et la croix de la lunette était comme collée à la tête de Hole. *Pan !* Il voyait déjà le jet. Appuya un peu plus sur la détente. Dans deux secondes, Hole serait dans la lumière. Dommage qu'il ne puisse pas filmer ça. Le graver sur DVD. Ce serait bien mieux que Megan Fox, avec ou sans boulettes de viande.

Chapitre 40

Truls Berntsen respirait profondément et lentement. Son pouls s'était accéléré, mais restait sous contrôle.

Harry Hole était dans la lumière. Et emplissait la lunette de visée.

Vraiment dommage qu'il ne puisse pas filmer…

Truls Berntsen hésita.

Réfléchir vite n'avait jamais été son fort.

Non qu'il fût bête, mais simplement son cerveau tournait parfois un peu lentement.

Pendant leur enfance et leur adolescence, c'est ce qui avait toujours fait la différence entre Mikael et lui. Mikael était celui qui réfléchissait et parlait. Mais le truc, c'était que Truls y était arrivé à la fin, lui aussi. Comme maintenant, comme cette histoire de l'adresse effacée de la liste, et comme la petite voix qui lui avait dit de ne pas tuer Harry Hole, pas tout de suite. Mathématiques élémentaires, aurait dit Mikael. Hole était aux trousses de Rudolf Assaïev et de Truls, dans cet ordre-là, par bonheur. Donc si Hole butait Assaïev, il éliminerait au moins un problème de Truls. Même chose si Assaïev butait Hole. D'un autre côté…

Harry Hole était toujours dans la lumière.

Le doigt de Truls appuyait en un mouvement uniforme. Il avait été le deuxième meilleur tireur au fusil à Kripos, le meilleur au pistolet.

Il vida ses poumons. Son corps était parfaitement détendu, il n'y aurait aucune secousse incontrôlée. Il inspira de nouveau.

Et baissa son arme.

Blindernveien était tout éclairée devant Harry. Elle se déroulait comme un circuit de montagnes russes dans un paysage vallonné de villas relativement anciennes, grands jardins, bâtiments universitaires et pelouses.

Il attendit de voir disparaître les feux du taxi, puis se mit en marche.

Il était une heure moins quatre, et il n'y avait pas âme qui vive. Il avait demandé au taxi de s'arrêter devant le numéro 68.

Le 74 se trouvait derrière une clôture haute de trois mètres, à une cinquantaine de mètres de la route. Une construction cylindrique en maçonnerie d'environ quatre mètres de diamètre et de hauteur, semblable à un château d'eau, jouxtait la maison. Harry n'en avait jamais vu en Norvège, mais il en remarqua un près de la maison voisine aussi. Et en effet, une allée de gravier montait à la porte de l'imposante villa en bois. Une lampe suspendue au-dessus d'une porte en bois sombre et certainement solide était allumée.

Deux fenêtres du rez-de-chaussée et une du premier étaient éclairées.

Harry se posta dans l'ombre d'un chêne de l'autre côté de la rue. Il ôta son sac à dos et l'ouvrit. Prépara le fusil anti-émeutes et plaça le masque à gaz sur sa tête, de façon à n'avoir qu'à le rabattre sur son visage.

Avec un peu de chance, la pluie lui permettrait d'approcher autant que nécessaire. Il vérifia que le court MP5 était chargé et déverrouillé.

L'heure était venue.

Mais l'anesthésie s'estompait.

Il sortit le Jim Beam, dévissa le bouchon. Il restait au fond une larme presque invisible. Il regarda la villa. Regarda la bouteille. S'il réussissait, il aurait besoin d'une gorgée en sortant. Il revissa le bouchon et glissa la bouteille dans sa poche intérieure avec le chargeur supplémentaire du MP5. Vérifia qu'il respirait correctement, que son cerveau et ses muscles recevaient de l'oxygène. Regarda sa montre. Une heure une. L'avion partait dans vingt-trois heures. Leur avion, à Rakel et lui.

Il inspira à fond deux fois encore. Une alarme reliait probablement le portail à la maison, mais il était trop lourdement chargé pour franchir rapidement la clôture, et il n'avait pas envie de traîner ici comme la cible vivante qu'il avait été dans Madserud allé.

Deux et demi, pensa Harry. Trois.

Il gagna le portail, appuya sur la poignée, ouvrit. Le fusil anti-émeutes dans une main, le MP5 dans l'autre, il se mit à courir. Pas sur le gravier, mais dans l'herbe. Il courut vers la fenêtre du salon. En tant que policier, il avait participé à suffisamment d'arrestations éclair pour savoir quel avantage fabuleux l'effet de surprise procurait. L'avantage de tirer le premier, et celui des chocs sonores et lumineux qui pouvaient paralyser complètement un adversaire. Mais il avait aussi une idée approximative de la longévité de cet effet de surprise. Quinze secondes. C'était le temps dont il pensait disposer. S'il ne les battait pas dans ce délai, ils reprendraient leurs esprits, se regrouperaient, contre-attaqueraient. Eux connaissaient la maison, lui n'avait même pas vu les plans.

Quatorze, treize.

Dès l'instant où il tira deux cartouches de gaz dans la fenêtre du salon, qui explosèrent et se muèrent en une avalanche de blanc, ce fut comme si le temps ralentissait et devenait un film saccadé dans lequel il notait qu'il bougeait, que son corps faisait ce qu'il devait, tandis que son cerveau ne saisissait que des bouts épars.

Douze.

Il baissa son masque, lança le fusil anti-émeutes dans le salon, balaya avec le MP5 les plus gros tessons qui pointaient de la fenêtre, plaça son sac à dos sur l'encadrement et posa les mains dessus, jeta un pied en l'air et se lança dans la fumée blanche qui déferlait sur lui. Le gilet pare-balles alourdissait ses mouvements, mais quand il fut à l'intérieur, il eut la sensation de voler dans un nuage. Son champ de vision réduit par le masque renforçait l'impression d'évoluer dans un film. Il entendit des coups de feu et plongea à terre.

Huit.

D'autres coups de feu. Le bruit sec du parquet qui éclatait. Ils n'étaient *pas* paralysés. Il attendit. Puis il l'entendit. La toux. Celle qu'on ne peut réprimer quand les gaz lacrymogènes brûlent les yeux, le nez, les muqueuses, les poumons.

Cinq.

Harry brandit le MP5 et tira vers la source sonore

dans le blanc grisâtre. Il entendit de petits pas saccadés. Un bruit de course dans l'escalier.

Trois.

Il se leva et se rua à la poursuite de ce bruit.

Deux.

Là-haut, au premier, il n'y avait pas de fumée. Si le fugitif lui échappait, ses chances s'en trouveraient drastiquement réduites.

Un, zéro.

Harry distingua les contours d'un escalier, puis une rampe à barreaux. Il passa le MP5 entre les barreaux, le fit pivoter sur le côté et le pointa vers le haut. Appuya sur la détente. L'arme sautait dans sa main, mais il tint bon. Il vida le chargeur. Ramena l'arme à lui, sortit le chargeur vide pendant que son autre main cherchait le second dans la poche de son manteau. Il ne trouva que la bouteille vide. Il l'avait perdu pendant qu'il était allongé par terre ! Les autres étaient encore dans le sac sur l'appui de fenêtre.

Harry sut qu'il était mort quand il entendit des pas dans l'escalier. Qui descendaient. Lentement, avec précaution. Puis plus vite. Et ils dévalèrent. Harry vit une silhouette plonger hors du brouillard. Un fantôme qui titubait en costume noir et chemise blanche. Il atteignit la rampe, se plia en deux et glissa sans vie jusqu'au poteau de départ. Harry vit les trous effilochés dans le dos de la veste, là où étaient entrées les balles. Il s'approcha du corps, empoigna les cheveux et releva la tête. Il eut une sensation d'étouffement et dut lutter contre l'impulsion d'arracher son masque à gaz.

En ressortant, une balle avait pratiquement emporté le nez, mais Harry le reconnut. Le petit à la porte de la chambre, au Leons. Celui qui lui avait tiré dessus depuis la voiture dans Madserud allé.

Harry tendit l'oreille. Le silence était complet, à l'exception du chuintement des cartouches de gaz lacrymogène, d'où la fumée blanche continuait à se déverser. Harry se retira à la fenêtre du salon, trouva son sac, enfonça un nouveau chargeur dans l'arme et en fourra un dans sa poche de manteau. Sentit alors seulement la sueur qui ruisselait sous son gilet.

Où était le grand ? Et où était Dubaï ? Harry écouta de nouveau. Chuintement de gaz. Mais n'avait-il pas entendu des pas sur le plancher au-dessus de lui ?

À travers le brouillard, il entrevit un autre salon et une porte ouverte sur la cuisine. Une seule porte close. Il se posta à côté, ouvrit, glissa son fusil anti-émeutes à l'intérieur et tira deux cartouches. Referma et attendit. Compta jusqu'à dix. Ouvrit et entra.

Vide. Dans les brumes, il aperçut des bibliothèques, un fauteuil en cuir noir et une grande cheminée. Au-dessus était suspendu le portrait d'un homme en uniforme noir de la Gestapo. Était-ce une ancienne villa de nazi ? Harry savait que Karl Marthinsen, nazi norvégien et chef de la Hird — l'organisation paramilitaire du Nasjonal Samling — habitait dans une villa réquisitionnée de Blindernveien au moment où il était mort criblé de balles devant la fac de sciences.

Harry revint sur ses pas, traversa la cuisine, entra dans la chambre de bonne typique de l'époque, et trouva ce qu'il cherchait : l'escalier de service.

D'ordinaire, il faisait aussi office d'escalier de secours. Mais celui-là ne conduisait à aucune sortie, au contraire, il descendait au sous-sol, et ce qui jadis était une issue avait été muré.

Harry s'assura qu'il restait une cartouche de gaz dans le chargeur tambour et grimpa l'escalier à grands pas silencieux. Il tira sa dernière cartouche dans le couloir, compta jusqu'à dix et avança en ouvrant les portes. Les douleurs dans sa gorge l'assaillaient, mais il parvenait encore à se concentrer. Hormis la première, verrouillée, toutes les pièces étaient vides. Deux chambres paraissaient servir. L'un des lits n'avait toutefois pas de drap, et le matelas était sombre, comme imbibé de sang. Sur la table de nuit de l'autre chambre était posée une grosse Bible. Harry la regarda. Caractères cyrilliques. Russe orthodoxe. À côté, un *jouk* prêt à l'emploi. Une brique rouge plantée de six clous. Presque de la même épaisseur que le Livre saint.

Harry revint à la porte close. La transpiration avait embué les verres de son masque. Il s'arc-bouta contre le mur en face de la porte, leva le pied et tapa dans la serrure. Elle céda au quatrième coup. Harry se ramassa sur lui-même et tira une salve dans la pièce, entendit du verre se briser. Il attendit que la fumée du couloir ait envahi la pièce. Entra. Trouva l'interrupteur.

La chambre était plus grande que les autres. Le lit à baldaquin le long du mur n'était pas fait. Sur la table de nuit, une pierre bleue scintillait sur un anneau.

Harry plongea la main sous la couette. Encore chaude.

Il regarda autour de lui. La personne qui venait de sortir du lit pouvait bien sûr avoir filé en verrouillant derrière elle. Si ce n'est que la clé était sur la porte à l'intérieur. Harry inspecta la fenêtre : fermée. Il regarda l'imposante armoire. L'ouvrit.

À première vue, c'était une penderie classique. Il poussa la cloison du fond. Qui s'ouvrit.

Une issue de secours. Le souci du détail allemand.

Harry écarta chemises et vestes et passa la tête à travers la fausse cloison. Une courant d'air froid l'accueillit. Un puits. Harry tâtonna. Des échelons en acier avaient été fixés dans le mur. Il semblait y en avoir d'autres vers le bas, ils devaient mener à une cave. Une image voleta dans son cerveau, un fragment de rêve. Il la repoussa, ôta son masque à gaz et passa en force la fausse paroi. Ses pieds trouvèrent les échelons, et au moment où son visage arriva au niveau du plancher de l'armoire, il vit un bout de tissu en coton amidonné, en forme de U. Il le prit, le mit dans sa poche de manteau et continua à descendre dans le noir. Il compta les échelons. Vingt-deux degrés plus bas, son pied rencontra la terre ferme. Mais alors qu'il allait poser le second, la terre plus si ferme bougea. Il perdit l'équilibre, mais l'atterrissage fut souple.

D'un souple suspect.

Harry resta immobile à écouter. Il tira alors un briquet de sa poche de pantalon. L'alluma, le laissa brûler deux secondes. L'éteignit. Il avait vu ce qu'il avait besoin de voir.

Il était allongé sur un corps.

Un corps exceptionnellement grand et exceptionnellement nu. À la peau froide comme du marbre, et à la lividité bleue caractéristique des cadavres vieux d'un jour.

Harry s'écarta du macchabée et progressa sur le sol en ciment vers la porte de bunker qu'il avait aperçue. Avec un briquet allumé, il constituait une cible ; avec davantage de lumière, ils l'étaient tous. Il tint son MP5 prêt en actionnant l'interrupteur de la main gauche.

Une ligne de lumière apparut. Elle courait le long d'un couloir bas et étroit.

Harry constata qu'il était seul. Il baissa les yeux sur le cadavre. Il gisait sur une couverture, le ventre entouré d'un bandage ensanglanté. Sur la poitrine, un tatouage de la Vierge Marie dévisageait Harry. Il en connaissait la symbolique : l'homme était un criminel depuis sa plus tendre enfance. Le cadavre n'ayant pas d'autre blessure apparente, Harry supposa que la plaie sous le bandage, très vraisemblablement due à une balle du Steyr de Truls Berntsen, l'avait emporté.

Harry essaya la porte blindée. Verrouillée. Le mur du fond était constitué de plaques métalliques scellées dans la maçonnerie. En d'autres termes, Rudolf Assaïev n'avait pu sortir que par *une* issue. Le tunnel. Et Harry savait pourquoi il avait d'abord essayé toutes les autres possibilités. Le rêve.

Il regarda fixement le bout de ce couloir étroit.

La claustrophobie est contre-productive, elle déclenche des signaux de danger trompeurs, c'est une chose à combattre. Il vérifia que le chargeur était bien engagé dans le MP5. Et merde. Les fantômes n'existent que quand on les laisse exister.

Il se mit en marche.

Le tunnel était encore plus étroit qu'il l'avait cru. Il devait plier les genoux, et malgré cela, sa tête et ses épaules touchaient les parois moussues. Il s'efforça d'occuper son cerveau, afin de ne laisser aucune prise à la claustrophobie. Songea qu'il devait s'agir d'une issue de secours utilisée par les Allemands, du même tonneau que la porte arrière murée. Par habitude, il veillait à s'orienter à peu près et, sauf erreur, il se dirigeait vers la maison voisine, au réservoir identique. Le tunnel avait été méticuleusement conçu. On avait même ménagé des bouches d'évacuation dans le sol en cas d'inondation, curieux que ces Allemands bâtisseurs d'autoroutes aient fait ce tunnel si étroit. Au moment où il pensait « étroit », la claustrophobie le saisit à la gorge. Il se concentra sur le compte de ses pas, essaya de visualiser sa position par rapport à ce qu'il y avait en surface. Surface, dehors, libre, respirer. Compte, compte, nom de Dieu ! Arrivé à cent dix, il vit un trait blanc sur le sol. Il voyait les lumières s'interrompre plus loin et, en se retournant, il comprit que le trait devait marquer la moitié du passage. Compte tenu des petits pas qu'il avait été obligé de faire, il estima avoir parcouru entre soixante et soixante-dix mètres. Bientôt la sortie. Il essaya de marcher plus vite, en raclant le sol des pieds comme un vieillard. Il entendit un déclic et baissa les yeux. Le bruit venait d'une des bouches d'évacuation. Les clapets acérés pivotèrent, tournèrent leur face large vers le haut de façon à se chevaucher, un peu comme quand on ferme l'arrivée d'air dans une voiture. Et au même instant, il entendit un autre bruit, un grondement sourd derrière lui. Il se retourna.

Il voyait la lumière se refléter dans le métal. Une plaque scellée dans le mur du fond bougeait. Elle coulissait, c'est ce qui produisait le bruit. Harry s'arrêta et tint son pistolet automatique prêt. Comme il faisait trop sombre. il ne pouvait voir ce qui se trouvait de l'autre côté. Mais quelque chose scintilla alors, comme le fjord d'Oslo sous le soleil par un bel après-midi d'automne. Un instant de silence complet s'ensuivit. Le cerveau de Harry tournait à plein régime. La taupe s'était noyée au milieu du tunnel. Les châteaux d'eau. Le couloir sous-dimensionné. La mousse au plafond qui n'était pas de la mousse mais des algues. Puis il vit le mur arriver. Noir verdâtre, à bords blancs. Il se retourna pour courir. Et vit un mur équivalent venir vers lui depuis l'autre extrémité.

Chapitre 41

C'était comme se trouver entre deux trains lancés l'un contre l'autre. Le mur d'eau devant lui l'atteignit en premier. L'expédia en arrière, il sentit son crâne heurter le sol, puis il remonta et fut emporté dans le tourbillon. Il se débattit, ses doigts et ses genoux raclèrent la paroi, il essaya de se cramponner, mais face aux forces en présence, il n'avait aucune chance. Puis, aussi soudainement que cela avait commencé, cela s'interrompit. Il sentit dans l'eau les remous des deux cascades qui se neutralisaient. Puis quelque chose dans son dos. Deux bras blancs aux reflets verdâtres l'enserraient par-derrière, des doigts livides montaient vers son visage. Harry se dégagea d'un coup de pied, se retourna et vit le cadavre au ventre bandé évoluer dans l'eau sombre comme un astronaute nu en apesanteur. Bouche ouverte, cheveux et barbe qui ondulaient doucement. Harry posa les pieds par terre et se redressa. Il y avait de l'eau jusqu'au plafond. Il se baissa, aperçut le MP5 et le trait blanc sur le sol tandis qu'il faisait son premier mouvement de brasse. Il avait perdu le sens de l'orientation jusqu'à ce que le cadavre lui indique la direction. Harry nageait le corps en diagonale par rapport aux parois afin d'avoir le plus d'espace possible pour ses bras, s'interdisant de penser à l'autre chose. La poussée d'Archimède ne posait pas de problème, au contraire, son lourd gilet pare-balles le tirait trop vers le bas. Harry s'interrogea sur l'opportunité de prendre le temps de se débarrasser de son manteau, qui remontait au-dessus de ses épaules et créait plus de résistance. Il essaya de se concentrer sur ce qu'il avait à faire, regagner le puits à la nage, ne pas compter les secondes, ne pas compter les mètres. Mais il sentait déjà la pression dans son crâne, comme s'il allait exploser. Et la pensée s'imposa. Été, bassin extérieur de cinquante mètres. Début de matinée, presque personne, soleil, Rakel en bikini jaune. Oleg et Harry s'apprêtaient à déterminer qui nageait le plus loin sous l'eau. Oleg était en forme après la saison de patinage, mais Harry avait une meilleure technique. Rakel les encourageait et riait de son rire délicieux pendant qu'ils s'échauffaient. Ils plastronnaient tous deux devant elle, elle était la reine de la piscine de Frogner, Harry et Oleg ses sujets qui recherchaient sa faveur. Puis ils démarrèrent. Et parcoururent exactement la même distance. Au bout de quarante mètres, ils avaient tous deux crevé la surface, haletants et certains de la victoire. Quarante mètres, à dix mètres du bord. En se donnant une impulsion contre le mur au départ et avec la place d'étendre les bras. Un peu plus de la moitié de la distance jusqu'au puits. Il n'avait aucune chance. Il mourrait ici. Maintenant, bientôt. Il avait l'impression que ses yeux allaient jaillir de leurs orbites. L'avion partait à minuit. Bikini jaune. Dix mètres du bord. Il fit une autre brasse. Pourrait en faire encore une. Mais alors, alors il mourrait.

Il était trois heures et demie du matin. Truls Berntsen tournait en voiture dans les rues d'Oslo, sous le chuchotis de la pluie fine sur son pare-brise. Depuis deux heures. Non qu'il cherchât quelque chose, mais cela lui apportait du calme. Du calme pour réfléchir et du calme pour ne pas réfléchir.

Quelqu'un avait supprimé une adresse de la liste que Harry Hole avait reçue. Et ce n'était pas lui.

Tout n'était peut-être pas aussi évident qu'il l'avait cru, en fin de compte.

Il se rejoua encore une fois le soir du meurtre.

Gusto avait sonné chez lui, tellement en manque qu'il tremblait. Il avait menacé de le balancer s'il ne lui donnait pas d'argent pour se payer de la fioline. Pour une raison inconnue, on n'en trouvait presque plus depuis plusieurs semaines, il y avait eu panique à Needle Park et un quart coûtait trois mille couronnes, au bas mot. Truls avait dit qu'il leur fallait passer à un distributeur, il allait juste chercher ses clés de voiture. Il avait pris son Steyr, il n'avait aucun doute sur la marche à suivre. Gusto userait de la même menace chaque fois, les camés sont assez prévisibles de ce point de vue-là. Mais lorsqu'il était revenu à la porte, le gosse avait disparu. Il avait sûrement senti le vent tourner. Truls s'était dit que ce n'était pas plus mal ; tant qu'il n'avait rien à y gagner, Gusto ne le balancerait pas, et après tout lui aussi avait participé à ce casse. On était samedi, Truls était ce qu'on appelle d'astreinte, ce qui voulait dire qu'il était de garde à domicile. Il était donc descendu à Fyrlyset, avait lu un peu, reluqué Martine Eckhoff, bu du café. Puis il avait entendu les sirènes, et quelques secondes plus tard, son téléphone sonnait. Le central d'opérations.

On les avait appelés pour une fusillade à Hausmanns gate 92, et à la Brigade criminelle, ils n'avaient personne de libre. Truls avait couru rejoindre les lieux, à seulement quelques centaines de mètres de Fyrlyset. Tous ses instincts de policier étaient en éveil ; bien conscient que ses observations pouvaient être importantes, il avait étudié les gens dans la rue. L'un d'entre eux était un jeune homme coiffé d'un bonnet de laine, adossé à un mur, juste avant que Truls n'arrive sur place. Son regard était orienté vers la voiture de police garée devant l'entrée de l'immeuble où avait eu lieu la fusillade. Truls l'avait remarqué parce que ses mains enfoncées si profond dans les poches de son blouson North Face ne lui disaient rien qui vaille. Le blouson était trop grand et trop chaud pour la saison, et ces poches pouvaient dissimuler tout et n'importe quoi. Il avait l'air grave, il ne ressemblait pas à un dealer. Comme la police revenait de la rivière avec Oleg Fauke et le faisait monter dans la voiture, le jeune homme s'était brusquement retourné pour repartir dans Hausmanns gate. À présent, Truls aurait sûrement pu se rappeler dix autres personnes observées près des lieux du crime sur lesquelles plaquer ce genre de théorie.

La raison pour laquelle il se souvenait de lui, c'était qu'il l'avait revu. Sur la photo de famille que Harry Hole lui avait montrée au Leons.

Hole avait demandé à Truls s'il reconnaissait Irene Hanssen, et il avait répondu non — ce qui était vrai. Il n'avait en revanche pas dit à Hole qui il reconnaissait sur cette photo. Il y avait Gusto, bien sûr, mais aussi un autre. L'autre garçon. Le frère adoptif. Avec cette même expression grave. Le garçon qu'il avait vu près des lieux du crime.

Truls s'arrêta dans Prinsens gate, un peu plus bas que le Leons.

La radio de la police était allumée, et le message au central d'opérations qu'il attendait vint enfin :

« Zéro un. On est allés vérifier l'appel pour tapage dans Blindernveien. On dirait qu'il y a eu une bataille, ici. Gaz lacrymogènes et traces d'un sacré paquet de tirs. Sûrement une arme automatique. Un homme abattu. On est descendus au sous-sol, mais il est plein d'eau. Je crois qu'on devrait demander au Delta de venir inspecter l'étage.

— Pouvez-vous au moins tirer au clair s'il y a toujours quelqu'un sur place ?

— Viens tirer au clair toi-même ! Tu n'as pas entendu ce que je disais ? Gaz et arme automatique !

— Bon, bon. Qu'est-ce que vous voulez ?

— Quatre voitures de patrouille pour sécuriser le secteur. Le Delta, les TIC et… un plombier, peut-être. »

Truls Berntsen baissa le son. Il entendit une voiture piler, vit un grand type traverser juste devant. Le conducteur klaxonna avec fureur, mais l'homme n'y prêta pas attention, il poursuivit à grandes enjambées vers le Leons.

Truls Berntsen plissa les yeux.

Pouvait-ce véritablement être lui ? Harry Hole ?

L'homme avait la tête rentrée dans les épaules d'un manteau usé jusqu'à la trame. Quand il tourna la tête et fut éclairé par le réverbère, Truls se rendit compte qu'il s'était trompé. Il lui ressemblait, mais ce n'était pas Hole.

Truls se renversa dans son siège. Il savait, à présent. Qui avait gagné. Il regarda sa ville. Car elle était à lui, maintenant. Sur le toit de la voiture, la pluie murmurait que Harry Hole était mort, et pleurait à torrents sur le pare-brise.

En règle générale, vers deux heures du matin, la plupart des gens avaient tiré leur coup et étaient rentrés chez eux. Le calme revenait au Leons. Le garçon de la réception leva à peine la tête quand le grand type entra. La pluie ruisselait des cheveux et du manteau du pasteur. À une époque, il s'enquérait de ce que Cato avait fait quand il rentrait ainsi, en pleine nuit ou après avoir disparu pendant plusieurs jours. Mais il avait toujours obtenu des réponses sur la misère humaine si longues, intenses, circonstanciées qu'elles en étaient épuisantes et il avait cessé. Cette nuit, Cato semblait toutefois plus fatigué que d'ordinaire.

« La nuit a été rude ? demanda-t-il simplement, en espérant un oui ou un non.

— Ah, tu sais, commença le vieil homme avec un sourire un peu pâle. Les hommes. Les hommes. Je viens d'ailleurs d'échapper à la mort.

— Ah ? » fit le garçon en le regrettant aussitôt. Un long développement allait suivre à coup sûr.

« Un automobiliste a failli me renverser », expliqua Cato avant de poursuivre vers l'escalier.

Le jeune poussa un soupir de soulagement et se replongea dans son *Fantôme du Bengale*.

Le vieil homme longiligne glissa la clé dans la serrure de sa porte et la tourna. Mais s'aperçut avec surprise qu'elle était déjà ouverte.

Il entra. Manœuvra l'interrupteur, mais le plafonnier ne s'alluma pas. Vit que la liseuse était allumée. L'homme assis sur le lit était grand, voûté et vêtu d'un long pardessus, tout comme lui. L'eau s'égouttait des basques du manteau sur le sol. Ils n'auraient pas pu être plus dissemblables, et pourtant, cela frappait maintenant le vieux pour la première fois : l'impression de se regarder dans un miroir.

« Que fais-tu ? chuchota-t-il.

— Je me suis naturellement introduit ici, répondit l'autre, pour voir si tu avais des objets de valeur.

— Tu as trouvé quelque chose ?

— De valeur ? Non. Mais j'ai trouvé ça. »

Le vieux attrapa ce que l'autre lui lançait. Le tint entre ses doigts. Hocha lentement la tête. C'était un bout de tissu en coton amidonné, en forme de U. Pas aussi blanc qu'il aurait dû.

« Alors tu l'as trouvé chez moi ?

— Oui. Dans ta chambre. Dans la penderie. Mets-le.

— Pourquoi ?

— Parce que je voudrais confesser mes péchés. Et parce que tu as l'air nu sans. »

Cato regarda l'autre, toujours assis sur le lit, courbé en avant. L'eau ruisselait de ses cheveux, le long de sa balafre, jusqu'à son menton. D'où elle gouttait sur le sol. Il avait placé l'unique siège au milieu de la pièce. Le siège du confesseur. Sur la table se trouvaient un paquet de Camel ouvert, un briquet et une cigarette détrempée, cassée.

« Comme tu voudras, Harry », dit le vieux, en norvégien maintenant.

Il s'assit et déboutonna son manteau, glissa le col romain dans les fentes de sa chemise. L'autre tressaillit quand il plongea la main dans sa poche de veste.

« Cigarettes, expliqua le vieux. Pour nous. Les tiennes m'ont l'air de s'être noyées. »

Le policier hocha la tête, et le vieux sortit la main de sa poche, tendit un paquet ouvert.

« Tu parles bien le norvégien, aussi.

— Un tout petit peu mieux que le suédois. Mais comme tu es norvégien, tu n'entends pas l'accent quand je parle en suédois. »

Harry prit l'une des cigarettes noires. La regarda.

« L'accent russe, tu veux dire ?

— Sobranie Black Russian. Les seules bonnes cigarettes qu'on trouve en Russie. Apparemment, elles sont fabriquées en Ukraine maintenant. J'ai l'habitude d'en voler à Andreï. À propos d'Andreï, comment va-t-il ?

— Mal, répondit Harry en laissant le vieux lui allumer sa cigarette.

— Je suis désolé de l'apprendre. À propos d'aller mal, tu devrais être mort, Harry. Je sais que tu étais dans le tunnel quand j'ai ouvert les vannes.

— J'y étais.

— Les vannes se sont ouvertes en même temps et les réservoirs étaient pleins. Tu aurais dû être projeté au milieu.

— Je l'ai été.

— Alors je ne comprends pas. La plupart paniquent et se noient sur-le-champ. »

Le policier souffla la fumée par la commissure de ses lèvres.

« Comme les résistants qui venaient en découdre avec le chef de la Gestapo ?

— J'ignore s'ils ont jamais eu l'occasion de tester leur piège lors d'une véritable retraite.

— Mais toi, oui. Avec la taupe.

— Il était exactement comme toi, Harry. Les hommes qui croient avoir une vocation sont dangereux. Autant pour eux-mêmes que pour leur entourage. Tu aurais dû te noyer comme lui.

— Mais comme tu peux le voir, je suis encore là.

— Je ne comprends toujours pas comment c'est possible. Vas-tu prétendre qu'après avoir été malmené par le courant il te restait assez d'air dans les poumons pour nager tout habillé sur quatre-vingts mètres dans un boyau rempli d'eau glaciale ?

— Non.

— Non ? » Le vieux souriait, animé d'une curiosité qui semblait sincère.

« Non. Mais il m'en restait assez pour quarante mètres.

— Et puis ?

— J'ai été sauvé.

— Sauvé ? Par qui ?

— Par celui dont tu disais qu'il était bon, au fond. » Harry leva la bouteille de whisky vide. « Jim Beam.

— Tu as été sauvé par le whisky ?

— Une bouteille de whisky.

— Une bouteille de whisky *vide* ?

— Au contraire. Pleine. »

Harry plaça sa cigarette au coin de ses lèvres, dévissa le bouchon, renversa la bouteille au-dessus de sa tête.

« Pleine d'air. »

Le vieil homme le dévisagea, incrédule.

« Tu…

— Mon plus gros problème, après avoir vidé l'air de mes poumons, a été de mettre ma bouche sur le goulot, d'orienter la bouteille goulot vers le haut et d'inhaler. C'est comme la première fois que tu fais de la plongée, le corps proteste. Il a une compréhension limitée des lois de la physique et croit qu'il va inspirer de l'eau et se noyer. Tu sais que les poumons contiennent quatre litres d'air ? Eh bien, une pleine bouteille d'air et un peu de volonté ont été juste ce qu'il fallait pour nager encore quarante mètres. » Le policier posa la bouteille, retira la cigarette de sa bouche et la considéra d'un air sceptique. « Les Allemands auraient dû construire un tunnel à peine plus long. »

Harry regarda le vieux. Vit le visage buriné se fendre. L'entendit rire. On aurait dit un *snekke*.

« Je *savais* que tu étais différent, Harry. On m'avait dit que tu reviendrais à Oslo quand tu apprendrais pour Oleg. Alors je me suis renseigné sur toi. Et je vois à présent que les rumeurs n'exagéraient pas.

— Bon », fit Harry en observant les mains jointes du prêtre. Il se tenait assis au bord du lit, les deux pieds par terre, comme prêt à bondir. Il appuyait si fort sur ses orteils qu'il sentait le fil de nylon sous l'une de ses semelles. « Et toi, Rudolf ? Est-ce que les rumeurs sur toi exagèrent ?

— Lesquelles ?

— Voyons... Par exemple, que tu aurais dirigé un cartel de trafiquants d'héroïne à Göteborg et tué un policier.

— On dirait que c'est moi qui vais me confesser, hein ?

— Je pensais que ce serait bien que tu puisses te décharger sur Jésus du fardeau de tes péchés avant de mourir. »

Nouveau rire de *snekke*.

« Bien, Harry ! Bien ! Mais oui, il fallait qu'on l'élimine. C'était notre brûleur, et j'avais le sentiment qu'il n'était pas fiable. Je ne pouvais pas retourner en prison. Il y règne une humidité qui te bouffe l'âme, comme la moisissure ronge les murs. Chaque jour qui passe t'enlève un autre morceau, dévore l'humain en toi,

Harry. Je ne le souhaite qu'à mon pire ennemi. » Il regarda Harry. « Un ennemi que je hais par-dessus tout.

— Tu sais pourquoi je suis rentré à Oslo. Quelle est ta raison à toi ? Je croyais que le marché suédois valait la Norvège ?

— La même que toi, Harry.

— La même ? »

Rudolf Assaïev tira une bouffée de sa cigarette noire avant de poursuivre.

« Oublie cela. La police était sur mes talons après ce meurtre. Et c'est étrange comme la Norvège est loin de la Suède, en fin de compte.

— Et à ton retour, tu es devenu le mystérieux Dubaï. L'homme que personne n'avait vu. Mais qu'on soupçonnait d'errer dans la ville la nuit. Le fantôme de Kvadraturen.

— Je devais rester caché. Pas seulement à cause de mes affaires, mais parce que le nom de Rudolf Assaïev rappellerait de mauvais souvenirs à la police.

— Dans les années soixante-dix et quatre-vingt, les héroïnomanes tombaient comme des mouches. Mais peut-être les as-tu inclus dans tes prières, pasteur ? »

Le vieux haussa les épaules.

« On ne condamne pas les gens qui fabriquent des voitures de sport, des parachutes de base jump, des armes de poing ou d'autres marchandises qu'on achète pour s'amuser et qui vous précipitent dans la mort. Je fournis une chose que les gens veulent, avec une qualité et à un prix qui me rendent concurrentiel. Ce que les clients font de la marchandise, ça les regarde. Tu sais que certains citoyens en parfait état de fonctionnement consomment des opiacés ?

— Oui. J'ai été l'un d'eux. La différence entre toi

et un fabricant de voitures de sport, c'est que ce que tu fais est interdit par la loi.

— Il faut se garder de mêler loi et morale, Harry.

— Tu penses donc que ton dieu t'acquittera ? »

Le vieux appuya le menton dans sa main. Il semblait épuisé, mais Harry savait qu'il pouvait feindre et il surveillait ses gestes.

« Je savais que tu étais un policier et un moraliste zélé, Harry. Oleg parlait beaucoup de toi quand il était avec Gusto, le savais-tu ? Oleg t'aimait comme un père souhaiterait être aimé de son fils. Les moralistes zélés et les pères avides d'amour comme nous ont une vigueur considérable. Notre point faible est que nous sommes prévisibles. Ton retour n'était qu'une question de temps. Nous avons un contact à l'aéroport d'Oslo qui a accès aux listes de passagers. Nous savions que tu étais en route avant même que tu n'embarques dans l'avion à Hong Kong.

— Mmm. C'était le brûleur, Truls Berntsen ? »

Le vieux se contenta de sourire en guise de réponse.

« Et Isabelle Skøyen, du conseil de la ville, tu as collaboré avec elle aussi ? »

Le vieux poussa un gros soupir.

« Tu sais que j'emporterai les réponses dans ma tombe. Je veux bien mourir comme un chien, mais pas comme une balance.

— Bon. Et que s'est-il passé ensuite ?

— Andreï t'a suivi de l'aéroport au Leons. Je loge dans différents hôtels de ce genre quand je vaque sous le nom de Cato, et le Leons est un endroit où j'ai beaucoup résidé. Alors j'ai pris une chambre le lendemain de ton arrivée.

— Pourquoi ?

— Pour suivre tes faits et gestes. Je voulais savoir si tu te rapprochais de nous.

— Comme tu l'as fait quand Béret logeait ici ? »

Le vieux hocha la tête.

« J'ai compris que tu pouvais devenir dangereux, Harry. Mais je t'appréciais. Donc j'ai essayé de te donner quelques avertissements amicaux. » Il poussa un soupir. « Mais tu n'as pas écouté. Naturellement. Les gens comme toi et moi n'écoutent jamais, Harry. C'est pour cela que nous réussissons. Et c'est pour cela que nous finissons toujours par échouer.

— Mmm. Qu'est-ce que tu craignais que je fasse ? Que je persuade Oleg de parler ?

— Entre autres. Oleg ne m'avait jamais vu, mais je ne pouvais pas compter sur Gusto pour tenir sa langue. Malheureusement, Gusto n'était pas fiable, surtout quand il s'est mis à la fioline, lui aussi. » Le vieux avait dans le regard quelque chose dont Harry comprit soudain que ce n'était pas dû à la fatigue. C'était de la douleur. De la pure douleur.

« Alors quand tu as compris qu'Oleg allait me parler, tu as essayé de le faire liquider. Et quand ça a échoué, tu as offert de m'aider. Pour que je te conduise là où il était caché. »

Le vieux hocha lentement la tête.

« Ce n'est pas personnel, Harry. Ce sont juste les règles de fonctionnement de ce secteur. On élimine les balances. Tu le savais, non ?

— Oui, je le savais. Mais ça ne signifie pas que je ne te tuerai pas parce que tu as suivi les règles en usage dans ton secteur.

— Alors pourquoi ne l'as-tu pas encore fait ? Tu n'oses pas ? Peur de brûler en enfer, Harry ? »

Harry écrasa sa cigarette sur la table.

« Parce que je voudrais d'abord savoir deux ou trois choses. Pourquoi as-tu tué Gusto ? Tu craignais qu'il te dénonce ? »

Le vieux rabattit ses cheveux blancs en arrière, derrière ses oreilles de Dumbo.

« Gusto avait dans les veines un sang mauvais, tout comme moi. Il était délateur par nature. Il m'aurait dénoncé plus tôt, s'il avait seulement eu quelque chose à y gagner. Mais le désespoir s'est emparé de lui. Le manque de fioline. C'est de la pure chimie. La chair est plus forte que l'esprit. Quand le manque s'installe, nous devenons tous des traîtres.

— Oui, approuva Harry. Nous devenons tous des traîtres.

— Je… » Le vieux dut s'éclaircir la voix. « Je devais le laisser aller.

— Aller ?

— Oui. Aller. Couler. Disparaître. Je ne pouvais pas le laisser reprendre les affaires, je le comprenais bien. Il était suffisamment malin, il le tenait de son père. Mais il lui manquait une colonne vertébrale. Un défaut qu'il tenait de sa mère. J'ai essayé de lui confier des responsabilités, mais il n'a pas réussi l'épreuve. » Le vieux ne cessait de lisser ses cheveux en arrière, comme s'ils étaient couverts d'une substance qu'il essayait d'enlever. « Il n'a pas réussi l'épreuve. Mauvais sang. Alors j'ai décidé que ce serait quelqu'un d'autre. J'ai d'abord pensé à Andreï et Peter. Tu les as rencontrés ? Des cosaques sibériens d'Omsk. Cosaque signifie "homme libre", le savais-tu ? Andreï et Peter étaient mon régiment, ma *stanitsa*. Ils sont loyaux envers leur *ataman*, fidèles jusqu'à la mort. Mais Andreï et Peter n'étaient pas des hommes d'affaires, tu comprends. » Harry remarqua que le vieux gesticulait, comme perdu dans ses rêveries. « Je ne pouvais pas leur laisser la boutique. Alors j'ai décidé que ce serait Sergeï. Jeune, l'avenir devant lui, modelable…

— Tu m'as dit que tu avais peut-être eu un fils, un jour, toi aussi.

— Sergeï n'avait peut-être pas la bosse des maths comme Gusto, mais il était discipliné. Ambitieux. Prêt à faire le nécessaire pour devenir un *ataman*. Donc je lui ai offert le couteau. Il ne restait que l'ultime épreuve. Autrefois, pour qu'un cosaque devienne un *ataman*, on exigeait qu'il parte seul dans la taïga et en revienne avec un loup vivant, ligoté. Sergeï avait la volonté, mais je devais aussi veiller à ce qu'il accomplisse *to tchto noujno*.

— Plaît-il ?

— Le nécessaire.

— Ce fils était-il Gusto ? »

Le vieux tira si fort sur ses cheveux que ses yeux se réduisirent à deux fentes.

« Gusto avait six mois quand on m'a mis en prison. Sa mère a cherché le réconfort là où elle pouvait le trouver. Pendant un petit moment, en tout cas. Elle n'était pas en mesure de s'occuper de lui.

— Héroïne ?

— La Protection de l'enfance lui a enlevé Gusto pour le placer en famille d'accueil. Ils ont décidé que je n'existais plus, moi, le père. Elle est morte par overdose pendant l'hiver 1991. Elle aurait dû le faire plus tôt.

— Tu as dit que tu étais rentré à Oslo pour la même raison que moi. Ton fils.

— J'avais appris qu'il était parti de chez ses parents adoptifs, qu'il était en roue libre. J'avais de toute façon prévu de quitter la Suède, et la concurrence à Oslo n'était que moyennement dure. J'ai trouvé où traînait Gusto. Je l'ai d'abord étudié de loin. Il était si beau. Foutrement beau. Comme sa mère, bien entendu. Je pouvais passer des heures assis à l'observer. L'observer et l'observer encore en me disant : c'est mon fils, mon propre fils... » La voix du vieux s'étrangla.

Harry baissa les yeux, sur le fil de nylon qu'on lui avait donné pour remplacer la tringle à rideaux, le pressa sous sa semelle.

« Et tu l'as fait entrer dans ta boutique. Tu l'as testé pour voir s'il pouvait prendre ta succession. »

Le vieux hocha la tête.

« Mais je ne lui ai jamais rien dit, murmura-t-il. Il est mort sans savoir que j'étais son père.

— Pourquoi une telle urgence, tout à coup ?

— Urgence ?

— Pourquoi devais-tu passer le relais aussi vite ? D'abord Gusto, puis Sergeï. »

Le vieux eut un sourire éteint. Se pencha en avant sur son siège, dans la lumière de la liseuse au-dessus du lit.

« Je suis malade.

— Mmm. Je me doutais que c'était quelque chose dans ce genre. Cancer ?

— Les médecins m'ont donné un an. J'en suis à six mois. Le couteau sacré dont Sergeï s'est servi était sous mon matelas. Tu sens les douleurs dans ta plaie ? C'est ma souffrance que le couteau t'a transmise, Harry. »

Harry hocha lentement la tête. Ça collait. Et ça ne collait pas.

« S'il ne te reste que six mois à vivre, pourquoi as-tu peur d'être dénoncé au point de vouloir tuer ton propre fils ? Sa longue vie contre ta courte ? »

Le vieux toussa doucement.

« Les Urkas et les cosaques sont les hommes simples du régiment, Harry. Nous prêtons allégeance à un code, et nous le suivons. Pas aveuglément, mais les yeux ouverts. Nous avons appris à réprimer nos sentiments. Et sommes ainsi maîtres de nos vies. Abraham a accepté de sacrifier son fils parce que…

— … Dieu l'ordonnait. Je n'ai aucune idée du genre de code dont tu parles, mais est-il dit que c'est acceptable de laisser un jeune de dix-huit ans comme Oleg purger une peine de prison pour tes crimes ?

— Harry, Harry, tu n'as pas compris ? Je n'ai pas tué Gusto. »

Harry dévisagea le vieux.

« Ne viens-tu pas de me dire que c'était ton code ? De tuer ton propre fils s'il le fallait ?

— Si, mais j'ai aussi dit que mon sang était mauvais. J'aime mon fils. Je n'aurais jamais pu ôter la vie à Gusto. Au contraire. Qu'Abraham et son dieu aillent se faire foutre. » Le rire du vieux se mua en quinte de toux. Il posa les mains sur sa poitrine, se pencha en avant et toussa, toussa encore.

Harry cligna des yeux. « Qui l'a tué, alors ? »

Le vieux se redressa. Il tenait dans la main droite un revolver, un gros machin laid, qui paraissait plus ancien encore que son propriétaire.

« Tu n'aurais pas dû venir sans arme, Harry. »

Harry ne répondit pas. Le MP5 était au fond d'une cave submergée, le fusil était resté chez Truls Berntsen.

« Qui a tué Gusto ? répéta Harry.

— Ça pourrait être n'importe qui. »

Harry crut entendre un grincement quand l'index du vieux se referma sur la détente.

« Car tuer, ce n'est pas particulièrement difficile, Harry. Tu en conviens ?

— J'en conviens. » Harry leva le pied. Un léger sifflement se fit entendre sous sa semelle quand le fil de nylon fusa vers le support de la tringle à rideaux.

Harry vit le point d'interrogation dans les yeux du vieux, son cerveau qui traitait à toute vitesse des bribes d'information à moitié digérées.

La lumière qui ne fonctionnait pas.

Le siège placé au centre exact de la pièce.

Harry qui ne l'avait pas fouillé.

Qui n'avait pas bougé d'un pouce de l'endroit où il était assis.

Et peut-être voyait-il à présent le fil de nylon dans la pénombre, entre le pied de Harry, le support de tringle et, juste au-dessus de sa tête, le plafonnier. Qui n'était plus là, mais avait cédé la place à la seule chose que Harry avait emportée de Blindernveien en plus du col romain. La seule chose qu'il avait eue en tête pendant qu'il gisait dans le lit à baldaquin de Rudolf Assaïev, trempé, à bout de souffle, avec des points noirs qui entraient et sortaient de son champ de vision, persuadé qu'il allait perdre connaissance d'une seconde à l'autre, mais luttait pour se tenir éveillé, pour rester de ce côté des ténèbres. Puis il était allé chercher le *jouk* posé à côté de la Bible.

Rudolf Assaïev se jeta sur la gauche, les clous en acier plantés dans la brique, au lieu de la tête, lui transpercèrent la peau entre la clavicule et le trapèze, avant de continuer dans le nœud du trafic nerveux qu'est le plexus cervico-brachial avec pour résultat, quand il fit feu deux centièmes de seconde plus tard, une paralysie du muscle du bras, qui s'était déjà abaissé de sept centimètres. La poudre grésilla et brûla pendant le millième de seconde qu'il fallut à la balle pour quitter le canon du vieux revolver à barillet Nagant. Trois millièmes de secondes plus tard, la balle se fichait dans le cadre de lit, entre les jambes de Harry.

Harry se leva. Débloqua la sécurité et appuya sur le bouton. Le manche frémit comme la lame jaillissait. Le bras tendu, Harry lança sa main dans une trajectoire basse à hauteur de hanche, et la longue lame fine glissa entre les revers du pardessus, au bas de la chemise de prêtre. Il sentit l'élasticité du tissu et de la peau, puis la lame s'enfonça sans plus de résistance jusqu'au manche. Harry lâcha le couteau et sut que Rudolf Assaïev était mourant quand le fauteuil bascula en arrière et que le Russe heurta le sol dans un gémissement. Il se dégagea du siège, mais demeura à terre, où il se recroquevilla comme une guêpe blessée mais toujours dangereuse. Harry se positionna avec les jambes de part et d'autre de son corps, se pencha et reprit le couteau. Il regarda la teinte anormalement rouge du sang. Le foie, peut-être. La main gauche du vieux rampa autour du bras droit paralysé à la recherche du pistolet. Pendant un fol instant, Harry espéra que cette main trouverait l'arme, lui donnerait le prétexte dont il avait besoin pour…

Harry shoota dans le pistolet, l'entendit buter dans le mur.

« Le fer, chuchota le vieux. Bénis-moi avec mon fer, mon garçon. Ça brûle. Pour nous deux, mets-y un terme. »

Harry ferma les yeux un court instant. Il sentit qu'il l'avait perdue, elle était partie. La haine.

L'exquise haine blanche, le carburant qui lui permettait d'avancer, s'était soudain tarie.

« Non merci. » Harry enjamba le vieux et s'en éloigna. Boutonna son manteau mouillé. « Je pars, Rudolf Assaïev. Je vais demander au garçon de la réception d'appeler une ambulance. Puis j'appellerai mon ex-chef pour lui expliquer où te retrouver. »

Le vieux rit doucement, et de petites bulles roses apparurent au coin de sa bouche.

« Le couteau, Harry. Ce n'est pas un meurtre, je suis déjà mort. Tu n'iras pas en enfer, promis. Je leur dirai à la porte de ne pas te laisser entrer.

— Ce n'est pas l'enfer que je crains. » Harry rangea le paquet de Camel trempé dans sa poche. « Mais je suis policier. Notre métier est d'amener les criminels présumés au tribunal. »

Les bulles éclatèrent quand le vieux toussa.

« Allez, Harry, ton étoile de shérif est en plastique. Je suis malade, la seule chose qu'un juge pourrait faire serait de m'apporter des soins, de la sollicitude et de la morphine. Et j'en ai assassiné tant… Des concurrents, que j'ai pendus à des ponts. Des employés, comme ce pilote sur qui nous avons utilisé la brique. Des flics aussi. Béret. J'ai envoyé Peter et Andreï pour qu'ils t'abattent. Toi et Truls Berntsen. Et tu sais pourquoi ? Pour qu'on croie que vous vous étiez entretués, lui et toi. On aurait laissé les armes, en guise de preuves. Allez, Harry. »

Harry essuya la lame du couteau sur le drap de lit.

« Pourquoi vouliez-vous tuer Berntsen, il travaillait pour vous, non ? »

Assaïev se tourna sur le côté, et parut mieux respirer. Il resta ainsi quelques secondes avant de répondre.

« La somme des risques, Harry. Il a dévalisé l'entrepôt d'héroïne d'Alnabru dans mon dos. Ce n'était pas mon héroïne, mais quand tu découvres que ton brûleur est si cupide que tu ne peux plus lui faire confiance et qu'en même temps il en sait suffisamment sur toi pour te faire plonger, tu sais que le risque est trop grand. Et dans ces cas-là, les hommes d'affaires comme moi éliminent le risque, Harry. Nous avons vu une occasion parfaite de nous débarrasser de deux problèmes d'un coup. Toi et Berntsen. » Il rit doucement. « Tout comme j'ai essayé d'assassiner ton fils en prison. Tu as entendu ? Goûte la haine, maintenant. J'ai presque assassiné ton fils. »

Harry s'arrêta devant la porte.

« Qui a tué Gusto ?

— Les gens vivent selon l'évangile de la haine. Suis la haine, Harry.

— Qui sont tes contacts dans la police et au conseil de la ville ?

— Si je te le dis, tu m'aideras à abréger mes souffrances ? »

Harry le regarda. Fit un bref signe de tête. Espéra que le mensonge ne se verrait pas.

« Approche », chuchota le vieux.

Harry se pencha. Et soudain, la main du vieux, comme une serre figée, agrippa son revers de manteau pour l'attirer à lui. Une voix de meule feula dans son oreille.

« Tu sais que j'ai payé un homme pour avouer le meurtre de Gusto, Harry. Mais tu croyais que c'était parce que je ne pouvais pas tuer Oleg tant qu'il était caché en un lieu secret. Erreur. Mon homme dans la police a accès au programme de protection des témoins. J'aurais aussi bien pu faire poignarder Oleg là où il était. Mais j'avais changé d'avis. Je ne voulais pas le laisser s'en tirer à si bon compte… »

Harry essaya de se dégager, mais le vieux tenait bon.

« Je l'aurais suspendu par les pieds et je lui aurais attaché un sac en plastique autour de la tête, Harry, gronda la voix. La tête dans un sac en plastique transparent. De l'eau sur la plante des pieds. L'eau qui suit le corps pour finir dans le sac plastique. Je l'aurais filmé. Avec le son, pour que tu puisses entendre les cris. Ensuite je t'aurais envoyé le film. Et si tu m'épargnes, ça reste mon dessein. Tu seras surpris de constater à quelle vitesse ils me relâcheront, faute de preuves. Et je le trouverai, Harry, je le jure, tu n'auras qu'à guetter l'arrivée du DVD dans ta boîte aux lettres. »

Harry agit instinctivement, sa main partit. Il sentit la lame mordre. Pénétrer. Il tourna. Entendit le vieux suffoquer. Continua à tourner. Ferma les yeux et sentit les viscères et les organes s'enrouler, se fendre, se retourner. Et quand enfin Harry entendit le vieux crier, c'était son cri à lui, Harry.

Chapitre 42

Harry fut réveillé par le soleil qui brillait sur un côté de son visage. Ou était-ce un bruit qui l'avait réveillé ?

Il ouvrit prudemment un œil et regarda, paupières mi-closes.

Vit une fenêtre de salon, et du ciel bleu. Pas un bruit, pas maintenant, en tout cas.

Il inspira l'odeur saturée de tabac du canapé et leva la tête. Se rappela où il était.

Il avait quitté la chambre du vieux pour aller dans la sienne, tranquillement bouclé sa valise en toile, quitté l'hôtel par l'escalier de service et pris un taxi pour le seul endroit où il pouvait espérer que personne ne le dénicherait, la maison des parents de Nybakk, à Oppsal. Personne ne semblait être venu depuis la dernière fois, et il commença par fouiller dans les tiroirs de la cuisine et de la salle de bains jusqu'à ce qu'il trouve une boîte d'antalgiques. Il avait pris quatre comprimés, lavé ses mains du sang du vieux et était descendu à la cave pour voir si Stig Nybakk s'était décidé.

Ce qui était le cas.

Harry était remonté, s'était déshabillé, avait suspendu ses vêtements dans la salle de bains pour les faire sécher, s'était trouvé une couverture en laine et endormi sur le canapé avant d'avoir eu le temps de penser à quoi que ce soit.

Il se leva et se rendit dans la cuisine. Prit deux autres antalgiques et les fit descendre avec un verre d'eau. Ouvrit le frigidaire et regarda dedans. Il était plein de produits sophistiqués, il avait manifestement bien nourri Irene. La nausée de la veille revint, et il comprit qu'il ne pourrait rien avaler. Il retourna dans le salon. La veille, il avait aussi vu le bar. Il l'avait largement contourné avant d'aller se coucher.

Harry ouvrit la porte du bar. Vide. Il poussa un soupir de soulagement. Tâta dans sa poche. La fausse alliance. Et au même instant il entendit un bruit.

Le même qu'il lui semblait avoir entendu quand il s'était réveillé.

Il se dirigea vers la porte ouverte de la cave. Écouta. Joe Zawinul ? Il descendit l'escalier et alla à la porte du box. Jeta un coup d'œil par le grillage. Stig Nybakk tournait lentement, tel un astronaute en apesanteur dans l'espace. Harry se demanda si le téléphone qui vibrait dans sa poche de pantalon pouvait agir comme une hélice. La sonnerie — les quatre notes, trois en fait, du *Palladium* de Weather Report — résonnait comme un appel de l'au-delà. Et c'est exactement ce que Harry pensa quand il sortit l'appareil, que c'était Stig Nybakk qui appelait et voulait lui parler.

Harry regarda le numéro sur l'écran. Il appuya sur la touche « Décrocher ». Il reconnut la voix de la réceptionniste du Radiumhospital.

« Stig ! Allô ? Tu es là ? Tu m'entends ? Nous avons

cherché à te joindre. Stig, où es-tu ? Tu avais une réunion, plusieurs réunions, nous sommes inquiets. Martin est passé chez toi, mais tu n'y étais pas non plus. Stig ? »

Harry raccrocha et empocha le mobile. Il en aurait besoin, celui de Martine avait été détruit par sa séance de natation.

Il prit une chaise dans la cuisine et s'installa sur le balcon, le soleil matinal en plein visage. Sortit le paquet de cigarettes, glissa entre ses lèvres une des cigarettes noires prétentieuses et l'alluma. Il s'en contenterait. Il composa le numéro qu'il connaissait si bien.

« Rakel.

— Salut, c'est moi.

— Harry ? Je n'ai pas reconnu le numéro.

— J'ai un nouveau téléphone.

— Ah, je suis tellement contente d'entendre ta voix. Tout s'est bien passé ?

— Oui. » Harry ne put s'empêcher de sourire en entendant la joie dans sa voix. « Tout s'est bien passé.

— Il fait chaud ?

— Très chaud. Le soleil brille, et je ne vais pas tarder à déjeuner.

— Déjeuner ? Il n'est pas seize heures, chez toi, ou quelque chose comme ça ?

— Décalage horaire. Je n'ai pas pu dormir dans l'avion. Je nous ai trouvé un bel hôtel. À Sukhumvit.

— Tu n'as pas idée à quel point j'ai hâte de te revoir, Harry.

— Je…

— Non, attends, Harry. Je suis sérieuse. Je suis restée éveillée toute la nuit à y penser. Que c'est tout à fait juste. Enfin, le temps le dira. Mais c'est ce qui est juste, de laisser le temps le dire. Ah, imagine si j'avais dit non, Harry…

— Rakel…

— Je t'aime, Harry. Je t'*aime*, tu entends ? Tu entends comme ce mot est plat, bizarre et fabuleux ? Comme une robe rouge pompier qu'il faut vraiment *assumer* pour pouvoir la porter. Je t'aime. J'en fais un peu trop, non ? »

Elle rit. Harry ferma les yeux et sentit le soleil le plus délicieux du monde baiser sa peau, le rire le plus délicieux du monde baiser son tympan.

« Harry ? Tu es là ?

— Mais oui.

— C'est vraiment curieux, tu sembles si proche.

— Mmm. Je vais bientôt être très proche, mon amour.

— Répète.

— Quoi donc ?

— Mon amour.

— Mon amour.

— Mmmm… »

Harry sentit qu'il était assis sur un objet dur. Quelque chose qui se trouvait dans sa poche revolver. Il le sortit. Le soleil faisait briller le vert-de-gris de l'anneau comme de l'or.

« Dis-moi, fit-il en passant le doigt sur l'entaille noircie. Tu n'as jamais été mariée, n'est-ce pas ? »

Elle ne répondit pas.

« Allô ?

— Allô.

— Ce serait comment, à ton avis ?

— Harry, arrête tes bêtises.

— Je ne dis pas de bêtises. Je sais bien que tu ne

pourrais jamais envisager d'épouser un chargé de recouvrement de Hong Kong.

— Ah bon. Qui pourrais-je envisager d'épouser, alors ?

— Je ne sais pas. Que dirais-tu d'un civil et ex-policier qui donne des cours d'enquête criminelle à l'école de police ?

— Ça ne ressemble à personne que je connaisse.

— Peut-être quelqu'un avec qui tu pourrais faire connaissance. Quelqu'un qui pourrait te surprendre. Il est déjà arrivé des choses plus étranges.

— C'est toi qui as toujours dit que les gens ne changeaient pas.

— Donc si je suis maintenant devenu quelqu'un qui prétend que les gens *peuvent* changer, ça prouve qu'on peut changer.

— Gros malin !

— Supposons que j'aie raison. Que les gens puissent changer. Et qu'il soit effectivement possible de laisser les choses derrière soi.

— Regarder les revenants jusqu'à ce qu'ils se désintègrent ?

— Alors, qu'en dis-tu ?

— De quoi ?

— De ma question hypothétique sur le mariage.

— C'est censé représenter une demande, ça ? Hypothétique ? Au téléphone ?

— Là, tu te fais des illusions. Je suis juste au soleil en train de papoter avec une chouette nana.

— Et moi, je raccroche ! »

Elle coupa la communication. Harry s'affala sur la chaise de cuisine, avec les yeux clos et un grand sourire réjoui. Chaleur du soleil et douleurs en sommeil. Dans quatorze heures, il la verrait. Il imaginait l'expression de Rakel quand elle arriverait à la porte d'embarquement à Gardermoen et le découvrirait qui l'attendait. Son regard quand Oslo disparaîtrait sous eux. Sa tête qui se poserait sur son épaule quand elle s'endormirait.

Il resta ainsi jusqu'à ce que la température chute brutalement. Il ouvrit un œil. Un bord de nuage masquait le soleil, rien de sérieux, apparemment.

Il referma les yeux.

Suis la haine.

Quand le vieux l'avait dit, Harry avait d'abord pensé qu'il entendait par là qu'il devait suivre sa propre haine et lui ôter la vie. Mais s'il s'agissait d'autre chose ? Il l'avait dit juste après que Harry lui avait demandé qui avait tué Gusto. Avait-ce été une réponse ? Voulait-il dire que si Harry suivait la haine, elle le mènerait au meurtrier ? Le cas échéant, les candidats étaient nombreux. Mais qui avait le plus de raisons de détester Gusto ? Hormis Irene, bien sûr, qui était enfermée quand Gusto avait été assassiné.

On ralluma le soleil, et Harry décida qu'il surinterprétait, son boulot était terminé, il devait se détendre, il aurait bientôt besoin d'un autre comprimé et, ensuite, il appellerait Hans Christian pour lui dire qu'Oleg était enfin hors de danger.

Une autre pensée effleura Harry. Truls Berntsen, un misérable inspecteur d'Orgkrim, n'avait en aucun cas pu avoir accès aux renseignements du programme de protection des témoins. C'était nécessairement quelqu'un d'autre. De plus haut placé.

Arrête, se dit-il. Arrête, nom d'un chien. Laisse pisser le mérinos. Pense à cet avion. Vol de nuit. Les étoiles au-dessus de la Russie.

Puis il retourna à la cave, envisagea de dépendre

Nybakk, rejeta l'idée et trouva le pied-de-biche qu'il cherchait.

La porte cochère du Hausmanns gate 92 était ouverte, mais celle de l'appartement de nouveau scellée et verrouillée. Peut-être à cause des nouveaux aveux, songea Harry avant de glisser le pied-de-biche entre le battant et le chambranle.

À l'intérieur, tout semblait intact. Les rais du soleil matinal dessinaient des touches de piano sur le plancher du salon.

Il posa sa petite valise en toile près d'un mur et s'assit sur l'un des matelas. Palpa sa poche intérieure pour s'assurer que le billet d'avion y était. Consulta sa montre. Treize heures avant le départ.

Il regarda autour de lui. Ferma les yeux. Essaya d'imaginer la scène.

Quelqu'un avec une cagoule.

Qui ne disait pas un mot parce qu'il savait qu'on reconnaîtrait sa voix.

Quelqu'un qui était venu voir Gusto ici. Qui ne voulait rien lui prendre, hormis sa vie. Une personne qui le haïssait.

Le projectile était un 9 x 18 mm Makarov, le meurtrier avait donc très vraisemblablement tiré avec un Makarov. Ou un Fort-12. À la rigueur un Odessa s'ils étaient bel et bien devenus courants à Oslo. Il s'était tenu là. Il avait tiré. Il était parti.

Harry écouta, espéra que la pièce lui parlerait.

Les secondes s'égrenaient, devenaient minutes.

Une cloche se mit à sonner.

Il n'y avait rien d'autre à trouver ici.

Harry avait atteint la porte quand il entendit un bruit entre les coups de cloche. Il attendit la fin du coup suivant. Là, un grattement prudent. Il revint en arrière à pas de loup dans le salon.

Il était près du seuil et tournait le dos à Harry. Un rat. Brun, avec une queue luisante, des oreilles roses à l'intérieur et une fourrure tachetée de blanc juste au-dessus de la queue.

Harry ignorait pourquoi il restait planté là. C'était un rat, rien qu'un rat.

Mais les points blancs.

Le rat avait dû se vautrer dans la lessive. Ou dans…

Harry regarda autour de lui. Le gros cendrier entre les matelas. Il savait qu'il n'aurait qu'une seule chance. Il ôta donc ses chaussures, se glissa dans le salon au coup de cloche suivant, ramassa le cendrier et se tint parfaitement immobile, à un mètre et demi du rat, qui ne l'avait toujours pas repéré. Il calcula, choisit son moment. À l'instant où la cloche sonnait, il se laissa tomber en avant, le cendrier devant lui. Le rat n'avait pas eu le temps de réagir qu'il était prisonnier du récipient en céramique. Harry l'entendit cracher, le sentit se jeter dans tous les sens là-dessous. Il traîna le cendrier sur le sol jusqu'à la fenêtre où se trouvait une pile de magazines, et les posa dessus. Puis il se mit à chercher.

Après avoir inspecté l'ensemble des tiroirs et placards de l'appartement, il n'avait toujours trouvé ni ficelle ni fil à coudre.

Il ramassa la lirette dans le salon et en arracha la chaîne. Il obtint une longue ficelle qui devait convenir. Fit un nœud coulant au bout. Puis il ôta les magazines et souleva le cendrier, suffisamment pour pouvoir glisser une main dessous. Se prépara à ce qui allait immanquablement se produire. Quand il sentit les dents du rongeur s'enfoncer dans la chair tendre entre le pouce et l'index, il bascula le cendrier et empoigna l'animal de l'autre main. Le rat cracha et siffla pendant que Harry prélevait un fragment entre ses poils. Le mettait sur le bout de sa langue et goûtait. Amer. Papaye trop mûre. Fioline. Quelqu'un avait une planque à matos tout près d'ici.

Harry passa le nœud coulant autour de la queue du rat et serra tout près de la base. Posa l'animal par terre et le lâcha. Il fila tandis que la ficelle se dévidait entre les mains de Harry. Au bercail.

Harry le suivit. Dans la cuisine. Le rat se coula derrière une cuisinière graisseuse. Harry bascula cette masse d'un âge très avancé sur ses roulettes arrière et la tira. La ficelle disparaissait dans le mur par un trou gros comme le poing.

Elle cessa de se dévider.

Harry plongea la main déjà mordue dans le trou. Palpa l'intérieur du mur. Matériau d'isolation à droite et à gauche. Il tâta vers le haut. Rien. Le matériau d'isolation avait été enlevé. Harry coinça le bout de la ficelle sous un pied de la cuisinière, alla dans la salle de bains, décrocha le miroir taché de salive et autres mucosités. Le brisa sur le rebord du lavabo et choisit un morceau de la bonne taille. Passa dans l'une des chambres, arracha une liseuse vissée dans un mur et revint dans la cuisine. Il posa le morceau de miroir par terre, de façon à le faire entrer dans le trou. Puis il enfonça les fils de la liseuse dans une prise et orienta la lumière sur le miroir. Approcha la lampe du mur pour trouver le bon angle, et la vit.

La planque à matos.

Un sac en tissu, suspendu à un crochet fixé dans un montant à une cinquantaine de centimètres du sol.

La cavité était trop étroite pour y glisser la main et tourner l'avant-bras vers le sac. Harry essaya de réfléchir. Quel outil le propriétaire avait-il utilisé pour accéder à sa planque ? Ayant inspecté tous les tiroirs et placards de l'appartement, il passa en revue les données.

Le fil de fer.

Il alla dans le salon. L'instrument était là où Beate et lui l'avaient vu lors de leur première visite. Il dépassait de sous le matelas, avec son coude à quatre-vingt-dix degrés. Son propriétaire avait dû être le seul à en saisir la finalité. Harry l'emporta, le glissa dans le trou et se servit de l'extrémité en Y pour décrocher le sac.

Le sac était lourd. Aussi lourd qu'il l'avait espéré. Il dut procéder par étapes pour le sortir du trou.

On l'avait sans doute accroché si haut pour empêcher les rats d'y accéder, mais ces derniers avaient malgré tout réussi à percer un trou dans le fond. Harry secoua le sac, et quelques grains de la poudre contenue à l'intérieur tombèrent. Ça expliquait la poudre dans le poil de l'animal. Puis il ouvrit le sac. En tira trois sachets de fioline, vraisemblablement des quarts. Il n'y avait pas tout l'équipement, juste une cuiller au manche plié et une seringue usagée.

Il était au fond du sac.

Harry se servit d'un gant de cuisine pour ne pas laisser d'empreintes en le soulevant.

Comme il l'a été dit, la méprise était impossible. Mastoc, bizarre, presque comique. Foo Fighters. Un Odessa. Harry le flaira. Si l'arme n'est pas nettoyée et graissée après avoir été utilisée, l'odeur de poudre peut subsister pendant des mois. Celle-ci avait servi relativement récemment. Il contrôla le chargeur. Dix-huit. Il en manquait deux. Harry n'avait pas de doutes.

Il tenait l'arme du crime.

Il restait encore douze heures avant le décollage quand Harry entra dans le magasin de jouets de Storgata.

On y proposait deux kits à empreintes digitales. Harry choisit le plus cher, constitué d'une loupe, une lampe à LED, un pinceau doux, trois couleurs de poudre, du ruban adhésif pour relever les empreintes et un registre où archiver les dactylogrammes de la famille.

« Pour mon fils », expliqua-t-il au moment de payer.

La fille à la caisse lui fit un sourire automatique.

Il retourna dans Hausmanns gate et se mit au travail. Se servit de la lampe à LED ridiculement petite pour chercher les empreintes et de l'une des petites boîtes pour les poudrer. Le pinceau était si minuscule qu'il se sentait comme un géant des *Voyages de Gulliver*.

Il y avait des empreintes sur la crosse du pistolet.

Et une bien nette, sans doute un pouce, sur le piston de la seringue, où se trouvaient aussi des points noirs qui pouvaient être n'importe quoi, mais Harry pensa à des particules de poudre à canon.

Après avoir reproduit toutes les empreintes sur la feuille plastique, il les compara. La même personne avait tenu le pistolet et la seringue. Harry avait examiné les murs et le sol près du matelas et vu un certain nombre d'empreintes, mais aucune ne correspondait à celles du pistolet.

Il ouvrit sa valise en toile et la petite poche à l'intérieur, en sortit le contenu et le posa sur la table de la cuisine. Alluma la microlampe.

Il regarda sa montre. Encore onze heures. Un océan de temps.

Il était quatorze heures, et Hans Christian Simonsen, qui entrait au Schrøder, détonnait singulièrement.

Harry était assis dans le coin près de la fenêtre, sa table de prédilection.

Hans Christian s'installa.

« Bon ? » demanda-t-il avec un signe de tête vers la cafetière.

Harry secoua la tête.

« Merci d'être venu.

— Je t'en prie, je ne travaille pas le samedi. Jour de congé, et rien à faire. Qu'est-ce qui se passe ?

— Oleg peut rentrer à la maison. »

Le visage de l'avocat s'éclaira. « Ça veut dire que…

— Ce qui représentait un danger pour Oleg a disparu.

— Disparu ?

— Oui. Il est loin ?

— Non. Vingt minutes de la ville, à peu près. Nittedal. Qu'entends-tu par disparu ? »

Harry leva sa tasse de café.

« Tu es certain de vouloir le savoir, Hans Christian ? »

L'avocat regarda Harry.

« Cela signifie-t-il aussi que tu as résolu l'affaire ? »

Harry ne répondit pas.

Hans Christian se pencha en avant.

« Tu sais qui a tué Gusto, n'est-ce pas ?

— Mmm.

— Comment ?

— Juste quelques empreintes digitales qui concordaient.

— Et qui…

— Sans importance. Mais je m'en vais, alors j'aurais aimé dire au revoir à Oleg. »

Hans Christian sourit. Un sourire torturé, mais un sourire.

« Avant votre départ à Rakel et toi, tu veux dire ? »

Harry fit tourner sa tasse de café. « Alors elle te l'a dit ?

— On a déjeuné ensemble tout à l'heure. J'ai accepté de veiller sur Oleg pendant quelques jours. J'ai cru comprendre que quelqu'un viendrait de Hong Kong pour le chercher, des gens que tu connais. Mais j'ai dû comprendre de travers, je croyais que tu étais déjà à Bangkok.

— J'ai été retardé. Je voudrais te demander quelque chose…

— Elle ne s'en est pas tenue là. Elle m'a dit que tu lui avais demandé sa main.

— Ah ?

— Oui. À ta façon, bien sûr.

— Eh bien…

— Et elle m'a dit qu'elle y avait réfléchi. »

Harry leva le bras, il ne voulait pas entendre le reste.

« La conclusion de cette réflexion, c'était "non", Harry. »

Harry relâcha son souffle. « Bon.

— Alors elle a cessé de réfléchir, et elle s'est mise à ressentir.

— Hans Christian…

— Sa réponse est "oui", Harry.

— Écoute-moi, Hans Christian…

— Tu n'as pas entendu ? Elle veut t'épouser, Harry. Sacré veinard. » Le visage de Hans Christian Simonsen resplendissait, comme de bonheur, mais Harry savait que c'était l'éclat du désespoir. « Elle m'a dit qu'elle voulait rester avec toi jusqu'à la mort. » Sa pomme d'Adam montait et descendait, et sa voix oscillait entre le fausset et le rauque. « Elle m'a dit qu'elle aurait avec toi de bons moments et des moments passables. Et des moments nuls ou carrément catastrophiques. Et des moments fabuleux. »

Harry savait qu'il la citait littéralement. Et il savait pourquoi il en était capable. Chaque mot était marqué au fer rouge dans son cœur.

« À quel point l'aimes-tu ? demanda Harry.

— Je…

— Est-ce que tu l'aimes assez pour prendre soin d'elle et d'Oleg pour le restant de tes jours ?

— Que…

— Réponds.

— Oui, évidemment, mais…

— Jure.

— Harry.

— Jure, je te dis.

— Je… je le jure. Mais ça ne change rien. »

Harry eut un sourire en coin.

« Tu as raison. Rien ne change. Rien ne peut changer. Il en a toujours été ainsi. La rivière coule toujours dans le même putain de lit.

— Ça n'a aucun sens. Je ne comprends pas.

— Tu comprendras. Et elle aussi.

— Mais… vous vous aimez. Elle me l'a dit carrément. Tu es l'amour de sa vie, Harry.

— Et elle est le mien. Elle l'a toujours été. Et elle le sera toujours. »

Hans Christian observa Harry avec un mélange de perplexité et de quelque chose qui ressemblait à de la compassion.

« Et cependant tu ne veux pas d'elle ?

— Il n'y a rien que je veuille davantage. Mais il n'est pas certain que je continue d'exister très longtemps. Le cas échéant, tu m'as fait une promesse. »

Hans Christian souffla par le nez.

« Tu ne donnes pas un peu dans le mélo, là, Harry ? Je ne sais même pas si elle veut bien de moi.

— Convaincs-la. » C'était comme si la douleur dans sa gorge l'empêchait de respirer. « Tu promets ? »

Hans Christian hocha la tête en silence. « J'essaierai. »

Harry hésita. Puis il tendit la main.

L'autre la serra.

« Tu es un type bien, Hans Christian. Je t'ai ajouté sous HC. » Il montra son mobile. « Tu as remplacé Halvorsen.

— Qui ?

— Juste un ancien collègue, que j'espère revoir. Je dois y aller maintenant.

— Où vas-tu ?

— Voir le meurtrier de Gusto. »

Harry se leva, se tourna vers le comptoir et fit un salut militaire à Nina, qui lui répondit par un signe de la main.

Une fois dehors, tandis qu'il passait à vive allure entre les voitures pour gagner l'autre trottoir, il sentit la réaction arriver. Elle explosa derrière ses yeux. Il avait l'impression que sa gorge allait se déchirer. Et dans Dovregata, la bile remonta. Courbé contre un mur au milieu de cette rue paisible, il rendit les œufs, le bacon et le café de Nina. Puis il se redressa et poursuivit vers Hausmanns gate.

Finalement, la décision avait été simple, malgré tout.

J'étais assis sur l'un des matelas sales et je sentais mon cœur terrorisé battre pendant que les sonneries se succédaient. J'espérais qu'il décrocherait et j'espérais qu'il ne décrocherait pas.

J'allais couper quand il a décroché, et la voix de mon frère adoptif s'est fait entendre, éteinte et distincte.

« Stein. »

Stein, *pierre. J'ai parfois songé combien ce nom lui allait bien. Une surface impénétrable sur un contenu dur comme la pierre. Inflexible, triste, lourd. Mais les pierres aussi ont un point faible, un endroit où même un léger coup de masse peut les fendre. Dans le cas de Stein, il n'était pas difficile à trouver.*

J'ai toussoté. « C'est Gusto. Je sais où est Irene. »

J'ai entendu sa respiration superficielle. Il respirait toujours superficiellement, Stein. Il pouvait courir pendant des heures, il n'avait presque pas besoin d'oxygène. Ni de raison pour courir.

« Où ?

— Ben, justement. Je sais où, mais il faut payer pour l'apprendre.

— Pourquoi ?

— Parce que j'en ai besoin. »

Il y a eu comme une vague de chaleur. Non, de froid. Je sentais sa haine. Je l'ai entendu déglutir.

« Comb…

— Cinq mille.

— D'accord.

— Dix, je veux dire.

— Tu as dit cinq. »

Merde.

« Mais c'est urgent, ai-je ajouté, même si je savais qu'il était déjà debout.

— D'accord. Où es-tu ?

— Hausmanns gate 92. La porte cochère ne ferme plus. Deuxième étage.

— J'arrive. Ne bouge pas. »

Bouger ? J'ai ramassé quelques mégots dans le cendrier du salon et les ai fumés dans la cuisine, dans le profond silence de l'après-midi. Putain, ce qu'il faisait chaud, ici ! J'ai entendu un bruissement, et j'ai tourné la tête. Le rat courait le long du mur.

Il sortait de derrière la cuisinière. Il devait avoir une belle cachette.

J'ai fumé le deuxième mégot.

Puis je me suis levé d'un bond.

La cuisinière pesait un poids dingue, jusqu'à ce que je m'aperçoive qu'on pouvait la faire rouler.

Le trou à rats était plus gros qu'il aurait dû.

Oleg, Oleg, mon cher ami. Tu n'es pas bête, mais cette astuce-là, c'est moi qui te l'ai apprise.

Je me suis jeté à genoux. Je planais déjà en travaillant avec le fil de fer. Je me serais arraché les doigts avec les dents tellement ils tremblaient. J'ai senti une prise, mais elle a ripé. Il devait y avoir de la fioline, là-dedans. Forcément !

Puis, enfin, ça a mordu, et je n'ai plus lâché le poisson. J'ai tiré. Un gros sac en tissu bien lourd. Je l'ai ouvert. Il devait y en avoir, forcément !

Un garrot en caoutchouc, une cuiller, une seringue. Et trois petits sachets transparents. La poudre blanche à l'intérieur était parsemée de brun. Mon cœur chantait. J'avais retrouvé ma seule amie et la seule amante sur qui je pouvais toujours compter.

J'ai fourré deux sachets dans ma poche et ouvert le

troisième. Si je faisais attention, j'en avais pour une semaine. Maintenant, il fallait juste que je me fasse ce shoot avant que Stein ou quelqu'un d'autre arrive. J'ai versé la poudre dans la cuiller, allumé le briquet. J'avais l'habitude d'ajouter quelques gouttes de jus de citron, le genre qui est vendu en bouteille pour mettre dans le thé. Le truc du citron, c'était pour que la drogue ne fasse pas trop de grumeaux et passe en totalité dans la seringue. Mais je n'avais ni citron ni patience, une seule chose comptait : me balancer la dope dans les veines.

J'ai passé le garrot autour de mon bras, coincé le bout entre mes dents et tiré. J'ai trouvé une grosse veine bleue. J'ai incliné l'aiguille pour avoir le meilleur impact possible et réduire le tremblement. Parce que je tremblais. Bordel, ce que je tremblais !

J'ai raté mon coup.

Une fois. Deux fois. J'ai inspiré. Te prends pas la tête, sois pas impatient, panique pas.

L'aiguille dansait. J'ai essayé de la planter dans le serpent bleu.

Encore raté.

Je luttais contre le désespoir. Je me suis dit que je pouvais en fumer un peu d'abord, pour me calmer. Mais ce que je voulais, c'était le rush, le coup de fouet quand la dose complète part directement dans le sang, droit au cerveau, l'orgasme, la chute libre !

C'étaient la chaleur et la lumière du soleil, qui m'agressait les yeux. Je suis allé dans le salon, me suis assis dans l'ombre contre le mur. Putain, maintenant je ne voyais plus cette foutue veine ! Du calme. J'ai attendu que mes pupilles se dilatent. Heureusement, mes avant-bras étaient blancs comme un écran de cinéma. La veine ressemblait à une rivière sur la carte du Groenland. Là.

Raté.

Je n'en pouvais plus, je sentais monter les larmes. Une semelle de chaussure a grincé.

J'étais si concentré que je ne l'avais pas entendu venir. Et quand j'ai levé les yeux, ils étaient tellement pleins de larmes que tout était déformé, comme dans un foutu miroir de fête foraine.

« Salut, le Voleur. »

Ça faisait longtemps qu'on ne m'avait pas appelé comme ça.

J'ai cligné des yeux pour en chasser les larmes. Et les formes sont devenues familières. Oui, je reconnaissais tout. Même le pistolet. Il n'avait pas été volé par des cambrioleurs de passage dans le local de répétitions, comme je l'avais cru.

Bizarrement, je n'avais pas peur. Au contraire. J'étais soudain parfaitement calme.

J'ai regardé la veine.

« Ne fais pas ça », a dit la voix.

J'ai regardé ma main, aussi assurée que celle d'un pickpocket. C'était ma chance.

« Je tire.

— Je ne crois pas. Sinon, tu ne sauras jamais où est Irene.

— Gusto !

— Je fais seulement ce que je dois faire », ai-je dit en piquant. Dans le mille. J'ai levé le pouce pour presser le piston. « Et toi, tu n'as qu'à faire ce que tu dois faire. »

La cloche s'est remise à sonner.

Harry était assis dans l'ombre du mur. La lumière du réverbère tombait sur les matelas. Il regarda sa montre. Vingt et une heures. Trois heures jusqu'au départ de l'avion pour Bangkok. La douleur dans sa gorge s'était brusquement intensifiée. Comme la chaleur du soleil juste avant qu'il ne disparaisse derrière un nuage. Mais bientôt le soleil aurait disparu, et bientôt il ne souffrirait plus. Harry savait comment cette histoire devait se terminer, c'était aussi inéluctable que son retour à Oslo. Tout comme il savait qu'il y voyait une espèce de logique à cause du besoin humain d'ordre et de cohérence. L'idée que tout n'est que chaos froid, que rien n'a de sens, est plus dure à supporter que la tragédie la plus épouvantable si elle est compréhensible.

Il plongea la main dans la poche de sa veste, à la recherche de son paquet de cigarettes, et sentit le manche au bout de ses doigts. Il avait le sentiment qu'il aurait dû s'en débarrasser, qu'une malédiction était attachée à ce couteau. Et à lui, Harry. Mais ça n'aurait rien changé : sa mise au ban remontait bien plus loin. Et cette malédiction était pire que n'importe quelle lame, elle disait que son amour était un fléau qu'il portait en permanence. Tout comme Assaïev lui avait dit que ce couteau transmettait les souffrances et la maladie du propriétaire à celui qui était percé de sa lame, tous les êtres qui s'étaient laissé aimer de Harry l'avaient payé cher. Ils avaient été détruits, perdus. Ne restait que les revenants. Tous. Et bientôt, Rakel et Oleg aussi.

Il ouvrit le paquet de cigarettes et regarda dedans.

Qu'était-il donc allé imaginer ? Qu'il pouvait soudain échapper à la malédiction, qu'il pouvait s'enfuir avec eux à l'autre bout du monde et vivre heureux jusqu'à la fin de leurs jours ? En pensant cela, il consulta encore sa montre et se demanda quelle était l'heure limite à laquelle il devait absolument partir s'il voulait avoir son vol. C'était son cœur égoïste et avide qu'il écoutait.

Il sortit la photo de famille cornée et la regarda encore. Irene. Et son frère, Stein. Ce garçon au regard gris, qui avait provoqué deux résultats dans sa mémoire. Le premier était la photo ; le second s'était produit le soir où il était arrivé à Oslo. Dans Kvadraturen. Le regard scrutateur qu'il avait lancé à Harry lui avait fait croire d'abord à un policier, mais il se trompait. Lourdement.

Puis il entendit les pas dans l'escalier.

La cloche se mit à sonner. Elle avait un son si fragile et esseulé.

Truls Berntsen s'arrêta en haut des marches et regarda la porte. Sentit battre son cœur. Ils allaient se revoir. Il l'attendait autant qu'il le redoutait. Il inspira.

Et sonna.

Arrangea sa cravate. Il ne se sentait pas bien en costume. Mais il avait compris qu'il n'y couperait pas quand Mikael lui avait dit qui viendrait à cette pendaison de crémaillère. Tout ce qui portait du laiton brillant, du directeur de la police sortant à Gunnar Hagen, leur ancien concurrent de la Brigade criminelle, en passant par les chefs de sections. Il allait y avoir des politiques. Isabelle Skøyen, la fille sexy du conseil de la ville, dont il avait reluqué des photos. Plus quelques célébrités de la télé dont Truls se demandait toujours comment Mikael les connaissait.

La porte s'ouvrit.

Ulla.

« Que tu es beau, Truls ! » Sourire de maîtresse de

maison. Yeux pétillants. Mais il comprit tout de suite qu'il arrivait trop tôt.

Il se contenta d'un signe de tête, sans parvenir à répondre ce qu'il aurait dû, qu'elle était elle-même ravissante.

Elle l'embrassa en vitesse, le pria d'entrer et l'informa que le champagne de bienvenue n'était pas encore servi. Elle sourit, se tordit les mains et lança un coup d'œil légèrement paniqué vers l'escalier qui menait au premier. Elle espérait sans doute que Mikael descendrait, pour qu'il prenne le relais. Mais Mikael devait être en train de se changer, d'inspecter son reflet, de vérifier que ses cheveux étaient exactement comme il fallait.

Ulla parlait un peu trop vite, un peu trop frénétiquement de gens de leur jeunesse à Manglerud, Truls savait-il ce qu'ils étaient devenus ?

Truls l'ignorait.

« Je les ai perdus de vue », répondit-il. Même s'il était passablement certain qu'elle savait qu'il ne les avait jamais côtoyés. Aucun d'entre eux, Goggen, Jimmy, Anders, Krøkke. Truls n'avait eu qu'un ami : Mikael. Et lui aussi avait veillé à tenir Truls à distance au fil de son ascension sociale et professionnelle.

Ils avaient épuisé les sujets de conversation. *Elle* avait épuisé les sujets de conversation. Lui n'en avait jamais eu. Alors elle demanda :

« Et côté femmes, Truls ? Du nouveau ?

— Non, rien de neuf de ce côté. »

Il s'efforça d'adopter le même ton enjoué qu'elle. Il aurait vraiment eu besoin de ce verre de bienvenue, là.

« N'y a-t-il donc personne qui puisse ravir ton cœur ? »

La tête sur le côté, elle lui adressa un clin d'œil rieur, mais il voyait qu'elle regrettait déjà d'avoir posé la question. Peut-être voyait-elle le rouge lui monter aux joues. Ou peut-être, même si rien n'avait jamais été dit, connaissait-elle la réponse. Si, toi, toi, Ulla, tu pourrais ravir mon cœur. Il avait toujours marché trois pas derrière le supercouple Mikael et Ulla de Manglerud, toujours fidèle au poste, toujours prêt à servir, mais tout cela contredit par son air boudeur et indifférent de « je-m'ennuie-mais-je-n'ai-rien-de-mieux-à-faire ». Alors que son cœur brûlait pour elle, alors qu'il enregistrait du coin de l'œil ses moindres gestes, ses moindres mimiques. Il ne pouvait pas l'avoir, il savait que c'était impossible. Et cependant il en avait rêvé, comme l'homme rêve de voler.

Mikael descendit enfin, en tirant sur les manches de sa chemise pour montrer ses boutons de manchette.

« Truls ! »

Ça ressemblait à la cordialité outrée qu'on réserve d'ordinaire aux gens qu'on ne connaît pas vraiment.

« Pourquoi tu fais cette tête, vieille branche ? On a un palais à fêter !

— Je croyais qu'on fêtait ton poste de directeur, dit Truls en regardant autour de lui. Je l'ai vu aux infos aujourd'hui.

— Une fuite, ce n'est pas encore officiel. Mais aujourd'hui, nous allons rendre hommage à ta terrasse, Truls ! Où en est le champagne, chérie ?

— Je vais le servir tout de suite. » Ulla chassa un grain de poussière invisible de l'épaule de son mari et disparut.

« Tu connais Isabelle Skøyen ? demanda Truls.

— Oui, répondit Mikael sans cesser de sourire. Elle vient ce soir. Pourquoi ?

— Pour rien. » Truls inspira. C'était maintenant ou jamais. « Je me posais une question.

— Oui ?

— Il y a quelques jours, on m'a envoyé arrêter un type au Leons, l'hôtel, tu sais ?

— Je crois que je vois, oui.

— Mais pendant que je procédais à l'arrestation, deux autres policiers que je ne connaissais pas ont déboulé et ont essayé de nous arrêter tous les deux.

— Surbooking ? » Mikael rit. « Parles-en à Finn, c'est lui qui coordonne l'opérationnel. »

Truls secoua doucement la tête.

« Je ne crois pas que c'était du surbooking.

— Non ?

— Je crois que quelqu'un m'a envoyé là-bas à dessein.

— Tu veux dire que quelqu'un s'est foutu de toi ?

— Quelqu'un s'est foutu de moi, oui. » Truls fouilla le regard de Mikael, mais n'y vit aucun signe qu'il comprenait de quoi Truls parlait *réellement*. Pouvait-il s'être trompé, finalement ? Truls déglutit.

« Alors j'ai pensé que tu étais peut-être au courant, que tu étais peut-être dans le coup.

— Moi ? » Mikael renversa la tête en arrière et éclata de rire.

En plongeant les yeux dans cette bouche grande ouverte, Truls se rappela que Mikael était toujours revenu de chez le dentiste scolaire avec zéro carie. Même Carius et Bactus n'avaient pas prise sur lui.

« Si seulement ! fit Mikael, hilare. Dis-moi, ils t'ont plaqué au sol et menotté, aussi ? »

Truls regarda Mikael. Il s'était donc trompé. C'est pourquoi il rit lui aussi. Autant de soulagement que de s'imaginer sous deux officiers, et parce que le rire communicatif de Mikael l'invitait toujours à l'accompagner. Non, il lui *ordonnait* de l'accompagner. Mais il l'avait aussi entouré, réchauffé, rendu partie de quelque chose, membre de quelque chose, d'un duo. Mikael et lui. Amis. Il entendit ses propres grognements tandis que le rire de Mikael se tarissait.

« Tu croyais vraiment que j'étais dans le coup, Truls ? » Mikael semblait songeur.

Truls le regarda en souriant. Il pensa à la façon dont Dubaï l'avait trouvé, lui, précisément, pensa au gamin qu'il avait passé à tabac en préventive au point de lui esquinter les yeux. Qui avait pu le raconter à Dubaï ? Il pensa au sang que les TIC avaient prélevé sous l'ongle de Gusto dans Hausmanns gate, le sang que Truls avait détruit avant qu'il ne parvienne au labo pour analyse ADN. Mais dont il avait gardé une partie. Le genre de preuve qui pouvait prendre beaucoup de valeur en cas de mauvais temps. Et puisque, indéniablement, il s'était mis à pleuvoir, il avait porté ce sang à la médecine légale ce matin même. La réponse lui était parvenue juste avant son arrivée. Les résultats provisoires indiquaient que c'était le même sang et les mêmes fragments d'ongle que ceux reçus de Beate Lønn quelques jours plus tôt. Ils ne communiquaient donc pas, dans la maison ? Ils s'imaginaient qu'ils manquaient de travail, à la légale ? Truls s'était excusé et avait raccroché. Et il avait réfléchi à la réponse : le sang sous l'ongle de Gusto Hanssen était celui de Mikael Bellman.

Mikael et Gusto.

Mikael et Rudolf Assaïev.

Truls tripota son nœud de cravate. Ce n'était pas son père qui lui avait appris, il n'était même pas fichu de faire le sien, mais Mikael, juste avant la fête de fin d'études. Il lui avait montré comment faire un nœud Windsor simple, et quand Truls lui avait demandé pourquoi son nœud à lui avait l'air bien plus cool, il avait répondu que c'était parce que le sien était un Windsor double, mais qu'il ne lui irait pas.

Le regard de Mikael pesait sur lui. Il attendait toujours une réponse à sa question. Pourquoi Truls pensait-il que Mikael était impliqué ?

Impliqué dans la décision de l'abattre en même temps que Harry Hole au Leons.

On sonna à la porte, mais Mikael ne bougea pas.

Truls fit mine de se gratter le front tandis qu'il en essuyait la sueur du bout des doigts.

« Non. » Il entendit son propre grognement de rire nerveux. « Une idée en l'air. Oublie ça. »

L'escalier grinçait sous Stein Hanssen. Il connaissait chaque marche et pouvait prédire chaque plainte du bois. Il s'arrêta sur le palier. Frappa à la porte.

« Entre », répondit-on à l'intérieur.

Stein Hanssen entra.

La première chose qu'il vit fut la valise.

« Tu as fait tes bagages ? » demanda-t-il.

L'autre hocha la tête.

« Tu as trouvé le passeport ?

— Oui.

— J'ai réservé un taxi pour l'aéroport.

— J'arrive.

— OK. » Stein regarda autour de lui. Comme il l'avait fait dans les autres pièces. Prenant congé. Leur disant qu'il ne reviendrait pas. Écoutant les échos de son enfance. La voix encourageante de son père. Celle rassurante de sa mère. Celle enthousiaste de Gusto.

Celle heureuse d'Irene. La seule voix qu'il n'entendait pas était la sienne. Il avait été silencieux.

« Stein ? » Irene avait une photo à la main. Stein savait laquelle, elle l'avait punaisée au-dessus de son lit le soir où l'avocat, Simonsen, l'avait ramenée. La photo la montrait en compagnie de Gusto et Oleg.

« Oui ?

— As-tu jamais ressenti l'envie de tuer Gusto ? »

Stein ne répondit pas. Il ne pensait qu'à cette soirée.

Le coup de fil de Gusto qui disait savoir où était Irene. Sa course jusqu'à Hausmanns gate. Et quand il était arrivé : les voitures de police, les voix autour de lui qui disaient que le garçon à l'intérieur était mort, abattu. Et le sentiment d'excitation. Oui, presque de joie. Puis, le choc. Le chagrin. Oui, d'une certaine façon, il avait pleuré Gusto. En même temps, il nourrissait l'espoir qu'Irene finisse par refaire surface. Cet espoir avait naturellement disparu au fil des jours quand il avait compris que la mort de Gusto signifiait au contraire qu'il avait perdu la possibilité de la retrouver.

Elle était pâle. Le manque. Ça allait être coton. Mais ils y arriveraient. Ensemble.

« On y…

— Oui. » Elle ouvrit le tiroir de la table de nuit. Regarda la photo. Appuya furtivement les lèvres dessus et la rangea dans le tiroir, recto dessous.

Harry entendit la porte s'ouvrir.

Il était assis dans le noir, immobile. Il écouta les pas traverser le salon. Vit du mouvement près des matelas. Le scintillement du fil de fer qui capturait la lumière extérieure. Les pas s'éloignèrent dans la cuisine, et la lumière s'alluma. Harry entendit qu'on déplaçait la cuisinière.

Il se leva et suivit.

Harry resta sur le seuil à regarder l'autre ouvrir le sac, agenouillé devant le trou à rats, les mains tremblantes. Poser les objets les uns à côté des autres. La seringue, le garrot, la cuiller, le briquet, le pistolet. Les sachets de fioline.

La barre de seuil grinça quand Harry changea de pied, mais l'autre ne le remarqua pas, absorbé par son activité fébrile.

Harry savait que c'était le manque. Le cerveau était concentré sur *une* chose. Il se racla la gorge.

L'autre se figea. Ses épaules remontèrent, mais il ne se retourna pas. Il resta simplement immobile, la tête baissée, les yeux rivés sur le matos. Sans se retourner.

« Je m'en doutais, fit Harry. Que tu viendrais ici en premier. Tu pensais que tu ne risquais plus rien, maintenant. »

L'autre n'avait toujours pas bougé.

« Hans Christian t'a dit qu'on l'avait retrouvée, n'est-ce pas ? Et il t'a tout de même fallu venir ici d'abord. »

L'autre se leva. Et Harry fut de nouveau frappé. Comme il avait grandi. Un adulte, presque.

« Qu'est-ce que tu veux, Harry ?

— Je suis venu t'arrêter, Oleg. »

Oleg fronça les sourcils.

« Pour deux sachets de fioline ?

— Pas pour la drogue, Oleg. Pour le meurtre de Gusto. »

« Non ! » a-t-il répété.

Mais l'aiguille était déjà profondément enfoncée dans une veine qui frétillait d'impatience.

« Je croyais que ce serait Stein ou Ibsen, ai-je dit. Pas toi. »

Je n'ai pas vu son foutu pied partir. Il a heurté la seringue, qui a filé dans les airs et atterri au fond de la cuisine, près de l'évier archiplein.

« Putain, Oleg ! » Je l'ai regardé.

Oleg dévisagea longuement Harry.

C'était un regard grave, calme. Sans réelle surprise, il paraissait plutôt sonder le terrain, essayer de s'orienter.

Et quand il finit par parler, Oleg avait l'air plus curieux qu'en colère ou déconcerté.

« Mais tu m'as cru, Harry. Quand je t'ai dit qu'il y avait quelqu'un d'autre, avec un passe-montagne, tu m'as cru.

— Oui. Je t'ai cru. Parce que je *voulais* te croire.

— Mais, Harry… » Oleg parlait à voix basse, les yeux sur le sachet qu'il avait ouvert. « Si tu ne crois pas ton meilleur ami, à quoi est-ce que tu peux croire ?

— Aux preuves. » Harry sentit sa gorge se serrer.

« Quelles preuves ? On a trouvé des explications, Harry. Toi et moi, on les a anéanties ensemble, ces preuves.

— Les autres. Les nouvelles.

— Quelles nouvelles ? »

Harry pointa le doigt vers le sol devant Oleg.

« Ce pistolet est un Odessa. Il tire des balles du même calibre que celles qui ont tué Gusto. Makarov 9 × 18 mm. Quoi qu'il advienne, les examens balistiques montreront avec cent pour cent de certitude que ce pistolet est l'arme du crime, Oleg. Et il porte tes empreintes digitales. Rien que les tiennes. Si quelqu'un d'autre s'en était servi et avait effacé les empreintes, les tiennes aussi auraient disparu. »

Oleg posa un doigt sur le pistolet, comme pour avoir la confirmation que c'était bien de celui-là qu'ils parlaient.

« Et puis il y a la seringue, poursuivit Harry. Elle a plusieurs empreintes, de deux personnes, peut-être. Mais c'est celle de ton pouce sur le piston. Le piston sur lequel on appuie quand on se shoote. Et dans cette empreinte, il y a des particules de poudre, Oleg. »

Oleg posa un doigt sur la seringue.

« Pourquoi serait-ce une nouvelle preuve contre moi ?

— Tu as dit que tu planais quand tu es entré dans la pièce. Mais les particules de poudre prouvent que tu t'es shooté *après*. Elles prouvent que tu as tué Gusto d'abord, et que tu t'es piqué ensuite. Tu étais clean au moment du meurtre, Oleg. C'était un homicide volontaire. »

Oleg hocha lentement la tête.

« Et tu as comparé les empreintes sur le pistolet et la seringue avec celles des fichiers de la police. Donc ils savent déjà que je... »

Harry secoua la tête.

« Je n'ai pas contacté la police. Il n'y a que moi qui sois au courant. »

Oleg déglutit. Harry vit les petits mouvements de sa gorge.

« Comment sais-tu que ce sont mes empreintes si tu n'as pas vérifié auprès de la police ?

— J'avais des empreintes avec lesquelles faire la comparaison. »

Harry sortit la main de sa poche de manteau. Posa la Gameboy blanche sur la table de la cuisine.

Oleg la regarda fixement. Cligna des yeux, encore et encore, comme s'il était gêné par une poussière.

« Qu'est-ce qui t'a fait me soupçonner ? murmura-t-il presque.

— La haine. Le vieux, Rudolf Assaïev. Il m'a dit de suivre la haine.

— Qui est-ce ?

— Celui que vous appeliez Dubaï. Il m'a fallu un moment pour comprendre que c'était de sa propre haine qu'il parlait. Sa haine envers toi. Parce que tu avais tué son fils. »

Oleg eut l'air perplexe. « Son fils ?

— Oui. Gusto était son fils. »

Oleg resta accroupi à fixer le sol.

« Si... » Il secoua la tête. Recommença. « Si c'est vrai que Dubaï était le père de Gusto, et s'il me détestait tant, pourquoi ne m'a-t-il pas d'emblée fait tuer en prison ?

— Parce que c'était précisément là qu'il voulait que tu sois. Parce que, pour lui, la prison était pire que la mort ; la prison te ronge l'âme, la mort ne fait que la libérer. La prison, Rudolf Assaïev ne la souhaitait qu'à celui qu'il haïssait par-dessus tout. Toi, Oleg. Naturellement, il avait le plein contrôle de ce que tu y faisais.

— Je m'en doutais.

— Il savait que tu savais que si tu parlais tu étais fini. Ce n'est que quand tu as commencé à me parler que tu as représenté un danger, et il a dû se résoudre à te tuer. Mais il n'a pas réussi. »

Oleg ferma les yeux. Il resta ainsi, accroupi. Comme avant une course importante, ils restaient simplement ensemble en silence, se concentraient ensemble.

Dehors, la ville jouait sa musique : voitures, trompe

lointaine d'un bateau, une sirène peu convaincue, des bruits comme la somme des activités humaines, le crépitement de la fourmilière, régulier, continuel, monotone, soporifique, rassurant telle une couette chaude.

Oleg se pencha lentement sans quitter Harry des yeux.

Harry secoua la tête.

Mais Oleg saisit le pistolet. Délicatement, comme s'il avait peur que l'arme lui explose entre les mains.

Chapitre 43

Truls s'était réfugié dans la solitude sur la terrasse.

Il s'était posté en périphérie de quelques conversations, avait siroté son champagne, mangé des amuse-gueules, et essayé d'avoir l'air à sa place. Quelques-unes de ces personnes bien élevées avaient tenté de l'intégrer. Elles l'avaient salué, lui avaient demandé qui il était et ce qu'il faisait. Truls avait produit une réponse laconique, sans songer à retourner la question. Comme s'il n'était pas en position de le faire. Ou craignait d'être censé savoir qui elles étaient et quel genre de boulot monstrueusement crucial elles faisaient.

Ulla était occupée à servir, sourire et parler avec ces gens-là comme s'ils étaient de vieilles connaissances, et Truls n'avait pu établir de contact visuel que deux ou trois fois. Elle avait alors mimé en souriant qu'elle aurait bien voulu bavarder avec lui, mais son devoir de maîtresse de maison l'appelait. Il apparut qu'aucun des autres gars de l'atelier terrasse n'avait pu venir, et ni les chefs de section ni le directeur de la police n'avaient reconnu Truls. Qui eut presque envie d'aller leur raconter qu'il était l'inspecteur dont les coups avaient rendu ce garçon aveugle.

Mais la terrasse était belle, ça, oui ! Oslo scintillait comme un joyau à ses pieds.

Le froid automnal était arrivé avec les hautes pressions. On avait annoncé des minimales proches de zéro sur les collines. Il entendit des sirènes dans le lointain. Une ambulance. Et au moins une voiture de police. Elles venaient d'en bas, quelque part dans le centre. Truls avait plutôt envie de filer à l'anglaise, d'allumer sa radio de police. Savoir ce qui se passait. Sentir le pouls de sa ville. Le sentiment d'appartenance.

La porte de la terrasse s'ouvrit, et Truls recula instinctivement de deux pas, dans l'ombre, pour s'épargner d'être entraîné dans une autre conversation où il ne ferait que se ratatiner un peu plus.

C'était Mikael. Et la politique. Isabelle Skøyen.

Elle était manifestement éméchée, Mikael la soutenait, en tout cas. Une fille imposante. Elle le dominait. Ils se postèrent contre la balustrade, dos à Truls, devant l'avancée non vitrée qui les dissimulait aux regards des invités dans le salon.

Mikael se tenait derrière elle, et Truls s'attendait vaguement à voir un briquet allumer une cigarette, mais ce ne fut pas le cas. Et quand il entendit le froufrou de la robe et Isabelle Skøyen qui protestait en riant doucement, il était trop tard pour se manifester. Il vit l'éclat blanc d'une cuisse, avant que la jupe ne soit rabaissée d'un geste déterminé. À la place, elle se tourna vers lui, sa tête et celle de Mikael se fondirent en une seule silhouette sur fond de ville en contrebas. Truls entendit des bruits de langues humides. Il regarda vers le salon. Vit Ulla courir en souriant parmi les convives, avec un nouveau plateau de ravitaillement. Truls ne comprenait pas. Il ne pigeait pas.

Non que ce fût un choc, ce n'était pas la première fois que Mikael sortait avec une autre gonzesse, mais il ne comprenait pas comment il pouvait avoir le cran de le faire. Le cœur. Quand on a une femme comme Ulla, quand on a eu cette chance insensée, tiré le gros lot, comment peut-on tout risquer pour un coup par-ci par-là ? Est-ce parce qu'on a reçu de Dieu ou de je ne sais qui les choses que veulent les femmes — physique, ambition, langue enjôleuse qui sait ce qu'elle doit dire — qu'on se sent, disons, obligé d'exploiter ce potentiel ? Comme les gens qui mesurent deux mètres vingt estiment qu'ils doivent jouer au basket. Il ne savait pas. Il savait seulement qu'Ulla méritait mieux. Quelqu'un qui l'aimait. Qui l'aimait comme lui l'avait toujours aimée. Et l'aimerait toujours. Cette histoire avec Martine avait été une aventure frivole, rien de sérieux, et, de toute façon, ça ne se reproduirait pas. Il avait quelquefois songé qu'il devrait, d'une façon ou d'une autre, faire savoir à Ulla que si elle devait, d'une façon ou d'une autre, perdre Mikael, lui, Truls, serait là. Mais il n'avait jamais trouvé les mots pour le lui dire. Truls tendit l'oreille. Ils discutaient.

« Je sais juste qu'il a disparu », dit Mikael, et Truls entendit à sa voix qui déraillait un peu qu'il n'était pas tout à fait sobre, lui non plus. « Mais ils ont trouvé les deux autres.

— Ses cosaques ?

— Je continue de croire que ce truc de cosaques était de la fanfaronnade. Quoi qu'il en soit, Gunnar Hagen, de la Brigade criminelle, m'a appelé pour me demander si je pouvais donner un coup de main. Il y a eu des gaz lacrymogènes et une arme automatique. Ils penchent pour l'hypothèse d'un règlement de comptes entre gangs rivaux. Il se demandait si Orgkrim avait des candidats à proposer. De leur côté, ils avancent complètement à l'aveuglette.

— Et tu as répondu… ?

— J'ai répondu la vérité, que je n'ai pas la moindre idée de qui ça pouvait être. S'il s'agit d'un gang, ils ont réussi à passer sous nos radars.

— Tu crois que le vieux en a réchappé ?

— Non.

— Non ?

— Je crois que son cadavre pourrit quelque part. » Truls vit une main montrer les étoiles. « On le trouvera peut-être bientôt, peut-être jamais.

— Les cadavres refont toujours surface, non ? »

Non, songea Truls. Le poids de son corps réparti sur ses deux pieds, il les sentait appuyer sur le ciment de la terrasse, et vice versa. Non, ils ne refont pas toujours surface.

« N'importe comment, reprit Mikael, quelqu'un l'a fait, et c'est un nouveau. Nous n'allons pas tarder à savoir qui est le nouveau roi de la came à Oslo.

— Et quelles seront les implications pour nous, à ton avis ?

— Aucune, chérie. » Truls vit Mikael Bellman poser la main sur la nuque d'Isabelle Skøyen. De profil, on aurait dit qu'il essayait de l'étrangler. Un pas pour garder l'équilibre. « Nous sommes arrivés à destination, c'est ici que nous descendons. En l'occurrence, ça n'aurait pas pu mieux se terminer. Nous n'avions plus besoin du vieux. Quand je pense à tout ce qu'il avait sur toi et moi après… notre collaboration, eh bien…

— Eh bien ?

— Eh bien…

— Enlève ta main, Mikael. »

Rire de velours alcoolisé.

« Si ce nouveau roi n'avait pas fait le boulot pour nous, il aurait peut-être fallu que je le fasse moi-même.

— Que tu laisses Beavis le faire, tu veux dire ? »

Truls sursauta en entendant ce sobriquet honni. Mikael l'avait lancé quand ils étaient au lycée de Manglerud. Et il s'était imposé, les gens avaient fait le rapprochement avec le menton en galoche et le rire grogné. Un jour pendant les festivités de fin de lycée, Mikael l'avait consolé en disant qu'il avait surtout pensé à « la conception anarchique de la réalité » et « la moralité anticonformiste » de ce personnage de MTV. Putain, à l'entendre, il avait gratifié Truls d'un titre honorifique.

« Non. Je n'aurais jamais laissé Truls apprendre quel était mon rôle.

— Je continue de trouver curieux que tu ne lui fasses pas confiance. Vous êtes amis d'enfance, non ? N'est-ce pas lui qui a coulé cette terrasse pour toi ?

— Si. En pleine nuit, et tout seul. Tu comprends ? On parle là de quelqu'un qui n'est pas cent pour cent en possession de ses moyens. Dieu sait ce qu'il peut inventer.

— Et pourtant tu as suggéré au vieux de recruter Beavis comme brûleur ?

— Parce que je connais Truls depuis toujours, et je sais qu'il est corrompu jusqu'à la moelle et à vendre. »

Isabelle Skøyen éclata de rire, et Mikael lui fit « chut ».

Truls avait cessé de respirer. Sa gorge se noua. Il avait l'impression d'avoir dans le ventre un animal vivant. Une petite bête agitée qui cherchait à s'échapper. Qui chatouillait et vibrait. Elle tenta de monter. Appuya sur la poitrine.

« D'ailleurs, tu ne m'as jamais dit pourquoi tu m'avais choisi comme collaborateur, reprit Mikael.

— Parce que tu as une super bite, évidemment.

— Non, sérieusement. Si je n'avais pas accepté ta proposition de collaborer avec le vieux et toi, il aurait fallu que je te fasse arrêter.

— Arrêter ? » Elle ricana. « Tout ce que j'ai fait, je l'ai fait pour le bien de la ville. On légalise la marijuana, on distribue de la méthadone, on finance des salles de shoot. Ou bien on déblaie le terrain pour une substance qui provoque moins de décès par overdose. Quelle est la différence ? La politique de la drogue, c'est du pragmatisme, Mikael.

— Relax, je suis évidemment d'accord. On a fait d'Oslo une ville meilleure. Trinquons à cela. »

Elle dédaigna son verre levé.

« De toute façon, tu ne m'aurais jamais arrêtée. Sinon, j'aurais raconté à qui voulait l'entendre que je te baisais dans le dos de ta charmante petite épouse. » Elle pouffa. « Juste dans son dos, en plus. Tu te rappelles notre rencontre, à cette première, quand je t'ai dit que tu pouvais me sauter ? Ta femme était juste derrière toi, à peine hors de portée de voix. Tu n'as même pas cillé. Juste demandé un quart d'heure pour pouvoir la renvoyer au bercail.

— Chut, tu es saoule, fit Mikael en posant la main sur ses reins.

— À ce moment-là, j'ai compris que tu étais un homme selon mon cœur. Alors quand le vieux m'a dit que je devrais me trouver un allié aux ambitions aussi élevées que les miennes, j'ai su très exactement à qui m'adresser. Santé, Mikael.

— À propos… nos verres sont vides, on devrait peut-être rentrer…

— Efface ce que j'ai dit sur mon cœur. Il n'y a pas d'homme selon mon cœur. Seulement selon ma… » Profond rire de gorge. Celui d'Isabelle.

« Viens, on y va.

— Harry Hole !

— Chut !

— Lui était un homme selon mon cœur. Un peu bête, naturellement, mais… enfin bref. Où est-il, à ton avis ?

— Vu le temps que nous avons passé à le chercher sans résultat, je suppose qu'il a quitté le pays. Il a fait libérer Oleg, il ne reviendra pas. »

Isabelle chancela, mais Mikael la retint.

« Tu es un enfoiré, Mikael, et entre enfoirés, on se mérite.

— Peut-être bien, mais on devrait rentrer. » Mikael consulta sa montre.

« Arrête de stresser, mon grand, j'ai l'habitude d'avoir un petit coup dans l'aile. Tu vois ?

— Je vois, mais entre d'abord, pour qu'on n'ait pas l'air…

— Si cochon ?

— Quelque chose comme ça. »

Truls entendit son rire dur, puis ses talons plus durs encore sur le ciment.

Elle était partie et Mikael resta, appuyé au garde-fou.

Truls attendit quelques secondes. Puis avança.

« Salut, Mikael. »

Son ami d'enfance se retourna. Il avait le regard voilé, les traits légèrement bouffis. Truls supposa que le temps de réaction avant que son visage s'illumine était dû à l'alcool.

« Ah, te voilà, Truls. Je ne t'ai pas entendu arriver. Il y a de la vie, là-dedans ?

— Oh, ça, oui. »

Ils se regardèrent. Truls se demandait quand et où c'était arrivé, quand et où ils avaient oublié comment se parler, oublié leurs bavardages insouciants, leurs rêveries éveillées du temps où il était permis de tout dire, d'aborder tous les sujets. Le temps où ils ne faisaient qu'un. Comme au début de leur carrière, quand ils avaient tabassé un mec qui avait dragué Ulla. Ou cette sale tapette qui travaillait à Kripos et avait fait des avances à Mikael, et dont ils s'étaient occupés dans la chaufferie de Bryn quelques jours plus tard. Le type avait pleuré et prétexté qu'il avait fait une mauvaise lecture de Mikael. Ils avaient évité sa gueule pour que ça ne soit pas trop flagrant, mais ses foutues pleurnicheries avaient tellement gonflé Truls qu'il y était allé un peu plus fort que prévu à la matraque, et il était sans doute moins une quand Mikael l'avait stoppé. Ce n'était peut-être pas ce qu'on appelle de bons souvenirs, mais c'étaient tout de même des expériences qui lient deux individus.

« J'étais en train d'admirer la terrasse, commenta Mikael.

— Merci.

— Au fait, j'ai pensé à quelque chose. La nuit où tu as coulé la dalle…

— Oui ?

— Tu m'as dit que tu étais agité, que tu n'arrivais pas à dormir. Mais il m'est revenu que c'était la nuit où nous avons arrêté Odin avant de faire une descente à Alnabru. Et il avait disparu, ce…

— Tutu.

— Tutu, oui. Tu étais censé participer à cette arrestation. Mais tu n'a pas pu parce que tu étais malade, m'as-tu dit. Et à la place, tu as coulé une terrasse ? »

Truls eut un petit sourire. Observa Mikael. Réussit enfin à capter son regard, à le retenir.

« OK, Mikael. Tu veux la vérité ? »

Mikael sembla hésiter avant de répondre.

« Volontiers.

— J'ai séché. »

Il y eut quelques secondes de silence sur la terrasse. On entendait juste le grondement lointain de la ville.

« Tu as séché ? » Mikael se mit à rire. Un rire incrédule, mais jovial. Un rire que Truls aimait. Comme tout le monde, tant les hommes que les femmes. C'était un rire qui disait « tu es drôle et sympa et sûrement intelligent et tu vaux bien qu'on t'accorde un rire jovial ».

« *Toi*, tu as séché ? Toi qui ne sèches jamais et qui adores les arrestations ?

— Oui. Je ne pouvais tout simplement pas. Je m'étais engagé à baiser. »

Le silence revint.

Mikael rugit de rire. Il renversa la tête en arrière et hoqueta. Zéro carie. Il se pencha en avant et tapa Truls dans le dos. Son rire était si joyeux et libre qu'au bout de quelques secondes Truls n'y tint plus. Il se mit à rire aussi.

« Baise et maçonnerie, hoqueta Mikael Bellman. T'es un sacré mec, Truls. Un sacré mec. »

Truls sentit que les louanges le faisaient grandir et retrouver sa taille normale. Et pendant un court instant, ce fut presque comme au bon vieux temps. Non, pas presque, ce *fut* comme au bon vieux temps.

« Tu sais, dit Truls en grognant de rire, parfois, on doit faire des choses par ses propres moyens. C'est, disons, la seule façon pour que ce soit fait correctement.

— Vrai, répondit Mikael en entourant Truls d'un bras, avant de taper des deux pieds sur la terrasse. Mais là, Truls, ça fait *beaucoup* de ciment pour un seul homme. »

Oui, pensa Truls en sentant un rire délicieux bouillonner dans sa poitrine. Ça fait beaucoup de ciment pour un seul homme.

« J'aurais dû garder la Gameboy quand tu me l'as apportée, murmura Oleg.

— Tu aurais dû. » Harry s'appuya au chambranle de la porte. « Réviser ta technique pour Tetris.

— Et toi, tu aurais dû enlever le chargeur avant de remettre le pistolet à sa place.

— Peut-être. » Harry s'efforça de ne pas regarder l'Odessa qui pointait à demi vers le sol, à demi vers lui.

Oleg sourit faiblement.

« Apparemment, on a tous les deux commis des erreurs, hein ? »

Harry hocha la tête.

Près de la cuisinière, Oleg s'était relevé.

« Mais je n'ai pas fait que des erreurs, si ?

— Oh non. Tu t'es bien débrouillé, aussi.

— Par exemple ? »

Harry haussa les épaules.

« Quand tu as dit que tu t'étais jeté sur l'arme de ce tueur fictif, qu'il portait une cagoule et n'avait pas prononcé un mot, juste fait des signes avec les mains. Tu m'as laissé tirer des conclusions évidentes. Les particules de poudre sur ta peau s'expliquaient. Et le tueur ne parlait pas parce qu'il craignait que tu le reconnaisses, donc quelqu'un qui avait des liens avec le trafic de drogue ou la police. Je parie que tu as pensé à la cagoule parce que le policier qui vous a accompagnés à Alnabru en avait une. Dans ton histoire, tu l'as placé dans les bureaux d'à côté parce qu'ils étaient ouverts et que n'importe qui pouvait repartir par là pour gagner la rivière. Tu m'as donné les indices pour que je puisse expliquer, de façon parfaitement crédible, comment tu n'avais *pas* tué Gusto. Tu savais que mon cerveau trouverait. Car notre cerveau est toujours disposé à laisser décider nos sentiments. Toujours prêt à trouver les réponses rassurantes dont notre cœur a besoin. »

Oleg hocha lentement la tête.

« Mais maintenant, tu as toutes les autres réponses. Les vraies.

— Hormis une. Pourquoi ? »

Oleg ne répondit pas. Harry leva la main droite et plongea lentement la gauche dans sa poche de pantalon, d'où il tira un paquet de cigarettes chiffonné et un briquet.

« Pourquoi, Oleg ?

— À ton avis ?

— J'ai cru un moment qu'il s'agissait d'Irene. La jalousie. Ou que tu savais qu'il l'avait vendue à quelqu'un. Mais s'il était le seul à savoir où elle était, tu ne pouvais pas le tuer avant qu'il te l'ait dit. Donc il devait s'agir d'autre chose. D'au moins aussi fort que l'amour pour une femme. Car tu n'es pas un meurtrier, si ?

— À toi de me le dire.

— Tu es un homme avec un mobile classique qui a conduit des hommes bien à des actes épouvantables, y compris ton serviteur. L'enquête a tourné en rond.

Je suis revenu à notre point de départ. À l'amour. Le pire amour.

— Qu'est-ce que tu en sais ?

— Parce que j'ai été amoureux de la même fille. Ou sa sœur. Elle est époustouflante le soir et laide à faire peur quand tu te réveilles le matin. » Harry alluma la cigarette noire, avec son filtre jaune et son aigle impérial russe. « Mais quand le soir arrive, tu as oublié, et tu redeviens tout aussi amoureux. Et rien ne peut rivaliser avec cet amour, pas même Irene. Je me trompe ? »

Harry tira sur la cigarette et regarda Oleg.

« Pourquoi tu me poses la question ? demanda Oleg. Tu sais déjà tout.

— Parce que je veux t'entendre le dire.

— Pourquoi ?

— Parce que je veux que toi, tu t'entendes le dire. Que tu entendes à quel point c'est dément et insensé.

— Quoi donc ? Que c'est dément de descendre quelqu'un parce qu'il essaie de te faucher ta came ? La came que tu as eu un mal de chien à obtenir ?

— Tu entends la banalité et la tristesse infinie de tes propos ?

— Et c'est toi qui dis ça !

— Oui, c'est moi qui le dis. J'ai perdu la meilleure femme de toute ma vie parce que je n'ai pas réussi à résister. Et toi, tu as tué ton meilleur ami, Oleg. Dis son nom.

— Pourquoi ?

— Dis son nom.

— C'est moi qui ai le pistolet.

— Dis son nom. »

Oleg ricana. « Gusto. Qu'est-ce que…

— Encore. »

Oleg inclina la tête et regarda Harry.
« Gusto.
— Encore ! hurla Harry.
— Gusto ! répondit Oleg sur le même ton.
— Encore…
— Gusto ! » Oleg reprit son souffle. « Gusto ! Gusto… » Sa voix commençait à trembler. « Gusto ! » Elle s'effilochait. « Gusto. Gus… » Un sanglot entrava la suite. « … to. » Les larmes jaillirent quand il ferma les yeux et chuchota : « Gusto. Gusto Hanssen… »
Harry fit un pas en avant, mais Oleg leva le pistolet.
« Tu es jeune, Oleg, tu peux encore changer.
— Et toi, Harry ? Tu ne peux pas changer ?
— J'aurais aimé pouvoir, Oleg. J'aurais aimé changer, pour mieux prendre soin de vous. Mais il était trop tard pour moi. Je suis resté ce que j'étais.
— À savoir ? Pochetron ? Traître ?
— Policier. »
Oleg rit.
« C'est tout ? Policier ? Pas un être humain, et tout ?
— Surtout policier.
— Surtout policier, répéta Oleg avec un hochement de tête. C'est pas banal et infiniment triste, ça ?
— Banal et infiniment triste. » Harry saisit la cigarette à moitié fumée et y jeta un coup d'œil mécontent, comme si elle n'avait pas l'effet désiré.
« Parce que ça veut dire que je n'ai pas le choix, Oleg.
— Le choix ?
— Je dois veiller à ce que tu reçoives ta sanction.
— Tu ne travailles plus dans la police, Harry. Tu es ici sans arme. Et personne ne sait ce que tu sais, ou

que tu es ici. Pense à maman. Pense à moi ! Pour une fois, pense à nous, à nous trois. » Il avait les larmes aux yeux, et une note perçante, métallique de désespoir dans la voix. « Pourquoi ne peux-tu pas juste partir d'ici maintenant, et puis on oublie tout, on dit que ce n'est pas arrivé ?

— J'aimerais pouvoir le faire. Mais tu m'as coincé. Je sais ce qui s'est passé, et je dois te stopper.

— Alors pourquoi m'as-tu laissé prendre le pistolet ? »

Harry haussa les épaules.

« Je ne peux pas t'arrêter. Tu dois te livrer. C'est ta course.

— Me livrer ? Et pourquoi donc ? Je viens d'être relâché !

— Si je t'arrête, je vous perds tous les deux, toi et ta mère. Et sans vous, je ne suis rien. Je ne peux pas vivre sans vous. Tu comprends, Oleg ? Je suis un rat qui se retrouve dehors et qui ne peut rentrer que par un chemin. Qui passe par toi.

— Alors laisse-moi partir ! Oublions toute cette histoire et repartons de zéro. »

Harry secoua la tête.

« Homicide volontaire, Oleg. Je ne peux pas. C'est toi qui as la clé et le pistolet, maintenant. C'est toi qui dois penser à nous trois. Si nous allons voir Hans Christian, il s'occupera de tout, tu pourras te livrer et ta peine en sera considérablement réduite.

— Mais suffisamment longue pour que je perde Irene. Personne n'attend aussi longtemps.

— Peut-être, peut-être pas. Tu l'as peut-être déjà perdue.

— Tu mens, tu mens tout le temps ! » Harry vit Oleg

cligner des yeux pour en chasser les larmes. « Qu'est-ce que tu fais si je refuse de me livrer ?

— Alors je devrai t'arrêter, maintenant. »

Oleg émit un bruit proche du gémissement, entre le hoquet et le rire incrédule.

« Tu es fou, Harry.

— Je suis ainsi, Oleg. Je fais ce que je dois faire. Tout comme toi, tu fais ce que tu dois faire.

— Ce que je *dois* ? On croirait une putain de malédiction, à t'entendre.

— Peut-être.

— Foutaises !

— Alors brise cette malédiction, Oleg. Parce que tu n'as pas vraiment envie de tuer encore, si ?

— Va-t'en ! » hurla Oleg. Le pistolet tremblait dans sa main. « Va-t'en ! Tu n'es plus dans la police !

— Exact. Mais comme je te l'ai dit, je suis… » Il pinca les lèvres sur sa cigarette noire et tira profondément dessus. Ferma les yeux et, l'espace de deux secondes, il sembla la savourer. Puis il laissa air et fumée s'échapper de ses poumons dans un sifflement. « … policier. » Il lâcha la cigarette sur le sol devant lui. L'écrasa en avançant vers Oleg. Leva la tête. Oleg était presque aussi grand que lui. Harry croisa le regard du garçon de l'autre côté du pistolet. Il vit le chien se soulever. Il connaissait déjà l'issue. Il était un obstacle, le gosse n'avait pas le choix, lui non plus ; ils étaient deux inconnues dans une équation sans solution, deux corps célestes voués à une collision inéluctable, une partie de Tetris que seul l'un d'eux pouvait gagner. Que seul l'un d'eux *voulait* gagner. Il espéra qu'Oleg aurait la présence d'esprit de se débarrasser de l'arme, qu'il prendrait l'avion pour Bangkok, qu'il ne raconterait jamais rien à Rakel, qu'il ne se réveillerait pas au milieu de la nuit en hurlant, dans une chambre pleine de revenants, qu'il réussirait à mener une vie qui vaille la peine d'être vécue. Car la sienne ne valait pas la peine. Plus maintenant. Il se blinda et continua à avancer, sentit le poids de son corps. L'œil noir de la bouche du canon grossissait. Une journée d'automne, Oleg, dix ans, le vent lui ébouriffe les cheveux, Rakel, Harry, les feuilles couleur d'agrume, ils regardent droit dans l'objectif en attendant le déclic du déclencheur automatique. La preuve par l'image qu'ils étaient arrivés tout en haut, ils y avaient été, ils avaient atteint le summum du bonheur. L'index d'Oleg, blanc autour de la dernière phalange, se crispait sur la détente. Aucun chemin ne permettait de revenir en arrière. Il n'y avait jamais eu le temps nécessaire pour attraper cet avion. Il n'y avait jamais eu d'avion, de Hong Kong, seulement l'idée d'une vie qu'aucun d'eux n'aurait été en mesure de vivre. Harry ne ressentait pas de peur. Seulement du chagrin. La courte salve claqua comme un seul coup et fit trembler les vitres. Il ressentit la pression physique des balles qui l'atteignaient en pleine poitrine. Le recul fit tressauter le canon, de sorte que la troisième l'atteignit à la tête. Il tomba. Il faisait noir sous lui. Et dans ces ténèbres il tomba. Jusqu'à ce qu'elles l'engloutissent et l'enveloppent d'un néant rafraîchissant, indolore. Enfin, pensa-t-il. Et ce fut la dernière pensée de Harry Hole. Enfin, enfin il était libre.

La mère rate écoutait. Les cris de ses petits étaient encore plus nets maintenant que la cloche de l'église s'était tue après avoir frappé ses dix coups, et que la sirène de police qui s'était rapprochée pendant un moment s'était de nouveau éloignée. Seuls demeuraient les faibles battements de cœur. Quelque part dans sa mémoire était enregistré le souvenir de l'odeur de la poudre, et d'un autre corps humain, plus jeune, qui avait saigné sur ce même sol de cuisine. Mais c'était l'été, bien avant la naissance de ses petits. Et puis, ce corps-là n'avait pas obstrué l'entrée du nid.

Elle s'était rendu compte que le ventre de l'homme était plus difficile à traverser qu'elle l'avait escompté et qu'il allait lui falloir trouver un autre passage. Alors elle retourna à son point de départ.

Mordit une fois dans le cuir de la chaussure.

Lécha de nouveau le métal, le métal salé qui dépassait entre deux doigts de la main droite.

Avança à petits pas sur la veste de costume qui sentait la sueur, le sang et la nourriture, tant de nourritures différentes que cette veste en lin avait dû séjourner dans une décharge.

Elle détecta de nouveau quelques molécules de cette drôle d'odeur de fumée qui ne s'était pas complètement diluée. Et même ces quelques molécules olfactives brûlaient les yeux, faisaient couler les larmes et rendaient la respiration difficile.

Elle remonta le bras en trottant, passa l'épaule, trouva un bandage ensanglanté autour du cou, qui un instant détourna son attention. Mais elle entendit alors les cris de ses petits, et courut sur la poitrine. Les deux trous ronds dans le costume dégageaient une forte odeur. Soufre, poudre. L'un des trous ouvrait sur l'emplacement du cœur, la rate sentait en tout cas les vibrations presque imperceptibles du cœur qui battait. Qui battait à peine Elle monta jusqu'au front, lécha le sang qui coulait en un mince filet des cheveux blonds. Descendit vers les parties charnues : les lèvres, les ailes du nez, les paupières. Une cicatrice barrait la joue. Le cerveau de la rate travaillait comme travaillent les cerveaux des rats dans les expériences de labyrinthe : avec une sidérante efficacité rationnelle. La joue. La bouche. La nuque, juste sous la base du crâne. Et elle serait de l'autre côté. La vie de rat est dure et simple. On fait ce qu'on doit faire.

CINQUIÈME PARTIE

Chapitre 44

Le clair de lune faisait scintiller l'Akerselva, transformait ce petit ruisseau sale en une chaîne d'or qui coulait à travers la ville. Peu de femmes osaient parcourir les sentiers déserts au bord de l'eau, mais Martine si. La journée avait été longue à Fyrlyset, et elle était fatiguée. Une bonne fatigue. Après une longue et bonne journée. Un garçon sortit de l'ombre et vint vers elle, vit son visage dans la lumière d'un réverbère, murmura « salut » et disparut.

Richard lui avait plusieurs fois demandé si, maintenant qu'elle était enceinte, elle ne devrait pas rentrer par un autre chemin, mais elle avait rétorqué que c'était plus court pour aller à Grünerløkka. Et elle refusait de laisser quiconque lui prendre sa ville. Et puis, elle connaissait la plupart de ceux qu'elle croisait sous les ponts, alors elle se sentait plus en sécurité ici que dans un bar branché du Vestkant. Elle avait dépassé le poste de garde médicale, Schous plass et approchait de Blå quand elle entendit des claquements sur l'asphalte, de brefs claquements durs de semelles. Un grand jeune homme arrivait au pas de course vers elle. Traversait d'une foulée coulante les zones sombres et éclairées du sentier. Elle aperçut furtivement son visage et entendit sa respiration saccadée s'évanouir derrière elle. Il lui rappelait quelqu'un, qu'elle avait vu à Fyrlyset. Mais il y en avait tant ; il lui semblait parfois voir quelqu'un, et puis des collègues lui disaient le lendemain qu'il était mort depuis des mois, voire des années. Mais, pour une raison ou pour une autre, ce visage lui fit penser à Harry. Elle ne parlait jamais de lui à personne, encore moins à Richard, naturellement, mais il s'était fait une toute petite place dans son esprit, un petit espace où elle pouvait lui rendre visite de temps à autre. Pouvait-il s'agir d'Oleg ? Était-ce la raison pour laquelle elle pensait à Harry ? Elle se retourna. Vit le dos du garçon qui courait. Comme s'il avait le diable aux trousses, comme s'il essayait d'échapper à quelque chose. Personne ne semblait le poursuivre, pourtant. Puis il rapetissa. Et disparut tout à fait dans le noir.

Irene consulta sa montre. Vingt-trois heures cinq. Elle s'enfonça dans son siège et regarda le moniteur au-dessus du guichet d'embarquement. Dans quelques minutes ils commenceraient à faire monter les gens à bord. Papa avait envoyé un SMS pour dire qu'il viendrait les chercher à l'aéroport de Francfort. Elle transpirait, son corps était douloureux. Ça n'allait pas être facile. Mais ça irait.

Stein serra sa main.

« Comment ça va, petite ? »

Irene sourit. Serra en retour.

Ça irait.

« On la connaît, celle qui est assise là-bas ? chuchota Irene.

— Qui ?

— La brune qui attend toute seule. »

Elle était déjà là à leur arrivée, dans un fauteuil à la porte d'embarquement juste en face de la leur. Elle lisait un *Lonely Planet* sur la Thaïlande. Elle était belle, le genre de beauté sur lequel le temps ne semble pas avoir prise. Et elle irradiait quelque chose, une espèce de bonheur tranquille, comme si elle riait intérieurement, bien qu'elle soit toute seule.

« Pas moi. Qui est-ce ?

— Je ne sais pas. Elle me rappelle quelqu'un.

— Qui ça ?

— Je ne sais pas. »

Stein rit. Son rire calme et rassurant de grand frère. Il serra encore sa main.

Un long *ding !* retentit, et une voix métallique annonça que l'avion pour Francfort était prêt pour l'embarquement. Les gens se levèrent et se massèrent au guichet. Irene retint Stein, qui se levait aussi.

« Qu'est-ce qu'il y a, petite ?

— Attendons que la file soit passée.

— Mais…

— Je n'ai pas le courage d'attendre sur cette passerelle si près… des gens.

— Bien sûr. Je suis bête. Comment te sens-tu ?

— Toujours bien.

— Bien.

— Elle a l'air seule.

— Seule ? » Stein jeta un coup d'œil à la femme. « Pas d'accord. Elle a l'air heureuse.

— Oui, mais seule.

— Heureuse et seule ? »

Irene rit. « Non, je me trompe sûrement. C'est peut-être celui à qui elle ressemble qui est seul.

— Irene ?

— Oui ?

— Tu te rappelles notre marché ? Que des pensées heureuses ?

— Mais oui. Nous deux, on n'est pas seuls.

— Non, nous sommes là l'un pour l'autre. Pour toujours, pas vrai ?

— Pour toujours. »

Irene glissa sa main sous le bras de son frère et posa la tête sur son épaule. Pensa au policier qui l'avait retrouvée. Harry, avait-il dit s'appeler. Elle avait d'abord songé au Harry dont Oleg parlait souvent, un policier, lui aussi. Mais tel qu'Oleg l'avait décrit, elle l'avait toujours imaginé plus grand, plus jeune et peut-être plus beau aussi que l'homme assez vilain qui l'avait libérée. Mais il avait aussi rendu visite à Stein, et elle savait maintenant que c'était lui. Harry Hole. Et elle savait qu'elle se souviendrait de lui jusqu'à la fin de ses jours. Elle se souviendrait du visage balafré, de la blessure au menton et du gros bandage autour du cou. Et de sa voix. Oleg ne lui avait pas dit qu'il avait une voix si agréable. Et soudain, elle eut une certitude, venue de nulle part, elle fut là, voilà tout.

Ça allait bien se passer.

En quittant Oslo maintenant, elle laissait tout derrière elle. Elle ne pourrait toucher à rien, ni alcool ni drogue, papa et le médecin avec qui elle avait discuté le lui avaient expliqué. La fioline serait là, toujours, mais elle la tiendrait à distance. Tout comme le fantôme de Gusto la hanterait. Celui d'Ibsen. Et tous les pauvres gens à qui elle avait vendu la poudre funeste. Ils reviendraient, oui. Et dans quelques années, ils pâliraient peut-être. Et elle rentrerait à Oslo. Ou peut-être pas à Oslo. L'essentiel était que les choses allaient bien se passer. Elle réussirait à mener une vie qui vaille la peine d'être vécue.

Elle regarda la femme qui lisait. Et soudain, celle-ci leva les yeux, comme si elle s'était sentie observée. Elle lui adressa un sourire furtif mais étincelant, puis se replongea dans son guide.

« Allons-y, décida Stein.

— Allons-y », répéta Irene.

Truls Berntsen traversait Kvadraturen. Descendit Tollbugata. Remonta Prinsens gate. Descendit Rådhusgata. Il avait quitté la fête de bonne heure, s'était installé au volant et avait commencé à rouler au hasard. Le temps était froid et clair, Kvadraturen vivait, ce soir. Les putes le hélaient, elles flairaient sans doute la testostérone. Les dealers se livraient à la guerre des prix. Des basses résonnaient dans une Corvette à l'arrêt, *umpf*, *umpf*. Un couple s'embrassait à un arrêt de tram. Un homme courait en riant gaiement, les pans de sa veste flottaient au vent, et un autre homme en costume rigoureusement identique le poursuivait. Au coin de Dronningens gate, un maillot d'Arsenal esseulé. Personne que Truls eût déjà vu. Ce devait être un nouveau. Sa radio crépita. Et Truls éprouva un singulier bien-être ; le sang qui coulait dans ses veines, les basses, le rythme dans tout ce qui se passait, rester là à regarder, regarder tous ces petits rouages qui ne se connaissaient pas, mais qui faisaient pourtant tourner les autres. Il était le seul à le voir, l'ensemble. Et c'était exactement ainsi que ça devait être. Car c'était sa ville, à présent.

Le prêtre de l'église de Gamlebyen déverrouilla la porte et sortit. Écouta le souffle dans les frondaisons du cimetière. Leva les yeux vers la lune. Une belle soirée. Le concert avait été réussi, le public nombreux. Plus nombreux qu'il ne le serait à l'office du lendemain matin. Il poussa un soupir. Le prêche qu'il adresserait à des bancs déserts traiterait de la rémission des péchés. Il descendit le perron, continua dans le cimetière. Il avait choisi de réutiliser le sermon qu'il avait servi aux funérailles de vendredi ; d'après ses proches — son ex-femme —, le défunt avait été impliqué sur la fin dans des affaires criminelles et, même avant cela, vécu une vie si pleine de péchés que ceux qui, le cas échéant, se présenteraient ne verraient rien d'autre dans l'église. Ils n'auraient pas dû s'inquiéter, seuls étaient venus l'ex-femme et les enfants, plus une collègue qui reniflait bruyamment. L'ex-femme lui avait confié que cette dernière était sans doute la seule hôtesse de la compagnie aérienne avec qui le défunt n'avait pas couché.

Le prêtre passa près d'une stèle, vit dans le clair de lune les restes de quelque chose de blanc, comme si on avait écrit à la craie puis effacé. C'était la stèle d'Askild Cato Rud. Alias Askild Øregod. Une règle ancienne commandait l'expiration des concessions après une génération, à moins d'être renouvelées — privilège réservé aux riches. Mais pour une raison inconnue, la tombe du misérable Askild Cato Rud avait été préservée. Et quand elle avait été assez vieille, classée monument historique. On avait sans doute eu l'espoir optimiste qu'elle deviendrait une attraction : une tombe du quartier de l'Østkant le plus pauvre, où les proches n'avaient pu payer qu'une petite pierre et — puisque le graveur était payé à la lettre — les initiales devant le nom de famille et les années — pas de dates ni de texte. Un conservateur du patrimoine avait même prétendu que le nom réel était Ruud, et qu'ils avaient fait une économie là-dessus aussi. Et puis il y avait ce mythe selon lequel Askild Øregod hantait les lieux. Mais ce mythe n'avait jamais vraiment pris, Askild Øregod était oublié et pouvait — au sens propre — reposer en paix.

Au moment où le prêtre refermait derrière lui la porte du cimetière, une silhouette sortit de l'ombre près du mur. Le prêtre se figea automatiquement.

« Miséricorde », dit une voix râpeuse. Et une grande main ouverte fut tendue.

Le prêtre regarda le visage sous le chapeau. Âgé et buriné, avec un nez fort, de grandes oreilles et deux yeux étonnamment purs, bleus, innocents. Oui, innocents. C'est précisément la réflexion que se fit le prêtre qui rentrait chez lui après avoir donné vingt couronnes au malheureux. Les yeux bleus innocents d'un nouveau-né qui n'a pas encore besoin du pardon des péchés. Il pourrait l'évoquer dans son homélie du lendemain.

Je suis arrivé à la fin, papa.

Je suis assis, Oleg est penché sur moi. Il tient l'Odessa à deux mains, comme s'il s'y cramponnait, une branche au milieu d'un précipice. Il pousse des cris et des hurlements, il a pété les plombs. « Où est-elle ? Où est Irene ? Dis-le, ou… ou…

— Ou quoi, espèce de camé ? De toute façon, tu n'es pas capable de te servir de ce pistolet. Tu n'as pas ça dans le sang, Oleg. Tu fais partie des good guys. *Relax, et on partage ce shoot, d'accord ?*

— Va te faire foutre ! Pas avant que tu m'aies dit où elle est.

— Et j'aurai le shoot entier ?

— La moitié. C'est mon dernier.

— Marché conclu. Pose d'abord ce pistolet. »

Il a fait ce que je disais, le con. Courbe d'apprentissage parfaitement plate. Aussi facile à berner que la première fois, à la sortie du concert de Judas. Il s'est penché, a posé le drôle de pistolet par terre devant lui. J'ai vu que le sélecteur était sur C, ce qui voulait dire qu'il tirait des salves. Juste une légère pression sur la détente, et…

« Alors, où est-elle ? » a-t-il demandé en se levant.

Et à ce moment-là, comme je n'avais plus ce canon braqué sur moi, je l'ai sentie arriver. La fureur. Il m'avait menacé. Exactement comme mon père adoptif. Et s'il est une chose que je ne supporte pas, c'est qu'on me menace. Alors, au lieu de sortir la version gentille — elle était dans un centre de désintoxication secret au Danemark, isolée, elle ne devait pas être contactée par les amis qui pouvaient la faire rechuter, blablabla —, *j'ai remué le couteau dans la plaie. Je devais remuer le couteau dans la plaie. C'est du mauvais sang qui coule dans mes veines, papa, alors ta gueule. Enfin, ce qu'il en reste, de sang, parce qu'à l'heure qu'il est presque tout a coulé sur le sol de la cuisine. J'ai donc remué le couteau dans la plaie, comme l'imbécile que je suis.*

« Je l'ai vendue, ai-je dit. Contre quelques grammes de fioline.

— Quoi ?

— Je l'ai vendue à un Allemand à Oslo S. Je ne sais pas comment il s'appelle ni où il habite, Munich, peut-être. Si ça se trouve, en ce moment, il est dans un appartement de Munich avec un copain, et ils se font tous les deux sucer par la petite bouche d'Irene, et elle est complètement défoncée, elle ne sait plus quelle bite est à qui, parce qu'elle ne pense qu'à son amour. Qui s'appelle… »

Oleg avait la bouche ouverte et il clignait et reclignait des yeux. Aussi bête que quand il m'avait filé cinq cents couronnes au kebab, ce jour-là. J'ai écarté les bras comme un foutu prestidigitateur :

« … fioline ! »

Oleg clignait toujours des yeux, tellement sous le choc qu'il n'a pas réagi quand je me suis jeté sur le pistolet.

Croyais-je.

Car j'avais oublié une chose.

Il m'avait suivi depuis le kebab, à l'époque, il avait compris que je n'allais pas lui faire goûter de meth. Il n'était pas fou. Il savait lire les gens, lui aussi. En tout cas un voleur.

J'aurais dû me méfier. J'aurais dû me contenter de la moitié du shoot.

Il est arrivé au pistolet avant moi. Peut-être n'a-t-il qu'effleuré la détente. Sur C. J'ai vu son visage choqué avant de tomber. Entendu le grand silence qui se faisait. Je l'ai entendu se pencher sur moi. J'ai entendu un hurlement aigu, comme un moteur qui tourne à vide, comme s'il voulait pleurer mais n'y parvenait pas. Puis il a marché lentement vers le fond de la cuisine. Un véritable toxico fait les choses dans un ordre bien défini. Il s'est préparé son fix à côté de moi. M'a même proposé de partager. Super, mais je ne pouvais plus parler. Seulement écouter. Et j'ai entendu ses pas lents et lourds dans l'escalier quand il est parti. Et je me suis retrouvé seul. Plus seul que jamais.

La cloche a cessé de sonner.

Apparemment, j'ai eu le temps de raconter mon histoire.

Ça ne fait plus aussi mal.

Tu es là, papa ?

Tu es là, Rufus ? Tu m'as attendu ?

Au fait, je me souviens d'une chose que le vioque m'a dite. La mort libère l'âme. Elle libère la foutue âme. J'en sais rien, moi. On verra.

SOURCES, ASSISTANCE ET REMERCIEMENTS

Audun Beckstrøm et Curt A. Lier pour le travail de la police en général ; Torgeir Eira, EB Marine, pour la plongée ; Are Myklebust et Orgkrim à Oslo pour le trafic de stupéfiants ; *Russland* (« La Russie ») de Pål Kolstø ; *Etterforskningsmetoder* (« Méthodes d'enquête ») d'Ole Thomas Bjerknes et Ann Kristin Hoff Johansen ; *Urkas ! Itinéraire d'un parfait bandit sibérien* de Nicolai Lilin ; *Politigeneral og hirdsjef* (« Général de police et chef de la Hird ») de Berit Nøkleby ; Dag Fjeldstad pour le russe ; Eva Stenlund pour le suédois ; Lars Petter Sveen pour le dialecte de Fræna ; Kjell Erik Strømskag pour la pharmacologie ; Tor Honningsvåg pour l'aéronautique ; Jørgen Vik pour les sépultures ; Morten Gåskjønli pour l'anatomie ; Øystein Eikeland et Thomas Helle-Valle pour la médecine ; Birgitta Blomen pour la psychologie ; Odd Cato Kristiansen pour la vie nocturne d'Oslo ; Kristin Clemet pour l'administration municipale ; Kristin Gjerde pour les chevaux ; Julie Simonsen pour le travail d'écriture. Merci à tous chez Aschehoug Éditions et Salomonsson Agency.

Les enquêtes de l'inspecteur **Harry Hole** dans la collection **Folio Policier**

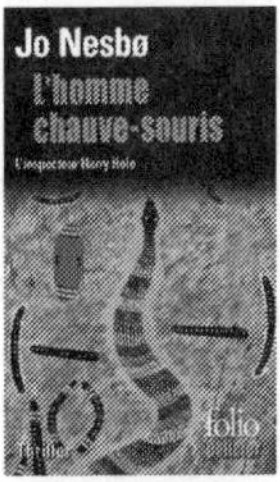

Envoyé en Australie pour enquêter sur le meurtre d'une jeune Norvégienne, Harry Hole, en proie à ses propres démons, va plonger au cœur de ce pays de démesure, véritable nation en devenir où les contradictions engendrent le fantastique comme l'indicible, jusqu'au chaos final.

L'homme chauve-souris

Prix du meilleur roman policier nordique 1998

Un somptueux couteau thaïlandais est retrouvé planté dans le dos d'un ambassadeur scandinave. À peine revenu d'Australie, Harry Hole repart pour l'Asie, ses usages millénaires, ses secrets et sa criminalité dont il ignore tout. Il ira jusqu'au bout, au plus profond du cœur d'un homme, jusqu'à l'invraisemblable…

Les cafards

Harry Hole, à la suite d'une grave bévue, est muté à la surveillance des milieux néonazis de Norvège. Le passé, prompt à rattraper le présent, refait surface avec une question lancinante : que s'est-il réellement passé cinquante ans plus tôt dans les tranchées de Leningrad ?

Rouge-Gorge

Rue Sans-Souci… Drôle d'adresse, lorsqu'on est flic, pour y trouver dans un appartement le cadavre d'une femme avec laquelle on vient de passer la nuit. Surtout lorsqu'on ne se rappelle rien… Harry Hole n'est pas au bout de ses peines.

Rue Sans-Souci

Le *modus operandi* est toujours le même : l'ablation de l'un des doigts des victimes et la présence d'un diamant en forme de pentagramme, symbole occulte plus connu sous le nom d'« étoile du diable ». La police doit se rendre à l'évidence : un tueur en série opère dans les rues de la capitale norvégienne… Intuitif, acharné, rongé par le désespoir, Harry Hole s'empare de l'enquête.

L'étoile du diable

Afin de récolter des fonds, les membres de l'Armée du salut ont décidé d'organiser un concert public. Le soir du spectacle, un homme tue un membre de l'association avant de s'enfuir. Harry Hole se lance à sa poursuite dans les rues verglacées d'Oslo. Le jeu sanglant du chat et de la souris ne fait que commencer…

Le sauveur

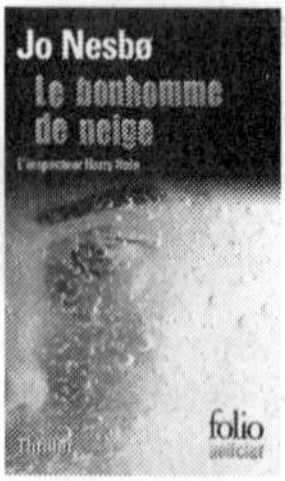

Des mères de famille disparaissent. Dans leur jardin, un bonhomme de neige fait irruption, comme sorti de nulle part. D'une sobriété étonnante, Harry Hole va se retrouver confronté à un tueur en série agissant sur le territoire norvégien et qui le conduira jusqu'au gouffre de sa folie…

Le bonhomme de neige

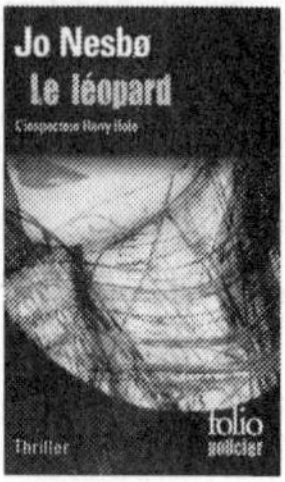

Brisé par son enquête sur le Bonhomme de neige, l'inspecteur Harry Hole a démissionné. Mais Oslo est le théâtre de crimes effroyables. L'inspectrice Solness vient lui demander de l'aider à élucider ces meurtres spectaculaires. Une traque qui va entraîner Harry Hole jusqu'en Afrique, au cœur des ténèbres…

Le léopard

DU MÊME AUTEUR

Aux Éditions Gallimard

Dans la Série Noire

FANTÔME, 2013, Folio Policier n° 741.

LE LÉOPARD, 2011, Folio Policier n° 659.

CHASSEURS DE TÊTES, 2009, Folio Policier n° 608.

LE BONHOMME DE NEIGE, 2008, Folio Policier n° 575.

LE SAUVEUR, 2007, Folio Policier n° 552.

L'ÉTOILE DU DIABLE, 2006, Folio Policier n° 527.

Aux Éditions Gaïa

RUE SANS-SOUCI, 2005, Folio Policier n° 480.

ROUGE-GORGE, 2004, Folio Policier n° 450.

LES CAFARDS, 2003, Folio Policier n° 418.

L'HOMME CHAUVE-SOURIS, 2003, Folio Policier n° 366.

Aux Éditions Bayard Jeunesse

LA POUDRE À PROUT DU PROFESSEUR SÉRAPHIN, vol. 1, 2009.

Composition Nord Compo
Impression Novoprint
à Barcelone, le 09 septembre 2014
Dépôt légal : avril 2014

ISBN 978-2-07-045901-8./Imprimé en Espagne.

267547